How to Seduce a Sinner
by Adrienne Basso

放蕩貴族に恋して

アドリエンヌ・バッソ
立石ゆかり=訳

マグノリアロマンス

HOW TO SEDUCE A SINNER
by Adrienne Basso

パパとリンダに。

あなた方の愛、励まし、そして絶え間ない支えは、私にとって言葉では表せないほど大きな意味を持っています。

本当にありがとう。

主な登場人物

ドロシア・エリンガム――結婚相手を求めてロンドンに来ている娘。
カーター・グレイソン――アトウッド侯爵。公爵の息子。
グレゴリー・ロディントン――少佐。戦争の英雄。
セバスチャン・ドッド――ベントン子爵。カーターの友人。
ピーター・ドーソン――カーターの友人。
ハンズボロー公爵――カーターの父親。
ダーディントン侯爵――ドロシアのロンドンでの後見人。
メレディス――ダーディントン侯爵の妻。
グウェンドリン――ドロシアの姉。
エマ――ドロシアの妹。

放蕩貴族に恋して

1

一八一八年、春　ロンドン

大理石のベンチに腰掛けていたミスター・アーサー・ペングローヴが自分のほうへ、それも危険なほど近くへ迫ってきたとたん、ドロシアの心臓は興奮してどくんと飛び跳ねた。やさしい春の風に乗って、庭のほうから二人のいる人目につかない隠れ場にエキゾチックな花の香りが漂う。夜空には何十という星が輝き、舞踏会の会場のほうからはかすかに音楽の旋律が聞こえている。それはロマンスにふさわしい、まさしく絵に描いたような夜だった。

「わずかに青みのかかった君の瞳は実に魅力的だね、ミス・エリンガム。すばらしい一日を予感させる、夜が明けたばかりの夏の空のようだよ」ペングローヴがドロシアの唇に視線を向けながらささやいた。

「まあ、ミスター・ペングローヴ」

ドロシアは、わずかに勇気を出して身を寄せながら、さっと目を閉じた。ついに、キスされるんだわ！　この二週間というもの、彼女はアーサー・ペングローヴのことだけを考えてきた。ようやく、彼が彼女の結婚相手として、残りの一生をともに過ごすパートナーとしてふさわしいかどうかを見定められるのだ。自分の人生を変える重大な瞬間を目前に控え、ドロシアの心臓が激しく打ちはじめた。

彼の息が頬を撫でる。ドロシアは果敢に打っている心臓の動きを落ち着かせ、冷静を保とうとした。ミスター・ペングローヴの唇が、おずおずと近づき、ついに彼女の唇に触れた。彼女の唇をかすめるその唇は柔らかく、まるで赤ん坊の唇のようだった。思わずひるんだが、そんな気持ちは押し殺した。すばらしいキスになりますように、と願って。

だが、ならなかった。

ひどく、がっかりした。一度感じてみたかったじれったいような切望も、一度は味わってみたかった陶然とするような欲望も、なにも感じなかった。

寡黙な求婚者を刺激するように、喉の奥で小さくうなるような声を出してみた。しかし、彼はその声に驚いただけだった。湿って柔らかな唇がふたたび彼女の唇をさっとかすめたが、すぐに離れてしまった。

ドロシアはがっくりと肩を落とした。失望感が痛みとなって彼女に突き刺さる。体も心も意気消沈してしまった。彼こそが〝運命の人〟だと思っていたのに。彼は、今シーズン、彼女に求婚してきた三人目の男性で、彼女がキスを許した三人目の男性でもあった。けれども、どうやらミルドレッドおばのお気に入りのことわざである〝三度目の正直〟は、みごとに裏切られたようだ。

ドロシアは手のひらに顔をうずめて、苛立たしげにため息をつきたい気持ちをけんめいに抑えこんだ。それではあまりに無作法が過ぎる。しかたなく、突然の頭痛を和らげようと指をこめかみに強く押し当てた。

落胆のあまり、ミスター・ペングローヴのことなどほとんど忘れていたが、ふと、彼が自分の脇で片方の膝をつくさまを目の片隅でとらえた。

まあ、なんてこと！　これほどの失望感を味わったうえに、結婚の申しこみを断らなければならないなんて。あんなに夢と希望に胸をふくらませて迎えた今夜の舞踏会だったのに、みるみる間にとんでもない不運に見舞われていく。

ミスター・ペングローヴは彼女の手を取ると、自分の冷たくて湿った手のあいだに挟んだ。ドロシアは、彼の気持ちをそれほど傷つけずに結婚をきっぱりあきらめさせるにはどうすればいいか、頭の中で必死に作戦を立てながらさっと顔をあげた。

「ミス・エリンガム」彼の声が裏返った。ミスター・ペングローヴは咳払いをすると、改めて繰り返した。「愛しいミス・エリンガム。いや、ドロシア。ともに過ごしたこの数週間は、私にとって大きな喜びでもありました。どうか、この関係を正式なものとし、法的にも永久不変なものとしていくことができたらと願っています。しかしながら、あなたに正式に求婚をする前に、あなたの後見人に話をしなければなりません。お許しをいただけますか？」

ドロシアはどう切りだすべきかわからず、彼をじっと見おろした。月光を浴びながら話すミスター・ペングローヴは、まぎれもなく真剣で、恐ろしいほど年若く見える。「私の法的な後見人は、おじのミスター・フレッチャー・エリンガムですわ。でも、ご存じのように、おじは、今シーズンはロンドンへ出てきておりませんの」ドロシアは答えた。

「では、後見人の役目はあなたのお姉様に託されているのですね」ミスター・ペングローヴは、ゆっくりと言った。「もしくは、お姉様のご主人である、ミスター・ジェイソン・バリントンに。つまり、ミスター・バリントンに申し出なければいけないということか」

ミスター・ペングローヴの顔がわずかに青ざめた。彼が躊躇するのも無理はなかった。彼女の義兄は、いわゆる社交界の伝説的人物で、荒々しくてスキャンダラスな態度や大胆不敵な行動、危険な行為の数々で名を馳せていたからだ。義兄とアーサー・ペングローヴが接触する可能性などほとんどなく、ましてや付きあいなどあるはずがない。

「実を言うと、グウェンドリンもジェイソンも、ロンドンには来ていないんです。自宅で、第一子の出産を待っているんですの」ドロシアは、このむずかしい状況からどうしたらうまく抜けだせるか考えながら言った。「ご存じでしょうけれど、今シーズンは、ジェイソンのお姉様がご親切にも私の保証人になってくださったんです。ですから、彼女のご主人が私の後見人ということになりますわね」

ミスター・ペングローヴは目をぱちぱちさせた。「ダーディントン侯爵が、ですか？」

「ええ。おまけにダーディントン侯爵は、私の後見人としての役目を真剣に受け止めてくださっているんですのよ」

ミスター・ペングローヴの真面目くさった顔から完全に血の気が引いた。ジェイソン・バリントンはたしかに威圧的だが、ダーディントン侯爵はそれ以上に恐ろしい存在だった。あの絶大な権力を持つ横柄な貴族に面と向かうことを想像するだけで気分が悪くなったとしても、ミスター・ペングローヴを責めるつもりはない。

「侯爵様は、きっと正式な面会の申しこみを希望されるのでしょうね」ミスター・ペングローヴは白いリネンのハンカチを取りだし、額に浮かんだ汗をふき取った。「私の真剣な気持ちをきちんと伝える手紙を書くには数日かかりそうだ」

「ミスター・ペングローヴ……その、アーサー」ドロシアは、声のトーンを落とした。「急いで侯爵に面会を申し出ることはしないほうが、お互いにとってもいいのではないかしら。貴族院で侯爵の思っていたようにことが進まなかったものですから、最近、屋敷の中がいろいろと混乱しているんです。正直申しあげて、この一週間は、いつも以上にご機嫌が悪くていらっしゃったの」

「いやはや、なんとまあ」アーサーは驚いたように目を見開いた。

ドロシアは彼を気遣うように、腕を軽く叩いた。ミスター・ペングローヴのことは決して嫌いではない。二十一歳のドロシアよりも数歳年上なだけの彼は、顔はまあまあだし、親しみのある素直な目をしているし、背も高くてすらっとしている。性格も穏やかで、やさしい。社交界の人々の多くは、彼を退屈な男だと評しているが、彼の純粋でまっすぐな態度には、いやし効果がある。財産もそこそこあるし、ケント州には美しい地所を持っていて、管理も行き届いている。

高慢な母親にべったりなところや、着るものの地味なところ、虫を集めるのが大好きなところも、その気になれば大目に見るつもりだった。けれども、たったいまかわしたキスの味気なさや生気のなさは、見逃すことはできない。そういうキスを我慢しながら残りの人生をともに過ごさなければならないなど、想像しただけで身震いがする。

「侯爵にお近づきになるのは、しばらく様子を見たほうがいいかもしれないですね」ミスター・ペングローヴは、ドロシアにというよりもむしろ自分自身に対してつぶやくように言った。「そのあいだに、侯爵に不愉快な思いをさせないよう、できるかぎりの手を打っておかなければ」

ドロシアはゆっくりと首を横に振った。「私は、私たちの将来について考え直したほうが賢明な気がいたしますわ」

「考え直す？」

「ええ。このように私をあなたの目に留めていただけたことについては、言葉では言い尽くせないほど光栄に思っています。でも、やはり率直にお伝えしなければならないと思うのです。あなたは、まだ結婚するには若すぎますわ、ミスター・ペングローヴ。侯爵もきっとそのようにおっしゃると思いますの」ドロシアは咳払いした。「なによりも」

ミスター・ペングローヴは、地面につけた膝を起こし、ゆっくりと立ちあがった。そして考えこんだ様子でドロシアの隣に座った。「婚約期間を長く取るのがいちばんかもしれません。もし、あなたがそれをお望みならば」

「まあ、私にそんな贅沢は申せませんわ」ドロシアは彼の横顔をじっと見つめた。ミスター・ペングローヴの顎はどこか弱々しく見え、髪の生え際は後退しつつあり、鼻はかぎ鼻で角張っている。ハンサムとはほど遠いが、それでも好青年であることはたしかだ。時が経ち、成熟さが増せば、きっといい夫になるだろう。ただ、その相手は十中八九自分ではない――そう考えると、ふたたび失望感に苛まれた。

「ご存じでしょうけれど、女性にとっての結婚は、男性にとっての結婚とは異なるものなのです。私の義兄の家族は、とても寛大に私を支えてくださっていますが、来シーズン以降まで、彼らのやさしさに甘えるわけにはまいりません。ですから、今年じゅうに結婚できるよう、全力を尽くすのが私の義務だと思っています。あなたのご結婚は数年先にすべきだと、お互いに同意した以上、その……」

ドロシアは声をひそめた。ミスター・ペングローヴに、いさぎよく堂々と引きさがるチャンスを与えたのだ。彼は考えこみ、当然、戸惑いながらも、賢くそれを受け入れた。

「それがあなたの望みとあれば、敬意を払わなければなりませんね」

「恐れながら、それが私たちにとって唯一の選択肢かと……」ドロシアは自分が落胆しているように見えることを願いながら、視線を落とした。「でも、どうかこれからもすばらしいお友だちでいてくださいな」ドロシアは誠意を込めて、本心を伝えた。

「そう言っていただけるのは、私にとってもこの上ない喜びです」

ドロシアは笑みを浮かべた。やはり自分の目は間違っていなかった。彼女を花嫁にするという意思をあっさりと撤回できるということは、彼の愛情はそれほど真剣ではなかったということだ。彼の聡明さも、彼が正しい選択をするみごとな手助けとなったに違いない。もっとも、こんなに簡単に操られてしまう彼を見ていると、少し心配にはなるけれど。ため息をつきながら、ドロシアは、これでよかったのだ、と自分に言い聞かせた。彼が自分の夫にはふさわしくない気がしたのは、キスの情熱が感じられなかったせいばかりではないのだろう。

「ああ、あなたを困らせてしまったようですね」ミスター・ペングローヴは、彼女のため息の意味を誤解しているようだ。「どうか、許してください」

「なにも許さなければならないことなどありません」ドロシアはきっぱりと言った。

「まあ、あなたがそうおっしゃるのなら、いいのですが」ミスター・ペングローヴは不安げに眉を寄せたが、すぐに不安をぬぐい去るように首を振り、立ちあがって手を差しだした。

「そうと決まれば、これ以上、こんなところに二人でいるわけにはいきません。母が、私たちのいないことに気づいて、だれかになにかを言っているかもしれない」

ドロシアは躊躇した。まだ、会場へ戻る心の準備ができていない。しばらく一人きりになって、考えをまとめたり、ぬぐいきれない失望感を抑えこんだりする時間が必要だ。なにしろ、少し前に舞踏室を出たときには、婚約した女性としてそこへ戻るのだと固く信じていたのだから。

「どうか、お先にお戻りください」ドロシアは言った。「パーティーの雑踏へ戻る前に、もう少し一人だけの時間を楽しんで、新鮮な空気を吸っていきたいんですの」

ミスター・ペングローヴは困った表情を浮かべた。「人気《ひとけ》のないこんな場所に、女性を一人きりにするような礼儀知らずなことは私にはできません。どんなことが起こるかわからないのですよ」

「なにもご心配はいりませんわ」自分の身に危険が降りかかるはずはないと信じて、ドロシアは言った。これは、ウェセックス伯爵が主催するプライベートなパーティーだ。招待客でなければ、あえて庭に入ろうとする者などいるはずはない。

ミスター・ペングローヴは砂利を敷いた小道に靴のつま先を突っこんだ。「いや、そういうわけにはいきません、ミス・エリンガム。万が一あなたになにか起ころうものなら、ダーディントン侯爵に首をはねられてしまうかもしれない。侯爵は、あなたをここに一人で残すことを決してよしとはしないはずです」

「それはつまり、私たちが二人でいるところを侯爵に見られたほうが、侯爵は喜ぶと思っていらっしゃるということかしら」

「とんでもない。いますぐ、この場を離れるべきです！」

ドロシアは反論しようとしたが、やめた。ミスター・ペングローヴは、覚悟を決めたように唇を引き結んでいる。落ち着かない様子で、何度も肩越しに後ろをちらりと振り返ってもいた。いまにも侯爵が分厚い生け垣の向こうから飛びだして、ここで二人がなにをしているのかと問いつめてくるのではないかと思っているのだろうか。

ドロシアはミスター・ペングローヴの視線をとらえ、じっと見つめ返した。彼は申し訳なさそうな表情を浮かべたが、簡単には引きさがるつもりのない意志が、その姿勢に表れていた。

これ以上我を張れば言い争いになり、無駄に体力を消耗して頭痛を悪化させるだけだ。ドロシアはしかたなく、だが自然に、金色の絹のドレスのスカートに寄ったしわを伸ばしながら、優雅に立ちあがった。

ドロシアは彼の肘に手をかけた。「そこまでおっしゃるのなら、しかたありませんわね、ミスター・ペングローヴ。正直申しあげますと、私の後見人については、あなたのご想像のとおりですわ。実のところ、私もあなたの首はあなたの肩の上にあったほうがいいですもの。お皿の上ではなく」

アトウッド侯爵ことカーター・グレイソンは、春のそよ風や、星のまたたき、のどかさと静けさを楽しみながら、庭園の小道をぶらぶらと歩いていた。舞踏室の収容可能人数の二倍に当たる五百人が招かれた社交行事に出席するくらい、どうということはないカーターだったが、実際には、いつ出席してもたいてい憂鬱になるだけだった。

今夜も例外ではなかった。伯爵が主催する今夜の舞踏会に遅れて到着し、早々に立ち去るつもりだったのだが、まだ抜けだすことができない。今夜会うことになっている父のハンズボロー公爵が、まだ到着していないからだ。つまり、捕らわれの身であるも同然だった。

角を曲がり、生け垣に沿って砂利道を進む。庭園でもこのあたりはカンテラが灯っておらず、時間と場所の間隔をかき消しながら闇が少しずつ支配しはじめているようだった。もっとも、カーターには気にならなかった。薄気味悪い静けさと漆黒の闇は、ひとりぼっちの彼のムードにぴったりだったからだ。

噴水の脇で足を止めた。ちょろちょろと流れる水の音が、彼の魂をいやしてくれる。あと十五分したら、舞踏室へ戻ろう。その一時間後にはこの屋敷を出て、父をぎゃふんと言わせてやる。

引き結んだ唇にかすかに笑みを浮かべながら、カーターは、なぜあの父が珍しく舞踏会に遅れているのかを考えた。もちろんなにか特別な理由があるはずだ。ハンズボロー公爵は、思いつきで行動する人間ではないし、父の今夜の行動については、カーターも何とおりかの理由を推測していた。どれも結婚に関係のあるものだ。

近ごろの父が結婚のことばかり考えているのに、カーターはうんざりしていた。なにしろ父はいったんなにかに夢中になると、骨をくわえた犬以上にしつこく、結果に満足するまで決して引きさがらない。

カーターは父のことを心から感嘆し、尊敬し、愛している。それでも、父の意見に賛成できないことがたびたびあり、こと結婚問題に関しては完全に対立していた。結婚したくないわけではない。妻をめとって、跡継ぎをもうけるのが彼の義務だということはわかっているし、まっとうするつもりだ。実際、今シーズン中に妻を見つけようとも思っている。しかし、それはあくまでも彼の意思ですることが前提だ。父には、どうしても理解できないようだったが。

カーターはふたたび庭園を歩きはじめた。うららかな春の空気を通じて、彼の足音がこだませる。やがてもう一度角を曲がったところで、くぐもった声が聞こえ、カーターは顔をあげた。驚いたことに一組のカップルが抱きあい、唇を重ねている。顔をそむけたが、さらに大きな声が聞こえ、つい視線を引き戻した。

カップルが体を離し、ガーデンベンチに優雅に腰掛けている女性の前で男性が膝をつくのを見て、カーターは目を細め、それから片方の眉をあげた。

なんてことだ！　よりによって求婚の現場に出くわしてしまうとは。腹がよじれた。夜空では雲が移動し、一筋の月明かりがカップルを照らしだす。男性の細い体つきと粛々とした横顔が見えた。アーサー・ペングローヴだ。

驚いた。ペングローヴのような青二才が、妻をめとるというのか？　じっとカップルを見つめていたカーターは、急に自分がひどく年を取っているかのように感じた。

未来のミセス・ペングローヴが横を向いた。月明かりに照らされ、彼女の横顔がちらりと見えた。とてもかわいい女性だ。繊細な見た目で、洗練されている。数週間前に一緒にダンスをした相手のような気がしたが、自信はなかった。

たしか、ダーディントン侯爵の遠い親戚で、社交シーズンに合わせてロンドンへはじめて出てきた女性だ。目的はもちろん、特権階級の淑女の慣例どおり、夫を探すこと。どうやら、彼女はみごとにその目的を果たしたらしい。

こんな秘密の瞬間を邪魔するわけにはいかない。カーターは慎重に砂利道から離れて芝生の上に足をおろし、音を立てずに庭園を離れた。

舞踏室にふたたび足を入れるなり、群衆を見まわして、父の姿を探した。しかし、見つけたのは父ではなく、辛辣なユーモアの持ち主でハンサムな放蕩者のベントン子爵だった。彼とはイートン校の同級生で、のちにはともにオックスフォードに進学して友情を築き、成人後はさらにその友情を深めていた。性格もよく似ていたが、ベントンは、ときどきカーターが恐ろしくなるほど向こう見ずになることがある。

「いったい、どこに隠れていた?」ベントン子爵がたずねた。

「新鮮な空気を吸ってきたんだ」カーターは人に押し流されないよう、足を踏ん張って答えた。舞踏室の中では、滑稽なほど人々が押しあいへしあいしている。だれかが「火事だ」と叫ぼうものなら、会場は大混乱に陥るだろう。

ベントン子爵は通りがかった召使いを呼び止め、銀色に輝くトレイから、シャンパンの入ったクリスタルのゴブレットを二つ持ちあげた。「シャンパンでもどうだ?」

ゴブレットを手渡され、カーターは顔をしかめた。

「ああ、ああ、わかってるさ」ベントンはそっけなく言った。「シャンパンなんて、愚かな若い娘やよぼよぼの老婦人、杖を振りまわす伊達男が飲むものだって言いたいんだろう。だが、うまいウイスキーはカードルームにあるし、この人込みを通り抜けるには少なくとも二十分はかかる。出口に行き着く前に、喉が渇いて死んでしまうぞ」

「まあ、我慢するしかないようだな」カーターはぶつぶつ言いながら、シャンパンを喉に流し入れた。「少なくとも、ちゃんと冷えている」

ベントンは、だろう、とばかりにうなずいた。「レディ・ウェセックスは、舞踏室の収容可能人数を計算するのは苦手かもしれないが、舞踏会への金の使い方は心得ているようだ」

「氷がたっぷり用意されているからって、この込み具合を帳消しになどできるものか」カーターが言った。

「そこまで文句を言うのなら、なぜ帰らない？」

カーターは奥歯を噛みしめた。ベントンの言うとおりだ。なぜ、ここへ来たのだろう。父を喜ばせるため？　だが、カーターが父に今夜紹介される女性を拒否することは、彼も、父親もわかっている。ほかのことはともかく、そうすると決めているから、という理由にすぎないのだが。それでも、父親と息子は、互いにこのゲームを続けている。公爵は非現実的な要求をし、カーターはあからさまに無視をしているようには見えない程度に、いいかげんに応じているといった調子だ。

「ハンズボロー公爵ならびにレディ・オードリー・パーソンのご到着でございます」

執事の大きな声を聞き、みなが舞踏室の入口に注目した。年配の紳士とうら若い女性が、案内されてきた。ハンズボロー公爵は、背筋を伸ばし、油断なく周囲に視線を走らせて、笑みを浮かべることもなく歩いてきた。見かけよりもはるかに若々しい優雅さと活力を発している。会場を埋め尽くす人々は、文字どおり彼のために道をあけていた。

父の脇に立つ女性は、庭の格子垣《トレリス》のブドウのように父にくっついている。背が低くて目は大きく、あどけない子供のようだ。カーターの苛立ちが増した。

「なるほど、おまえが今夜ここにいる理由がようやくわかったよ、アトウッド」ベントン子爵が愉快げに言った。「父上を待っていたんだな。見ろ！　父上がおまえに贈り物を持ってきてくれたぞ！　これは驚いた。若くて、かわいい女性じゃないか。まだ十七にもなっていないな、賭けてもいい」

「黙れ、ベントン」

子爵はにやにや笑った。「まあ、彼女は太ってはいない。少なくとも、父上がその点を指摘したとしても、それは受け入れねばならないだろう。だが、ヒップを見てみろ。みだらなほどでかいぞ。まだ子供も同然だが、高貴さでは完璧だ。実に運がいい」

「なんてこった！　オードリーじゃないか！」

カーターは振り向き、たったいま合流した男性と顔を合わせた。「彼女を知っているのか、ドーソン？」

「ああ、知ってるとも、アトウッド。彼女の母上と僕のおばが親友でね。もう何年も前から知っている」

「それで？」カーターは先をうながした。

ミスター・ピーター・ドーソンはクラヴァットを引っ張った。糸くずがついていて、せっかくの真っ白なクラヴァットが台無しだ。彼もイートンからオックスフォードへ進学した同級生だが、その性格と物腰は、ベントンやカーターとはほぼ正反対だった。「オードリーは、いい子だぞ。単純で、人を喜ばせるのが大好きだ。これまでほとんど田舎を出たことがなくてね。おとなしいのはそのためじゃないかな」

「言い換えれば、馬鹿ってことか」ベントンが皮肉たっぷりに口を挟んだ。

ドーソンは頬を赤らめた。彼は静かで無口な男で、だれに対してもめったに厳しい言葉を発したり、非難したりするようなことはしなかった。「そうは言ってない」

「おまえの父上は、どうして頭の空っぽな女性ばかりおまえに見つけてくるんだ？」そう言うとベントンはグラスを軽く叩き、残っていたシャンパンを飲み干した。「そんな女性たちと結婚しろとおまえに言う理由もわからない」

まったく、いったいどうしてなのだろう。カーターの父は、本当に息子のことをほとんどわかっていないのだろうか。息子が、あんなに若くて、少女のような女性に興味を持つと思っているのだろうか？　カーターはため息をついた。「父は、頭がよくて、注意深い男だが、侯爵夫人にどういう女性がふさわしいかという点だけは、決して意見を曲げないんだ。僕の意見など、どうでもいいと思っているらしい」

「まったく、どこの家でも同じだな」ベントンがため息をついた。「僕は祖母に、容姿と育ちがよくて、マナーにも非の打ちどころのない女性と結婚することの重要性をとくとくと説かれているよ」

「おまえのような、無教養で無骨な男の妻としては、まったく不似合いな条件だな」カーターはにやりと笑いながら言った。

「かもしれない」ベントンもにやりと笑い返した。「だが、僕の祖母はおまえの父上とは意見が違う。妻に求めるものの中に、おどおどした女性という条件を含めていることとか、あんな」

「レディ・オードリーは、おどおどなどしていないぞ」ドーソンが反論した。「まあ、あんまり、という意味だが」

まったく、これ以上ひどいことがあるだろうか？　まったく会いたくもない女性に敬意を払うのを強いられるばかりか、よりによって友人たちの目前で恥をさらすことになるのだ。公爵が、舞踏室のフロア越しにカーターをじっと見つめていた。目を細めている。カーターは腹をくくった。こういうときは、父が冷酷で頑固な一族の血を引いていることを思いだす必要がある。

その血はもちろん彼の中にも流れているが、それほど濃くはないようだ。それとも、まだ完全に表に出ていないだけなのだろうか。

公爵とレディ・オードリーが自分たちのところへ来るのには数分かかると、カーターは計算した。来た時点でそれぞれが紹介され、無意味な会話がかわされ、それからレディ・オードリーにダンスを申しこむ。

ダンスが終われば、帰ることができる。そして明日の朝、彼女には興味がないと公爵に伝えるのだ。

「友よ、幸運を祈る」ベントンがカーターの背中を叩いた。「ここにとどまって、おまえが子供のようなレディ・オードリーを相手に馬鹿なことをするのを見ていたいのはやまやまだが、カードルームが呼んでいるんでね。一緒に来い、ドーソン」

ピーター・ドーソンは、あわててカーターとベントンの顔を交互に見やった。「ここに残って、アトウッドを支えてやったほうがいいのでは？」

「冗談じゃない」カーターはきっぱりと言った。「おまえたちも、できるあいだに楽しんでおいたほうがいいぞ」

二人はそれぞれ、ドーソンは不安げに、ベントンは愉快げに、ありがたいことにいくらかすいてきた人込みの中へ姿を消した。

カーターはもう一度父のいる方向を見やった。レディ・オードリーと一緒に、ウェセックス伯爵と話をしている。おかげで、自分の思いをまとめ、気持ちを静める時間を稼ぐことができた。すると伯爵がいきなり振り向き、息子の視線をとらえた。会釈するように顎をわずかに引き、それから冷ややかな灰色の目で、合図をした。

カーターは苛立った。父は明らかに、こっちへ来いと言っている。従うのが賢明なのはわかっているが、足が地に張りついたまま動かない。父がふたたび合図をしてきた。不満げに目をかげらせている。カーターの目も、かげった。だが、足はまったく動いてくれない。

長年の習慣から、カーターは短気をぐっとこらえた。公衆の面前で感情を爆発させるのは無礼だし、無意味だ。だれもいないところで話をしなければ。これはあくまでも彼と父とのあいだで解決すべきことなのだから。

認めたくはないが、絹のドレスのスカートに隠れたレディ・オードリーのヒップが異常なほど大きいことは、離れていても見て取れた。顔はまあまあだが、やけに無表情なのが気にかかる。父が干渉してくるのもうとましい。

二人は話を切りあげ、ふたたび彼のほうへ向かって歩きはじめた。ふいに、彼の自己防衛本能が働きはじめた。

父はレディ・オードリーに対してものすごく気を使っている。これはまずい。これまでは、父と子のあいだで言いあいになったあと公爵が紹介した女性を断っても、公爵は彼の態度に難色を示す程度だった。

カーターの三十歳の誕生日を数カ月後に控え、公爵はますます頑固になってきた。カーターは、今度ばかりは父の選んだ相手をすんなりと断ることはできないような気がしていた。かすかなラベンダーの香りが臭覚を刺激した。カーターは思わず振り返った。なんて美しい！　一人の若い女性が彼の左側、数歩しか離れていない場所に立っている。カーターは不愉快な表情を消し去り、笑みを浮かべた。「こんばんは」お辞儀をした。「アトウッド侯爵と申します」

「ええ、存じていますわ」女性は彼のずうずうしい態度に驚きながらも、誠意を持ってうなずいた。「数週間前にウィリングフォード卿の舞踏会でお会いしましたよね。ご機嫌いかがかしら」

「あなたとダンスをしたいのです。どうか、僕の願いを聞いてはいただけませんか？」

女性の返事を待つことなく、カーターは彼女を腕の中に引き寄せた。ありがたいことに、ダンスをするカップルのためにフロアの一角があけられている。すぐさまフロアの中心へ、父とレディ・オードリーからできるだけ離れた場所へと向かった。

腕の中の女性がもらした不満げな声を無視し、彼女を一緒に引っ張っていく。この女性もとても体が小さく、身長は彼の肩に届くか届かないか程度しかない。容姿は美しく、筋の通った優美な鼻に、なめらかな金髪、体はほっそりとしているが、胸は大きく、しっかりと張っている。それにしても、この女性、どことなく見覚えがあるぞ……。

カーターは目を細め、彼女をじっくりと観察した。そして彼女の正体に気づいたとたん、ワルツのステップをあやうく踏み間違えそうになった。なんてことだ！　庭にいた、アーサー・ペングローヴの婚約者じゃないか。不満げに彼をにらみつけているのも無理はない。このダンスは婚約者と踊るために取ってあったのだ。

まあいい。彼女には、ペングローヴと踊る機会などこれからいくらでもある。そう、生きているかぎりは。いまは彼にとって急を要するときであるし、ダンスはすでに始まってしまっている。実際、これはいいしるしだ。運が向いてきているに違いない。

平静を取り戻し、カーターはパートナーに向かって笑みを向けた。「まだ到着したばかりなんです。なにか楽しいことが起こらなかったか、教えていただけませんか？」

カーターは、彼女が頬を赤らめ、口ごもりながらも、一気にアーサー・ペングローヴと婚約したことを話しはじめるものだと思っていた。そのときには、彼はうなずき、笑みを浮かべて、彼女のとめどないおしゃべりに耳を貸し、会話をしなければならないという重荷を軽減すればいい。運がよければ、彼女をこの舞踏室の反対側へ連れていき、ダンスが終わるころには、ここから静かに一人で立ち去れるだろう。父と顔を合わせることも、レディ・オードリーを紹介されることもなく。

しかし、美しい将来のペングローヴ夫人は、婚約話を打ち明けることもなければ、特別に重大な出来事が起こったようなそぶりさえ見せない。それどころか、当惑させられそうなほど厚かましい視線を彼に向けてきた。

カーターは、彼女の顔から唇へと視線を移した。なんという肉感的な口だろう。鼓動が速くなり、ふいに、彼女にキスをしたい衝動に駆られた。もちろん、単なる欲望だ。それでも、この官能的で魅惑的な唇をペングローヴが味わうことになるとは残念だった。

「どうして私をダンスに誘ったのですか？　そもそも、私の気持ちを無視して無理やりダンスフロアに連れだしたりなさったのですか？　あなたの性急ぶりときたら、尋常ではありませんでしたわ。まさか、なにか悪いことをなさって逃げているのではないでしょうね？」

カーターは眉をひそめた。聞き間違えたのだろうか。「なんですって？」

「どうして私があなたと踊らなければならないのか、とたずねているのです」彼女は落ち着いた様子で答えた。

一瞬、頭の中が真っ白になった。彼女の率直な態度に不意打ちをくらったのだ。彼の目の前に出ると、女性はたいてい頬を赤らめ、口ごもるか、誘惑するような視線をひそかに送ってくる。これほどあからさまに詰め寄ってくるようなことは絶対になかった。

「あなたの美しさにすっかりやられてしまいました」あたりさわりのないお世辞で彼女の警戒心を解くことにした。「それで、こんな大胆な愚行に走ってしまったのです」

「なんてくだらないことを。私を穀物袋のように運び去るまで、私の顔などちらりともご覧にならなかったじゃありませんか」

カーターはまるで侮辱されたとばかりに、眉をあげた。「僕はアトウッド侯爵です。女性を運んだりなどしません。優雅に、上品に連れ去るだけです」

「本当かしら？　女性が別の紳士とダンスをする約束をしていても？」

やはり、予想していたとおりだった。彼女は、婚約者から引き離されたせいで腹を立てているのだ。「これまであなたのパートナーだった紳士は、これからいつでもあなたとダンスを楽しめるでしょう。一度くらい別の男にチャンスを与えるのがフェアというものだ」

彼女は首を傾けた。「私の名前をご存じありませんわよね」

まずいぞ。カーターは彼女の質問をはぐらかそうと、最高の笑みを彼女に向けた。だが、うまくいかなかったらしい。彼女は、真剣なまなざしで彼をひたすら見つめている。長い沈黙が続いた。

「もちろん、知っていますとも」カーターは言った。「ウィリングフォードの舞踏会でお会いしましたよね。君はアーサー・ペングローヴの未来の花嫁だ。いやあ、彼は実に運がいい」

彼女のブルーの瞳にショックと後悔の色が満ちたが、すぐにからかうような光が戻った。

う。ほんの一瞬の感情表現だったので、彼女をじっくりと観察していなければ見逃していただろう。

「ずいぶん変わった名前じゃありませんこと？　アーサー・ペングローヴの未来の花嫁？　もう一度、ちゃんとおっしゃってくださいな」

彼女の美しい顔に、あからさまに挑むような表情が浮かんだ。くそっ。彼女の名前を知っていたらよかった。そうすれば、このゲームに負けずにすんだのに。だが、悔しいことに、彼には想像もつかない。もっとも、それはそれで驚きだった。どうしてこれほど魅力的な女性の名前を忘れてしまったのだろう。

カーターは咳払いをして時間を稼いだ。「たしか、そういうおとぎ話がありましたよね。美しい粉屋の娘が、藁を紡いで金に変えるのを手伝ったこびとの名前を当てるおとぎ話。彼の名前は、なんといったっけ？」

「ランプルスティルスキンかしら」

「そう、それだ」

「私の質問をはぐらかすおつもりですか？」

「僕が？　まあ、頭の中が混乱していることは認めましょう。おとぎ話のような出来事にすっかりとりこになっているんです。僕たちのいまの状況にあまりにも似ているし。正直な話、君の髪の美しさときたら、藁を紡いでできた金もかないませんよ」

彼女はなにかぶつぶつとつぶやいた。淑女が口にするどころか、知っているはずのない言葉だった。カーターはにこりと笑った。「いま、なんと?」

彼女が意図したこととは思えなかったが、これほど女性に愉快な思いをさせられたのははじめてだった。もちろん、寝室以外で、という意味だが。彼と一緒にいると、女性たちはしばしば無口になってしまうことも多い。好印象を与えたいと思うからだ。

だが、この謎めいた美女はそうではないらしい。どちらかといえば、彼から逃げたくてしかたがないようで、カーターはますます彼女が気に入った。彼女の切れのいいウイットや、大胆な態度もいい。彼女の温かな声は、不思議なほど官能的だった。声を聞くだけで、欲望が体を駆け抜ける。

彼女がすでに別の男のものだとわかっているからこそ、よけいにそう感じるのだろう。たしかに、自分のものにできないと思うと、逆に魅力的に見えるものだ。

「ずるい方ね」彼女がようやく言った。

「そのとおり。だから、僕にはなにを言っても通じませんよ」

彼女が声をあげて笑った。いかにも楽しそうな、耳に心地いい笑い声を聞いて、カーターの顔にも大きな笑みが広がった。ふと気づくと音楽がやみ、ダンスが終わっている。口惜しく思いながら、カーターは彼女を腕の中から解放した。その直後、だれかが自分の背後に立ったのを感じ取った。

きっと、彼女と婚約したばかりのアーサー・ペングローヴだろう——そう思って振り向いた。だが、視線の先にあったのは、ダーディントン侯爵の目だった。

2

「これはこれは、ダーディントン侯爵」

「アトウッド」

　二人は正面から向かいあった。最初はただ見つめあっていただけだったが、いつの間にか互いをにらみつけたまま、どちらも目をそらそうとしない。気まずい空気が二人を包みこむ。ドロシアははらはらするあまり、息を吸うこともできない。二人の紳士のあいだで板挟みになるのだけはごめんだった。

　ロンドンでの滞在中は、できるだけ礼儀正しく、上品に振る舞うことを姉のグウェンドリンに固く約束したはずだった。それなのに、いつの間にかシェイクスピアの劇に出てきそうなヒロインになろうとしている。

　そこで、興味津々な様子で三人を眺めているゲストたちのために、ドロシアは愛想笑いを浮かべた。ごまかされる者などいないだろうけれど、彼女の心で渦巻く不安を少しは隠せるであろう笑みを。

「まあ、お二人はお知りあいでいらしたのね」ドロシアはささやいた。「うれしいわ」

　ドロシアは見物人がさらに増えたことを意識しながらさらに満面の笑みを浮かべた。どうしましょう、みんな、私を馬鹿な女だと思っているに違いないわ。でも、スキャンダルを巻き起こす女よりも、少し馬鹿な女と思われたほうがいいわ。

二人の男性がドロシアのほうをちらりと見やった。彼女が口をきいたことに、わずかに驚いているようだ。互いに相手ばかりが気になって、ドロシアがそこに立っていることなど忘れていたのだろう。

「ここは、私がけりをつけておく、ドロシア」ダーディントン侯爵が、威厳のある声で静かに言った。「君が心配する必要はない」

「なにもけりをつけることなどないんです」ドロシアはできるだけ平静を装って言った。「単なる誤解ですから」

「なるほど、そうかもしれない。だが、そうではないかもしれないぞ。少なくともアトウッドにとっては」ダーディントン侯爵は冷ややかに言いながら、怒りに満ちた目を彼女のダンスの相手に引き戻した。

反射的にドロシアは引きさがった。まったく動じる様子のないアトウッド卿に感心しながらも、心の中に巣くってしまった懸念はますます高まっていく。

ダーディントン侯爵は体つきも気性も恐ろしい人だ。彼に直接向かっていく勇気のある者などほとんどいない。だが、どうやらアトウッド侯爵は、その数少ない人間の一人のようだ。

上流階級の人々の半数がダーディントン侯爵の激しい気性を恐れているいっぽうで、残りの半数は彼の行為やそれらが生みだす無数のゴシップを楽しみに生きているようなものだ。妻であるレディ・メレディスは、ダーディントン侯爵は年とともに角が取れてきているから大丈夫、とドロシアに言ってくれていたが、いまの状況からはとても考えられないことだった。実のところ、明らかに腹を立てているはずのダーディントン侯爵が恐ろしいほど冷静であることが、なによりも落ち着かなかった。

嵐の前の静けさ？　軽いめまいを覚え、身震いした。後見人が出てきて一騒動起きようものなら、今夜は彼女の人生で最悪の夜となるだろう。

「先ほどのダンス、ミス・エリンガムは私と踊る約束をしていた、アトウッド。それなのに、貴様は彼女を連れ去ってしまった」ダーディントン侯爵が言う。「いったいなにを考えていた？　いや、なにも考えていないのかな？」

ダーディントン侯爵の低い声が、ドロシアの背筋を震わせた。ドロシアは、おそるおそるアトウッド侯爵を見やった。わずかに顔が青ざめ、顎をこわばらせている。見たくない光景を目にするのではないかという彼女の不安が増した。

「それは気づきませんでした」アトウッド卿が答えた。沈黙の時間が続いたのち、ようやく言った。「お詫び申しあげます」

アトウッド卿はわずかに首を傾け、謝罪を申し出た。謝罪にふさわしい、心からの悔恨の気持ちが表れた声だった。表面的には。それでも、アトウッド卿の口調のなにかが、ドロシアの気を引いた。

一週間分の小遣いをすべて賭けてもいい――この若い貴族は、ドロシアのダンスの相手がダーディントン侯爵だとわかっていたとしても、きっとさっきと同じことをしていただろう。

ダーディントン侯爵の瞳のかげりが増した。ダーディントン侯爵も、ドロシアと同じことを考えているらしい。二人を包む緊迫感が高まっていく。まるで二頭の雄羊が角を突きあわせているかのように、どちらも目をそらそうとしない。殴りあいになるよりはましだが、この会話の進み方によって、そうなっていかないともかぎらない。ドロシアは目を見開き、唇を舐めた。

二人のあいだに入った場合の身の安全を考え、ドロシアは二人の敵意を取り除こうと笑みを浮かべた。だが、そんなことはしても無駄だった。二人はまた彼女の存在を忘れてしまっていた。互いばかりを気にするあまり、それ以外のことはほとんど目に入っていないのだ。ドロシアは、ふと、ダーディントン侯爵にはじめて会ったときのことを思いだした。侯爵は、思いやりがあって、感じがよく、魅力的でさえあった。だが、彼女が彼の被後見人としてロンドンの彼の家族の一員であるあいだ、彼女にどう振る舞ってほしいかや、一も二もなく彼女に従ってもらいたい規則について手短に述べたのも侯爵だった。

侯爵はさらに、彼女がそうした規則を破ったらどうなるか、今度はどちらかといえば具体的に語った。ドロシアの膝の震えがようやく止まったのは、翌日の朝だった。

アトウッド侯爵はドロシアとは違うようだ。生きている健康的な人間ならだれでもブーツの中で足が震えだしてしまいそうな目つきでダーディントン侯爵ににらまれているのに、アトウッド侯爵はまばたき一つしない。

ドロシアは、アーサー・ペングローヴのことを思わずにはいられなかった。いまのアトウッド侯爵のようににらみつけられたら、ペングローヴは間違いなく気を失っていただろう。

「謝罪を受け入れて、その嘆かわしい行儀作法を許さねばならんようだ」ダーディントン侯爵は、しぶしぶ言った。「だが、二度とこのようなことが起こらないようにしてほしい」

「ご理解いただき、ありがとうございます」アトウッド侯爵はドロシアに向き直って笑みを浮かべた。「美しいミス・エリンガムを一目見たときに、どれだけ正気を失ったか、わかっていただけたことでしょう。本当に彼女は魅力的だったんです」

「正気を失った？　なるほど、わずかな常識も一緒に失ったと言うつもりかね」ダーディントン侯爵がうなるように言った。

アトウッド卿は苦笑いを浮かべた。「僕は紳士です。聖人ではありません」

ダーディントン侯爵はにやりとしたが、すぐにまたそのハンサムな顔をしかめた。「気をつけろ、アトウッド。私の家で預かっているかぎり、ミス・エリンガムは私の保護下にある。自分の娘と同じように守り、愛情を注ぐという責任を負っているのだ。ありがたいことに、私の娘たちはまだ社交界に出られるほど大きくはないが」

「よくわかりました」アトウッド卿はふたたび小さく微笑んだ。

「まあいいだろう。どうか忘れないでくれたまえ」ダーディントン侯爵は片方の足からもう片方に体重を乗せ替えて、アトウッド卿をじっとにらみつけた。ダーディントン侯爵に暗い目で見つめられると、なにか詮索されているようでドロシアは落ち着かなくなる。

アトウッド卿の顔から笑みが消えた。もしかして、彼もダーディントン侯爵に少なからず圧倒されているのだろうか。アトウッド卿はダーディントン侯爵に対して真剣に向きあっているのかもしれない——そう思ったとたん、妙なことにドロシアのアトウッド卿を見る目が変わってきた。彼は、敬服すべき相手かどうかを見極めるだけの知性があるのだ。賢くて、分別があるからこそ、立ちまわるすべを身につけているのだろう。

「今夜お話ししたことは決して忘れません」アトウッド卿はドロシアに向き直り、彼女の手を握ってお辞儀をした。「おやすみなさいませ、ミス・エリンガム。ダンスの相手をしていただきありがとうございました。とても楽しいひとときを過ごすことができました。今夜、いちばんの喜びでした」

自分でも驚いたことに、ドロシアは思わず顔を赤らめていた。彼は目の前に立っていた。彼の体から発せられる熱が感じられるほど近くに。ドロシアは、落ち着くのよ、と自分に厳しく言い聞かせた。

「なんと申しあげていいのかわかりませんわ」

アトウッド卿が眉をひそめた。「こういうことに慣れていらっしゃらないのですね」

ドロシアは微笑んだ。そんなつもりではなかった。冷静さと気品を保ち続けるつもりだった。たとえ少々高慢だと思われたとしても。けれども、彼はあまりにハンサムで、あまりに魅力的すぎた。そう、ドロシアは、ハンサムで魅力的な男性が大好きなのだ。

「この次にお会いしたときには、もっと礼儀正しく振る舞ってください」彼が手を離してしまったことを残念に思いつつ、ドロシアは言った。彼のタッチは心地よかった。彼に抱きかかえられた自分の体の小ささと細さを、ドロシアは十分に堪能できたからだった。

「お約束します。今度お会いしたときには、決して失望させません」アトウッド卿は身を乗りだしてささやいた。「君の名前も絶対に忘れない。ドロシア」

そう言うと、意味ありげな笑みを浮かべ、アトウッド卿は去っていった。

「なにをぼうっとしているんだ、ドロシア？」

「え？　なんですって？」ドロシアは離れていくアトウッド卿の広い肩から目を引き戻し、おずおずと後見人を見やった。「ごめんなさい」

「私を無視したことかね？　それとも、アトウッドと踊ったことかね？」

「両方、かしら」

ダーディントン侯爵が腕を差しだしたので、ドロシアは肘に手を滑りこませた。頭を高くあげ、二人は舞踏室を横切り、料理が用意されている部屋へと向かった。何人かの淑女たちが、興味深げに二人を見やりながら口元で扇子を広げてうわさ話に興じていたが、侯爵は振り向きもしない。ドロシアも気づかないふりをした。

「アトウッドは、少し衝動的な男だと常々思っていた」ダーディントン侯爵はそう言いながら、食堂の入口をふさぐ実に趣味の悪い暗褐色の衣服を着た若い伊達男をにらみつけた。男は気の毒なほど驚いて息をのみ、顔を真っ赤にするとあわてて道をあけた。「彼は、自分と踊ってもらえるか、都合を訊こうともしなかったのだろう？　だから私との約束をすっぽかしたのだな？」

ドロシアはうなずいた。「ええ、放してくださらなかったんです」

ダーディントン侯爵の表情がかげった。「無作法なまねをされたのかね？」

「いいえ、そうではありません」ドロシアはずっと、好きではない男性の誘いははっきりと断ってきた。ただ、今回はまったく違った。

「アトウッドが君を選んだのに気をよくしたということなのかな」侯爵が言った。

ドロシアは頭の中でいまの出来事を思い返しながら、ゆっくりと首を横に振った。「本当のことを言うと、私が選ばれたとは思っていないんです。たまたま私が彼のいちばん近くにいたというだけなのではないかしら」

「なるほど、やつはだれかを避けようとしていたのかもしれないな」考えこむような侯爵の口調に、若き日の侯爵も同じようなことをしたのかもしれないと、ドロシアは思った。「それはともかく、君の振る舞いは立派だったぞ、ドロシア。アトウッドと私が対立しているのを見て冷静さを失わないでいるのは、さぞかしつらかっただろうに」

「単に恐怖心と不安で動けなかっただけです。あの状態では当たり前でしょうけれど、侯爵様」ドロシアは皮肉を込めて答えた。

侯爵が微笑んだ。「動揺させてしまったのなら、謝る」

「私はただ、感謝しているだけですわ。お二方がどちらも拳を脇におろしたまま、互いをひどく侮辱するようなこともおっしゃらなかったんですもの」

ダーディントン侯爵は当然だとばかりにうなずいた。「私が行き過ぎたことを言っていれば、アトウッドはおそらく手をあげてきただろう」

「舞踏会で殴りあいだなんて……」ドロシアは体を震わせた。

「そんなに心配する必要はない。たとえ殴りあいになったとしても、長くは続かなかったはずだ。これだけ混雑していては、せいぜいパンチを一、二発見舞ってやることしかできない」

「それは安心ですこと」

思わず嫌みな言葉が口をついたが、侯爵はまったく気にしている様子はなかった。二人は、おおぜいの召使いが忙しそうに動きまわっている食堂へ足を踏み入れた。

ドロシアは一瞬立ち止まり、部屋をぐるりと見渡した。この場の様子をこと細かに記憶し、手紙に詳細をしたためて、妹のエマに送るためだ。

食堂の中はろうそくの火が燃え立ち、淑女たちのサテンのドレスや宝石が反射してキラキラときらめいていた。バイキングカウンターのあちこちに、温室で育てられた花々を生けた大きな花瓶が置かれている。そのうえたっぷりと用意された料理の重みで、カウンターはぎしぎしいっていた。ロンドンで暮らしはじめて二カ月が経ったいまでも、ドロシアはこうしたパーティーの壮大さとかけられている費用の莫大さには畏怖の念を抱いていた。ヨークシャーにいたころの、静かで質素な集まりとは似ても似つかない。

ほんのつかの間、自分が慣れ親しんだ、よく知っていて安心できる生活に戻りたいと思ったが、すぐにそんな思いは容赦なく捨て去った。今夜はいったいどうしたのだろう？　アーサー・ペングローヴからの求婚と、アトウッド侯爵との思いがけない出会いは、彼女が気づいている以上に彼女の気持ちに予想外に大きな影響を与えているようだった。

姉がロンドンへ来るよう誘ってくれたとき、ドロシアはその申し出に一も二もなく飛びついた。いい結婚相手を探し、自分にとって快適で幸せな人生を作りあげるためには、それ以上の機会はないとわかっていたからだった。ダーディントン侯爵夫妻に後見人になってもらうなど思いも寄らなかったが、実にありがたいことでもあった。

ドロシアが社交界の花といえる人々や、影響力がある人々や貴族社会の人々、そして裕福な人々と近づきになれるのは、まさにダーディントン侯爵夫妻の威信のおかげだ。とはいえ、この並外れた幸運は、また災いでもある。花婿を探さなければならないという自分自身へのプレッシャーは、週を追うごとに増していた。

きれいに着飾り、たっぷりと金を持った人々を見まわしているうちに、ドロシアは気が重くなっていった。私はここでなにをしているのだろう。そんなに高望みをしているの？　結婚で自分をもっとよくしたいと思うのは馬鹿げたこと？

とはいえ、ドロシアがおじやおばと一緒に十年近く暮らしてきた、静かで、むしろ退屈と言ってもいいヨークシャーの村での生活から離れるには、結婚という方法しかなかった。このまま一生田舎暮らしをすることにならないためにも、ある程度、大きな危険を負うことは覚悟しているつもりだった。

「妻を探して、静かな場所で食事にしよう」食堂を見渡しながら、ダーディントン卿が言った。ドロシアは、素直にこくんとうなずいた。

食堂を見まわしてレディ・メレディスを探しながらも、ドロシアは、アトウッド卿をぼんやりと目で追っていた。あちらこちらから話し声と笑い声が飛び交う中、おおぜいのゲストたちが、数多くのバンケットテーブルに集まりはじめた。ダーディントン卿はどうにか妻のレディ・メレディスを見つけだした。少し離れた場所に三人で腰掛けることのできるテーブルを確保すると、召使いを呼んでカウンターからさまざまな種類の料理を運ばせた。

「舞踏会を楽しんでいる？」料理を待っているあいだに、レディ・メレディスが訊いてきた。彼女は美しく、また穏やかで、もうすぐ十歳になる子を筆頭に三人の娘を持つ母親とは思えないほど、顔も姿も若々しい女性だ。

はじめて夫妻と顔を合わせたときは慎重だったドロシアだが、やがてレディ・メレディスの気取らないところややさしい物腰にしだいに打ち解けていった。レディ・メレディスの洗練された態度や楽観的なものの見方には感嘆した。レディ・メレディスが気性の激しい夫を上手に扱っているさまを、ひそかに感心してもいた。

「舞踏会は大成功のようですね」召使いがドロシアの目の前に置いたチャイナプレートに目を見張り、今夜の出来事について自分の気持ちはできるだけ押し隠しながら、彼女は答えた。

さっそく子牛肉のペストリーを一切れ口に放りこみ、別の一切れにフォークを刺したところで、侯爵にじっと見られているのに気づいた。

「先ほどの件だが、自分でメレディスに話すかね？　それとも私から話したほうがいいかね？」ダーディントン卿がたずねた。「決めなさい」

「単なるダンスだったんです」ドロシアはフォークを皿に置きながら、ゆっくりと答えた。

「サパーダンスのこと？　でも、あなたたち、こうしてここにいるじゃない。トレヴァー、予定どおりにドロシアをダンスフロアへ連れていかなかったの？」

レディ・メレディスが顔をしかめた。彼女が混乱するのももっともだった。サパーダンスでペアを組んだ者は、ダンスのあと一緒に食事をする習慣になっているからだ。でも、ドロシアが一緒にいるのはダーディントン卿だ。アトウッド卿の姿はどこにもない。

「アトウッドは、彼女を私から盗もうとしたのだ」ダーディントン卿が言った。「ダンスのパートナー役は取られたが、食事のパートナー役は私が勝ち取った」

レディ・メレディスはドロシアの顔をじっくりと見つめた。「だれに頼まれて邪魔をなさったの？　ドロシアに頼まれたというの？」メレディスは夫にたずねた。

侯爵はその質問にカッとなった。「私にはドロシアを幸せにする責任がある。ドロシアが私の庇護下にあるときに彼女が傷つくようなことがあっては、自分で自分を許せなくなる」

レディ・メレディスは夫に鋭いまなざしを向けた。「あなたは迷惑だったのかしら、ドロシア？　ダーディントン卿の助けを必要としていたの？」

ドロシアは子牛の肉が喉につかえないよう小さなかけらを口に入れ、ゆっくりと噛みほぐした。レディ・メレディスは、当人が望む以上に状況を見透かす並外れた能力の持ち主だ。その能力が自分に向けられると、ドロシアはいつも落ち着かなくなる。

「アトウッド卿にいきなり連れていかれたのです。でも、危害など加えられていません」レディ・メレディスに対してほかにも言うべきことはあるが、うまく言おうとすればするほど、目を合わせることができない。「厳密に申しあげれば、必要はなかったかもしれませんが、ダーディントン侯爵が助け舟を出してくださったことには感謝しています」

「それ見ろ、言ったとおりじゃないか」侯爵は得意げに妻に向かって言った。

「アトウッド侯爵とダンスをしたのは、実は、今日で二度目なんです」ドロシアは口を挟んだ。「数週間前のウィリングフォード卿の舞踏会でも、私のパートナーを務めてくださいました」もっとも、彼は私のことなど覚えていないようだったけれど――ドロシアは心の中で皮肉った。

「二度目だと？　気づかなかった」侯爵は顔をしかめながら、召使いがテーブルに置いていったボトルからメレディスとドロシアにワインを注いだ。「アトウッドの父親が彼を結婚させたがっているのは公然の事実だ。だが、アトウッド本人は、公爵の命令に従おうとしないらしい。そのうえ、評判が評判だからな。金と爵位はあっても、夫としてふさわしい男とは思えん」

「もっと評判が悪くて向こう見ずな行いをするような殿方でも、きちんと結婚して、いい夫になった方がいらっしゃるわ」レディ・メレディスは愛情を込めて言った。「あなただってそうでしょう」

レディ・メレディスの言葉にダーディントン卿は安心したらしい。「たしかに、アトウッドはそれほど悪い男ではないだろう。だが、やつを夫にするのは、それほど簡単なことではないと思う。なんといっても、父親が恐ろしい。専制君主のような私の父でさえ、あの父親と比べると飼い慣らされた猫に見える」

「人生に、自己中心的な専制君主はつきものですわ」レディ・メレディスはワイングラスを掲げて、ゆっくりと飲んだ。「正直申しあげて、公爵というのは本当に恐ろしい方ばかりですわ。お義父様だけは別ですわよ。あの方はとても楽しい方ですもの」

ダーディントン卿はにやにや笑いながら妻を見やった。「私の父を楽しい男だなどと言う女は君だけだろうな」

レディ・メレディスは笑みを返した。「本当のことですわ」

「そこまでにするのに私がどれほど苦労したか、もう忘れてしまったとは」

レディ・メレディスは、とんでもない、とばかりに手を横に振った。「そんなの、もう昔のことよ。それに、お義父様を説得するのは、一つの挑戦だったわ。私、挑戦って大好きなの」

「私も好きです」ドロシアは言い、あのハンサムな侯爵が本気で自分に興味を持つはずなどないわ、と心の中で苦笑いした。彼女は、たいした持参金もコネもない、ただの田舎娘なのだから。「でも、アトウッド侯爵は自尊心が高そうだし、心から私に興味を持ってくださるかどうか。それに、お父上のハンズボロー公爵にどうしたら気に入っていただけるかなんて、とても考えられないわ」

「でも、二度目のダンスだったのよね」レディ・メレディスは考えこんだ。

ドロシアは肩をすくめた。「きっと、お父上を困らせようと、私に興味があるふりをしたんじゃないかしら」

「この世界では、変わったことが起こるものなのよ。アトウッド侯爵がいらしたら、どれくらい誠実な男性か、しっかりと見極めなくては」レディ・メレディスが言った。

ドロシアは目を見開いた。「そんな、気が早すぎます。アトウッド卿は、私を訪ねてくるようなそぶりは少しも見せなかったわ」

「だからといって、やつがわが家の玄関に姿を見せないとはかぎらない」侯爵がうなるように言った。「片方の手に帽子を、もういっぽうの手に花束を持って、な。馬車で遠出しようと誘われたら、必ずメレディスを付き添いとして連れていくのだぞ」

「あの年代の勇ましい若者は、二頭立てのほろつき四輪馬車に乗ってくるものよ、トレヴァー」レディ・メレディスはやんわりと言った。「あれは二人乗りだわ。私はどこに座ればよくて？　アトウッド卿の膝の上？」

「そんなことをしたら、私はやつに決闘を挑まなければなくなる。あんなに若い男の人生を終わらせることになるのは気の毒だ」

「まあ、馬鹿なことを言わないでちょうだい」レディ・メレディスはテーブル越しに腕を伸ばして、夫の手に手を重ねた。侯爵はすぐに手のひらを裏返して、レディ・メレディスの手をぎゅっと握った。「決闘はなしよ、トレヴァー」レディ・メレディスは、柔らかだが断固とした口調で言った。

「自分にとって大切な女性を守るためじゃないか」侯爵は憤慨して言った。「もちろん、ドロシアも含めてだ」

「ありがとうございます」ドロシアは口早に答えた。ダーディントン卿が彼女のために決闘をするなど、考えるだけでも恐ろしかったが、彼女の味方として、彼女に危害を加えようとする男性から彼女の身の安全を守ろうとしている人がいると思うだけで、心が温かくなった。

ドロシアのおじのフレッチャーは、ドロシアがロンドンに来る直前にこれからは心を入れ替えると約束してくれたが、それまで三人の姪のだれ一人にもまったく関心を示さなかった。

「もちろんドロシアを守ってくださらないと」レディ・メレディスが言った。「ただし、あなたの知性と影響力を使ってくださいな。剣や銃ではなく」そう言うと、手を引いて、頰にかかった髪を払った。「さあ、暴力の話はここまでにしましょう。考えただけで、食欲がなくなってしまうもの」

一瞬ためらったものの侯爵はうなずき、フォークの歯でホタテ貝の身を突き刺して、妻に向かって差しだした。レディ・メレディスは茶目っ気のある笑みを浮かべると、差しだされたホタテ貝をおいしそうにぱくりと口にした。

よかったわ。なにごともなくことがおさまって。ドロシアが原因になることはめったになかったものの、家族のあいだでもめごとが起こるといつも不安になる。レディ・メレディスとダーディントン卿が仲よく意見のくい違いを解決する様子を見て、ドロシアはうれしくなった。

残る問題はあと一つだ。ドロシアは深々と息を吸いこんだ。「さっき、アーサー・ペングローヴに求婚されてしまったんです」ドロシアは一息でそう言った。

ダーディントン卿夫妻は謎めいた視線をかわし、レディ・メレディスがゆっくりと片方の眉をあげた。

「本当なの？」

「そんなに心配なさらないでくださいな」ドロシアは、わざと軽い口調で言った。「お断りしましたから。というより、妻をめとるのはまだ早すぎる、とお伝えしておきました」

「それは、よかった」侯爵がほっとした様子で言った。「ペングローヴと顔を合わせるなど、私にとっては拷問も同然だ。求婚を断るときには、おそらくウサギを蹴り飛ばすような気持ちにさせられるだろうから」

ドロシアはすばやく侯爵を振り返った。「お断りするおつもりだったのですか？」

「当然だ」

侯爵はうなずき、レアのローストビーフをフォークに刺して食事に戻った。いかにもおいしそうにローストビーフをほおばっている侯爵を、ドロシアはじっと見つめた。

「でも、もし私がミスター・ペングローヴと結婚したいと申しあげていたら、どうなさるおつもりだったのですか？」

ダーディントン卿はフォークを口に運ぶ途中で止めた。「アーサー・ペングローヴなどと一生をともにしたいのかね？」

「いいえ。でも、もしそういう気持ちがあったとしても、侯爵様はお断りになるおつもりですか？　そんなことができますの？」

「ドロシア、私は、自分がいいと思うことならなんでもできるのだ」侯爵は断固とした口調で言った。「ロンドンから半径十五キロ以内で暮らす紳士全員に、その事実を認識してもらいたいものだな」

ドロシアは動転する気持ちをどうにかのみこんだ。たとえ一時的とはいえ、侯爵が自分に対して持っている権力の大きさに改めて気づき、気が重くなった。果たして、侯爵が認めてくれるような男性と出会えるのだろうか。ドロシアは激しい不安を覚えた。

ドロシアの思いに気づいたのだろう、レディ・メレディスが夫に不満げな表情を向けた。
「トレヴァーが言いたいのは、私たちはあなたを幸せにする責任があるし、その責任を真剣にまっとうするつもりだということよ。今シーズンは私たちが後見人を引き受けた以上、あなたには夫にふさわしそうなさまざまな男性と会って、交流を深めてもらわないと。

ただね、最終的にあなたの夫としてふさわしい男性を決めるのは、フレッチャーおじ様の仕事なの。彼はあなたの血縁ですもの。私たちは、あなたが結婚相手を決める前に、少なくとも私たちの助言に耳を貸してほしいと思っているだけ。私たちは、ほとんどの紳士やその家族と知りあいなんだもの」

「男は、花嫁探しとなると、愚かなまねをしたりするものだ」侯爵は愉快そうに言った。

「私の場合、メレディスが私の人生に現れてくれたのは、単なる幸運だった。私は最初、彼女が自分にとって最高の女性だということにも気づかないほど、見る目がなく、頑固だった」

「まあ、トレヴァーったら」

ダーディントン卿は妻の手に軽く指先を這わせた。ドロシアは思わず目をそらした。こんな単純な仕草に、これほどの愛情と敬意を込められるなんて――なぜか、二人の寝室をのぞき見ているような気分になった。

自分もこんな夫を望んでいるのだろうか。彼女を対等に扱い、彼女の意見を聞き入れ、ときに彼女の望みに従い、だれが見てもわかるほど彼女を敬愛してくれるような夫を。

それとも、基本的に彼女の好きなようにさせてくれる夫だろうか。やさしくて、優雅にエスコートしてくれて、妻になに一つ不自由させないような夫だろうか。ドロシアは毎日のように思いをめぐらしていたが、これ、という結論に達したことはなかった。

ただ一つ、たしかなのは、彼女がキスを楽しめない男性とは結婚しない、ということだった。彼女が結婚相手の候補者としてふさわしいと考えた男性に自由にキスを許しているのはそのためだ。つまり、彼女の最終試験なのだが、残念ながら、これまでだれも合格した者はいなかった。

ダーディントン卿は妻から注意を引き戻し、ふたたびドロシアを見やった。「アーサー・ペングローヴが君にふさわしい男ではないことくらいだれにだってわかる」

「彼はいい方ですわ」ドロシアは反論した。自分が気づかなかったこと――アーサーが彼女の夫としてあまりふさわしいと言えないこと――に、ダーディントン卿が気づいていたというのが、おもしろくなかったのだ。

「ああ、ペングローヴはいいやつだ」ダーディントン卿も言った。「親切で、やさしくて、結婚して一カ月もすれば退屈で涙が出てくるだろうな。そうなったら、どうなると思う？私の経験では、不幸な妻は、ありとあらゆる間違いを起こしかねない」

ドロシアは頭まで真っ赤になった。「私が不貞を働くとでも思っていらっしゃるのですか？」

「そうではない」ダーディントン卿は大きな吐息をもらした。「君より年も経験も豊富な人間のお節介として聞いてほしい。君は純粋で、美しすぎる。日常生活に不満を持った女性は、社交界の放蕩者やならず者の格好の標的となるんだ。そうした男たちは、決して少なくはないんだよ」

そう言うと、侯爵は立ちあがり、三人で食べるためのデザートを探しにいった。ドロシアは侯爵の言葉について考えながら、静かに座っていた。

「トレヴァーがあんなことを言ったからって、あまり考えこまないでちょうだいね」レディ・メレディスが言った。「結婚って、女性にとってなにかといらいらさせられるものなの」

レディ・メレディスのやさしさと思いやりに少し元気を取り戻し、ドロシアはうなずいた。

「こんなに複雑で、戸惑うものだなんて思ってもいませんでした」いったん言葉を切ると、怖じ気づく前にたずねた。「おうかがいしてもいいですか？　結婚なさったときには、ダーディントン侯爵に恋をしていらした？」

レディ・メレディスは顔をしかめた。「いいえ、最初はそうではなかったわ」レディ・メレディスは料理を食べ終えた皿を片づけてくれた仕事熱心な召使いに礼を言うと、ふたたびドロシアに向き直った。「それがあなたの望みなの？　恋をして、それから結婚することが？」

それが私の望み？　ドロシアは身震いした。ゆっくりと首を横に振る。「結婚相手の男性に対するいちばんの望みは、恋をする可能性です」

「そうねえ、社交界の基準で判断すれば、間違いなくうまくいく結婚というのはいろいろあるわ」レディ・メレディスが言った。「ただ、上流社会の人たちの多くは、結婚相手に恋をするのはどちらかといえば悪いことだと考えているのよ。結婚前でも、結婚後でも」

「けど、あなたも、あなたの二人のご兄弟も、恋愛結婚をなさったんでしょう？」

レディ・メレディスは声をあげて笑った。「ええ、バリントン家は、風変わりな一家として有名なの。もっとも、私はそれを誇りに思ってるわ」レディ・メレディスの表情がかげった。「これだけは言っておくわ。じっくりと考えてみてちょうだい。焦ってはだめよ、ドロシア。急いで結婚、ゆっくり後悔っていう古いことわざがあるけど、それって残念ながら真実なの」

「ご婦人方、贈り物を持ってきたぞ」侯爵の低い声が、二人の会話を遮った。ダーディントン侯爵が大きな銀色のトレイを抱えた二人の召使いを従えてテーブルに戻ってきた。「一つに決められなかったので、一つずつ、すべてのデザートを持ってきた」

ドロシアとレディ・メレディスは嬉々として声をあげた。満面の笑みを浮かべて、デザートの皿がすべて小さなテーブルに並べられるよう、大急ぎでスペースをあける。侯爵が椅子に腰掛けると、数分も経たないうちに三人とも夢中でデザートを味わいはじめた。ドロシアはお気に入りのデザートを見つけると、ほかの二人にも勧めながら皿をまわしあった。

罪なほど濃厚なケーキをほおばりながら、ドロシアはふとアトウッド侯爵のことを考えた。アトウッド侯爵は、名前も知らない彼女をいきなりダンスに引きこんだ。彼女を、将来のアーサー・ペングローヴ夫人と呼んでいた。アーサーに求婚されたことを、どうして知ったのだろう？　アーサーとアトウッド侯爵は友人同士でないはず。つまり、アーサーが自分の意思を侯爵に話すなんてありえない。

ドロシアはキイチゴのトライフルをスプーンでたっぷりとすくい、口に入れた。キイチゴの甘さが舌の上ではじける。ドロシアは口を閉じ、その風味を数秒かけてじっくりと味わった。もう一度トライフルを口に入れ、結論づけた——これは、ちゃんとした解答など存在しない難問のようなものだ、と。

3

雲一つない、暖かで気持ちのいい午後だった。カーターは馬車に乗ってくるべきだったと思いながら、渋滞した通りをロンドンの交通事情が許すかぎりの速さで慎重に馬を走らせていた。馬車だったら、御者がほかの馬車や荷車、馬や歩行者たちを上手に避けながら、のろのろと動いていたことだろう。

カーター自身は先を急いでいるわけではなかった。本音を言えば、できるだけ到着を遅らせたいくらいだった。何時に到着したところで、父の機嫌がよくなっているとは思えない。短くまとめられた伝言がカーターの家に届けられたのは、午前九時という社交界にしては非常識な早い時間だった。彼の近侍は、伝言が届けられるなりたちまち不安を覚え、公爵からの呼びだしは、寝室のカーテンが閉じられているあいだは決して彼を起こしてはいけないという長年の命令を無視するに値する理由だと判断して、彼を起こしたのだった。

カーターは召使いの頭に向かって封をしたままの手紙を投げつけて寝返りを打ち、顎まで掛け布団を引きあげた。それでも中断された眠りを取り戻すことはできず、二時間後に起きあがると、風呂に入ってひげ剃りと着替えをすませ、それからたっぷりと朝食を取った。やがてこれ以上引き延ばすのは無理だと判断し、しぶしぶ馬を連れてくるように命じたのだった。

日光を浴びて、最初は意気もあがっていた。しかし、父の屋敷に近づくにつれ、だんだん気が重くなっていった。顔をゆがめながら、カーターは道でひっくり返っている野菜の荷車を避けた。心の中でひそかに、この馬が道に散らばった野菜を食べようと足を止めてくれればいいのにと願いながら。しかし、馬は誇らしげに頭をまっすぐにあげていて、足元のご馳走には目をくれようともしなかった。

ロンドンにある父の堂々とした屋敷にはあっという間に着いてしまった。ここは街区一大きくて古い屋敷であり、貴族である彼の家柄と地位、富を象徴するものでもあった。だが、その三つのうちの一つとして、いまのカーターには必要ない。

真鍮のノッカーを打ち鳴らすとすぐに、カーターが子供のころから怖くてたまらなかった常に無表情な執事が扉を開けた。

「アトウッド卿」執事は深々とお辞儀をした。「帽子とコートをお預かりいたします」

コートを脱いだとたん、思わず顔がにやけた。父の召使いはいつも、カーターが戸口に現れると、まるで彼がロンドンの町を横切ってきたのではなく、ものすごく遠いところからはるばる旅をしてきたかのように驚いた顔をするのだ。

もっとも、カーターは、父の屋敷とそれが象徴する贅沢な暮らしとはかけ離れたところで生活しているように日常的に感じていた。

「父に僕が到着したと伝えてくれ」上等なブルーの上着の袖についた糸くずを払うふりをしながら、カーターは言った。

「公爵様の執務室へお通しするよう仰せつかっております」執事は答えた。

カーターはうなずいたが、案内は無用と手をあげた。まったく、ここの堅苦しさは信じられないほどだ。彼はこの屋敷で、正確にはここといくつかの別邸で育った。父である公爵の執務室へ行くのに、召使いの案内など必要ないに決まっている。

予想どおり、執務室にはだれもいなかった。そして不気味なほど静かだった。炉棚に置かれためっきの時計の針が動く音さえほとんど聞こえない。どことなく落ち着かなかったが、部屋の中を歩きまわりたい気持ちをけんめいに抑えつけた。

だが、待てば待つほど、昨夜の出来事がますます思いだされる。ミス・ドロシア・エリンガムと踊ったのは間違いだった。彼女は婚約したばかりだった。彼女を誘う権利もなければ、彼女と一緒にいて楽しむ権利もない。ましてや、父がカーターに紹介しようとしていた女性と会うのを避けるために彼女を利用する権利などあるはずがない。

さらにまずかったのは、昨夜、レディ・オードリー・パーソンと踊らなかったことだ。そのせいで今日、こうして困難に立ち向かわなければならなくなったのだから。

ようやく公爵が入ってきた。息子を一瞥すると、巨大なマホガニーの机の後ろに置かれた、装飾の凝った椅子に威厳たっぷりに腰をかけた。カーターは机の手前にある背もたれがまっすぐな、いかにも座り心地の悪そうな椅子に腰をおろした。

「昨夜のおまえの行動について釈明してもらうつもりだったが、おまえも面倒だろうし、さらに言えば、私の時間が無駄になると判断した。よいか、いっさい言い訳は無用だ」

カーターはなんとか冷静さを装おうとした。だが、そのあいだにも、胃はよじれ、口を固く閉じておこうとするせいで顎が痛みだした。ハンズボロー公爵に口で勝てることはめったにない。公爵が腹を立てているときはなおさらだった。

「私は大恥をかいたのだ！」公爵は息子に向かって大声をあげた。「ロンドンの上流階級の半数の目の前で辱められたのだぞ。よりによって、自分の息子に、だ」

「父上を侮辱したり、無礼を働いたりするつもりなどありませんでした」

公爵の表情がかげった。「そのつもりがあろうがなかろうが、結果的にはそうなったのだ」

「たしかに、父上が僕をレディ・オードリーに引きあわせたいと思っていらっしゃったことには気づいていました。しかし、昨夜の舞踏会はあの人数でしたから、群衆の中で父上たちを見失ってしまうのも当然ではありませんか」

「わざとそうしたのであろう」公爵は苛立たしげに言った。

公爵の言うとおりだったし、二人ともそれはわかっていた。カーターには、返す言葉も、適当な言い訳も思いつかなかった。さんざん頭を働かせたあと、父の怒りをおさめようとすることが馬鹿げていると結論づけた。「申し訳ありませんでした」

公爵は戸惑ったようだが、息子の表情から彼が心から反省していると判断したらしい。それでも、説教は続いた。カーターはほとんど聞いていなかった。これまで何度も、繰り返し言われてきたことばかりだった。息が切れるさ――カーターは心の中でつぶやいた。そのうちに。音を立てずに脚を伸ばし、できるかぎり静かにしたまま、カーターは待った。

ついに公爵の口が止まった。それまで真っ赤だった顔色も、やや赤みを帯びた健康的な輝きを放つようになっていた。「今シーズンが終わるまでに、結婚するのだぞ。私が、これならば、と思う女性たちのリストを作っておいた。将来、公爵夫人としての役割を十分に果たすことができるであろう女性たちばかりだ。その中に一人くらい、おまえの気に入る者もいるはずだ」

リストだって？　最悪だ。父が差しだした一枚の紙に、しぶしぶ手を伸ばした。くしゃくしゃにして、火のついていない暖炉に投げ入れたい気持ちを必死になって抑えこむ。そうして本心を隠し、じっくりと眺めるふりをしたものの、目がかすんで名前はまったく読めない。

「仲人のようなまねをなさってまで僕を結婚させようとするのには、なにか特別な理由があるのですか？　僕が一人では女性を見つけることができないとでも思っていらっしゃるのですか？」

「おまえがたやすく女性を見つけられることなど、よくわかっておる。あらゆる種類の女性たちを、な。あらゆる種類の不道徳な女性たちと言ったほうがいいかな」父が目を細めた。

「この数年間、花嫁探しはおまえにまかせてきたが、結婚に向かって一歩も近づいていないという意味で、成人した当時となんら変わりがない。数カ月後には三十歳になる。そろそろ潮時だ、カーター。いや、とうに潮時を過ぎているくらいだ」

カーターは椅子に腰掛けたまま身をよじった。公爵を深く失望させたことは悪いと思っている。自分で認める以上に、心の中で引っかかっているのだ。父が聞いても信じられないだろうが。自分も同じことを考えているし、シーズンが終わるまでには本当に結婚するつもりだ——そう言いたくなったが、それでは駆け引きに失敗して、公爵の不要な干渉をさらに助長するだけだ、とカーターは考えた。

「結婚ばかりは大急ぎで、というわけにはいきませんから。人生においてもっとも重要な決断だということには、同意していただけるのでしょう？」

公爵はため息をついた。「私とて、冷徹な怪人などではない。おまえが気が進まないのもわかる。本当だ。だからといって、おまえが人生において有意義なことや重要なことをなにもしようとしない非常識で怠惰な人間になるのをただ黙って見ているようでは、父親として失格だし、貴族としても最低な人間になってしまう」

父の言葉に心が痛んだ。カーターはそれほど悪い人間ではない。いくらか怠惰なだけだ。おそらく。少しギャンブルをして、少し酒を飲んで、ときどき女遊びを少しするくらい。もっとどうしようもない男は彼のほかにいくらでもいる。「すみません、父上。でも、妻を持つことでどれほど人生が変わるのか、僕にはよくわかりません」

「相応の妻、家族がいれば、人生の目的が持てるし、生活も安定するじゃないか」公爵が言った。

カーターは片方の眉をあげた。父の意見には論理があるようには思えない。カーターが知っている、遊び好きで自分勝手な貴族の何人かは、既婚者だ。

「ああ、わかっておる」公爵は、息子の気持ちを見透かしたかのように、苛立たしげに言った。「家柄や財産が目当てで結婚して、それから女遊びに走る者は社交界にはあまりに多い。だが、わが一族は違う。代々ハンズボロー公爵はみずからの義務、国、そして妻に忠実な、高潔な人物ばかりだ」

カーターは身を乗りだした。「おっしゃるとおりです。僕が花嫁選びを急げない理由も、そこにあります。僕の爵位や財産とは別のもので僕を大切に思ってくれる女性を探さなければならないんです」

「ならば、探しだせ！　熟したスモモのように自然とおまえの膝の上に落ちてくると思ったら大間違いだ」公爵が言った。

熟したスモモか。たしかにそのとおりだ。腐ったリンゴのほうが近いかもしれないな。カーターは吐息をもらした。「この数年、父上に唐突にご紹介いただいた女性たちに、僕はしかるべき敬意を持って接する努力をしてきました。すべて、無駄な努力でした」

「ふん、おまえはろくに見向きもしなかったではないか」

苛立ちを抑えつけようとしたせいで息が詰まった。「ご紹介いただいたといっても、本当に顔を合わせた程度だったじゃありませんか。そのうちの何人かはあまりに退屈でした。ひどい場合は、どうしようもなく愚かで軽薄な女性さえいました。とめどなく話し続ける女性もいれば、人形のように黙って座っているだけで、息をしているんだろうかと心配になった人もいましたよ」

公爵がカーターをにらみつけた。「大げさなことを言いおって」

「大げさではありません。僕は思いやりを持って接してきました。僕たち一族の輝かしい歴史を将来につないでいくことが僕の結婚の目的だとおっしゃるのなら、僕の子供を身ごもらせたいと僕が思える女性と結婚することを認めていただかなければ」

公爵はさげすむように鼻を鳴らした。「なんとまあ、下品な」

「正直な気持ちを申しあげているまでです、父上」

公爵は机の上に肘を置き、一瞬、両手に顔をうずめた。「わかっておる」公爵は静かに、同情するように言った。「おまえが思っている以上にな。爵位に縛られ、生得権に対する責任を負い、社交界の不変の規則に従うことを強要される者の気持ちは、私にはわかりすぎるほどわかっておる。それと闘おうとしても、腹が立ち、つらい思いをするだけだ。それを受け入れれば、少なくとも幸せを見つけられる期待は持てる」

カーターは父に対して寛大な気持ちを持とうとした。父は、せいいっぱい息子である彼のことを考えてくれているだけなのだ。ただ、父の場合、あまりに独裁的なせいで、完全にはカーターを理解できないのだろう。息子の行動や問題を含め、自分を取り巻くすべてを意のままにしなければならないという思いが強いのだ。

「僕は常に高潔であろうと、一族の名にふさわしい行動をとろうとしています」カーターは険しい顔で言った。「自分の義務を怠ってもいません。ただ、残りの人生をともに過ごす女性は僕自身で選ぶことを認めていただきたいのです。それが、それほど自分勝手な言い分でしょうか？」

公爵は立ちあがった。しばらく押し黙っていたが、やがて息子に向かって思いやりにあふれた笑みを見せた。急に息苦しくなり、複雑な結び方をしたクラヴァットがきつく感じられた。

「そこまで言うのならばしかたない。おまえの言うとおりにしよう。私は少し口を出しすぎておったのかもしれん。たしかに、父親が息子の結婚にあからさまに干渉しては、かえって息子の品位を落とすことになる」公爵は満面の笑みを浮かべた。「リストをじっくり見ておくといい。おまえが花嫁に選んでもいいと思う女性が一人くらいはいるような気がする」

「問題は、おまえはまだ公爵に対して断固とした態度をとれないことにある」長剣をさっと振りかざして、要点を強調しながらベントン子爵が言った。「父上がおまえの態度に疑問を持つのは当然だ。父上はおまえを従わせたいと思っている。だから、なぜおまえが反抗するのか理解できないのだ」

カーターはベントンの突きをすばやくかわし、さっと突き返した。友人とのフェンシングで汗を流せば、心のもやもやを解き放つことができるかもしれない――最初はそう思ったが、どうやら失敗だったらしい。ベントンのフルーレと同じペースで彼の口が動き続けたら、カーターはやってきたときよりもひどい頭痛に悩まされてフェンシングクラブを立ち去ることになるだろう。

「これは簡単な問題じゃないんだ」カーターは長剣と長剣がぶつかる音に消されないよう声

を張りあげた。「公爵は、なにがなんでも僕に花嫁を見つけるつもりなんだよ。今シーズン中に」

「今シーズン中？」ベントンは見た目にもわかるほどぶるぶると体を震わせた。カーターはその隙を突いて、攻撃した。ベントンはひょいとさがって、カーターの突きをかわすと、笑みを浮かべた。「驚いた。それは大問題だ」

「そうなんだよ」カーターはさっと剣を動かした。ベントンがそれを剣で受け止め、高い音が響く。「花嫁候補のリストが作ってあるんだ」

ベントンは左眉をぐいっと持ちあげた。「それはまた、古風だな」

「考え方によるだろうね」カーターが答えた。

「だが、簡単な解決策がないわけじゃないぞ」ベントンは、頭の背後で左手を優雅にしならせたまま前進してきた。

「ほう？」

二人は額に汗を浮かべ、小さな円を描きながら動いた。「自分で花嫁を見つけろ。公爵のいまいましいリストに載っていない女性を」

「なんだと？」カーターは驚いて腕をおろした。どうしてベントンにわかったのだろう？この決意は、決してだれにも明かしていなかったというのに。自分が花嫁を探しているということだけは、社交界に知られたくはないのだ。

ふいにベントンの剣が視界に飛びこんできた。しまった——カーターはふと気づいた。べントンは彼の気をそらすためにあんなことを言ったのだ。すばやく反撃に出る。ベントンの手から剣が飛びだした。剣が音を立てて床を滑っていく。

「ベントン、剣を手にした男をあおるのは、賢明とは言えないぞ」ピーター・ドーソンが言った。「特に、アトウッドくらい腕のいいやつは、だ」

ベントンは気品あふれた笑みを浮かべると、対戦相手に向かってお辞儀した。「さっさと自分で結婚相手を見つければいい、と言えば、動揺すると思ったのさ。みごとに当たったな」

「ああ。それでも、勝ったのは僕だ」カーターは身をかがめて剣を拾いあげながら言った。「勝てたのは、僕の計画をすべて聞かなかったからさ」

「そんなものは必要ない。妻など見つけるつもりはないんだから」嘘をついた。社交界の結婚を取り持つことを生き甲斐にしているような女性たちが知ったらどうなるか、考えるだけで震えがくる。

「僕たちの中に、そんなことをしようとする者などいるものか」ベントンが言った。「まあ、ドーソンは別だろうがね。やつが結婚して、膝に小さな子供たちがまとわりつくようになっても、僕やおまえは結婚について真剣に話しあうこともないだろうね」

「おい、ベントン、そんなことを言っていると、花嫁がいつまでも見つからなくなって、僕の娘と結婚するようになるぞ」ドーソンはからかったが、すぐに真顔になった。「いや、だめだ。僕の娘をおまえに預けるなど想像もできない」

ベントンがドーソンの背中を叩いた。「おまえは頭のいい男だとずっと思っていたぜ、ドーソン。さてと、二人とも僕の話を聞いてくれ」

ベントンが二人のグラスにたっぷりとエールを注ぎ、三人は壁際に置かれた座り心地のいい革椅子に腰かけた。カーターは心ならずもこう言っていた。「わかった。言ってみろ、ベントン。どうせ言いたいことを言うまで、僕たちを放すつもりはないんだろう」

「大丈夫、実に簡単だから」ベントンは楽しそうに両手をもみほぐした。「結婚相手としてはまったくふさわしくない女性を見つけて、将来の公爵夫人として父上に紹介するんだ」

「ふさわしくない女性？」

「そうさ。彼女が公爵夫人としてふさわしくなければないほどいい」

カーターは残っていたエールを飲み干した。香り高く苦みのきいた液体が喉を滑りおりていく。ピッチャーに手を伸ばし、もう一度グラスを満たした。「ベントン、おまえをつけあがらせたくはないが、実に興味深いアイデアだ。じゃあ、その公爵夫人にふさわしくない女性を見て公爵がひっくり返ったら、次に僕はなにをすればいい？」

「最後通告をするんだ。父上に、自分はこの女性と結婚します、お許しがいただけないのなら、一生、独身を貫きます、とな」カーターが放ったタオルをベントンはやすやすと受け取った。ベントンはタオルを高くあげてから肩をすくめ、汗の噴きでている額をぬぐった。

「聞いてなかったのか、ベントン？　僕はだれとも結婚するつもりなどないって言ったんだぞ。ましてや、妻にするのにふさわしくないような女性と結婚なんて冗談じゃない」

「いいから、最後まで話を聞け」ベントンが言った。「そんな女性を公爵に会わせてみろ。おまえの花嫁に、と公爵が自分で選んだ相手でもなければ、婚約者候補リストにも載っていない女性だぞ。公爵は愕然とするだろう。腹を立てるに決まっている」

「激怒するだろうね」ドーソンが口を挟んだ。

「ああ、そうだとも」ベントンが答えた。「激怒する。そして、そんな女性におまえと、おまえの輝かしい一族の名が縛られるくらいなら、独身でいてくれたほうがいい、と言うはずだ。おまえは多少は抵抗することにはなるだろうが、結局は説得されて、しぶしぶ公爵の言うとおりにするんだ」ベントンは椅子に腰掛けたまま身を乗りだした。「いいか、ここが大事なんだぞ。説得されてしぶしぶ意見を変えるんだということを、公爵にはっきりとアピールする必要がある。そうでないと、そんな女性と結婚したいというのが本心かどうか疑われかねない」

ドーソンは、大きくうなずいた。「君は頑固で強情だからな、アトウッド。最初は父上に断固とした態度をとったほうが、より信じてもらえるだろうね」

「本当のことを言うと、完全には従わないほうがいいかもしれない」ベントンは、頭の中で策を練っているらしい。「それよりも、父上の意見に敬意を払って、一年じっくりと考えてから結婚します、と言うんだ。そうすれば、しばらくは気楽な独身生活が送れるぞ」

カーターは顎を撫でながら、じっくりと考えてみた。たしかにおもしろいし、やってみるのも悪くはない。もし、本気で結婚したくないのなら、だが。彼の本心は違う。ベントンに、自分の心変わりを告げるべきなのだろうか？　いや、ベントンの計画を聞いているだけで、十分に愉快だ。「そんな茶番を演じるつもりはないが、これだけは聞いておきたい。いったい花嫁にふさわしくない相手をどこで見つけるというのだ？　まさか、売春宿か？」

ドーソンがにやにや笑った。ベントンはタオルをカーターに投げ返した。カーターがひょいと頭を低くしたと同時に、タオルが彼の耳の脇を通り過ぎた。

「おまえの父上を怒らせるだけだと言っただろう、アトウッド」ベントンはむっとしている。

「別に心臓発作を起こさせるつもりはない」

ドーソンはテーブルに置かれたピッチャーからグラスにエールを注いだ。「ベントンの言うとおりだ。野暮なことは言うな。そういう相手でも君は結婚するつもりだということを、公爵に信じさせなければならないんだぞ」

「そのとおり」ベントンは、愉快げに唇をゆがめた。「おまえが売春宿の尻軽女と結婚するつもりがないことくらい、公爵だって知っている。僕だって、汚れた鳩と結婚するつもりはない。まあ、僕が絶対しないことなど、そう多くはないが」

三人はそうだ、そうだ、と笑いあった。

「商人の娘なんかいいんじゃないかな」ドーソンがわくわくした様子で言った。エールをすすると、顔をしかめ、テーブルにグラスを置く。

「名案だ」ベントンが言った。「商売のにおいがぷんぷんする小娘を義理の娘にすると考えただけで、公爵の頭に血がのぼるぞ」

た。カーターは唖然として言葉を失った。二人が言っていることは、たしかにそのとおりだっ
た。自分の一人息子が下層階級の女性と結婚すると聞いたら、公爵がどれほど驚くか。あり
がたくも、その点についてはまったく考える必要がない。
「どうだ、もう一戦交える、というのは？」話題を変えようと、カーターは言った。「ドー
ソン？」
「いや、遠慮しておく」ドーソンは持っていたフルーレを座っているベンチの上にそっと置
いた。「君はあやうくベントンを真っ二つにするところだったんだぞ。フェアな勝負という
名目で切り刻まれるのはごめんだよ。剣を持ったまま死ぬとしたら、もっと崇高な理由で死
にたいね」
そのとき、剣と剣がぶつかる大きな音と、数人の男たちのくぐもった声が聞こえてきた。
おおぜいの男たちが輪になって集まっている。輪の中心のぽっかりとあいた場所で、二人の
男が激しいフェンシングに興じていた。
「ふーむ、あれは、やや敵対心が入り交じっているな」ベントンが言った。
カーターはうなずいた。群衆の反応から判断すると、ただの手合わせではない。男たちが
みな、流血の惨事を予感したときに人々が見せるような期待のこもった表情を浮かべている
からだ。
好奇心がそそられ、三人は人々に近づいていった。対戦中の二人のうち、年若い男のほう
が、痩せていて、背も低い。のりのきいた白いリネンのシャツを着て、手の込んだ銀の刺繍

模様の入った金色のサテンのベストを着ている。男は決してフォームやスタンスを乱すことなく優雅に動きまわっていた。

対戦相手の男は、背が高く、体もがっしりとしていて、質素な黒のベストと見るからに何度も洗っては着古した白いリネンのシャツ姿だった。剣さばきはそれほど洗練されているとは言えない。ただ、決然としていて、より慎重、そして正確だ――カーターがそう思った瞬間、背の高いほうの男が年若い男の右袖を剣で引き裂いた。

「おみごと」ベントンがつぶやくと同時に、背の高い男は年若い男の攻撃からさっと身をかわし、ふたたび攻撃態勢に出た。「まるで剣が腕の一部になっているかのような動きをする男だな」

「いったいだれだ？　新しい指導者か？」カーターがたずねた。

「たしかに指導者にふさわしい技術の持ち主だ」ドーソンが言った。「だが、ここで雇われているとは思えない。先週、彼に会ったんだ。名前はグレゴリー・ロディントンといった。正確には、グレゴリー・ロディントン少佐だ。僕が聞いたところによれば、ある種の英雄だそうだ。ウェリントン公の参謀に属するもっとも若い将校で、戦場、特にワーテルローの戦いでみごとな役目を果たしたらしい。彼の国王に対する模範的な仕事ぶりをたたえて、ウェリントン公自身が彼にナイト爵位を与えると約束している、といううわさもある」

「近ごろは、このフェンシングクラブも、だれでも入れるようになったからな」ベントンが混ぜっ返したが、彼の瞳には敬意の念が浮かんでいた。

カーターが知るかぎり、ベントンは模範的と言えるようなことはなに一つしていない男だったが、ロディントン少佐のような立派な人間を内心ではとても尊敬しているのだ。

「彼が弱冠二十六歳とは、まったく信じがたいね」

「戦争は年を取らせるものだからな」ロディントン少佐が実年齢以上に老けていて、落ち着いて見えることに同意しながら、カーターは苦々しく言った。

「それにしてもたいした男だ。笑い話の的にちょうどいい」

そのとき、少佐が激しい攻撃をしかけた。若い男はバランスをくずしてあとずさりし、必死に顔を守ろうと剣を掲げた。少佐はその隙を突いてくるりと回転し、それから自分の剣の先端でさっと若い男の手から剣を払った。

剣は大きな音を立てて床に落ち、転がった。少佐はすばやく剣先を若い男の喉元に押しつけた。

「僕の勝ちだ」

荒い息をしながら、若い男がうなずいた。どうして負けたのかがわからないのか、呆然としている。少佐は完全に打ち負かされた様子の対戦相手に挨拶をした。そして顔をあげて、はじめて観衆がいることに気づいたようだった。

「紹介してくれ、ドーソン」人々が散りはじめるのを見計らって、カーターは言った。

「少佐！」ドーソンが言った。「少しいいですか？」

男が驚いた表情を浮かべて振り返った。「ミスター・ドーソン、申し訳ありません。将校の任をおりて以来、昔の階級とは一線を引こうとしているのです。なかなかそうはいきませんが」

皮肉はこもっているが楽しげな物言いが声の調子を和らげている。「友人にはロディと呼ばれています。そのように呼んでいただければありがたい」

「承知しました、ロディ。紹介させてください。こちらは、アトウッド卿ことカーター・グレイソンと、ベントン子爵ことセバスチャン・ドッドです」

「それはそれは」少佐はお辞儀をした。「お知りあいになれて光栄です」

「いまの戦いぶり、楽しませてもらいましたよ、ロディントン」ベントン子爵が答えた。「だが、見たところ、単なる手合わせ以上の真剣勝負のようだったが」

「そうですか？」少佐は肩をすくめた。そんな目で見られていたなど、まったく気にしていないようだ。「それは妙だ。彼のことはほとんど知りませんから」

男たちが扉に向かって歩きはじめると、人々が大きく道をあけた。群衆のあいだを縫って歩きながら、カーターは人々の会話の端々に聞き耳を立てたが、ほとんど意味をなさなかった。

「いったい、どういうことなんだ？」カーターがドーソンにたずねた。少佐とベントンは、遅れてしまった二人より先にクラブから出ていこうとしていた。

ドーソンが不安げに目を見開いた。いったいなにを心配しているのだろう。「さっき見た手合わせは、名誉にかかわることなのではないだろうか」ドーソンがカーターにささやいた。

「だれの名誉だい？」

「少佐のさ」ドーソンは、少佐とベントンがまだ話に興じているのを確認するかのように首を前に伸ばしてから、話しはじめた。「ロディントン少佐の素性については、いわくありげなんだ。あくまでもうわさだけどね」

カーターは興味を引かれた。「どんなうわさなんだい？」

「どうも、私生児らしい。父親は貴族だと言う者もいる。王族の血筋を引いている、と言う者も」

カーターは胸からわきでる笑いを抑えられなくなった。「プリンス・オブ・ウェールズの息子だとうわささされる子の半数でも本当に彼の子供だとしたら、彼の腰は使い物にならなくなるぞ」

「イングランドの王族は摂政皇太子だけじゃない」ドーソンは冷ややかに言った。

ベントンが肩越しに振り向いて、二人を見やった。「〈ブル・アンド・フィンチ〉へ行って、食べながら一杯やろう。彼に夕食をご馳走する代わりに、対戦相手に剣を手放させた方法を教えてくれるそうだ」

「それじゃあ、おまえのほうが得をするんじゃないのか、ベントン？」カーターが言った。

「なに、僕がどれほど飲み食いするか知ったら驚きますよ」少佐はなんなく答えた。

パブに到着すると、男たちが入口で喧嘩をしていて、通り道をふさいでいた。腕や足を振りまわし、拳が飛び交い、体が宙を舞っている。

「こんな取りこみ中のところへ入っていくのはごめんだ」ドーソンはあとずさりしながら警戒するように言った。

「以前見た殴りあいに比べたらたいしたことはありませんよ」少佐が言った。「腹がへって死にそうだ。お先に失礼」

ロディントンは殴りあいをする男たちの中に入っていった。ぶつかりそうになるとさっと身をかわし、ひょいと頭をくぐらせ、自分のほうへたまたま向かってきた拳を避けながら進んでいく。無事に戸口まで行き着くと、三人に手を振ってから店の中へ姿を消した。

「驚いたな」ベントンがにやりと笑った。「さて、紳士諸君、我々も行くとしますか?」

ベントンがロディントンのあとに続いた。ドーソンは思い切り息を吸いこむと、ベントンのすぐ後ろをついていき、最後にカーターが歩きはじめた。三人が店の敷居をまたごうとしたとき、喧嘩中の男の一人がバランスをくずし、カーターにぶつかってきた。

「気をつけろ!」カーターは拳を握って軽く振りあげた。すると、拳が男の顎に当たった。男は腕を振りながらよろよろとあとずさりし、そのまま悪態をつきながら地面に倒れこんでしまった。

手は痛かったが、カーターは妙に元気が出てきた。にやにやしながら、友人たちを追って店に入ろうとしたとたん、大声が響いた。

「ナイフだ!」ドーソンが叫んだ。

振り向いたとたん、鉄の刃がきらりと光るのが目に入り、カーターはあわてて避けた。さらに叫び声が飛び交ったあと、カーターと男のあいだに別の男がいきなり飛びこんできた。

「そこまでだ！」声に続いて、ピストルの撃鉄を起こすまぎれもない音がした。

カーターははっとして振り向いた。立っていたのはロディントン少佐だった。足を軽く開き、右手にピストルを持っている。銃口はナイフを持った男の胸に向けられていた。「いいかい、君たち、殴りあいはいい。だが、ナイフを持ちだしては元も子もないぞ。そうは思わないかい？」

男を助けようとしたのか、彼の仲間の一人が前に出てきた。用心深く、ロディントン少佐とピストルを見やる。「別にトラブルを起こす気はないんですよ」男がつぶやくように言った。

「けっこう。それでは、お仲間と一緒にさっさと退散してくれたまえ」

地面に尻もちをついていた男は、たじろぎながらもどうにか立ちあがった。喧嘩相手の一人が男のナイフを取りあげ、カーターに手渡した。カーターは、これほどの混乱の中で自分がまったく冷静さを失っていないことに驚きながら、ナイフをそっと撫でた。

しだいに見物人が去っていった。「けっこう役に立つ男だな」緊迫した沈黙を破ってカーターが言った。外套についた砂を払い落とし、ロディントン少佐に笑いかける。「どうだい、今夜僕たちと舞踏会に行かないか？」

「今日のことを考えると君にとってはたいしておもしろくもないかもしれないが、少しは笑えるような出来事も起こるって約束しよう」ベントンが言った。

少佐はピストルの撃鉄をゆっくりと元に戻して、外套のポケットに入れた。「それはいい。

ぜひ、連れていってください」

五時間後、ぬるい風呂から出たばかりのグレゴリー・ロディントン少佐はひげを剃りはじめた。彼の元当番兵で、いまは彼の個人的な召使いであるジュリアス・パーカーが、どうにかひげ剃り用の湯を熱く保ってくれていたようだ。実際、風呂の湯といっても十分なほどに熱かったが、ロディィは気にしなかった。こうしたロンドンの粗末な設備よりさらに悪い環境で暮らしてきたからだ。

「ご主人様にお目にかかりたいという男性のお客様がいらっしゃいました」パーカーが言った。「お名前は申しあげられないとのことでした」

ロディはうなずいた。男が来ることはわかっていた。なかなか現れないのでどうしたのかと思っていたのだ。「通してやれ」

明らかに不服そうなパーカーを無視して、ロディはローブをはおり、ウエストでベルトをしっかりと締めた。それからひげを剃りはじめた。

「金を取りにきた」部屋へ足を踏み入れるなり、男が言った。

「テーブルの上にある」ロディは答えた。男に背を向けているが、目の前にある鏡のおかげで、男の様子を観察することはできる。

「もっと請求するべきだったよ」男は言いながら、二枚の金貨をテーブルの上で滑らせ、ポケットの中へ入れた。「予想外のパンチをくらっちまったからな」

少佐はこわばった笑みを浮かべた。「僕には、みごとな一撃に見えたが」

「ああ、まあ、しゃれ男にしちゃ、たいしたものだ」男は痛みをこらえるようにそっと顎をこすった。すでに青あざができはじめているのが、ロディにも見えた。「貴族ってのは、へなちょこ野郎ばかりだと思ってたぜ」

「みながそうだというわけではないのはたしかだ」

「ふん」男は不満そうに鼻を鳴らしたが、反論するだけの確信もないようだった。「はっきり言っておくぜ。次回は追加料金をいただくからな」

ロディはカミソリの刃をすすぎ、洗面器の縁に置くと、タオルを顔に押し当てた。それからようやく、ほんの数時間前に銃口を向けたばかりの男に向き直った。「僕の計画どおり、というわけにはいかなかったが、結果的には満足できた」自信ありげに言う。「次回の必要はないだろう」

4

　ワーウィック公爵のタウンハウスは、ほんと、圧倒されてしまうほど大きいのね——舞踏室の壁に沿ってゆっくりと歩きながら、ドロシアは思った。古い鏡が壁に沿って並べられ、金色のサテンでできた豪華なカーテンは開け放たれてテラス式ガーデンへとつながる長い窓があらわになっていて、六つの巨大なクリスタルのシャンデリアが金色の天井からつりさげられていた。この部屋はヴェルサイユ宮殿とよく似た様式で設計されたと伝え聞いている。だが、人々の中ではナポレオン大敗の記憶があまりに生々しく、あえてフランスと関連づけようとする者はだれもいない。

　舞踏室の奥まで行き着くと、振り返った。あまりのすばらしさに思わずため息が出てしまった。とにかく壮大な部屋だ。飾られている家具は、最高級品ばかりだ。舞踏会の準備費用をいっさい負担していないドロシアには、これが自分のために開かれた舞踏会だということがいまでもまだ信じられなかった。数えきれないほどの花瓶に白い百合があふれんばかりに生けられ、ダンスフロアの上のバルコニーには十人編成のオーケストラが用意されていて、何百本もの蜜蠟のろうそくの明かりがぴかぴかに磨かれた床に反射して光り輝いている。

　主舞踏室の向こうにも十数室もの部屋が準備され、おおぜいのゲストに喜んでもらえるときが来るのを待っている。この屋敷なら、混雑したり、窮屈な思いをしたりすることもないだろう――そう思うと、ドロシアはうれしくなった。ワーウィック公爵は、というよりもむしろ彼の義理の娘であるレディ・メレディスは思慮分別を備えているから、招待した四百人ものゲストたち全員がくつろげる広々とした部屋をきちんと用意してある。そして、ドロシアが見たところ、招待を断った者はだれもいないようだった。

後見人代理の寛大さに恐縮し、舞踏会をもっと楽しまなければだめよ、とドロシアは心の中で自分に言い聞かせた。ヨークシャー出身のドロシアは、まさにこのような場面を夢見ながら育ったのだ。とはいえ、想像力豊かな彼女でさえ、青と金のお仕着せを身につけ、白い手袋をした召使いによってフランス産の冷えたシャンパンがゲストに気軽に配られることまでは想像もしていなかったが。

これがすべて現実なのかどうか、腕をつねってたしかめたほうがいいかもしれない――ゲストたちを出迎えながら、ドロシアは思った。姉や妹とこの瞬間の驚きを分かちあうことができたらよかったのに！　でも、姉のグウェンドリンは出産を控えていて、社交界の行事からはすっかり遠ざかっている。妹のエマはまだ十六歳で、社交界デビューには早かった。エマはいまごろ、フレッチャーおじやミルドレッドおばと一緒に、ヨークシャーの家で寂しい毎日を送っていることだろう。きっと死ぬほど退屈しているに違いない。

明日の午後は、今夜のことを詳しく手紙にしたためて、エマに送ってあげよう、とドロシアは心に決めた。手紙を書くことで、少なくとも、今夜彼女が味わった興奮のいくらかを妹と共有できるはずだ。

そのとき、あたりが急に静まり、物思いにふけっていたドロシアは我に返った。振り向くと、ワーウィック公爵がレディ・メレディスを伴ってダンスフロアに向かおうとしていた。ドロシアも、ダーディントン侯爵を探しながら部屋の中心に向かいはじめた。ワーウィック公爵はみずから舞踏会の開宴を知らせるダンスを踊ると言い張るだろうと、ドロシアは公爵の息子であるダーディントン卿から前もって聞いていた。

そうなれば、ホステスであるドロシアが公爵と踊らなければいけなくなる。そう考えただけで不安になったが、ダーディントン卿はすぐに、ワーウィック公爵は、近ごろは人前では義理の娘であるレディ・メレディスとしか踊らないのだ、と説明してくれた。

そして妻が父親と踊ることになっているため、ダーディントン卿は、自分がドロシアと踊るのがふさわしいと考えたのだった。たしかにそのほうがいいと言えばいいのだが、後見人代理のダーディントン卿もときおり、その父親と変わらないくらい恐ろしい人になることを考えると、さほど心安らぐ申し出でもなかった。

「笑って」ダンスフロアを踊りながら移動しはじめると、ダーディントン卿が言った。

「笑ってます」ドロシアは、舞踏室にいるあらゆる人々の好奇心に満ちあふれた視線が自分に向けられているのを感じて身をこわばらせながら、小声で言った。「こんなに笑っていると、顔が二つに裂けてしまいそう」

「ほう、それはそれで、よけいなゴシップの種になるだろうな」ダーディントン卿が言った。「君の顔が二つに裂けてしまっては」

ダーディントン卿にからかわれ、ドロシアはやや落ち着きを取り戻した。ふだんなら、注目の的になるのを楽しむドロシアだったが、社交界生活に慣れたいまでは、詮索が批判を伴うことは十分承知している。たしかに正当な批判が多いいっぽうで、卑劣でくだらない批判であることもしばしばだ。

二組のカップルのゆっくりしたダンスは二周目に入った。するとようやくゲストたちもダンスに加わりはじめた。ドロシアの息遣いがどうにか一定の速さに落ち着いたころには、ぴかぴかに磨かれた舞踏室の床は、ダンスするカップルで埋め尽くされていた。

数分後、音楽が鳴りやんだ。ダーディントン卿はドロシアを連れて妻と父親のところへ行き、四人は一緒にダンスフロアを離れた。

「ほほう、そなたが媚を売る練習ができそうじゃな」公爵は彼らのほうへ集まってきた男性たちを冷ややかに見つめながらドロシアに言った。「メレディスに聞いたぞ。そなたは男の注意の引き方が抜群だとな」

ドロシアは顔を赤くして、うつむいた。ヨークシャーでは、男性をその気にさせることにはかなり自信を持っていた。けれども、ロンドンでは、男性にしろ、女性にしろ、気のあるそぶりの見せ方のうまさでは、ドロシアの比ではない。「私なんて、まだまだですから」ドロシアは小声で言った。

「なに、すぐに慣れるさ」ダーディントン卿が口を挟んだ。「なにか問題が起こるようなことがあっても、私がついている」

ドロシアはダーディントン卿をいぶかるように見つめずにはいられなかった。ダーディントン卿は、いったいどこまでドロシアの助けになってくれるのだろう。むしろ、多くの求婚者候補の男性たちをおびえさせてしまい、夫を見つけたいという彼女の役にはあまり立たないのではないだろうか。でも、ドロシアを脅かそうとする者と正面から向きあうこともできない人との結婚を、彼女は本当に望んでいるのだろうか？

紳士たちが近づいてきた。ドロシアは、その中に特定の男性がいないことをたしかめているのを悟られないようにしながら、恥ずかしそうに笑みを浮かべた。ドロシアが恐れていた男性の姿はなかった。

その男性とは、アトウッド卿こと、カーター・グレイソンだ。彼は、ウェセックス伯爵の舞踏会からこの六日間というもの、ずっとドロシアの頭の中にとどまっていた。レディ・メレディスは、ハンサムな侯爵から手紙も花束も贈られてこなければ、本人が会いにこなかったことにもやや驚いていたが、ドロシアにとってはしごく当然だった。彼ほど立派な男性に求婚されるなど思ってもいなかった。

それでも、やはりがっかりしていた。

「ミス・エリンガム、どうか、私と踊ってください」

声のしたほうを振り向くと、サー・ペリーが立っていた。サー・ペリーは、赤らんだ顔をますます紅潮させ、コルセットをつけた胸が許すところまで深々とお辞儀をした。それから体を起こしたが、頭のてっぺんから生えている薄い金髪がひと房、顔の前に落ちてきたまま目を覆っている。サー・ペリーはあわてて髪を後ろへ撫でつけた。

「もちろん、ご一緒させてくださいませ」ドロシアは、サー・ペリーに不快な思いをさせられないように願いながら答えた。「カドリーユはいかが？」

「光栄に存じます」サー・ペリーはふたたび目の前に落ちてきた房をかきあげた。「では、その次は、ワルツでもいかがでしょう？」

ドロシアは心の中でため息をついた。サー・ペリーを紹介されたのは、ロンドンへ到着して二週目のことだったが、はじめて話をした時点で夫にする候補者リストから外していた。年を取りすぎているし、あまりに自己中心的で退屈だったからだ。

とはいえ、あからさまに断ってしまうのは残酷というものだ。サー・ペリーは他人に迷惑をかけるような人ではないので、求婚者のグループにいたとしても困ることはない。ただ、ワルツはあまりに親密なダンスなので、サー・ペリーと踊る気にはならなかった。もし踊ったりしたら、ドロシアの本心が彼にわかってしまうのは間違いない。

ドロシアはあいまいな笑みを浮かべたが、サー・ペリーはどうやら気づいてはいないようだった。食事よりも唯一好きなものは自分の声だというサー・ペリーは、やがて一人でぺらぺらと話しはじめた。ほかの紳士たちはなんとか口を挟もうと、サー・ペリーが息を吸うのを待っているように見える。

愉快だけれど、なんて皮肉な状況なのかしら――ドロシアは笑みを浮かべた。サー・ペリーの無駄話を無視して、舞踏室の中を見まわした。

するとｊ、一人の紳士に目が釘づけになり、背筋がぞくぞくとしはじめた。アトウッド卿！一目見ただけで、彼だとわかった。その広い肩といい、ブラシを当てた髪がろうそくの光で輝くさまといい、見間違えようがない。背が高く、筋骨たくましい体、暗いダークブルーの瞳は澄んでいて、知的で、なんでも見通しそうだ。

　ドロシアは、もれでる吐息を抑えることができなかった。アトウッド侯爵は、妹のエマが呼ぶところの、まさに〝危険なほどハンサム〟な男性だった。

　そのとき、思いもかけず、アトウッド侯爵が振り向き、まっすぐにドロシアを見つめた。目が合ったとたん、息が詰まった。彼は部屋の反対側に立っていたが、その強力な視線を感じることができた。彼の表情は変わらない。落ち着いていて目をそらすことはなく、感じがいい。それでも、そこには無言の挑戦のようなものが読み取れた。

　心がざわつき、体の中を熱いものが通り抜けて火照ってきた。この慣れない感覚は、まるで体じゅうが紅潮しているかのようだった。

　よくないとは思いながら、ドロシアは、アトウッド侯爵をじっと見つめ返した。先夜と同じく、フォーマルな夜会服に身を包んでいる。みごとに仕立てられた豪奢なスーツだ。ふとふだんはどんな格好をしているのだろうと思っただけでなく、自分でも驚いたことに、なにも身につけていなかったらどんな感じかしら、という思いさえ脳裏をよぎった。

　想像しただけで、ドロシアはまた真っ赤になり、ついうなり声をあげてしまうところだった。もう！　もっと近くで顔を合わせるときは、冷静に、心を読み取られないようにしたかったのに、これでは洗練されていないうぶな女性そのものに見えてしまう。

ドロシアはそっと息を吸い、心が落ち着くのを待った。そうよ。彼はただの男性。ほかの男性たちとなにも変わりはないのよ。

彼は容姿も態度も洗練されているいっぽうで、どこか粗野な魅力もあって、ドロシアはそんな粗野なところに危険なほど惹かれていた。さらにユーモアにあふれた一面を垣間見てしまったせいで、ますます興味を引かれてしまった。

アトウッド侯爵がおおぜいのゲストの中へ入りこんだ。ドロシアはけんめいに彼の姿を探して、視線をあちこちさまよわせたあと、ふと我に返った。自分はいったい、なにをしているのだろう？　自分を徹底的に辱めているのよ――そうに決まっている。なんて腹立たしいのだろう。

せっかく、おおぜいの紳士の方々からこうして注目を浴びているのに――ドロシアは自分自身を叱りつけ、大きく目をまばたいた。

サー・ペリーはまだしゃべっている。どうでもいい。

「みなさん、私のダンスカードは、悲しいほどまっさらですのよ」ドロシアがいきなり声を出したので、サー・ペリーは驚いて黙りこんでしまった。いまだわ、とドロシアは求婚者候補たちに愛嬌を振りまいた。「えっと、最初のワルツを踊ってくださる方のお名前は、なんと書けばいいのかしら？」

「だれか探しているのか?」

いきなり男の声がカーターの耳に飛びこんできた。びっくりしたが、どうにか跳びあがらずにすんだ。「いや、探しているというよりもむしろ、避けているのさ」カーターはおどけて言った。

「ほう、いったいだれなんだい?」ベントン子爵が言った。部屋の中をぐるりと見まわし、困惑した表情を浮かべた。「まいったな。未婚の淑女が多すぎて、おまえが避けようとしている相手を特定するのは無理だ」

「そうなんだ」カーターは苦々しく言った。「そして、その女性たちの約半数が、父が作った結婚相手の候補者リストに載っているんだよ」

ベントンは驚いたように片眉をあげた。「そんなリスト、破り捨てると思っていた」

カーターは肩をすくめた。「そのつもりだったさ。でも、避けるべき女性を知るためにも、名前を覚えておいたほうがいいと思ったんだ」

「それで、うまくいっているのか?」ベントンは、からかうようにたずねた。

「あまり」

「カードルームへ行こう」ベントンが言った。「未婚の女性はまずゲームはしないものだ」

「僕はさっさとここを立ち去ったほうがいいと思う」やはり欠席の通知を出すべきだったと思いながら、カーターは答えた。父がいるこの場所で、女性に言い寄ることなどまずできない。それに、彼が気になっている唯一の女性が今夜の名誉あるゲストだが、彼女はすでにほかの男のものになってしまっている。よりによって、アーサー・ペングローヴのものに。

「〈レイヴンズ・パラダイス〉に新しい女の子が入ったんだ。抜群の才能を持っているって、マダム・アンジェリーナが言ってたぞ」

ベントンが咳払いした。カーターは、当惑してベントンをじっと見つめた。「顔が赤いぞ、ベントン？」

「馬鹿を言うな、アトウッド」ベントンが言い返した。「喜んでおまえに付きあってやる。まあ、その新人のはじめて選ぶ客はこの僕になるのは間違いないが」

「それなら、顔を赤くする必要がどこにある？」

ベントンが顔をそむけた。こいつ……なにをまごついているんだろう。まさか。ベントン子爵は長年の友人だ。だが、こんなに落ち着かない様子の彼は一度も見たことがなかった。

「まだ、帰れないんだ」ベントンがついに白状した。「祖母のために、祖母の親友の姪っ子とダンスをする約束をしてしまった。ミス・フィービー・ギャレットというんだが、もしかして、おまえの知りあいじゃないのか？」

カーターは大笑いした。威張り散らしたり、強がったり、世間にうわさをまき散らして非常識な態度をとることもあるが、やはりベントンはベントンだ。根っからの高潔さを失ってはいなかったのだ。まあ、悪ぶろうとしていたのはたしかだったが。

祖母のためだと？　まったく笑わせてくれるじゃないか！　カーターはドーソンに話すのが待ちきれなくなった。ドーソンなら、これがどれほど皮肉なことか、わかってくれるだろう。「ミス・ギャレットなら、リストに載っていたよ。しかもいちばんはじめに」

ベントンはにやりとした。「そういうことなら、僕は安心だ。公爵が彼女を花嫁候補の一人にあげているのなら、おまえより爵位も裕福さも劣る僕のことなど、気に入るはずがない。僕は、ミス・ギャレットに気があるなどと彼女に誤解されるのを恐れることなく、祖母に対する義務を果たせるわけだ」

カーターはシャツの袖を引っ張った。「それは、ミス・ギャレットがダンスの相手をしてくれたらの話だろう。彼女はおまえのような悪名が高い放蕩者に近づかれると、恐怖のあまり言葉も出なくなってしまうような、気の小さい女性だぞ」

「それは、まさに好都合だ」ベントンの笑みが大きくなった。「結婚に関していえば、悪名の高さが最高に役立つ道具となりうることをすっかり忘れていたよ。相手にそんなうわさがあれば、どれほどだたくらみ上手な母親でも怖じ気づくというものだ。おまえも、そういううわさを流したらどうだ」

「とんでもない。僕はいまだって、決して評判がいいわけじゃない。それに、放蕩者っていうのは、一部の女性は近づかなくなるだろうが、逆に寄ってくる女性もいるんだぞ」カーターは思わず身震いした。「いやだね」

「教えてくれよ。フィービー・ギャレットはどっちのタイプなんだ?」

カーターは部屋の中を見まわした。ミス・ギャレットには数回会ったことがあるだけだが、彼女の黒髪とふっくらした体つきはよく覚えている。「いまは、この舞踏室のいちばん奥にいる。鉢植えの大きなヤシの木で、半分しか見ない」

「やはりな。そうやって自分を目立たなくしようとするところが、おまえの父上は気に入ったのだろう」ベントンはカーターが示した方向に向かって首を曲げた。「いやはや、親戚が必死でダンスパートナーを探そうとするのも無理はない」

「彼女、それほど年はいってないぞ」カーターは肩をすくめた。「もうすぐ二十四歳だったと思う。僕たちよりは若い」

「どう見たって、年増女だぞ」

「ひどいことを言うやつだ」カーターが言った。

「見たままを言っただけだ。正直に言ってなにが悪い」

二人はミス・ギャレットをじっと見つめた。見られていることを察したかのように、彼女はますますヤシの葉の奥に隠れてしまった。ベントンはため息をついた。

「女性は年を取れば取るほど容姿に成熟さも深みも増すものだぞ」カーターが言った。「いや、ミス・ギャレットの場合は違うな。彼女は極度の恥ずかしがり屋なんだ。もともと引っこみ思案だったのが、結婚の適齢期が過ぎてしまったのと、娘を心配する母親が縁談を急ぐものだから、絶望してますます人前に出られなくなったんじゃないかと思う」

ベントンは不安げに眉をひそめた。「絶望した女ほどうっとうしいものはないぞ」

「それに危険だ。それを忘れるなよ、ベントン」

「やあ、ここにいたのか」ピーター・ドーソンの声が割って入った。「ロディに、そのうちに会えるさって言っていたんだ」

なじみある友が増えたことを喜んで、カーターは笑みを浮かべた。「少佐、来ていただけたんですね。よかった」心からそう言った。

「ご招待いただき、礼を言わねばならないのはこっちのほうですよ」ロディントンが答えた。

「ワーウィック公爵とは、お目にかかる機会がほとんどありませんから」

「きっと楽しんでいただけるような気がしたんです」カーターは部屋の中を見まわした。

「公爵くらいになると、ひときわすばらしいパーティーの催し方をご存じですからね」

「君も公爵のご子息なのでは？」

カーターは驚いて振り向いた。秘密にしているわけではないが、少佐がそれを知っているとは思っていなかったのだ。「ええ、父はハンズボロー公爵です」

「まあ、僕たちは公爵に迷惑をかけないようにはしてるがね」ベントンがそっけなく言った。

「公爵もここに来ておられるのですか？」ロディがなにげなくたずねた。

「どこかにいるんじゃないかな」カーターは口元をゆがめた。「父とは、最近どうも意見が合わなくてね。特に、結婚適齢期の若い女性を探すという話題に関しては」

少佐はわずかに目を見開いた。「探しているのは君の結婚相手ですか？　それとも公爵の？」

公爵の結婚相手？　カーターはあやうく息を詰まらせるところだった。男やもめとなった父が花嫁を迎えるなど、一度も考えたことがない。だが、それももっともだろう。カーターの母は何年も前に亡くなっている。父はまだ老人ではない。実際、父よりも年上の男性が結婚し、子供をもうけたという例さえあるのだ。

ドーソンが話を継いだ。「それはかなり興味深いな。公爵に若い花嫁候補を紹介すれば、君の結婚問題への関心が薄れるかもしれないぞ。どう思う、アトウッド?」

カーターはドーソンを黙って見つめた。どう思うか、だと? 馬鹿馬鹿しくて、答えはわかりきったことじゃないか。彼の父は妻を心から愛していて、彼女の思い出をとても大切にしている。代わりの妻など考えるはずがないし、考えてもらっても困る。

「近ごろは、だれも彼もが結婚のことで頭がいっぱいなんじゃないか?」カーターは、自分の気持ちについて深く考えるのがいやで、つっけんどんに言った。「さあ、紳士諸君、義理のダンスをすませたら、さっさとここを出て、本当のお楽しみを見つけにいこうじゃないか」


ドロシアはドレスのスカートについた白いサテンのリボンをぼんやりと指でなぞってから、部屋のさらに隅へ引っこんだ。カードに名前のない次の数回分のダンスはあえてパートナーを探そうとはせず、休憩を取るか、あるいはまだ彼女のもとへやってきていないだれかとパートナーになるつもりでいた。たとえば、アトウッド侯爵、とか?

「ミス・エリンガム?」

びっくりしてあげそうになった悲鳴を抑えこもうとして、ドロシアはあやうく舌を噛みそうになった。なんてこと、彼だわ！　ドロシアはアトウッド侯爵にていねいにお辞儀をした。

「こんばんは」ドロシアはできるだけ落ち着いた表情を装った。どうしようもない愚か者に見られずに、そして、自分でも愚かだなんて思わずに上手に微笑むことができるかどうか、内心では心配でしかたがなかった。「まあ、いらしてくださっていたのですね。うれしいわ」

「この機会を逃すはずはありませんよ。今日は友人を紹介させてください。グレゴリー・ロディントン少佐、ついこのあいだの戦争で英雄になった男です」

ドロシアはぼんやりと、侯爵の隣のハンサムな青年に顔を向けた。青年がお辞儀をし、笑みを浮かべた。

「お知りあいになれて光栄です、ミス・エリンガム。フロアでは、カドリーユの真っ最中ですよ。よろしければ、お相手をお願いできませんか？」少佐が言った。「ダンスは得意とは申しあげられませんが、ステップを間違えないよう努力するとお約束いたします」

「まあ、では、私の足を踏みつぶしたりしないようにお願いできますか、ロディントン少佐？」ドロシアは気を引くように小首をかしげた。

「努力いたしましょう」ロディントン少佐はきらめくような笑みで答えた。

ドロシアは、失望の吐息をのみこんだ。少佐はとても感じがよくて気さくな男性のようだが、ドロシアが求めているのはアトウッド侯爵の注意を引くことであり、彼の友人はどうでもよかった。侯爵とダンスをして、気のあるそぶりができたら、どれほどすばらしいだろう。けれども、アトウッド侯爵はダンスに誘ってくれなかった。

「喜んでダンスのお相手をさせていただきますわ」明るい笑みを顔に張りつけ、ドロシアは少佐に導かれるままにダンスフロアへと向かった。

二人はダンスの位置についた。ロディントン少佐は最初、立ち位置を間違えた。彼の左側にいる紳士が少佐を指さし、立ち位置が反対であることを指摘してくれた。急いで位置を交代すると、少佐はドロシアに苦笑いしてみせた。

ドロシアは、心から温かな笑みを返した。少佐とペアを組んでよかったのかもしれない。彼はやさしい人だ。あかぬけなく粗野な印象だが、ハンサムで、こざっぱりとしていて、体は引き締まっているし、健康的でもある。失敗して苦笑いする少佐に、ドロシアは好感を持った。こんなふうに自分の失敗を軽く受け流すことのできる男性は、めったにいない。

音楽が流れはじめ、カップルはそれぞれ優雅にお辞儀をした。手をつなぎ、いっせいに踊りはじめた。体をすれ違わせ、数歩前に出て、またすぐに後ろへさがる。

ドロシアは足の親指の付け根で優雅に回転し、右側の男性の前に出た。目の前に現れたのは、なんとアトウッド侯爵だった。思わずはっと息をのんだ。アトウッド侯爵はそれには気づかないふりをして、彼女の手を取った。

侯爵がちゃかすように彼女の手をぎゅっと握った。まあ、なんてこと！　ドロシアは侯爵をじっと見つめた。きっとなにかの間違いだわ。それともなにか言いたいことがあるのかしら？

落ち着きを取り戻し、ドロシアはふたたびステップを踏みはじめた。侯爵の大きな手に自分の手がふたたびつかまれた瞬間、ドロシアは息も継がずにじっと待った。すると……侯爵はもう一度彼女の手を握りしめ、それからそっと撫でた。

足元が狂い、ドロシアはステップを間違えてしまった。少佐が同情するような視線を向けてきた。いまの様子、少佐に見られてしまったのかしら？　いいえ、それはないわ。彼は自分の足の置き場や、どこで回転するか、といったことで頭がいっぱいなはずだもの。ドロシアはつばをのみこんだ。アトウッド卿は、どうしてあんなふうに触ってきたのだろう？　彼女を誘ったのだろうか？　それとも、からかっただけ？　でも、彼女に興味があるのなら、なぜ踊ってほしいと言ってこないのだろう？

ダンスを無事終えるために、ドロシアはアトウッド侯爵を無視し、少佐だけに注意を向けることにした。次のステップで少佐に近づくと、ドロシアはロディントン少佐に向かってにっこりとして、わざと小首をかしげた。彼女がいちばん美しく見える角度で。それは、自分の美しさを最大限に示すことができると彼女が思っている角度だった。

「つま先の具合はどうです、ミス・エリンガム？」少佐がささやいた。

「いまのところ、問題ありませんわ」ドロシアは答えた。「あなたは、ご自分のダンスの腕前をずいぶん低く見積もっていらっしゃるのね」

少佐は声をあげて笑った。彼の頬に魅力的なえくぼができるのを、ドロシアは見逃さなかった。「あなたは、とても礼儀正しくていらっしゃる」

「とんでもないことです。あなたこそ、とてもお上手ですわ」

「気のきいた会話ができなかったことを、どうかお許しください」少佐は彼女に向き直りながら、笑みを浮かべた。「白状します。ステップを数えていたんです。なんとも恥ずかしいのはわかっているのですが」

二人はくるりと回転し、もう一度顔を合わせた。「でも、頭の中で数えていらしたんでしょう？　これまでに、踊りながらぶつぶつと小声で数える男性が少なくとも二人はいらっしゃいましたわ。あれは本当に気が散ります」

「君は少佐を侮辱しているのかい？」アトウッド卿が口を挟んだ。

思いがけない言葉に、ドロシアだけでなく、ロディントン少佐も驚いたらしい。ステップを間違え、ドロシアの足を踏んづけたのだ。ドロシアは、巧みに動揺を押し隠した。

そのとき、侯爵との距離が離れてしまった。侯爵との距離が近づくのを待って、ドロシアは言った。「邪魔をするのはおやめください。ご自分のパートナーに集中なさってはいかがですか？」

侯爵が突然踊るのをやめたので、パートナーの交換に備えていた二組のカップルがぶつかりあった。紳士の一人が恭しく咳払いをして、アトウッド侯爵の注意を引こうとした。アトウッド侯爵は、すまない、とばかりに首を傾け、中断していたステップをふたたび続けた。

しかし、もはやまったく音楽に合っていないことに気づき、ドロシアはほくそ笑んだ。

アトウッド卿との最後のステップになると、ドロシアは彼に向かって挑戦するかのように片眉をあげた。アトウッド卿はじっとドロシアを見つめたが、特に彼女を侮辱するようなことはしなかった。ドロシアは苛立ち、妙なことに気落ちしながら、息を吸った。

ダンスが終わると、ドロシアは少佐のエスコートでダンスフロアを離れた。アトウッド卿は反対の方向へ戻っていった。ドロシアは気持ちを落ち着かせようとにこやかに笑みを浮かべ、礼の言葉を返した。少佐とのダンスは楽しかった。けれども、彼女の心に残ったのは、侯爵と顔を合わせ、言いたいことを言ったときのほうだった。

演奏家が次のダンスに備えるために、しばし休憩時間がもうけられた。

「私とワルツを踊る約束になっていたはずだが、ミス・エリンガム？」低い声が聞こえた。

「あら、そうだったかしら」ドロシアは取りすまして答え、ローゼン卿の尊大な口調など特に気にせず、白いサテンリボンに結んで腰にさげているダンスカードを調べた。

以前のローゼン卿は、形式張った口調で接してきたので、ドロシアは最初は怖じ気づいていたものだった。それでものちにはおもしろく思えるようになった。ローゼン卿は、彼女がロンドンに来たころ、最初に彼女を気に入ってくれた男性の一人で、彼女がはじめての社交界の催しに出かけたときは、不届きなほど彼女を独占しようとしたこともあった。ダーディントン侯爵と会ったことで、とたんに態度が変わったのだが、数週間前にローゼン卿は、求婚者候補としてふたたび彼女の前に現れた。

ドロシアが求婚者から彼を外したのは、アーサー・ペングローヴとの結婚を考えはじめていたからだった。それから、正直に言えば、ローゼン卿がどこか威圧的な人物だったことも理由の一つだった。ローゼン卿はもうすぐ四十歳とドロシアより年上で、洗練された嗜好と自由主義的な考えを持つ紳士だ。うわさによれば、相当の放蕩者らしい。いったい、ドロシアのどこが気に入ったのだろう？　ドロシアの心は、うれしさと困惑で激しく揺らいだ。

「ほら、ここに書いてある」ローゼン卿はドロシアのダンスカードを指さした。「実に繊細で女性らしい文字だ。君のすることはほぼ完璧と言ってもいい」

からかわれているのだろうか？　ドロシアはローゼン卿を見あげた。ローゼン卿に挑発的な視線を送られ、彼がいったいなにを考えているのかわからなくなった。本当に彼女を尊重してくれているのだろうか？　それとも、これは手の込んだゲーム、慎重に仕組まれた誘惑の一部なのだろうか？

挑発に乗らないよう心を決め、ドロシアは口から出そうになった反論の言葉を押し戻し、なにげないそぶりを装った。このハンサムで威勢のいいローゼン卿を追い払うには、覇気のない静かな女性を演じるのがいちばんだ。

ローゼン卿は彼女を品定めするかのような視線を向けてきた。どうやらドロシアの作戦は失敗だったようだ。それどころか逆効果になってしまった。彼女に退屈し、興味をなくすどころか、彼女と一緒に過ごしたくてたまらなくなったようだからだ。

「ワルツほど親密なダンスはないと思わないか？」ローゼン卿がささやいた。

「ええ、まあ」ドロシアは答えた。声に力が入らない。だめ、これではだめよ。まったく。ドロシアは咳払いした。「ふさわしいパートナーと踊れば、ですけど」声に力を込めて、ドロシアは言い足した。

「もちろんだ。人生の経験の多くは、選んだパートナーによって違ってくると言ってもいい」ローゼン卿は言葉巧みに言った。

ドロシアは、頬が紅潮するのを感じた。放蕩者が改心してすばらしい夫になったという例はたしかにある。彼女の義兄、ジェイソン・バリントンがいい見本だ。それでもその理論はだれにでも当てはまるものではないと思っていたし、それをみずから実証することが賢明だとは思えなかった。

とはいえ、アーサー・ペングローヴは、もはや結婚相手の候補者ではない。ローゼン卿の人物像について、あまりに性急な判断を下してしまったのではないだろうか。ローゼン卿のような、成熟していて世慣れた紳士のほうが、ドロシアの夫にはふさわしいのかもしれない。それに、ローゼン卿なら、結婚相手の候補者とみなした紳士とキスをしてから結婚に同意するという、自分自身への必要条件を簡単に満たすことができるのではないだろうか。ドロシアからキスをうながしたら普通の男性はそれをみだらな態度だと取るかもしれないが、ローゼン卿の評判と経験を考えると、彼なら不快に思うことも、彼女を非難することもないだろう。

ドロシアはローゼン卿に向かって温かく微笑んだ。「そろそろ音楽が始まりますわ。まいりましょうか？」

ドロシアは、ローゼン卿が差しだした腕に手を置いた。彼はすぐさま自分の手を彼女の手に重ね、これ以上度が過ぎれば礼儀としての限界を超えるのではと思えるほど馴れ馴れしく、ぎゅっと握った。頭のほうまで駆けあがってきた警戒心を、ドロシアは無視した。二人がダンスをするのは、混雑した舞踏室の中だ。何百人ものゲストの目の前で、しかも彼女の後見人であるダーディントン卿が見ている場所なのだ。

いったいどんな危害を加えられるというのか。

5

三十分後、ドロシアはローゼン卿の抱擁から体を離し、ぼんやりと彼を見つめた。どうして庭で二人きりなのだろう。そう、ダンスが終わったあと、少し外の風に当たりに庭へ行かないかとローゼン卿に誘われて、快くついてきたのだ。ローゼン卿は魅力的で洗練されていて、お世辞の言葉もわざとらしくなかった。機知に富んだ会話も楽しかったが、それ以上に、彼が見せる紳士らしく恭しい態度に惹かれた。

その場の甘い雰囲気に誘われ、ドロシアはローゼン卿こそ自分にふさわしい相手かもしれないと思いはじめた。このきらめく星空のもと、月の光を浴び、春の花の甘い香りに包まれて、それをたしかめてみようと心に決めた。

口づけを待つように、ローゼン卿に体を近づけた。唇が強く押しつけられた。その瞬間、とんでもない過ちを犯したことに気づいた。愚かな過ちだった。

ローゼン卿のキスには危険が感じられ、その抱擁には遠慮がなかった。巧妙さもやさしさもない。むしろ、強引で、かなり乱暴だった。きつく抱きしめられると、その体の大きさ、容赦のなさ、強さが伝わってきた。とても巧みな口づけで、数えきれないほど経験しているのだろうが、なんとなくいやな感じがした。ドロシアは気づまりで、落ち着かない気持ちになった。

「舞踏会へ戻ったほうがいいのでは？」ドロシアは息を切らして言った。

「大丈夫」ローゼン卿はやさしくささやいたが、その声はドロシアの神経をひどく苛立たせた。「当分のあいだは、私たちがいなくても、だれも気にしない」

ドロシアは思わず腕をあげ、これ以上近づかないようローゼン卿の胸を手でしっかり押さえた。ローゼン卿は平然と微笑んで、さっと身を乗りだしてきた。ドロシアはしっかりと立ち、腕を伸ばして、力を込めて彼の胸を押さえた。ローゼン卿の顔に苛立った表情が浮かんだところを見ると、彼女の抵抗が本気だということをわかってくれたらしい。

「舞踏会へ戻ったほうがいいと思います」ドロシアはもう一度言った。

「やれやれ。恥ずかしがることはない。その気があるのはお互いにわかっているじゃないか」

どうしよう。困ったことになった。ローゼン卿の胸の真ん中にしっかりと当てたドロシアの左手が震えだす。彼と争うのはひどくみっともないが、必要とあらば、力のかぎり抵抗するつもりだ。

ドロシアは顎をあげ、ローゼン卿をまっすぐに見つめた。いつもと変わらない穏やかな声で話すのはたいへんだった。「本当に戻らないといけないんです」

ローゼン卿は片方の眉をあげた。「まさか、これ以上はお預けだとでも？　ほら目の前には、美しいあなたの意のままになる男がいるのだよ」

ドロシアは冷たい目でローゼン卿をにらんだ。「私の意のままですって？　むしろ、あなたのほうがご自分の下劣な欲望に従っていらっしゃるんじゃありませんか」

ローゼン卿はしたり顔で笑った。「そして、あなたの欲望に」

「そんなことはありません！」

ローゼン卿はわずかに体を引いて、疑わしげな目で彼女をじっと見つめた。「あなたは自分から進んでここへ来たではないか。自分から進んで口づけもした」

ドロシアは喉にこみあげてきた塊をのみ下した。外へ出たのは自分の意思だった。それにしても、彼女が一度の口づけ以上のことを許すつもりがないとはわからなかったのだろうか？

「私は、口づけを一度までしか許すつもりはありません。少なくとも、夫でも婚約者でもない方とは。お忘れかもしれませんが、私はれっきとした淑女です。未婚の純潔の淑女なんです」

ローゼン卿はドロシアの怒りに気づいたのか、黙りこんだ。黒い瞳でドロシアを推し量るように見つめる。「私の妻としてふさわしいと思っているのかね？」

ドロシアは眉をひそめた。まあ、失礼な。なにを考えているのだろう。自分が奥方にふさわしいと、私が力を込めて訴えるとでも？　長所を一つ一つあげて、いろんなすばらしさを詳しく話し、健康の証しに歯を見せる？　なんてずうずうしい！　不安が高まるいっぽうで、腹も立ってきた。それでも、我慢することにした。

「決めるのは私ではありませんわ」落ち着いた声を保って答えた。「ご自分の妻にふさわしい方を決められるのは、あなただけですから」

ローゼン卿は笑みを浮かべた。ドロシアの答えに満足したようだったが、その紅潮した顔を見るかぎり、完全には怒りはおさまっていない。

「ああ、これからするのは、それなのかもしれない。あなたが私の妻にふさわしいかどうかを決めることだ」

ドロシアは驚きのあまり、落ち着きのない笑い声をもらした。こういった愚かな事態になることを覚悟しておくべきだった。さらには、こんなことをすっかり避けられるくらい賢くあるべきだった。なにかの奇跡で、ローゼン卿が結婚を申しこんでくるかもしれない。女性に対して自分の力量を示す必要があると感じている男性にはよくあることだが、ローゼン卿はそうした尊大な自尊心にあふれている。断られるのはよしとしないだろう。

ドロシアは無理に笑顔を作った。「将来についての重要な決定をなさるには、ふさわしい時と場所だとは思えませんけど」

「ことによると、あなたの将来でもあるからね」

私を喜ばせてくれたら、だが。声に出しては言わなかったが、その期待はローゼン卿のいやらしくて誇らしげな顔にありありと表れていた。ローゼン卿は、二人のあいだの障壁となっているドロシアの腕をわざとらしく見おろした。自信満々の表情を見れば、腕をおろしてほしいと思っているのがわかる。

ドロシアははっと体をこわばらせた。「それはないと思います」

ローゼン卿の信じられないという顔はおかしかったが、残念ながら一瞬のことだった。怒りもあらわに、ドロシアをにらみつけてきたのだ。また不安な気持ちがよみがえってきた。無事にこの場を乗り切ることができたら、これからはもっと慎重になります。そう心の中で誓った。

　ドロシアはさっと膝を曲げてお辞儀をすると背を向けた。あわてて駆けだしたりしないよう自分に言い聞かせたが、ローゼン卿に突き刺すような目で見つめられているのを感じる。

「ミス・エリンガム！」

　ますます気分が悪くなった。急ぎ足になる。心臓が激しく打っているのをひときわ感じた。おびえた子供みたいにあたふたと離れるのはみっともないし、慎みもないが、愚か者でいるよりは臆病者でいるほうがよっぽどましだった。

　背後で物音がした。ローゼン卿の足音？　いや！　見た目など考えず、スカートを足首の上まで持ちあげて駆けだした。砂利道をざくざくと踏み鳴らしながら走ると、柔らかい革製の美しい舞踏靴の底が石で裂けた。

　痛みも気にせず、ドロシアは走り続けた。生い茂った生け垣の角を曲がろうとして、肩がその端をかすめたが、足をゆるめようとはしなかった。背後の音にひたすら耳を澄ませていたので、真正面にあるものがまったく目に入っていなかった。

　まるでれんがの壁にぶつかったみたいだった。たくましい腕の生えた壁。男らしい腕に抱きしめられて身動きが取れなくなり、悲鳴をあげた。身をよじって腕から逃れ、ふらつく足であとずさると、襲ってきた者を見ようとした。顔をあげると、男とまともに目が合った。

アトウッド卿！ びっくりしたドロシアは口をぽかんと開けた。よろめきそうになり、アトウッド卿の腕をつかんで、肉体的にも精神的にも落ち着こうとした。

「これはこれは、どうされたのです？」

驚きで声も出ず、ドロシアはただアトウッド卿を見つめた。月光に照らされたその顔は、まるで天使のような輝きを放っている。いつもなら、外見の美しさにこんなに心奪われることはない。気づくまで数年かかったが、外見の美しさがその人柄と直接関係しているわけでないと、いまではわかっている。

ローゼン卿が典型的な例だ。あのとても魅力的な風貌の下に、よこしまな心が隠れていた。洗練された外見を裏切る激しい気質が。

アトウッド侯爵の顔立ちのなにか……あるいは物腰かもしれないが、それにドロシアは引きつけられた。彼には、人を引きつける男らしさのようなものがあるのだ。どういうわけか、それが気になってしかたなかった。

「お困りですか、ミス・エリンガム？」アトウッド卿がやさしくたずねた。「なにかお役に立てることはありますか？」

「大丈夫です」ドロシアは首を大きく振った。「お気になさらないで」

アトウッド卿は片眉をあげて、ドロシアの答えに疑わしげな表情を作ったが、ありがたいことに、それ以上は訊いてこなかった。張りつめた沈黙が続き、ドロシアの弾んだ荒い息遣いだけが響く。

恥ずかしくて、ドロシアは息を抑えようとしたが、ますますひどくなるだけだった。

「今夜、ミスター・ペングローヴがいらしているとは気づきませんでした」アトウッド卿が口を開いた。

「いらしてるんですか？」ドロシアはあわてて庭を見まわした。

「向こうの庭で一緒だったのは彼ではないのですか？」

「違います。ローゼン卿と一緒だったのです」ドロシアはまだひどく動揺していたので、よく考えずに答えた。次の瞬間には、自分の答えにうめき声をあげそうになった。

「ローゼン卿と？」月光に照らされたアトウッド卿の顔に驚きの色がさっとよぎった。「ミスター・ペングローヴとの話がもう決まったのだと思っていました」

「なんのお話ですの？」

「結婚ですよ」

まあ、なんてこと。困惑と羞恥心がドロシアの心の中でせめぎあう。どうしてアーサーの求婚のことを知っているのだろう。しかも、なぜか話の半分だけなんて。アトウッド侯爵は、彼女がペングローヴの求婚を受けたと信じきっている。

「ミスター・ペングローヴとはただのお友だちです。結婚の予定はありませんわ」

アトウッド卿のあっけにとられた表情に笑いだしそうになった。自分自身がこんなにびっくりしていなかったら、笑いだしていたかもしれない。

「じゃあ、誤解だったのかな。申し訳ありません」怪訝そうにドロシアを見る。「では、レディ・ローゼンの称号をお受けになるのですか？」

「いいえ」ドロシアは目をそらして、ため息をついた。「あの、私の結婚話におかしなくらい興味をお持ちじゃありませんこと？」

「そうですか？　それは失礼。このところ、結婚のことが頭から離れなくて」

「まあ、私もそうですわ」ドロシアはどきっとした。アトウッド卿は花嫁を探しているのだろうか？

「つまり、愛と結婚のことが頭を離れないと？」アトウッド卿はおもしろがっているような声で訊いた。

「愛と結婚？」ドロシアは少し考えてから答えた。「結婚は、家族と財産と便宜を結びつける行為ですわ」

「そのとおりですが、若いご婦人は結婚する前に恋をしようとするものだと思っていました」

「そうでしょうか。よくわかりません。私は心から結婚を望んでいますけど、結婚相手を探すに当たって、恋をすることが最優先事項だとは思っていませんから」

アトウッド卿の口元に笑みが浮かんだ。「君には驚かされますよ、ミス・エリンガム。夢見がちな乙女だと信じるところだった」

ドロシアはかすかな笑みを浮かべた。「そんな時期はもうとっくに過ぎてしまいました。恋人同士のあいだに本当の愛が存在することは存じていますが、それはめったにないことですし、愛情を抱き続けるのは至難の業です」

「たしかにおっしゃるとおりです」

「それはご自身の経験から？」

アトウッド卿は顔をしかめた。「まさか。僕は恋に落ちたことなどありません。でも、結婚するときに熱烈に愛しあっていると言っておきながら、一年も経たないうちに二人の関係が冷め、退屈になり、さらにひどくなった恋人たちならいくらでも見てきた」

「私もです」ドロシアは苦笑いを浮かべた。「ですから、結婚するときには自分の運命は自分で決め、愛情は考えに入れないことにしたんです」

アトウッド卿は、ドロシアをじっと見つめた。「二つは両立しないと？　愛と結婚は？」

「人によっては。多くの人にとっても」ドロシアは思わず笑みをもらした。こんなに変わった、けれどもいちばん正直な話を男性としたことはない。「とてもうまくいけば、結婚したあとに愛が生まれるんじゃないかしら」

「夫婦のあいだに？」

「ときには。とても運がよければですが」ドロシアは自分の舞踏靴をまじまじと見つめていたが、ふいに顔をあげた。「もしそうならなくても、望みがないわけではありません。結婚相手が喜んで分かちあってくれるもので満足できるようになるんですから」

アトウッド卿は興味深げに首をかしげた。「それでは、夫婦の床は冷えきってしまうのでは？」

「愛も情欲も、私にはほとんどわかりませんが、夫婦の床で満足感を得るために愛が必要だとは思えませんわ。違いますか？」

アトウッド卿はドロシアの言葉に驚いたようだ。「男性の側から言えば、そのとおりです。しかし、生まれのいい淑女の考えは違うとずっと思っていました」

「ええ、違う考えの方も中にはいらっしゃいます」ドロシアは黙っていられなかった。「でも、私はそうではありません」

アトウッド卿の顔に驚きが表れたが、それはすぐに好奇心に変わった。「奔放な女性だといわれるかもしれないと考えると、怖くならないのですか？」

「あら、女性が肉体の快楽を楽しみ、感情とはまったく関係なく夫婦の床の悦びを味わえば奔放で、男性はそうではないと？」

それを聞いたアトウッド卿は、驚きのあまりぽかんと口を開けそうになった。

あまりに大胆なことを馬鹿正直に口にしてしまった、自分の恥知らずな意見にアトウッド卿は腹を立てたに違いないと気づき、ドロシアは口ごもった。

しかし、アトウッド卿は興味深く瞳を光らせて、その表情を和らげた。「つまり、将来の夫には、愛ではなく情熱を捧げるのですか、ミス・エリンガム？」

ドロシアは厳しい目でアトウッド卿を正面から見やった。「両方を、同じだけ捧げます。でも、夫は、情熱に基づいて選ぶつもりです」

ドロシアの最後の言葉に、アトウッド卿は黙りこんでしまった。ドロシアは、ふいに居心地の悪さを感じはじめて足を踏み替えた。上品な男女のあいだでは、こんなふうな赤裸々な真実が語られることはない。少なくとも、これほどまでには。わかってはいても、アトウッド卿のなにかにせき立てられ、内なる声を無視して、とにかく話してしまったのだった。

「あら、いけない、すっかり遅くなってしまったわ」ドロシアはぎこちない声で言った。「そろそろ失礼させていただきますわ、アトウッド卿。こんなに長く舞踏室を離れていると失礼ですから」

アトウッド卿は謎めいた微笑を見せた。「どうぞ、かまいません、ミス・エリンガム。とてもためになる話をありがとう」

胸がどきどきしてきて、ドロシアはさっと目をそらした。膝を曲げて優雅に深くお辞儀をすると、背を向け、胸を張って歩きはじめた。

カーターは目を細め、急いで立ち去ろうとスカートをふわりと波打たせながら歩いていくミス・エリンガムの姿を眺めた。彼女がフレンチドアの向こうへ消えると、カーターは自分が興味をかき立てられていることにはっと気がついた。彼女の美しさはもちろん、愛らしい姿と機知に富んだ人柄に。

だが、それだけではなかった。ミス・エリンガムの女性としての考え方にもひどく惹かれていた。それは、カーターがそのときまでほとんど考えてみたこともない考え方だった。彼女は結婚について、ほかの女性とはかなり違った意見を持っているらしい。

カーターは、アーサー・ペングローヴがミス・エリンガムにキスをし、片方の膝をついて結婚を申しこむ姿を目にしている。だから今晩、ミス・エリンガムがだれかと庭で口づけしているのをふたたび見かけて、相手はペングローヴだと思ったのだ。だが、それはローゼン卿だった。彼は軽薄な女たらしだが、頭の切れる男でもあるので、ダーディントン侯爵の庇護を受けている令嬢の愛情をもてあそぶのは自殺行為だと気づいていたはずだ。

信じられないことだが、ローゼン卿は本気で結婚を考えていたに違いない。だが、ミス・エリンガムは彼とも婚約していない。もしかしたら、紳士とキスするのを楽しんでいるだけなのか？

不埒な女性なのだと言えば簡単だが、どこか本当のことだとは思えない。愛と情熱のどちらも知らないと言っていたし、そのとおりなのだろう。結婚したら愛よりも先に情熱を見つけたいと話していた。女性よりも男性に近い考え方だ。

ミス・エリンガムの言葉にカーターは考えこみ、そして気づいた。父親が花嫁候補にと強く勧めた若い無垢な女性たちのせいで、彼は偏狭で頑固な結婚観を持つようになっていた。相手選びの際に常識を働かせて、義務のためだけに結婚することもできるだろう。あるいは、詩人が綴り、女性が――一部の女性が――切望するような身を焦がす恋愛に屈することもできるだろう。

はっきり言って、どちらの考えも魅力的ではない。だからこそ、妻とする一人の女性を選ぶのにこんなにも苦労しているのだ。まったく違った角度で結婚を考える頃合いなのかもしれない。

ドロシア・エリンガムはどうだろう。カーターは微笑んだ。いままでとは違ったタイプの女性だし、カーターは昔から型にはまらないものに惹かれていた。ベントンとドーソンという、嗜好から気質まであらゆることでまったく正反対の二人との長年にわたる友情を考えれば不思議ではない。

愛という厄介な問題のない、情熱的な結婚というミス・エリンガムの考えからすると、結婚生活がとても心そそられる取り決めに思えてくる。この意外な真実の発見に満足して、カーターは庭の小道を舞踏室へ引き返しはじめた。

そうだ、結婚についての態度や考え方の修正こそ、まさに必要としていた答えだ。頭の中で、その考えを繰り返し検討し、進展させていくと、美しいドロシアとの結婚はまさしく最高だと確信するようになった。

ドロシアは舞踏会が続いていることに気落ちしながら、人目につかないよう舞踏室にそっと入った。今夜は馬鹿なまねをしてしまった。最初はローゼン卿と、それからアトウッド侯爵と。いまは、ゲストたちに対して、楽しそうな笑みを顔に張りつけ、なにも問題はなく、素敵なひとときを過ごしているふりをしなければならない。

ありがたくも、次のダンスの相手はミスター・ブラウニングだった。ささやかな財産を持ち、とりとめのない話の好きな、気のいい男性だ。それに、彼はダンスに自信があってうまいので、ドロシアは無理に話をする必要もない。ただ彼のリードに身をまかせ、思いはアトウッド卿との会話にさまよっていった。

アトウッド卿には臆面もなく本音を話してしまった。好きになる男性を探しているのではなく、好きになってもらう必要もない。結婚は真剣な問題で重要な決定でもあるので、移り気な心を信用するわけにはいかないと。

数年前に、ドロシアは人生でいちばん深刻で重要なこの瞬間にどうやって取り組むかを決めていた。夫を選ぶために、頭と常識を使い、最後のテストとしてキスをする。これらをきちんと組みあわせて働かせれば、将来の夫とのあいだに愛が生まれる可能性はあるのだと固く信じていた。

ドロシアにとって、愛の可能性さえあれば、結婚に踏み切るには十分だった。もし愛が生まれなかったとしても、耐えられる。きつい態度をとったりしないし、怒ったりしないし、恨んだりもしない。どんな状況であれ、その人生を最大限に生かすつもりだ。

「ポンチはいかがですか、ミス・エリンガム？」

ドロシアははっとして我に返り、目をまばたかせてミスター・ブラウニングを見た。「ええ、お願いします」後ろめたさを覚えながら微笑んだ。

ミスター・ブラウニングはそそくさとポンチを取りにいった。しかし、一人にはしてもらえなかった。ミスター・ブラウニングが立ち去ってすぐに、サー・ペリーがそばにやってきた。ドロシアは深く息を吸い、笑顔を作ってうんざりする会話を我慢することにした。

ミスター・ブラウニングが戻ってきた。ドロシアはポンチを一口飲み、サー・ペリーのおしゃべりに興味があるふりをしてうなずき、それから別の紳士がやってきてダンスを申しこむと、ほっとしてその場を逃げだした。

そうして数時間が過ぎた。

胸の高鳴りを抑えながらも、ドロシアはダンスが終わるたびにアトウッド卿を探して部屋を見まわした。そのたびに彼を見つけ、二人の目が合った。アトウッド卿もドロシアの姿を追っていることを隠そうともしていなかった。

でも、どうしてダンスの申しこみにこないのだろう。ドロシアを取り囲むさまざまなタイプの紳士たちのことを考えれば、まさかアトウッド卿が気後れするはずはない。競争相手の存在を気にするような人にはまったく見えない。それどころか、きっと欲しいものはなんでも手に入れる大胆な男性だ。

残念だけど、私は好みじゃないんだわ。あるいは、私の奔放な考え方が。馬鹿みたいにあんな話をしてしまっただなんて信じられない。きっとアトウッド卿には、ふしだらな女で、将来の公爵夫人には似つかわしくないと思われたに違いない。

「まあ、その眉間のしわ、なにか不満があるせいじゃないといいのだけれど」レディ・メレディスが、たまたま一人だったドロシアに話しかけてきた。二人は腕を組み、舞踏室を並んで歩きはじめた。

ドロシアは微笑もうとした。レディ・メレディスは舞踏会を確実に成功させるためにあれこれ手配してくれた。その労が報われなかったと思ってほしくない。

「疲れているだけですわ」ドロシアは答えた。「それと、この華やかさに少し圧倒されてしまったみたいです」

レディ・メレディスはドロシアの手をそっと叩いた。「疲れるのも無理ないわ。ここに集まっているほとんどすべての独身の殿方とダンスをしたんでしょう」

「ええ、ほとんどの方と」ドロシアは答えた。部屋の向こうにいるアトウッド卿をそっと見た。ロディントン少佐と名前の思いだせない別の紳士と一緒に話している。三人は振り返って、四人目の紳士と向きあい、一緒になって開いている玄関へと向かっていった。きっと帰るのだろう。ドロシアはため息をついた。

レディ・メレディスはドロシアをちらりと見やり、ドロシアがまっすぐに見つめている先へさっと目を向けた。

「ため息の理由が、四人のうちのどの紳士なのかまったくわからないわ」レディ・メレディスはつぶやいた。

ドロシアは自分の気持ちを隠そうともせず、首を振った。アトウッド卿への思いをレディ・メレディスに知られてもかまわなかった。実ることのない思いだったから。

「ダーディントン卿と結婚なさる前に、後悔なさるような言葉を紳士に言ってしまったことがおありですか？」

「いつもだったわ」レディ・メレディスの青い瞳が輝いた。「本当のところは、紳士と話をする機会が多かったわけではないのだけれど。私、社交界にうまく適応できないところがあったから」

「あなたが？」レディ・メレディスのように落ち着きがあり、自信にあふれた女性が社交界でつまずいたことがあるなんて信じられない。

「ええ、そうよ。本当にはみだし者だったの。私の一族は変わり者で知られていたから、よけいにそうだったかもしれないわ。結婚には特に興味もなかったし、それをまわりにはっきりと言っていたの。やんちゃな双子の弟たちを危ないところに近づけないようにするのに忙しかったし、ひそかな情熱を楽しんでもいたの」

「ひそかな情熱を？」ドロシアは肩越しにちらりと後ろを見て、だれにも話を聞かれていないことをたしかめた。「ダーディントン卿はご存じなんですか？」

「ええ、知っているわ。いい顔はしてないけれど、私を止められないのはわかってるの。だから、いまでもまだ楽しんでるわ」

ドロシアはぽかんと口を開け、さっと視線をそらした。「ダーディントン卿がそれほど寛容な方だとは思いもしませんでした」

レディ・メレディスは足を止め、驚いた様子で首をかしげた。「まあ、ドロシア・エリンガム、あなた、不純な想像をしてたのね！」

「悪気はなかったんです」

「わかってるわ」レディ・メレディスは扇子でドロシアの手首をそっと叩き、微笑んだ。

「ひそかな情熱といっても、愛人がいるとかそういうことではないのよ。だから、そんな考えはすぐに頭から追いだしてちょうだい。私が心とベッドを分かちあっているのは、トレヴァーだけだもの」

「そういうつもりじゃ……その、あなたを非難するつもりじゃなかったんです、レディ・メレディス」ドロシアの頬が赤く染まった。いったい、今夜はどうなっているのだろう。なにげなく始めた会話がどれも、一転してとんでもないことになってしまうとは。

「そんなに落ちこむことはないわ。私のひそかな情熱に男性が関係していると思うのも当然だわ。いくらかは当たっているのよ、男の人がかかわっているから。商取引をしている男性がね」レディ・メレディスは愉快そうに笑った。「私のひそかな情熱というのは、お金儲けのことなのよ、ドロシア。私にはお金を儲ける野心と才能があるの」

「まあ」ドロシアはこらえていた息をゆっくり吐きだした。愛と結婚については懐疑的であっても、ある種の恋人たちが持っている独特の関係のことは認めていた。だから、レディ・メレディスと夫のあいだに真の愛が存在するとふたたび信じられて、不思議なことにほっとした。

「かなりの腕前だし、少し自慢させてもらうなら、投資で儲けるのがいちばん得意なのよ。でも、私の才能は、社交界の人たちには理解されないし、受け入れられもしないの。紳士が商取引になみなみならぬ興味を示しても、ろくでもないことだと言われるくらいだけど、財務的な知性と洞察力を持つ女性の場合は――」レディ・メレディスは身を震わせた。「――

異常だと思われるのよ」

ドロシアは女性への理不尽な扱いに怒りを覚えた。「私たちだってものを考えるのに、どうしてそれを隠さないといけないのかしら」

レディ・メレディスは肩をすくめた。「きっと、ほとんどの男性は女性に知性があると思うと不安になるのよ。そうじゃなかったら、知的な会話を楽しんでいる女性たちを小馬鹿にしたように〝インテリ女性〟と呼んだりしないでしょう」

ドロシアはうなずいた。そのとおりだ。女性たちは幼いころから、紳士の前では賢そうに見えたり、本好きだと思われたりしないようにと教えられる。「結婚なさる前は、商取引への関心をダーディントン卿に隠していらしたんですか?」

「いいえ」

「そもそもダーディントン卿は反対なさらなかったの?」

「彼はそのことを最初は無視していたの。それから、私のことも。完全に」

ドロシアは目を大きく見開いた。「てっきり恋愛結婚なのだと思ってました」

「まさか。結婚当初は、二人のあいだに距離が生じて、いやな思いをするような問題が数えきれないほどあったのよ。ありがたくも、最後には問題も解決して、互いに愛情を抱いているることがわかったけれど」レディ・メレディスは、すれ違った年配のカップルにていねいに会釈し、襟が高くて首が動かなさそうな若い男性ににっこり微笑んだ。

「結婚が幸せなものになったとき、ふと思ったわ。トレヴァーは私に商取引をやめてほしかったのかもしれないって。でも彼は、私がそこから充足感と達成感を得ていることにすぐに気づいたのね」レディ・メレディスは続けた。「私の活動に気づいた社交界の人たちがほとんどなにも言わないのは、ひとえにトレヴァーのおかげよ。少なくとも、公の場ではなにも言われないわ。それに、義理の父はずっと社交界での私の擁護者だったの。公爵の力と影響力を軽んじる人はいないから」

ドロシアはレディ・メレディスの話についてじっと考えた。「結婚するおつもりはなかったのですよね。でも、もし結婚していなかったら、どうするおつもりだったんですか。どうやって生活されるおつもりだったんですか？」

「自分の好きなようにによ。確実な投資のおかげで資金は十分にあったから、いくらかの自立と貴重な自由を手にすることができたの。だから、私は娘たちのために独特の財産相続を設定するよう譲らなかったわ。娘たちにはね、成人になったら自分の自由になる収入が与えられることになっているの。それは夫を含めて、男性の親族はいっさい手をつけられないのよ」

「つまり、お嬢様たちにも、結婚はしてほしいと思っていらっしゃるの？」ドロシアは、もし自分に自立の道が与えられたとしても、そちらを選ぶだろうかと思った。結婚するほうが女性にとってはより自然で、守られていると感じられる。

「もし娘たちに愛する人ができて、その人が娘たちにふさわしい男性だったら、結婚してほしいわ。でも娘たちの父親に言わせると、まだいまのところは、ふさわしいと思える資質を備えた人は一人としていないそうよ」

ドロシアもレディ・メレディスと一緒に笑った。「ダーディントン卿は、私の求婚者候補たちについてもかなり手厳しくていらっしゃるわ。私とは血縁関係にもないというのに。ご自分のお嬢様の求婚者が現れたら、いったいどんな反応を示されるのか想像もつかないわ」

「一つだけたしかなことがあるわ」レディ・メレディスは皮肉っぽく笑いながら言った。「気弱な男性では、娘たちの夫として務まらないってこと。娘を安心させるためだけでも、しばらくのあいだトレヴァーをイングランドから遠ざけておかないといけなくなるかもしれないわね」

二人は舞踏室をぐるりとまわって、元のところへ戻ってきた。ドロシアの気も落ち着いていた。動揺もおさまり、冷静になった気がする。「結婚生活が退屈でない方もいらっしゃるのですね」ドロシアはつぶやいた。

「あら、もちろんよ」レディ・メレディスがドロシアの腕を励ますようにつかんだ。「結婚相手選びに焦りを感じているのはわかっているし、とても大切な決断であるのはたしかよ。でも、そんなにひどい状況にあるわけではないのだから、急ぐことはないんじゃないかしら。時間をかけて、よく選んだほうがいいわ」

ドロシアは弱々しく笑いかけた。レディ・メレディスは適切な助言を与えたと思っているようだったが、ドロシアの考えは違った。状況はひどいものだった。この社交シーズンが終わるまでに結婚相手が見つからなかったら、ヨークシャーでの生活に逆戻りだ。夫候補はとても少なく、ましてや悪魔のような魅惑を持つ侯爵みたいな人はいない。

「できるだけがんばってみます」ドロシアはそう言って、小さくため息をついた。

「それでいいのよ」レディ・メレディスが答えた。「忘れないでね、ドロシア、結婚は人生のたいていのことと同じように、自分で決めるべきなのよ」

6

「お花がいくつか届いております、ミス・エリンガム」翌朝、ドロシアがダーディントン夫妻と同じ朝食の席につくと、執事が告げた。「お食事後にご覧になれるよう、黄色の間にお持ちいたしましょうか？」

「なにを言ってるの、フィリップス。すぐにこちらへ持ってきてちょうだい」レディ・メレディスが上機嫌で指示した。「なにが届けられたのか、私もドロシアと同じくらい知りたくてたまらないわ」

ドロシアはレディ・メレディスの向かいの椅子に腰掛けた。ホットチョコレートを従僕から受け取ったが、サイドボードに置かれた銀製の卓上なべにずらりと並んだ温かい料理は控えて、トーストだけを頼んだ。

命じられたとおりに、さまざまな花束を抱えた二人の従僕を引き連れて、フィリップスが朝食室へ戻ってきた。

「まあ、きれい」レディ・メレディスはあわててあいた皿を脇に寄せ、たくさんの花束を置く場所を作った。

ドロシアは微笑んで、まずピンクと白のサクラソウのかわいい花束に手を伸ばした。茎はすべて同じ長さに切られ、白とピンクのストライプの、サテンのリボンが巻かれている。

「においをかいでみてください」ドロシアは花束をレディ・メレディスのほうへ差しだした。

「いいにおい」レディ・メレディスは言った。「送り主はどなた？」

ドロシアはおそるおそるカードの封を開けた。「ロディントン少佐だわ」驚いて答えた。

よかった。昨夜のダンスを楽しんでくれたらしい。「今日の午後、馬車で迎えにいくから、バンベリー・パークで一緒にピクニックをしてほしい、ですって」

「ピクニック？　素敵じゃない」レディ・メレディスは黄色い牡丹の小さな花束に手を伸ばした。「これ、どなたからかわかったわ」

ドロシアとレディ・メレディスは互いに目を見合わせて、笑い、同時に口を開いた。「サー・ペリー！」

「かわいそうな人、よほど想像力に欠けているのねえ」レディ・メレディスが言った。「いつもまったく同じ花束を贈ってくるなんて。十二本の黄色い牡丹に、淡い黄色のサテンのリボン。今日も詩が添えてある？」

ドロシアはテーブルの向こうでおもしろがっているレディ・メレディスとふたたび目を合わせ、花束に添えられていたカードの封を開けた。カードにさっと目を通す。「ええ、残念だけど、自作のソネットを贈れば私が喜ぶと思っていらっしゃるみたい。あいかわらず、大げさに飾り立てた言葉で、敬意を表してくださっているわ。今日は、私の――」ドロシアはむせて、まばたきをし、やっとなんとか息を吐きだした。「手首に、ですって」

ダーディントン侯爵は、テーブルの奥のいつもの席に座っていたが、読んでいた新聞をゆっくりとおろし、新聞越しにドロシアへ目を向けた。「手首？　サー・ペリーは君の手首をたたえる詩を書いたと？　きっと私の聞き間違いだな」

ドロシアがくすくす笑いだすと、レディ・メレディスも一緒になって笑った。「いいえ、このすばらしい詩は間違いなく、私の〝握りしめし手より優美にして可憐で愛らしく、繊細にしてたおやかなりき麗しの手首〟に捧げられた頌歌《オード》です」

「なんとまあ、頭のいかれた男だ。いいか、正気の男が、女性の手首をわざわざ称賛するはずがない」

「そんなことはないんじゃないかしら」ドロシアはそう言うと、もう一度くすくす笑いだした。「お気の毒に、サー・ペリーからは、少なくとも十篇以上の詩をいただいているのです。褒めたたえる場所が尽きてきたんですよ、きっと」

ドロシアの言葉に、レディ・メレディスはまた笑い声をあげた。しばらくして落ち着きを取り戻すと、ドロシアの花束に目を向けた。

「この華やかな蘭はどなたからかしら」レディ・メレディスが訊いた。

ドロシアは考えこむように繊細な花に触れてから、カードに手を伸ばした。つかの間期待に頬を染めたが、署名を目にしたとたん、落胆の色に変わった。

「ローゼン卿からだわ。そういえば、温室で蘭を育てていらっしゃると以前お聞きしたわね」

心とは裏腹になにげない調子で言うと、従僕のほうを振り返った。「料理人に料理がおいしかったと伝えて、この蘭をあげてちょうだい。たしか、蘭の花が好きだと言っていたから」

レディ・メレディスの眉がわずかに動いた。ドロシアは目をそらし、急いでトーストをちぎって食べはじめた。ローゼン卿とのことは侯爵夫妻には話していないし、昨夜庭で起こったことは絶対に秘密にしておくつもりだ。

蘭が片づけられると、ドロシアは胸苦しさがおさまったのを感じた。ローゼン卿と過ごした時間の記憶も、こんなふうに簡単に片づけられたらいいのに。

ドロシアは気持ちを切り替えようとぬるくなったホットチョコレートを一口飲み、別の花束に手を伸ばした。残りの花束とカードもすぐにより分けられた。花瓶が持ってこられ、ドロシアの許可を得て、レディ・メレディスがどの花束をどの部屋に飾るかを指図した。

ドロシアはロディントン少佐からのサクラソウの花束を自分の寝室に置くよう頼んだ。サー・ペリーの詩も、妹のエマへの手紙に同封するつもりで残しておいた。妹も同じように風変わりでおもしろい詩だと思うだろう。

「なんだかクリスマスの朝みたいだったわね」テーブルの上にこぼれ落ちた葉がきれいに片づけられると、レディ・メレディスが言った。「うれしい驚きがたくさんあって」

「ええ、楽しかったわ」ドロシアはうなずいたものの、心の中では少しがっかりしていた。アトウッド卿からはなにも贈られなかったからだった。

「今日の午後、馬車での外出のお誘いを三ついただいているのですが、私としてはロディントン少佐と一緒にピクニックにいこうかと。よろしいでしょうか、ダーディントン卿？」

侯爵はふたたび、持っていた新聞をゆっくりおろした。「ロディントン少佐？」

なった。


「昨夜、舞踏会でお会いしたんです」ドロシアはあわてて答えた。「とても素敵な方ですわ」

「そうかね」新聞が音を立ててさっと持ちあがり、ダーディントン卿の表情はまた見えなくなった。

「公園に行くのには、ぴったりのお天気ね」レディ・メレディスが口を開いた。「少佐と一緒にピクニックに出かければ、ドロシアもすばらしい一日を過ごせるでしょう」

ダーディントン卿は新聞をテーブルに置き、妻を見た。「私たちは少佐のことをなにも知らないのだぞ。どんな人物なのだ？　家族は？　私たちとは面識もないのに、どうして舞踏会の招待状を持っていたのだ？」

ドロシアは首を振り、力なく肩をすくめた。「アトウッド卿が紹介してくださったんです。だから、お二人はお友だちなのでは？　ほかのことは、正直申しあげて、存じておりません」

侯爵は女性たちのほうへ手を振った。「まったく！　見ず知らず同然の男と一緒に馬車で出かけることなど、私が許すわけがないではないか」

レディ・メレディスは親指と人差し指で鼻筋を押さえた。「だからこそ、お互いのことをもっと知るために出かけるのよ、トレヴァー」

「それなら、わが家の客間でもいいではないか」侯爵が言い返した。「ふさわしい付き添いのご婦人方やほかの客たちが同席のうえで、だ」

レディ・メレディスがなにやらぶつぶつつぶやいた。落胆のあまり、みぞおちのあたりが重苦しくなった。午後、少しでも屋敷から出られたらどんなによかったか。それに出かければ、アトウッド卿のことも忘れて気分転換できるのに。

「昼日中に人目のある公園でのピクニックは、きちんとした外出ですし、納得できる申し出でもあるわ」レディ・メレディスは夫に鋭い目を向けた。「それに、たしか、ドロシアを訪ねてくる紳士たちについては、公平で理性的でいるようにすると昨晩約束したばかりでしょう」

ダーディントン卿は口元をぐっと引き結んだ。コーヒーカップを持ちあげ、長い時間をかけて一口飲み、繊細な磁器のカップを受け皿に戻した。レディ・メレディスは涼しい顔で笑いかけている。

「もし少佐と出かけるのなら、メイドよりもっとしっかりした付き添いが必要だ」侯爵はようやく言った。

ドロシアは胃がまた引きつるのを感じた。まさか。侯爵みずから、付き添いの務めを果たすつもりなのだろうか。もしそうなら、屋敷にいるほうがいい。

「私が喜んでその役目を引き受けるわ。娘たちも連れていきましょう」レディ・メレディスが答えた。「あの子たち、ピクニックが大好きですもの」

「君と娘たちが？」ダーディントン卿は指でテーブルをコツコツと叩いた。「少佐の馬車に全員は乗れないだろう？」

ドロシアも同じことを考えていた。レディ・メレディスが協力しようとしてくれるのはありがたい。でも、ドロシアが望んでいた結果とは違っている。ロディントン少佐は穏やかな性格で感じのいい人だが、ほかに四人も一緒にピクニックへ行くと知ったらどう思うだろう。しかも、三人は幼い子供たちだ。

「まさか、私と娘たちも同乗するほどぶしつけではありませんよ」レディ・メレディスは咳払いをした。「少佐がいらしたら、ドロシアは彼と一緒に馬車に乗ってお行きなさい。私と娘たちは別の馬車であとからついていくか、あらかじめ公園内の待ちあわせ場所を決めておくかしましょう。

私たちはわが家の馬車に乗っていかないと。子供たちはお気に入りの本と人形を持っていきたいと言うでしょうし、料理人はウェリントン軍でも養えるくらい、たっぷりとあの子たちの好物を詰めこんだピクニックランチを用意するでしょうから」

筋は通っている。異論はないはずだが、ダーディントン卿のことだ、なにを言いだすかわからない。ドロシアは緊張の面持ちで固唾をのみ、返事を待った。

「喜んで招待を受けるとロディントンへ返事をすればいい」ようやくダーディントン卿が答えた。「だがもちろん、いま話しあったことについてもきちんと伝えなさい。高潔な心を持った男なら、レディ・メレディスと私の愛娘たちが同伴することに喜んで同意してくれるはずだ」

ドロシアは心の奥から笑みがわいてくるのを感じた。「ありがとうございます。失礼して、すぐにお返事を書いてきます」

「ほかの紳士たちのことも忘れないでね」レディ・メレディスがやさしく注意した。

ほかの紳士たち？　ドロシアはレディ・メレディスをぽかんと見た。

「花と招待状を贈ってくださったのは、ロディントン少佐だけではないでしょう」

そうだった。ドロシアは顔を赤らめた。今朝は本当にぼうっとしている。いろんなことが重なって、昨日の夜のこととか……ほかにも動揺する理由はあるけれど、それについては考えたくない。

「おっしゃるとおりだわ、レディ・メレディス。ちょうどいい機会ですから、親切にしてくださったほかの方たちにもお礼の返事を書いておきますね」

ドロシアは最後に微笑んで、部屋を出た。あっという間に昼になり、約束時間きっちりにロディントン少佐がやってきた。ドロシアが出迎えると、少佐は心からの温かい笑みを浮かべた。彼女が着ている流行のアンサンブルに気づいたロディントン少佐の目が称賛に輝くのを見て、ドロシアはうれしくなった。

「お美しいですよ、ミス・エリンガム」

「ありがとうございます」

ドロシアは会釈して微笑んだ。身なりをていねいに整える時間があってよかった。濃い青色のモスリンのドレスは青い瞳を引き立たせてくれているし、そろいの帽子は肩まで伸ばした金色の巻き毛にぴったりだ。

ロディントン少佐は、ダーディントン卿から外出の計画について厳しく質問されても、気圧されることなく答えていた。ドロシアには永遠とも思えるほどの時間が過ぎてようやく、屋敷から出ることができた。歩道脇に止まったみごとな四輪馬車が見えると、ドロシアの目は興味で輝いた。

「感心する必要はありませんよ、ミス・エリンガム」ロディントン少佐は笑顔で言った。「馬車は借り物です」

「こんなにすばらしい馬車を借りられるなんて、すごくいいお友だちをお持ちでいらっしゃるのね」これほど上等な馬車と立派な馬は、貸し馬車屋で借りられるものではない。

「知りあってまだまもないのですが、アトウッド侯爵は好感の持てる寛大な人物ですね」

ドロシアは馬車のステップに足を取られ、よろめきそうになった。聞き間違えだろうか？本当にアトウッド侯爵と言ったの？

「まあ、ええ、アトウッド侯爵は寛大でいらっしゃいますわね」気まずさで顔が赤くなった。なんてこと、まさか侯爵と少佐がそんなに親しい友人だったなんて。意外だった。二人は、性格も育ちもまったく異なるからだ。

いつものように、ロンドンの通りは込みあっていた。そのうえ、よく訓練されているとはいえ、馬車馬は走りたがっている。ロディントン少佐は威勢のいい馬の手綱さばきに集中しなければならず、話はできなかったが、ドロシアは気にならなかった。風景と新鮮な空気を楽しみ、手綱をしっかり握って通りをすり抜けるように走らせる少佐の腕前に感心していた。

一時間も経たずに、無事バンベリー・パークに着いた。ロンドンの郊外にある感じのいい公園だ。春の陽気を楽しみながら、わだちのついた道を散歩する人たちの姿がちらほら見える。ドロシアが振り返ると、見知った人々がすぐに見つかった。

「レディ・メレディスと子供たちはもういらっしゃっているわ」こちらに手を振っているレディ・メレディスに手を振り返しながら、ドロシアは言った。

「ご一緒したほうがいいのかな？」

「私たちの姿が見えていれば、ピクニックは別でもいいんです」

少佐は、たくさんの毛布におもちゃ、従僕たちや騒々しい子供たちに囲まれた侯爵夫人にちらりと目をやると、馬車を反対方向へ向けた。

ドロシアは、ロディントン少佐の手を借りて馬車からおり、彼ににっこりと笑いかけた。二人は、立派な栗の木陰を選んだ。少佐は柔らかな草の上に毛布をさっと広げ、ドロシアを座らせた。

少佐が藁でできたバスケットを開け、中のものを探しはじめた。「僕の部屋から通りを行ったところにある居酒屋で、ランチを調達してくるよう従卒に頼んだんです。気に入っていただけるといいのですが、ミス・エリンガム」

「従卒ですか」ドロシアはからかうように言った。「ちゃんとした近侍を雇っていらっしゃらないの？」

少佐は額にしわを寄せた。「おっしゃるとおりです。もう軍にいるのではないから、近侍と呼ぶべきですね。だが正直、なんでもできる器用な男で、誠実な友でもあるんです。パーカーは、イベリア半島では僕に仕え、そのあとのワーテルローでは僕のそばで戦ってくれました。命を救ってくれた者を格さげするのはむずかしい」

「軍には長くいらっしゃったの？」

「十五のときからです。私は歩兵として入隊したんです。長い年月と遠縁からのわずかな遺産でようやく将校になれたようなものです」

「まあ、それじゃあ、地ならしをしてくださる裕福なお父上はいらっしゃらなかったの？」ドロシアはにこやかにたずねた。

少佐は一瞬驚いたようだが、すぐに静かな表情になった。「実のところ、父親はいないのです。少なくとも、僕を自分の子だと言ってくれる父親は」

「まあ」ドロシアはなんと言っていいのかわからなかった。こんな痛ましい個人的な事柄を隠さず正直に話す人には会ったことがなかった。

「驚かせてしまったようだ」少佐は改まった口調で言った。「お許しください」

目を伏せて、ドロシアから顔をそむけると、ピクニックバスケットの中身を急いで取りだしはじめた。三角形に切ったチーズと一切れのパン、赤く熟したイチゴをいくつか皿に盛ると、ドロシアへ差しだした。

「謝るのは私のほうです」すぐに返事ができなかったことを後悔しながら、ドロシアも静かに言った。かわいそうな方。長いあいだ黙りこんで、よけいに気まずくさせるつもりなどなかった。ただ、なにを言ったらいいのかわからなかったのだ。ドロシアは差しだされた皿を受け取って、笑おうとした。

ロディントン少佐は、なんでもないというように肩をすくめたが、ドロシアはごまかされなかった。庶出であることは、もちろん彼の人生に大きな影響を及ぼしたに違いない。「逆境に耐えられず挫折する方も多いでしょう」ドロシアは穏やかな声で言った。「でもあなたはみごとに成功なさったわ。たいへんご立派だと思います」

少佐は遠くを見つめていた。「とてもやさしい方ですね、ミス・エリンガム。でも、取り繕う必要はありません。僕の限界が出生の事情のせいだけでないことはわかっています。ロンドンの上品な紳士方のように、優雅でも洗練されているわけでもない。僕は軍人で、礼儀正しい方々と話をするよりも、騎兵隊の先頭に立ってフランス軍めがけて突撃するほうがよっぽど似合っている」

「社交上のたしなみに欠けているとおっしゃるわりには、ちゃんと私を魅了なさってますわ」ロディントン少佐がドロシアを振り返った。「それに、正直に申しあげて、わざとらしい魅力よりも、自然な魅力のほうが好みなのです」

少佐の低い笑い声はよく響き、いかにも愉快げだった。「慰めてくれるのはうれしいが、真実から隠れるつもりはありません」

「あなたが魅力的だということからですか？　それはもちろん、隠すだけ無駄です」

「あなたには降参だ、ミス・エリンガム」ロディントン少佐はにっこりと笑った。

「あなたなら、社交界でもちゃんとやっていけると思いますよ」ドロシアはイチゴをかじり、甘い汁を唇から舐め取った。「そう、とてもお上手に」

ロディントン少佐がおもしろがっているような温かい目をして、身を乗りだしてきた。少佐との口づけを考えるのはまだ早いが、気づけば、どんな口づけなのだろうと思わず想像していた。甘い口づけなのは間違いないが、もしかしたらそれ以上かもしれない。

近くで大きな笑い声のあとに女の子たちのくすくす笑いが起こって、ふいにその場の雰囲気が破られた。人目のある場所にいることを思いだし、ドロシアは姿勢を変えた。すました顔で、がっしりした木の幹に寄りかかり、青いモスリンのドレスを脚と足首のまわりにたくしこむ。少佐は横向きに寝転び、片方の肘をついて頭を支えた。

「ロンドンの中心に近いのに、こんなに静かでくつろげる場所があるなんて信じられない」

「こちらで育ったのではないのですか?」

「違います。イギリスの北、ウェールズの近くです」

「お一人で? お母上と二人きりで?」はっとしてドロシアはうつむき、頬を真っ赤に染めた。恥知らずで好奇心の強い舌をのろう。「ごめんなさい。詮索するつもりはないんです」

「大丈夫ですよ、ミス・エリンガム。本当に」ロディントン少佐は木の近くに生えた小さな野花の茎をいじっていた。「父親のことはなにも知りません。母は裕福で称号のある一家で家庭教師をしていました。そして、隣の領地の貴族と恋に落ちたのです。母がその男の子供を身ごもっているとわかると、男はいっさいの援助を拒みました。しかたがないので母は、まだ親戚が暮らしていた故郷へ帰ったんです」

「親戚の方たちは受け入れてくださったの?」彼の母親が完全に見捨てられたわけではなか

ったと知って、ほっとしながらドロシアは訊いた。

「ある意味では。彼らは母に、のちには僕にも、寝る場所と食べ物を与えてくれたから。ただ、親戚たちはみな、母のことを一家の面汚しだと思っていて、それに応じた扱いしかしなかった。僕を手放すよう説得もしていたようだが、母は拒否したんです。そのせいで、僕は無視されてきた。それでも、僕たちを通りに放りだすほど無慈悲な人たちじゃなかった」

「とてもつらかったでしょうね」

「孤独で心細かった」少佐はうなずいた。「エミリー・ロディントンの庶出の息子と付きあおうとする家族は、村にはほとんどいませんでしたから」

ドロシアは、あざけりと孤独に耐える幼い少年期の少佐を想像しようとした。「お気の毒に」

「どうってことありません」ロディントン少佐にじっと見つめられ、ドロシアは彼の感情の激しさを感じた。「そのおかげで、いまの僕があるんです。そのせいで、強くなれたんです。軍隊で生き残れるくらい強く。そしてナポレオン軍の兵士たちよりも強く」

ざらざらした樹皮が背中にくいこむのも気にせず、ドロシアはさらに強く木の幹にもたれかかった。「苦労なさったのですね。いろいろと」

ロディントン少佐が首を傾けた。感情の高まりを抑えようとして頰の筋肉が引きつっているのが見える。ふいに手になにかが触れたのを感じて、見おろした。少佐の手袋をはめていない手が、毛布の上に置いた彼女の手のすぐ近くにあった。

同情の気持ちがわきあがってきた。さりげなくそっと、指を近づける。もう一度ゆっくりと慎重に動かせば、彼の指に触れそうだった。ドロシアが毛布のなめらかな表面に指を滑らせた、その瞬間――。

「僕たちの分もあるかい、ロディ」深みのあるバリトンの声が呼びかけた。「腹がへってるんだ」

「アトウッド！　ベントン！　ここでなにを？」少佐は手を引っこめ、さっと立ちあがると、近づいてくる男たちのほうへ歩いていった。

驚いたドロシアが振り向くと、しゃれた装いの二人の紳士が馬にまたがっている姿が目に入った。なんてこと、聞き間違いじゃなかったんだわ。アトウッド侯爵だった。彼の姿を目にしたせいでわき起こったそわそわした感情の高ぶりをけんめいに抑えながら、もう一人の紳士に集中した。さっき呼びかけてきた男性だ。

昨夜の舞踏会で見かけていたが、名前が思いだせない。

「ミス・エリンガムですね？」名前のわからない男が馬をおりて、お辞儀をした。「ベントン子爵と申します。いやあ、わが友の心をすっかりとらえたご婦人にようやくお会いできて本当にうれしい」

ドロシアは、アトウッド卿が彼女についてなにか言ったのかもしれないと、はっとして彼のほうを向いた。だが、アトウッド卿はあっけらかんとした顔をしている。もう、私はなんて馬鹿なの。子爵はロディントン少佐のことを言ったのよ、侯爵のことじゃなくて。

うろたえたドロシアは、なんとか落ち着きを取り戻そうとした。顔をあげ、馬に戻って去ってくれたらいいのにと、いらいらしながらアトウッド卿とベントン子爵を見つめた。ドロシアは気づまりで落ち着かなかった。しかし、少佐は二人が思いがけずやってきたことを喜んでいるように見える。

ドロシアはため息をつき、二人の招かれざる客がいなくなればすぐに、すべてがうまくいくと自分に言い聞かせた。

ドロシアは無理して子爵に笑いかけた。浅黒い大胆不敵な顔立ちのハンサムな悪魔。彼はあっけにとられるほど素敵な笑みを返してきた。もういや。気を引くような態度をとるハンサムな悪党はもう願いさげなのに。

ドロシアはゆっくりと顎を引き、顔をそむけた。ベントン子爵は馬鹿ではなさそうだ。ドロシアのメッセージをすぐにわかってくれるだろう。

ドロシアは視線を遠くにすえ、レディ・メレディスと子供たちをじっと見つめた。レディ・メレディスが、岸に乗りあげている手漕ぎボートに三人の娘を乗せている。家庭教師の助けを借りて、レディ・メレディスは小さなボートを岸から押しだすと、自分も飛び乗った。櫂を手に取り、不規則な線を描きながら池の反対側に向かってボートを漕ぎだした。

子供たちが母親のおどけた仕草にくすくす笑っているのが見える。レディ・メレディスも笑っている。親子はとても楽しそうだ。

「レディ・メレディスが子供たちとボートに乗っているわ。私たちも乗りましょうよ、ロデイントン少佐」子爵と侯爵が立ち去るつもりがないなら、自分のほうが逃げだす方法を探さなくては。ボートなら、自分と少佐の二人しか乗れないだろう。

「なんですって？」少佐は小さな池のほうへさっと顔を向け、目を大きく見開いた。

「ダーディントン卿の妻は勇気のある女性だと聞いている」アトウッド卿が感心して言った。

「自分がなにをしているかは心得ておいでだろう」

アトウッド侯爵がそう言った直後、木が裂ける鋭い音が池のほうから響き、女性の叫び声と大きな水音があがった。

「まあ、たいへん、みんな池に落ちてしまったわ！」ドロシアが叫んだ。

三人の男たちがいっせいに振り返り、外套を脱ぎながら、一目散に丘をおりはじめた。ドロシアは、アトウッド卿とベントン子爵の馬たちが駆けださないよう、あわててそれぞれの手綱をつかんだ。手綱をぐっと引っ張って、ドロシアも丘を駆けだすと、馬たちはおとなしくついてきた。

アトウッド卿が最初に池に着き、そのすぐあとにロディントン少佐が着いた。池の真ん中ではたくさんのしぶきがあがっていて、レディ・メレディスの姿がかろうじて見分けられた。一人、あるいは二人の子供を抱えながら、必死になって水面に浮かんでいる。ボートは影も形もなかった。たっぷりの水が入りこんで、池の底に沈んでしまったに違いない。

「急いで、急いで」ドロシアは夢中になってつぶやいた。

アトウッド卿の泳ぎっぷりは実にみごとだった。子爵や少佐よりもかなり先に池の中央にたどりついた。そのとき、女性の頭が二つ、水面からはっきりと現れたのがドロシアに見えた——レディ・メレディスといちばん上の娘のステファニーだ。下の二人の娘たちの姿は見えない。

アトウッド卿はためらうことなく水に潜った。まもなく、子供を一人抱えて姿を現した。子供をベントン子爵に預けると、ふたたび潜った。今度は一人で浮かんできた。

不安な思いが重くのしかかってきて、ドロシアは体をこわばらせた。声に出さずに祈りを唱えはじめた。ああ、神よ、お願いです、子供が見つかりますように。アトウッド卿は三たび潜った。みんなが一様に息をひそめ、彼が浮かびあがってくるのを待った。そしてようやく、水中から姿を現した。

水を吐きだす音が聞こえ、アトウッド卿が抱えた子供が元気な叫び声をあげはじめた。ドロシアは、召使いや岸に集まってきていた人たちと一緒に大きな歓声をあげた。三人の男性たちがレディ・メレディスと子供たちを支えながら、ゆっくりと岸に向かって泳いできた。

ドロシアと召使いたちがびしょ濡れの一団のまわりに集まり、涙ながらのほっとする再会となった。ドロシアはピクニック用の毛布を地面から拾いあげると、レディ・メレディスの肩にかけ、強く抱きしめた。それから、母親に寄り添う毛布に包まれた子供たちを一人ずつ抱きしめた。

「さて、これでパパへのおみやげ話ができたわね、あなたたち」レディ・メレディスは体を震わせながら、大きく見開いた真剣な目で見つめている娘たちをにこやかに見おろした。

「パパ、カンカンになって怒るんじゃないかな」ステファニーは歯をがちがちいわせながら答えた。

「そうね」レディ・メレディスは娘の腕をごしごしとこすった。「だから、にこにこ笑って冒険のお話をして、怖くなかったってパパに知ってもらうのよ。大丈夫ね？」

ずぶ濡れの三つの頭がいっせいにうなずいた。ドロシアはレディ・メレディスと子供たちから視線をあげると振り返って、命がけで女性たちを救った三人の男性を見つめた。

三人とも同じように濡れているが、濁った水が髪と服からしたたり続けているのも気にしていないようだ。救出の喜びにわき立って、互いに冗談を言ったり、笑ったりしている。ドロシアが目にしたのは、危険を切り抜けて勝利を得た男たちにはよくある光景だった。

「くそ、ロディ、危険が君のあとをついてまわっているみたいじゃないか」ベントン子爵が言った。

「まったくだ」アトウッド卿が言った。「君が戦争を生き抜いたのが信じられない」

ロディントン少佐はばつが悪そうに笑い、濡れた髪を額からかきあげた。「このイングランドの土地のせいでしょう。フランス軍と戦っているほうが安全なような気がしはじめているんです」

ミス・エリンガムを屋敷に送り届けたあと、ロディントン少佐はまだ濡れたままの姿で自分のアパートに戻った。従者のパーカーが小さな居間から現れ、主人の姿を一目見ると笑みを浮かべた。

「その様子からすると、計画どおりにことは運んだようですね」パーカーはにっこり笑って言った。

「とんでもない」ロディントン少佐は苛立たしげに歯を食いしばった。濡れた外套を脱ぎ、床に投げる。それから大事なブーツをちらりと見てうめき声をあげそうになった。水がしみこんでごわごわで、台無しで、もうどうしようもない。もちろん買い替える金などなかった。

「あのボートにいったいどんなしかけをしたんだ、パーカー」

少佐が気色ばむことはめったにないので、パーカーは真っ青になった。「言われたとおりのことですが」

「違うな」ロディはにべもなく言い返した。「ボートは水上に出てすぐに大きく浸水することになっていた。岸からそう遠くないところだ。それなのに、ほとんど池の中央まで漕いでてから、ばらばらに裂けたんだ」

パーカーは不安げに眉間にしわを寄せた。「ミス・エリンガムがおけがをされたのでしょうか？」

ロディは手を激しくテーブルに叩きつけた。「いや、大馬鹿者め、彼女は無事だった。ボートに乗りさえしなかった」

「なにがあったのです？」

「レディ・メレディスと娘たちがボートに乗って、池に出たんだ。僕は遠くにいて気づかなかった。岸から遠く離れてから、ボートはばらばらになった」ロディは髪をかきあげた。「まったく、あっけなくおぼれ死ぬところだったんだぞ。幼い子供たちが、だ。いちばん上の子でも、まだ九歳か十歳だというのに」

パーカーの顔から血の気が引いた。「命にかかわるようなことに？」

ロディは疲れた声をもらした。「いや、むしろ、おびえていた。下の二人の子供たちは水から引きあげられたとき、ひどく泣き叫んでいたが、母親がなんとか落ち着かせた」

「あなたがお助けしたのでしょう？」パーカーの緊張した顔はほっとしてゆるんだ。「ならば、あなたは英雄です」

「アトウッドが助けたんだ」ロディは怒りもあらわに答えた。敵意が全身を駆けめぐる。まさに、最悪の事態だ。すべて慎重に計画を立てたのに、結局、名誉を手に入れたのはアトウッドだ。運命はやはり残酷で無慈悲だ。

自分の運命は自分で決める――ロディは自分自身に誓った。本来なら自分のものであるすべてから、だれかに遠ざけられるわけにはいかない。とりわけ、だれよりもアトウッドにだけは。

「侯爵が四人の女性をみな、池から引きあげたのですか？」

パーカーの声には称賛の色がにじんでいる。腹を立てたロディは怒鳴りたい気分だった。

「いいや。下の二人の子供たちを助けた。二人とも、彼がいなければ、あやうく死ぬところだった。いちばん上の子供はなんとか水面上に頭を出していた。怖がってはいたが、命の危険にさらされていたわけではない。ベントンが彼女を支えていたからな」

「侯爵夫人は？」

ロディは低くうなった。「夫人は泳ぎが達者だった。僕は大げさに彼女に手を貸したが、明らかに必要なかったよ」

ロディは突然、興奮よりも疲労感に襲われ、小さな食卓から椅子を引きだして腰をおろした。心の中では、罪のない幼い子供たちのおびえた叫び声が響き、恐怖に襲われ動揺する母親の顔が浮かんでいる。計画はあきらめて、立ち去るべきなのかもしれない。その場に居合わせた無関係なだれかが、本当にけがをしてしまう前に。

だが、できるはずがない。敵にこれほど近づいたことはないのだ。いま仕留めないと、機会はおそらく永遠に失われてしまう。勝利が手の届くところにあるのに後退するなど、愚か者のすることだ。

「申し訳ありません」パーカーが深く悔いた面持ちで言った。「最善は尽くしたのです。言われたとおりに、手漕ぎボートの底と側面にいくつか穴を開けました。すぐに浸水が始まると思っておりました。まさか木が弱っていてばらばらに裂けてしまうとは」

ロディは心を落ち着かせようと息を吸った。パーカーを責める理由はない。「池での救出劇を仕立てようとしたことへの天罰だ。僕たちは騎兵であって、水兵じゃない」

「ええ」

ロディはため息をついた。計画が失敗したのはパーカーのせいではない。今日の午後あやうく災難になりかけた責任は、自分が、自分一人が負うべきだ。もう一度、使命をあきらめようかと考えた。自分は若く有能で、戦歴のおかげで、力のある友人も数人いる。金儲けをするならインドへ行けばいい。アメリカの植民地でもいいだろう。行動を起こして、心機一転再出発のできるどこか遠くの場所へ行く潮時なのかもしれない。だが、見かけほどいい考えでないことは、ロディ自身よくわかっていた。まだそのつもりはない。やらなければならないこと、成し遂げなければならないことがまだある。過去を清算するまでは、将来に期待は持てない。ここ、イングランドにいるかぎりは。

「今後は、いっそう入念に、慎重に進めなければならない」ロディはパーカーに告げた。

「もう間違いは許されない。賭けに出るのはあまりに危険だ、パーカー、危険すぎる」

7

ダーディントン侯爵夫妻から晩餐会の招待状が届いたのは、その夜遅く、カーターがいまにもランカスター家の音楽会に出かけようとしていたときだった。招待状はダーディントン夫人の直筆で、上品で礼儀にかなった言葉で書かれていた。礼をしてもらうつもりなどまったくなかったが、ダーディントン家の人々が、今日の午後、湖で助けられたことに対してはっきりと感謝の意を表したいと思っているのは理解できる。せめて、この招待が、招待状にあるとおりのささやかで家族的なものであるのを願った。

「使いの従者が返事を待っています、旦那様」近侍のダンスフォードが言った。

「レディ・ダーディントンに、喜んで出席しますとお伝えするよう言ってくれ」カーターは答えた。

近侍はお辞儀をして出ていったが、すぐに戻ってきた。

「どうした、ダンスフォード？」夜会服の上着を広げている近侍に、カーターはたずねた。「使いの者が一筆書いてくれとでも言ったのか？」

「いいえ、違います、旦那様。ダーディントン家の使いはお帰りになりました」ダンスフォードは上着の襟を整えてから、一歩さがって顔をあげ、胸を張る。「ハンズボロー公爵閣下がおいでになっております。旦那様とお話がなさりたいそうです」

「父が来ただと？」ダンスフォードの堅苦しい態度を見て、浮かびかけた笑みが消えた。カーターの父が、彼の屋敷に来たことなど一度もない。なにか悪いことが起こったに違いない。「機嫌が悪そうか？」

ダンスフォードは首を横に振った。「公爵閣下はご到着の際も、居間にご案内した際も、礼儀正しく、落ち着いていらっしゃいました。旦那様に緊急にお会いにいらしたわけではないと仰せですが、緊急であるのは間違いないと思います」

もちろんだ。カーターの父が人前で感情をあらわにするなど、ありえなかった。怒りや失望を表すとすれば、息子と二人きりになったときだけだ。

「わかった、ダンスフォード。公爵に、すぐに行くと伝えてくれ」

カーターはブラシを取りあげて、もう整えてあった髪をゆっくりと梳かした。近侍が伝言を伝えるまでの時間を十分に見計らってから、大股で寝室を出て、化粧室を通り過ぎ、広々とした居間に向かった。

オービュソンの絨毯に足を踏み入れるやいなや、部屋の隅から人影が近づいてきた。「ご機嫌いかがかな、カーター」

「ごきげんよう、父上」カーターはけんめいに驚きを隠そうとした。公爵がだれかに近づいてくるなど、ありえない。臣下に対する王のように、いつでも相手が自分に近づいてくるのを待っているのに。「こんなところへ足を運んでいただけるとは、いったいどんなご用件で？」

「息子に挨拶をするためだけに立ち寄ってはいけないのかね？」公爵はぶっきらぼうにたず

ねた。「理由がないと来てはいけないのか?」

「父上と僕の場合、たいていは特別な理由があるものですから」

公爵は咳払いして、さらにもう一歩近づいた。一瞬、カーターは、子供のころのように公爵が自分を抱きしめようとしているのではないかと思い、この上なく不思議な気分になった。十歳の誕生日が来てからというもの、そんなことは一度もなかった。

室内に奇妙な緊張感が渦巻くのを和らげようと、カーターは食器棚に向かい、酒の入ったクリスタルのデカンタを取りだした。カーターは二個のグラスにウイスキーを注いで父のもとにゆっくりと戻り、相手の様子を注意深く見つめた。

公爵は正式な夜の外出着を着ていて、もともとなにかよくないことがあったわけではなさそうだった。だが、よく見ると、いつもの父とはどこか違う。髪には白髪の筋が見えており、広い肩が少し落ちている。照明のせいだとカーターは思った。公爵は無敵以外の何者でもない。

公爵はグラスを受け取り、いつもの厳格な雰囲気に戻った。「息子の健康に乾杯。健康など当たり前だと思うなよ」

「父上の健康に乾杯」カーターは機械的に唱和し、ウイスキーのグラスを口に持っていきかけて、ふいに手を止めた。

父は病気なのか? この予期せぬ訪問の本当の理由はそれなのか? カーターの胃が鉛のように重くなった。カーターはウイスキーをほんの一口飲んだ。

「夜会に出かける服装をしているな。ならば、率直に話そう」公爵は言いながら腰をおろした。「今日、バンベリー・パークでちょっとした騒動があったと聞いた。湖に落ちたそうじゃないか」

カーターはそっけなく手を振った。「別になんでもありません」

「先週、〈ブル・アンド・フィンチ〉の前で事件があったといううわさも聞いた。おまえがならず者にナイフを突きつけられて、もう少しで心臓を貫かれるところだったとか」公爵はもう一口ウイスキーを飲みこんだ。「こんな厄介な話を耳にしては、無理にでも聞かずにはいられない。これは単に不運が重なっただけなのか？　それとも、おまえがわざと危険に身をさらしているのかね？」

「父上へのいやがらせで、ですか？」カーターはくだらない質問に大笑いしながらも、内心では、めまいがしそうなほど安堵していた。父は健康を害したのではなかったのか。グラスに口をつけた。今度はゆっくりと楽しんで飲むことができた。

「質問に答えろ」公爵が鋭い声で言った。

カーターの笑みが消えた。公爵は真剣だ。「くだらなさすぎて、答える気になりません」カーターは反論した。「わざと自分の身を危険にさらすなら、湖でおぼれたりナイフで刺されたりするより、もっと簡単で痛くない方法を考えますよ」

「私は真剣だ」

「僕もです」カーターは二口でウイスキーを飲み干した。「居酒屋の件と湖での出来事にはなんの関連もありません。僕はたまたま巻きこまれただけ。それだけのことです」

公爵は上体を起こし、優雅な椅子の中でほっそりした体の居住まいを正した。「わざとでないと聞いて、安心した。だが、こうした痛ましい事件が起こると、自分の地位を思い知らされる。時間は重要だ。なにか致命的なことが起きていたら、おまえは跡継ぎをこの世に残さずに死んでいたのだぞ」

ああ、やっと問題の核心にたどりついた。それがここへ来た理由なのだ。父の関心は家系をつなぐことにある。「僕が、正統な跡継ぎを残すまでは危険なことをせずに生き続けるとお約束すれば、父上の心は休まるのですか？」

公爵は、脇にあったサイドテーブルの上に、半分ほどウイスキーの残ったグラスを叩きつけるように置いた。「いいか、カーター、おまえは私の唯一の子供だ。おまえが死んだらどれほど途方にくれ、悲しみと心の痛みに打ちひしがれるかが、わからないのか？」

カーターは驚きのあまり返事ができず、ただ父親を見つめた。

「今日の午後、クラブにいたときに、ダーディントンの娘たちを助けるためにおまえが湖に飛びこんでおぼれかけたと聞いた。話に誇張があるのはわかっている。だが、恐ろしかった。とても恐ろしかった」

「もちろん、僕は子供たちを助けるために飛びこみました。でも、父上だってその場にいらしたら、同じことをなさったはずです」カーターは額をこすった。父は明らかに動揺していて、本気で心配している。これは完全に……予想外だ。「僕にまったく危険はありませんでした。泳ぎは得意ですから」

「ナイフを突き立てられそうになった件はどうなのだ？」

「たまたま居酒屋で喧嘩に巻きこまれただけです。でも一人だったわけではありません。ベントンとドーソン、少佐も一緒にいて、僕に加勢してくれましたから」

「それを聞いて少し安心した」公爵はグラスを取りあげ、ウイスキーを飲み干すと、椅子に寄りかかった。「ダーディントン侯爵夫人から招待状が送られてきた。明日の晩、おまえをたたえるプライベートな晩餐会を開くそうだ。私は出席できない。午前中にシュローズベリーに出かけ、週末まで帰ってこられないのだ。領地のことで重要な仕事があって、私が直接指示を出さなければならない。都合がつけば喜んで出席していたということを、おまえにはわかってもらいたい」

カーターはショックを隠しきれなかった。「わかりました。お話しくださって、ありがとうございます」

公爵の唇の端がわずかに震えた。「その、おまえに知っておいてもらいたかったのだ」それから、深い心配や感情を暴露してしまったことを後悔しているように付け加えた。「それに、おまえの結婚の計画がどうなっているのかを知っておきたかった。私のリストにあった若い娘たちのうち、何人と話をしたのかね？」

カーターは、ふと、安堵に似た感情を覚えた。公爵がいつもと違った行動をとると、つい動揺してしまう。いつもの話題に戻ってくれたほうがいい。「今夜はリストの話はなしにしませんか？　午後にたいへんなことがあったばかりですし」

「うまい具合に逃げたな」公爵はあざけった。「まったく、おまえはいつも、どんなチャンスも有効に使う男だった」

「父上を相手にするときは、そうでもありませんよ。ただ、目の前に訪れたチャンスを逃すようでは、愚かとしか言いようがないでしょう」

公爵はカーターの言葉を聞き捨て、不敵な笑みを浮かべた。二人は、公爵の馬車を待ちながら世間話を続け、固い握手をして別れた。

だが、夜明け前に眠りにつくまで、カーターは父の訪問の本当の理由はなんだったのか、ずっと考えあぐねていた。


次の日の晩、カーターがダーディントン家のロンドンにある優雅なタウンハウスに到着したとき、ほかの客はまだだれも来ていなかった。敷居をまたいだとたん、カーターは熱烈な歓迎を受け、少し居心地の悪い気がした。レディ・ダーディントンは、メレディスとファーストネームで呼んでちょうだいと主張し、しっかりとカーターの腕をつかんで、彼がすばやい判断で自分の身を犠牲にしたことを褒めたたえ、自分と娘たちのために英雄的な行動をしてくれたと何度も礼を述べた。

だが、レディ・ダーディントンの感謝の念など、夫と比べたらたいしたことはなかった。ふだんは冷静なダーディントン侯爵が興奮ぎみに話すのを見て、カーターは驚いた。彼と握手をして、妻と同じように感謝の言葉を述べたとき、ダーディントン侯爵の目には涙さえ浮かんでいた。妻と娘たちへの侯爵の愛情と献身の深さは、見ているほうが恥ずかしくなるほどだった。

ありがたいことに、まもなくベントンとロディントン少佐がやってきた。夫婦は、ベントンとロディントンにも同じように感謝の言葉を述べた。少佐は適当に受け流していたが、ベントンは称賛の言葉をすべて真に受け、そのいっぽうでカーターは、自分はひたすらたいしたことはしていないと言い続けた。

「征服地の戦争に勝利して帰国したローマの将軍のような気分だ」ベントンが不敵な笑みを浮かべながらカーターにささやいた。

「そんなことは、ダーディントン侯爵には言うなよ。そうでないと、僕たちをもてなすためにエジプトの女奴隷の一団を手配しかねないぞ」カーターが沈んだ口調で言った。「僕たちに地所の権利証を差しだしかねないほど喜んでいるんだ」

「侯爵ほどの地位にある人物なら、恩を売っておくに越したことはないさ」ベントンが皮肉を込めて言った。

ダーディントン家の三人の子供たちが家庭教師とともに客間に入ってきたのを見て、二人はすぐに話をやめた。子供たちは、命の恩人の前に一列に並ぶと、だれにうながされることもなく、上手にお辞儀をした。

カーターはベントンとロディントンのあいだで落ち着かない気分で立っていた。どう相手をすればよいのかわからない。身近に子供がいないため、子供のことなどまったく知らないも同然だ。幸いにも、あらかじめ練習をしたと思われる子供たちの所作に興味を示す以外は特に求められなかった。

きちんとした格好で静かに立っている子供たちを間近で見ると、三人はとても美しく、非常に魅力的な両親のもっともいいところを受け継いでいた。長女が自分で考えた感謝の言葉を述べ、その言葉が書かれた手紙を、妹二人が描いた絵とともに、命の恩人たちに手渡した。感謝の言葉を述べ終えると、子供たちはたちまち子供部屋へ追い払われた。カーターは、このときとばかりにミス・エリンガムに視線を向けた。薄いラベンダー色のちららと光るドレスのおかげで、髪は金色に、肌は柔らかでつややかに見える。いつもきれいな女性だとは思っていたが、今夜は断然美しい。

ドレスのウエストが細く引き締まっているせいで、彼女のみごとなほどふくよかな胸がさらに魅力的に見える。純潔さとセクシーさが絶妙なバランスを取っている彼女のあふれんばかりの魅力を見せつけられて、もっともこの場にふさわしくないことがカーターの脳裏をよぎった。

カーターの不埒な思いが通じたかのように、ドロシアは突然、話をしていたベントンの父方の祖母であるマーチデール伯爵夫人から目をそらし、カーターの視線をとらえた。カーターはドロシアの明るい笑顔や瞳の輝きにうっとりしながら、首をこくんと曲げて挨拶をした。カーターを見返すドロシアの目つきで、彼が見とれていたことに彼女が気づいていたのはわかった。だが、彼女はそれを喜んでくれているだろうか。その点については、カーターにはまったく自信がなかった。

晩餐の準備ができたと告げられ、ゲストは食堂へ入った。カーターは、左隣にレディ・メレディス、右隣にマーチデール伯爵夫人がいる席に座った。テーブルの向かい側にミス・エリンガムがいて、ベントンとロディントンに挟まれていた。

レディ・マーチデールの活発なおしゃべりと茶目っ気にとんだユーモアのセンスは楽しかったが、食事のあいだずっと、カーターはミス・エリンガムばかりを気にしていた。不届きな考えは頭から振り払い、食事に集中しようとしたが、そのとき、ミス・エリンガムの指がクリスタルのワイングラスの脚を滑るように撫で、はからずもカーターの目を引いた。

ミス・エリンガムの指はほっそりとしていて、優雅だった。カーターはその指が自分の体をセクシーに、からかうように撫でるさまを思い浮かべた。気がつくと、体は熱くなり、厄介なほど股間が硬くなっていた。カーターは低く、抑えたため息をついて、クリームソースのかかったカレイを大口で食べた。

ミス・エリンガムは、少佐の言葉に笑みを浮かべ、それからこちらを向いてカーターの視線をとらえた。目を伏せることも、慎み深く顔を赤らめることもない。それどころか、彼女の青い目は、無言で挑戦をしているかのようにカーターを見つめていた。

くそっ。そんな目で見つめられたら、無視できるはずがないじゃないか。

「あなた方、女性に関してはいい趣味をしているわね」マーチデール伯爵夫人が語りかけてきた。「ミス・エリンガムはすばらしい女性ですよ。いわく言いがたい、魅力的な美しさは、世の男性方をとりこにすることでしょう。こんな美人には珍しく、性格もしっかりしています。きっと、あなた方のうちだれかのすばらしい奥さんになるでしょうね」レディ・マーチデールはフォークをさっと振って、テーブルの向こうにいる少佐と子爵、カーターを指した。

「ベントン子爵によく言っておきましょう」カーターは笑みを隠そうともせず答えた。「きっと、すぐに行動に出ると思います」

「まあ、しらじらしい嘘をつくこと」レディ・マーチデールはフォークを皿に戻し、あいた手で、カーターの腕を叩いた。カーターは驚いて声をあげそうになった。高齢の女性にしては力が強い。「セバスチャンは、私がいいと言ったとたんに、その女性に見向きもしなくなるのよ。ペストにかかった病人を足蹴にするようなものだわ」

たしかにそうだ――カーターは心の中で思った。この点において、カーターとベントンはよく似ている――家族に勧められた女性には心が動かない。「どうでしょう、今回は、ベントンも耳を貸すのでは？」

「そんなこと、まずありえないわね」レディ・マーチデールはそう言うと、召使いに合図して、グラスにワインを注がせ、さらに話を続けた。「よく考えると、ミス・エリンガムは少佐と結婚するのがいちばんいいんじゃないかしら。彼女の家庭や財産を考えれば、よ」レディ・マーチデールは声をひそめて、カーターの耳元に口を近づけた。「彼が私生児だとご存じ？」

カーターはもう少しでワインを噴きだすところだった。「あなたが、男性の身分について、そんなひどい、差別的なことをおっしゃるとは思いませんでした、レディ・マーチデール。ロディントン少佐は誠実で礼儀正しい男です。友人として誇りに思っています」

レディ・マーチデールは、およそレディらしくなく、鼻を鳴らした。「そういう意味で言ったのではないことは、あなたもおわかりのはずよ。彼を非難したのではなく、父親がいないと言ったまでです。ああ、扇子を持ってくればよかったわ。そうすれば、あなたの膝をぴしゃりとできたのに」

カーターは唇をゆがめた。ベントンが祖母の遠慮のない物言いをいやがるのも当然だ。

「ロディントン少佐はまだ結婚には興味がないと思いますが」

「結婚したくない男はいません」伯爵夫人は断言した。「美しい女性に魔法をかけられたり、借金取りから逃げまわったりしているような輩を除いては」

「そうすると、僕はそれなりの財産があって、魅力的な女性に対する免疫もありますから、永遠に妻をめとる気にはならないということでしょうか」

伯爵夫人は大きな声で笑った。「男性はときどき、ひどく不合理なことを言うのねえ。なんにつけても準備が必要だと思ってるんだから。それによって結婚生活が違ってくるみたいに。結婚は天国にも地獄にもなりうるものですよ。あなたにとって、そのどちらになるかは、あなたしだい。私にはわかります。三人もの夫を看取って、三人ともが唇に笑みを浮かべながら主のお迎えを受けたのですから」

三人？　そういえばそうだった。だけど、彼ら三人が幸せに死ねた理由はなんだったのか。満足した人生を送れたからか、それとも、最終的にレディ・マーチデールから逃れることができたからか？　カーターは無意識に叩かれた手を撫でていた。いずれにしても、詳しくは聞かないほうがいいだろう。

あれこれ考えているのを見透かされないよう、カーターは伯爵夫人に微笑んだ。伯爵夫人の自信に満ちた口調に、カーターは好奇心をそそられていた。「教えてください。結婚する気がまったく起きない男は、どうしたらその気になれるのでしょう？」

「ギャンブルはお好きかしら？　それなら、血わき肉躍るような素敵な女性を見つけて、さいころを振りなさい。きっと満足のいく結果が出るわ」

伯爵夫人の言うとおりだ。自分は結婚しなければならない。運命にあらがうよりも、受け入れる方法を見つけるほうがずっといい。カーターの目は、自然とテーブルの反対側にいるミス・エリンガムに向けられた。彼女が自分の運命の女性なのか？

ディナーが終わると、正式な行事における習慣に従って女性陣は退出し、残った男たちはポートワインを飲みまわして、葉巻を吸った。楽しいひとときのあと、男たちはふたたび客間の女性たちに合流した。

カーターは部屋に入るとすぐ、ミス・エリンガムを探した。部屋の奥にあるフレンチドアのところに立っていた。すぐにロディントンが近づいた。

ミス・エリンガムは微笑みながら挨拶し、心からうれしそうな顔をした。その光景を見て、カーターはなぜか気持ちがくじかれる思いがした。そのときダーディントン侯爵に話しかけられ、カーターは返事をするために侯爵を振り返った。話し終わってもう一度フレンチドアに視線を戻すと、ミス・エリンガムの姿はなかった。ロディントンもいない。

「ドロシアは、私のバラ園に少佐を案内してくると言っていたわ。先日、賞をいただいたのよ」レディ・メレディスが滑るようにカーターの隣にやってきて、言った。「あなたもお行きになったら？」

カーターはいかにも驚いたように片方の眉を動かしたが、ミス・エリンガムと一緒にいたいという気持ちを否定する言葉は出てこなかった。洞察力の鋭いレディ・メレディスは、なにもかもお見通しらしい。嘘をつくのは失礼だ。

「失礼して、新鮮な空気を吸ってきます」カーターは答えた。

よく晴れた、さわやかな夜だった。カーターは二人を探して石畳の道をたどり、大きな庭を歩きまわった。庭には、人目を忍ぶためのあずま屋が、数多く巧妙に組みこまれていた。恋人同士が二人きりになれるよう考えられているのは明らかだった。

とうとうカーターの探索が実を結び、三方をツゲに囲まれたこぢんまりしたあずま屋に二人を見つけた。少佐はミス・エリンガムに腕をまわしているようだった。カーターはそばまで行って立ち止まり、二人の様子をじっと見守った。やがてロディントンが頭を前に倒しはじめるのを見て、カーターは咳払いをした。大きな音を立てて。

たちまち二人はさっと離れた。自分は悪いことをしたのか？　カーターにはわからなかった。

「アトウッドか」ロディントンが微笑んだ。

カーターは頭の中で鳴り響く嫉妬を隠して、にやりと笑った。かわいそうなやつ。少佐は、二人を見つけたのがダーディントン侯爵でなかったことにほっとしているに違いない。「夜を楽しんでいるかい？」

「ああ、だけどここは少し寒すぎる。ミス・エリンガムにショールを持ってこようと思っていたところです。僕が戻るまで、彼女と一緒にいてくれますか？」

「喜んで」

カーターはわざとあずま屋に入らず、少佐が近くに来るのを待った。「ミス・エリンガムに――」少佐がそばまで来るとカーターはささやいた。「気があるのか？」

ロディントンは立ち止まった。「恋愛という意味なら、ノーですが」

「そういうことなら、ロディントン、頼みがある」

「なんでも言ってください」

「彼女から手を引け」

少佐は片方の眉を動かした。「君のために？」

カーターはうなずいた。「いやか？」

ロディントンはまったくためらわなかった。「とんでもない。友のためですから」

カーターはほくそ笑んだ。急に元気が出てきた。うまくいったなんてもんじゃない。カーターは、静かに遠くを見つめて少し時間を置き、それから彼女に近づいた。ミス・エリンガムは小さく頭をかしげて会釈し、それから踵《きびす》を返して、カーターに背中を向けた。実に多くを物語る態度だった。これ以上ないほど魅力的だった。

「ミス・エリンガム、外でお会いするたびに、君は違う男性と一緒にいる。なぜです？　しかも、いつも抱きあっている」

ドロシアは肩をこわばらせたが、カーターの罠に引っかかることはなかった。

「ずいぶん大げさですわね、侯爵」

「そうでしょうか。最初はペングローヴ、次はローゼン卿、そして今日はロディントンだ。これは一種のコンクールですか？　今シーズン中に、ロンドンにいる未婚男性全員とキスをしたいとでも？」

この言い方がドロシアの気を引いたらしい。ドロシアがカーターに向き直った。怒りのあまり瞳に炎が燃え盛っている。「勝手に私のことを判断なさらないでください、侯爵。私について、なにもご存じないくせに」

「君がキス好きだってことは知っていますよ」カーターは、ドロシアがわざと反論したくなるように、微妙に声の調子を変えて答えた。「情熱にも興味がおありだ」

「私が、だれとどこでキスをしようと、あなたには関係ありません」

「関係があると言ったら？」

「まあ！」ドロシアが頭をつんとそらした。ほっそりとした首筋があらわになる。ああ、あの美しい首筋に歯を立ててみたい。

カーターは腕を伸ばして、ドロシアの顎の下に手を当て、彼女の顔を自分のほうに向けて目を合わせた。それから、ゆっくりとやさしく、ドロシアの唇を親指で撫でた。

「からかうにもほどがありますわ、侯爵」ドロシアは少し震えていた。寒さのせいか、それとも彼に触れられたからか？　カーターにはわからなかった。

カーターがもう一度同じ動作を繰り返すと、ドロシアはカーターから離れようとした。だが、脚が庭のベンチにぶつかった。ドロシアは苛立たしげに目を光らせた。カーターはドロシアを見おろし、大きく息を吸った。気持ちを静めようとして、ドロシアの息が荒くなるのがわかった。喉元を見ているだけで脈拍が速くなっていくのがわかる。

ドロシアはまさにご馳走だ。感情が高ぶっているときは特に魅力的だ。彼女とキスをしたがる男が多いのも不思議ではない。味わってちょうだいと言わんばかりの唇だ。

カーターの考えを見透かしたように、ドロシアが急に舌先で自分の唇を湿らせた。ドロシアの唇は月明かりに輝き、柔らかそうで、ふっくらとして、魅惑的だった。

「なんてことだ」カーターはつぶやき、ドロシアを抱き寄せた。自制することには慣れていない。欲しいものは必ず手に入れる。特に、妻にしたいと思う女性は。

カーターはドロシアの唇を大胆に奪った。二人の唇が一つに重なった。ドロシアはため息をつきながらも従い、全身をカーターに預けてきた。カーターはドロシアを固く抱きしめ、ドロシアが固く閉じた唇のラインに沿って舌を走らせた。ドロシアは体を震わせ、口元をゆるめた。ドロシアの舌を探しだして大胆にもみずからの舌で撫でると、彼女は悦びの声をあげた。

体の中を激しい感情が突き抜け、カーターを揺さぶった。ズボンの中で痛いほど股間が硬くなる以上に複雑な感情だった。美しい女性にキスをして股間が硬くなるのはいつものことだ。十分に理解できる。だが、そこには彼女を自分のものにしたいという原始的な感覚、彼女を征服して慰めたいという性的な欲求が加わっていた。これは、まったくはじめての経験だった。

体が本能的にカーターの欲望に応えようとしているのか、彼の腕の中でドロシアは急に生き生きとしはじめた。この上なくすばらしい感覚だった。抑えきれない勢いで体の中から熱がわきあがってくる。胸の奥深くでなにかが突き刺さったような痛みを感じた。戸惑い？欲求不満だろうか？　それがなにかとは言えず、理解することもできなかった。

喉の奥でうめき声をあげ、唇を引き離した。長距離を走ったあとのようにあえぐ。二人はともに欲望に満たされていた。予想もしなかったことだが、それは信じられないほどすばらしい感覚だった。

ドロシアは呆然としていた。膝に力が入らないが、どうにか立っていようとしていた。全身が震え、肌がぞくぞくする。これまでのキスでは感じたことのない、情熱やきらめき、そして勢いがあった。

生まれてはじめて、ドロシアは性の魅力を知った。すべての自制心を奮い起こさなければ、カーターに体を投げだし、もっと強く抱いてほしいという気持ちを抑えられない。上手に話せない。普通の声で話すなど、まさに不可能だった。それでもどうにか声を出した。「キスをしていいなんて申した覚えはありませんわ」

「キスをしてもいいか訊かなければいけないと？　ミス・エリンガム、それでは楽しみがなくなってしまうのでは？」

「そんなことはありません」

カーターは恐ろしいほど魅力的な笑みを満面に浮かべた。彼の魅力がさらに高まっていく。こんなこともあるのね――ドロシアは心の中で思った。

「それで、僕のキスは何番目くらいによかったのかな？」カーターが茶目っ気たっぷりに瞳を輝かせながらたずねた。

いちばんよ。ドロシアは、驚いて口を手に当てたが、自分の正直な気持ちを心の中に留めておくだけの冷静さが残っていたことに安堵した。「コンクールではありませんわ、侯爵」

ドロシアは、つんとすまして言った。「男性のキスのうまい、へたを比べているわけではありませんから」

「コンクールと言ったほうが、ずっと上品に聞こえると思ったのですが」

ドロシアはその場に立ち尽くした。恥ずかしさで頬が真っ赤になった。カーターはわざと、ドロシアをからかったのだ。苛立って、手近にあった植物の葉をちぎり、指で粉々にした。

「はっきり申しあげておきますが、私は、結婚を強く意識する男性としかキスしません」

カーターは当惑したような表情を浮かべたあと、なにかをひらめいたように瞳を光らせた。

「キスをしてから、結婚するかどうかを決めるということですか？」

「くだらないとお思いでしょうけれど、そんなことはありません。もちろん、その前に、その男性のいろいろなところをじっくり検討してありますわ」

「キスが最終試験だと？」

「ある意味ではそうですが、そういう言い方をするつもりはありません」そう答えながらも、気まずさが増していく。たしかに侯爵の言うとおりだった。「キスをすれば、結婚が成功するかどうか、多くのことがわかると思っています」

「いかにも夢見る乙女の言うことだ」アトウッド卿は訳知り顔で言った。「キスが情熱的だからといって、幸せな結婚が保証されるわけではありませんよ。時が経てば欲望は薄れます。さっさと消えてしまうこともあるし、徐々に消えていくこともあるが、最終的には消えてしまうものです」

「いかにも経験豊かな放蕩者がおっしゃることですわね」ドロシアが言い返した。「私は田舎から出てきた、うぶな小娘ではありません。愛と欲望がどういうものかも、逆に愛も欲望もない結婚生活があるということも存じています」

「ご経験からですか？」カーターがからかった。

「まわりの人々を観察しているうちに知ったのです」

「それでも、まだ、結婚したいと？」

「私は――結婚を成功させるためには犠牲をいといません。必要ならば、夫の人生を安楽にするために、どんな努力でもするつもりです。立派に家庭を切り盛りし、そうすることで夫の社会生活を組み立て、あらゆる方法で役に立つ妻になるつもりです。けれど、しかたなく私と結ばれた夫に、煩わしい妻だと思われるような結婚はいたしません」

カーターはドロシアに、いたずらっぽい笑みを見せた。「どうやってそうならないようにするおつもりですか？」

「最初に、二人のあいだには情熱があるかをたしかめるのです。キスで私を興奮させてくれる方と結婚します」

カーターは、なんてことだ、とでも言いたげに舌を鳴らした。「それで、自分はロマンチストではないと言い張るおつもりですか、ミス・エリンガム？」

「そのとおりです。私はロマンチストではありません。自分の心の友や、真実の恋人を探したいわけでもありません。私が夫に求めるものは、基本的な性格のよさや、分別のある気性や人付きあいのよさ以上のものです。魅力的で情熱的だと思える男性と結婚しなければならないことはわかっています。同時に、夫にも、私を魅力的だと思っていただかなければなりません。それさえしっかりしていれば、なんでも可能だと信じています」

「その段階を越えられなかったら、どうします？　あなたも夫も、恋に落ちなかったら？」

「それでも満足ですわ。それさえ成し遂げられない夫婦はいくらでもいますから」ドロシアはカーターを見あげた。包み隠さず、正直に自分の気持ちを表している表情だった。「結婚に過度の期待はしていません。夫には、私の意見を尊重し、私の気持ちを考慮し、私の価値観を認めていただきたいと思います」

「情熱が冷めて、愛も存在しなくなったら、どうやって誠実さを保つんです？」

「誓いは誓いです、アトウッド卿。例外や補足事項はありません」

「どんな最悪な状態でも？」

ドロシアは苦笑いを返した。「私は結婚の誓いの貞節を尊重し、夫にも同じことを期待します。うぶで古臭いと言う人もいるでしょうが」

カーターはドロシアの言葉を理解し、賛同したかのようにうなずいた。予想外だった。金持ちの貴族の多くが愛人を囲い、妻は沈黙を貫いている。

ドロシアの心臓が早鐘のように打ちはじめた。春の花の甘い香りに混ざって、アトウッド卿の温かな肌のにおいが漂ってきた。官能的で、酔わせるようなにおいだった。アトウッド卿は、ドロシアの心を見透かすかのように、なにかを考えこんでいる。彼はなにを考えているのだろう？　なにを感じているのだろう？

「ミス・エリンガム、君はまだ僕の質問に答えていません。僕のキスはどうでしたか？」カーターは手を伸ばして、乱れたドロシアの髪をかきあげ、耳の後ろにかけた。

ドロシアは目を丸くした。冷静さを維持し、カーターに触れられたことで高ぶる感情を無視するのに気持ちを集中させ、落ち着きを保った。「そんなことはありませんわ。あなたの質問にはたっぷりお答えしました。あまりに個人的な質問にまで、たっぷりと」

カーターは目を細めて微笑んだ。「僕のキスはどうでしたか、ミス・エリンガム？　夫となる資格があるでしょうか？　それとも、もう一度試してみますか？」

ドロシアは声をあげそうになったのをこらえた。まさか本気ではないわよね。私たちが結婚するですって？　そんなことが起こりうるなどと、ドロシアはあえて信じる気にはなれなかった。アトウッド卿は恋をもてあそび、からかうのが好きな男だ。たしかにいま、彼はドロシアをからかっている。けれど、彼に称賛され、彼の妻になると考えるだけでわくわくする、その気持ちを否定することはできなかった。彼とのキスを経験してしまったから。

「もう一度？」ドロシアは顔をあげ、気分を害したふりをしようとした。「ありえません」

「怖いのかな？」カーターはやさしい声で言った。

「そんなことはありません」ドロシアは顎をあげた。あくまでも平静を装わなければ。だが、心の奥では、もう一度キスされたら、たちまち卒倒してしまうのではないかと怖かった。

「私はただ、実際的でいようとしているだけです。同じ男性に二度キスされたことはありませんし、二度目のキスをするとしても、その方の妻になると決めてから、と心に誓っていますから」

8

カーターは笑みを浮かべた。これこそまさに、彼がミス・エリンガムの口から聞きたいと思っていた挑戦的な言葉だ。この言葉を聞いて、ワーウィック公爵の舞踏会で彼女と話し、彼女が結婚に関して進歩的な考えを持っていることを知って以来ずっと、頭の中で渦巻いていた考えが確固たるものになった。彼女はすばらしい妻になる。彼にとって。

ただ、父は彼女との結婚を心から喜んではくれないだろう。財産はないし、名門の出身でもないし、上流階級の知りあいも少ない。あのいまいましい花嫁候補リストの中に、彼女の名前がなかったのは言うまでもない。

だが、彼が彼女を妻にするとはっきりと決意すれば、反対されなくなるだろう。ふと、自分がミス・エリンガムを花嫁に選ぼうとしていることが、花嫁としてそぐわない女性を選び、この人としか結婚する気はないと言い張って公爵の計画を阻止しろと言ったベントンの馬鹿げた計画に気味が悪いほど似ていると気づき、カーターは唇をゆがめた。

だが、ミス・エリンガムは自分の花嫁としてそぐわないような女性ではない。紳士の娘で家柄もよく、レディとして育てられている。だれが考えたって明白だ。彼には妻を取る必要がある。それもいつかは、ではなく、すぐに。だから、彼は真摯な気持ちで求婚するつもりでいた。実際、こんなすばらしい解決策を見つけられて、カーター自身、喜んでもいた。

これはでっちあげの結婚などではない。彼は彼女と結婚する。彼女は彼のものになる。

「それが二度目のキスを獲得する唯一の方法だというのなら、僕たちは結婚するしかない。僕の求婚にイエスと言っていただけませんか？　もう一度キスをするために」カーターは真剣な表情を浮かべて身をかがめた。「キスと、もう少しだけ親密な関係を築くために」

ドロシアがカーターの言葉の意味を理解するのには少し時間がかかった。カーターには、その瞬間がはっきりと見て取れた。彼女が唇をすぼめて、首を横に振り、息を深く吸いこんだからだ。「ディナーと一緒に、お酒を少し飲み過ぎたのではありませんか？」

「ほんの二杯だけですよ」

「でしたら、昨日の午後、湖に飛びこんだときに、木の枝かなにかで頭をお打ちになったのでしょう。頭が混乱していらっしゃるようですわ」

「僕は真剣ですよ」

「本気で私と結婚するとおっしゃるのですか？　私たち、まだお互いのことをなにも知らないのに」

カーターの笑みが大きくなった。ドロシアに拒まれれば拒まれるほど、自分の決心は正しかったのだと確信できた。「お互いのことをよく知りあい、十分すぎるほど計画を立てたからといって、結婚が成功するとはかぎらないと、信頼できる人から聞いています」

ドロシアは驚いてカーターを見あげた。いや、驚いたというだけではない。不信とあからさまな疑惑の表情までもが浮かんでいた。「つまり、最終的な決定を下すために一回だけキスをするという私のやり方をけなしたわけですね？　なんて失礼な」

「とんでもない。僕はむしろあなたを称賛しているんですよ。その、夫を選ぶことについてユニークな考えをお持ちだと。とても進歩的で、効果的な方法だから」カーターはわざとゆっくりとドロシアを頭のてっぺんから足のつま先まで見た。「それに、実に愉快だ」

　ドロシアは目を丸くして、カーターを避けて進もうとした。だが、カーターはやすやすと道をふさいだ。二人は数秒間、ただ見つめあった。ドロシアの愛らしい顔を見つめれば見つめるほど、カーターは興奮していった。そう、これは正しい決心だ。後継者が欲しいという父の願いをかなえるのも、それほどむずかしくはないだろう。そう、実に簡単なことだ。

「あなたに求婚されるとは思ってもいませんでした」ようやくドロシアがささやいた。まだ納得も、信用もしていないようだ。「お時間をいただいて、考えさせてください」

「なぜです？」

「なぜ？」ドロシアは体の前で腕を組んで言った。「私はあなたと違って、結婚をもっと真剣に考えているんです」

「だけどキスは……」カーターは意味ありげに言葉を濁した。

　ドロシアは頬を染め、片方の足からもう一方の足へ体重を乗せ替えた。「キスは私の決心の一部にすぎません。同じくらい重要な要素がほかにもありますから」

「もちろん、そうしたことも考えました。僕の財産、家系、年齢、すべて結婚相手として完璧だ。僕の妻になる女性が不足に思うことなどなにもないでしょう。僕が公爵家を継げば、最終的には社交界での最高の地位を得ることになるのですよ。女性ならたいていは、僕の求婚を喜んで受け入れてくれるはずだ」

ドロシアは唇をゆがめた。「私は『たいていの女性』とは違います」ドロシアは哀れむように言った。「たしかに、いまの社交界にはあなたと結婚したいという方がとても多いことは認めますが、私は夫に財産や地位だけを求めているわけではありません。性格はもちろん、気性や相性も考えるべき大事な要素です」

「では、ローゼン卿と僕の性格を比べてくれればいい」カーターは自信たっぷりに言った。

「比べるまでもありません。ナポレオンだって、ローゼン卿と比べたらずっといい性格だということになるでしょう。それに、ローゼン卿の求婚は、きちんとお断りいたしました」

カーターはドロシアの返答に当惑して、頭をかいた。きっと求婚を受け入れてくれると思っていたのに、まったく予想外の展開になっている。しかし、じっくり計画が練ってあったわけではない。うまくいかないのは、そのせいなのかもしれない。

「君が積極的に結婚相手を探していることは、よくわかっています。だが、僕も結婚相手を探している。そして、君こそが、僕の妻としてふさわしい女性だと確信したんです。さらに都合のいいことに、僕たちのあいだには、君が求めている情熱のきらめきがあったではありませんか」

ドロシアは乾いた笑い声をあげた。「そんなに簡単なことかしら」

「ええ、まあ」カーターは額にしわを寄せた。とっさに求婚してしまったのは間違いだったのだろうか？　ドロシアは単に情熱だけを求めていたのではないのかもしれない。「君がもっと騎士道精神に満ちた、ロマンチックな求婚をしてほしかったというのなら別ですが」

ドロシアの顔が興味深げに輝いた。「そう申しあげたら、そうしてくださるの？」

「気乗りはしませんが」

ドロシアの愛らしい顔に失望の色が浮かんだ。カーターは驚いて眉をひそめた。やはり、失敗だったらしい。求婚が早すぎたのだ。ミス・エリンガムはおそらく、自分で思っているよりもずっとロマンチストなのだろう。

ドロシアはしばし、考えこんでいた。それから首を横に振り、まばたきをして、顔をあげた。「あなたのおっしゃるとおりです。私は、嘘や偽りは嫌いです。特に男女のあいだのことについては。どれだけ敬意や愛情を示してくださっても、それが心からの正直な気持ちでないかぎり、私はあなたの気持ちを受け入れることはできません」

なんということだ。カーターは無言で、ドロシアをしげしげと見つめた。ドロシアの言葉に感心したわけではないが、彼女に対する情熱と尊敬は十分に感じているのだから、もっと気のきいた結婚の申しこみができたはずだった。ただそんなものが必要だとはまったく思っていなかった。

カーターはすぐ近くのバラのしげみを見つめた。一輪の完璧な形のバラの花に目が留まった。このバラをもぎ取って、唇にこすりつけ、中世の騎士のように彼女に差しだして、もう一度、妻になってくださいと言うことは簡単だ。だが、そんなことをしたら致命的になるのは本能的にわかっていた。きっとドロシアには単なる策略に見えるだろう。

しばらくドロシアは動きもせず、話もしなかった。愛らしい青い目が当惑と不信で曇っている。狭い場所だったが、カーターはうろうろと歩きはじめた。動いているほうが、苛立ちを抑えられる。頭を働かせて、次の手を考えていたとき、ドロシアが長いため息をついた。

彼女のため息を耳にしたとたん、心の奥深いところが痛み、失望感で胸がいっぱいになり、ふと思った。ドロシアは求婚を断ろうとしている！　カーターは考えるより早く、ふいに片方の膝をついてドロシアの手を取った。「どうか、ミス・エリンガム、僕の求婚を受けてください。僕の妻になったことを決して後悔させないと誓います」

ドロシアは無言でカーターを見つめた。胸があわただしく上下している。それから、ようやくドロシアの目つきが和らぎ、ゆっくりとうなずいた。「ダーディントン侯爵とお話しなさってください。侯爵が同意してくださったら、結婚いたしましょう」

カーターの心が躍った。カーターは感情のままに行動し、立ちあがると、ドロシアの腰を力いっぱい抱き寄せ、相手の唇に自分の唇を重ねた。

あっという間の出来事に、ドロシアには抵抗する時間がなかった。呆然としているうちに、カーターの熱い体に抱き寄せられ、力強い腕の中でしなだれた。これまでは、男性に唇を押しつけられることや、大きくて力の強い男性に支配されるのがいやでしかたなかったこともあった。だが、今回は違う。まるで魔法にかけられているようだ。

カーターは頭を傾けて、密着度を高めると、すばやく舌を差し入れてきた。ドロシアを誘惑し、彼女の反応を引きだそうとしている。ドロシアは彼の夜会服の前身ごろを両手で固く握りしめ、心を乱したまま、彼に体を預けた。

体が激しく彼を求めていた。ドロシアはつま先立ちになってキスを返した。舌を伸ばして彼をじらし、味わう。大胆で思いも寄らなかった欲望がドロシアの全身を駆けめぐった。ドロシアは手を開いて上着を離すと、カーターの力強い首に腕を巻きつけた。カーターが喉の奥でもらした低いうめき声に合わせるように、ドロシアの全身が震えている気がした。

それは心を解かすキスであり、情熱と悦びを約束するキスだった。体の力が抜け、頭がぼんやりとしている。カーターの力強く温かい手が、ドロシアの背中をまさぐり、やがて下のほうへとおりていった。ドロシアのヒップを抱えるように、カーターは彼女の体を自分の股間に押しつけた。

それは狂気だった。情熱だった。抵抗できなかった。体と体が溶けあい、キスや愛撫を求めてこわばっていく。カーターはドロシアの喉にキスし、耳のすぐ下の敏感な場所に唇を押しつけた。体が爆発するような感覚以外、なにも感じられなかった。

「君はすばらしい」カーターがささやいた。「信じられないほど魅力的だ」

ドロシアは息ができなかった。もうどうでもいいという気持ちが強まり、カーターにキスを返した。カーターの手がドロシアのヒップから肩へあがってきたかと思うと、今度は胸を横切るようにさがってきた。ドレスがはだけて、カーターの手が肌に触れた。彼の指が衣服の中へ滑りこむ。胸のふくらみに沿って軽く動き、彼女の素肌をなぞりはじめた。

「アトウッド……」ドロシアは震えながらささやいた。

「カーターだ。僕の名前はカーター。そう呼んでくれ」

「カーター」ただ彼の名前を呼んだだけで、こんなに激しく興奮するなんて信じられない。カーターが鋭く息を吸った。胸の先端がカーターの指先で撫でまわされ硬くなっていくのがわかる。ドロシアはうめき声をあげた。彼の愛撫は彼女に衝撃的な喜びをもたらし、体の中で渦を巻くように情熱がほとばしった。彼女はもう一度うめき声をあげ、体をそらせた。ドロシアの乳房はカーターの大きな手の中にますます入りこみ、彼女の体は欲望と切望で震えた。

「最高だ」カーターが頭を低くしながらささやいた。

カーターはドロシアの首からむきだしの肩へ向かって唇を這わせ、ショックなことに彼女の乳房に唇を当てた。ドロシアは叫び声をあげた。カーターはドロシアの乳首をすっかり口に含んだ。快感が失神を起こしそうなほど彼女を揺さぶった。鼓動が速くなり、自分の心臓とカーターの心臓と、どちらが高鳴っているのかドロシアにはわからなかった。

快楽の波におぼれながら、欲望が体のすみずみまで駆けまわるのを感じた。意識と心のすべてがカーターに集中し、カーターが生みだした炎がドロシアの体の奥深くで燃え続けている。彼のキス、彼の愛撫、彼の力。それでも、カーターの手が探るように太ももの内側に滑りこんだのを感じた瞬間、混乱していた脳が正気に戻った。

「だめ！」自分のものとは思えないような力を出し、ドロシアは身を引いた。

カーターがドロシアに向かって身を寄せた。彼の顔は情熱でかげって見える。「大丈夫。怖がることはない。君を傷つけるつもりはないんだ」

「怖いわけではないの」嘘だった。呼吸が荒く、胸が激しく上下している。ドロシアは自分がひどく下品になったような、心許なさを感じていた。すっかり自分らしさを失ってしまった気がして、恐怖さえ覚えていた。

カーターが手を伸ばして、ドロシアの頰に張りついていた髪を払ってくれた。彼の指の関節が触れた瞬間、鳥肌が立った。「君の情熱にすっかり興奮させられたよ」カーターが声をかすれさせて言った。

私も。切望感に震えながら、ドロシアは目を閉じた。自分がここまで奔放になり、自制心を失ってしまうなど、思ってもいなかった。

「私たち、結婚はおろか、まだ婚約もしていないのよ」ドロシアはそう言うと、目を開け、自分の本心を伝えようと、カーターの目を見つめた。

カーターは、ゆっくりと官能的な笑みを浮かべた。「君が、後先見ずに結婚の誓いをしてしまうくらい大胆になってくれることを期待していたんだけどな」

ドロシアは真っ赤になった。なんて腹立たしい！　当たっているだけによけい悔しかった。このままでは、もっともらしくカーターの言いなりにさせられてしまうのではないだろうか。

「そんな侮辱的な言葉は聞かなかったことにします」ドロシアは気色ばみ、心中の複雑な感情を抑えこもうと、深く息を吸った。この状況をなんとかしなければならないが、感情が高ぶっていたのではむずかしい。第一、服がはだけている。

ドロシアはカーターに背を向けて、急いで服の身ごろを引っ張り、ドレスの前を整えはじめた。カーターが寄ってきたことを感じ、ドロシアは体をこわばらせたが、カーターの手はドロシアの背中のホックを留めただけだった。当然よ、それを開けたのはカーターなのだから。

「さあ、これでいい」カーターが言った。

「ありがとう」ドロシアは勇気を振り絞って、カーターに向き直った。

まるで愛撫をするようにカーターに見つめられ、ドロシアの体の中に熱いものが渦巻いた。

「明日、ダーディントン侯爵とお話ししよう」カーターが言った。

「明日」ドロシアは繰り返した。カーターの言葉の意味をしっかりと受け止めたとたん、ドロシアの心臓が高鳴った。これは現実だ。現実に起こっていることだ。

やったわ。私は夫となる人を手に入れたのね。社交界で、もっとも結婚相手として適切な紳士の一人に求婚されたのよ。求婚されただけではなく、結婚することになったんだわ。なんたって、私は侯爵夫人になるのよ。そして、いつかは公爵夫人になるんだわ！

もちろん、ダーディントン卿がアトウッド卿の求婚を許さない可能性がないわけではない。だけど、アトウッド卿が子供たちを救ったことにおおいに感謝しているいまの状況を考えれば、許さないということはまずないだろう。

それに、カーターが絶対にあきらめるはずがない。たとえダーディントン卿が反対しても、彼ならばたちどころに翻意させることができるだろうと、ドロシアは確信していた。

ドロシアはカーターと結婚する。貴族として、憧れていたよりもずっと高い社交界での地位を手に入れるのだ。だが、驚いたことに、ドロシアの心の中に真っ先に浮かんだのは、勝ち誇った達成感ではなかった。

「だれかが探しにくる前に、客間に戻ったほうがいいわ」ドロシアが言った。

「もう少しだけ」カーターがドロシアの手をつかみ、指をからめた。ドロシアは身をこわばらせたが、驚いたことにカーターはゆっくりとドロシアの手を持ちあげ、手のひらにやさしくキスをした。ドロシアは喜びの吐息をもらした。カーターの礼儀正しく、愛情にあふれた仕草に、もう一度彼の腕の中に飛びこみたくなる。だが、ドロシアは意を決した。そんなに簡単に、彼の予想どおりに屈服する女にはならない、と。

カーターはたしかに、ドロシアが求めていた、彼女を興奮させるキスのできる男性だった。しかし彼は、ドロシアには理解できない激しい情熱を持っている。彼女の感情を無防備に、むきだしにしてしまう激しさがあった。ドロシアは彼のそんなところに夢中になると同時に、混乱してもいた。

さらにドロシアは、情熱を感じられるだけでなく、彼女が理解できる男性、彼女がいくらかは支配できる男性を求めてもいた。カーターは、そのどちらでもない。彼は、ドロシアにとっては不可解な存在であり、簡単には操ることのできそうにない、揺るぎない存在でもあった。

最初は、彼のことを挑発的だけど用心深い人だと思っていた。けれども、キスをされて、そうではないと知った。彼女がもともと思っていた以上のものがアトウッド侯爵にはある。それがいいものだとわかればいいのだけど。心の中で入り乱れる感情に苛立ち、ドロシアはふたたびわき起こりつつある興奮を抑えこもうとした。まだ決心を変える時間はある。だれかに彼との結婚を強いられることもないのだから。

でも、実際のところ、カーターの求婚を断るのは愚かな行為だ。カーターはハンサムで、地位も高く、財産もある。これからどんな人から求婚されても、これ以上の男性であることは絶対にありえない。とはいえ、客間に戻りながら、ドロシアはまだ考えていた——彼はこの上なくすばらしい結婚相手だというのに、こんなに心がもやもやするのはなぜだろう。

「それで?」ドロシアは不安そうにうながした。「アトウッド卿のことをどう思う?」

ドロシアは上品な黄金色の椅子に身を沈め、部屋の反対側にいる姉を見つめた。グウェンドリンは眉を寄せて考えこみ、それからはっきりと言い放った。「あなたは彼を愛していないわ」

「そうね」ドロシアは身震いを隠そうとしなかった。二人の関係において、この段階でカーターと恋に落ちることは、自分にとっておおいに不利だ。

「なのに、なぜ彼と結婚するの?」

ドロシアはうなった。「夫を愛しているから、夫以外の男性のいいところなどわからないわ、なんて言わないでね」

グウェンドリンは両手を組んで、妊娠して大きくなった腹の上に置いた。「アトウッド卿はとてもハンサムだわ」

「それにお金持ちで、爵位があって、肉体的にも魅力的な男性よ」自慢げに言い足した。

「なるほどね」グウェンドリンは、しばらく妹の言葉について考えているようだった。「それで、彼のキスはどうだったの？」

ドロシアはいたずらっぽく微笑んだ。グウェンは覚えているらしい。「とても素敵だったわ。何週間も食べていない人のようなキスだった。私は、彼がたまたま見つけたご馳走のようなものね」

「あなたのくだらないキスの試験に合格したからといって、いい夫になるとはかぎらないわ」妹を守る姉の役目を果たそうとしているのか、グウェンドリンの声が大きくなり、命令口調になった。「まして、彼の評判を聞けば、女性とのキスの経験は山ほどあることくらい想像がつくわ。上手なのは当然よ」

ドロシアは息をのんだ。グウェンドリンの言うとおりだ。ある程度は。だが、カーターにほかの女性との経験があるという話をしたいわけではない。「ずるいわ。お姉様はもっと評判の悪い男性と結婚したじゃないの。当代一の放蕩者と呼ばれていた人と」

「そうよ、でも私は彼を愛していたもの。彼も私を愛してくれていたわ」グウェンドリンが答えた。「ジェイソンは、自分に改心しなければならないところがあると十分にわかったうえで、私を妻にしたいと考えていたの。彼がみんなの予想を裏切って、変わってくれたのを誇りに思っているわ。もっとも、私は少しも彼を疑ったことはなかったけれど」

改心？　そんな言葉がアトウッド卿の辞書にあるだろうか。椅子に座ったまま居住まいを正すと、椅子がきしんだ。黙ったまま、上品にしつらえられた姉専用の居間を見渡した。夫からつい最近贈られたらしい。二人に子供が生まれるとわかったジェイソンが、妻に内緒で用意した部屋だった。

薄い緑色と温かみのある琥珀色で雰囲気を出してあるこの部屋には、まさにグウェンドリン好みの上品な家具がそろっているが、いっぽうで、高価な家具や絨毯、絵画には、高価な調度品を好むジェイソンの洗練された趣味が反映されている。妻に与えた家は、彼女が望めばなんでも与えるという彼の決意の証しなのだろう。

グウェンが特に贅沢好きだというわけではない。グウェンはいつももっと現実的で、気取らない姉だった。ただ、夫の愛情によってとげとげしさが取れ、円熟した女性になったのは間違いない。

ドロシアは深いため息をついて、不安を隠そうとした。自分の将来の夫に会ってもらうために、ドロシアは、ロンドンからわざわざ姉のもとを訪れたのだ。彼に会って、彼を認めてほしかったのよ――ドロシアは心の中で思った。自分の選択に疑問を呈してもらうのではなく。

「愛情は別にして、お姉様だって、ジェイソンにキスをされてもなんとも思わなければ、彼とは結婚しなかったはずよ」ドロシアは言い張った。

グウェンは鼻を鳴らした。「シーツの中での相性のよさだけが結婚ではないわ」

ドロシアは顔をあげた。「え？」

「セックスよ、ドロシア。男と女のあいだに起こる親密さのことを言っているの」

「それくらい、知っているわ、グウェンドリン」ドロシアはむっとした。

「ええ、もちろん知っているでしょう。でも、あなたは行為の方法を理解しているにすぎないわ。それによって子供ができるということも。現実はまったく違うの」グウェンドリンは唇をすぼませた。「深い感情的なつながりがないと、アトウッド卿のような経験豊かな男性を寝室で楽しませ続けることは簡単ではないのよ」

ドロシアは当惑し、椅子に座ったまま身をよじった。こんなあけすけな話ができるのは、妊娠してからかなり日が経っているからに違いない。それと、ドロシアの幸せを心から願っているからなのだ。ドロシアは心の平静を保つためにも、それを忘れないでおかなければと思った。

「アトウッド卿は立派な方よ。彼は、私に尊敬と尊厳を持って接してくれるわ。お姉様がそんなことを言うなんて信じられない」

「まだ、ロンドンからの道のりがどうだったかとか、この時期にしては暖かいわね、という話を十分ほど話しただけよ。彼の人となりまで判断するのは無理よ」

「お茶をしながら彼にいろいろ訊いてみて」ドロシアは決心した。「ロンドンへ帰るまで、まだしばらく時間があるもの」

グウェンドリンは身を乗りだしたが、また椅子にもたれかかった。落ち着いて座れる姿勢を探しているらしい。ドロシアはたじろいだ。姉の腹は大きく突きだしている。長身の彼女は、子供を身ごもっているせいですっかり体形が変わってしまった。姉を見ているだけで背中が痛む。

「こんな体で、わけのわからない男性と一緒に居間でお茶をするなんてできないわ」グウェンドリンが言った。「失礼よ」

「アトウッド卿は私の婚約者よ」ドロシアは微笑んだ。「ときどき少しおかしなところがあって、すごく怒りっぽいけど、でも、わけがわからないってことはないわ」

「もう」グウェンドリンが愛情を込めて言った。「背中がこれほど痛くなかったら、このクッションを投げつけるところよ」

「妊娠していてもいなくても、お姉様なら一キロ半離れたところからだって、私を確実に狙えるでしょうね」ドロシアはにやにや笑った。「よかった、やっと笑ってくれたのね」

「言っておくけど、いつまでも笑っているわけじゃないわよ。近ごろは、気分がお天気以上にころころと変わるの」グウェンドリンが不満げに言った。

「でしょうね」ドロシアは、そう答えたものの、本当は、そういうものなのかどうかさえ見当もつかなかった。こんなに腹の大きな女性をこれほど間近で見たことはなかったし、はっきり言って、姉の変わりようは怖いほどだった。

椅子から起きあがって、召使いを呼ぶ紐を引くのにさえ苦労する姉に代わって、ドロシアが召使いを呼んだ。まもなく体格のいい執事が現れた。無表情だが、女主人の突きでた腹に目を向けないようにしているのがわかる。

「ここへお茶を運んでちょうだい」グウェンドリンが言った。「ここなら、ミスター・バリントンとアトウッド卿が来ても、四人でゆったり座れるわ」

「かしこまりました、奥様」執事がぎこちなくお辞儀をした。「ほかにもなにかご希望のものがございましたら、料理人に言いつけますが」

「なにか焼きたてのものがあれば、それでいいわ。ただ、サンドイッチは種類も量もたっぷりと用意して。男性陣はお腹がすいていると思うから」

「料理人に申し伝えます」そう言うと執事はもう一度お辞儀をして出ていった。

ドロシアは、あれこれ思いをめぐらせながら、執事が音もなく部屋を出ていくのを見守った。ここには、静かな田舎で数人の召使いに囲まれてドロシアや姉が営んできた質素な暮しを思い起こさせるものはなにもない。それでも姉が、こういうどちらかといえば堅苦しい環境にうまく適応しているのを見ると、ドロシアは元気づけられた。アトウッド卿との暮らしはもっと堅苦しいものになるだろう。自分もできるだけ早く慣れるよう願うしかなかった。

「男性陣はお腹がすいている、ですって？」ドロシアがたずねた。

「だって、もし勧められたら、私も一口か二口はサンドイッチを食べたくなるかもしれないし」グウェンドリンは無邪気に答えた。

「二口ですむかしら」

「ええ、ええ、私は自分で自分がここ数カ月というもの、朝も昼も夜も食べてばかりいることはわかっているわ。でも、このとんでもなく大きなお腹には理由があるのよ」グウェンドリンは下唇を噛みしめた。「まだジェイソンには言っていないんだけど、お医者様によると、どうも双子らしいの」

ドロシアは思わず声をあげそうになるのをどうにか抑えこんだ。だが、驚いた顔は隠しきれなかった。

「ドロシア、そんな恐ろしい顔をしないで。子供を一度に二人も産むなんて、考えるだけで怖いのだから、あなたまで私を怖がらせないで」グウェンドリンは深く息を吸いこみ、ゆっくり吐きだした。「夫も双子だわ。だから、私もそういう祝福を受ける可能性はたしかにあるのよ」

ドロシアは青ざめた。それが祝福ですって？　子供を産むということは、どんなに恵まれた環境にあっても女性にとって危険な仕事だ。双子となれば、グウェンドリンにとっても生まれてくる子供たちにとっても、リスクは大きくなるだろう。

男たちが入ってきて、二人の会話はそこで断ち切られた。グウェンドリンに見つめられ、ドロシアは心の中で姉の気持ちを受け止めた。姉の考えは心に秘めておき、いまの話を義理の兄に言うのはやめよう。実際、義理の兄にはどうすることもできないだろうし、夫にしばらくは秘密にしておくことで姉の気持ちが落ち着くのだとしたら、それはそれでいい。

二人の男性が入ってくると、狭い女性向きの部屋は窮屈に感じられた。ドロシアは二人を見ながら、比較しないではいられなかった。二人とも年齢は同じくらいで、背格好も似ている。ジェイソンは血色がよく、アトウッド卿は色黒だ。アトウッド卿のほうが少し背が高く、ジェイソンは肩幅が広い。二人ともそれぞれに格好いいが、ドロシアはアトウッド卿のほうがずっとハンサムだと思った。

アトウッド卿はドロシアの隣に来ると、思いがけず彼女の手を固く握って、自分の口元に運んだ。ドロシアの体が熱くなり、肌が赤くなった。ドロシアは戸惑いながら、姉や義理の兄に見られたのではないかとそちらを見やったが、二人は互いを見つめていて、ほかのことにはまったく関心がないようだった。

「ジェイソン、かまわないでちょうだい」ジェイソンがグウェンドリンの背にもう一つクッションを入れようとすると、グウェンドリンが少し大きな声で言った。「お願い」

「もちろんだよ、愛する人」ジェイソンはなだめるように言った。「ドロシアにお茶を注いでもらおうか？」

「ティーポットを持ちあげるくらいできるわ」グウェンドリンが不機嫌な口調で答えた。

「わかっているよ。ただ、ドロシアにホステス役をやってもらったほうがいいかと思っただけだよ」

「でも、自分の家なんだから、ホステスとしての務めは果たしたいわ。自分の仕事をなまけていると思われるのはいやよ。特に――」

グウェンドリンは突然口をつぐんで、アトウッド卿を見た。まるで、いまはじめてアトウッド卿が部屋にいることに気づいたかのようだった。

「どうぞ、僕がいるからといってお気になさらないでください」アトウッド卿が愛想よく言った。「僕たちがお邪魔したせいであなたによけいな負担をかけさせるようなことはしたくありませんから、ミセス・バリントン」

「とんでもないわ」グウェンドリンの目に涙があふれた。「ドロシアが私に婚約者を紹介することもなく結婚してしまったら、そのほうが許せないもの。シーズン中は、できるだけドロシアと一緒にいたかったけれど、妊娠でそれがかなわなくなってしまって。本当は、お腹があまり目立たないうちに、早い時期に開かれる静かなパーティーにいくつか出席できればいいと思っていたんです。でも、妊娠したとわかってから一カ月のあいだに、私の胃は際限がなくなってしまって、お腹が大きくなるいっぽうですの」

グウェンドリンは両手で頭を抱え、大きくため息をついた。「私ったら、殿方にお話しすべきでないことまであれこれしゃべりすぎてしまったわ。失礼にもほどがありますわね。どうか、お許しください、侯爵」

カーターの顔がやさしくなった。「あなたにご心痛をおかけするつもりはありません、ミセス・バリントン。だれが見てもあなたの状態はよくわかります」

グウェンドリンは小さく笑ったが、すぐに泣き顔になった。「私、さぞかし醜いわよね」

グウェンドリンははなをすすった。「牛みたいに大きくふくれて、太ったクリスマスのガチヨウのように、よちよちとしか歩けないんだもの」

「君はいままでと同じように美しいよ」ジェイソンがやさしくささやいた。「お腹の中に子供がいると、よけいに美しく見えるよ」

「やめて、ジェイソン」グウェンドリンがぴしゃりと言って、険しい表情を夫に向けた。「私はそこまで愚かじゃないわ。鏡で自分の姿くらい見られるもの」

「本当だよ。君はいままでよりずっと女性らしくて、ずっと魅力的だ」ジェイソンが言った。「そんなことありえないわ」グウェンドリンが噛みついた。「そうでしょ、ドロシア？」

ドロシアはその場から姿を消したくなった。アトウッド卿によい印象を与えたいというドロシアの希望は、予想しなかった展開に向かっている。グウェンドリンの妊娠について、こんなふうにあからさまに話しあうべきときなのだろうか？　どう考えても、変だ。

グウェンドリンはいつも落ち着いていた。ドロシアにとって、とても頼りになる姉だった。だが、グウェンドリンはもう何年も前から、ヨークシャーの村の社会組織からつまはじきにされていた。優雅さと尊厳があることで、不当な非難を受けてきた。

どうやら、いまやそれも変わってきたようだ。子供ができて、それも神の御加護で双子ができて、姉は一時的にとはいえ感情的で、気が弱く、涙もろくもなった。ドロシアは体を震わせた。グウェンドリンでさえ妊娠したとたんに、良識や心の平静さを維持することができなくなってしまったのに、自分に子供ができたらどうなるのだろう？

「お姉様は素敵よ、グウェン」ドロシアは答えた。「まったく違った意味で魅力的よ」

全員が息をのんで、グウェンドリンが妹の言葉にどう反応するかを待った。

「妊娠さえしていなければ、私はこんなに感情的になることはないんですよ、アトウッド卿」グウェンドリンがせつなそうに言った。

カーターはやさしく微笑んだ。「それは残念です。この結婚で、愉快で楽しい親戚ができると思っていたので。どうやら、むしろ真面目で上品で、ときどきひどく退屈な親戚ができるようですね」

しばらくグウェンドリンは泣きだしそうな顔をしていたが、それから笑いだした。「ありがとうございます、侯爵。私を、近づいたら壊れそうな陶器の人形ではなく、人間として扱ってくださって」

「失礼を承知で言わせていただけば、あなたのように妊娠中の女性は言いたいことを言って、したいことをするべきではないでしょうか」

「聞いた、ジェイソン？」

「ああ、聞いたよ。僕もまったくそのとおりだと思う」

グウェンドリンが茶を注ぐ様子を、ドロシアはちらりと盗み見た。グウェンドリンは最初のカップをアトウッド卿に差しだし、それからドロシアの分を注いだ。熱い茶を飲みながら、ドロシアは胸のつかえが消えていくのを感じた。カーターはいつも以上に明るく振る舞って場を盛りあげ、感情の起伏の激しいグウェンドリンのすばらしい話し相手になった。二人が帰るころには、グウェンドリンはにこにこと笑っていた。

ジェイソンが馬車まで送ってくれた。カーターは如才なく馬を引きだして様子を見ており、ドロシアとジェイソンを二人きりにしてくれた。

「アトウッド卿はすばらしい男のようだね、ドロシア」ジェイソンが言った。「君はよくやったよ」

「みんながそう言うわ」ドロシアは帽子のリボンを顎まで引っ張って縛った。こうしておけば、ロンドンまで屋根のない馬車に乗っていても帽子が飛ばされることはない。「なにもかもあっという間だったの。考える暇もなかったわ」

ジェイソンが笑った。「言っただろ、それがいちばんいい結婚の仕方さ。感情や気持ちが導くままに行動すればいい。愛は決して間違わない」

まあ、ジェイソンったら、完全に誤解しているわ。ドロシアは戸惑いのあまり、自分とアトウッド卿が愛しあっているという誤解を正すことなく、義兄と別れの抱擁をした。

「グウェンと、私の未来の甥か姪を大切にしてあげて」ドロシアは言った。

「最善を尽くすよ。彼女の機嫌がどんなに悪くても」

グウェンドリンが窓辺に立っているのが見えたので、ドロシアは馬車が道に出たあとも、屋敷が見えなくなるまで手を振り続けた。それからようやくカーターを見あげた。

カーターはしっかりと手綱を握り、じっと前方を見つめている。ドロシアはカーターの隣にいることを前よりも快適に感じた。静寂が楽しく、無言であることもまったく気にならなかった。心地よい静寂であり、心休まる静けさだった。

彼の態度は姉の家を訪れる前とまったく変わらない。訪問は成功したようだ。カーターは妊婦を見ても、それほど驚いた様子はなかった。ただ、礼儀からあまり批判的にならないようにしていたのかもしれないが。

だが、もっと重要なのは、グウェンドリンとジェイソンがアトウッド卿を好いてくれて、結婚に賛成してくれたことだ。ジェイソンは、ドロシアが正しい選択をしたとさえ言ってくれた。

馬車が急カーブを曲がった。カーターは本能的に、ドロシアを支えようと左手を伸ばした。ドロシアは感謝の笑みを浮かべた。心が軽くなった気がする。ジェイソンの言葉が正しいことを、ドロシアは切に願った。

9

ミス・ドロシア・エリンガムとアトウッド侯爵カーター・グレイソンが近々結婚するという告知が〈ザ・タイムズ〉に載ったのは、ハンズボロー公爵がロンドンに戻った朝のことだった。新聞を読んだハンズボロー公爵の怒りは尋常ではなかった。キッチンの食器がカチャカチャ音を立て、厩につながれた馬はあとずさりし、二階にいたメイドは驚きのあまりきわめて貴重なアンティークの花瓶を落として割ってしまった。公爵が何度も怒りの叫び声をあげたためだ。

　これまでのもっと気楽な気分のときには、父の怒りはつかの間のもので、激しくはあるがそう長くは続かないさ、と自分自身に言い聞かせていたものだった。しかし、公爵の書斎で父に面と向かうと、そうはいかないということをカーターは認めざるをえなかった。

「新聞を読むまで、私はなにも知らなかったのだぞ」公爵はうなるように言うと、怒りの源である新聞を机の上に叩きつけた。色調の濃いマホガニーの机の上に新聞紙が散らばった。

「新聞で知るとは！　こんな記事が出る前に本人から聞かされてしかるべきではないのか？」

「父上がロンドンにいらっしゃらなかったので」カーターは、父親の怒鳴り声をかき消すように大きな声で答えた。「お話しする機会がなかったのです」

「待つこともできたはずだ。いや、待つべきだったのだ」公爵は言葉を切り、警戒するように目を細めた。「それとも、こんなに急いで結婚しなければならない特別な理由でもあるのか？」

父親の邪推に、カーターは怒りのあまりわなないた。「僕の評判を貶めるおつもりですか、公爵。なんて無神経で、無礼なことをおっしゃるんです」自分の評判なんてどうでもよかった。もともとろくな評判ではない。だが、未来の妻の評判や清廉さを傷つけるようなことは、父親といえども許せなかった。「まったく問題はないと思っています。それに、結婚を急がなければならない理由もありません。駆け落ちするつもりもないし、特別な許可をもらって式を行うわけでもありません。きちんと三度の婚姻予告を行い、三週間後に結婚します」

「三週間後だと？」公爵は両手をこすりあわせた。「ふむ、まだ考え直す時間はあるというわけだな」

「父上はいままでずっと僕に結婚しろ、結婚しろとしつこく迫っていたじゃないですか。僕が自分で花嫁を選んだからといって、結婚をやめろとおっしゃるのですか？」カーターは怒りのあまり、歯を食いしばった。絨毯が敷かれた場所から、寄せ木細工の床へ移動する。ブーツの踵が床を叩く音が大きく響き渡った。

公爵は、机の上に散らばった新聞の上で拳を握って身を乗りだした。「私はおまえに、この結婚式を、この女性との結婚を中止させたいのだ。しかるべき時間が過ぎたら、私がリストアップした花嫁候補の中から花嫁を選ぶがいい。あのリストはまだ持っているな？」

「冗談じゃありません！」リストを持ってくるべきだった。父の目の前で丸めて、暖炉に投げ入れてやれたのに。「いいですか、今後、父上があのくだらないリストのことを口にしたら、僕はなにをしでかすかわかりませんよ。自分の花嫁は自分で選びます。父上に選んでもらうつもりはありません」

公爵はぎゅっと拳を握った。立ちあがって歩きだしたかと思うと、くるりと振り返り、拳で机を思い切り叩いた。「おまえはなぜ、そんなにも頑固なのだ?」

「あなたの息子ですから」カーターは苛立ちを隠そうともせずに言い放った。「僕の頑固さはあなた譲りでしょうよ」

「私ではなく母親の血筋だろう」公爵はうなるように言った。深々と息を吸うと、ゆっくりと椅子にくずれ落ちる。すると、雷雲のように暗い顔をしていた公爵が、いきなり笑みを浮かべた。「おまえに結婚をやめるつもりがないというのなら、すぐにミス・エリンガムに会わせてもらおう」

そうか、今度はそうきたか。自分のやり方を拒絶されたので、今度はミス・エリンガムを脅して徹底的に怖がらせるつもりなのだ。そんなことがうまくいくものか! カーターは無理やり笑みを返した。「父上のかんしゃくを少しでも抑えていただけないかぎり、結婚式の朝、教会で会うまで、婚約者を紹介するつもりはありません」

公爵はカーターを用心深く見つめた。公爵がさらによからぬ考えを抱いていることが、カーターにははっきりとわかった。

「ミス・エリンガムは成りあがりの財産目当ての娘だと見た。そうに違いない。私の言葉を忘れるな。その娘は、おまえの爵位と財産が目当てなのだ」

「彼女はきっと僕を愛してくれています」カーターは臆面もなく言った。

「おまえの財産を愛しているんだ」

カーターは肩をいからせた。「僕個人の魅力をあなたがどう判断しようと勝手ですが、ミス・エリンガムは決して財産目当ての娘ではありません。育ちのいい、とても魅力的な女性です。たしかに、名門の出ではないし、財産も多くはないですが、僕には、僕たち二人がやっていくのに十分な財産があります。僕たちはそれでいいんです、父上。大事なのは僕たちの気持ちです」

公爵の目が鋭く光った。「彼女のこととなると、おまえは必死なのだな」

「彼女は僕の妻になるのです。礼を持って接するのに値する女性です」

公爵の表情が徐々に和らいだ。「おまえと議論しても時間の無駄のようだ」

「当然です」

「よし、わかった。その娘に会うまで、最終判断を下すのはやめよう」公爵は真面目な顔に戻った。「今夜のディナーに連れてきなさい」

「先約があります」

「キャンセルしろ」

妻は、カーターは怒りをこらえた。父親に勝ったという感覚は長くは続かなかった。彼の未来の妻は、きっと彼の父親ともうまくやれるに違いない。だけど、彼女には心の準備の時間が必要だ。「ミス・エリンガムも今夜の予定はあいていないと思います」

公爵はそっけなく手を振った。「私と会って、結婚の許可を得る以上に重要なことがあるのかね？　今夜どんな予定があるにしろ、遅れて行けばすむことだ」

カーターは顔をそむけて、声を出さずに悪態をついた。

「聞こえたぞ」公爵が小声で言った。

「さすが地獄耳ですね」カーターも言い返した。深呼吸して、怒りを静める。父をじっと見つめ、公爵とミス・エリンガムを会わせてしまったほうがいいのかもしれないと思い直した。一日や二日会うのが遅くなったところで、たいした違いではない。彼女にはこの父親を受け入れる度量があるかもしれないし、そうでなければ、結婚後は極力、父親を避けながら生活していかねばならなくなるかのどちらかだ。「わかりました。八時に彼女とうかがいます」

「遅刻は許さんぞ」公爵が眉をつりあげて、命じた。

カーターはひるんだが、答えなかった。婚約者に急いで知らせを送り、予定を変更してもらわなければならない。この突然の願いを快く受け入れてもらうために、カーターはちょっとした贈り物を届けておくことにした。

アトウッド侯爵からのそっけないことづけが届いたとき、ドロシアは午後の昼寝から目覚めたところだった。最近、夜はよく眠れない。ときどきは午後に休息を取らなければ、夜遅い社交界の集まりのあいだ、目をぱっちりと開けて筋の通った話をすることもできなかった。

婚約者からのことづけと聞いてはじめはうれしかったが、その内容が、彼の父親と夕食をともにしてほしいというものだったと知って、たちまちがっかりした。しかも、今夜だとは。

未来の義理の父についてのうわさは聞いたことがある。そのどれ一つとして、喜びいさんで未来の義父に会いたくなるようなものではない。非情で、礼儀にうるさく、自分の地位や爵位に固執する男だという。ダーディントン侯爵ですら、ハンズボロー公爵は恐怖だと言ったことがある。他人を恐れることなどない人だというのに。

このディナーが、ドロシアを家族として迎え入れるためのものだとは到底考えられなかった。それどころか、公爵はまったく反対のことを考えているような気がした。

「レディ・メレディス、なにを着ていったらいいかしら」ドロシアは衣装ダンスを開くと、レディ・メレディスにたずねた。「公爵に揚げ足を取られるような格好はしたくないもの」

「外見だけであなたを判断するようなら、私が思っている以上に公爵は愚か者だわ」レディ・メレディスがからかうように言った。

ドロシアは真っ青になった。「やはり、お誘いをお断りするべきだわ。アトウッド侯爵に、気分が悪いと言って謝ろうかしら」ドロシアは救いを求めるような目でレディ・メレディスを見てから、いまのは真実すぎるほど真実だと気がついた。ことづけが届いて以来、気分が悪いのはたしかだ。

「公爵を避けようとするのは賢明ではないわ」レディ・メレディスが表情を和らげた。「あなたが真摯な気持ちで結婚しようとしていること、社交界での新しい地位についても真面目に考えていることを公爵に知ってもらわなくては」

ドロシアはうなずき、床を見つめて、どうすればよいか考えた。自分は道理をわきまえる必要がある。たとえ公爵が、ギリギリになって招待状を出すという無茶をしたとしても。それに、これをするのは未来の夫のためであることを肝に銘じておく必要もある。カーターに、必要とあれば彼女が喜んで犠牲になることを知っておいてもらうのは重要だ。もちろん、彼女の忍耐と愛想のよさには限度があると理解してもらうことも同じくらい重要だが。

「白いドレスだと、肌の色がくすんで、元気がないように見えることがあるの」ぎっしり詰まった衣装ダンスからレディ・メレディスが選んだドレスを見て、ドロシアは言った。「赤い絹のドレスのほうがいいんじゃないかしら」

「一言に白といっても、いろいろあるわ」レディ・メレディスが言い、ドロシアの胸にドレスを押し当てた。「これなら、あなたの髪や目の色にぴったりよ。サテンの光沢が繊細で、あなたを引き立たせるわ。それに、アトウッド侯爵からの贈り物がなんであれ、白ならぴったり合うはずよ」

レディ・メレディスの合図で、メイドが小さな黒いベルベットのポーチを差しだした。ドロシアが急いで金色のリボンをほどくと、中から、涙の形のイヤリングと、そろいのエメラルドのペンダントが出てきた。ドロシアは息をのんだ。傾きかけた陽光を受けて、多面カットの緑色の石がキラキラ輝いている。

「なんて素敵なのかしら」

「カードにはなんて?」レディ・メレディスがたずねた。

「〝美しい宝石は美しい女性のためにある。僕の希望に応えて、今夜はぜひ、これを身につけていただきたい〟」ドロシアはため息をついた。ロマンチックな言葉に、さまざまな複雑な感情をかき立てられた。カーターは私を口説いているのかしら? 私を喜ばせようと、あるいは感動させようとしているのだろうか? それとも、父親との顔合わせに備えて、これで身を固めろとでも言いたいのだろうか? それがカーターのいちばんの目的かもしれないと考えたとたん、なんとなく不満を覚えた。

「決まったわ。この白いドレスを着て、それを身につけなさいな。威厳が出て、公爵に、息子の嫁にふさわしいと思わせることが必ずできるわ」

ドロシアは、この宝石が贈られてきた本当の理由にレディ・メレディスは気づいているのだろうかと思いつつ、半信半疑で助言を受け入れることにした。だが、その晩、姿見に映った自分の姿を見たドロシアは息をのんだ。レディ・メレディスの言うとおりだった。ドレスと宝石のおかげで、自分が貴族らしい成熟した女性に見え、なくしかけていた自信を取り戻すことができたからだった。この贈り物の本当の理由など、それが生みだす結果に比べたらたいしたことではないのかもしれない。

ドロシアが玄関ホールに入ったときのカーターの笑みを見て、ドロシアはさらに自信を強めた。カーターには心から感謝の言葉を伝えたが、もしダーディントン侯爵夫妻や召使いたちがいなかったら、彼にキスしていたところだ。

馬車での道中、カーターがちょっとした愉快な話題でドロシアの気をまぎらわしてくれたおかげで、ドロシアはようやく気持ちが落ち着いてきた。その後、外套を脱いで、お仕着せを着た二人の無口な召使いに渡すまでは、どうにか落ち着きを保つことができていた。

カーターの横で、執事について冷たい大理石の玄関ホールを歩きながら、ドロシアはけんめいに体の震えを抑えようとしていた。公爵の屋敷は外から見ただけでも威厳に満ち、圧倒されそうだったのに、屋敷の中の家具はそれ以上にすばらしかった。ただ、全体的にドロシアはどこか寒々しいものを感じた。金や趣味のよさでは隠しきれない人間味のない壮麗さや、価値の計り知れない家具固有の美しさを近づきがたいものにする陰鬱さが伝わってくる。

ドロシアの足取りは重くなり、ふと、カーターの力強い手が自分の肘を支えていることに気づいた。「心配しないで。君なら大丈夫だ」

ドロシアははっとして肩越しに振り返った。見張りのように数メートルごとに後ろをついてきているおおぜいの召使いに聞こえたのではないかと不安になったのだ。「公爵に気に入られなかったら、どうすればいいのかしら？」ドロシアはつま先立ちになり、カーターの耳元でささやいた。

「それはつまり、父が大馬鹿者だということだ」

そんな気安い言葉ではドロシアの気は休まらなかった。公爵のような身分が高く特権を持った人、屋敷をここまで豪勢にし、そこで安楽に暮らしているような人を、大胆にはねつけられるはずがない。「もっと早く訊くべきだったと思うけど、今夜、私はどんなふうに振る舞えばいいのか、なにか助言をしてくださらない？」

「君は君でいればいい。気取ったり、取り繕ったりする必要はないんだ。へたなお世辞もいらない。父はそういうのが大嫌いだから」

すばらしいわ。これまでドロシアは、相手にお世辞を言ったり、相手の話に興味のあるふりをしたりすることで、社交界を乗り切ってきたのだ。

足音が聞こえ、ドロシアは急に現実に引き戻された。指が震える。ドロシアは白いサテンのドレスを撫でつけ、公爵と対面する覚悟を決めた。

公爵は白いシャツとクラヴァット以外はすべて黒という正装だった。紳士にとって正装は普通のことだが、公爵の正装姿には、優雅さというよりもむしろ、この上なく重々しい雰囲気が漂っている。父親と息子に似ているところはほとんどない。きっとカーターは母親似なのだろう。

ありがたいことに、アトウッド侯爵の外見や見たところの性格には、父親から自然に感じられる陰気さや気むずかしさはまったくなかった。もしかして、本当は陰気で気むずかしいのだろうか。ドロシアはふと、彼が本当は父親のように近寄りがたい人物なのかどうかがわかるほど、まだ彼をよく知らないということに気づいた。

カーターがドロシアを紹介した。しばらく公爵はドロシアを無視し、苦々しく息子を見つめていた。ようやく公爵がドロシアのほうを向くと、まるで心臓がよじられるような思いがした。公爵は暗く、不吉な表情を浮かべて、ドロシアを軽蔑のまなざしで見おろしていた。

「遅い」公爵がしわがれ声で言った。
そんなはずはないのに。ドロシアの頭の中は真っ白になり、舌がしびれてきた。あわてて
ドロシアはさっと深く膝を曲げて、優雅なお辞儀をした。公爵の表情は変わらない。ドロシ
アは体を起こすと、一瞬、きまりの悪さを感じた。公爵は平然としている。恐れていたより
はるかに、恐ろしい状況だ。
「遅刻ではありません」とカーターが答えた。「招待を受けてからほとんど時間がなかった
のに、僕たちはちゃんと時間どおり来たじゃありませんか」
「たわごとをぬかしおって」
「それどころか、僕たちがここに来ただけでも、ありがたいと思っていただかなくては」
公爵が怒りに目を光らせた。だれもが公爵の機嫌を損ねないように細心の注意を払うのに、
どうやらカーターは父親に対して違う見解を持っているようだ。
「ご不満がおありのようなら、早めに失礼させていただきます」カーターが言った。
ドロシアは目をぱちくりさせた。カーターは気がどうかしたのだろうか？　父親を侮辱し
ている。まるで、わざと機嫌を悪くさせているかのようだ。
三人は客間に入った。長い壁に沿って、大理石でできた二つの大きな暖炉が適度な距離を
あけて置かれている。ドロシアは自分に近いほうの炉棚に施された手の込んだ彫刻を見つめ
て、気持ちを落ち着かせようとしていた。
公爵は息子と話をしながらも、ずっとドロシアを見ていた。ドロシアは、できるだけもじ

もじしないようにしながら、公爵の無礼な視線など無視すればいいと自分に言い聞かせていた。公爵の態度は不快なことこの上ない。自分勝手なおじのフレッチャーでさえ、わざと客を居づらくさせるような無作法はしないだろう。

ドロシアは、これはある種の試験なのだと考えた。そして、なにが求められているのかはっきりしないうちは、やり過ごすしかないと決意した。

永遠にも思える時間が過ぎたあと、三人は夕食の準備ができたことを告げられた。別の洞穴のような部屋に入ったが、そこには鏡にもなりそうなくらい磨きあげられた巨大なテーブルが堂々と置かれていた。ドロシアがテーブルの端までエスコートされるあいだに数えただけでも、椅子が二十四脚は並べられている。

三人の食器は、テーブルの端にまとめて用意されていた。つかの間安堵したものの、すぐに、食事中ずっと、こんなに近くで話をしなければならないのだということに気づき、ふたたび落ち着かなくなった。

三人が席につくと、最初の料理が給仕された。ドロシアの好物のロブスター・スープだった。だが、スプーンにほんの一口のスープでさえ、すんなりと喉を通らないような気がしてならない。

グウェンドリンに教わったとおり、ドロシアはゆっくりとスプーンを熱いスープの中にくぐらせ、ほとんど空のスプーンを唇に持っていった。公爵とカーターも、やはり同じようなことをしているように見えた。スープを口にはしていても、ほとんど喉を通っていない気がする。

スープの皿が片づけられ、次の料理が給仕された。部屋の中の沈黙はしだいに耐えがたいものになっていった。

三人で楽しく会話ができるような話題を思いつけるといいのにと願ってはいたものの、なにも浮かんでこない。公爵を怒らせるような話題を間違って選んでしまわない分、幸運だと言ってもいいのかもしれない。そんなことをしたら、カーターがかんしゃくを爆発させ、足を踏み鳴らしながら部屋から出ていくだろう。

ドロシアは伏し目がちにカーターを見やった。なにか適当なことを言って、気まずさを打ち消してくれればいいのに。だが、カーターはドロシアを安心させるように笑っただけで、ふたたび食事に没頭した。

ドロシアは悲鳴をあげたくなった。

「私は行っていないんだが、先週、アルダートン家の舞踏会で、アルダートンのコルセットが舞踏室の真ん中ではじけたそうだ」公爵が言った。「さぞかし見ものだったろうよ」

「それは、ゲストを出迎えていたときのことですわ」ドロシアがそっと口を挟んだ。

「ほう、いまなんと言ったのかね？　もう少し大きな声で話してくれたまえ」

「アルダートン卿夫妻がゲストを出迎えていらっしゃったときのことだと申しあげました、閣下」

「どうしてまた知っているのかね？」

「その場におりましたので。アルダートン卿のコルセットの紐が切れたとき、ちょうど目の前に立っていました」

「さぞかし大騒ぎになったことだろうな」公爵はドロシアの言葉を軽く受け流すようなそぶりを見せたが、彼の目が興味深げに光るのをドロシアは見逃さなかった。

「コルセットの紐が切れる音はしませんでした。ただ、お辞儀をした瞬間に、目の前でアルダートン卿のお腹がふくれていることには気づきました。ほんの数秒で、チョッキの銀のボタンがはじけ飛んで、拳銃から撃ちだされた弾丸のように部屋じゅうに散らばったんです。あちこちで悲鳴があがりましたわ」

「ほう！」公爵がにやりと笑い、椅子から身を乗りだした。「ボタンはだれかに当たらなかったのかね？」

「当たった方はいらっしゃらなかったのではないでしょうか。ボタンが当たれば大けがになっていたでしょうけれど、どなたも血は流していらっしゃいませんでしたから」

「ホーンズビーは、もう少しで目に当たるところだったと言ってましたよ」カーターも愉快そうに笑みを浮かべた。

「まあ、怖い」ドロシアがつぶやいた。

「アルダートンが、その、ふくらみはじめたとき、そなたはどうしたのかね？」公爵がたずねた。

「なにも気がつかないふりをしました。アルダートン卿の上着の縫い目から目をそらして、天気の話をして、それから舞踏会に参加できてうれしいともお伝えしました。アルダートン卿とダンスをするお約束までしたんですよ。それからアルダートン卿夫人にご挨拶をしたのですが、夫人はご主人のコルセットがはじけたことにまったく気づいていらっしゃいませんでしたわ」

「あの女はいつもどこかが抜けている」公爵がうなるように言った。「アルダートン卿は愚かなくせに尊大なんだ。まったく、しゃくにさわる者同士、お似合いの夫婦だよ」

ドロシアは好奇心をそそられて、公爵を見つめた。公爵の物言いには、彼とアルダートン家とのある種の歴史が込められているに違いない。だが、ドロシアはなにも訊かなかった。

「そんな災難にみごとに上品な方法で対処したミス・エリンガムは、称賛されるべきだと思いますが」カーターが言った。

「それで、そのたった一回の騒動に優雅に対処した彼女を見て、公爵夫人にふさわしいと思ったというわけか」挑発的な言葉だった。

「優雅にだなんて、とんでもないことですわ、閣下」ドロシアが割って入った。「私の対処の仕方はともかく、あの出来事で、人は見かけで判断してはいけないということがよくわかりました」ドロシアは、高価なクリスタル製のゴブレットの水を一口飲んで、喉の渇きをいやした。「アルダートン卿があそこまで外見を気にする方でなかったら、体に合った衣服を仕立屋に注文していたことでしょう。二サイズも小さいスーツに無理に体を押しこまずにすんだはずです」

公爵にしばらくじっと見つめられ、うなじの毛が緊張で逆立ちはじめた。だが、ドロシアは目を伏せたり、言い訳をしたりしようとは思わなかった。するとふいに、奇跡のように、公爵は嫌みのない笑顔をドロシアに見せた。

「ロンドンの社交界には学ぶべきことがたくさんある」公爵は言った。

「わかっております。私はきっとこれからも多くの過ちを犯すと思います」ドロシアは膝から白いリネンのナプキンを取りあげ、口の端を軽く叩いた。「ですが、社交の場で衣服を破裂させるようなまねは決していたしません」

「ブラボー」カーターがにやりと笑った。

「それに、濁った社交界の水の中でご指導いただけて、お助けくださるような方がいらっしゃれば、失敗をすることもなくなると思っております」ドロシアは公爵を見ながらずばりと言った。

「それは女性の領分だ」公爵はそっけなく言った。

「全部が全部、そうではありません」ドロシアは無理に微笑んだ。「閣下は男性のもたらす影響を過小評価なさっておいでです。特に、社交界の口うるさい既婚女性のあいだでは、男性がどれほど影響力をお持ちになっていることか。そういう女性たちは、ご自分たちが尊敬する男性の意見にはちゃんと従うものなのですよ」

「私のような男に、ということかね」公爵は、用心深い表情でドロシアを見やった。「そなたの意図はちゃんとわかっておるぞ、ミス・エリンガム。私をおだてて、私の賛同と支持を得ようとしているのだろう」

「うまくいっておりますでしょうか？」

アトウッド侯爵が咳払いをした。ドロシアは振り返って、邪魔をしないで、と合図した。これはドロシアと公爵の戦いだ。

「それは、いずれ答えるとしよう」

「ぜひともお願いいたします、閣下」ドロシアは皿を見おろし、クリームソースのかかったカレイの切り身を半分近く食べてしまっていたことに気づいた。魚は嫌いだったのに。苦笑いして、もう一口食べた。

ローストビーフが出されると、公爵は急に機嫌がよくなり、ドロシアはほっとした。かすかな緊張感は残っていたが、屋敷に到着したときほど強いものでも耐えがたいものでもなかった。

夕方には回復していたのに、ドロシアは公爵の屋敷を出るまでずっと、ふたたび鈍い頭痛に悩まされていた。カーターの手を借りて馬車に乗りこむと、ベルベットのクッションに背をもたせかけ、目を閉じて、張りつめた神経を和らげようとした。

カーターは、そっとしておいてほしいというドロシアの気持ちを理解し、尊重してくれたらしく、スミス＝ジョンソン家の舞踏会へ向かう道なかばまで、二人は無言だった。

「父のことだが――」

「謝らないで」ドロシアはカーターの言葉を遮った。「お父上の行動についてまであなたが責任を持つことはないもの。でも、一つだけ質問させて。公爵様は他人とうまくやっていこうという気はおありなのかしら？」

「本当のことを知りたい？」

「ええ」

「必ずしもそうではないだろうね」ドロシアの気持ちを察したのか、カーターは愉快そうに目をきらめかせた。「君が本当のことを知りたいと言ったんだぞ」

「ええ、そうよ。正直なのがいちばんだもの」ドロシアは毅然として顎を突きだした。ドロシアは毅然として顎を突きだした。「私はなにも恐れないの。公爵様とうまくやっていく方法を学ぶわ」

「もしくは父を避ける方法を、かな」

ドロシアは驚いて目を見開いた。カーターの言葉は多くを語っていた。表面には表れないが、父親と息子の確執を十分に説明していた。『避ける』とは、おそらく、カーターが父親と相対するときにそうしようと決めた作戦なのだろう。そして、その作戦によって、ある程度は成功をおさめてきたのだろう。

「警告をありがとう」ドロシアは静かに言った。

「僕は、できるかぎり君を守るよ」カーターは約束した。「まあ、君が跡取りを産めば、父に文句を言われることはなくなるだろうが」

そんなに待てるかどうか、ドロシアは自信がなかった。「私、フレッチャーおじは別にしても、生まれてからずっと女性ばかりに囲まれて生きてきたの。おじが自分の考えや意見をあまり口にしない紳士なのに対し、私のまわりの女性たちは意志が強く、頑固な人たちばかりだったわ。だから私は、論争を避けたり、批判を無視したり、できるだけ失敗を隠したりする方法を身につけてきたのよ」

「それを聞いて安心したよ」

「でも、一つだけお願いがあるの」

カーターの目に一瞬、疑念の色が灯った。だが、それはすぐに消え、注意深い好奇心の色に変わった。「今夜、君はあんなに優雅さと気品を持って辛抱してくれたんだから、なにかしてあげなきゃいけないとは思っているよ」

ドロシアは笑みを浮かべた。カーターが自分に借りがあると思ってくれるのは、とてもうれしい。

「キスして」ドロシアはささやいた。

言葉だけでなく身ぶりも交えてねだるように、ドロシアは身を寄せて、仰天している侯爵の体に両腕をまわした。カーターの体はたくましく、がっしりとしていて、素敵なにおいがした。唇をカーターの唇に近づけ、ゆっくりと彼の唇をこすった。カーターはかすかに微笑み、せかすでもなく、拒否するでもなく、ドロシアのなすがままになっていた。

自分の思いどおりになることに気をよくして、ドロシアは両手でカーターの顔を包んだ。二人の唇を押しつけあうだけでは満足できなくなっていた。カーターがわきあがらせてくれる情熱や興奮をドロシアは求めていた。ドロシアは大胆にも、カーターの下唇をそっと噛んで口を開けさせようとした。カーターは、ゆっくりとじらしながら、口を開けた。ドロシアは、味わったり、からかったりしながら舌をからませた。カーターは情熱に身をまかせ、ドロシアにキスを返した。

ドロシアは激しくわきあがる欲望に驚き、くずれ落ちる感覚にとらわれながら本能的に体を動かしはじめた。ここまで彼女の血をたぎらせてくれた人はカーター以外にはいなかったし、どうして血がたぎるのか、ドロシアにもわからない。わかっているのは、それが彼女の好奇心をそそり、興奮させ、もっと欲しいという気持ちにさせることだけだった。もっと、激しく悦ばせてほしい、という気持ちに。

カーターの唇は魔法のように、ドロシアを完全にとりこにした。カーターの手がドロシアの喉を撫で、うなじをたどって肩に届き、さらにおりていく。指が胸のふくらみに届くと、カーターは彼女の肌を軽く撫でた。

気がつくとドロシアはカーターの熱い愛撫を、なんの苦もなく自分の中にわきあがらせる悦びを無意識に求めて、彼に身を寄せていた。だがいきなり、カーターに唇を引き離され、ドロシアはひどく動揺した。

ドロシアはカーターに寄りかかり、荒い息をしながら、どうしたらカーターがもう一度キスをしてくれるのか必死になって考えた。

カーターが大きく息を吐きだした。ドロシアが顔をあげると、彼は目を閉じ、親指と人差し指で鼻の付け根を押さえ、自分を落ち着かせようとしていた。

「私たち、もうすぐ結婚するのよ」ドロシアは、せいいっぱい色っぽく言った。「キスの一回や二回、どうってことないわ」

カーターは手のひらで自分の顔を撫で、ドロシアを見つめた。表情が読めない。「キスだけではすまなくなってしまう。君のことは欲しくてたまらないが、馬車の中で未来の妻の処女を奪いたいとは思わない」

率直でにべもない物言いに、ドロシアは冷水を浴びせられたような気がした。食いしばった歯のあいだから息を吸いこんで体を引いた。恥ずかしさのあまり、頬が紅潮するのがわかった。

「そんなつもりはなかったの」ドロシアはささやいた。屈辱のあまり、声が震えている。体じゅうが熱くなってきた。きっと顔はみっともないほど赤らんでいるのだろう。冷たい風に当たりたかったが、あえて窓をさげて、わざわざ惨めな自分の姿を見られるようなことはせずにおいた。

カーターがドロシアに、結婚の誓いを楽しみに待っていてほしいと茶目っ気たっぷりに言ったのは、ほんの二、三日前ではなかっただろうか？　あのときカーターは、月明かりの中でドロシアを誘惑し、彼女にみだらな振る舞いをさせようとしたのではなかったのか？　どうして突然変わってしまったのだろう。もはや、ドロシアに情熱を感じないのだろうか？

ドロシアは体をこわばらせ、もう一度思い切って、彼の顔を見やった。カーターの瞳にまだ熱い情熱の光があるのを見て、自尊心は傷つけられながらも、ドロシアはほっと安堵した。

カーターは抱擁になにも感じなかったわけではなかった。ただ、彼のほうが上手に情熱を抑えることができただけだ。そう気づくと、ドロシアは自分がひどく無防備でむきだしであるように感じた。

それ以上は、あれこれ思案する時間はなかった。馬車が止まったのだ。召使いが馬車の扉を開け、ステップをおろした。いつものようにドロシアは手を差しだして、手伝ってもらいながら外に出た。振り返ってカーターがおりるのを待ったが、彼は座ったままで、上半身を乗りだしてドロシアに話しかけた。

「今夜は失礼するよ。パーティーを楽しんでおいで」

「一緒に行かないの？」

「残念だけど、先約があるんだ」

「まあ」ドロシアは口角をあげて無理に微笑もうとした。失望感で心が激しく痛む。

「でも、君を中までエスコートする係が必要だな」カーターは首をまわして、玄関に到着しつつある数台の馬車を見渡した。

ドロシアは背筋を伸ばした。厄介者のオールドミスでもないのに、別の男性に引き渡されるなど、自尊心が許さない。「私のことならお気遣いなく。ダーディントンご夫妻はもう到着なさっているでしょう。中に入れば、すぐに合流できると思うわ」

ドロシアはくるりと踵を返したが、すぐにカーターが隣に来た。「馬鹿を言うな。中まで君を安全にエスコートするのが当然だ」

カーターはこの上なく優雅で、礼儀正しかった。だからこそ、ドロシアはますます腹が立った。彼がドロシアと一緒にいたいと思ってくれてこそ、彼と一緒にいたいのだ。一緒にいることが義務だからなどと思ってほしくなかった。

それでも、ドロシアはカーターに腕を預け、パーティー会場までエスコートしてもらった。会場はいつものように人々でごった返していたが、どうにかカーターは人込みの中からダーディントン夫妻を見つけだした。

カーターはダーディントン侯爵に礼儀正しく挨拶すると、次にドロシアの手を取ってお辞儀をし、楽しい夜を過ごすように言って去っていった。カーターの広い背中が見えなくなると、ドロシアは激しい喪失感に襲われた。なぜなのかはわからなかったが、気がつくと涙があふれそうになるのを必死でこらえていた。

ダーディントン侯爵の冷ややかな視線を感じた。両手をじっと見おろし、それから顎をあげて、全力でなんでもないふりをした。結婚が告知され、同意がなされた。自分は侯爵と結婚し、最高に幸せになる。そう思って決意すると、自分でも驚くほど、心の中の混乱した感情にあふれるような安堵感が広がった。

ドロシアは正しい男性を選んだのだ。あとは、彼が結婚を実現してくれるのを待つだけだ。

カーターは舞踏会を離れたくなかった。あるいは、もっと言えば、ドロシアのそばを離れたくなかった。だが、その夜は、ベントン、ドーソン、ロディントン少佐と過ごす予定があり、約束は守らなければならないと思っていた。婚約者を、そして近い未来の妻を得たことで人生は変わりつつあるが、こうした男友だちとの厚い友情も保っていきたかった。

「アトウッド侯爵、今日、〈ザ・タイムズ〉でとんでもないニュースを読んだよ」ベントン子爵がトランプを一枚捨て、別のカードを一枚引きながら言った。「おまえの結婚の告知さ。あれは、とんでもない誤報なんだろう？」

カーターは煙草の煙がもうもうとしている中でまばたきすると、テーブルを囲んでいる友人たちに用心深く微笑んだ。全員で五時間近く酒を飲み、煙草を吸い、ギャンブルをしたが、カーターの来るべき結婚については一言も話題にのぼっていなかった。なぜベントンがいまになってこの話題を出してきたのか一瞬いぶかったが、結局のところいま思いだしただけなのだろうと結論づけた。なにしろ、その夜は、ほとんど子爵の一人勝ちだったからだ。

「真実だよ、ベントン」カーターは答えた。「ミス・エリンガムと僕は結婚する」

ベントンはカーターにいたずらっぽい笑みを向けた。「ドロシア・エリンガムって、ダーディントン侯爵が後見人のあの女性かい？　だったら、結婚は本当だな。ダーディントン侯爵をかつごうなんて馬鹿はいない。おまえの頭がいかれたのでないかぎり」

子爵に期待を込めた目で見られて、カーターは噴きだした。「僕はただ、おまえの助言に従っただけさ、ベントン。父の作った花嫁候補リストを捨てて、自分で結婚相手を見つけたんだ」

「ほう、つまり、僕の計画を実行しているというわけか」子爵はしばらく手札を横目で見てから、首をかしげた。「だけど、妻にふさわしくない女性を探して、花嫁にするふりをすることになっていたじゃないか。そうすれば独身でいられる時間が稼げるからな。だが、ミス・エリンガムは妻にするにはぴったりの女性だ。ということは、結婚しなければならなくなるぞ」

「もちろんわかってるさ」カーターは答えながら、最後のカードをテーブルの向こうのドーソンに配った。

ドーソンは笑みを浮かべてカードを受け取り、表に返すと眉をひそめた。ドーソンは実にカードゲームには向いていない男だ。思っていることがそのまま顔に出てしまう。「正直言うと、僕もあの告知を読んでびっくりしたよ」ドーソンが言った。「ミス・エリンガムに目をつけていたのはロディだと思っていたから」

三人は少佐を振り返った。少佐は見られているのに気づくと、急にカードをシャッフルする手を止めた。「彼女とは、一回ピクニックに行っただけだ」少佐はそう言い、椅子に座り直した。

「まあ、それはともかく、君が幸せになってくれることを願うよ、アトウッド侯爵」ドーソンが心から言った。「彼女はすばらしい女性だ」

「僕は、おまえが当日までに正気に戻ることを祈るよ」ベントンがからかった。「まだ逃げだす時間はある。スコットランドで狩りをするには、いまが一年でいちばんいい時期だそうだ」

カーターは笑った。「逃げたいなんて思うものか。僕は結婚したいからするんだ。自分の決断には満足している。僕の幸せを祈ってくれないのかい?」

ベントンはあきれたように首を振った。「おまえが正気を失ったのではないなら、うれしいが」

「アトウッドの結婚に乾杯」ドーソンがグラスを掲げながら言った。

ロディも続いたが、ベントンは身をかがめて肘をテーブルにつき、片方の手に顎を乗せた。「どんなに未来の妻がすばらしくても、おまえの決断は許せない。いいか、結婚してしまったら、新しい妻に取り替えることなどできなくなるんだぞ。彼女は永遠におまえの一部になるんだ。教会の言うことを信じるならば、たぶん永久に、だ」子爵は見た目にもはっきりとわかるほど身震いした。

「飲み過ぎだぞ」カーターは言った。

「くそっ。おまえももっと飲め。よほどの問題を抱えていないかぎり、正気な人間やしらふの人間が、結婚などしたいと思うものか」

「だが、僕は結婚したい」カーターが穏やかに言った。

「そして君はいつも、自分の欲しいものを手に入れてきた。そうだろう、アトウッド」ロディはそう言うとグラスを掲げ、一気に飲み干した。

カーターは少佐の毒のある言い方に目を細めた。「君は、彼女に興味はないと言ったじゃないか。嘘だったのか?」

「嘘などつくものか！」ロディが怒鳴った。

ロディがカーターに飛びかかった。カーターはそれほど酔ってはいなかったが、身をかわすのがやっとだった。少佐が体勢を整える前に、ドーソンが二人のあいだに割って入った。

「落ち着け、ロディ！」ドーソンが叫んだ。「くだらないまねをするな」

少佐はドーソンの手を払いのけ、立ちあがった。「こいつは僕を嘘つきだと言った」

「いいかげんにしろ」ベントンが言った。「騒々しいぞ。アトウッドは君を侮辱したわけじゃないんだ」

「そのとおりだ」ドーソンが口を挟んだ。「少佐だってそうだ。今日は僕たちみんな、高級なブランデーを飲み過ぎた」

「馬鹿を言うな、ドーソン。ブランデーを飲み過ぎるなんてことはないぞ」ベントンは言い、それぞれのグラスに酒を注ぐと、カーターと少佐に厳しい目を向けた。「友情に乾杯」

カーターはロディがどうするつもりか、様子を見ていた。ロディは弱々しい笑みを浮かべ、グラスを掲げて乾杯した。カーターは無言の謝罪を受け入れ、同じようにグラスを掲げた。

だが、少佐があんな言い方をした本当の理由が、ブランデーのせいだったとは思えない。そう思うと、落ち着かない気分になった。

10

アトウッド侯爵カーター・グレイソンとミス・ドロシア・エリンガムの結婚式は、五月の第三週の水曜日の朝、十時きっかりに行われた。ハノーヴァー・スクエアのセント・ジョージ教会の威厳に満ちた建物は、新郎新婦を一目見ようとして首を伸ばしている紳士や一般市民ですみずみまであふれ返っていた。

ドロシアは、繊細なレースに縁取られたパールブルーのサテンの愛らしいドレスを着て、そろいの小さなボンネットをかぶった。ダーディントン侯爵家からの道のりは短く、緊張する暇もなかったのがドロシアにはありがたかった。

ドロシアが到着したとき、アトウッド侯爵は教会の入口の階段で待っていた。ブルーの極上のスーツに、金糸で刺繍を施したベストを着ていて、クラヴァットには優雅なベルギーのレースがあしらわれていた。この上なくハンサムで、崇高だった。ドロシアは、こんなにも優雅な貴族の男性と結婚しようとしていることが信じられず、頰をつねってみたくなった。

馬車が止まるとカーターは教会の階段をゆっくりとおりてきた。ドロシアが馬車からおりるのに手を貸したいと言って聞かなかったので、彼女は母からもらった祈禱書を左手に持ち替え、右手をカーターに差しだして馬車をおり、カーターの脇に立った。

「とてもきれいだよ」カーターが言った。

「ありがとう」

レディ・メレディスはドロシアの後ろでせわしくなく動きまわり、ドレスの短いトレーンのレースを整えていた。整え終わると、ドロシアのほうに身を乗りだし、頬にキスをした。

ドロシアは喉元にわきあがる感情をごくりとのみこんだ。レディ・メレディスはやさしくて、誠実な友であり、社交界での後見人以上の存在だ。ダーディントン家での毎日の生活をなつかしく思うに違いない。

次にダーディントン侯爵が、髪やボンネットをしわにしないようにという妻の警告を注意深く守りながら、ドロシアを抱きしめた。それから妻の腕を取り、エスコートして教会に入っていった。

二人が離れていくと、心臓がよじれるような思いがした。泣かずにすんだのは、衣擦れの音がしたからだった。顔をあげたドロシアは、そのときはじめて、ベントン子爵も教会の階段にいたことに気づいた。白いサテンのリボンのついた、白いバラの上品で女性らしいブーケを持っている姿は、驚くほど滑稽だった。

「ベントンが介添人をしてくれるんだ」カーターが説明した。

「喜んでいるようには見えないけど」ドロシアは言った。どうやら子爵の耳にも届いたらしく、子爵は進みでると優雅にお辞儀をした。

「僕のことはおかまいなく。もともと結婚式が嫌いなもので、暗い気分に拍車がかかっているのであって、あなたに対して特別な偏見があるわけではないんですよ。さらに言えば、よき友人であるアトウッド侯爵には、今朝、僕たちが乗ってきた馬車には乗らずに、いちばん速い馬に乗って、反対方向へ向かうよう忠告したんです。

だが、彼は僕の警告に従わなかった。それで、もうどうしようもないと悟って、わが家の温室からつつましい花を集めて、あなたの花嫁のブーケを作る栄誉をたまわったんです」子爵はみごとに咲き誇った花をドロシアに差しだした。「あなたの美しさの前では色あせてしまいますが、この花が、あなたのもっとも大切で喜ばしい日に、あなたに少しでも幸せをもたらしますように」

ドロシアは花を鼻に近づけ、大きく息を吸った。すばらしいにおいのする素敵なブーケだった。しかし、子爵の奇妙な言いようにどう答えてよいかわからず、ベントン卿にぎこちない感謝の笑みを返した。子爵がさっと身を引いて教会に入っていくと、あとには花嫁と花婿だけが残された。

ドロシアは、アトウッド侯爵が差しだした腕に手を置いた。気持ちはすっかり落ち着いていた。教会の入口の大理石の床に足を踏み入れた瞬間、二人の到着を告げるトランペットやオルガンの音色が鳴り響いた。

ドロシアは、ごくりとつばをのみこんだ。最前列に妹のエマがいる。隣はミルドレッドおば、フレッチャーおじだ。当然ながら、グウェンドリンはいない。姉がいないと思ったとたん、ドロシアは涙がこぼれそうになった。大好きなグウェンがいないのに、結婚式なんてあげてもいいのだろうか。

突然の寂しさをまぎらわせようと、ドロシアはブーケをしっかりと握りしめた。カーターが彼女の気持ちに気づいたのか、それとも体の震えを感じたのか、突然歩みを止めた。

「気が変わった？」カーターは冗談めかしてたずねた。

カーターの言葉に背筋に冷たいものが走り、ドロシアはあわてた。「ま、まさか。あなたこそ、どうなの？」

ドロシアに同じ質問を返され、カーターは驚いたようだった。それとも、彼女の答えに驚いたのだろうか？「僕のほうは、心の準備は万端さ」そう言ってカーターはドロシアに微笑んだ。「君も、覚悟ができているようだね。うれしいよ。まさしく、ま、ま、まさか、だ」

思い切り笑うと、不安がさっと消えていった。「とても、いまの状況にふさわしい言葉とは言えないわね」ドロシアはあわてて言った。「もう教会の中にいるんだもの」

「式のあとより前のほうが考え直すにはいいと思わないか？」

「それは約束できないわ」ドロシアはすまして答えた。

カーターはふたたび微笑み、ドロシアの手を握った。ドロシアの心は穏やかだ。これは、正しい決心なのだ。カーターは夫にするには最適の男性なのだから。彼のキスがそう告げていたではないか。ドロシアは家族が座る教会の最前列をじっと見つめた。勇気づけるようなみなの表情とアトウッド卿のたくましい腕にうながされるように、ドロシアは通路を優雅に歩きだした。にこやかな笑みを浮かべながら。

だが、結婚の誓いを、という司祭の声に、また緊張が戻ってきた。一言一言に集中し、落ち着いた力強い声を保ちながら、彼女とカーターとを永遠に結びつける誓いの言葉を繰り返した。

「汝はこの女を妻とするか?」

ほんの一瞬のことだったが、ドロシアは息を止めて、カーターが答えるのを待った。「はい」

ドロシアは、自分で思っていたほど大きな声は出なかったものの、落ち着いて誓いの言葉を繰り返すことができた。式の最後に、司祭は花婿に、唇へのキスで二人の誓いを立てるように提案した。この実に進歩的な考えに、参列者はざわめき立った。

ドロシアは当惑して、夫に顔を向けた。カーターはいたずらっ子のように微笑み、腕を彼女の腰にまわすと、わが物顔で唇全体を押し当ててキスをした。人々のざわめきがますます高まり、驚いて息をのむ音さえ聞こえた。

晴れて夫となったカーターのエスコートで通路を戻りながら、ドロシアは義理の父をちらりと見やった。公爵は最前列に座ったまま微動だにしない。用心深い表情で、じっと前を見つめている。二人が脇を通っても、顔を向けることもちらりと見ることもなかった。

ドロシアは急に不安になった。司祭様が認めてくださったことだからと、軽い気持ちでしてしまったとはいえ、やはりキスなどするべきではなかったのかもしれない。ドロシアは考えた——公爵は、あのキスが気に入らなかったのだろうか、それとも、この結婚そのものを許せないのだろうか。

幸いにも、公爵の不機嫌をいつまでも気にしている暇はなかった。新郎新婦が通路の端に着いたとたん、二人を祝福しようとする人たちがどっと集まってきた。紳士たちはアトウッド卿と握手したり彼の背中を叩いたりして結婚を祝し、それから花嫁を抱きしめる機会がくるのを待った。

若い女性たちの中には、ドロシアに祝いの言葉を述べながら、レースのハンカチで目を押さえている人たちがいた。ドロシアはぼんやりと思った――彼女たちは式に感動して泣いているのだろうか。それとも、アトウッド卿と結婚できなくなって悔しいのだろうか。

妹のエマを抱きしめたとたん、ドロシアの頬に涙がこぼれ落ちた。しかたがない。今日はこんなに感動的な日なのだから。

「お姉様がそんなふうに泣くなんて思いも寄らなかったわ」不思議なほど目を輝かせながら、エマがからかった。

「私たちが想像していた以上に、自分がミルドレッドおば様そっくりになってしまった気がするわ」ドロシアは声をあげて笑った。妹と二人きりで話すことができ、ドロシアは心からうれしかった。完全とは言えなくても、グウェンのいない寂しさをまぎらわせてくれる。

これほど姉が恋しくなるとは、ドロシア自身にとってもちょっとした驚きだった。彼女はいつも、自立した女性であることを誇りに思っていたからだ。成長するに従って、三人はことあるごとにぶつかった。姉妹とはそういうものだ。でも、互いに対する深い愛情や強い忠誠心が揺らぐことはなかった。ドロシアの人生が大きく変わったこの日だからこそ、それは彼女にとって大きな安らぎだった。

エマが十七歳になったらすぐにロンドンに呼び寄せ、上流社会の人たちが見たこともないような、あっと言わせるデビューを仕立ててあげようと、ドロシアは思った。かわいらしく、芸術的才能に富んだ妹が、最上流の社交界で輝くのを見るのは、どんなにすばらしいことだろうか。せっかくアトウッド侯爵の妻になれたのだから、この状況をせいいっぱい活用しない手はない。

ドロシアは、次はミルドレッドおばに抱きしめられた。おばは涙声でしゃくりあげ、なにを言っているのかよくわからなかった。フレッチャーおじはさっと、ぎこちなくドロシアを抱きしめた。おじの目を見るかぎり、数年前にドロシアの持参金をくすねて使ってしまったことに多少なりとも罪の意識を感じているようだった。アトウッド卿は、ドロシアの持参金になど興味はないと言ってくれたとはいえ、グウェンとジェイソンが寛大にも持参金を用意してくれなかったら、ドロシアは無一文でこの結婚式に臨まなければならなかっただろう。

だが、今日は、過去の過ちや傷をあげつらう日ではない。ドロシアは、心から罪を悔いている様子のおじに、なんの恨みも抱いていなかった。

続いて、ダーディントン夫妻の家で催された結婚式の会食では、陽気な笑い声が絶えなかった。贅沢な祝宴が張られているあいだじゅう、よく冷えたシャンパンがたっぷりと振る舞われ、おおぜいのゲストたちも心から楽しんでいるようだった。新郎新婦のために何度も乾杯が行われ、それはやがてお祭り騒ぎへと発展し、さらに陽気な音楽が会場の雰囲気を盛りあげた。

ダーディントン家の三人の娘は家庭教師とともに式に参列し、教会の後ろのほうで静かに、目立たないように座っていた。だが、会食では祝宴の真っただ中にいて、三人が幸せそうに興奮した声をあげていた。

ハンズボロー公爵ですら、楽しんでいるように見えた。年配の紳士たちの輪の中に座り、おいしそうに飲んだり食べたりしていて、いつ見ても笑っていた。

ドロシアはうれしかった。今日は、幸せに包まれていたかった。大きな笑みを浮かべると、おおぜいのゲストの中を歩きまわり、注目を浴びた。花婿と離れ、何人かの既婚女性とおしゃべりもした。そのうちの一人にトレーンのレースがほつれていると教えられたドロシアは寝室に戻り、レディ・メレディスのメイドにすぐに直してもらった。

祝宴に戻る途中、長い柱廊の角を曲がったところで、ロディントン少佐と鉢合わせした。ドロシアはあわてて驚きを隠した。カーターとの結婚を決めて以来、少佐とはほとんど会っていなかった。

ロディントン少佐はあいかわらずハンサムだったが、近くで見ると寝不足であることが見て取れた。ほんの一瞬、自分のせいかと思ったが、少佐が心からの笑みを浮かべたのを見て、ドロシアは安堵した。

「幸せな結婚を祈っています」少佐は長い沈黙を破って、静かに言った。

「ありがとうございます、少佐」

ダーディントン家での晩餐会の夜、カーターが庭にいた二人のあいだに割って入らなかったら、どんなことになっていただろうかと思いながら、ドロシアは、はにかんだ笑みを見せた。少佐の目に浮かぶやさしい表情からすると、きっと同じことを考えているのだろう。だが、もちろん、彼がそんなことを口にするはずがなかった。なんといっても今日は、ドロシアの結婚式の日なのだから。

「このあとは、当分、新婚旅行へお出かけですか、レディ・アトウッド？」少佐がたずねた。

「すぐには行かないんです。一族の領地で一、二週間過ごしてから、社交シーズンが終わる前にロンドンに戻ります」

「ロンドンに戻ったころに、一度、訪問させていただいても？」

「うれしいわ。侯爵夫人としての務めを果たすには、お友だちみんなの支えが必要だと思うの」

「なんなりとお言いつけを」

ドロシアは、にっこりと微笑んだ。感謝の気持ちを表すために彼の手を取ろうとしたとたん、女性の声がした。

「ああ、ここにいたのね」エマだった。「アトウッド卿に探してくるように言われたの。そろそろ出発する時間だって」

少佐が声のしたほうを見やった。エマの姿を見ると、ドロシアに会釈をして足早に立ち去った。まるで、エマと顔を合わせたくないかのようだった。だが、それも妙だ。二人は顔見知りでもなんでもないからだ。

「ウエディング・ドレスを直してもらったのよ。でも、旅行着に着替えないといけないわね」ドロシアがエマに向かってため息をついた。「こんな時間だって気づいていたら、ドレスのほつれを直しにいったりして時間を無駄にせずにすんだのに」

「私も着替えについていくわ」エマが言った。「そうすれば、まだしばらく二人きりで話せるもの」

二人はドロシアの寝室へ急いだ。メイドが待っていた。

「結婚式のあと、ヨークシャーに戻らなくてよくなったのよ」メイドに手伝わせてドロシアがウエディング・ドレスを脱いでいるとエマが言った。「ミルドレッドおば様とフィッシャーおじ様が、グウェンの家でしばらく過ごすといいと言ってくださったのよ。グウェンの赤ちゃんが生まれたら、行くつもり」

赤ちゃん？　ドロシアは眉をひそめた。グウェンはいまでも、自分が双子を身ごもっていることを内緒にしている。「出産のときにあなたがそばにいてくれたら、きっとグウェンは喜ぶわ。それに、ジェイソンも」

「それがね、ジェイソンが招待してくださったのよ」エマはドロシアのブルーのボンネットを旅行鞄の上に置くと、メイドに優雅な白いボンネットを渡した。「臨月のあいだ、私がグウェンのそばにいたら、グウェンの気が休まると思ったみたい」

「それは絶対そうよ。私も赤ちゃんが生まれる前に行くわ」ドロシアは、エマが感情的で気まぐれな姉とうまくやってくれることを祈った。

エマは戸惑ったように眉をひそめた。「お姉様は忙しいんじゃないの？　お義兄様が、結婚式がすんだばかりなのに家を離れることを許してくれるかしら？」

「私は結婚したのであって、奴隷になったのではないのよ。姉のところへ行くのを、アトウッド卿が反対するはずがないわ」ドロシアは自信満々に言ったが、心の底では本当に許してもらえるだろうかと思っていた。

自分の人生があいかわらず制限されていて、束縛されていると思うと、妙な気分だった。結婚は、自分で自分の人生を決める選択肢や機会を増やすものであってほしいとどこかで願っていたのに、どうやら少し違うようだ。男性の後見人の命令が夫の命令に変わっただけなのだろうか。

でも、夫とうまくやっていく方法を学べばいいのだ。ふとそう思い、ドロシアは笑みを浮かべた。そこには大きな違いがある。ドロシアは頬を軽くつねってほんのり紅潮させた。これで夫のところへ行く準備は万端だった。

カーターはおおぜいのゲストに囲まれて、砂利を敷いた車回しで待っていた。ドロシアも、その場に居合わせた全員にさよならを言い、最後にダーディントン夫妻に挨拶した。

「幸せにね」レディ・メレディスがドロシアの耳元でささやき、ドロシアをしっかりと抱きしめた。

ダーディントン卿はドロシアと握手した。「アトウッドはすばらしい男のようだ。でも、助けが必要なときは、いつでも戻っておいで」

ドロシアはダーディントン卿の手を握りしめ、急にあふれだした涙を目に浮かべながら微笑んだ。「ありがとうございました。本当にいろいろとお世話になりました」

ドロシアははなをすすると、カーターの腕に手を置き、彼のエスコートで馬車に乗った。二段のステップをのぼり、優雅な馬車に乗りこむ瞬間、ドロシアは振り返って、持っていたブーケを投げた。まっすぐ、ベントン子爵に向かって。子爵は反射的にブーケを受け取り、困ったような顔をした。

「花嫁のブーケを受け取った人は、次に結婚する人よ」ドロシアが笑みを浮かべて言った。

ベントン子爵が結婚をいやがっていることを知っているゲストたちから笑いが巻き起こった。子爵は、まるで毒蛇の巣を持っているかのように、いかにもうんざりした様子でブーケを見おろした。それから眉をひそめ、まわりにいる人々を見まわした。

美しく若い娘たちが子爵の気を引こうとわざと恥ずかしそうに彼を見つめているのを無視し、彼はダーディントン家の長女にブーケを渡した。ステファニーはうれしそうな笑みを浮かべ、体の正面で恭しくブーケを受け取った。

「よくやった、ベントン」カーターはおどけて言うと、馬車に乗りこみ、花嫁の隣に座った。

新郎新婦が窓に向き直って手を振ると、ついに馬車が動きはじめた。馬車がにぎやかな通りに出るまで聞こえていた叫び声や歓声がなくなると、馬車の中は急に静かになった。

「やっと終わって、うれしいよ」アトウッドが言った。

「うまくいったと思うわ」ドロシアが答えた。カーターが見るからに安堵しているのは気にしないでおくことにした。たいていの男性は、結婚式を楽しいとは思わないものだ。特に、自分の結婚式は。

ドロシアは笑みを浮かべて、夫を振り返った。夫の黒い巻き毛が左の眉にかかっている。からかうような目に心を奪われ、彼の細くて力強い体から発せられる温もりが感じられるくらいまで夫に体を近づけた。清潔で男らしいにおいに包まれ、ドロシアはうっとりした。カーターの視線がドロシアの唇へとさがっていく。カーターの目の色が暗くなり、息が荒くなった。ドロシアはさらに近づいた……。

馬車が深いわだちにはまって揺れ、二人は引き離された。たちまち魔法が解けた。カーターが椅子に寄りかかってドロシアに背を向けると、ドロシアはため息をついた。激しい失望さえ感じたが、さすがにそれは心の奥へ押しやった。結婚式の日の花嫁は幸せで、微笑んでいなければならないのだ。

ドロシアは結婚式の会食の話をし、どの料理が気に入ったか、カーターにたずねた。カーターも同じようなことを言い、それからしばらくは、二人はあたりさわりのない話をした。

やがてロンドンの郊外に着くと、宿屋で小休止を取ることにした。

馬車をおりたアトウッドは、驚いたことに、結局戻ってこなかった。馬車に乗る代わりに、カーターは元気のよい、あし毛の雄馬に乗って旅を続けたのだ。花嫁を一人で、馬車に残したまま。

一人で馬車の中に座りながら、ドロシアはときおり、馬に乗った夫が横を通り過ぎるのを見ていた。カーターは、いったいなにを考えているのだろうか――ドロシアはそればかり考えていた。彼は本当に喜んでいるのだろうか？　彼女を妻に選んでよかったと思っているのだろうか？

それからはずっと、そのことばかり考えていた。永遠にも思えてきたころ、馬車が丘の上で止まった。ドロシアは窓から、眼下に広がる谷を見おろした。中央に、壮大な石造りの館があり、まわりを庭園や複雑に配置された花壇が取り巻いている。館の向こうには深い森が見えた。

この距離からでも、大理石の噴水から空中高く水が噴きあげられているのが見えた。数人の庭師が色とりどりの花の手入れをしているのもおぼろげに見える。いつもなら、これほど美しい光景を見てうっとりするところだったが、ここまで来るあいだにドロシアの神経はすっかりすりへってしまっていた。

「レイヴンズウッド荘園だよ」カーターが馬車の窓に馬を寄せてきて、言った。

「すばらしいわ」ドロシアが答えた。

「まったく、これがいやだったんだ」アトウッドが小さな声で言った。「召使いたちが僕たちを出迎えるために並んでいる」

ドロシアは仰天して、館をまじまじと見つめた。玄関の前に、人々が二列に並んでいるのが見える。なんてことだろう。ドロシアはうんざりした。疲れていて元気も出ないし、カーターとうまくやっていくだけでもせいいっぱいなのに、あんなにおおぜいの召使いたちの視線を浴びなければならないとは。

館に着くと、カーターがみずからドロシアの手を取って、馬車からおろしてくれた。ドロシアを、上級召使いである執事や家政婦、料理人、召使い頭に紹介し、連れていこうとした。だが、ドロシアはやさしくカーターの腕を引っ張った。「よければ、召使いたちを全員、紹介していただけないかしら」

カーターは口角をわずかにあげ、ドロシアにはよくわからない感情に瞳を光らせた。面倒なのかもしれないが、ドロシアは気にしなかった。召使いたちは、少なくとも一時間、あるいはもっと長く、外に立っていたはずだ。一人一人に笑顔で挨拶し、名前を覚えるのが自分の義務だと、彼女は考えていた。

てっきり執事か家政婦がその役目を引き継いでくれると思っていたドロシアは、ふたたび驚かされることとなった。カーターがそのまま、一段ずつ上り下りを繰り返しながら、召使いたちの名前を呼びはじめたからだった。ドロシアは、召使いたちがお辞儀をしながら、やさしい目で彼女を見つめ、そして恥ずかしそうな笑みを見せてくれるのを見て、おおいに安堵した。

「長旅だったし、今日はとても疲れた」召使いたちが並んで屋敷に入りはじめると、カーターが言った。「ミセス・シンプソンに君の寝室まで案内させよう。夕食まで休むといい」

ドロシアはけんめいにショックを隠そうとした。たったいま到着したばかりなのに、また彼女を一人にしておくつもりなのだろうか。

「もちろんさっぱりしたいところだけど、眠れそうにはないわ」ドロシアは答えた。

カーターは魅力的な笑みを浮かべた。「それでも、少しは休んだほうがいい。ミセス・シンプソン」カーターが左手で合図すると、家政婦がドロシアの隣に現れた。家政婦がこれほど近くにいたとは、ドロシアはまったく気がつかなかった。「レディ・アトウッドを寝室にお連れしろ。では、夕食のときに会おう」

それだけ言うと、カーターはどこかへ行ってしまった。ショックのあまり、ドロシアはどう反応すればいいかもわからなかった。今日は特別な日だったし、いろいろな感情に振りまわされた日でもあった。たしかにくたびれていたが、それでも眠れるとは思えない。夕食まで、なにをして過ごせばいいのだろう。

ドロシアは、待っているミセス・シンプソンを振り返り、勇気を振り絞って笑みを浮かべた。「お屋敷の中を案内してもらえるかしら？」

「ここはとても広いお屋敷でございます、奥様。全部ご案内するには何時間もかかります」

「そう、じゃあ、今日は一階だけでいいわ」ドロシアは少しやけになって、言った。

ミセス・シンプソンは片方の眉をあげ、戸惑った様子で答えた。「かしこまりました、奥様」

まずは、いくつもある客間から部屋から始めた。どの部屋も華やかで高価な家具がしつらえられていた。ロンドンにある公爵の屋敷を見ていたため特に期待はしていなかったが、ここにはロンドンにはない快適さがあった。レイヴンズウッドのほうが、権力を思わせる壮大さもあるが、ずっと家庭的だ。ロンドンの屋敷との違いに、ドロシアは元気づけられた。屋敷のどこを見ても手入れが行き届いていることを二言三言述べただけで、ミセス・シンプソンの堅苦しい態度が和らいでいった。ドロシアは心から安堵した。ようやく到着したドロシアの部屋は、広くて快適なスイートルームで、居間には必要な家具がすべてそろえられていた。窓から見える庭の眺めもすばらしい。

予想していたとおり、一人になっても眠ることはできなかった。しかたなく、新鮮なラベンダーの心地よいにおいのする柔らかなシーツに横たわったまま、ベッドのまわりにかけられた手の込んだ絹のカーテンを見つめ、いつになったら夕食を取るために着替えられるのかしらと考えていた。

ようやくだれかが部屋へやってきた。それがミセス・シンプソンだと知って、ドロシアは喜んだ。

「奥様づきのメイドがまだ到着しておりませんので、今夜は私がお世話させていただきます」家政婦のミセス・シンプソンが言った。「お髪《ぐし》を整えることもできますので」

「私、いままで自分づきのメイドを雇ったことがなくて。いろいろ教えてもらえるとうれしいわ。この辺の子で、いい子はいないかしら？」

ミセス・シンプソンは下唇を噛んで考えこんだ。「サラ・マロリーなら少し経験がありますし、彼女が働いてお金を稼げれば家族が喜ぶでしょう。去年、夫を亡くして、実家に帰されたのです。再婚する気はないと思いますし、養わなければならない兄弟が九人います」

「よさそうな人ね。今週末までに会えるように手配してくれる？」

「かしこまりました」

屋敷の女主人として最初の決断を下したのに満足の笑みを浮かべながら、ドロシアはようやく気持ちが落ち着いてきたことに気づいた。ミセス・シンプソンの髪を整える技術は申し分なく、ドロシアの金色の巻き毛を優雅な上向きにしてピンで留め、長い首のラインや、なめらかで美しい胸のラインをきわだたせてくれた。

「奥様は本当にお美しくていらっしゃいますね」ミセス・シンプソンが微笑んだ。「アトウッド卿は奥様から目を離せなくなりますよ」

それとも手を離せなくなる、かしら。みだらな想像がドロシアの頭にふと浮かんだ。だけど、それは彼女が望んでいることなのではないのだろうか？　夫を楽しませ、魅了することが？

脳裏をよぎった想像を消せないまま、決してしっかりとしたとは言えない足取りで、ドロシアは家政婦のあとについて階段をおりた。

カーターがドロシアを待っていた。結婚式用のかしこまったスーツから、もっとカジュアルな服装に着替えていた。髪は洗ったばかりでまだ濡れており、顎ひげはさっぱりと剃られていた。二人は歩いて食堂に入ると、席に座り、またしても結婚式やその後の祝宴の話をした。

「少なくとも父が騒ぎを起こすことがなくてよかったよ」二品目が給仕されたとき、カーターが言った。

「公爵は愛想のよい方ではなかったけれど、誠実なところは尊敬しているわ」ドロシアが答えた。「最初は私たちの結婚に賛成でなかったけど、受け入れてくださったのではないかしら。幸せを祈るとおっしゃってくださったとき、心底そう思ってくださっていると思ったわ」

カーターはしばらく口を開かなかった。「妹さんが結婚式に出てくれて、うれしそうだったね」

ドロシアは顔が赤くなるのを感じた。「ええ。またエマと会えてうれしかったわ。エマがあんなに恋しかったなんて、自分でも気づかなかった」

「そう、だいたいそういうものなんじゃないかな。人間は、失ってはじめて大切な者の存在に気づくんだ」カーターはワインを一口飲んで、グラスの縁越しにドロシアを見た。「町に戻ったら、エマに遊びにくるように言うといい」

「まあ、うれしいわ。エマは、すごく愉快な子なの。絵に没頭していないときは、だけど」

カーターがいぶかしげに眉をあげた。ドロシアは説明した。「エマは絵を描くの。すばらしい才能の持ち主なのよ。ジェイソンが個人教授を見つけてくれて、その人がうまく指導してくれたおかげで、エマは目を見張るほど進歩したの」

「君がよければ、肖像画を描いてもらおうか」

「本当に？　そう言っていただけるなんて、こんなにうれしいことはないわ」

カーターは肩をすくめた。「そうだな、出来が悪かったら、厨房に飾ればいい」

「そんなことにはならないわ。エマは、美しい肖像画を描いてくれるわよ。世界の名だたる画家に描かせた先祖代々の肖像画の隣に並べても、遜色ないような作品をね」ドロシアはエマの腕前のすばらしさを心から信じていた。

「モデルが美しければ、肖像画を描くのも簡単だろうな」

カーターは目を細めてドロシアを見ると、それ以上なにも言わなかった。ドロシアは鶏肉を一口食べ、ゆっくりとのみこんだ。ほとんど味がしなかった。「あなたのせいで、私は不安でしかたないわ」意を決してドロシアは言った。

「僕のせい？」カーターは椅子の肘掛けに指を走らせた。「なぜだい？」

「なにも言ってくださらないじゃない。じっと見つめるだけで」

「妻の美しさを鑑賞するのは夫の特権だ」

ドロシアは顔を紅潮させた。カーターの〝妻〟という言い方は好きになれない。まるで彼女がカーターの所有物か、財産のように聞こえる。動揺して、ワイングラスを取りあげると、ワインを一気に飲んだ。辛みがあって刺激的で濃厚な香りが舌の上を転がり、喉を滑り落ちながらドロシアの体を温めた。

「もうお腹いっぱい。デザートをお願いしていいかしら？」ドロシアは白いリネンのテーブルクロスの上に、ほとんど空になったグラスを置いた。

か？」
カーターがすぐ近くに体を寄せてきた。「今夜、僕が欲しいスイーツは君だけだ。行こう
ドロシアは、一瞬ぼんやりとその手を見おろしていた。
「一緒に行ったほうが気が楽なんじゃないかと思ったんだ」カーターが言った。「それとも
一人で寝室へ行って、僕を待ったほうがいいかい？」
「中世の捕らわれの乙女がご主人様を待つように」ドロシアがつぶやいた。
「ご主人様？」カーターが大笑いした。「ほう、そんな言い方をしてくれると、結婚して本
当によかったと思えるよ」
カーターは笑いながら立ちあがり、テーブルをまわってドロシアの席にやってくると、身
をかがめて、召使いたちに聞こえないようにドロシアの耳元でささやいた。「もうそろそろ
部屋へ引き取る時間だよ」
ドロシアはおとなしく椅子から立ちあがった。カーターはドロシアの手を取り、さっさと
食堂からドロシアを連れだした。軍隊のように居並ぶ召使いの脇をさりげなく通り過ぎなが
らドロシアは頰を紅潮させ、たちまち首まで赤くなった。召使いたちは全員、アトウッド卿
が花嫁をどこに連れていこうとしているか、二人でなにをしようとしているか完璧にわかっ
ているのだ。
ドロシアはかつてないほど不安を感じていた。なにが起こるかわかってさえいれば！　も
ちろん、仕組みはわかっている。でも、具体的にどうするのか、どう感じるのかまではわか

ろうそくの火の暖かさの中に答えを探すかのように、

とうとうカーターが、頑丈な樫の木の扉の前で立ち止まった。ドロシアは自分の寝室が近くにあることはわかったが、緊張のあまり方向感覚を見失い、館のどのあたりにいるのかわからなくなっていた。

神秘的な笑みを浮かべながらカーターは扉を開け、先に部屋に入ってからやさしくドロシアを引き入れた。

そこは、ドロシアがいままで見た中でもっとも大きく、もっとも豪華な寝室だった。中央にどっしりと巨大な天蓋つきのベッドがあった。四隅にはマホガニーの柱が堂々とそびえ、複雑に彩色されて天井に届きそうだった。ベッドにはロイヤルブルーのベルベットのカーテンがかけられ、ブロケードのベッドカバーが誘うようにめくられていた。

窓のカーテンも同じ色のブルーで、金糸で施された刺繍が揺らめき、豪華な輝きを放っていた。朝の光が入りこんで部屋の主人の眠りを妨げないように、しっかりと閉じられている。

家具は色の濃いものと薄いものが取り混ぜられ、それぞれ、力強く機能的に作られている。この部屋は、優雅な力強さと男性美にあふれたカーターにぴったりだと、ドロシアは思った。

足に根が生えたかのように動けなかったが、力を振り絞ってカーターのほうを向いた。たちまち、魅惑に満ちた彼の視線にとらえられた。まばたきをすることも、目をそらすこともできない。彼に官能の呪文をかけられてしまったかのように。

カーターが片方の手でドロシアの顎を持ちあげた。彼の瞳から発せられる激しい光に、ドロシアは言葉を失った。カーターは、欲望に駆られた男の熱と欲情に満ちた目でドロシアを見つめている。カーターの息が荒くなり、それに合わせるようにドロシアの息遣いも速くなっていく。

ドロシアは、息をひそめて彼のキスを待った。唇が重なりあった瞬間、官能の波がドロシアの全身を満たした。ドロシアは手をあげ、顎に触れているカーターの腕にしがみついた。

突然カーターが唇を離して体を引き、茶目っ気に満ちたセクシーな笑みをドロシアに向けた。膝が震える。すると、カーターはあいている手を背中にまわした。カチャッと、部屋の鍵がかかった。ドロシアは体を震わせながら息をついた。

とうとう本当に、二人きりになった。

11

ドロシアは不安な思いを隠そうとした。部屋の中を数歩進み、立ち止まる。大きなベッドが真正面にぼんやりと現れた。これからなにが起こるかをはっきりと思いださせる。突然、そのことと向きあう覚悟がまだできていない気がした。

カーターは黙ったまま上着を脱ぎ、クラヴァットを引き抜き、ベストのボタンを外し、それらを乱雑に椅子に投げた。うらやましいくらい無駄のない優雅な身のこなしで服を脱ぐ。ドロシアが自分でドレスを脱ごうとすれば、まるで不器用な曲芸師みたいに見えるに違いない。

カーターがいぶかしげなまなざしを向けてきたが、自分のおかしな考えの浮かんだ顔が、いったいカーターにどう見えているのか想像するしかなかった。毅然としていられない自分がいやで、目をそらす。今夜は結婚初夜で、歯を抜くわけじゃない。長いあいだ、この親密さを経験したいと思っていたし、この男性を夫として選べる幸運にも恵まれた。こんなにおどおどしてしまうなんて、どうかしている。

ドロシアは口元をぐっと引き締め、顎をあげた。開襟シャツと黒いサテン地の膝丈のタイツだけしか身につけていなくても、花婿は凛々しかった。白いリネンのシャツからのぞく胸は黒い胸毛に覆われている。背が高くてたくましく、肩幅が広く、男らしい……あまりに素敵な男性。口が乾いてきた。

二人は見つめあい、黙ったまま考えと思いを伝えあった。はためには、ドロシアは落ち着き、興味津々の様子に見えるのだろう。内心は、叫びだしたかった。

やっとの思いで口を開いた。「ご主人様」

「なんだい」

ドロシアはカーターの表情にたじろいだ。ありったけの自制心を働かせているようだが、いまにもドロシアに飛びかからんばかりだ。生きたまま食べられてしまうような気さえする。

ドロシアは身震いした。

「寒いのか？」

「いいえ」

「怖いのか？」

「落ち着かないだけ」ドロシアは答えた。「なによりもあなたを喜ばせたくて、ご主人様」

「カーターだ」低い声で言う。「これから楽しむ親密さには、もっと打ち解けた話し方のほうがふさわしい。そう思わないか、ドロシア？」

「ええ。ええ、そう思うわ」

「じゃあ、まずはもっとくつろいでもらわないと」

どういう意味なのかちゃんと訊くまもなく、カーターが手を伸ばしてドロシアの髪からピンを抜きはじめた。絹のような豊かな金髪が肩から背中へ垂れた。まるで絹糸のような手触りにすっかり心を奪われたかのように、あがめるようにして彼はそっと髪を撫でた。大きな手はやさしかった。リズミカルな手つきは眠りを誘う。体の緊張がほぐれ、ドロシアは気づけばゆっくりと目を閉じていた。けれど、カーターの手に胸を包まれると、うっとりした気持ちはたちまち消え去った。驚いたドロシアのあえぎが部屋の中にこだまし、快感の稲妻がもののあいだを走った。

「ゆっくり進めよう」カーターは約束した。「そのほうがよさそうだ」ドロシアが体を預けると、カーターは短く大きな笑い声をもらした。「といっても、できるかぎりゆっくりと、ということさ。君はたまらない誘惑だからね」

カーターに魅力的だと思われ、求められていると知って、自信があふれてきた。今日の午後のカーターの不可解な振る舞いを思うと、ドロシアはもう一度、彼の気持ちを確認したかった。そして、もう一度、認めてほしかった。ドロシアは背伸びして、カーターの顎を指先でなぞった。表面はなめらかだが、下から上に指を走らせると、頬ひげがざらざらする。妙に官能的な感触だった。

カーターはドロシアの唇に唇を重ね、下唇をついばみながら、彼女がみずから唇を開くのを待った。緊張がほぐれ、ドロシアは舌をからめた。カーターのキスに夢中になった。彼のがっしりした肩に手をかけると、覚えのある興奮が下腹の奥で燃えあがり、全身が熱くなった。

カーターのキスは唇から頬へ移り、首筋へ漂っていった。じらすように軽く触れられて肌がうずき、ドロシアは息を止めた。

カーターは胴着《ボディス》を引きおろし、レースのシュミーズの胸元を引きおろし、ドロシアの胸をあらわにした。ドロシアははっと息をのんだが、カーターはかまわなかった。

カーターの熱い息をむきだしの肌に感じた。彼の舌が軽くそっと触れながら、胸の頂に向かう。さらに近づくと、乳首は硬く持ちあがったが、カーターはそのまわりを歯と唇でじらすように噛んだ。

我を忘れて、ドロシアは手を伸ばしてカーターの頭を抱え、指に髪をからめてぐっと引き寄せた。

「とても敏感で、とても感じやすいんだね」カーターはそうささやくとすぐに、乳房を口いっぱいに含んだ。

「ああ」ドロシアは震える泣き声をあげた。

熱が体じゅうに広がり、ドロシアは足をもぞもぞとしきりに動かした。カーターの熱心な舌が乳首を舐め、深く吸った。欲望が燃えあがり、思考がかき乱される。ドロシアはこの強烈な欲望以外なにも考えられず、感じられなかった。

「ずいぶんたくさん身につけているんだな」カーターはかすれた声で言った。

カーターはドロシアの肩から背中へ手を伸ばし、さまざまな留め具をどんどん外していった。ぱっくりと開いたドレスをぐっと引っ張り、ドロシアの体から引きはがした。次にスカートの下に手を伸ばした。ストッキングの縁に指を走らせ、むきだしの太ももを撫でた。ドロシアの前にひざまずき、繊細な絹をおろしていき、足首を持ちあげて、引き抜いた。カーターに言われ、ドロシアはドレスを脱いだ。震える体に身につけているのは、なかばはだけたシュミーズとズロースだけだった。ドロシアはぶるっと身震いした。たちまち欲望よりも慎みが勝り、思わず手で体を隠した。

「隠すな」カーターが強く言った。もう一度立ちあがり、ドロシアの目を見つめた。「そして、秘密もなしだ」

ドロシアはなじみのない心の揺れを感じた。男の人とこんなに親しくなり、正直になると思うと怖い。それでも驚くほど心惹かれた。そんなことができるのだろうか。二人は、強くて誠実で、本性の弱さに負けず、時間の試練にも耐えられる絆を築くことができるのだろうか。

「秘密もなし」ドロシアは同じ言葉をつぶやき、本心からの言葉だと示すために、まだ結んだままのシュミーズの三つのリボンをほどいた。自分がなにをしているか考えないようにしながら、シュミーズを頭から脱ぎ、ズロースをぐっと引きおろした。最後の絹の下着が取り払われ、ドロシアの裸体があらわになると、カーターが息をのむ音が聞こえた。

「聖人といえども、君の美しさには骨抜きになるだろうな」

彼は力を込めて唇にキスをすると、ドロシアを抱きかかえてベッドへ運び、その真ん中におろした。ドロシアが硬いマットレスに横たわると、カーターはすばやく残りの服を脱ぎ、シャツとズボンと下着を床に投げた。

すぐにベッドにやってきて、たくましい裸体をドロシアに寄り添わせた。隔てるものがなにもないまま、カーターと全身を触れあわせるのは、驚きであると同時に、自分の弱さを感じさせられる。驚きではあったが、うれしくもあった。

たくましいカーターの体が彼女を抱きしめていた。オークの木のように硬い胸、締まった腕の筋肉の強さ、引き締まった腹部の平らさ。自分とはまったく違うカーターの体の感触がドロシアは気に入った。

感触もいいし、見た目もよかった。ろうそくの光の中でも、締まった腹へと続く体毛が、脚のあいだで濃くなっているのが見える。恥ずかしくて、ちらりと目を向けただけだったが、それだけでも充血して突きでた彼のものが十分に見えた。

まあ、たいへん。あれが私の中に入るの？

高まっていた欲望が急にしぼんでしまった。けれど、すぐにカーターのキスに気を取られて、ドロシアはその不安を忘れてしまった。カーターはドロシアを横向きにし、激しく唇を奪った。ゆっくりと、そして慎重に、さらに彼女の体じゅうに手を這わせ、途方もない巧みさで欲望をかき立てた。

カーターの手がドロシアの脚のあいだに伸びる柔らかな巻き毛を包むと、ドロシアは羞恥の波にのみこまれた。信じられないくらいやさしく、ドロシアの上に指を滑らせる。触れるか触れないかくらいの指使いで、興奮にうずく柔らかなふくらみのまわりをなぞられ、情熱に全身が震えた。頭をのけぞらせてうめき、彼の手に体をこすりつけると、最初はカーターのリズムに合わせて、それから自分のリズムで動きだした。

カーターは指先で探り、ひだを分け、指を一本ドロシアの中に滑りこませた。ドロシアは腰を突きだした。体から蜜があふれている。満足したらしいカーターは、ドロシアの耳元で低いうめき声をもらし、ふたたび乳首を口に含んだ。

カーターの口と指はドロシアのうぶな体に魔法をかけ続けた。悦びの小さな叫び声が思わず喉からもれた。命の危険を感じて興奮した、けもののような甲高い叫び声だった。感情が高まり、焼き尽くされてしまいそうだ。どれだけ彼に体を近づけても、物足りない。カーターの肩をつかんだ手に力を込め、短くあえぎながら、性急に彼を求めた。

「楽にして、かわいい人」カーターが低い声でなだめた。「焦らないで、流れに身をまかせて」

ドロシアは言われたとおりにしようとした。心から。湿り気があふれ、体は熱く燃えはじめ、ついに絶頂が訪れた。快感の波が押し寄せ、悦びの熱い奔流が全身を貫くと、我を忘れて、背を弓なりにそらせた。

ドロシアは目を閉じて、湿ったベッドに崩れ落ちた。息は荒く、脱力感に襲われた。ぼんやりとした意識の中、カーターが汗に濡れた額から髪を後ろに撫でつけてくれているのを感じた。彼のほうへ顔を向けると、唇にやさしくそっとキスされた。

「とてもきれいだ」カーターはかすれた声で言った。

「信じられないくらいすばらしかったわ」ドロシアは微笑んだ。穏やかで秘密めいた女らしい笑みになった。これがこんなふうに体と心が密接に関係する行為だということも、男女のあいだの体の秘密を探る親密な行為だということも、ドロシアは知らなかったし、思ってもいなかった。まさに崇高とも言える親密さだった。

けだるい快感に酔いしれていたドロシアだったが、大胆な愛撫によって急に現実に引き戻された。目を開けると、カーターが覆いかぶさってきていた。ドロシアの肩を柔らかなマットレスに押しつけ、膝で脚を押し開いている。

ドロシアはカーターの筋肉質の胸に手を広げて押し当てた。本当に、素敵な人。究極の愛情行為に対する心の準備をするうちに、さまざまな感情がこみあげてきた。緊張で神経が張りつめるいっぽうで、心の奥底では期待に胸がふくらむ。

カーターの硬いものが押しつけられ、入口を探るのを感じた。はっと驚き、その大きさを思いだして体をこわばらせた。しかし、カーターはさらに彼女の脚を広げ、彼自身を押しつけてきた。

「力を抜いて」カーターがそっとささやいた。ドロシアの膝を抱えあげ、体の位置を正す。「もう濡れて開いて、僕を受け入れる準備ができている。君は僕のものになるんだ」

ドロシアは言われたとおりにしようとしたが、彼のものが押し入ってくる圧迫感と不快感に、カーターの下で身をよじり、なんとかして逃げだそうとした。

「くそ、ドロシア。じっとしていろ!」

カーターの押し殺した声に、ドロシアはびくりとした。彼の息は荒く、自制心を保とうとしているようだ。保とうとしていたが、失った。

カーターが腰をあげ、押し進んだと同時に、ドロシアは彼の肩にかけた手に力を込めた。激痛に息をのむ。うめき声をあげたが、彼はその声の意味を誤解したらしく、さらにぐっと先へ押し進んだ。背をそらせ、彼の肩に指をくいこませ、体を離そうとしたが、そうしたのも間違いで、彼をより駆り立てただけだった。

抵抗すればいっそう事態は悪くなるだけだとわかったので、ドロシアはやっとの思いで体の力を抜いた。カーターがふたたび押し進み、大きくふくらんだ彼自身がドロシアを押し開き、いっぱいに満たした。少しずつ彼のものに身をまかせると痛みが弱まった。けれど、悦びも興奮も戻ってこなかった。いま起こっていることとは別の世界にいる感じがして、さっきの切迫した気持ちを取り戻したいと願った。

この困惑をなんとか言葉にしてカーターに伝えたかったが、すべてがあまりにも早く、激しく進んでいて、とても無理だった。頭が考えるのをやめてしまったと同時に、声も出なくなった。頭と体と心がごちゃ混ぜになって噛みあわなくなり、ドロシアは完全に混乱してしまった。

もうこれ以上は耐えられないと考え、ようやく自分の思いを声に出そうとしたとき、カーターの低くこもったうなり声が聞こえた。彼はもう一度突きあげると、体をこわばらせ、ぶるっと震えた。痛くてしかたない体の中に放出された彼の種の温かな流れをドロシアが感じた直後、うめき声をあげたカーターが倒れこんできた。

二人の息が落ち着くまでずいぶん時間がかかった気がした。不思議なことに、覆いかぶさるカーターの重さ、さっきは圧しつぶされそうに感じた重さが、いまはたくましくて温かく感じられ、心地よかった。ぼんやりと、耳元で響く激しい息遣いを聞きながら、彼の汗に濡れた背中に指先を走らせた。

腰を少しずらすと、カーターとまだつながっているのがわかって驚いた。

カーターもそれを感じていたらしく、突然声をあげて笑った。「なんてことだ、まだ硬い」手を伸ばして、ドロシアの髪をやさしく撫でる。「もう少し待ってくれたら回復して、もう一回できるよ、かわいい人」

カーターの言葉に、ドロシアはぞっとした。まさか！　もう一度したいというの？　うろたえた彼女の心臓はどきどき鳴り響き、もう一度押しこまれることを想像しただけで、ひりつく体がこわばった。自分が回復するにはもっと時間が必要だということが伝わるような言葉をドロシアは必死で探した。カーターは、彼女の額と頬にやさしくキスをしてくれた。ドロシアが体をこわばらせても、彼はただ、甘いキスを続けた。

ありがたいことに、そのうちカーターの規則的な深い息遣いが聞こえてきた。どうやら、眠ってしまったようだ。

自分がどう感じているのかよくわからないまま、ドロシアは天井をじっと見つめた。口にできない体のさまざま場所がひりひりと痛んでいる。脚のあいだは、夫の種と自分の純潔の証しがまだ残っていてべとべとしていた。隣ではカーターが深い寝息を立てていて、できればこのまま朝までぐっすり眠っていてくれればいいのに、と願った。

最初は、すべてがうまくいきそうな気がしていた。ドロシアは不安だったが、カーターが情熱を駆り立てるやさしい愛撫で気を散らして、落ち着かせてくれた。彼はやさしくて寛容で、ドロシアを欲望の絶頂へ巧みに導いてくれたのに、その直後に地獄へと突き落とした。

快感はすばらしく、身を焦がすほどだった。だが、その悦びにひたっているところを、痛みに襲われた。深く、鋭い、本物の痛み。最初は体を傷つけ、それから心を傷つけられた。カーターは、ドロシアがどう感じているかにはかまわず、まるで彼女が自分のものであるかのように自分自身を突き入れてきた。

やめて、待ってほしいと伝えたかったが、声が出なかった。しかたがないので、彼が抜き差しを繰り返すあいだ、押さえつけられたままになっていた。ありがたいことに、彼が終わるまでそれほど時間はかからなかった。彼がぐっと体を震わせて、温かい精を柔らかな内側に放つと、彼女は自由になった。

ことが終わったあとも、カーターは静けさに満足した様子でドロシアをずっと腕に抱いていた。彼女の首と頰と唇に、甘く軽いキスを降り注いでくれた。彼のやさしさと心遣いに、ドロシアは自分でもよくわからない感情の高まりを感じた。体がつながっているときには欠けていた結びつきを求め、彼のたくましい温かさに身をすり寄せた。

あの行為をもう一度するというカーターの言葉に、ドロシアは本当に戸惑った。ありがたいことに、カーターはその言葉を実行する前に、彼女を腕にしっかりと抱いたまま眠ってしまった。ドロシアも眠ろうとしたが、無理だった。自分のものであるかのように抱きしめる腕がゆるむのを慎重に待った。その機会が訪れると、彼の腕から抜けだし、どちらかというと安心できるベッドの反対側にさっと逃げた。

ドロシアはずっとそこに横たわっていた。頭上にかかる贅沢な絹のベッドカーテンの繊細なしわの一つ一つを記憶しようとしているようなものだった。じっとして黙っていようとしたが、思わずもれるため息を止めることはできなかった。幸いにも、こぼれ落ちそうな涙をこらえることはできた。正直、どうして泣きたいのかわからなかった。

失望から？　痛みから？　それとももっと深い理由から？　二人は固い絆を築いているのだと信じていたが、カーターが彼女の体を自分のものにしたとき、彼とのあいだに海のように広い距離、そして、はっきりとわからない自分自身との距離も感じた。悦びを味わいたいという気持ちをすっかり押しのけてしまうほど、奇妙で恐ろしい感情だった。

ふいにベッドが揺れ、ドロシアの思考が止まった。身をこわばらせ、ぴくりとも動かずじっとする。息をするのさえ怖かった。ようやく動くのをやめたカーターは、大きなベッドの真ん中近くで身を丸め、彼のにおいと温もりで彼女を包みながら、驚くほどの早さで眠りに落ちていった。

カーターの深く安定した息遣いに耳を傾けながら、自分も同じように息をしてみたが、混乱と自己不信で心臓が激しく鼓動していて眠れなかった。ひどい過ちを犯したのだろうか。

間違った人を夫に選んでしまったのか、あるいは自分は妻に向いていないのか。二人のあいだに深く変わらぬ愛があれば、もっと絆を感じたのかもしれない。いまは、見知らぬ者同士であるも同然だ。

結婚し、死ぬまで互いに結びつくことになっている見知らぬ者同士。きまりの悪い肉体的な親密さを分かちあいながら、互いのことはほとんどなにも知らない他人同士。目をさっとしばたたかせて涙をこらえ、ドロシアはめそめそして芝居がかった自分を叱った。

ゆっくりと目を閉じたが、体は緊張したままで、頭は考えごとでいっぱいで、睡眠に逃げることもできない。一時間、あるいは二時間経って、眠ったふりはあきらめ、そっとベッドを抜けだした。寝室にいくつかある扉のどれかが自分の部屋へ通じていると思うのだが、部屋をあちこち歩きまわる音でカーターを起こしてしまわないか心配だった。

そうなったら、どんなことになるのかもなんとなくわかっていた。ドロシアがノーと言えば、カーターはきっと彼女の判断を尊重して、無理強いはしないだろう。けれど、説明を求められたら、答えられない。あまりにも未知のことで、生々しく、混乱していた。

ほの暗いろうそくの明かりの中、洗面台が見つかった。磁器の洗面器にきれいな水をそっと注ぐ。布を絞って体をふき、もものあいだに当てて、精液と血の残滓をぬぐい取った。水は冷たかったが、火照りと痛みを鎮めてくれた。

なにかはおるものが欲しくて、床に散らばった服の山を探った。シュミーズが見つかったが、前身ごろのリボンがいくつかなくなっている。しかたなくそれは脇に放って、カーターのしわの寄ったシャツをつかみ、頭からかぶった。長い袖は指先を隠し、すそは膝まで届いた。完璧だ。

意外にも、肌に触れる柔らかくて暖かいリネンは心地よかった。腕を腰に巻いて自分の体を抱きしめ、深く息を吸った。シャツはカーターのにおいがした。さっきまでの苦痛を思うといやに感じそうなものだったが、むしろ正反対だった。

なじみのあるにおいは、心を落ち着かせてくれた。なぜなのかは自分ではよくわからない。今日は、本当にわからないことだらけだったわ――肩をすくめて思った。

部屋の隅に置かれた大きなウイング・チェアまで裸足でそっと歩いていき、楽な姿勢で体を丸め、体と心の緊張をほぐそうとした。夜明けまで起きたままかもしれないと思っていたら、驚いたことにすぐに眠りに落ちて、夢一つ見なかった。

寝室の扉をノックする音が聞こえていたが、カーターは答えたくなかった。ドロシアのみだらな夢の名残で頭がぼんやりし、できるだけ味わっていたかった。

結婚したばかりの妻は、まるでギリシア神話のセイレーンだった。美しく情熱的で、セックスのための体を持つ妖婦。男の血をたぎらせ、理性を奪う激しい気質。

処女を奪うのは興奮する行為だとカーターは思った。未経験の分野だった。これまでの恋人たちはみな経験のある女ばかりだった。ドロシアのように情熱的な女性に愛の行為を教えるというはじめての経験に、昨日の午後はずっと、彼のものは痛いほどに高ぶっていた。そういうわけで、馬車の中で妻の処女を奪わないという誓いを思いだし、最初に立ち寄った宿屋で馬車をおり、馬に乗ったのだった。同じ理由から、レイヴンズウッドに到着してすぐに、ドロシアのそばを離れた。真っ昼間に無垢な花嫁を奪い、はじめての結びつきを性急で手短に終わらせて、野蛮なけものにはなりたくなかった。

正しい決断だった。ドロシアの美しい体を探り、彼女をじらして興奮させ、彼のものになる準備のできた体が絶頂を迎える時間を楽しめた。

昨夜ドロシアとベッドに入ったとき、カーターの興奮は痛いほどの強さで、どの女性とも感じたことがないくらいに未経験の彼女の体には満足した。彼女はとても濡れて温かく、信じられないくらいきつかった。彼女の中に完全に埋まった瞬間、爆発してしまいそうになった。なんとか自分を抑え、十分満足のいく絶頂を味わった。

それを思いだしただけで、岩のように硬くなった。自然と、広いベッドの反対側へ腕を伸ばした。そろそろ起きる時間だ。起きて、目くるめく悦びをもう一度味わう時間だ。

だが、目を開けると、ベッドは空っぽだった。ドロシアのラベンダーの香りが、セックスの欲望をそそる素朴なにおいと混じりあって漂っているだけだった。カーターは苛立って起きあがった。

ノックは続いている。「入れ!」機嫌はさらに悪くなり、カーターは大声で答えた。妻はどこだ?

近侍のダンスフォードが戸口に立っていた。「ひげ剃り用にお湯をお持ちしましょうか。それとも今朝はお風呂のほうがよろしいでしょうか、ご主人様」

「レディ・アトウッドはどこだ」カーターは質問を無視して問いかけた。

ダンスフォードは驚いて、一歩あとずさった。「その……存じておりません」

「朝食は食べたのか？」

「あいにくと奥方様のご予定は存じておりませんが、よろしければミセス・シンプソンに訊いてまいります」近侍はこわばった声で答えた。

「かまわん」カーターはシーツをはねのけた。「一時間後に客間に来るよう、ミセス・シンプソンからレディ・アトウッドに伝えさせろ」

カーターが本当に望んでいるのは、いなくなった妻を寝室へ呼び戻すことだったが、そんなあからさまな要求を伝えられて、召使いの前で彼女に恥ずかしい思いをさせたくなかった。風呂に入り、たっぷりの朝食を食べると、カーターの機嫌はよくなった。先に客間へ行き、ゆったりと椅子に身を落ち着けてドロシアを待った。

ドロシアは約束の時間ちょうどにやってきた。カーターがすでに中にいることを知って、わずかに目を見開いた。彼は笑みを浮かべて立ちあがった。ドロシアは凝った金箔の装飾が施された扉を閉め、二歩だけ中に進んだ。落ち着かない様子で両手を握っている。

「おはようございます」ドロシアは小さな声で言った。「私をお呼びだとミセス・シンプソンから聞きました」

「おはよう」カーターは前に進み、頭を低くしてドロシアの唇にキスしようとした。顔が近づくとドロシアが横を向いたので、頬にキスすることになった。「今朝、ベッドに君がいなくて寂しかったよ」

「あなたと一緒に目覚めるのは変だと思ったから」ドロシアは静かに言った。

「そんなことはまったく気にしない」カーターはドロシアの表情をうかがいながら答えた。

「昨夜の悦びをもう一度経験できたのに」

「ああ、昨夜の」ドロシアは手を口元にあげ、爪を噛みはじめた。「とても……そう、感動的じゃなかったかしら」

感動的？ 感動的なんてものじゃなかった。とんでもなくすばらしかった。

「今夜ももう一度したいと思っていらっしゃるの？」ドロシアが訊いた。

今夜だって？ いますぐ、この瞬間にでもしたかった。カーターはほとんど満足していない。最初の交わりは、さらなる欲望をそそっただけだった。けれど、ドロシアも一緒にこの悦びへの道を進んでくれなければ、快感は得られない。彼女がこんなに恥ずかしがって口が重くなっているのは、太陽の光のせいなのだろうか。

「今夜まで待てないくらいだよ、かわいい人」

しばらくのあいだ、ドロシアはなにも言わなかった。それから、無表情にカーターを見つめた。「わかったわ。何時に寝室にいらっしゃるのかしら」

堅苦しく改まった答えは、花嫁が婚礼の床の悦びをカーターと同じくらいには楽しんでいなかったと感じさせる第一の兆候だった。近づいていくと落ち着かない様子で数歩離れるのは第二の兆候だ。

「まだかなり痛むのか?」

「カーター、お願い。そんなことまで話さなければならない?」

理不尽ながら、ドロシアの淡々とした訴えに、カーターはむっとした。「そうだ。近づくたびに、君を縮みあがらせたくはないんだ」

ドロシアの目が光った。「そんなことないわ」身構えるように言う「そんなふうに振る舞うつもりはありません。妻としての義務は心得ていますし、受け入れています。義務のすべてを。それに、あなたに訊かれなければ、昨夜のことは一言も話すつもりはなかったわ」

その点はドロシアの勝ちだ。この話題を持ちだしたのはカーターだ。だが、まったく違う反応を期待してのことだった。

「はじめての交わりが女性にとってはつらいことはわかっているが、君の体の準備は十分にしたと思う。なにがいけなかったのかわからない」

「それは経験から? 長年にわたって、たくさんの処女の花を散らしてこられたのかしら」

カーターは顔をしかめた。ドロシアの言葉に腹が立った。まるでカーターが性的異常者みたいな言い草だ。本当にそう信じているのだろうか。

「僕にとっては、君が最初で最後の処女だ」力を込めて伝えた。

「では、貴重な名誉ですわ」

「ドロシア、いったいどうしたんだ？　僕は君をひどい目にあわせてしまったのか？」ドロシアの手をつかみ、自分の手のひらで包んだが、その冷たさに驚いた。不安な思いでドロシアの顔をじっと見たが、石のように無感情だった。「二人のあいだに秘密はなしだと、昨日の夜約束しただろう」

ドロシアはカーターの手をぎゅっと握り、それからゆっくりと引き抜いた。「すべてがひどかったわけではないの。正直なところ、はじめはとてもすばらしかったわ、ちょうどあのときまでは。わかるでしょう」

「どのときまでだ。君を貫くまでか？」

ドロシアはうめき声をもらした。「本当に、こんな話はできないの」

「僕のせいだ。ゆっくりと無理なく自分のものにすべきだったんだが、君があまりにも情熱的で、話のわかる女性だったから。夢中になってしまったんだ」冷えきった心ですら解かす少年のような笑顔で謝った。しかし、ドロシアは笑わなかった。目をそらした。

「男と女では感じ方が違うことは知っているわ。あなたが男性の摂理に従っているだけだというのもわかっているの。安心なさって。できるかぎりの情熱を込めて妻としての義務は果たしますから」

カーターはぶっきらぼうで苛立った声を出した。「どれほどいやでたまらないことでもか？」

「そんなことは言っていないわ」ドロシアは胸のところで腕を組んで言った。

その仕草に、カーターの目はドロシアの豊かな胸に向けられた。柔らかくなめらかな丸い乳房の乳白色の肌と、対照的なくすんだバラ色の乳首の艶めかしい色合いを思いだす。乳房を眺め、味わって、気も狂わんばかりになった。そのことを思いだしただけで、たちまち興奮してきた。

やっとのことで、ドロシアの艶めかしい体から目を引きはがしたものの、すぐに美しい顔に浮かんだ彼女の心の傷つきやすさや、彼女の目に不安と警戒心を見て取り、自分が卑劣な男に感じられた。

ドロシアはカーターがやさしく扱ってくれると信じていたのに、彼女を失望させた。悪気はなかったが、それで事態が好転するわけではない。情熱と欲望のせいで、身勝手なことをしてしまった。妻に対する扱いにはほど遠く、断じてドロシアにはふさわしくない。

ドロシアは落ち着きを取り戻したようで、笑みを浮かべようとした。だが、うまくいかなかった。「それほどひどかったわけではないの」小さな声で言った。「つまり、少なくとも、いちばんつらい部分はすぐに終わったから」

ドロシアはゆっくりと長い息を吐きだし、まるで恐ろしいにもかかわらず、戦いに出る覚悟をした兵士のように背筋を伸ばした。

カーターは胸がえぐられるような思いがした。人の言葉にこれほど傷ついたのは生まれてはじめてだった。女の悦ばせ方は知っている。期待にあえがせ、じっとしていられない欲望に体を動かし、絶頂に達した瞬間思いっ切り叫ばせる方法は知っている。

「誓って、セックスへの激しく尋常ならざる渇望を満たすためだけに君を妻にしたわけじゃない」

「そのために愛人がいるんですものね、みんなかわいそうに」

カーターはさっと顔をあげた。これまでいた愛人たちは、かわいそうなことはなかった。彼の寛大さのおかげで、財政面ではみな自立しているし、情事の腕前については、だれからも文句を言われたことがない。「貞節の誓いを守ると結婚前に決めただろう。愛人は持たないし、欲しくもない。君が欲しいんだ」

ドロシアははっと息を吸った。「本当に?」

「そうだ。妻として跡継ぎを産むことができるのは君だけだ」

それを聞いて、ドロシアの美しい顔から明るい表情が消えた。カーターは最後の言葉を言うべきではなかったとすぐに気づいた。自分の子供を産んでほしいと言うことは、いまの問題を解決する助けにはならない。それに、本当にほかの女は欲しくない。欲しいのはドロシアだ。

「自分の義務はわかっています」ドロシアはそっけなく答えた。「それを怠ったりはしません。お望みのとおり、後継者を産みますわ」

カーターは広げた指で髪をかきあげながら、大きなため息をついた。「なんてことだ、妻に僕と寝ることを義務だと思ってほしくない。二人にとって、喜びと快感であるべきだ」

ドロシアは、どうすればそんなことになるのかさっぱりわからないというふうに肩をすくめた。

「キスは楽しんでいるじゃないか」カーターは、ドロシアにというより自分に向かって言った。「僕に触れられて、不快に感じているわけでもない」

「そんなことは言ってないでしょう。カーター、お願い、昨夜のことは、完全な失敗だったわけじゃないわ。私だって楽しんだわ、そう、最後のほんの少し以外はね。それに、その部分に耐えられるようになる努力をするわ。そこはすぐに終わってしまったもの」ドロシアは頭をかしげ、なにか考える顔になった。「問題は、むしろ大きさと関係があるのかもしれないわね。どう見ても、私は小さいし、あなたはかなり、ええと、かなり大きいでしょう？もし、一つになるのが、あなたの……あなたが……それがもっと小さいときだったら、それほどつらい思いをしなくてもすむんじゃないかしら」

カーターは噴きだした。ほかの男なら怒るところだろう。ドロシアは恋人としての彼の腕前と持久力のなさを侮辱したのだ。一つだけよかったのは、彼のものの大きさについてだが、あれは無意識の言葉だった。小さいときに中に入るだって？　聞き間違いに決まっている。ドロシアがそんな馬鹿なことを言うはずがない。

カーターはいつも、辛抱強くてみだらでいて、思いやりのある恋人である自分を自慢に思っていた。未経験の若者のころから、女を誘惑するのに大きな努力が必要だったわけではない。感じのいい言葉を二言三言、官能的な笑顔、情熱的なキス。それだけで、女たちは喜んでみずからカーターのベッドへやってきた。そして満足した様子で、たいていはそれを言葉にして伝えて、帰っていった。

妻もそうなるはずだった。・カーターはますます途方にくれたが、苛立ちをドロシアにぶちまけるわけにはいかない。彼女に罪はない。自分が状況を完全に読み間違え、すべてを台無しにして、そのあいだにドロシアに交わりへの恐怖を植えつけてしまったのだ。なんて馬鹿だったのだろう。積極的で情熱的な妻をベッドへ迎えたいなら、その恐怖を解決しなければならない。

進むべき道ははっきりしている。花嫁を口説き、求愛し、誘惑しなければならない。そうするのは自分への義務であり、さらにドロシアへの義務でもあるのだ。

12

結婚式の翌日は、ドロシアが想像もしなかったほど事態は複雑で感情的な日になろうとしていた。夫との会話はあまりにも気まずく、そのうえ、カーターは途中でいきなり部屋を出ていってしまい、ドロシアはふたたび一人で放っておかれることとなった。

初夜についてドロシアが言ったことが、カーターの機嫌を損ねてしまったようだった。機嫌を損ね、怒らせ、たぶん傷つけてしまった。そう、自尊心を傷つけてしまった。カーターの気持ちはほとんど理解できなかったが、自尊心が強いことだけは一目瞭然だった。

睦まじかった二人の関係がすっかり緊迫したものになり、簡単には解決できないのではないかという気がしていた。結婚したものの、たった一日で危機に直面している。妻になることを承諾したときに思い描いていたのは、こんなものではなかった。

応接間の出入口から聞こえた足音にドロシアは驚き、カーターが戻ってきたのかもしれないと思った。なんとか息を吸いこみ、彼の姿をなかば期待し、なかば恐れながら振り返った。ところが、そこに立っていたのはミセス・シンプソンだった。ミセス・シンプソンはためらいながらも、今週の献立をいま相談してよいものかどうか、ドロシアにたずねてきた。

関係のない家政婦に八つ当たりするのはひどく無作法だと思い、ドロシアは恭しくうなずいた。料理人が主人夫妻を喜ばせようと考えたうっとりするようなすばらしい献立に目を通し、威厳があるように見えることを願いながら小さな声で許可を与えた。はじめての仕事のうえ、夫が好きな食べ物をよくわかっておらずいっそうむずかしかった。けれど、召使いたちは主人の好みを心得ているだろうと信じることにした。

確認が終わるとミセス・シンプソンがにっこり笑ってうなずいたので、ドロシアはいくらかほっとした。夫とは出だしでつまずいたかもしれないけれど、召使いには奇跡的に好ましい印象を与えることができた。

「熱心に献立を考えてくれて感謝していると料理人に伝えてちょうだい」ミセス・シンプソンへ献立を返した。「それから、昨晩出してくれた素敵な料理も褒めていたと。アトウッド卿と私もおいしくいただいたわ」

すぐにミセス・シンプソンがもう一度にっこり笑ってうなずいた。それから立ち去りかけたが、部屋を出る前に一瞬立ち止まった。「今日、お屋敷の残りをご覧になりますか、奥様？よろしければ、ご案内いたしますが」

「ぜひお願い」一日を過ごすにはいちばんの方法だと思い、ドロシアは答えた。もしかすると、結婚の悩みを忘れ、憂鬱な思いも晴れるかもしれない。

まずは屋敷の最上階だった。召使い部屋はきちんとしていて清潔で、手入れが行き届いている。質素な部屋ではあるが、召使いに与えられている家具とリネンと毛布の質と、暖炉用のたっぷりの薪にドロシアは感心した。

四階には寝室の翼棟が二つある。西の翼棟は家族用で、主人夫妻のためのひと続きの部屋もここにあった。ありがたいことに、ミセス・シンプソンはこれらの閉じた扉の前を通り過ぎ、無造作にざっと手を振って説明した。ドロシアが部屋にいたことはよくわかっているのだ。

ドロシアは親指と人差し指で鼻筋をつまんで感情を抑え、足早に扉の前を通り過ぎた。カーターの部屋に入り、あのベッドを目にして冷静でいられるとは思えない。ミセス・シンプソンが公爵の豪華な部屋へ入ったので、ドロシアは調度品についていくつか質問した。

「ここからの庭の眺めはとてもすばらしいんですよ」ミセス・シンプソンが言った。それを強調するように、黄金色の重いベルベットのカーテンを開けた。「公爵様がめったに領地へいらっしゃらないのは本当に残念ですわ。前にいらしてから、もう五年になるんですよ」

「ほかにも管理しなければならない領地がおありだからでしょう」

「たしかに。ですが、レイヴンズウッドほどすばらしいところはありませんわ」ミセス・シンプソンは自慢げに答えた。

二人は四階の西翼棟をさらに見てまわった。そこには優雅で心地よい寝室がほかにもたくさんあった。これらの部屋は、近しい友人や屋敷でパーティーが開かれるときの泊まり客のために用意されていて、いつでも使える状態にあるとミセス・シンプソンが説明した。

「かなりたくさんのパーティーとかがここで開かれているのかしら？」

「公爵夫人がご存命のころはそうでした。私どもはみな、ご結婚されたアトウッド卿に期待しているんです。お屋敷がまた活気にあふれ、笑い声が響くようになってほしいと。余分な仕事が増えてもかまいませんし、自分たちの技術と献身を示せる機会があればうれしいんです」

ほかの召使いたちも本当に、客が満足するようもてなすという重労働をみずから進んでしているのだろうかとドロシアは心の中で思った。彼女の家では、たまの晩餐会でも料理人と二人のメイドはやたらと文句を言っていた。これほど大きな邸宅が身勝手な貴族たちと、難題を言うそのお付きの召使いたちでいっぱいになったときの仕事量は、想像するしかない。

三階と二階の部屋の多くはすでに見ていたが、これといってほかにすることがなかったので、ドロシアはもう一度見せてくれるように頼んだ。屋敷にはかなりたくさんの部屋があって、どれも豪華にしつらえてある。ミセス・シンプソンはなんでもよく知っていた。ドロシアは細かいところまではとても覚えられなかった。

応接間は二つあり、大小の差はあるがどちらも広々としている。音楽室にはあらゆる種類の楽器が置かれていて、そのほとんどはドロシアにはまったく演奏できず、演奏したいとも思ったことがないものばかりだった。ほかには、フォーマルな舞踏室、図書室、書斎、私室、居間、朝食室、女主人専用の客間があった。

ミセス・シンプソンがすらすらと説明していく詳細は言うまでもなく、部屋の配置すらドロシアにはほとんど覚えられなかったけれど、それぞれの説明になんとかしてふさわしい返答をした。だが、細長い肖像画の陳列室に入ると、ドロシアは黙りこんだ。何世代もの貴族の祖先たちが、通り過ぎるドロシアを見おろしているようだ。彼女は眉をひそめ、肖像画をじっと見つめて、憂鬱げに考えこんだ。

これらの誇り高く尊大な先祖たちにどうやって応えればいいのか。カーターと結婚して侯爵夫人に、いつかは公爵夫人になると承諾したとき、自分はなにを考えていたのだろう。

ドロシアは立ち止まり、チューダー王朝時代の領主、初代ハンズボロー公爵の顔を見あげた。六人の女性と結婚したヘンリー八世は、妻の振る舞いが気に入らないと、いつもその首をはねていた。そのほうが思いやりがあるというものだろうか。絶え間ない争いと口論に速やかに終止符を打ったほうが？

ドロシアは悲しげなため息をついた。結婚よりも死のほうがいいだなんて。だめだわ。こんなに気分が沈みこんでしまっては。こんな馬鹿な考えはすぐにやめるよう心の中で自分に言い聞かせ、目を細めて肖像画を見つめた。

ドロシアは、機知に富んでいる。断固とした信念を持っている。このめちゃくちゃな結婚生活の始まりもなんとかなるだろう。そうならなければならないし、人生におけるたっぷりの幸せを伴った平穏以外は受け取るつもりはない。

簡単にくじけたりしないという決意に支えられ、ドロシアはミセス・シンプソンを茶に招いた。二人は女主人専用の客間で、耳なしパンのサンドイッチを食べ、温かくて濃い茶を飲んだ。結婚式のあと、ドロシアがちゃんと味わったはじめての食事だった。

「失礼だけれど、結婚はしているの？」ミセスという言葉が儀礼上よく家政婦に使われることを知っていたので、そう訊いた。

「まあ、はい、奥様。結婚して三十年になります。夫は一六〇七年に熱病で亡《な》くなりました」

「それはお気の毒に」ドロシアは咳払いした。「実は、夫への対処の仕方について教えてもらえないかと思っているの」

ミセス・シンプソンが驚いた顔をしたので、ドロシアは自分がへまをしたことに気づいた。ひどくまずいへまを。貴族は召使いに秘密を打ち明けたりしないのだ。ドロシアはなにもなかったことにして、笑って終わらせようとしたが、ミセス・シンプソンが口を開いたので驚いた。

「男の人のこととなると、簡単な答えはありません。夫であろうとなかろうと」ミセス・シンプソンはやさしく笑った。「とはいえ、アトウッド卿のことでしたら少しお教えできます。私は、ご主人様が子供のころからこちらでお世話になっておりますから。あの方ほど思いやりがあって、気のつく少年はいなかったでしょう。だれにでも、召使いにでもおやさしいのです。身分が低い者へ心遣いを示される貴族の方は、どんな年代であれ多くはありませんわ」

その言葉が、誇り高く尊大な公爵へはっきりと向けられていることはドロシアにもわかった。幸いにも、その息子は同じ傲慢な態度は受け継いでいない。幼いころのカーターを想像すると心が和んだ。いつも笑顔で、冒険を心待ちにしているいたずらっ子。「アトウッド卿は一人息子なの？」

「ええ、残念ですが。兄弟が欲しいとよくおっしゃっていましたが、かないませんでした」

ミセス・シンプソンはおいしいサンドイッチを一口食べた。「むろん、妹ではなく、弟が欲しいとおっしゃったでしょう。甘やかされて、いつも無理ばかり言うアルダートン家のお嬢様たちの悪ふざけを我慢しなければならなかったので、女の子はもうたくさん、という感じでいらっしゃいましたから。幼いころのお嬢様方ときたら、あのお二人ほど厚かましい方にはそうそうお目にかかれませんわ。いまでは、元気のいい進歩的な考えをお持ちの令嬢になられましたけれど」

「アルダートン？　アルダートン卿夫妻の？」

「ええ。この領地の隣人ですわ。長年、親しいお付きあいをされていたんですよ。いっときは、アトウッド卿とあちらの下のお嬢様との結婚の話もあったくらいでしたが、なにか仲たがいをされて、言葉もかわされなくなったのです。いまではめったにお会いになることもなく、お顔を合わせるのは近隣の方々が集まられる催しがあるときくらいですわ」

「そうなの。なにが原因で仲たがいが起こったのかしら」

ミセス・シンプソンは肩をすくめ、椅子に座り直した。「何年も、あれこれうわさがささやかれていますが、たしかなところはまだわかっていません。土地の境界線をめぐる争いだと言う人もあれば、アトウッド卿の賭博による借金の不払いが原因だと言う人もいるんです」

ドロシアは重い磁器のティーポットを持って、それぞれに二杯目の茶を注いだ。公爵に招待されたディナーでの、アルダートン卿についての公爵の軽蔑の言葉と、舞踏会でコルセットの紐が切れたときにきまり悪そうにしていたアルダートン卿の話を聞いた公爵の大喜びを思いだしていた。原因はよくわからないが、両家が仲たがいしているのは明らかだ。ドロシアはその情報がいつか役立つかもしれないと考え、心の奥に留めておくことにした。

「夫の扱い方は自分で学ぼうと思うけれど、お屋敷の切り盛りは、あなたの有能で経験豊かな助けなしには覚えられないわ」

ミセス・シンプソンは、鍵をじゃらじゃら鳴らしながらお辞儀をした。「お仕えできて光栄です。ご一緒にうまくやっていけると思いますわ、奥様」

従僕が来て茶を片づけ、ミセス・シンプソンは自分の仕事へ戻っていった。ドロシアは次にすることを考えては、次々に却下していった。妹へ、あるいはレディ・メレディスへ手紙を書くのは、なにを伝えればいいのかわからず、つらいだろう。昨夜はよく眠れなかったから、昼寝をするのがよさそうだけれど、心と体はそわそわしていて眠れないだろう。

隣人たちには紹介されていないから、訪ねていくことはできないし、同じ理由から、夫の付き添いなしには教区牧師や小作人を訪れることもできない。昨日、ロンドンからの途上でにぎわいを見せる村を通り過ぎたが、買い物をする気分じゃない。それに金も持っていない。夫のつけで簡単に買えるのだろうけれど。

そこで、ドロシアは幾何学式庭園をゆっくり散歩することにした。満開を迎えているのは早春に咲く花々だけだったが、その香りと色は香油のようにドロシアの心の痛みを和らげてくれた。ある花壇に植えられている花が、いま着ているモスリンのアフタヌーン・ドレスとまったく同じ黄色だと気づくと、ドロシアはにっこりと笑みを浮かべた。

持参したドレスのほとんどと同じ、新品のそのドレスは、胸元の深いボディスと高いウエストとパフ・スリーブが特徴的で、ドロシアを引き立ててくれるデザインだった。襟ぐりと縁に沿って施された、鮮やかな緑の色合いの小さな葉の刺繍が気に入っている。仕立屋で試着をしたとき、このドレスを着たドロシアからアトウッド卿は目が離せなくなるわ、とレディ・メレディスは言っていた。

けれど今朝はそんなことにならなかった。カーターはドレスに目もくれず、すぐにでもドレスを脱がせたいと言うだけだった。

ドロシアが角を曲がると、まるで彼女の考えに呼びだされたかのようにカーターがそこに立っていた。乗馬服に身を包み、よく磨かれた膝まであるブーツは日の光を浴びて輝いている。ドロシアは思わず背を向けて逃げだそうかと思ったが、それではひどい臆病者だ。そこで思い直して、前へ歩き続けたが、砂利道をじっと見つめたままだった。

「レディ・アトウッド」カーターが会釈した。

「ご主人様」ドロシアは型どおりの返事をし、ひときわ深々と膝を曲げてお辞儀をしたが、それを見たカーターの眉間に深いしわが寄った。

どういうわけか、ドロシアは気分がよかった。

「楽しい一日を過ごしているかい？」

「ええ、とても楽しんでますわ。あなたは？」

「馬に乗って、植えつけが行われている大きな畑を見てまわり、小作人の何人かと話をしたよ」

ドロシアは当惑し、目をしばたたかせた。「そんなに積極的に領地の管理にかかわっていらっしゃるとは思わなかったわ」

「君は訊かなかったからな」カーターがすぐに言い返した。

ドロシアは彼の口調に腹を立てまいとした。どんなことがあっても、互いに礼儀正しく話したほうがいい。「ミセス・シンプソンにお屋敷を案内してもらいました。屋根裏部屋から地下の食糧貯蔵室まで。すべてが立派に整然としていて、召使いの献身と勤勉には感心せずにはいられませんわ、ご主人様」

「カーターだ」強い調子で言った。

ドロシアはじっと考えこんでいるように見えればと、額にしわを寄せた。「それで、土地のほうはいかがでしたか？　お屋敷と同じで、管理が行き届いていたのならいいのだけれど」

カーターは口元をゆがめて笑った。「すべて申し分ない。召使いと小作人は自分の仕事に誇りを持っているから」カーターは声を落とした。「それに、十分な手当を与えているからな」

カーターの冗談めかした態度に内心の緊張が和らぎ、ドロシアはにっこり微笑んだ。「とても賢い判断ですわ。そのまま続けられるべきかと思います。聞いたところでは、あなたには十分その余裕がおありだと」

カーターは口元をゆがめて笑い返した。「小作人のほかに、何人かの隣人にも出くわしたんだ。少なくとも五人の地元の紳士から招待を受けた。みんな、君に会いたくてうずうずしている」

ドロシアは驚いた。「この時期は、みなさんロンドンにいらっしゃるんだと思ってたわ」

「社交シーズンをロンドンで過ごすには、知ってのとおり金がかかるんだ。ロンドンへ出ていくのは、結婚適齢期の娘や、冒険や花嫁を求めている息子のいる家族くらいなものさ」

ほんの二、三カ月前までは、ドロシア自身も夫を探す娘の一人だった。カーターの言葉は、自分のそんな最近までの境遇への揶揄だったのだろうか。いいえ、とドロシアは心の中で否定して、首を振った。ありもしない侮辱を読み取ろうとしているだけだ。カーターはそんな小さな人間じゃない。

「ご招待をすべてお断りして、地元の社交界への義務を避けるようなことはしたくないわ」

夫への義務を避けているようにか？　カーターが声にして言ったわけではないけれど、ドロシアには間違いなくはっきりと聞こえた。

「僕たちは新婚夫婦だ。招待を断ったとしても、それほどひんしゅくを買うことはない」

「全部でも？」

カーターがむずかしい顔になった。「一つは受けるべきかもしれないな。ミセス・スナイドリーとのお茶がいいだろう。根っからのうわさ好きだから、君のことや僕たちについてわかったことをあらいざらい近所に吹聴してくれる」

あらいざらい？　ドロシアは青ざめた。なんて恥ずかしい。でも、夫婦仲の不和まで話すつもりはない。それが貴族というものだ。「どのご招待を受けるかはあなたにおまかせしますわ」

「けっこうだ」

ドロシアは両手を前でしっかり握った。重苦しい沈黙が二人のあいだに続く。カーターが歯を食いしばり、それからゆるめたのが見えた。形のいいたくましい顎だ。

「ミセス・シンプソンが屋敷を案内してくれたのなら、領地は僕が案内してまわろう」カーターは一瞬ためらった。「馬には乗れるね？」

「ええ、まあ……」はっきりしない返事をしておくほうがよさそうだ。ドロシアは馬には乗れたが、あまりうまくなく、速く走らせることもできない。夫のたくましいももを見れば、彼の技術のほうがはるかに上なのがわかる。ドロシアの乗馬ぶりを見たらがっかりするかもしれない。

「乗馬服に着替えなければならないわ」カーターが考え直してくれればと思って答えた。男の人は女性が着替えるあいだ待たされるのを嫌うものだ。

「用意ができたら、厩舎で会おう。ここにいるあいだに君が乗る馬について、厩番と相談する時間が必要だ」

みごとに追いこまれて、ドロシアは承知するしかなかった。できるだけ時間をかけて着替え、それから厩舎へやってきた。中に入った瞬間、馬と革の心地よい香りに包まれた。当然ながら厩舎も清潔に保たれていた。カーターが厩番のジャック・ケニーに紹介してくれた。引き締まった体に日焼けした顔の小柄な中年男性で、よく笑った。

彼の命令で、若い厩番の一人が一頭の馬を馬房から乗馬台へ連れてきた。ドロシアの心は沈んだ。騎兵隊の突撃で先頭を駆けそうな馬の王のようだ。こんな馬に乗ったら、間違いなく中庭を出るまもなく、落ちて尻もちをつくことになるだろう。

「名前は?」馬の背に横鞍を乗せて鞍帯を締めはじめた厩番にドロシアが訊いた。

「エル・ディアブロです、奥方様」

悪魔《エル・ディアブロ》ですって。カーターは彼女が乗るのに悪魔の馬を選んだのだろうか? どうやら彼女のことを、勢いよく突進する乗り手だと思っているようだ。並んで野原を駆け、笑いながら競争し、小川や柵や生け垣を跳び越える姿を想像しているのかもしれない。ドロシアの心はさらに落ちこんだ。またしても、彼の妻として惨めな失敗をしてしまうのかもしれない。

「よかったら、僕と一緒に乗ったらいい」カーターが声をかけてきた。

ドロシアはもしかしてという思いがわき起こって、さっと顔をあげた。カーターの顔を見た瞬間、そのとおりだとわかった。そのなにくわぬ顔には少しもだまされなかった。絶対に、もっとおとなしくて、自分が乗るのにふさわしい馬が厩舎にはほかにたくさんいるはずだ。

「あなたの馬はぜんぜんおとなしそうじゃないわ」ドロシアは言い返し、手綱を握るたくましい厩番をひるませながら、厩舎のまわりの庭を跳びはね、鼻を鳴らしている大きな黒い馬をじっと見た。

「シーザーはよく訓練されている」カーターは愛情のこもった声で答えた。「僕たち二人が乗ってもゆったりできるほど大きい」

「元気がよすぎて、短気そうだわ」カーターがドロシアを言いくるめようとしているのを自分がどう感じているのかわからなかった。自分のつたない乗馬の腕を見せなくてもいいのにはほっとするが、それでも誇りはある。

「きちんと扱えば、シーザーはとてもおとなしいんだ」カーターが探るようにドロシアを見た。「さあ、やつに挨拶しよう」

ドロシアは馬に近づいた。馬は興味ありげにこちらを見たが、その場にじっとしている。手を伸ばして、馬の首をゆっくり撫でた。馬は頭をもたげ、尻尾を振り、鼻から息を吹きだした。ドロシアはエル・ディアブロのほうを振り返った。誇りを取るか捨てるか、答えははっきりしていた。

「あなたとシーザーに乗って、運を試してみるわ」

ドロシアに向けられた魅力的な笑顔は心からのものだった。ドロシアは息を整えようとまだがんばっていたが、腰にカーターの手が当てられ、鞍の前側に軽々と乗せられた。それからカーターが後ろにさっと飛び乗ってきて、彼女の腰に腕をぴったりとまわした。「一緒に乗るほうがよかったかい？」

「ええ、よくわかっていらっしゃるでしょう」ドロシアはしかつめらしく答えた。

カーターが頭を低くし、唇がドロシアの耳に触れた。「少なくとも、君を抱きしめる方法を見つけた点は褒めてもらいたいな」

ドロシアは気のきいた返事を考えようとしていたが、腰にまわされた腕に力が入れられ、カーターの胸に引き寄せられた。たくましい腕に抱きしめられ、強く硬い体を背中に感じた。快感の波が全身に押し寄せ、かつて得たこともないような安心感を覚えていた。体だけでなく、心まで温かくなった。

しかつめ顔でよそよそしい態度でいようという思いはすべて、ドロシアの頭から消え去った。深く息を吸いこみ、カーターの温かく強い腕の中へさらに身を沈める。肩を彼の胸に預け、手袋をはめた両手を彼の前腕にかけた。

「用意はいいかい？」

カーターの声はおもしろがっているようだった。ドロシアは肩越しに振り返って彼を見た。

「あまり速く走らせないで。あなたを道連れに転げ落ちたくないわ」

いたずらっぽい光がカーターの目の奥で躍った。「七歳のとき以来、馬から落ちたことはない。だが、大丈夫、なにかあっても、きっと僕が衝撃を全部受け止める。君は僕の上に落ちてくれれば安心だ」

ドロシアはカーターのたくましく力強い腕をつかんだ。「柔らかいクッションにはほど遠いわ」

カーターが座り直して姿勢を変え、ドロシアのヒップを彼の太ももで挟んだ。ドロシアは身をこわばらせたが、あえて体の力を抜くと、快感に包まれた。カーターが馬を速足で出発させた。

ドロシアに押しつけられるカーターの体の温かさと強さが馬のうねるような動きと同調して、まるで愛をかわしているかのように感じる。前夜の記憶に苛立ち、取り乱しそうになるところだが、むしろ欲望がゆっくりと目覚めはじめた。

カーターの息遣いが深く速くなるのが聞こえた。よからぬ、艶めかしい考えがドロシアの心に浮かぶ。一瞬、妙な衝動が彼女を貫いた――馬に乗ったまま愛しあえるの？

「なんだって？」

カーターの息苦しそうな声に、ドロシアはびっくりして、身を硬くした。まさか、声に出して言ってしまったのかしら。

「湖ね」間抜けに聞こえるのはわかっていたが、ドロシアは甲高い声で言った。「とてもきれいだわ」

「きれいなだけじゃなく、役立ってもいるんだ」カーターの息が頬を撫でる。「魚が放流されているんだよ」

ドロシアはわざと乗馬服のスカートを撫でつけた。脚が火照り、重たい。すぐに自制心を取り戻さないと、きっと後悔することになる。

「魚釣りは好き？」たいしておもしろい話題ではなかったけれど、体の悩みから気をそらしてくれる。

「気長に待つのが苦手でね」カーターがドロシアの耳のすぐ後ろの感じやすい場所にそっと

キスをした。「残念ながら、喜びを先延ばしにするのがいいと思えるようなしつけは受けなかったんだ」

カーターが腕をあげたので、ドロシアはその腕はどこへ向かうのだろうかとうろたえた。あわてて考え、どう反応すべきか決めようとした。さっきのキスでは、背筋に快感の震えが走った。カーターは夫なのだから、彼に触れられることを無条件に受け入れられるようにならなければいけない。

ドロシアはおとなしくなろうと心に決め、頭をカーターの肩へ戻した。そして、息を殺して待った。

ところが、カーターはドロシアをじらすように愛撫するのではなく、畑にいる小作人たちに手を振った。小作人たちも親しげに彼に挨拶を返してきた。恥ずかしさで顔が火照ると同時に、まったくわけのわからない、物足りない落胆を感じていた。

気を取り直し、ドロシアは周囲に注意を向け、端正でたくましい夫の体のことは忘れようとした。濃い緑の草を食む牛や羊のいる野原のあいだを馬で走り抜ける。カーターは感じがよく魅力的で、おもしろそうな景色を指さしたり、子供時代の話を一つ二つ話したりしてくれた。数時間後に厩舎へ戻ったころには、ドロシアは笑みを浮かべ、緊張もほぐれていた。

けれど夕方には、はかない満足感は消えていた。夕食の席では、料理人が作った豪華な食事を堪能しようとしたが、食欲も気力もすっかりなくなっていた。わずかに苛立ちながらドロシアは気づいたが、カーターはおいしそうに食べ、それぞれの料理を褒めていた。少なくとも、献立選びには成功した。けれども、成功の大部分は献立を考えだしてくれた料理人のおかげだ。ドロシアは選ばれたものを承認しただけだった。

「客間に移らないか？」

ドロシアはほとんど手をつけていないケーキのそばにデザート用フォークを置き、夫に弱々しく微笑んだ。「お望みなら」

カーターが身を寄せ、ドロシアの髪にそっと息を吹きかけた。「君が部屋に戻りたいのなら別だが」

「私の寝室へ？」

「厩舎に住むよりは、居心地はいいと思うが」

ドロシアは無理に浮かべた笑みがくずれそうなのがわかった。「一人で？」

単刀直入な質問に、カーターの目に驚きが浮かんだ。会話をするたびに暗い影を投げかけるこの話題をドロシアが持ちだすとは思ってもいなかったようだ。だが、ドロシアはなにが起きているのかを知っておきたいだけだった。今晩、カーターは彼女の寝室へ来るつもりなのか？

「君が一人でいたいのはわかっている。ベッドに来ないでくれ、という君の願いは尊重するよ」

カーターはドロシアの腰に腕をまわし、身をかがめて、唇にそっと口づけをした。閉じようとする努力もむなしく、ドロシアの口は弱々しく開いた。口づけはすばらしく、驚きに満ち、とろけそうだった。けれど、そのあとにやってくるのは、喜んで受け入れられるようなことではない。ドロシアがほんのわずかに身を引くと、カーターはおとなしく口づけをやめた。

「おやすみ、ドロシア。じゃあ、また明日の朝」

謎めいた笑みを浮かべ、カーターは背を向けて部屋から出ていった。

部屋を出た瞬間、カーターは自分の言葉と行動を後悔した。まるで人生の輝きをすべてあとに残してきたかのようだ。だが、このほうがいい。なによりも、ドロシアに夫婦の床で深い悦びを見つけてほしい。心から満ち足りたいい気持ちになってほしい。そして、それには時間がかかることもわかっている。

今夜、紗のような黄金色の絹のイブニングドレスを着たドロシアを一目見ただけで、カーターは息もつけなくなった。ボディスの襟ぐりは深く、ほんの少し引っ張っただけで、乳首があらわになりそうだった。甘い美酒のような味わいの、すばらしいバラ色の胸のつぼみ。

夕食のあいだほとんどずっと、カーターは岩のように硬くなったまま、まるでそれが体の飢えを満たしてくれるかのように、味のしない料理を口にかきこんでいた。当然ながら、飢えが満たされることはなかった。カーターの欲望を満たしてくれるのは、ベッドで身もだえてあえぎ、夢中になる裸の妻だけだ。

肉体的にも精神的にもひどく不満を覚えていたが、約束はなされ、針路は定められた。カーターは咳払いし、このみずからに課した責め苦をやめてはどうだろうかと考えた。抑制が今日の指令だった。今日、二人のあいだには進展があった。この順調な始まりを無駄にだけはしたくない。今朝、惨憺たる会話をかわしたあとで、午後に一緒に馬に乗っているあいだ、冗談を言いあったり、からかったり、くつろぐことすらできたのはまさに奇跡だ。

だが、ドロシアは生まれながらに冷たい女ではない。彼女の中には情熱の炎がある。カーターは感じやすく情熱的な女をベッドへ迎える決意をした。すでに体の交わりは経験したものの、よい印象を持たなかったドロシアには、時間をかけた誘惑が必要だ。あかぎられた体の触れあいが、すでにドロシアの関心を高めていることはわかっている。あっという間のキス、熱いひと撫で、むきだしの肌をときおりかすめる指先、それらでドロシアは息もつけず、興味をそそられていた。まもなく、カーターを意識する、彼が近くにいると考えただけでそわそわしはじめる。そうなれば、二人の炎はいやがおうでも燃えあがるはずだ。

眠れぬ夜をまた過ごし、ドロシアは夜明けに目覚めた。ドロシアが朝寝を楽しみにしていることを知っている者や姉妹にとっては驚きの出来事だろう。一人で朝食を取るつもりでいたが、カーターが朝食室で待っていたので驚いた。ドロシアがトーストを食べているあいだ、彼は二杯目のコーヒーを飲んだ。

二人はにこやかに会話をかわし、その日の予定を相談した。ドロシアは、午後からもう一度乗馬に出かけることを承知した。彼女が食事を終えると、カーターは従僕の一人に合図し、大きなバスケットを持ってこさせた。バスケットがテーブルに置かれると、カーターはゆっくりとドロシアの前へ押しやった。

「君に」

まず疑念を浮かべた自分の心の狭さを感じながら、ドロシアは籐のふたをそっと開けた。黄金色のふわふわの毛玉についた二つの生き生きした茶色の目が、こちらを見あげている。笑いかけると、小さな生き物は腰と尻尾をせわしなく振りはじめた。

「まあ！」ドロシアは思わず声をあげ、もがく子犬を持ちあげ、顎の下に抱えあげた。「かわいいわ。本当に、私に？」

カーターは微笑んだ。「領地にはかなり多くの犬がいるが、自分だけの犬がいるほうが君も楽しいだろうと思って」

「カーター、うれしいわ。ありがとう」

カーターは手を伸ばして、犬の耳の後ろを撫でてやった。「立派な犬なら当然だが、この犬も相当大きく育つ。一つだけ我慢できないのが、連れている犬を子供みたいに扱う女性だ」

「ヘースティングズ伯爵未亡人みたいな？」ドロシアは子犬を抱いた腕を伸ばし、それから引き寄せて鼻を触れあわせた。子犬は喜びに震えんばかりで、ドロシアの顔を舐めはじめた。

カーターは苛立たしげなため息をもらした。「きっと未亡人は犬にご馳走をたっぷり食べさせて、自分では立てないくらい太らせてしまったんだ」

「だから従僕は犬をクッションに乗せて運んでいるのね」

「赤いビロードのクッションだ」カーターは言い直し、うんざりしたように鼻を鳴らした。

「ある午後、ピクニックをしていたときに見たんだが、未亡人の召使いが普通の白いクッションに乗せてパグを連れてきたものだから、彼女は卒倒しかけていたよ」

「誓って、私はそんな馬鹿なことはしないわ。いずれにせよ、せいぜい一、二カ月もすれば、私のかわいい子犬はクッションにおさまらなくなってしまうもの」

「特に、君がえさを与え続けたらね」

カーターの言葉は聞き流し、ドロシアはカーターの皿から卵の食べ残しを取って、抱いている子犬に与えた。食事が終わると、子犬は彼女の手を礼をするように舐めた。それから大きなあくびをし、彼女の胸で体をぎゅっと丸め、あっという間に眠りに落ちた。ドロシアは笑みを浮かべ、子犬を居心地のいいバスケットへ戻した。

「あなたがなにをしようとしているかはわかってるわ」ドロシアは子犬のまわりに毛布を置きながら、カーターに言った。「はっきり言って、うまくいかないわよ」

「君がなにを言いたいのかよくわからないな」

ドロシアの口元にかすかな笑みが浮かんだ。「わかっているくせに。子犬は賄賂。独創的で誠意があふれていることは認めるけれど、それでもやっぱり賄賂だわ」

「なんのための賄賂だい。君の愛情を得るためかい？　おかしいな、君の好意はすでに得ていると思っていたんだが。違ってたのかな？」

「いいえ、そんなことはないわ。あなたを大事に思っていることはご存じでしょう。そうじゃなかったら、結婚しなかったわ」

「じゃあ、どういうことだい？」

「私をあなたのベッドへ連れていくための賄賂よ」

カーターは困惑した目をバスケットへ向けた。「どうしてそんなことをしなければならないのかな。君は僕の妻で、僕のものだ。君は前にはっきりと言っただろう、妻としての務めを果たすと。だったら、たしかなことに金を使う必要はないじゃないか」

カーターの声はかすれた。「あおむけになって、脚を開けと君に命じることもできる。あるいは、四つん這いになれと命じて、後ろから君を奪い、君の奥深くへ分け入って、熱く濡れた君に包みこまれることも」

ドロシアはそのイメージに身を硬くした。カーターのなかば閉じられた、燃えるような目を見つめ、話すことができなくなってしまった。

カーターの声は惑わすような低い調子になった。「僕の手が触れたとき、どんな気持ちだったか覚えているかい？　僕の口、僕の舌は？　腰をそらして僕の手を求め、体は解放感に打ち震えなかったかい？」

ドロシアは喉が引きつるのを感じたが、しゃべることができず、一言も発せなかった。カーターの熱っぽい言葉に呼び起こされた激しい記憶に、ドロシアは言葉を失った。不機嫌な表情を装ったが、夫は気づいているのではないだろうか。

「レディ・アトウッド、気になって——まあ、申し訳ありません」かすかに当惑のにじんだミセス・シンプソンの声が出入口から聞こえた。「のちほどまいります」

「その必要はないわ、ミセス・シンプソン」ドロシアはあわてて言った。「アトウッド卿は出ていかれるところだから」

カーターの目に、濃紺の熱い光が灯った。彼がミセス・シンプソンに立ち去れと叫ぶのではないかとなかば思いながら、ドロシアは待ったが、自分がなにを望んでいるのかわからなかった——カーターがドロシアの希望を尊重して出ていくことか、二人きりになって、二人のあいだでくすぶる欲望におぼれることか。

「ああ、入ってくれ」カーターがようやく言った。「レディ・アトウッドには午前中に家事をすべて終えてもらって、それからゆっくり相手をしてもらうよ」

カーターはにっこりとたまらなく魅力的な笑みを浮かべ、ドロシアに向かって優雅にお辞儀をすると、部屋から出ていった。

13

自分が進歩していることはわかっていた。期待していたほど早くも、大きくもないが、進歩は進歩だ。妻のことを知りはじめ、妻の好き嫌いがわかるようになり、妻がどう考えるかを理解するようになりつつある。もちろん、女性の複雑な心理が男にわかれば、の話だが。

昨日の朝、ドロシアは彼の親密な言葉をいやがらなかった。たしかに、顎をこわばらせて決然とした態度を見せてはいたが、それでもじっと我慢して、一言一言を聞いていた。じっと我慢して、体を震わせながら、カーターが彼女の心に描いた官能的な光景に興味を寄せていた。時間をかけて、辛抱強く、正しい方法で誘惑していけば、ドロシアはいつか官能的で刺激的な女性になり、彼に触られて身をすくませるどころか、もっと触れてほしいと思うようになるだろう——そうカーターは信じていた。

遅いよりは早いほうがいいが。そう思って、カーターはにやりと笑った。彼の体の中では常に性への欲求が渦巻いていて、決して愉快な気分ではない。だが、これは最高の褒美を獲得するための試練であり、そのためにはみずからを犠牲にする覚悟がある。

その日、カーターはドロシアを村へ連れていき、商店を見せて歩いた。ドロシアはカーターの提案に驚いたが、喜んでもいた。買い物ができると知って喜ばない女性がいるわけがない。

よく晴れた日だった。空は深い青色で、地平線のあたりに雲が見えてはいるが、白いふわふわした塊がのんびりと漂っている程度だ。邪魔になる大型の馬車はやめ、二人きりで、カーターの屋根のない二輪馬車に並んで座って行くことになった。

道中、カーターが村へ出る際の目印をいくつか教えた以外、二人はほとんど無口だった。だが、それは心地よい沈黙だった。カーターの士気があがった。これもまた、二人の関係が進歩した証拠だ。

市の立つ日ではなかったが、村の通りは活気に満ちていた。二人は人々の好奇心に満ちた視線にさらされた。カーターは笑みを浮かべ、彼と目を合わせる勇気のある人々に向かって帽子を持ちあげて挨拶をした。

「まず、どこへ行こうか?」馬を安全なところに止め、馬車からドロシアがおりるのを手伝いながら、カーターがたずねた。

「帽子屋がいいわ」ドロシアが答えた。「ミセス・シンプソンから聞いたけど、未亡人のジェンキンスさんが最近、生活のために一生けんめい働いているそうなの。私たちがひいきにしてあげれば、喜ぶと思うわ」

二人が店に入ると、扉に取りつけられた鈴の陽気な音が鳴り響いた。中年の女性が店の奥からあわてて出てきたが、客の姿を見ると急に足を止めた。柱のように立ち尽くして、目を丸くし、口をぽかんと開けて、なにも言わずに二人を見つめている。

「ミセス・ジェンキンスですか?」ドロシアがやさしくたずねた。

あわてて気を取り直し、女性は二人に近づいた。「え、ええ、そうです。どうも、いえ、ようこそいらっしゃいました」

「こんにちは。僕はアトウッド卿で、こちらはレディ・アトウッドだ」カーターが笑みを浮かべた。女性は二人から目を離せないでいた。そう、たしかにこの女性は金を稼ぐのに苦労するだろう。客の扱いがへたすぎる。

「家政婦のミセス・シンプソンに素敵なお店だって聞いたものですから」ドロシアはカーターの脇にさっと移動しながら言った。「ミセス・シンプソンの言うとおりだわ。ボンネットの品質も品ぞろえも最高ね」

「まあ、奥様」ジェンキンス夫人は仰々しくお辞儀をしながら、夢中で話しはじめた。「こんな粗末な店に起こしいただいて。まさしく光栄の至りでございます」

「私たちもここに来られてうれしいわ、そうでしょ、あなた?」

「うれしいよ」

カーターはどこに目をやればいいのかわからずにいた。帽子やリボンや手袋、そのほか女性用の派手な飾りが、カウンターの上にも後ろにもずらりと並んでいる。レースや羽根飾りや絹がふんだんに使われているが、カーターの好みではない。官能的で女性的な下着でもあれば、もう少し興味をそそられただろうが。

しかし、これは明らかにドロシアの得意分野だった。ミセス・ジェンキンスにうながされ、ドロシアは姿見の前に座った。ほかにあいている椅子は、金色の華奢な椅子しかない。カーターはその椅子をいぶかしげに見やった。座り心地がよさそうに見えないし、彼が座ったら体重で壊れてしまいそうだった。カーターは賢明な選択として、立ったままでいることにした。

「ミセス・ジェンキンス、こちらには独特なデザインの帽子がそろっているようですね」ドロシアが言った。「全部ご自分でデザインなさるの?」

「ええ、ほとんど自分でデザインしておりますわ。もちろん、最新の流行はチェックしています。お取りしましょうか?」

ミセス・ジェンキンスは右を向き、フルーツ・バスケットのような代物をカウンターから取りあげた。ドロシアが一瞬、驚いたように目を見開いたが、すぐに気を取り直したようだった。有頂天になったミセス・シンプソンに大きく微笑んでみせると、ドロシアは快く、かぶっていたシンプルで優雅な帽子を脱ぎ、フルーツ・バスケットのお化けを頭にのせた。

「ああ」ミセス・ジェンキンスが興奮したため息をもらした。通りの外れや向こう側にいても聞こえそうなほど大きなため息だった。「奥様にぴったりですわ。想像していたよりずっとお美しい。そうでございましょう、旦那様?」

カーターは笑いそうになるのをけんめいにこらえた。ファッションには詳しくないが、それでもそのボンネットが最悪であることはわかる。「僕の妻が身につければなんでも美しくなるのさ、ミセス・ジェンキンス」

「まあ、どうしましょう」ミセス・ジェンキンスは手で顔を扇いだ。「私のささやかな帽子をこんなにもエレガントですばらしいレディに身につけていただけるなんて、夢にも思いませんでしたわ。どきどきして息もできやしない」

ドロシアはまた悲しそうな目をした。振り返ってカーターを見つめる。左眉にかぶさっている絹のさくらんぼの房の色と同じ赤い色に頬を染めていた。「これを買うべきかしら、あなた？」

「もちろん」カーターはにやりと笑った。「それと、少なくとも、もう一つくらいは」

「わかったわ」ドロシアは鏡に向き直り、力を振り絞るように腹に手を当てた。「でも、このボンネットは姉のグウェンドリンへのプレゼントにぴったりね」

ジェンキンス夫人が顔をしかめた。「お姉様ですか？」

「姉の夫はジェイソン・バリントンというの。義理の父親はスタッフォード伯爵よ。姉のグウェンはもうすぐ赤ちゃんが生まれるのよ。それで、最近は社交界から遠ざかっているの。でも、きっとすぐにロンドンに舞い戻ってくると思うわ。この帽子を見たら、きっとものすごく元気になるんじゃないかしら」

ミセス・ジェンキンスの目がやさしくなった。「私の帽子をロンドンの上流階級のご婦人が身につけてくださるなんて、考えただけでわくわくしますわ。それでは、奥様のためにはもっと特別なものをご用意しなければなりませんわね、レディ・アトウッド」

「これは君のドレスに合うんじゃないか？」捨てられた鳥の巣にしか見えない、一面に装飾を施した滑稽なボンネットにあっけにとられながら、カーターが言った。

「そのとおりでございます、旦那様。侯爵夫人のこちらのドレスの色合いと、まったく同じですこと！」ミセス・ジェンキンスが言った。

「ああ、本当に掘りだし物だ」ドロシアが青ざめたのを見て、カーターがにやにや笑いながらそう答えた。

ミセス・ジェンキンスはドロシアの頭に帽子をのせた。信じがたいことに、カウンターの上に飾られているときよりも、さらに見栄えが悪くなった。

「本当に、ドレスにぴったりの色ね」ドロシアは力なく言った。

カーターの口元がゆるんだ。冗談を言って、妻をからかったつもりだった。衣装ダンスにあるものを見れば、ドロシアがどちらかといえばシンプルで、優雅なドレスを好み、よけいなリボンやひだ飾りや刺繍はあまり好きではないことはわかる。ドロシアは、ミセス・ジェンキンスを助けるためだけに、本気で自分のスタイルセンスや趣味のよさを捨てるつもりなのだろうか？

その答えは十分後、二人が店を出て、通りを歩きはじめたときに得られた。

「あなた、笑っていたでしょう」ドロシアが言った。

「それは違う。僕は貴族らしく、自分の感情を抑えていたんだ。それにしても、いまの君はとてもつらそうだ」

ドロシアは肩をすくめた。「頭に鳥の巣のようなものをかぶって通りを歩くくらい、最悪なことはないわ」

「まったくだ」カーターは、笑いを噛み殺そうとしたが、無理だった。「むしろ、本物のフルーツ・バスケットをのせたほうがよかったかもしれないな」

「鳥につつかれながら?」ドロシアはくすくす笑った。笑いながら身をかがめたとたん、帽子がずれたのに気づき、あわてて体を起こした。「グウェンドリンにプレゼントするのが待ちきれないわ。あれを見れば、間違いなく元気が出るはずよ、絶対だわ」

カーターはもう一度笑ったが、ふと心配になった。「ミセス・ジェンキンスの帽子を買ったりかぶったりして変に期待させるのは、かえって残酷じゃないかな。彼女の帽子作りの才能はあれがせいいっぱいのようだよ」

ドロシアが首を振った。カーターは、鳥の巣がずれるのを愉快に眺め、それから頭の中央に戻してやった。「ミセス・ジェンキンスの帽子は上質な材料で作られていて、とてもいいものよ。ただ残念なことに、派手好きで、想像力が豊かすぎるのよ。たしかに私の趣味ではないけど、ロンドンには、ああいう帽子をすばらしいと思う女性が何人かはいるわ。最先端のファッションだと思わせればいいのよ」

「こののんびりした小さな村にそんなファッションが合わないことくらい、僕にだってわかるよ」

ドロシアはにこりと笑った。あまりにも美しく見えたので、カーターはびっくりした。へんてこりんな帽子をかぶっていても、美しい。

「ミセス・ジェンキンスの成功の鍵は、この村に住む女性たちが彼女のデザインを受け入れてくれることなのよ。私が力添えをすればきっとうまくいくわ」

ずいぶんと控えめなことだ、とカーターは思った。だが、それがどうした？「ところで、その怪物みたいなものをこのまま頭にのせていたら、君のほっそりとした首が折れてしまうんじゃないかと思うけど、どうだい？」

ドロシアは眉をひそめたが、目は輝いていた。「こんな大きな帽子をかぶるのは、これが最初で最後よ。ミセス・ジェンキンスには別の帽子を作るよう依頼して、大げさなリボンや蝶結びや羽根飾りのようなものは外すように、やさしく指導していくつもり。もっとたくさんのお客様にアピールできるように、ミセス・ジェンキンスにごてごてしたデザインをやめさせることができると確信しているわ。そうすれば、経済的に成功できるはずよ」

「それで、いまのところは？」

ドロシアはため息をついた。「いまのところは、この帽子をかぶって、私が彼女を支持していると宣伝しなくてはならないわね」

カーターはドロシアに近づいて身をかがめ、声を落としてささやいた。「馬車で帰る途中に帽子が風に飛ばされて、レイヴンズウッドの森でなくしてしまったことにすればいい」

「その気にさせないでちょうだい」ドロシアは苦々しげに笑った。「あら、ここはお菓子屋さんね。買いたいお菓子がたくさんあるの」

菓子屋のハーパーは穏やかな笑みを浮かべた感じのいい男だった。カーターとドロシアを大喜びで店に迎え入れてくれたが、カーターは一瞬罪の意識を感じた。ここはカーターの土地で、ハーパーは自分の領民だ。カーターは領民を幸せにする責任がある。みながうれしそうに、ときには驚いた表情で挨拶するのを見て、カーターは久しく領地を訪れていなかったという事実を痛感した。

結婚したからには態度を改めようと誓いながら、カーターはハーパーの店の商品を見て、ドロシアの長い買い物リストに自分の好みの品をいくつか付け加えた。ドロシアは慇懃でお世辞がうまく、ハーパーも満面の笑みで対応している。だが、カーターは、菓子の量が代金よりもいくらか多かったのは、ミセス・ジェンキンスの目立つ帽子のおかげだと確信していた。気の毒にもハーパーは、ドロシアの帽子の飾りが飛び跳ねたり揺れたりするのに気を取られていて、菓子の量を正確に量ることができなかったからだ。

カーターとドロシアはほかにもいくつかの店をまわった。それぞれの店でドロシアは慇懃に振る舞い、たちまち店の人々に慕われていった。すっかり笑顔になってレイヴンズウッドに戻ってきたドロシアだったが、家に入ると、手紙を読んだり、夕食の前に少し昼寝がしたいとカーターに言った。

部屋へさがろうとするドロシアの手に、カーターはキスをした。それが夫にふさわしい振る舞いだと信じていたからだった。滑るように自室への階段をのぼっていくドロシアを、カーターはじっと見つめた。いつか、それも近いうちに、二人で一緒に昼寝ができる日が来るといいと思いながら。

「釣り？」ドロシアはカーターが持ってきた竿をいぶかしげに見た。「釣りなんてしたことないわ」

「釣りをしたこともないのに、自分のことを田舎娘だと公言しているのか？　これは驚きだな」

「家の中にいるほうが好きなんだもの」

「でも、今日はいい天気だ。日光を無駄にしては罰が当たるよ。行こう、僕が教えてあげる」

カーターは挑むような表情を浮かべながら、目を輝かせている。なんてことだろう。カーターの魅力にはあらがいがたいものがある。ドロシアにとっては悔しいことに、それをカーター自身もよくわかっていた。

「虫をえさにするんじゃなかった？」ドロシアは身震いしながらたずねた。

「ごく小さいのだけだ」カーターが言うと、ドロシアは目を丸くした。カーターはしぶしぶ付け加えた。「君のえさは僕がつけるし、魚が釣れたら僕が竿から外してあげるから」

まあ。どうしてカーターはそんなに外に行きたいのだろう。普通なら、カーターの思惑を、誘惑する機会をうかがっているのではないかといぶかるところだ。だが、汚い虫や臭い魚のいるところで、そんなことができるとは思えない。

しばらくカーターを見つめて心の内を読み取ろうとしたが、やはりわからなかった。「わかったわ。でも、魚は岸辺で釣らせてちょうだい。小船に乗るのは好きじゃないの。それに、泳げないし」

「岸辺でも、よく釣れる場所を知っているよ」

「わんちゃんを連れていってもいい？」

カーターは顔をしかめた。「迷子になるかもしれないし、へたをすれば、湖に落ちる可能性もある。それに濡れた犬のにおいほど不愉快なものはないぞ」

「わかったわ。今日は置いていきます」ドロシアはしぶしぶ承知した。「帽子を取ってくるから、そしたら出かけましょう」

ドロシアが行こうとすると、カーターに手をつかまれた。愉快そうな顔をしている。「ロンドンから持ってきた帽子にしてくれ。ミセス・ジェンキンスの帽子では、魚たちがおびえて逃げてしまう」

「それに、鳥のえじきになりそう。ええ、わかったわ。ロンドンの帽子にするわ」

南の庭で待っていたカーターに合流するころには、彼と一緒に過ごせるという思いで、心が幸せな気分に満たされ、ドロシアはスキップするように歩いていた。湖までの散歩は気持ちよかった。

「どこに座るの？」ドロシアがたずねた。

「このあたりの岩の上だ」カーターは腕を広げて、湖岸にたくさんある丸い岩を指し示した。

「ドレスが汚れないかしら」ドロシアは、きれいなパール・グリーンの外出着を見おろして言った。

カーターが大げさにため息をついた。「君がそんなことを気にすると知っていたら、誘わなかったのに」

「あら、それは残念だったわね」ドロシアはからかうような目をして言い返した。「ねえ、屋敷に戻って、私のクッションを取ってきてくれない？」

「絹のかい？」

「絹のブロケードのクッションよ」ドロシアは笑いをこらえながら答えた。

「高価なクッションを岩の上に置かせるわけにはいかないな、奥様。だいたい、君の豊かなヒップが十分にクッションの代わりになるじゃないか」カーターがにやりと笑った。「それより、これを貸そう」

カーターは男らしくジャケットを脱ぎ、大きな岩の平らな部分に広げた。ドロシアは上品にその上に座り、しとやかにスカートを引っ張ってふくらはぎを隠した。カーターと話をするのが楽しくてしかたなかった。特に、彼がリラックスして、笑っているときは。

天気のよい午後だった。しばらくのあいだ、カーターはシャツの袖をまくっていた。日に焼けた筋肉質の腕を見て、ドロシアは胃をよじられるような思いがした。ごくんと息をのみ、目をそらして、自分の釣竿に神経を集中させた。

カーターは魚がいっぱいいる湖だと言っていたが、二人はまったく魚を釣ることができなかった。低い声とはいえ、ドロシアとカーターがずっと話をしていたせいで、魚が近寄ってこなかったのかもしれない。カーターは自分の子供時代の話を、ドロシアは姉妹たちの話をした。その午後はずっと、カーターはにこやかで、ドロシアになにげなく寄り添っていてくれた。

屋敷に帰る道すがら、カーターは、ぬかるみを通るたびに、ドロシアを気遣うように肘や手を取って支えてくれた。いかにも体と体の接触を求めているというわけではなかったが、その仕草にはドロシアは自分のものだという気配が感じ取れ、どういうわけか心が躍った。

カーターは、夫婦の床について彼女が心を決める時間をくれたようだった。ドロシアはうれしかったが、理解してもいた。彼のような精力にあふれた男は、夫婦の床をためらう妻が妻としての義務を果たしてくれるのを永遠に待ち続けることはないと。

それから天気のよい日が二、三日続いた。二人は多くの時間を一緒に過ごし、カーターは毎日、妻の抵抗が少しずつ和らいでいることに気づいていた。このまま正しい行動を続ければ、ベッドをともにしてくれ、互いに楽しめる日も遠くないだろう。

ドロシアの信頼と尊敬を勝ち取るため、カーターはドロシアの生活のリズムを学ぼうとした。ドロシアは、ほとんど毎晩のように、夕食前に、長時間ゆったりと風呂に入る。彼女は、この官能的な楽しみに必要な湯を部屋まで運んでくれる召使いたちに、おおいに感謝していた。

カーターはまた、ドロシアがメイドすら部屋に入れず、一人で入浴することを知った。カーターはそのときを狙って、次の手を打つことにした。失敗せずにドロシアを誘惑し続ける絶好のチャンスだ。

ドロシアのメイドが去るまで、カーターは部屋で待機していた。二人共有のプライベートな居間を静かに通り抜け、ドロシアの寝室の扉に耳を押し当てた。水しぶきの音がする。カーターは微笑み、ゆっくりと扉の掛け金を外した。

バスタブは暖炉のほうを向いていて、ドロシアはカーターに背を向けていた。鼻歌を歌っている。その声と、ドロシアが風呂に集中していたおかげで、カーターは見つかることなく簡単に部屋に入った。

湯から湯気が立っていて、神秘的な霧がドロシアを取り巻いていた。カーターのいる場所からは、彼女のエレガントに傾斜する肩とうなじ、そして湯を体にかけるために持ちあげたむきだしの腕が見えた。

ドロシアは実に魅力的だ。カーターは感嘆の声をあげそうになるのをけんめいにこらえた。だが、体の反応を抑えこむのは、それほどやさしいことではない。ズボンの前部が盛りあがっているのを見られたら、ドロシアを困らせてしまうのではないかと思うと不安になり、カーターは場所を移動して、一人掛けの椅子の後ろに立った。こうすれば下半身を隠すことができる。

それから、カーターは咳払いをした。大きな音で。

ドロシアがあまりに早く振り返ったのでカーターはたじろぎ、ドロシアがけがでもしたのではないかと心配になった。

「カーター！　まあ、いったいどうして、ここでなにをしているの？」

「この前、僕に言ってくれたじゃないか。お返しがしたいって。ずっとなにをしてもらおうか考えていたんだが、ようやくなにをするかを決めたよ」

「私と一緒にお風呂に入りたいの？」ドロシアの声には激しい嫌悪感がこもっていた。よくない兆候だ。

「そんなことができたら無上の喜びだけど、僕は、ただ君を見ていたいだけだ」カーターは椅子の後ろを離れ、バスタブに近づいた。「それから、君の背中を洗うことかな？」

「どうかしているわ」

「君をきれいにすることがかい？　僕はそう思わない」

「私がなにを言いたいか、よくわかってるくせに」

カーターはドロシアを見つめた。「僕の君への贈り物はお風呂だよ。君の僕への贈り物は、お風呂に入っている君を見て楽しむのを許してくれることだ」

「あなたからの贈り物はすべて条件つきなの？」

「そうだ」

ドロシアは、眉をひそめてカーターの顔を探るように見つめた。彼の言葉の意味をじっくり考えているのだろう。カーターの言葉はある種の真実だった。経験上、なんの見返りも期待せずに、贈り物をするなどめったにないからだ。

カーターは絨毯の上にひざまずいた。バスタブの端をしっかり握りしめながらドロシアに向かって手を伸ばし、彼女の指をそっと撫でた。「君がいやなら僕はすぐに退散する。だけど、僕がここにいたほうがいいんじゃないかな」

「だれにとっていいの？」

「僕たち二人にとって。だが、どちらかといえば、やはり君にとって、かな」カーターはドロシアの指の関節をやさしく撫で続けた。ドロシアがゆっくりと長く息を吐いた。

「少しだけならいてもいいわ。私はリラックスするためにお風呂に入るのよ」

「きっとリラックスできるさ」

「あなたがそこにいて、私をにらんでいたら、無理よ」ドロシアがうなるように言った。

カーターは返事をせず、しゃがんで待っていた。ドロシアがじっとしたまま動かないので、バスタブにはさざ波一つ立たない。すると、ドロシアはいきなり動きはじめた。まるで、カーターに入浴時間を邪魔されまいと意を決したかのように。

カーターはドロシアの頑固さにほくそ笑んだ。いったい、ドロシアはほかの女性とどこが違うのだろうか。まだ二人は結婚したばかりで、ドロシアの信頼を得て、彼の思うようにするために、自分はけんめいに努力しなければならないところだろうか？　けれど、ドロシアは彼の妻だ。ほかのだれでもない彼が、正当な権利を主張できる女性だ。

だがカーターは、ただ婚姻の義務を果たそうとするだけの女性には興味がないことに気づいていた。ベッドの中でみずから求めてきてくれる、積極的で情熱的な女性が欲しい。ドロシアは絶対にそういう女性だと、確信していた。

頭頂部にまとめられていたドロシアの金髪がハラリと落ちた。顔の横で髪が波打ち、セクシーに乱れた印象を与える。ドロシアの髪を指ですきたいと思ったが、よけいなことをすると部屋から追いだされそうなので、思いとどまった。

動揺しているのか、ドロシアは胸にタオルを巻いて隠すのを忘れているようだ。タオルは、バスタブの中央に浮かんでいる。カーターがしばらくタオルを見ていると、ドロシアがタオルをすくいあげ、湯を絞った。いまや、入浴中のドロシアの体を隠すものはなにもない。透明な水越しに、ドロシアの引き締まった長い脚のあいだにあるハチミツ色の巻き毛がはっきりと見えた。カーターは股間が硬くなるのを感じて身動きした。やはり、こんなことをすべきではなかったのかもしれない。

「キスしていい？」カーターはたずねた。

「キス？」

カーターはひざまずいたまま体を寄せ、ドロシアの首筋の温かく濡れた肌にやさしくキスをした。ドロシアが本能的に顔をあげたので、カーターはドロシアの首から耳たぶまで唇を動かした。ドロシアの息が荒くなり、それから低いうめき声がもれた。その官能的な響きに、カーターはあやうく絶頂に達するところだった。

「キスを一回だけだよ」カーターは低い声で言った。「ちょっとキスするだけ」

ドロシアはうめくような声を出し、唇をカーターの唇に向けた。カーターはドロシアの頭を両手で抱え、ドロシアの唇をもてあそぶように噛んだ。それから、ドロシアの口に舌を差し入れた。

ドロシアはもう一度うめいた。両手でカーターの手首を握り、体を引き寄せる。カーターはドロシアをしっかり抱きしめながらも、必死に欲望を抑えつけ、最初の計画どおり、ゆっくりと誘惑するのだと自分に言い聞かせていた。その瞬間には、まったくくだらなく思える計画だったが。

カーターはしぶしぶキスをやめ、妻を見おろした。ドロシアは目を閉じていて、胸があわただしく上下していた。そのとき、ドロシアが突然目を覚ましたかのように、まぶたを開いた。カーターの目をのぞきこみ、しばらく無言で彼のことを見つめていた。その沈黙がカーターに、ドロシアはまだ準備ができていないことを告げていた。

カーターは手を伸ばし、ドロシアの鼻先をゆっくりと指先でなぞった。「夕食のとき、また会おう。ゆっくりお風呂を楽しんでくれ」

カーターは熱くなりすぎた体が悲鳴をあげてドロシアを求めているのを無視し、心を閉じて、さっと部屋を去った。廊下の端に近づくにつれ、足取りが速くなり、階段では急ぎ足になって、一段置きにおりていった。玄関ホールにたどりつき、ほとんど全速力で玄関の扉に向かいかけたとたん、執事に呼び止められた。

「ご主人様、どちらへお出かけですか？　馬か馬車をご用意しましょうか？」

「いや、大丈夫だ、コートランド。湖まで散歩にいってくる」

「湖まででございますか？」

「そうだ。泳いでくる」

「ですが、旦那様、まだ水が冷とうございます」

「だからいいんだ」カーターは、唇をゆがめながら答えた。

東から厚い雲の塊が近づいていた。ドロシアは灰色の空を見あげながら、悔しげに鼻にしわを寄せた。昼前には出かけようと思っていたのに、天気が悪くなりそうで残念だ。

「せっかくびっくりさせようと思ったのに、無理のようね、コートランド」ドロシアは隣に立っている執事に言った。「雨が降りそうだわ」

「さようでございますね、奥様。代わりのものをご準備いたしましょうか？」

「お願い」

一時間後、カーターはサンルームに呼ばれた。カーターはドロシアが内緒で用意したものを見つめ、腕組みをして立っていた。ドロシアはカーターの様子をうかがったが、カーターは顔色一つ変えなかった。

「くだらない？」ドロシアがたずねた。

「いや、すばらしいよ。室内のピクニックなんて」

カーターが近づき、ドロシアの胸が高鳴った。丈の高い木々と植木鉢の花々のあいだに召使いたちがしつらえた空間が、ふいにとても狭くなったように感じた。

「いろいろとやさしくしてもらったから、あなたを喜ばせるようなことがしたかったの」ドロシアが言った。「ミセス・シンプソンが、あなたは子供のころ、ピクニックが大好きだったって教えてくれたのよ」

「たしかに」カーターは一呼吸置いてまわりを見渡した。「だけど、こういうのじゃなかったと思うな」

「雨が降りそうだから、予定が変わったの」

「君がこんなに賢いとは思わなかった」

「私じゃないわ。本当はコートランドのアイデアなの。全部準備してくれたのよ」植木鉢の観賞用ヤシが突然音を立てたので、ドロシアは振り返った。「お客様も招待したわ。あなたも喜んでくれるといいのだけど」

ドロシアの声とともに、三番目のピクニックの参加者がさっと現れた。小さくて丸い、毛の塊――子犬だった。子犬はひっくり返りそうになりながら立ち止まり、ピクニックシートの真ん中に置かれている、リネンの布がかけられた大きなバスケットのにおいを熱心にかぎはじめた。

「この犬は外で飼うことにしたはずだった気がするんだが」カーターが皮肉を込めて言った。

「大きくなったらね」ドロシアが自信満々に言った。「でも、いまはまだ子犬で小さいから、犬小屋に閉じこめておくのはかわいそうよ」

ドロシアは子犬を抱きあげ、胸にしっかりと抱いた。子犬はうれしそうに身もだえし、全身を震わせながら、ピンク色の舌でドロシアの顔をしきりに舐めている。

「名前は決めたのかい？」カーターがたずねた。

二人はピクニックのバスケットまで大股で歩いていって、腰をおろした。ドロシアが子犬を放すと、子犬はたちまち、枝編み細工のバスケットに興味を戻した。「ランスロットという名前にするわ。伝説の騎士よ」

「貴族の名前だ」

「貴族らしく成長してもらいたいの」

ドロシアはバスケットにかかっていた布を取った。中身を見たカーターがうれしそうな声をあげるのを聞いて、ドロシアはうれしくなった。さっそくカーターの磁器の皿に、冷たいローストビーフ、ローストチキン、薄切りのパン、においの強いチーズ、フルーツを山盛りに盛りつけ、自分の皿にも同じものを少なめに取り分ける。

二人はたっぷりと食べた。ドロシアはときどき、欲しそうにしている子犬に料理を一口ずつ分けてやった。とうとう食べるものがなくなると、ランスロットはあたりを探索しはじめ、まもなくカーターの脚によじのぼった。

「僕の革靴の房をかじろうとしているよ」

「あら、だめでしょ」ドロシアが子犬に手を伸ばすと、子犬はたちまち腹を見せて転がった。ドロシアはたまらなくなって、子犬のぽっちゃりと丸い腹を勢いよく撫でた。ランスロットはピンク色の舌を口の端から垂らし、うれしそうに短く息を吐いている。

「甘やかしすぎだよ」カーターはやさしく言うと、ワインを一口飲んだ。

「愛情を込めているだけよ。動物はみんな、愛情を注がれるべき存在だわ」

「人間の男と同じように？」

ドロシアはカーターを伏し目がちに見つめ、それからウインクをした。「人によると思うわ」

「子供のころ飼っていた犬のことを思いだすよ。忠実な仲間で、よき友人だった」

「ほかに友だちはいなかったの？」

「ああ、特には。一緒に遊んでくれる兄弟もいなかったし。ただ、領地にはおおぜい子供がいたよ。猟場番の息子や、厩番の子供たちが。父はいつも仕事や社交界のことで出かけていて、僕の友だち付きあいには関心がなかった」

「知っていたら怒ったと思う？」

「きっと猛烈に」カーターは、フルーツにかじりついた。表情は読めない。「僕は、自分の子供に対しては、もっとずっと進歩的でいるつもりだ」

子供の話が出たとたん、ドロシアの体の中に温かなものがあふれた。ドロシアとカーターの子供。でも……。ドロシアに心の準備が整い、彼をみずからベッドに招き入れることができないかぎり、子供が生まれることはないのだ。

カーターは腕を伸ばし、ドロシアの手に自分の手を重ねた。「そのときが来れば、きっと子供はできるさ」

ドロシアは目を閉じた。ああ、なんてこと。彼女が戸惑ったのは、子供のことを考えたからではなく、二人がともにわかっているように、子供を作ることを考えたからだった。「あなたが私になにを言いたいのかわからないわ」ドロシアはささやいた。

「僕を見て」

ドロシアは驚いて目を開けた。カーターはドロシアの腕を指でそっと撫でながら、低い声で言った。「僕は待っているよ。昨日の夜、君が風呂に入っていたときのような、僕たちがともに興奮して、熱くなったあのときのような瞬間が、僕に希望を与えてくれるからね」

心が解けていくようだった。カーターはやさしくて、すばらしい男性だ。悪魔のように魅力的でもある。いったい、自分はどうしたのだろう。自分がいかに恵まれているかを考え、どうしたらベッドに彼を誘えるかを考えるべきだというのに。彼に――そして自分自身に――悦びを与えることを拒むのではなく。

ドロシアは落ち着かなくなり、ワイングラスを取りあげた。一口飲もうとしたものの、グラスは空っぽだった。あわててワインを注ぐ。二人は前日、ミセス・スナイドリーの家を訪問したときのことを語りあった。あれは本当にうんざりだったという点で二人の意見は一致した。互いに心の底では夫婦の床を意識しているにもかかわらず、夫と気さくに話ができることにドロシアは驚いていた。

「ミセス・スナイドリーを訪問しようなどと決めてしまって、本当に申し訳なかった」カーターはイチゴを口に放りこんだ。「正直言って、あんなに横柄な女性だとは知らなかったんだ。この村でいちばんに僕らを接待できたという思いばかりが強まって、あんなふうにますます尊大な態度をとってしまったんだと思う」

「そうかもしれないわ。でも、あなたは悪くない。私が社会的義務に無頓着だったのよ。私が、この村の奥様方を全員、お茶にお招きすべきだったわ。そうすれば問題は起きなかったでしょう」

「ここは僕の領地だ。僕は住民たちのことを知っていなければならない」

「男の人は、そういうことでは失敗をするものよ。私は、ミセス・シンプソンに助言をもらうべきだったわ。ミセス・シンプソンは土地の人で、常識があるし、きっと私を正しい道に導いてくれたでしょう。いい教訓になったわ。私たち二人にとってね、ご主人様」

ドロシアはワインボトルに手を伸ばし、空になっていることに気づいて驚いた。ドロシアは戸惑ったように肩をすくめ、コートランドが用意した二本目に手を伸ばした。なんて気のきく、賢い執事なのだろう。ドロシアは感嘆しながらくすくす笑った。

コルクは簡単に外れるよう、瓶の口に半分だけ押しこまれていた。いや、比較的簡単に、と言うべきだろうか。三度挑戦して、ようやく開いたからだ。ドロシアはワインをすすりながら、今度はいつ釣りに連れていってくれるのか、カーターにたずねた。カーターは笑みを浮かべた。その笑みを見るたびに、ドロシアの膝の力が抜け、神経質にあれこれ考えるのが馬鹿らしくなる。

二人はまた、たわいのない会話に戻った。まるで、仲のいい友だちが楽しく時を過ごしているかのようだ。一時間が経った。ランスロットが目を覚まし、ドロシアがランスロットのために注意深く骨からより分けておいたチキンの山を食べたり、しばらく毛布の端を引っ張って遊んだりしてから、ふたたび眠りはじめた。カーターはクッションを背中の支えにして横になり、長く引き締まった脚をドロシアの脇で伸ばした。

ドロシアははっと息をのんだ。カーターの姿勢はとても親密で、リラックスしたなにかがあった。すぐ近くにいるので、ぼんやりとドロシアを見つめるカーターの目尻にある小じわさえ見える。ふいに、ドロシアの中に欲望がわき起こった。ドロシアは不安を振り払い、自分の中にわきあがりつつある情熱に応え、顔をあげてカーターの唇にキスをした。

ドロシアからキスをされるなど、カーターにとっては天にものぼる気持ちだった。唇が重なりあうと、すでに興奮していたカーターの体のすみずみまでが硬くなった。とうとう成功したのだ！　ドロシアはリラックスしていて、従順で、それどころか愛をかわすための準備さえ整っている。

カーターの手がドロシアのうなじを撫でた。ドロシアの鼓動が速く、急速に打っているのが感じられる。ドロシアはカーターにもう一度キスをした。今度は、舌をカーターの口に差しこんできた。ドロシアの息は、ワインのにおいがした。不快な感覚ではない。よくあることだ。

カーターは体を引いた。ドロシアの目は焦点が合っておらず、情熱をたたえてはいるがぼんやりとしている。いや、情熱のせいではないのかもしれない。ドロシアは首を傾け、カーターに向かって微笑むと、突然、体をぐらりと揺らして毛布の上に手をついた。カーターはうなった。僕はよほど幸運には恵まれない男なのだろうか。

ドロシアは酔っていた。いや、泥酔していた。カーターの勘違いでなければ、酔いつぶれる寸前だ。二本目のワインボトルが空になっているのが見えた。彼は、ほんの数杯しか飲んでいない。残りはすべて、彼の最愛の妻が飲んでしまったのだ。「大丈夫か、ドロシア？」

「少しめまいがするの」ドロシアは手の甲を目に当てた。「大丈夫、あなたのそばにいるときはいつものことだから」

ドロシアは笑いだした。小さなくすくす笑いが、たちまち大笑いとなった。カーターは内心、唖然としていたが、なんとか笑おうとした。すると急にドロシアは笑うのをやめ、カーターに身を預けて腕を彼の首にまわすと、頬や首、喉に熱烈なキスをした。

カーターは後ろへ倒れこんだ。本能的に腕を出し、ドロシアを引き寄せる。ドロシアはカーターの上に倒れこんできた。ドロシアの脚はカーターの脚のあいだにある。カーターの股間は激しい期待に硬くなったが、脳は真実を知っていた。ドロシアはカーターの肩に顔を押しつけ、首に沿って唇を滑らせた。数分後、キスはゆっくりになり、それから完全に止まった。ついには、小さな、女性らしい寝息しか聞こえなくなった。

カーターは欲求がたまって大声をあげたくなった。だが、そんなことをしても召使いたちが駆け寄ってくるだけだ。酔っぱらった妻は、目を覚まさないだろう。きっとこれは、自分がなにか悪いことをした報いに違いない。カーターは体をずらして、クッションに寄りかかり、眠っている妻のつややかな髪をやさしく撫でた。

一時間以上経ってもドロシアは目を覚まさなかった。カーターはとうとう、ドロシアは起きないとあきらめ、彼女を抱きあげて寝室に運んだ。ベッドに置いた瞬間、わざと揺すってみたが、ドロシアはまばたき一つしなかった。

カーターはドロシアに柔らかなブランケットをかけてやると、またしても冷たい湖に泳ぎに出かけた。

14

ドロシアはベッドの中で目覚めた。あおむけで、薄い下着しか身につけていない。頭痛がして、口が乾いていた。ぼんやりと天井を見つめ、どうやって寝室に戻り、ベッドに入ったのか思いだそうとした。だが、そんな記憶はどこにもなかった。

たじろぎながら体を起こし、窓の外を見つめた。いま、何時だろう？　夕方？　それとも、もう夜？　カーテンの隙間からは鈍い灰色の光がかすかに差しこんでいるだけだ。ドロシアにはカーテンを開けにいく意欲も力もなかった。

手のひらの付け根で痛む頭を押さえながら、その日の最後の記憶を呼び戻そうとした。ピクニックの計画を立てたが、雨でそれはできなくなった。そして、カーターは屋内でピクニックをすることを承知してくれた。食べたり、ワインを飲んだり、子犬のランスロットと遊んだりしながら、楽しく会話をした。

二人で笑ったり、いちゃついたりした。カーターがドロシアにキスをした。それとも、ドロシアがカーターにキスしたのだろうか？　どちらにしろ、肌に押しつけられたカーターのベルベットのように柔らかな唇に、ドロシアが快感を覚えたのはたしかだ。そのキスに情熱的に応えようとしたことも、はっきりと覚えている。それから……それから？

二人は愛しあったのだろうか。なんてことだろう。ドロシアはまったく思いだせなかった。

ドロシアはシーツの下で脚を動かしてみた。愛しあった証拠があるのではないかと思ったが、なにもなかった。ドロシアは安堵のため息をつき、横を向いた。カーターと結婚して二度目の愛をかわしたのになにも覚えていないのでは、恐ろしいにもほどがある。

ノックがあって、寝室の扉が開いた。ドロシアはすっかり困惑して、シーツをかぶった。だが、吐き気を覚えながらも目をやると、入ってきたのはメイドのサラだった。カーターでなくてよかった。

「ゆっくりお休みになられましたか、奥様？」サラはカーテンを大きく開けながら言った。たちまち陽光が差しこみ、ドロシアは頭の奥に鈍い痛みを感じて目を閉じた。「水をちょうだい」どうにか出てきた声はひどくかすれている。

サラはすぐに大きなグラスに水を注ぎ、ドロシアのところへ持ってきてくれた。よけいなことを言わない静かなサラに感謝し、ドロシアは水をごくごくと飲んだ。冷たい水が胃にしみていき、吐き気がおさまって、めまいもしなくなった。ドロシアは二杯目の水を飲み干すと、ベッドから起きようとした。

まっすぐ起きあがるのも苦労だったが、できないことはなかった。何回か深呼吸して落ち着くと床に足をおろし、立ちあがった。ベッドの支柱につかまりながら二、三歩歩き、それからもう一度深呼吸した。

ありがたいことにサラはなにも言わなかった。まるで、女主人のそんな哀れな姿など、いつも見ているかのように振る舞っている。

「アトウッド卿はいらっしゃる？」ドロシアがたずねた。

「いいえ、奥様。ご主人様はミスター・ヒギンズとお出かけになりました。奥様がお昼寝に二階にあがられてすぐ、ご出発されました」

「そう」ドロシアは笑みを浮かべようとしたが、肩で息をしている状態でままならない。まっすぐに立ち、頭を働かせようとするのがひどくつらい。まるで負けるのが目に見えている戦いをしているような状態だった。ミスター・ヒギンズが領地の管理人であることは間違いないはずだが、頭がぼんやりとしてよくわからない。だが、質問するのにも非常に体力を使うように思われ、ドロシアは黙っていた。

「熱いお風呂をご準備いたしましょうか？」サラが言ってくれた。

お風呂！　それはいいアイデアだわ。勢いよくうなずいたものの、激しい痛みが歯にまで到達してたじろいだ。髪の毛まで痛む気さえする。「お風呂はいいわね」

サラは訳知り顔で、だが無言のまま、風呂の準備をしてくれた。ドロシアは熱い湯がぬるくなるまでゆっくりと風呂に浸かると、サラに手を借りてそっとバスタブから出た。人間らしい心地がすっかり戻ってきて、ドロシアはサラに髪を編ませた。飾り気のない明るいブルーの絹の夜会服を着て、母の形見のフィリグリーのネックレスとそろいのイヤリングをつけ、ようやく夕食におりていく準備ができた。

ドロシアは落ち着かない気持ちのまま、居間に着いた。カーターがどう反応するか少し不安だった。彼女が酔いつぶれたことなどなかったように振る舞うだろうか。それとも、叱るだろうか。もしくは、あからさまにいやな顔をするだろうか。

不公平だが、夫というものは、妻の行動を指図する権利を持っている。今日の出来事がきっかけで、二人が激しく衝突してしまう可能性もある。精神的にもつらく、肉体的にもひどく頭痛がしていたことを考えると、ドロシアは長い説教に耐えられるかどうか自信がなかった。

ドロシアは居間の扉の外にいた召使いに、自分が来たことを告げないよう頼むと、無言でそっと居間に入った。カーターはすでに中にいた。フォーマルな黒の夜会服を着ていて、恐ろしいほどハンサムだ。ドロシアの心臓がいつものように高鳴った。

「ああ、ドロシア、会えてよかった。今夜は夕食におりてこないんじゃないかと思っていたんだ」

「こんばんは、カーター」ドロシアは高ぶった神経を抑えこみ、いつものように振る舞うよう自分に言い聞かせた。歩き続けるのがいちばんいいかもしれない。「遅れてごめんなさい。お腹をすかせていないといいのだけど」

「実は、ミスター・ヒギンズと先に夕食をすませてしまったんだ。仕事の話がたくさんあってね。怒らないでくれるかい？」

「そんな、怒るだなんて」

「君が食事をしているあいだ、ここにいてもいいかな？」カーターが言った。

「実を言うと、今夜は軽い食事にしようと思って」

カーターはうなずき、召使いを呼びだすとドロシアの希望を伝えた。「ああ、それと、奥様の食事と一緒に紅茶を持ってくるのを忘れるな。大きなポットに熱い紅茶を入れてきてくれ」

ドロシアは背をこわばらせた。紅茶を持ってくるように言ったときに浮かんだカーターの笑みは、決して彼女を皮肉ったものではない、と自分に言い聞かせる。だけど本当のところ、濃いコーヒーのほうがよかったかもしれなかった。二人は上品に世間話をしていたが、やがてドロシアの食事が運ばれ、並べられると、またぎこちない空気が漂いはじめた。

子供のころ、グウェンドリンが熱心に集めて世話をしていた迷子の鳥になったような気分で、ドロシアはほんの一口ずつ夕食を食べた。バターがたっぷり使われていたり、スパイスがたくさん入っていたりするソースは避け、あっさりしたものだけを食べた。

ありがたいことに、食事はいくらか胃の中におさまった。三杯目の紅茶を飲み干したとき、ドロシアはカーターがじっと見つめていることに気づいた。ドロシアは膝からリネンのナプキンを取りあげると、注意深く口の端をふき、それから顔をあげて、カーターの目をまっすぐに見た。

「気分はよくなったかい？」カーターがやさしく訊いた。

「とても」それ以上なにも言う必要はないと思ったが、ドロシアは小声で付け加えた。「いつもはあんなにワインを飲んだりしないの。たいていはグラスに一杯だけ、多くても二杯までよ」

「それを聞いて安心したよ。酒屋のつけで家計が赤字になるんじゃないかと、ずっと心配していたんでね」

「意地悪を言わないでちょうだいな、侯爵」ドロシアは反論したが、紅茶のカップをのぞきこむ目には笑みを浮かべた。

カーターはドロシアのほうを見て、ウインクした。まあ、なんて愉快な人だろう。愉快で、セクシーだわ。ドロシアは身震いした。「今夜はトランプでもしません？」

「いいね！　ホイストをしよう」

ドロシアはうなずいた。カーターはトランプを取りだし、ドロシアに部屋の反対側へ行くよう合図した。ドロシアはカーターがゲーム用のテーブルを開くのを待ち、それから彼と向かいあって座ると、トランプを手に取り、なにげなくシャッフルした。「なにか賭ける？　それともただ遊ぶだけ？」

「遊ぶだけだ」カーターがゆっくりと言った。「君の指はすごい速さで動くんだな。賭けなどしようものなら、僕はすっかり巻きあげられそうだ」

ドロシアは微笑んだ。「ダーディントン侯爵に教わったの」

「それでわかった。ダーディントン侯爵は、若いころはカードゲームが得意だったとか」

ドロシアはうなずいた。「驚くほど上手よ。はじめてロンドンに来たときは、時間とお金の無駄遣いだと言って、私にトランプをさせてくださらなかったの」

カーターはドロシアが配ったカードを取りあげ、手の中でさっとそろえた。「だけど、教えてくださったんだろう?」

「侯爵が覚えておいたほうがいいっておっしゃったのよ。どんな社交界の行事でも、お芝居を観るとき以外は、たいていトランプ・ゲームがあるからって。ダーディントン侯爵は、私がいつも侯爵やレディ・メレディスの言うことを聞くわけではないと気づいたのね。だから、私がトランプ・ゲームをやることになったときのために、遊び方を知っていたほうがいいって。それと勝ち方を」

「警告をありがとう。今夜は守りを堅くするよ」

ドロシアは笑った。二枚のカードを捨て、二枚引いた。「カードゲームをあまりやったことのない人には見えないわ」

カーターが唇をゆがめて微笑んだ。「無為に過ごした青春時代のつけがいまになってまわってきたかな」

「トランプ・ゲームをしたのは、無為に過ごした青春時代じゃなくて、ずっと最近のことでしょ」ドロシアが言った。彼女の推測が確信に変わったのは、カーターがテーブルにカードを表に返して置いたときだ。キングが三枚。スリーカードだ。

カーターは手を止め、いかにも恐ろしげな表情を浮かべた。「僕が年寄りだっていうことかい、レディ・アトウッド?」

「そうね、もっとお年を召したプレイヤーもいるけれど」ドロシアは気取った笑みをカーターに向けながら、シャッフルし直したトランプをテーブルの中央に置くと、カーターがトランプを切るのを待った。

二人は夜遅くまでゲームを続けた。勝負はほぼ五分五分だった。ドロシアは、カーターがわざと自分を勝たせてくれているのではないかと思ったときもあったが、すぐにそんな考えは捨てた。カーターが負けず嫌いだということもあるが、もっと重要なのは、彼が礼儀をわきまえていて、ドロシアを見下してわざと勝ちを譲るようなことはなかったからだった。

時計が真夜中を告げ、二人は驚いて互いを見た。なんと早く時間が過ぎたことだろう。これで最後にしようとカーターが言い、結局彼が勝った。二人はトランプを集め、ゲーム用のテーブルを片づけると、ろうそくの火を吹き消した。

食堂を出ようとして、いつの間にか夕食の皿が片づけられ、食事をした小さなテーブルが部屋のしかるべき場所に戻されていることに気づいた。どうやらゲーム、そして夫に熱中するあまり、召使いたちが仕事をする姿にも物音にも気がつかなかったらしい。

ドロシアとカーターは螺旋階段をのぼりはじめた。ドロシアはカーターに話しかける言葉を探していた。今夜は特別な夜にしたい。一人で寝室に戻りたくはない。カーターに一緒に来てほしい。

だが、踊り場に着いても、胃がよじれるばかりで、言葉が出てこない。ドロシアは手を胸に当て、緊張と動揺を和らげようとした。けれど、うまくいかなかった。

ドロシアの苦悩には気づいていないらしく、カーターはいつもの夜のように振る舞った。やさしげな笑みを浮かべ、ドロシアの手を自分の口元に持っていくと、手首の内側にやさしくキスをした。「おやすみ、ドロシア。ゆっくり眠るといい」

カーターが踵を返した。ドロシアの心臓が高鳴る。なにか言わなくては！ドロシアは思わず小さな声をあげ、手を伸ばしてカーターの上着の袖をつかんだ。カーターはドロシアの手を見おろし、それからドロシアの顔を見た。不思議そうな顔をしている。

「いまをおいたら、二度とこんなことはできない。「キスをしてほしいの。あなたがいやでなかったら」

カーターの体がこわばるのがわかり、ドロシアの心臓が早鐘のように打ちはじめた。ドロシアはもう片方の手をあげると、相手を誘うように、指でゆっくりとカーターの顎のカーブを撫でた。

カーターは片眉をあげた。「廊下は、キスをするには風通しがよすぎないか」

カーターの言葉に隠れた意味を感じ取って、ドロシアの鼓動がさらに速まり、不安が増した。決心が揺らぎはじめる。考えるのをやめて、行動するのよ！

ドロシアはカーターの胸に飛びこみ、カーターの上着の上に手を滑らせた。「私のメイドは寝室の暖炉の火を絶やしたことがないわ」

カーターは顔をあげ、ドロシアを見つめた。彼のまなざしの強さにたじろぎ、拒絶されるのではないかと身構えた。ここ五日間、カーターはドロシアと、追いつ追われつの官能ゲームを繰り広げてきた。カーターが自分を欲しているのはわかっている。だが、彼のゲームのルールがわからない。カーターがゲームを支配しているのかどうかも。だから、どんな結末になってもよいように、覚悟はしている。もっとも、本当にいまカーターに去られたら、打ちのめされた気分になるだろう。

「僕は聖人じゃない、ドロシア。二人で君の寝室に行ったら、熱烈なキスの二つ三つですみはしない」

「私はそれを望んでいるの」ドロシアはわざと控えめに言った。「だから、一緒に来てくださる？」

カーターはゆっくりと顔をさげた。唇の動きはやさしかったが、深い欲望が満ちあふれていた。その裏にある感情がドロシアの分別を揺さぶった。「驚いたよ、ドロシア、君がそんなことを言うなんて」

ふいに膝の力が抜け、ドロシアはカーターの腕の中に倒れこんだ。カーターの官能的で低い笑い声に、ますます足の力が失われていく。カーターは、その力強い体で彼女をしっかりと抱きとめ、なかば彼女を抱きかかえ、なかば引きずるようにして、寝室に連れていった。興味深そうな目で見つめるサラに向かって軽くうなずいてさがらせると、カーターは扉を閉めて鍵をかけた。

空気が変わった。部屋の中は暖かく、静まり返っている。体じゅうが敏感になりすぎて、理路整然と考えることができない。だが、今夜は考える必要はない。感じさえすれば。

ドロシアはカーターの首に両腕をまわした。それから、つま先立ちになって、カーターの体に自分の体をぴったりと押しつけた。顔をあげ、唇を重ねる。わきあがった情熱が、あっという間に官能の炎として燃えあがった。

カーターは舌でゆっくりとドロシアの下唇を撫で、ドロシアはカーターのために進んで唇を開いた。熱烈なキスをしながら、カーターがドロシアの髪留めを抜く。ドロシアの金髪の束が背中に垂れ、カーターは残りの髪留めを探した。

同時に、ドロシアはカーターの白いクラヴァットの結び目に手を伸ばした。二人の腕がぶつかり、ぎこちなくからまった。二人は手を止め、体勢を立て直してからふたたび試してみた。だが、結果は同じだった。

「どうもちぐはぐだな」カーターはそう言うと一歩さがった。そして笑みを浮かべながら、クラヴァットをゆるめて首から外し、床に落とした。「君の番だ」

ドロシアは息をのんだ。ゆっくりと残りの髪留めを外し、化粧台の上に置く。次にカーターが上着を脱ぎ、ドロシアが靴を脱いだ。カーターのチョッキとドロシアの靴下。ドロシアのアクセサリーとカーターの靴。カーターのシャツとドロシアの……。

「ドレス」カーターがやさしく言った。「ドレスを脱いでほしい」

ドロシアはつばをのみこんだ。私が自分で？　「背中のボタンが外せないの」

「向こうを向いて」

カーターのかすれた声を聞いて、ドロシアの神経が高ぶった。ドロシアは目を閉じ、言われたとおりにした。カーターのタッチはやさしかったが、その手の温もりと力強さに、膝の力がますます抜けていく。最後のボタンを外すと、カーターは後ろへさがった。ドロシアはゆっくりと振り返り、カーターに向き直った。

カーターの魅力的な目が、みだらな光を放った。そんな彼の瞳にとらえられ、目をそらすことができない。カーターは、彼女を激しく欲し、自分の欲望を必死に抑えこもうとしている。私は本気なのだろうか——ドロシアは自問自答した。私はひどく危険なことをしようとしている——鼓動がますます速くなっていく。

中途半端なことはやめよう。ドロシアは不安を抑えこんで大胆に顔をあげた。官能をそそる絹のドレスから片方の腕を抜き、さらにカーターに身を寄せながら、もう片方の腕を抜いた。ドレスはドロシアの上半身を滑り落ち、腰のあたりで止まった。誘惑するように腰を揺らすと、ドレスはすとんとドロシアの足元に落ちた。

カーターの息が荒くなり、目の色が暗くなった。カーターの反応を見てドロシアの体がカッと熱くなり、カーターの情熱が高まった証しを目にしたとたん、激しく体が震えた。カーターはなにも言わず、ズボンのボタンを外すと、ズボンと下着を一度にさげて、脇へ蹴り飛ばした。

カーターの引き締まった筋肉、広い肩、そして彼のこわばったものを目にしたとたん、ドロシアはふざけるのをやめた。体を火照らせ、上目遣いにカーターを見つめる。カーターは、口をまっすぐに引き結び、ときおり彼女の胸や脚のあいだのかげりをみだらに見つめながら、彼女の全身に視線を走らせた。

情熱のにおいが空気を満たし、ぱちぱちと音を立てて二人を取り巻く。指が震え、シュミーズの首まわりの絹のリボンをやっとの思いでほどいた。

さらに沈黙が続いた。心臓が口から飛びだしそうだ。カーターに体のすみずみまで見つめられ、後ろを向いて隠れたくなる。これほど感情的にも肉体的にも自分をさらけだしたことはない。苦しくて、快感だった。

カーターにはドロシアの葛藤が見て取れた。カーターは待った。ドロシアが背を向けようものなら、正気を失って部屋じゅうのものを破壊してしまうかもしれない。だが決めるのはドロシアだ。ドロシアがその気にならないうちは、ドロシアと愛をかわすつもりはない。

ドロシアの体は完璧だ。カーターはドロシアの豊満な胸を見つめた。両手をうずめたときの感覚は忘れられない。体は欲望でうずいていたが、カーターは待った。

もう一歩。もうほんの一歩だ。それをカーターは待っていた。ドロシアが一歩自分に近づくのを。カーターは貪欲な笑みを浮かべ、手を伸ばした。ドロシアの頬が赤くなっている。硬く張りつめた彼の陰部を目にしたようだ。ドロシアの興味深げな視線を感じ、彼の股間はますます大きくなった。ドロシアは目を見開いた。

「君は僕が想像していたよりずっと美しい」

「私のことを想像していたの？」

カーターは胸の奥でうめくように笑った。「夢にも出てくるし、昼間、目覚めている時間はたいてい君のことばかり考えている」

ドロシアはわずかにカーターに身を寄せた。だが、それで十分だった。それだけで、彼女の心の準備が整ったことが、彼にはわかった。すくいあげるようにドロシアを抱きしめた。彼女の首に鼻を押しつけ、喉にキスし、耳たぶを舐めた。ドロシアは頭をのけぞらせ、彼に身を差しだした。そんな彼女の仕草に、抑えていた欲望がついに爆発した。

口を下へ滑らせると、彼女の温かさと、女性的なにおいが彼を満たした。カーターはドロシアのつぼみのような乳首を大きく舐め、先端を口に含んで吸った。ドロシアはうめき、指を髪に差し入れて、彼を引き寄せた。

カーターは彼女を抱きかかえ、ベッドに運んだ。ドロシアは背中に、絹のシーツの冷たいなめらかさを感じた。体の上にかぶさってきた熱くて硬い男性の体とは、まったく逆だった。

カーターは彼女の目をじっと見ながら体を撫でると、腹部に手を滑らせ、太もものあいだに手を入れた。じらして誘うような指の動きに耐えられなくなり、ドロシアは、もっと、とばかりに、彼に向かって腰を浮かせた。彼はその無言の懇願に応え、彼の中心に手の付け根を押し当てた。ドロシアはうめき、彼を揺さぶった。息が荒く、速くなっていく。

ドロシアはカーターの背中のたくましい筋肉を狂ったように手のひらで撫でた。彼の肌はなめらかで、燃えるように熱かった。気がつくと、彼を求めて無意識に腰を押しつけていた。カーターはむさぼるように、そしてわが物顔でキスするのと同時に、ドロシアの湿ったひだのあいだに指を滑りこませた。

「カーター」ドロシアはうめき、頭を枕に押しつけるように背をそらせた。

カーターはドロシアの首筋にキスをしてから、じょじょに口を下へと移動させた。胸から腹へと唇を滑らせ、ドロシアの秘部を隠すハチミツ色のカーブした毛に口を押し当てる。

ドロシアはベッドの中で起きあがった。「なにをしているの?」ドロシアはあえぎながらたずねた。

「君にキスしているんだ」

カーターはゆっくりとドロシアの両肩をマットレスに押し戻した。ドロシアはしぶしぶ従ったが、カーターがふたたび頭をおろすと、驚きのあまり全身をこわばらせた。

行き過ぎよ! あまりにみだらで、親密で、恥ずかしすぎる。最初にカーターの息を感じ、それから自分の金色の恥毛の中をカーターの指が動くのを感じた。そして、ドロシアの柔らかなピンク色の陰唇が広げられた。

はじめてカーターの濡れた舌で舐められたときは、ドロシアは唇を噛んで悲鳴をあげるのをこらえた。だが、その直後、もっとも敏感で官能的なつぼみをカーターがやさしく吸った。恥ずかしさが一気にどこかへ飛び去った。

体がこわばり、震え、背中をそらせた。緊張感が高まっていく。そして、突然、それは消えた。

「待って。だめ、やめないで」ドロシアは半狂乱であえぎながら叫んだ。「もう少しなの」

「僕が君の中に入って絶頂を迎えれば、もっと気持ちよくなるから」カーターは言い、ドロシアに覆いかぶさった。

カーターが腰を近づけると、ドロシアは熱い予感に震えた。内ももに陰部をこすりつけられ、ドロシアは興奮のあまり気がどうかなりそうになった。ドロシアはうめき声をあげると、脚を大きく広げ、カーターをうながした。

カーターのペニスの大きく丸い先端が、ゆっくり入ってくるのを感じた。痛みはない。あるのは満足感と充実感だけだ。目を開けたとたん、カーターの姿に目を奪われた。汗で光り輝く胸、筋肉の盛りあがった肩と腕、情熱の激しい炎が浮かんだ瞳。いままで見たことのない荘厳な姿だ。

「もっと深く」ドロシアはうめき、脚でカーターを挟みこむ。「もっと速く」

カーターはうなり、引いたり押したりしながら、ドロシアの奥深くへ入りこんだ。ドロシアは腰をあげ、カーターに体を近づけた。それを見たカーターは自制心を失ったのか、腰をさらに速く、そして激しく動かしはじめた。

ドロシアは絶頂がすぐそこまできているのを感じた。カーターが、ふたたび深く激しく突いた。ドロシアの足がこわばり、悦びに震えはじめた。彼女自身に激しく締めつけられながら彼女を高みへと押しあげるうちに、カーター自身もついに絶頂を迎えた。彼が体を震わせて放出した瞬間、ドロシアは彼の温かく湿った精子が、受け入れ態勢にある自分の体にしみこんでいくのを感じた。

カーターはドロシアの上に倒れこみ、彼女の顔のすぐ横に突っ伏した。カーターは重く硬かったが、ドロシアは気にならなかった。彼のあえぐ息が聞こえる。ドロシアと同じくらい、荒く激しい。ふと気づくと、マットレスが沈んだ。カーターがドロシアの隣に体を移動した

ない。

そっと伸ばしてカーターの手をつかむ。しっかりと握りしめ、指をからめた。もう離したくロシアは説明もつかず、理解もできない喜びにとらえられ、浮遊していた。探るように腕をなんと答えていいかわからず、ドロシアは目を閉じた。痛み？　少しも感じなかった。ド「大丈夫かい？」カーターが重々しくたずねた。「痛くなかった？」のだ。だが、まだ彼の体の熱や力強さを感じられるくらい、二人は寄り添っている。

愛しているわ。その言葉がドロシアの心からわきあがり、唇を漂いはじめた瞬間、驚くべき真実に気づいた。自分はカーターを愛している。ドロシアは確信した。今夜の営みが特別だったのは、そのせいだ。

もちろん、カーターのテクニックもあるだろうし、彼女がみずから夫婦生活を楽しいものにしようと決心したせいでもある。だが、やはりいちばん大きかったのはドロシアの心持ちだ。今夜と結婚初夜との本当の違いは、そこにある。

ドロシアはカーターに惹かれていたし、カーターを信頼してもいた。でもなにより大切なのは、カーターを愛していることだ。愛があるからこそ、ためらうことなく自分のすべてをカーターに投げだし、奔放に振る舞うこともできたのだ。

「痛くなかったわ」ようやくドロシアは答えた。

「よかった。とてもよかった」カーターは目にかかったドロシアの髪を払うと、しばらくドロシアを見つめた。やさしい表情だった。

「いつもこうなの?」ドロシアはささやいた「つまり、処女じゃないと」

「いや、そんなことはないよ」カーターは腕を曲げ、マットレスに肘をついて、手のひらで頭を支えた。「僕たちは互いに強く惹かれあっている。だけど今夜は、予想外に熱く燃えあがったみたいだ」カーターは信じられないとばかりに頭を振った。「いままで経験したことのないものだったよ」

ドロシアは感動に胸を詰まらせた。カーターがこれまで一度も経験したことがないものだった。なんてすばらしいの。本当にすばらしい。

愛しているという言葉が出かけたが、ドロシアは口をつぐんだ。まだ、この言葉を口にする心の準備はできていない。この感情は新しすぎて、激しすぎて、深すぎて、言葉にできない。大切すぎて、表現することもできない。いつもはあまり表に出てこない実際的な性格のドロシアが、いまは慎重にことを進めなくちゃだめ、と強く警告していた。まだ早すぎる。生まれたばかりのこのはかない愛は、まだ試すことはできない。

それでも、つい口にしてしまいそうな気がして、ドロシアはその内なる声をしっかりと心に留めた。

それからは、二人の関係が変わった。まるで官能のダムが決壊し、性的自由が爆発したかのように、二人は互いに触れずにいられなくなった。カーターにかげった官能的な目で見つめられるだけで、ドロシアの体に火がついた。カーターに愛撫されると、ドロシアはたちまち溶けていった。体に唇を押し当てられれば、すぐに欲望で満たされる。肉体的に満たされたいという欲望はもちろんあったが、満たされたいのはむしろ、愛だった。カーターの愛をやるせないほど求めていた。

感情をあらわにしてしまいそうになること、愛と献身の気持ちを公言してしまいそうになることはたびたびあった。二人で一緒に領地をまわっているときに、叫びたくなることもあった。岩の上から湖に釣竿を垂らしてゆっくりしているときに、カーターの耳元でそっとささやきたくなることもあった。

奇妙にも、一瞬一瞬がこの上なくすばらしい時間のように思えた。だが、言葉が出てきそうになると、なにかがドロシアを押しとどめた。カーターの目の奥にあるなにかが。ためらいか、不安のようなものが。まるでカーターはドロシアがなにを言おうとしているのかわかっているけれど、その言葉だけは口にしてほしくないと思っているかのようだった。カーターはその言葉を恐れているのだろうか。彼には理解できないから？　それを返すことができないから？

ドロシアには理由がわからなかった。だから愛を隠し、心の中に閉じこめた。幸せなのに、いまにもくじけそうだった。カーターに愛を拒絶されたら、心が砕けてしまうことがわかっていたから、怖くてしかたがなかった。

ああ、ロンドンに来たばかりの自分は、なんて愚かでうぶだったのだろう。愛のない結婚でもいい、むしろ、そのほうがいいと思っていたとは。いまの彼女なら、そんなことは言わないだろう。

だが、ドロシアはそれ以上のことは断固として考えないようにしていた。彼女がカーターを愛することができるなら、カーターも彼女を愛するようになれるはずだ。気の弱くなっているときは決着をつけたいと考えることもあったが、そのたびに理性がドロシアを押しとどめた。

真実の愛、永遠の愛には心からの誠実さが求められる。ドロシアは、ほかのだれのためでもなく、自分自身のために愛されたいと心から願っていた。

「明日、ロンドンに帰ろう」朝食のとき、カーターが言った。

ドロシアは皿の中に残った食べかけのトーストを、無言で見つめた。どうしてここを去らなければならないのだろうか。せっかく二人の関係がよくなりつつあるのに。カーターはドロシアに飽きてしまったのだろうか。彼女以外の人に会いたくなった？「サラに荷物をまとめるよう言っておくわ」

「よかった。朝早く出発したいんだ」カーターは咳払いをした。「ランスロットは置いていったほうがいいと思う。あの犬種は、子犬のうちに、広い場所を走ったり、遊んだりすることが必要だからね」

ドロシアはココアを一口飲んだ。「ロンドンには公園がいっぱいあるわ。ランスロットが遊ぶところくらい見つかると思うけど」

「そんなことをしたら、間違いなく馬に踏みつぶされるよ。いいかい、ドロシア、これはランスロットの安全のためだ。シーズンが正式に終われば、二、三週間で帰ってこられる」

ドロシアは喉のつかえをぐっとのみこんだ。子犬を置いていかなければいけないと聞いて、つい動揺してしまったが、ほんの短いあいだのことだと知って安心した。「あなたがそこまで言うのなら、ランスロットは置いていくわ」

カーターが安堵していることがドロシアにわかった。結婚とは妥協なのだ。ドロシアは厳しく自分に言い聞かせた。

かわいいランスロットを置いていくのは心苦しかったが、レイヴンズウッドを去ることはもっとつらかった。この牧歌的な土地を離れて騒がしい社交界に戻るのは、二人の関係のもっともよい部分を置き去りにすることのように思われた。

情熱だけで、二人の結婚を密接に保つことができるのだろうか。自分は心の中に愛情を持ち続け、カーターがなにを共有してくれるにしろ、それに満足し続けることができるのだろうか。彼女自身が、結婚前に得意げに宣言していたように。

ドロシアは、満足などできないような気がしていた。カーターのことをよく知ってしまった以上、彼の一部だけでは我慢できない。彼のすべてが欲しい。

15

ロンドンに到着したのは夕方近かった。カーターの独身時代の住まいへ若い花嫁を連れていくわけにはいかず、いっぽうで、すでに社交シーズン真っ盛りの中、しかるべき界隈で借りられるようなタウンハウスを見つけることもできず、二人は公爵の豪華な邸宅へまっすぐ向かった。ドロシアとしてはできれば避けたかったが、そのことで相談は受けなかったし、文句を言うのもなんだか怒りっぽく思えた。

屋敷に着くと公爵は不在で、とても礼儀正しい執事によると、夜遅くまで戻らないということだった。それを聞いたカーターは困っているというより喜んでいるようだったが、父子のあつれきを思うともっともだ。

それでもドロシアは、自分の家族が同じように振る舞うところを想像できなかった。家族のだれかの家を訪ねれば、喜んで迎えられるものだ。この違いには本当に当惑したが、それもまた、ただ自分が田舎育ちだからなのかもしれない。

たとえ屋敷にいたとしても、公爵は出てきて二人に挨拶をすることはなかっただろうが、その後の二人の滞在に難色を示すこともなかった。夫婦には屋敷の一棟がまるまる用意され、二人それぞれに部屋があった。居間でつながった二つの大きな寝室があり、それぞれの化粧室、見たこともないような大きな磁器のバスタブが置かれた共有の浴室がついていた。

そのほかにも、カーターには書斎が、ドロシアには布張りをした家具とそろいの書棚が二つと机が備わった、日当たりのよい私用の応接間があった。そこは柔らかな雰囲気で居心地がよく、親しい女友だちをもてなしたり手紙を書いたりするのに格好の場所だ。

カーターは時間が遅くて屋敷をきちんと見てまわれないことを残念がったが、ドロシアはほっとしていた。旅のせいで疲れ、少し緊張して気分が悪く、公爵の家政婦にすっかり圧倒されていた。ロンドンでミセス・シンプソンと同じ仕事をする、鋼のようなミセス・スティールは、田舎の家政婦のような温かさもやさしさも持ちあわせていなかった。むしろ、目つきが鋭く唇の薄い年齢不詳の女性で、ほんの少しも笑えないのかもしれない。あまり一緒にいたいと思えなかった。

部屋へ案内されたあと、ドロシアは家政婦をさがらせ、ボンネットを脱いで、ベッドへ放った。メイドのサラは荷物と一緒に召使い用の馬車で旅していて、まもなく到着することになっている。そのあいだに、ドロシアは身近なところを見てまわるつもりなので、カーターがまもなく姿を見せてくれないだろうかと思った。彼がそばにいないのは、とても妙で寂しく感じられた。

ドロシアは寝室のいくつかある扉の一つを開け、私用の応接間へ入った。部屋の配色はピンク色が中心で、その色合いがさほど好きではないドロシアにとっては残念なことだった。部屋全体の雰囲気を変えるために、カーテンをすぐに取り替えるよう手配するのを心に留めた。それで無理なら、次は壁紙に模様替えの犠牲になってもらうしかない。

部屋に置かれたアンティークの家具は上品で美しかったが、その配置はどこかしっくりこなかった。次の仕事を心に留め、ドロシアは目を細めて、書き物机を窓のそばにすえ、布張りの椅子を大理石の暖炉の前に置いたらどうなるだろうと想像した。カーテンをつけ替えるよりも簡単な模様替えだ。たくましく健康な従僕三人に一、二時間働いてもらえば、ドロシア好みの部屋になるだろう。

私用の応接間を出て、ドロシアは別の扉をさっと開けると、カーターの寝室と自分の寝室をつなぐ居間へ入っていった。そこは落ち着きとくつろぎの感じられるさまざまな色合いの緑の部屋で、ドロシアはたちまち気に入った。

ドロシアは部屋を通り抜け、カーターの寝室へ通じる扉へまっすぐ向かい、ぐっと引き開けた。ひどくがっかりしたことに、部屋にはだれもいなかった。

もっとも、ちょうどよい機会だったので、一人で部屋の中を見てまわった。ドロシアの部屋よりもふたまわりは大きかった。あちらは、女性らしい淡く柔らかな色彩で引き立てられた上品な家具、小花とストライプ柄の壁やカーテンと寝具と絨毯で飾られていた。カーターの寝室は、濃緑色と灰褐色と黄金色の渋い色合いで男らしくしつらえられている。調度品は頑丈で重く、上質の木から作られていた。ドロシアは、彫刻が施されたマホガニーのベッドの支柱をなにげなく撫で、その大きさと美しさに感嘆していた。

このベッドで子供をもうける。そう考えたドロシアは、二人を絶頂に導こうと汗に濡れて光る夫のたくましい裸体を想像して悦びに震えた。最後には満たされ、カーターのむきだしの胸がドロシアの背中にぴったりと重なった姿で抱きあったまま、二人は深い眠りに落ちるのだろう。

　ふいに廊下側の扉が開き、ドロシアは期待して微笑んだ。夫と愛しあうことを考えただけで、魔法みたいに彼が現れるだなんて。本当にすばらしいわ！

「なにかご入り用のものがございますか、奥様」

　驚くほど険しく、聞き覚えのない声だった。ドロシアはあからさまに眉をひそめたりしないようにしながら、小柄で痩せて、ずいぶん鼻にかかった声をした夫の近侍を見た。

「アトウッド卿を探していたのよ」

「書斎にいらっしゃるのではないでしょうか」近侍は無表情な顔のまま衣装ダンスへ向かい、それを開けると、カーターの服をあれこれいじりはじめた。しばらくして近侍は仕事を終え、ドロシアのところへ戻ってきた。「ほかになにかご用はございますか、レディ・アトウッド」

　ドロシアは唇をぎゅっと結び、邪魔されずにまた部屋を見てまわれるよう出ていってくれと思い切って近侍に言えたらいいのにと思った。けれどそんな勇気は出ず、きっと近侍は素知らぬ顔をしていても、心の中でドロシアを笑っているに違いないと感じた。

　威厳を集め、できるだけ堂々とした貴族に見えるようにとドロシアは振り返ったが、寝室の出入口で音がして、二人は驚いた。カーターが部屋に入ってきたが、急に立ち止まった。妻と近侍が一緒に寝室にいるのを見て、どうやら面くらっているようだ。「なにか困ったことでも？」

「えっ、いいえ」ドロシアは無理に笑みを浮かべた。「ただ、あなたがどこにいらっしゃるのかと思って」

「失礼いたします、旦那様」近侍はお辞儀をして、足早に部屋を出ていった。

「あまり好かれていないみたいだわ」ドロシアはつぶやいた。

「ダンスフォードのことか？」

「ええ、あなたの近侍。召使いでも、自分の意見を持っているわ」ドロシアは小さな声で言った。

「ううむ。正直、あまり考えたことがなかったな」

扉がノックされ、カーターの返事に開いた。ダンスフォードが二人の従僕を従えてふたたび姿を見せた。一人の従僕はカーターの荷物を運び、もう一人は熱い湯の入った瓶を抱えていた。

ダンスフォードはドロシアがまだ部屋にいるのを見て一瞬驚いたようだが、目を伏せて、荷物をどこへ置くか従僕たちに指示を与えはじめた。すべてが満足のいくように置かれると、ダンスフォードは従僕たちをさがらせ、自分は寝室に残った。

主人夫妻には目も向けず、ダンスフォードはカーターの衣装ダンスを開き、服を選んで出しはじめた。そのときドロシアは、夜を過ごすのにふさわしい外出用のフォーマルな服が選ばれていることに気づいた。

ドロシアの口はぽかんと開いた。「出かけるの？」

男性二人は振り返って彼女を見つめた。カーターは顔をこわばらせて表情を消し、近侍は激しく眉をひそめた。どうやら、アトウッド卿の外出を平然と問いただす者が、妻でさえ、いるとは思っていなかったらしい。

「のちほど適当なときにまいりまして、仕事を片づけることにいたします」ダンスフォードは咎めるような口調で言うと、ふたたび急ぎ足で寝室から出ていった。

「クラブでベントンに会うことになっているんだ」二人きりになるとカーターが言った。暖炉のそばの布張りの椅子に腰掛け、ブーツを脱いだ。「数週間前から決まっていたことだ」

ドロシアは腕を組み、動揺を抑えようとした。「お断りできないの？」

カーターは椅子の背にもたれ、オットマンに足を乗せた。「そんな失礼なことはできない」

ドロシアは目をしばたたかせ、自分の室内履きを見おろした。「いつお戻りになるの？」そうたずねたが、すぐに後悔した。

「遅くなるだろう。むしろ朝方かもしれない」カーターは足首を交差させた。「起きて待っている必要はない。君の眠りの邪魔をしていると思いたくないんだ」

眠りの邪魔をする、ですって？　カーターは冗談を言っているの？　ドロシアは落胆を隠そうともしなかった。オットマンのあいた隅に座りこみ、長いため息をついた。「ロンドンでのはじめての夜よ。一緒に過ごせたらいいなと思っていたの」

「どこか連れていってもらいたい場所でもあるのかい？」

「いいえ」ドロシアは正直に答えた。「家で静かに夜を過ごしたかったのよ」

「それなら、君の望みどおりにしよう。夕食は君の部屋に用意するよう召使いに言っておく」

カーターが考え直してくれたのかもしれないという喜びが一瞬胸にわいてきたが、たちまち消え去った。「でも、あなたは一緒にはいてくださらないのね」ドロシアはゆっくりと言った。

「ああ。話したように、ベントンと出かけるんだ」答える声は穏やかで、その目に浮かんだ表情を読み取ることはできなかった。「誤解させて申し訳ない、ドロシア。だが、この予定を立てたときには、君がそんなふうに思うなんて知らなかったんだ」

ああ、最後まで礼儀正しいのね。ドロシアを誤解させたことはすまないと思っているが、彼女を一人にしておくことは悪いとは思っていない。ドロシアはどちらにがっかりしているのか自分でもわからなかった。カーターが自分を一人にして出かけようとしていることなのか、あるいはどうしてドロシアがいやそうな顔をしているのかさっぱりわかっていないかのような無表情でいることなのか。

枕をつかんで、カーターの頭を叩きたくなった。

「子爵との約束は別の夜にできないの？」

カーターが冷ややかな目つきで見返したので、ドロシアは目に見えない一線を越えてしまったことに気づいた。こみあげる自己嫌悪に、身をよじる思いだった。もう少しで取り乱してしまいそうで、手のひらに爪をぐっとくいこませ、ありったけの意志の力を呼び起こし、和んだ表情を取り繕った。

犠牲者ぶるつもりはない。恋愛を装ったり、甘い期待を抱いたりせずにこの結婚生活に踏み切ったし、それはカーターも同じだ。ドロシアの気持ちがこんなにも早く、そしてこんなにも深くはまりこんでしまったのは彼のせいではない。

カーターがもっと魅力がなく、格好よくもなく、愛想も悪ければよかったのに。

そんなこと、どうでもいい。悲しいことだが、どんな状況にあっても、カーターを愛する気持ちは変わらないだろう。いまでさえ、傷つき、怒りを覚え、失望していても、それでも彼を愛している。ただ、彼を好きか嫌いかと訊かれると、あまり好きではないかもしれないけれど。

「ベントン子爵によろしくお伝えしてください」

「君が覚えてくれていて、ベントンもきっと喜ぶだろう」

カーターはまるでさっきの態度を和らげようとするかのように、今度はにこやかに答えたが、ドロシアは体よく追い払われたことに傷ついていた。

状況は、あっという間に変わってしまった。この数週間で築きあげた気さくな会話や友情は、まぎれもなく田舎に置き去りにされてしまっていた。

とはいえ、言えることはすべて言った。ドロシアは踵を返して去り、居間の扉を閉めた。子供じみていたが、むしゃくしゃしながら手探りで鍵を探した。ガチャンと音を立てて鍵をかけたらさぞかし気分もすっきりするような気がしたのだ。しかし鍵はどこにもなく、もやもやした気分が晴れることはなかった。

一人の寂しい夜だったが、次の朝には前向きな気持ちが戻ってきた。残念ながら、その気持ちも長続きはしなかったが。朝食の席で、夫がすでに家を出て、夕方にならないと帰ってこないことをドロシアは知った。夜になると、カーターはふたたびドロシアを置いて出ていったが、届いている多くの招待の一つに出かけてはどうかと勧めていった。

一人の夜をまた部屋で過ごしたくなかったので、ドロシアはダーディントン夫妻へ伝言を送り、観劇の連れに入れてほしいと頼んだ。侯爵のボックスにすぐに席を用意してもらえた。胸の内ではつらかったが、満面の笑みを浮かべて夜を過ごし、そのせいで、家に帰ったころには顔が痛かった。

ロンドンへ来て三日も経つと、ドロシアとカーターの生活にパターンが生まれた。ドロシアは苛立っては怒るの繰り返しだった。

屋敷はとても大きく、公爵と顔を合わせることはあまりなかったので、ドロシアはうれしかったが、残念ながら夫と顔を合わせることもあまりなく、こちらは少しもうれしくなかった。カーターには責務があることはわかっている。彼は仕事を片づけたり、貴族院に積極的な関心を示しはじめたりしていたので、政党の議員たちに会ったりするのに時間を費やしても、ドロシアはいやな顔をするつもりはない。けれど、かなりの時間を友人たちと過ごし、結婚前と変わらず楽しみにふけっていることも知っていた。そのことが腹立たしかった。

アトウッド侯爵夫人としての新しい地位についたドロシアは、社交的な付きあいがぐんと増えた。あまりにも多くの招待状が押し寄せたので、おびただしい数の書状をさばくために秘書を雇った。ミセス・スナイドリーとの付きあいで学んだ教訓を思いだし、一つの家族や女主人だけを特別扱いしないようにも気をつけた。そういうわけで、できるだけ多くの招待を受け、一晩に三つか四つの催しに出席することもしばしばだった。

あいにく、たいていは夫と一緒ではなかった。社交界の夫婦の多くはそういうものだとはわかっていたが、すべての夫婦がそうだというわけではないし、新婚夫婦は違うはずだ。ごくたまに、舞踏会やパーティーで偶然カーターに出くわすことがあり、そんなときには彼はドロシアにダンスを申しこんだり、気のきいた会話で笑わせたりしたが、その後、優雅にそこから立ち去った。

ドロシアに会うといつも喜んではいるみたいだが、彼女を置いていくことをなんとも思っていないようだ。家にいるときでさえ、ドロシアが一緒にいるのをいやがりはしないが、みずから求めもしなかった。ドロシアにとっていちばん困るのが、月のものが始まり、カーターとの体の結びつきがとだえていることだった。

ドロシアは、不自然だと思える結婚生活に、特にこんなに早い段階では不自然に思える結婚生活に、苛立ちをつのらせていた。彼女とカーターは並行して交わることのない生活を送っていた。

さらに二、三日もすると、ドロシアは際限のない社交のめまぐるしさにうんざりしてきた。

カーターがそばにいないとそれほど楽しくなかった。パーティーへ行くのをやめ、夜は家で過ごしてみようかとも思ったが、結局本か刺繍だけを持って一人で部屋に閉じこもることになるのが不安でできなかった。

悲しいことに、一人で放っておかれるのをひそかに嘆きさえできなかった。こうした馬鹿げた行動が公爵に気づかれずにすむわけがなかったからだ。存在感のある義父と会う機会はかぎられてはいたが、顔を合わせるたびに、義父からいらぬことをすぐに言われている気がする。

この夜も例外ではなかった。ドロシアが中央の階段の踊り場におりたところで、公爵が向かいの棟から現れた。ドロシアは目をしばたたかせた。まさか待ち伏せしていたのだろうか。いくらなんでもおかしな話だが、現れた瞬間があまりにもぴったりで、単なる偶然とは思えなかった。

「今夜はどこへ出かけるのだね」公爵が訊いた。

ドロシアは公爵の詮索するような目つきを気にしないようにしたが、むずかしかった。公爵にじろじろ見られるといつも、内心どうしようもなく居心地が悪く、まるで批判され、品定めされているような気がした。おまえはたいして価値はないと結論づけられるのだ。

「レディ・ハリファックスがオールマックスで慈善舞踏会を催されるんです」

「息子も行くのかね？」

「たぶん、いらっしゃらないと思いますわ。レディ・ハリファックスにも、その慈善活動にもそれほど好感を持っていらっしゃらないので」

公爵の口元の片方がかすかにさっとあがった。たいていの人はかすかな笑みだと思うだろう。だが、ドロシアには違うとわかっていた。

「付き添いはだれだね」

「少佐ですわ」

「またかね？　夫よりもひんぱんに会っているんじゃないか」

ドロシアははっと公爵を見あげた。たしかに、公爵の言うとおりだった。公爵の言葉はドロシアの心にぐさりと突き刺さったが、体を震わせながら、なんでもないそぶりをした。

「私が決めたことではありませんわ」

公爵はいらいらしながら不機嫌な声で答えた。「賢い女は男のつなぎとめ方を知っているものだ。ベッドでもな。私は死ぬ前に跡継ぎをこの腕に抱きたいんだよ」

「では、ご健康に十分注意なさるほうがよろしいですわ、閣下。あと何年もご存命でいらっしゃれるように」ドロシアは階段をおりるあいだにつまずかないようにと、スカートを指先でつまんで、晩餐用の靴が見えるくらい持ちあげた。こうすることで、手の震えを隠すこともできた。「失礼してよろしいでしょうか、きっと少佐はもういらっしゃっています。お待たせするわけにはいきませんから」

公爵のことはもう相手にせず、そばを通り過ぎた。首筋がチクチクしたが、気づかないふりをし、頭を高くして背筋を伸ばすと、優雅に滑るように主階段をおりた。ありがたいことに、思ったとおりロディが玄関ホールで待っている。ドロシアは、その胸に飛びこまんばかりに近づいた。

公爵が威圧するような低い声で呼びかけているのが聞こえたが、ドロシアは逃れることだけを考えて歩き続けた。少なくとも数時間は、自分が置かれた不幸な状況を忘れることにした。


じれったい気持ちで玄関ホールを歩きまわっていると、磨きあげられた大理石の床に靴が当たって、コツコツ音がした。レディ・アトウッドはすぐにおりてくるので待つようにと言われた。普通なら気にはならないのだが、この屋敷の私室から閉めだされていると思うと、胸がむかむかした。ここへ来ると、計画に失敗したことや、時の経過によって真実を明らかにすることがさらにむずかしくなりつつあるのがはっきりと思いださせられる。

レディ・アトウッドがふいに現れ、こわばった笑みを浮かべて挨拶をした。彼女の頭上から、不満そうな男の声が聞こえる。

「叫んでいるのはアトウッド卿ですか?」

「いいえ、公爵よ」

ドロシアが従僕に合図すると、絹の外套が差しだされた。だが、ロディの関心はもう彼女に向いていなかった。同じ男の低い声が聞こえると、ロディは踊り場のほうをさっと見やった。激しい感情が胸にこみあげた。近くにいる。こんなに近くにいる。

ロディはちらりと顔をあげた。初老の男が腕を伸ばして手すりをつかみ、あからさまに咎めるように顔をしかめている姿を目にしたとたん、感じたことのない寒けが骨の髄までしみこんできた。これまでにも公爵に会ったことはあるが、いつもかなり遠くからか、客でいっぱいの部屋でだった。権力を持つハンズボロー公爵にこれほど近づいたのは十五歳のとき以来はじめてだ。

誘惑はあまりにも大きかった。しかし、ロディは背筋を伸ばし、階段を駆けあがって思いのすべてをぶちまけたいという衝動を抑えつけた。いまは対決のときではない。

「公爵は怒っているみたいですね」ロディは言った。

「いつもああいう調子なのよ」ドロシアは手袋をぐっと引っ張り、扉へ急いだ。「行きましょうか？」

ロディは目を細めた。この数日で、ドロシアについて少し知るようになり、朗らかで一緒にいて楽しくなる女性だとわかった。堅苦しい遠慮がちな態度は、まったく彼女らしくなく、明らかに公爵のせいだった。

ロディはなにも言わずドロシアを屋敷から連れだし、馬車に乗る助けをし、馬車が角を曲がったところでようやく口を開いた。「公爵ともめごとでも？」

ドロシアはロディのほうをちらりと見たが、月明かりに照らされた顔は青ざめていた。

「公爵は私の粗探しばかりしていらっしゃるのよ。本当に認められるには、孫息子をプレゼントするしかないんじゃないかしら」

ドロシアが頬を赤らめた。夫でもない男性ときわめて個人的なことを話している気恥ずかしさを感じているのかもしれない。その話題を持ちだしただけでも、自分が礼儀知らずな男になった気がした。

「たしかに、お祖父さんにそっくりの気むずかしい性格の男の子をおおぜいプレゼントできるといいですね」すんなりとドロシアが笑ってくれたので、話はそれで終わりになった。けれど、この話の中で、ロディには気になることがあった。アトウッドは今晩どこにいるのか。どうして公爵の辛辣な言葉から花嫁をかばい、守ってやらないのか。

二人は新婚だが、ロディの知るかぎり、アトウッドはほとんど妻と別に過ごしている。昨日の昼間はタッターソールの馬市場で見かけ、その前の日はボクシングクラブで、昨晩は地元の賭博場で見かけた。

夫婦が別々の生活を送るのが社交界の慣習だということは知っていたが、これは許容範囲を超えている。ロディは歯を食いしばり、窓の外を見つめ、これもまた、裕福でわがままな貴族が人生の本当の宝に気づいていない典型的な例だと思った。

「もう帰るよ」負けている持ち札を投げて、ベントンが言った。

ピーター・ドーソンはわかったと笑い、山積みのコインをかき集めた。「本当に、もうひとゲームやっていかないのか？」

「ああ。財布が空っぽになる前に引きあげるとするよ」ベントンはカーターのほうを向いた。

「おまえはどうなんだ、アトウッド。もう終わりにするのか？　ようやくかわいい花嫁のもとへ帰る覚悟ができたか？」

カーターは自分の顎がぴくっと揺れるのを感じた。冗談で言われた言葉だったが、胸に深く突き刺さった。だれも面と向かっては言わなかったが、どうしてカーターが妻と家におらず、毎晩、そして昼もほとんど自分たちと一緒に出かけているのか、友人たちが不思議に思っていることは知っていた。

実のところ、カーターの生活は結婚前とまったく変わらなかった。もっとも、公爵から花嫁を見つけるようううるさく言われなくなった分、少しましだった。それならどうして、結婚の取り決めにもっと満足していないのか。

「教えてくれ、愛についてどう思う？」カーターが訊いた。

ベントンは外套を着る手を止め、怪訝そうな顔をした。「なにについての愛だ？　酒？一等級の牛の新しい群れか？　完璧に磨きあげられ、ぴったり合ったブーツか？」

「女だ」カーターはぶすっと答えた。たしかに彼女は、完璧に磨きあげられたブーツそのものだ。

ベントンは黙りこんだ。「おい、まさか妻と恋に落ちたって言うんじゃないだろうな」ようやく訊いた。

カーターは首を横に振った。「いや、だが彼女は僕に恋していると思っているかもしれないんだ」

ベントンは疑わしげに眉をあげた。「心配することはないだろう。ドロシアは女性にしてはなかなか頭がいい。すぐに正気に戻って、自分の間違いに気づくさ」

「ベントンの言うことに耳を貸すんじゃないぞ」ドーソンが口を挟んだ。トランプをそろえ、テーブルの真ん中に置く。「最高にすごいことじゃないか。レディ・アトウッドはすばらしい女性だ。彼女の愛情がもたらす幸せを受けてしかるべきだよ」

ドーソンの言うとおりだろうか。この愛という贈り物をただ受け取り、満足すべきなのか。しかし、愛を受け取れば、贈った相手はお返しを期待するだろう。問題はそこにある。カーターは、自分がドロシアを愛せないのではないかということをもっとも恐れていた。彼女にふさわしく、全身全霊で愛することが、自分にはできるのだろうか。

ドロシアは妻だ。カーターは彼女を尊敬していた。心から崇拝してもいる。彼女となら、安定した幸せな人生を一緒に築くことができるだろう。それが結婚前に約束したことであり、二人が求めていたことだ。だが、カーターが見るかぎり、愛というつかの間の感情によってこの安定が脅かされるように思えてならない。

愛が育つには時間がかかるものじゃないのか。カーターはこんなに思い悩んでいるのに、どうしてドロシアはあんなに確信が持てるのだろう。

気持ちがはっきりしない、自分の気持ちが理解できないせいで、自分が弱々しい愚か者になった気がした。自信が持てず、不安定で、無能な人間になったように感じた。この数日、ドロシアから距離を置くことで、なんとか問題は自然と解決する、解決方法が明らかになると考えていた。

残念ながら、それは間違いだった。悩みと向きあうのを避けたからといって、悩みが存在しなくなるわけではない。

最大の皮肉は、ドロシアをあまりにも大事に思い尊敬しているので、自分が本当に感じていることに確信が持てるまでは、永遠の愛を告白できないということだった。

カーターはさっと立ちあがった。だれにともなく外套を持ってくるよう合図すると、召使いが取りに急いだ。三人は賭博場の外で別れ、それぞれの馬車に乗りこんだ。カーターは公爵の屋敷へ戻るあいだ、物思いにふけった。

屋敷へ帰ったのは遅い時間だった。寝室へ入るとすぐ、ダンスフォードをさがらせた。今夜の近侍はまわりをうろつき、口うるさく、とりわけうっとうしく感じられた。近侍がむっとして出ていったすぐあとに、かすかなノックの音がした。

カーターは扉のほうを向き、召使いに絶対に近寄るなと怒鳴るつもりだった。だが、共用の居間に続く扉からそっと部屋に入ってきたのは、ドロシアだった。

ドロシアは青いサテンの長いナイトガウンに着替えていて、深く開いた胸元からは愛らしい胸のふっくらした丸みがのぞいている。髪はほどかれ、きらめく黄金の波となって肩のまわりにかかっている。

ドロシアの可憐で艶めかしい美しさを目にした瞬間、カーターの股間はこわばった。ドロシアが寝室の中ほどに来るころにはすっかり硬くなっていた。

「お邪魔してごめんなさい」ドロシアが喉に手を当てると、かすかに震えているのが見えた。「朝になったら出ていくと伝えようと、起きて待っていたの。姉のグウェンを訪ねて、あちらで二、三日過ごしてこようと思って」

ドロシアの言葉を理解するのに一瞬時間がかかった。カーターを置いて出ていく？　いや、そう言ったのではない。姉を訪ねるのだ。グウェンドリンだ。きれいな女性で、妊娠している。カーターはゆっくり息を整えた。「赤ん坊のことでなにか知らせでも？」

まるでカーターが覚えていたことに驚いたかのように、ドロシアの目が大きく見開かれた。「いつ生まれてもおかしくないんですって。エマからの手紙だと、グウェンはとても不機嫌で泣いてばかりで、ジェイソンのほうは自分の心配を隠していて、グウェンの気をそらすのに必死で、頭がおかしくなりそうな状態らしいの」

「まるで君が必要とされているみたいだ」

「そのとおりよ」ドロシアはうなずいた。「でも正直なところ、自分が役立つと感じられるのは、私にとってもいいことなのよ」

ドロシアの言葉にカーターの心は痛んだ。ここでは役に立っていないと感じているということだ。カーターのせいだろうか。おそらくそうなのだろう。「送っていくよ」カーターはそっけなく言った。

「その必要はないわ。公爵に馬車を借りることになっているの。せいぜい三、四時間で着くから、御者と馬車はその日のうちに帰せるわ。ロンドンへ戻る馬車が必要になったら連絡するけれど、お義兄様が喜んで馬車を使わせてくれるんじゃないかしら」

なんでも自分でしようとするドロシアの自立した態度に、カーターは苛立った。ドロシアをないがしろにすることで、そんな態度を助長させたのは自分なのだから、おかしな話だ。

「今夜は一緒にいてほしい」カーターは衝動的にそう言った。彼女を不安にさせないよう、笑みを浮かべながら。

ドロシアは目を伏せ、頬を赤く染めた。「月のものが終わりかけなの」

ずっと気になっていたことの答えがようやく訊けた。公爵は怒るだろうが、かまうものか。ドロシアが妊娠していないとわかり、カーターはほっとした。妊娠は女性にとって危険な務めだ。

「かまわない、まして終わりかけなら。工夫を凝らすこともできる」カーターは機嫌を取るように笑ったが、ドロシアの目のまわりの疲労の影と美しい顔に刻まれた緊張のしわに気づいた。ドロシアはひどく疲れているようだ。カーターは、自分の愚かさに気づいた。「あるいは、ただ一緒に寝るだけでもいい」

「眠るためだけにあなたのベッドへ行ってもかまわないの?」

突然喉が締めつけられたように感じ、声が出なくなった。まさか、性欲を満たすためだけにドロシアを欲していると思われているのだろうか。自分はなんて下劣な人間なのだろう。

「ベッドへおいで、ドロシア」カーターは手を差しだした。

一瞬、ドロシアは呆然としたまま動かなかった。それから、長いため息をつき、近くまで来ると、カーターの前で立ち止まった。「寂しかったわ、カーター」

さりげなく口にされた本心は、カーターの胸にひどくこたえた。彼女にふさわしい献身と情熱で愛することはできないかもしれないが、大事に思っていると示すことはできる。ドロシアにもっとやさしくなり、もっと思いやりを持とう。それだけは約束する。

カーターはろうそくの火を吹き消し、ドロシアがベッドへ入るのを助けた。シャツとズボンを脱ぎ捨て、裸でシーツのあいだに入り、ドロシアを腕に抱えた。闇が安らぎの繭となって二人を包みこんだ。カーターがドロシアのこめかみにキスをすると、ドロシアは身を寄せてきた。

その瞬間、カーターは深い安堵を覚えた。二人の関係がどうであれ、ドロシアはカーターのものだ。大事に守り、慰めて励ますべき自分のもの。そう考えると、心からうれしかった。

16

ロンドンの中心部から馬車で四時間ほどの郊外にあるジェイソンとグウェンドリンの屋敷に到着したときから、穏やかに過ごせるとは思っていなかった。エマの手紙によれば、屋敷には緊張した雰囲気が漂い、ぎくしゃくしているらしい。まもなく子供を産むグウェンドリンが情緒不安定で、不機嫌になったり泣いたりを繰り返しているからだ。

「子供」じゃなくて「子供たち」だったわ、ドロシアは心の中で言い直した。双子が生まれるかもしれないと、グウェンドリンはドロシアだけに打ち明けてくれていた。

だから落ち着いて迎えられるとは思っていなかったが、カーターと敷居をまたいだ瞬間、まさか屋敷とその住人全員を襲っている大混乱に直面するとは思ってもいなかった。

ドロシアとカーターが二人きりで玄関ホールにいると、戸惑った様子の若い従僕が応対に出てきた。数分置きに、召使いが階段を駆けあがったり駆けおりたりして、あわただしく部屋を出入りしており、その顔は深刻で切羽詰まっていた。

「今日、ご家族はお客様をお迎えになりません」従僕は落ち着きのない声で言った。「後日改めておいでいただいたほうがよろしいかと」

「私はミセス・バリントンの妹です」ドロシアは答えた。「今日は――」

「ドロシア！」階段の上段から聞こえたエマの叫び声は安堵に震えていた。すぐにエマは階段を駆けおり、姉を抱きしめた。「よかった、来てくれたのね。グウェンの陣痛が始まったの！」

ドロシアはできるだけ明るい笑みを浮かべた。「すばらしい知らせじゃない？　私たちも、もうすぐおばさんよ」

エマは体を引き、目を見開いた。「ドロシアったら、なんにもわかってないのね。もうだいぶ経つのに、まだ赤ちゃんは生まれてないのよ」

ドロシアは目を閉じ、ごくりとつばをのみこんだ。ああ、いちばん恐れていたことだわ。グウェンが出産で死んでしまうかもしれない。それは信じられない恐怖だ。動じないよう自分に言い聞かせたが、現実は容赦なく目の前に迫ってきた。

がっしりした力強い手がドロシアの肩にかかり、たくましい指が慰めるように腕を撫でた。

「陣痛はいつ始まったんだ？」カーターが訊いた。

「昨日の晩、夕食が終わってすぐ」エマは答えた。「最初はそんなにひどくなかったわ。グウェンはしばらく笑って冗談も言っていたんだけど、明け方に急に変わったの。いまはひどく痛がっている。寝室の扉の近くまで行けば、声が聞こえるわ」

長く重い沈黙が続いた。「お姉様のところへ連れていって」胸苦しさがなかなか消えない。

姉妹は腕を組んで階段をのぼりはじめ、カーターは二人のすぐ後ろをついていった。

「医者は姉上の容体をどう言っているんだい」

エマは眉をひそめた。「産婆がグウェンのそばについてるわ」

「お医者様はどうしたの?」ドロシアは訊いた。

「いないの」エマは階段の途中で立ち止まり、ドロシアのほうを向いた。「お医者様がグウエンを脅かして、泣かせてしまったの。それで、ジェイソンが屋敷から追いだしたのよ」

「まあ、なんてこと」ドロシアはエマに腕をまわして、しっかり抱きしめた。

エマは身震いした。「ひどかったのよ。拳を振りかざしてお医者様に迫るジェイソンを、執事が押しとどめなければならなかったの」

「そんな荒っぽいことになるなんて、いったい医者はなにをしたんだ」カーターがたずねた。

「ジェイソンは教えてくれないの。でも、幽霊みたいに真っ青だったわ」エマはもう一度身震いするとドロシアにもたれた。「怖いわ。ずっと陣痛が続いてるの。赤ちゃん、産まれないのかしら」

ドロシアは力なく首を振った。エマをしっかり抱きしめ、そのうつむいた頭の上でカーターに視線を向け、目を見つめた。

「バリントンと話してくるよ」ドロシアの無言の頼みを理解して、カーターは言った。「彼はどこにいる?」

「グウエンの寝室の外よ」エマはドロシアの胸にすがったまま、くぐもった声で言った。

心からの感謝のまなざしをカーターに向け、ドロシアはエマを腕に抱いて、階段をふたたびのぼりはじめた。

「二、三時間前に、ジェイソンのお兄様のフェアハースト卿に知らせを送ったの」エマはぽつりと言った。「グウェンには会わせてもらえないし、ジェイソンを慰めることもできないけど、なにかしなきゃと思って」

「いいのよ、心配しないで」ドロシアはなだめるように言った。「よくやったわ。きっとグウェンもあなたがいてくれて感謝してるわよ」

打ちひしがれるエマを見て、ドロシアの目に涙があふれてきた。なんといっても、まだ十六歳なのだ。この騒動に立ち向かうには、あまりに幼すぎる。

永遠のように感じられたが、実のところカーターは数分で戻ってきた。心配そうに顔をしかめたままのカーターが気になる。ドロシアは二人きりで話ができるよう、エマに台所へ行ってお茶を用意してきてと頼んだ。

「どうだったの？」ドロシアは話をうながした。

カーターはためらいを見せた。「まさにエマが言ったとおりだった。バリントンはグウェンの寝室の外を歩きまわっていて、心配で気も狂わんばかりだ」

「どうしてお医者様を殴ろうとしたのかはわかったの？」

カーターが視線をそらして床を見たので、ドロシアの心も沈んだ。まさか、そんな。カーターの腕に手をかけ、きつく握りしめた。「本当のことを言って。お願い。知っておかないといけないわ」

「出産に問題があるようだ」

ドロシアは身じろぎもせず立ち尽くした。「グウェンはかなり危ないの？」

カーターは指先でこめかみを押した。「出産に危険はつきものだからね」

「普通の危険以上に聞こえるわ」ドロシアは真剣な顔で身を寄せた。「教えて」

カーターはため息をついた。見るからに落ち着きがない。「医者は、姉上が無事に赤ん坊を産めないんじゃないかと考え、手だてを講じようとした。だが、それにはバリントンの許可が必要だ。そこで、だれを生かすかという無茶な選択をバリントンに迫ったんだ。妻か子供かと」

ドロシアは新たな恐怖の波に襲われ、一瞬、カーターの端正な顔がかすんで見えた。よろめき、倒れそうになったところを、カーターが腰に腕をまわして支えてくれた。彼の首にしがみつき、すべてがとんでもない間違いで、すぐに覚める悪夢ならいいのにと思った。しかし心の中では、偽りのない現実なのだとわかっていた。

「ジェイソンがお医者様を殴ろうとしたのも無理ないわ」ドロシアはすすり泣き、そっと体を震わせた。「私たち、なにかできるかしら」

「あきらめないことだ」カーターははっきりと言った。「グウェンはまだ闘っている。彼女と赤ん坊が無事に生き延びるよう祈るしかない」

ドロシアは心からカーターの言葉を信じたくてうなずいた。「ほかのお医者様を呼ぶべきかしら」

「僕もそう言ったんだが、バリントンは必要ないと。経験豊かな産婆で、グウェンも信頼しているそうだ」カーターの声はかすれていたが、その顔は力強く、慰められた。「きっと、君がそばにいれば大きな助けになるだろう。できるかい？」

できるだろうか？　ドロシアは拳をみぞおちに押し当て、すすり泣きを抑えた。これまで特に病人の役に立ったということはなく、姉妹やおばの具合が悪かったときも、励ましたり看病したりで力になれたことはなかった。けれど、いまは違う。危険はきわめて高い。もしも最悪の、想像もできないことが起こったりしたら……。でも、グウェンを一人で苦しませるわけにはいかない。

感情がこみあげて胸が締めつけられた。ドロシアはカーターの腕を放し、胸を張った。

「やってみるわ」

「その調子だ」

カーターの言葉に、芽生えたばかりのドロシアの勇気はおおいに力づけられた。二人は手をつないで長い廊下を進み、グウェンの寝室の前で立ち止まった。ジェイソンは閉じた扉のそばでうずくまり、漆喰の壁に額を押しつけている。上着とクラヴァットはなく、ベストの前ははだけ、シャツのボタンは上から三つが外れていた。

いつもはきちんとした身なりの義兄が、こんなにも乱れた格好をしているのには驚くほかない。だが、ドロシアは義兄にはほとんど目を向けなかった。きっとカーターが面倒を見てくれるだろう。自分の体力と気力はすべて、グウェンのために取っておかなければならない。ドロシアはしばらくのあいだ扉の前に立ち、グウェンの寝室に入る勇気を奮い起こそうとしていた。ドロシアが落ち着いて堂々としていなければ、事態はさらに悪くなってしまう。

不安と悲しみに負けている場合ではない。強く前向きにならなければ。グウェンのために。そして、エマのために。

ドロシアはまばたきしてなんとか涙をこらえ、背筋を伸ばし、扉の取っ手に手を伸ばした。部屋に入ると、驚くほど穏やかで静かだった。メイドが二人、窓の近くに控え、小声でしゃべっている。産婆だと思われる年配の女性が腰に手を当てて、四柱式ベッドのすそに立っている。

毛布にくるまれた人物から音はせず、身動きもない。ドロシアは胸に痛みを感じた。あまりにもひっそりとしている。ドロシアは震える足でベッドに近づいた。足音にはっとした産婆が振り返り、警戒するような顔をした。

「どちら様でしょう」

思わず首をすくめそうになるのを我慢して、ドロシアは顎をあげ、義父の公爵の声をそっくりにまねて、堂々とした口調で答えた。「アトウッド侯爵夫人です。ミセス・バリントンの妹よ。あなたが産婆ね？」

「はい、ミセス・ジョンソンと申します」

ドロシアがじっと見つめていると、産婆はあわてて膝を曲げてお辞儀をした。ドロシアは産婆の横を悠然と通り過ぎ、まっすぐグウェンのそばへ行った。「姉の様子はどうなの？」

「お疲れです」産婆は苛立った調子で答えた。「ご訪問されるのにふさわしいときではありません」

「社交に来たわけではないわ。助けにきたのよ」まるでその言葉を証明するかのように、ドロシアはベッドの端にそっと腰をおろし、グウェンの頬を撫でた。姉は身じろぎもしなかった。「どうしてじっとしたままなの？」

「疲れて眠っていらっしゃるだけですが、すぐにお目覚めになるでしょう」

ドロシアはどきっとして、手を引っこめた。「じゃあ、いまのうちに寝かせてあげるべきね。お産になにか問題があると聞いたのだけど」

「時間がかかっていますが、それだけです。初産ではよくあることですから」

産婆の言葉を聞いて安心すべきなのだろうが、そうはならなかった。産婆はドロシアと目を合わせずに話したのだ。

「どうか、私の目を見てちょうだい、ミセス・ジョンソン」ドロシアが強く言うと、ミセス・ジョンソンは何度か不安げな目を彼女に向けたあと、ようやく顔を見てくれた。だが、その顔は無表情で、なんの気休めにもならなかった。「姉はまもなく無事に赤ちゃんを、いえ、赤ちゃんたちを産む、そうよね？」

馬鹿なことを言っていると自分でもわかっていたが、意志の力と決意のすべてを使って、これからの行方に影響を与えることがどうしても大事だった。グウェンは出産で命を失ったりしない。絶対に！

「はい、奥様」

「義兄は、あなたが腕のいい産婆だと信じているわ。そのとおりね、ミセス・ジョンソン？」

「ええ」産婆は背筋を伸ばし、誇らしげに胸を張った。「数えきれないくらいの赤ん坊を取りあげてきました。神に誓って本当のことです」

「それでは、その苦労して身につけた腕前のすべてを使って、姉と子供たちを救ってくれると期待しています。私にとって姉は、たとえようがないくらい大切な存在なの」

ミセス・ジョンソンの目に残っていた苛立ちは、思いやりのあるやさしさに変わった。

「できるだけのことはいたします、お約束します」

ドロシアはかすかに笑みを浮かべた。「よかった。私も手伝うわ」

そのとき、グウェンがうめき声をあげた。あたかも痛みを避けようとしているかのように、せわしなく左右に身をよじり、突然、背中をそらせた。ベッドカバーが体から跳ね飛んだ。ドロシアはあっけにとられて、ベッドから立ちあがった。

「どうしたの？」グウェンは金切り声をあげている。

ミセス・ジョンソンはドロシアを押しのけ、グウェンに身を寄せた。低く押し殺した声でグウェンに話しかけ、それからドロシアに近くへ来るよう合図した。

「本当にあなたなの、ドロシア？」グウェンが甲高い声で訊いた。

ドロシアはつばをのみこみ、落ち着いた声を出そうとした。グウェンの目は、痛みと疲労が刻まれた真っ青な顔の中でひどく大きく感じられた。「そうよ、私よ」ドロシアは枕のかたわらに膝をつき、グウェンの額を撫でた。

その仕草に、陣痛で苦しむグウェンは落ち着いたようだった。「うれしいわ。一人だとつらいの。ジェイソンがそばについていたくて、気も狂わんばかりなのは知っているけれど、ドロシア、本当に、あの人がいまここにいたら耐えられないわ」

「しーっ、ジェイソンのことは心配ないわ。お義兄様は、わかっていらっしゃるわ。お産は女の仕事だって」ドロシアは笑おうとした。「カーターも一緒に来てるの。ジェイソンのことはまかせてきたわ。きっといまごろ、二人でブランデーをたっぷり楽しんでいるんじゃないかしら」

涙がグウェンの頬を伝い落ちた。「疲れたわ、ドロシア。もうくたくた」

「わかるわ、グウェン」ドロシアはそばに置かれた洗面器で濡らしたリネン布を絞り、グウェンの眉をふいた。「ミセス・ジョンソンとさっきおしゃべりをして、二人とも同じ考えだとわかったの。赤ちゃんたちはもうすぐ生まれるわ。双子よね？」

グウェンはうなずきかけたが、突然頭を止め、両手で腹を抱いた。激しい痛みで身動きが取れなくなった姉を見て、ドロシアは心臓が凍りそうな恐怖を感じた。ミセス・ジョンソンがすぐにそばへやってきた。枕をいくつかグウェンの背中に当て、手をしっかり握るようドロシアに指示した。

こうして、長い付き添いが始まった。何十分が何時間になっていく。ある時点で、メイドがろうそくに火を灯しはじめ、ドロシアは夜が近づいていることに気づいた。グウェンはまだ叫び声をあげ、あえぎ、陣痛に苦しんでいる。

自分が弱気になってはいけないと思い、ドロシアは絶えず姉を励まし続けた。ときどき、グウェンは聞こえているのだろうかと思うこともあったが、話し続けた。幸せだった幼いころの話をしたり、両親のなつかしい思い出話を語ったりした。

大声をあげて苦しむグウェンを見ていると、とてつもなく恐ろしかった。それでも、生命の奇跡は否定されることはないと、ドロシアは信じていた。やがてグウェンは最後の力を振り絞り、ついに子供たちを産み落とした。

「男の子と女の子だわ。こんなことがあるなんて」ミセス・ジョンソンはつぶやき、元気のいい小さな赤ん坊たちの体から胞衣《えな》を洗い流した。

「子供たちは大丈夫？」グウェンは小さな声で訊いた。

ドロシアは振り返り、首を伸ばした。「二人とも腕を振って、足を動かしてるわ」にんまりと笑って伝えた。こんなふうにめまいがしそうなほど安堵したのは、はじめての経験だった。

寝室の扉が開いた。ドロシアはてっきり義兄だろうと思っていた。しかし、立っていたのは、ためらいがちに、落ち着かない様子でまばたきしているエマだった。「なにか、聞こえた気がして……まあ、生まれたのね！」エマのうれしそうな顔は、すぐに困惑の面持ちに変わった。「双子なの？」

ドロシアは頬をふくらませた。「さすがグウェンよね。中途半端なことはしないわ」

産婆とその見習いが赤ん坊たちをベッドへ連れてきた。ドロシアとエマはよく見ようといそいそと近づいた。

「抱いてみますか？」ミセス・ジョンソンがグウェンに訊いた。「わたしは旦那様を探しにいって、よい知らせをお伝えしなければなりませんから」

グウェンは首を振った。「いまは腕に力が入らないわ。妹たちに渡してちょうだい」

エマはうれしそうにはしゃいで、近いほうの赤ん坊に両手を伸ばしたが、ドロシアはためらった。返事を待たずに、ミセス・ジョンソンは布にくるまれた包みをドロシアの腕に預けた。赤ん坊はしばらく静かに眠っていたが、ふいに背中をそらせ、頭をめぐらせて必死に胸を求めた。

「まあ、お姉様の息子に間違いないわね」ドロシアは微笑みながら言った。

ドロシアは、小指を赤ん坊の口に近づけた。赤ん坊はそれをしっかりとつかみ、すごい勢いで吸いはじめた。いっぽう女の子は、エマの腕の中で満足げに静かに眠っていた。

ジェイソンが部屋に入ってきて、ベッドの近くに集まっていたメイドたちのそばを駆け足で通り過ぎた。そのあとにミセス・ジョンソンが続いた。「グウェンは大丈夫なのか？」産婆に訊いた。「本当に？」

「疲れていらっしゃいますが、とてもうれしそうなお顔をされてます。母親になったばかりのときはそういうものです」

「だが、元気になるんだろうな？　元気になると言っただろう」ジェイソンは声を大きくして言った。

「そんなに騒がないで、マイ・ラブ」グウェンは疲れた声で注意した。「子供たちがびっくりするわ」

グウェンの声に、ジェイソンは立ちすくみ、すぐさま心配そうに妻を見おろした。なんとか心を落ち着かせようと、つばをぐっとのみこむジェイソンの喉の動きがドロシアには見えた。

「さあ、ジェイソン、息子と娘に挨拶してちょうだい」ドロシアは重苦しい雰囲気を軽くしようと明るく言った。

ジェイソンがうわの空で赤ん坊のほうを見た。「ちょっと待ってくれ」グウェンのベッドの端に座り、彼女をそっと抱きしめた。しばらく見ているうちに、ドロシアはジェイソンの肩が震えているのに気づいた。驚いたことに、ジェイソンは泣いているのだ。

親密な場面から目をそらして、ドロシアは窓のそばへ歩いていった。赤ん坊は腕の中で幸せそうに眠っていた。エマもやってきた。おばになったばかりの二人は、同じ調子でそっと赤ん坊を揺らしはじめた。うれしいことに、赤ん坊たちもその動きが気に入ってくれたようだった。

「ちょっと邪魔をしてもいいかな」

ドロシアが赤ん坊から目をあげると、目の前にカーターが立っていた。「邪魔だなんて、とんでもないわ」ドロシアはあわてた。「この幸せは家族全員で分かちあわないと。グウェンは無事に赤ちゃんたちを産んだの。ほら、姉の息子よ」

ドロシアはよく見えるように腕をななめにして赤ん坊を持ちあげた。カーターは興味をそそられた顔をした。ドロシアがうながすように微笑むと、カーターは少しずつ近づき、指で赤ん坊の手に触れた。小さくてもちゃんとした形の赤ん坊の指が、カーターの指を握った。

「とても小さいんだな」カーターはささやいた。

「それに、赤くて、しわくちゃで、黒い髪の毛はあちこちに跳ねている」ドロシアはささやき返して、赤ん坊の額にキスした。「あんなに魅力的な両親に比べたら、小鬼みたいだって思われるかも」

カーターは笑みを浮かべた。「そのとおりだ、申し訳ないが」

ドロシアはうなずいた。「私たちの子供はもっとかわいいはずよ、姉たちの前でそんなことは言わないけれど」

子供のことを話していると、ドロシアは心温まり、胸が高鳴る感じがした。グウェンが耐えた苦痛を見たあとでは、自分でそれを経験したいとは思わなかったが、大切な命の包みを抱いていると、気持ちがゆっくりと変わってきた。そこには、約束と可能性に満ちたなにかがある。たしかに、出産には、命の危険を冒すだけの価値があった。

突然赤ん坊が体をこわばらせ、顔をしかめ、大きな声で泣きだした。その声に驚いた妹のほうも、一緒になって泣き声をあげはじめた。

「ママに抱っこしてほしいんじゃないかしら」エマが不安げに言った。あわててベッドへ向かい、差しだされたグウェンの腕に赤ん坊を預けた。

「それと、パパにも」ドロシアは続けた。ジェイソンがなにか言う前に、元気よく泣いているもう一人の赤ん坊を彼の腕に押しこんだ。

ジェイソンのうろたえて驚いた顔はおもしろかった。そのとき寝室の扉がふたたび開き、ジェイソンの兄であるフェアハースト卿が入ってきた。彼がジェイソンとそっくりなのには目を見張るばかりだ。なんといっても、二人も双子なのだから。

「聞き慣れた声が聞こえた気がしたんだが」フェアハースト卿は近づきながら言った。赤ん坊たちを見てなつかしそうな表情を浮かべた彼の姿に、ドロシアは、この年のはじめに生まれた自分の子供のことを考えているのだろうと想像した。

「父親になったよ」ジェイソンは少し当惑した声で告げた。

「一度に二人か」フェアハースト卿はにやりと笑った。「よくやったよ、グウェンドリン。二人とも心からおめでとう」

もうしばらく、みんなが赤ん坊のことであれこれしゃべっていると、赤ん坊たちがまた泣きはじめた。

「親子水入らずにしてあげよう」カーターが言った。片方の手をドロシアの肩に、もういっぽうの手をエマの肩に当てて、部屋から出るよううながした。「朝になってから、ゆっくりと赤ん坊たちに会えばいい」

廊下へ出ると、エマはドロシアをしっかりと抱きしめ、もう寝ると告げた。フェアハースト卿はもう一度弟と話をしてから部屋にさがると言った。カーターとドロシアが、急いで用意された部屋へ向かっていると執事に出くわし、なにか必要なものはないかと訊かれた。

「なにか食べ物を見繕って部屋へ持ってきてくれ」カーターが言った。「僕はもう食事をすませたが、レディ・アトウッドはまだなので」

寝室に入ると、ドロシアはひどい疲労感に襲われた。メイドはさがらせ、カーターの手を借りて、旅行鞄に入れてあった白いリネンのナイトガウンに着替えた。食べ物が届いたころには、あくびを繰り返していた。

「疲れていて、食べられないわ」カーターにローストチキンを食べたらどうかと言われて、ドロシアは答えた。「私が欲しいのは、暖かくて気持ちいいベッドだけよ」

それを示すために、ドロシアは四柱式ベッドにあがり、毛布の下に横になった。カーターが部屋を歩きまわり、そして服を脱ぐ音が聞こえた。それから、ベッドカバーの中に滑りこんできた彼は、ドロシアに身を寄せた。彼女は満足そうにため息をつき、カーターの腕に抱かれ、いちばん心地よい位置に体を落ち着けた。目を閉じて眠りに落ちるのを待ったが、ふいに腹が大きく鳴った。

カーターの手が二の腕をそっと撫でるのを感じた。「なにか食べたほうがいい。そうすれば、気分もよくなる」

ドロシアは首を振り、寝返りを打つと、カーターの広い胸を少しかじった。「疲れすぎていて、食べられないわ」

「ふうむ。ひどくきわどいことを言ってもいいんだが、我慢するよ」

「ありがとう」

ドロシアはカーターの鎖骨のくぼみに唇を当て、そのおいしい場所に温かくて濡れたキスをした。「疲れているんじゃなかったのかい?」カーターがささやいた。

ドロシアは、今度はカーターの唇にキスをして黙らせた。体を押しつけながら、渦巻く欲望のうずきが体じゅうに広がるのを感じた。カーターが手を伸ばしてドロシアの膝を引き寄せ、横向きにして自分のほうを向かせた。

カーターの目にはむきだしの欲望が浮かんでいたが、やさしさも交じっていた。ドロシアは吐息をもらした。大事に思ってくれている。それがわかると、いつの日か、彼もすっかり心を開いて、自分が愛しているのと同じだけ愛してくれるだろうと希望が持てた。

その思いに、ドロシアの胸の高ぶりはあおられた。疲労は消え去り、情熱がうねり、ふくれあがった。ドロシアはじっとしていられなかった。カーターの裸の肩や胸に手をみだらにさまよわせ、筋肉がぴくぴく動くのを指に感じた。

大胆に、さらに体を押しつけ、カーターの硬くて熱い体を肌で感じられるようナイトガウンをめくりあげた。彼の首に両腕をからめ、ささやく。「キスしてもかまわない?」

二度たずねる必要はなかった。カーターは顔をさげ、気も狂わんばかりの欲望に駆られて彼女の唇に自分の唇をぴったりと触れあわせた。まるで、彼の中の情熱がはじけ、あふれでてきたかのように。

ドロシアはカーターの口の中にうめき声をもらし、背をのけぞらせた。乳房が彼の顎の端をかすめる。キスをやめると、カーターはもどかしそうにドロシアのナイトガウンを脱がせ、彼女のふくらんだ胸のつぼみを唇で挟んだ。敏感な先端をゆっくり円を描いて舌でなぞり、それから口に含んで、きつく吸った。

熱く激しい欲望が、ドロシアの全身を駆け抜けた。手を下に伸ばし、二人の体のあいだを手探りして、貴重なもの、太く硬い彼のものを見つけた。サテンのようになめらかなそれを愛おしげに撫で、さらに下へ手を伸ばし、しなやかな毛の中を探り、重い睾丸に触れた。

「いま、あなたが欲しいわ」ドロシアはカーターの耳にささやき、思わせぶりに自分自身を彼にすりつけた。「お願い」

ドロシアは寝返りを打ってあおむけになり、膝を引き寄せた。カーターはにやりと笑って、彼女に覆いかぶさると、目を合わせたまま、強くすばやく彼女の中に入った。鋭い叫び声が部屋に響き渡る。

「すまない。傷つけてしまったのか?」

「いいえ、違うわ」ドロシアは声を詰まらせた。「いいの。いい以上だわ。すばらしいの」

それを示すように、ドロシアは腰を浮かせた。カーターは大きなため息をつき、目を閉じた。ドロシアは彼の引き締まったヒップの筋肉へ手を滑らせ、引き寄せた。彼の体の熱気に包まれ、それに応えて体の奥の渇望がわきあがった。

カーターが突くたびに、ベッドがゆっくりした規則的なリズムできしむ音が聞こえた。彼女の欲求に応じて、カーターは速度をあげ、さらに速く動き、奥深くへと分け入った。ドロシアはカーターの動きを感じ、悦びを感じた。夢のようだ。この瞬間、二人は夫婦以上の存在だ。恋人であり、体で、心で、魂で結びついていた。

カーターがドロシアの腰のほうへ手を伸ばし、つながった体のあいだで手をくねらせ、長い指で探って彼女の芯を見つけた。彼女の奥に硬いものを埋めたまま、濡れて敏感なひだを撫でてはさする。

二人の交わりはさらに切迫していった。体の中が震えはじめると、ドロシアを取り囲む世界が消えていった。ドロシアは手にカーターの髪をからませて声をあげた。体が激しいエクスタシーの波に乗った瞬間、彼にしがみついた。

ドロシアのほうが先に絶頂に達し、すぐにカーターが続いた。ドロシアは感極まったうめき声をそっともらし、カーターにさらにきつく抱きついた。カーターはぶるっと身震いし、温かく濡れた種を彼女の奥に放った。

そのあと、二人は長いあいだ抱きあったまま横になっていた。ドロシアはカーターの肩に頭をもたせかけて体を丸め、彼の腕に抱かれていた。心は心地よく希望に満ちたかすみのあいだを漂い、二人の将来のことを考えた。こういう瞬間をたくさん重ねていけば、切に願っていた心のつながりが生まれるのだろうか。

「いい一日だった」カーターがささやいた。

「本当に。忘れられない日だわ」ドロシアは微笑んだ。「幸せはいつか消えてしまうかもしれないけれど、いまこの瞬間は、心から幸せを感じているわ」

「僕もだよ」

このうれしい言葉を聞いて、ドロシアは夢も見ないほど深い眠りに落ちていった。

翌日の朝食の席は陽気な雰囲気に包まれていた。エマは、早起きをして双子に会いにいったのだと、ドロシアに語ってくれた。グウェンはぐっすり眠り、いっぽうでジェイソンは妻の寝室と子供部屋を行ったり来たりしていたようだ。せめて双子が腹をすかせて目覚めるまでは、グウェンはゆっくり眠るつもりらしい。

フェアハースト卿は妻と両親、姉のレディ・メレディスへ知らせを送ってくれた。みな、ランチのあとにやってくることになった。ドロシアがこれから数日分の献立を料理人と相談していると、カーター宛のメッセージが届いた。

「父からだ」カーターは書状を読み終わると言った。「深刻な事態が起こったから、至急ロンドンへ戻ってこいと言っている」

「病気にでもなられたのかしら」ドロシアは心配になって訊いた。義父とのあいだには、まだいくらか確執があるが、彼の不幸を願ったりはしない。

「健康のことはなにも書いてない」カーターが答えた。「なにやら家族に関する緊急の問題のようだ」

ドロシアは相談していた献立に急いでいくつか走り書きをした。「一時間以内で、出発の用意ができるわ」

カーターは首を振った。「君が急いで帰る必要はないよ。家族と一緒にもっと過ごしたいだろう。僕はロンドンまで馬を走らせて父に会い、うまくいけば日暮れまでに帰ってこられるだろう」

ドロシアはカーターの手首をつかみ、目を見た。「本当にいいの？」

「ああ。それに、馬車よりも馬のほうが早く移動できる」

「それじゃあ、お願いがあるの」

カーターの目が興味深そうに輝き、ドロシアは赤くなった。「昨日、急いでここへ来たから、レイヴンズウッドから持ってきたグウェンへのおみやげを忘れてきたの。私の部屋に、ミセス・ジェンキンスの帽子屋の帽子箱が置いてあるわ。戻ってくるときに、一緒に持ってきていただけないかしら」

カーターは目をしばたたかせた。「まさか、あの果物を盛った鉢みたいな、ごてごてと飾りのついたボンネットじゃないだろうね」

「それよ。グウェンはあんなに耐えたんだから、大笑いするのもいいんじゃないかと思って」

カーターは笑ってうなずき、出発の用意をするためにその場を離れた。

家は喜びに満ちていたが、カーターが行ってしまうとドロシアは妙に寂しく感じた。グウェンと双子が眠っているあいだに、ドロシアは散歩して朝の日の光を楽しむことにした。

幾何学式庭園の目立った道をいくつかたどり、それから邸宅を囲む緑地庭園のほうへ行ってみた。涼しくて、心地よかった。生け垣の陰から出ると、突然の日光の明るさに目を細めた。そのとき、決然とした足取りでこちらへ向かってくる人影が遠くに見えた。男の人だ。カーターだろうか。

そう思うとうれしくなって、ドロシアは足を速めた。「ロディントン少佐？」近づくにつれて、男の人の顔がちらりと見えたので、たずねた。「まあ、驚いた」

「うれしい驚きだといいのですが」

「ええ、もちろん」ドロシアは笑顔で挨拶したが、心の中ではまだ驚いていた。いったい、ここでなにをしているのだろう。「なにか用事があって、こちらへいらしたの？」

ロディントンは口元をゆがめ、陰気な笑みを浮かべた。「もちろん、あなたに会いにきたんですよ」

「えっ？」その言葉だけでなく、ロディントンの奇妙な振る舞いに、ドロシアはなんだか胸騒ぎを覚えた。グウェンとジェイソンがどこに住んでいるかとか、自分が二人を訪ねるつもりだということを彼に教えた覚えはない。どうやらあとをつけてきたようだ。でも、なぜなのか。「お屋敷へ戻って、なにか軽い食事でも召しあがらない？」ドロシアは言ってみた。

不安な気持ちのまま、ドロシアは足を踏みだしたが、ロディントンがすばやく動いて行く手をふさいだ。「姉上の家の者を煩わせる必要はありません。ここでも話を聞かれる恐れはありませんから」

「そんなことはないわ。暖炉の前に座ってるほうがもっと居心地がいいはずよ」

ロディントンの笑みがすっかり消え去った。「屋敷に戻る必要はないと何度も言いたくはないんです」

ドロシアはとっさに向きを変えて逃げるべきだと感じたが、驚きで立ちすくんでしまった。彼はあからさまに脅しているわけではないけれど、この妙な振る舞いはロディントンらしくなく、ドロシアの知っているやさしく穏やかで立派な紳士とは違う。彼の顔へ怪訝そうな視線を向けた。ロディントンはすぐに顔をそむけたが、その目に不安の色が浮かんでいるのがちらりと見えた。

いったいどういうことなのかしら。ドロシアは顔をしかめ、胸にわきあがってくるぞくっとするような恐怖を無視しようとした。屋敷から離れたところで二人きりだ。事態が悪化して、手に負えなくなっても、助けてくれる人は近くにいない。

「驚かせないで、ロディ」ドロシアは震える声で言った。平静を装ってもう一度ロディントンのそばを通り抜けようとしたが、遮られた。

「申し訳ありません。あなたを面倒に巻きこみたくはなかったんだが、もう、どうしようもなくなってしまったんです。あなたの助けが必要なんです」顔はこわばり、むずかしい選択に悩んでいるようだ。

ドロシアは疑念を振り払い、恐怖心を抑えこもうとした。ほどなく、ロディントンが話しはじめた。その、あまりに信じがたい話に、ドロシアは言葉を失った。彼の声は低く、感情もこもっていなかったが、言葉は力強かった。ドロシアはすべてを聞いたが、それを理解するには時間がかかり、戸惑いを覚えた。

いっぽうで、ロディントンが言ったことなど信用できない、そんな馬鹿げた話は信じられない、と思う自分もいた。それでも、彼の顔をじっと見つめていると、その目に深い苦しみをはっきりと見て取ることができた。その瞬間、ドロシアの迷いはすっかり消えた。これほどの怒りと苦悩が嘘であるはずがない。ドロシアの目は彼に対する同情で潤み、本能的に体が動いた。

ロディントンの広い肩に腕をまわして、慰めるように抱きしめた。しばらくのあいだ、彼の腕は垂れたままだったが、ゆっくりとドロシアの腰にまわされた。

「信じてくれるのかい」

「もちろんよ!」

「ありがとう」

ドロシアは目を閉じ、彼をきつく抱きしめたが、ふいにロディントンの体が乱暴に引き離された。驚いた男の不機嫌な声、それから拳が肉体にぶつかる鮮明な音が聞こえた。

ドロシアは唖然とした。ロディントンが体勢を立て直したのをたしかめてから、改めていきなり襲ってきた男を驚いて見た。

「カーター!」心臓がどくんと跳ねた。「ここでなにをしてるの? だいぶ前にロンドンへ発ったと思っていたわ」

「こういう計画だったのか、ドロシア」カーターが怒りにあえぐ声で怒鳴った。「僕がいなくなるのを待って、恋人と密会というわけか?」

「馬鹿なことを言わないで。たとえその突拍子もない話が少しでも本当だとして、あなたが今朝出発するとどうやってわかったの？　あなたが呼び戻されたのは、お義父様からの知らせのせいでしょう」

カーターの目は、自分が正しいという荒々しい怒りに燃えあがった。「もしロディントンが近くに身をひそめていれば、機会を見て知らせを送ればすむことだ。僕には絶対にばれないと思っていたんだろうが、屋敷を出発したあと、しばらくして馬の蹄鉄が外れてしまってね。馬をゆっくり歩かせながら戻ってこなければならなくなったのさ」

ドロシアはカーターの冷ややかな軽蔑の言葉を無視しようとしたが、彼の非難に彼女の心は傷ついていた。どうして彼女がほかの男性に目を向けているなどと思うのだろう。カーターを愛しているということに疑いの余地はないのに。

「少しも信じてくれないのね」ドロシアは苛立ちもあらわに言った。

カーターは彼女には目もくれず、ロディントンのほうを向いた。「見るからに明らかなのに訊くのも月並みだが、妻となにをしようとしていたんだ」カーターの顔はいかめしく、殺気立っていた。

「やめて！」ドロシアは叫んだ。「誤解よ、カーター。ロディントン少佐は、とても大切なことを話すために来たのよ」

「どんな用件だ」

「個人的なことよ」

「恋人としてか？」カーターがあざけるように言った。

「友人としてよ」ドロシアは言い返した。

どうすべきか。ロディントンは本当のことをカーターに告げてもかまわないのだろうか。ドロシアはロディントンへちらりと目を向け、二人は黙って見かわした。

その目配せに気づいたカーターは、すでに高まっていた怒りを爆発させた。「どんなことがあろうと、馬鹿にされるのは我慢できない」カーターは叫び、拳を固く握りしめて前に飛びだした。

自分の身もかまわずに、ドロシアは向きあう男たちのあいだに割って入った。カーターはドロシアをどかそうとしたが、ドロシアは断固として動かなかった。

「この男を殴るべきではないちゃんとした理由があるのか？」カーターはカッとなって怒鳴った。

「この人は私の恋人ではないわ」ドロシアは切羽詰まった声で答えた。「ロディントン少佐は、あなたの弟なの」

17

体がぐらりと揺れるのを感じた。太陽に向かって顔をあげ、気持ちを落ち着かせる。きっと聞き違えたのだ。兄弟だと？　ありえない！

一陣の風が木々の葉を揺らしたが、カーターにはそよ風すら感じられなかったし、ロディントンの顎を殴った拳の痛みも感じなかった。

「カーター？」ドロシアはやさしい声でたずねた。一瞬、庭がしんと静まり返った。カーターはギラギラとまぶしい太陽から顔をそらして、妻をまっすぐに見た。「君はどうかしている！」カーターは息もつかずに叫んだ。「こいつが僕の兄弟だなんて、ありえない！」

「腹違いの兄弟よ」ドロシアは心配そうな顔をしていた。「これは真実よ、カーター。だから少佐はここにいるの、私に話すために」

「君はやつの言葉を信じたのか！」カーターは激しく頭を振った。「これは嘘だ。真っ赤な嘘だ」

ドロシアは目に涙をためていた。「どうか、カーター、そんなに早急に決めつけないで、彼の話を聞いてあげて」

どうしてドロシアは泣いているんだ？　僕のためか、それとも、ロディントンのためか？

カーターは手をあげ、ドロシアを黙らせようとした。考える時間が必要だ。「そんなくだらない話を聞く気はない」カーターは力を込めて、少佐に向けて言った。「君はそう言うだろうと、ドロシアには言ったんだ」ロディントンは両腕を組み、カーターを尊大に見つめた。

「いいえ！」ドロシアが口を挟んだ。「カーターは公爵とは違うわ。道理のわかる人よ。ちゃんと聞いてくれるわ。話して、ロディ」

ドロシアはカーターの前腕をつかみ、行かないでと頼んだ。カーターはドロシアの手を振りほどきたいのをこらえた。本当はドロシアに背を向け、すぐにこの場を離れたかった。ドロシアは本当に一途で、感情的だ。まあいい、話を聞こう。そして嘘だと見破ってから立ち去ればいい。

少佐は一瞬、言葉を失ったようだった。「僕の母は貴族で、騎士の娘だった。不自由なく育ち、レディにふさわしい女性になった。だが父親が亡くなり、兄弟のなかった母に残されたのは借金だけだった。返済はできたが、わずかな財産しか残らなかった。持参金はなく、親戚にも迷惑をかけたくなかった母は、社会に出て自分で稼ぐしかなかった」

カーターは鼻を鳴らした。ロディントンが「母は公爵の愛人になった」と言うつもりなら、目にもの見せてやる。どんなにドロシアが感情的になっても、やつの鼻っ柱を殴ってやる。ハンズボロー公爵が妻をどれほど愛していたか、どれほど誠実で忠実な夫だったか、知らない者はいない。

カーターの思いを読み取ったかのように、ロディントンが顔をしかめた。「母は住みこみの家庭教師の職を見つけたんだ」ロディントンは言った。

「家庭教師ならよく覚えている」カーターが答えた。「彼女は一族の使用人で、父が子供のころも世話をしていた人だ。君を産むには年を取りすぎている」

「母が君の世話をするために雇われたとは言っていない」ロディントンが言い返した。「母の雇い主は、母の信頼を裏切って、若く美しい、身寄りのない女性をいいように扱うような人ではなかった。母を誘惑したのは、隣の領地に住む公爵で、恥知らずにも、子をはらんだ母を見捨てた男だ」

「あなたのお母上の雇い主はどなただったの？」ドロシアがたずねた。

「アルダートン卿夫妻だ」

「そんなのなんの証拠にもならない！」カーターが叫んだ。だが、その名前を聞いて体が震えた。アルダートン家の領地はレイヴンズウッド荘園と境を接しており、カーターの父はその郡の唯一の公爵だった。

ドロシアは驚いた表情を浮かべた。「お義父様はアルダートン卿夫妻をとても嫌っていらっしゃるわ。確執の始まりはこの騒動によるものではないかしら」

カーターは不愉快そうに体を動かした。会話の断片がよみがえってくる。子供のころ、ふと耳にした会話……両親の口論……彼にはまったく意味がわからなかった。これまでは。

「君の母上が妊娠したのが、アルダートン家に雇われてからだったことは、間違いなく証明できるのか？」カーターは言った。「たとえ本当だとしても」

「そんなのは簡単に証明できる」ロディントンが言い返した。「ただ、僕が知るかぎり、母は自分の子供の正体はだれにも話していない。僕に真実を話してくれたのも、死の間際だった」

ドロシアはこめかみを指で押さえた。「なにか記録が残っているはずよ。書類のようなものが」

「手紙がある」ロディントンが言った。

「手紙なんて捏造できるぞ」カーターが答えた。

ロディントンは両眉をつりあげた。「君は、父親にそっくりだな、アトウッド。公爵に会いにいったとき、そっくり同じことを言われたよ」

「公爵と話をしたのか？」

「ああ。二度」少佐は首を曲げて、足元を見つめた。「最初は十五歳のときだった。母の葬儀の翌日、歩いてロンドンに向かった。二、三週間かかって到着し、数日かけて、公爵の通うクラブの外の通りで公爵を待ち伏せした。

僕はまだ子供で、自分を愛してくれた、たった一人の人を亡くした悲しみから立ち直っていなかった。そんな僕が、ついに母の人生を、母と僕の人生を台無しにした男と対面した。でも、どうしても父を憎めなかった」

「それで、どうしたの？」ドロシアがたずねた。

「公爵は僕に名刺を渡して、あとで屋敷を訪ねてくるように言った。だから僕は、公爵が母に送ってきた手紙を持っていったんだ。結果的には、ぬか喜びだったよ。公爵は僕の話を熱心に聞いていた。だが、話が終わると、公爵に命じられた召使いに僕は外へ放りだされた。その前に、そんな汚らわしい嘘を僕が一言でも言いふらしたら、僕を逮捕させて牢にぶちこんでやるという脅し文句をつけて」

ロディントンが内に秘めていた煮えたぎるような憤りが、いまやあらわになっていた。少佐の目はかげり、荒々しくなっていた。拳を固く握りしめ、チャンスがあれば殴りかかろうとしているかのようだった。

「手紙はいまどこにある？」カーターがたずねた。ロディントンのこわばった姿を見つめながら、ロディントンが真実を語っているかどうか見極めようとしていた。

「公爵に取りあげられたよ。おそらく、僕がロンドンの公爵の豪華な屋敷から通りに放りだされる前に、暖炉に投げこまれたさ」ロディントンは淡々と話そうとしているようだったが、心の痛みはその声に表れている。

「公爵とは、二度、話したのよね？」ドロシアが先をうながした。

「二度目は今朝だ。今度は簡単に屋敷に近づけたよ。召使いが僕を知っていたからね」

ドロシアに目を向けた少佐を見て、カーターは彼の言葉の意味を理解した。ロディントンはドロシアをエスコートして、たびたび社交界の行事に出席している。公爵の召使いたちは、少佐が呼ばれたのだと勘違いしたのだろう。まずい。公爵に拒絶された傷はどれほど深かったのか、恨みはどれほどつのっているのか。公爵を傷つけるつもりだったのか？

たちまちカーターは、今朝、受け取った公爵からの緊急の知らせが、ロディントンとのことだったに違いないと悟った。「なにかしたのか？」カーターは急に不安になり、たずねた。

「心配かい？」少佐は挑戦的な口調でささやいた。

カーターは反射的に拳を握り、ロディントンの顔を殴りつけたいと思った。すました顔で立っているロディントンが、目を見開き、頭をそらして、腕を振りまわす姿を見られたら、どれほど気分がいいことか。

だが、なにかに押しとどめられて、拳を両脇に置いたまま言った。「僕の妻に泣き言を言うためにここへ逃げてきたということは、もう一度、公爵に放りだされたんだろう」

「いや、違う」ロディントンの声は冷ややかだった。「僕は自分の意思で出てきたんだ。これからのことは、公爵の気持ちしだいだ」

「なにが望みだ？」カーターはいきり立って言ったが、少佐の目の奥がきらりと輝いたのを見て、内心ぎくりとした。悪い前兆に決まっている。

「公爵が僕の目の前で、自分のしたことを、心ない恥知らずな行いをしたことを認めてほしい。そして、自分は残酷で無責任だったと、母の代わりに僕に許しを請うてほしい」

沈黙の中、突然女性が息をのむ音がして、カーターは振り返った。ドロシアが手の震えを抑えようと、必死でスカートを握りしめている。「公爵は誇り高い方よ。あなたの言うことが正しかったとしても、公爵がそんな要求を受け入れるとは思えないわ」

ロディントンはすばやく眉をひそめた。「それなら、これから起こるスキャンダルの嵐に苦しんでもらうだけだ」

無表情を装っていたが、とげのあるその言葉は、カーターの胸にぐさりと突き刺さっていた。ロディントンなりに調べあげたのだろう。どうすれば公爵に最大の苦痛を与えられるか、彼はわかっている。公爵が一族の家名と財産に誇りを持っていることは有名だ。公爵がなによりも嫌っているのは、家名に汚点をつけることだ。

「君は公爵の力を過小評価している」カーターは言い張った。「公爵は社交界であがめられ、称賛されている人物だ。摂政の宮でさえ、そう言ってはばからないのだぞ。君の味方をする者はだれもいないし、そもそもそんな嘘を信じる者もいない」

「僕はもう十五歳の子供じゃない。ハンズボロー公爵の威光にそう簡単に怖じ気づいたりするものか」ロディントンはあざ笑った。「だけど、もっと重要なのは、これは嘘ではないということだ。証拠の書類だってある」

ロディは帽子を深くかぶり直し、馬を速足で駆けさせた。風が真正面から顔に打ちつけたが、身を切るような寒さを無視し、体を低くした。速く走れば、それだけ早くロンドンに着ける。このことを早くおしまいにできる。できるのか？

ロディは顔をしかめた。そもそも、ドロシアのもとに行くべきだったのか？　自分の行動に対する疑念が頭の中で渦巻き、わからなくなってきた。今朝、公爵に会ったことになどなんの意味もなく、ただ苛立ちが増しただけだった。あの宮殿のような屋敷の廊下を歩いているうちに、なにかを殴りたくてしかたなくなった。なにかを、あるいはだれかを殴らなければ、心を落ち着かせることはできそうもなかった。

ものに当たる代わりに、ロディはドロシアに伝言を送った。すると、執事から、ドロシアは姉に会いにいったと聞かされた。ほかにどうしようもなく、ロディはドロシアの姉の家へ向かった。ドロシアとアトウッドは仲がよさそうには見えなかったから、アトウッドが一緒だとは思わなかった。

ロディのしかめ面が深くなった。どうして黙って立ち去って、なにもかも忘れてしまえないのか。公爵が、彼の父であると認めることはないだろう。実のところ自分はあの男に、ほかになにを求めているのだろう？　金か？　違う！　なんらかの関係を築くこと、なにか絆のようなものを求めているのか？　まさか。

それでもロディは、少年のころあの屋敷から叩きだされて以来、証拠となるものを必死で探してきた。心の中では、公爵が息子だと認めるまでは、決して完全に満足できないとわかっていた。自分自身のためにではなく、母のために。

道の曲がり角ですばやく馬の向きを変えた。母の悲しみに打ちひしがれた顔を思いだすと、怒りと痛みで足が震える。母はか弱くやさしい女性だったが、生きているあいだはずっと苦労ばかりしていた。状況を理解できる年齢になってからは、ロディは世間の非難の的になった母を守ることばかり考えていた。

彼は礼儀正しく、模範的な子供だった。不平不満をもらして、母を苦しめるようなことは決してしなかった。だが、それでも非嫡出子を産んだことで母は苦しんでいた。母の事情を裁こうとする人々にとって、母は恥ずべき人間だった。

後悔と同じくらい深い悲しみがわきあがってきた。ロンドンに着いたときに考えていた計画は単純なものだった。アトウッドの友情を獲得し、彼にロディが信頼に足る男だと証明することができれば、アトウッドはロディの言い分を聞き入れ、公爵に責任を取らせることに協力してくれるだろうと思っていた。同じく、ドロシアに気に入られれば、一族とのつながりを強められると思っていた。

聡明な将校らしく、ロディは敵を過小評価したことはない。相手が公爵でも同じだ。公爵は、彼が思っていたとおり、冷たく、頑固で、専制的だった。そして、遠い昔に顔を合わせたときの印象どおりに、恐ろしいほど残酷だった。

彼が過小評価したものがあるとしたら、それは彼自身の感情だ。腹違いの兄であるアトウッドに対する感情は、尊敬と嫉妬が複雑にからみあっていて、基本的に好かれたいと思いつつ、もっと重要なことに、信用されたいと思っている。ドロシアに対しては、純粋に友情を感じていて、兄のように守ってあげたいと思う。

二人は次にどう動くだろうかとロディは考え、すぐに声をあげて笑った。彼自身、この先どうなるのかわからないのだ。公爵が父親であることを証明する書類など持っていない。もともと存在しないのだから。アトウッドとドロシアに言ったことは嘘だ。時間を稼ぎ、二人に彼の言葉を信用させたくて言ったのだ。

母と公爵の関係が詳しくわかる手紙は公爵に取りあげられたが、それがあっても証拠にはならないことはわかっていた。アトウッドが言ったとおり、手紙は捏造できる。母が亡くなる日の朝に書いた手紙が唯一手元に残っているが、証拠になるというよりは謎を深めるものだった。内容は、母と公爵のあいだに生まれた子供である彼についてだったが、最後の一行で、母は公爵をだましたことを謝罪しているのだ。

どういう意味なのかはよくわからなかったが、おそらく母が自分の病気を隠していたことを言っているのだろうと思っていた。以前、愚かにもすべての手紙を公爵に渡してしまったロディだったが、かろうじてこの一通だけ取り戻すことができた。なんの証拠にもならないが、捨てられなかった。母が残した唯一のものだから。

どういう結末が待っているのだろう。ロンドンに近づくにつれ、この最後の試みが失敗したら、拒絶の影の中で生きていく力をなんとかして見つけなければならないと思いはじめていた。もし、できなかったら……ロディは首を振った。結果を考えるのはつらい。

黒い雲が頭上を覆い、突然雨が降りはじめた。ドロシアはカーターを見やった。硬い表情をしている。カーターがなにを考え、なにを感じているのか想像しようとしたが、できなかった。

「本当のことだと思うか?」

カーターの声は平板で、感情がこもっていなかった。ドロシアはほとばしる感情を静めようと、深く息を吸った。「本当なのかもしれないわ。思い当たることがいろいろあるもの。でも、もっと大切なのは、少佐が、公爵を自分の父親だと強く信じていて、なんとかそれを公爵に認めてもらおうとしていることよ」

カーターは顔をしかめた。「残念ながら、僕も君の言うとおりだと思う。だけど、心の中で、こんな話は信じられないとも思っている。父はいつだって厳格で、礼儀正しい人だった。隣家の家庭教師と間違いを犯した、だと？　そんなメロドラマみたいな話は、とても信じられない」

「私たち、どうしたらいいのかしら？」

カーターはゆっくりと息を吐いた。「ロンドンに行って、公爵から話を聞く。それから……」カーターの声がしだいに小さくなり、カーターは肩をすくめた。

カーターのハンサムな顔がかげるのを見て、ドロシアは心を痛めた。「私も一緒に行くわ」

胸の中のなにかをねじられたような痛みが走った。そんな必要はない、とドロシアに言うべきだとわかっている。いつもそうしてきたように、この問題は一人で対処するから大丈夫だ、と。ドロシアはここに、姉たちと一緒に残って、新しい命が誕生した幸せを分かちあってしかるべきなのだ。

だが、言葉が出てこなかった。なんてことだろう。彼にはドロシアが必要だ。彼の世界がひっくり返ろうとしているいまこのとき、ドロシアは彼の人生の中で頼ることのできる唯一の存在だ。心から信じられる唯一の人なのだ。

ドロシアはカーターを愛してくれている。その愛を利用するなど、卑怯者のすることだ。だがほかにどうしようもなかった。いまのところそれが、カーターの正気を保ち、精神を集中させてくれる唯一の方法だったから。

ドロシアが身のまわりのものをまとめて姉たちに別れを告げにいっているあいだに、カーターは厩舎へ行って、馬車の支度をした。厩番は、こんな荒れた天気のときに屋根のない馬車で行くのはやめたほうがいいと言ってくれたが、カーターは彼に厳しく言い返し、黒い雲が立ちこめた空をにらみつけた。

「準備できたわ！」

カーターは肩越しに振り返った。ドロシアがやってきて馬車のステップを軽快にのぼった。明るく満面に笑みをたたえている。濃いブルーの旅行着を着て、スカートよりも明るい色のそろいのペリースをはおっていた。ボンネットのリボンも同じ色調のブルーだ。カーターの心の痛みが少し軽くなった。

一時間ほど馬車を走らせたところで、最初の雨粒が肩に落ちてきた。

「戻ったほうがよさそうだ」雨が激しくなってくると、カーターが言った。「それか、近くの宿屋で雨宿りをしよう」

「だめよ」ドロシアが激しく首を振った。「こんな雨、どうってことないわ」

「君が風邪でもひいたら、僕は一生自分を許せなくなる」

ドロシアは鼻にしわを寄せた。「いいこと、カーター、私はそんなにひ弱じゃないわ。あなたが私を甘い綿菓子みたいな女だと思っているなら、雨で溶けたりしないと証明してみせるわ」

馬車はぬかるみを進み、あちこちで泥水を跳ね飛ばした。カーターは手綱を握りしめ、ペリースをゆるめなかった。雨はますます激しくなってきた。帽子の縁が雨で重くなってさがり、視界を遮る。この調子で雨が降り続いたら、馬車を止めなければならないだろう。

ドロシアは一言も不平をもらさなかった。ペリースが濡れて濃いブルーの色がさらに濃くなっていっても、雨がボンネットの縁からしたたってスカートをびしょ濡れにしても、なにも言わなかった。ただカーターの腕にしがみつき、カーターのそばに寄って、寒さに歯ががちがち鳴るのを抑えようとしていた。

カーターはドロシアをちらりと見た。ドロシアは勇気づけるように微笑んだ。温かくやさしい目だった。まつげが雨で濡れている。カーターは無言で悪態をつき、道の真ん中で馬車を止めた。ドロシアに手綱を渡し、馬車から飛びおりると、靴で泥を踏みつけながら、ドロシアのほうへまわった。

「どうして止まったの？」ドロシアがたずねた。「馬車の調子が悪いの？」

カーターは、コートを脱いだ。「ほら、これを着て」カーターは濡れたコートで、ドロシアを覆った。「ドレスがびしょ濡れじゃないか」

ドロシアは震えながら首を振った。「でも、それを脱いだらあなたが凍えてしまうわ」

「君に寒い思いをさせるよりはましだ」

カーターの本心だった。ドロシアは彼のものであり、彼が守って、大切にしなければならない女性だ。生きているかぎり、カーターは全力を尽くしてそうするつもりでいた。ロディントンに出くわしたときの彼は混乱し、力さえ入らなかったが、そばにドロシアがいてくれると、肩にのしかかった重圧も重く感じなかった。こんな天気にドロシアを連れだすという愚かな行為をしたせめてもの償いとして、彼女には少しでも快適でいてほしかった。

二人がロンドンの公爵の屋敷に到着するころには、雨はやんでいた。二人はずぶ濡れで疲れ果て、寒くて、二人のスイートまでの階段をやっとの思いでのぼった。カーターはドロシアのために熱い風呂を準備するようメイドに指示すると、着替えをするため自分の寝室にさがった。

クラヴァットをゆるめて外し、上着とベストを脱ぎ捨てて、濡れた下着を頭から脱いだ。カーターにぴったりとくっついてきたダンスフォードは、彼のびしょ濡れの衣服を見て唖然とし、ぶつぶつつぶやきながら乾いた清潔な服を衣装ダンスから出してきた。

隣の部屋に続く閉じた扉から、ドロシアの明るい声と水しぶきの音が聞こえてきて、カーターは思わず笑みを浮かべた。ドロシアが風呂に入っているに違いない。カーターはドロシアの魅力的な体を想像した。ふわふわの泡の下に隠れた裸体。湯気で頬には血の気も戻り、温まっていることだろう。一緒に風呂に入りたいという衝動に強く駆られたが、カーターはタオルで体をぬぐい、公爵に会うために身支度をした。

父親の書斎に足を踏み入れたとたん、急に疲れを感じた。ロンドンまで馬車に乗ってきたのではなく、歩いてきたかのようだった。奇妙な倦怠感に襲われ、考えることも集中することもできない。そんな重苦しい気分を振り払うように、カーターは大股で歩いた。書類を読んでいた公爵は、カーターを見るとさっと脇に置いた。

「まったく、ずいぶん時間がかかったものだな」

「馬の蹄鉄が外れてしまい、新しいものを手配するのに時間がかかったのです」

「まあ、いい。来てくれたことには代わりないからな」

「ええ、ご命令どおりに」カーターは咳払いをした。想像していたよりも話を切りだすのがむずかしい。「ロディントン少佐がバリントン家に来ました。すべてを話してくれましたよ。父上が僕に家に戻るようおっしゃったのはそのためですか？」

公爵は息をのみ、真っ青になった。「あいつは、あんな汚らわしい嘘をおまえに話したのか？　なんということだ、やつを名誉棄損で逮捕させて牢獄へ入れてやる！」

カーターはもどかしさがわきあがるのを感じた。「ロディントンは嘘をついていると？」

「当然だ！」

「ロディントンはひどく腹を立てているようでしたが、嘘を言っているようには見えませんでした」さまざまな感情が渦巻くのを覚えながら、カーターは答えた。父が否定しているのだから安堵してもおかしくはないはずだ。それなのに、父親の言葉には真実味や確信がまったく感じられなかった。

「あいつの妄想を私が説明できるわけがない」

「だけど、どうして父上なのでしょう。ロディントンがああいう結論に達するには、それなりの理由があるはずです」

公爵は苛立たしげにカーターをちらりと見た。それからカーターに向き直った。「おそらく、やつの母親がアルダートン卿夫妻に雇われていたからだろう」

「ええ、住みこみの家庭教師として。お会いになったことがありますか?」

公爵は腕を組み、息子を傲慢な目つきで見やった。「私が家庭教師になど引きあわされるわけはなかろう」

カーターは肩をすくめた。たしかに。家庭教師だった女性と会ったことがある者がいるとすれば、カーターの母親のほうだろう。女性同士なのだから。「アルダートン卿夫妻に、その女性がいつからいつまで働いていたか問いあわせてみましょうか」

「よせ、やめろ! アルダートンはゴシップ好きの愚か者だ。今回の私に対する恐ろしい嘘を喜んで広めるに違いない」

「問題の女性の過去を調べるなとおっしゃるのでしたら、ロディントンを調べるべきなのでは?」

「それはすでにすんでいる」

カーターは顔をぐいっとあげて父親の目を見た。「こんなに早く? ロディントンは今朝、話したばかりだと言いましたよ」

「そう、その、実は、やつがこの屋敷に来たのははじめてではない」

公爵はサイドボードに近づき、ブランデーをグラスになみなみと注いで、ゆっくりと飲んだ。カーターが酒のすすめを断ると、公爵はふたたび自分のグラスに注いで、もう一杯飲んだ。

「あれは、十年前のことだ」公爵は話を続けた。「痩せこけて気性の激しい一人の子供から、私はとんでもない話を聞かされた。ボウ・ストリートの捕り手を雇って調べさせたが、たいして役には立たなかった。そのころには、やつは姿を消していた。だから私は、もう終わったものだと思っていた」

「ですが、ロディントンは何週間も前からロンドンにいたんですよ」カーターが言った。「この家にも足を踏み入れていたし、ドロシアのエスコート役として、社交界の行事に出ていた。それどころか、僕の結婚式にも来ました」

「やつの姿は見かけた覚えはあったが、正式に紹介されたことは一度もない。あのときの子供と、みんなにただ〝少佐〟と呼ばれている男が同一人物かどうかなど、私にわかるわけがない」公爵は目を閉じ、片方の手で顔をぬぐった。「こんな話にはほとほと疲れたよ、カーター」

カーターは驚いて目を丸くした。よく見ると、父の口元には深いしわがあり、髪も少し乱れている。「僕は、父上の力になりたくて来たんです」カーターは静かに言った。

「ありがとう」公爵は顔をあげた。「ロディントンと連絡を取るがいい。適当な額の小切手をやって、追い払ってくれ」

カーターはその言葉に驚いて、父親を見つめた。「なぜです?」

「それがやつを追い払う、いちばん簡単でたしかな方法だからだ」

「恐喝者も同然の人間に、すんなり金を払うなど馬鹿げていますよ」カーターは言った。

「そもそも、やつの主張にはなんの根拠もないというのに」

公爵は顔を紅潮させた。「私は愚か者ではない。少佐の動機が金であることは明らかだ。私とて、こんな陰謀に負けるのは不愉快だが、この手の問題をさっさと解決するには金がいちばんなんだ」

「ロディントンは自分の正当性を証明する書類があると言っていました」

たちまち公爵の顔に激しい感情がよぎった。一瞬、カーターは公爵が倒れるのではないかと思った。「あの男は、手っ取り早く金を稼ぐ方法を探している日和見主義者だ。私には金がある。それでやつを追い払えるのなら、安いものじゃないか」

カーターのこめかみに鋭い痛みが走った。父は、いままで決して戦いに背を向けるような人ではなかった。特に自分が正しいと信じているときは。それなのに、どうしてロディントンを追い払うのがいちばんいいと、こんなにも強く思うのか?

「彼に金を与えたら、彼の主張が正しいと認めたことになる。どう考えても間違っています。こちらが弱みを見せれば、彼はつけこんでくるでしょう」

「やつはスキャンダルを起こしたいんだ。それをさせないためなら、私は必要なことはなんでもする」

「スキャンダルを起こさせればいいじゃないですか。苦難に耐え、堂々としらを切って、ゴシップ好きな卑劣な人間などやり過ごせばいい。社交シーズンはまもなく終わります。来年のシーズンが始まるころには、こんなくだらない話にだれも興味など持ちはしません。上流社会のご婦人方は、もっと新しい話題を見つけだして、悪口や非難の対象にしていることでしょう」

公爵の表情が冷ややかになった。「私が終わらせたいんだ」

父親の首に汗が噴きだしているのが見えた。そして目がいつになく光っている。涙か？ありえない。まさか……？

「今日、ロディントンに会いにいきます」カーターが答えた。「金が欲しいわけじゃないと言うでしょうが、受け取るように説得してみます」

公爵はカーターを見た。厳格なグレーの目は悲しげで、その心は計り知れなかった。「こんな騒動に巻きこんで申し訳ない」

「父上のためです。それに、僕にも当然、関係のあることですから」

カーターが公爵の書斎から出ると、ドロシアが待っていた。ドロシアは、カーターの青白い顔を一目見て、なにも言わずに彼の手を取って客間へ入った。ドロシアが召使いにさがるように言っているのが聞こえた。

「本当だったのね」ドロシアの言い方は質問ではなかった。

「公爵は否定した」

ドロシアはカーターの腕をつかんだ。「でも、あなたは公爵の言葉を完全には信じていない、そうでしょ?」

「なにを信じていいのか、僕にはわからない」カーターは額をこすった。矛盾だらけで、じっくり考えることもできない。

ドロシアはカーターの腕をなだめるように肩までさすりあげた。「公爵はこの……その……デリケートな問題をどう処理なさるおつもりなの?」

「金で追い払うつもりだ。むしろ、僕に、金でロディントンを追い払わせたいんだ」

「うまくいくかしら?」

「ロディントンの立場になって考えてみてごらん。公爵が自分の本当の父親だと信じていたら、金を受け取るかい?」

ドロシアは下唇を噛んだ。「あなたはどうするの?」

「父の望みどおり、ロディントンと話すよ」

「私も一緒に行くわ」

「だめだ!」カーターはドロシアの手をつかんだ。「これは僕一人でやらなければならない」

「私、怖いのよ、カーター」ドロシアは顔をこわばらせたまま、カーターから目をそらした。「あなたたちを二人きりにしたら、暴力沙汰にエスカレートしてしまうのではないかと心配なの。私がいれば、穏やかに会話できるはずよ」

「だめだ」

「カーター、お願い」

カーターはドロシアの手を握りしめた。「ロディントンを怒らせるようなことはしないと約束するよ。僕自身、どんなに頭にきても、絶対に表には出さない」

ドロシアが納得しかねているのを見て、カーターは毅然とした顔をし続けた。とうとう、ドロシアはため息をついてうなずいた。「わかったわ」握りあっている手を見おろし、ためらいがちに続けた。「でも、あなたもよくわかっているでしょうけど、少佐はこの問題の半分でしかないのよ」

二時間後、カーターはロンドンのさびれた一画にある家の扉をノックしていた。ロディントンの住居を見つけるのはむずかしくなかった。

「はい？」扉が半分開いて、見慣れない無表情な顔が現れた。

カーターは男の顔をまっすぐに見つめた。意志の強そうな目をしている。軍人だろう。少佐の同僚か、世話係か。正直、どちらでもいい。カーターは名刺を差しだした。

「アトウッド侯爵です。ロディントン少佐にお会いしたい。ご在宅でしょうか」

カーターが名乗ると、男はさらに警戒を強めた。いかり肩をさらにいからせ、口を引き結んで顔をしかめた。「少佐はおりません」

「すぐにお帰りになりますか？　個人的な問題で緊急にお会いしたいのですが」

「何年も放っておいて、いまさら緊急とは」男は冷たく、値踏みするような目でカーターを見つめている。カーターも同じようなまなざしを返した。沈黙があたりを包みこんだ。

男はまばたきした。「いらっしゃったことは、少佐に伝えます」男はぶっきらぼうに言った。

カーターは小さくうなずき、背を向けた。頭を低くして低い戸口から建物を出る。頭の中が混乱していた。しばらくのあいだ、通りに立ち尽くし、次になにをしようかと考えた。特に人が集まるような界隈ではなかったが、もっとひどい場所を見たこともある。とはいえ、やはり、公爵が正しかったのだろう。ロディントンの望みは金だったのかもしれない。

「貧民街に用かい、アトウッド?」

聞き慣れた男の声がして、カーターはほっとした。「ベントン、おまえこそこんなところになんの用だい?」

子爵はにやりと笑った。「ここはお勧めできるところじゃないのはたしかだが、少し行った先に上等な煙草屋があって、よく行くんだ」

「もしかして、適当な居酒屋も近くにあるかい?」

「一、二軒は知った店があるかもしれないな」

カーターは顔をしかめた。「それじゃ、そこに連れていってくれ。強い酒が飲みたい気分なんだ」

18

「なあ、ベントン、自分に子供がいるとわかったらどうする?」カーターは訊いた。

ベントンがくるりと振り返った。「なんだと? いったいなにを聞いたんだ?」

ベントンの顔は真っ青だった。カーターは一瞬黙りこみ、ベントンが自分自身の子供の話だと思いこんでいることに気づいた。しまった、こんなに青ざめているのも無理ない。

「落ち着いてくれ。仮の話だ」

ベントンは息を吐きだし、握りしめていた拳を開いた。「やめてくれよ、アトウッド。そんなことを訊かれたら、心臓が止まるかと思うだろう」

「すまない。僕たちの生活を考えれば、ただの仮の話ではすまないよな」

「まったくだ」ベントンは震える手でグラスを持ちあげ、一気に中身を飲み干した。「もちろん、まずは用心することだし、予防策を講ずるべきだが、それで絶対というわけじゃない。自分でわかるかぎりでは、僕の子を身ごもった女性はいないはずだ。おまえのほうは?」

「なんだって。まさか!」カーターは自分の手が震えだしているのを感じ、この話を持ちだしたことに後悔した。まったくのしらふだったら、たぶんこんなことはしなかっただろう。

「そうか、ドーソンが不用意に女性を身ごもらせるわけもないしな」ベントンは考えこむように言った。「あの男は牧師と言ってもいいくらいだ。いや、カトリックの神父か。独身の誓いを立てるのはあっちだったか？」

ベントンは合図してブランデーをもう一本注文した。ブランデーを持ってきた色っぽい女給《バーメイド》は、必要以上にテーブルにとどまり、ベントンの目の前で長い赤毛を振って、胸をあからさまに見せつけた。いつもなら女とふざけるベントンも、このときはほとんど目を向けなかった。

「実は、ロディントンのことなんだ」ふたたび二人きりになると、カーターは告げた。

「ああ、あの軍人か。連中は厳しい生活を送っているからな。思う存分生きようとするのも当然だ。ロディントンが、イベリア半島に小さな兵士の一個連隊を残してきたと聞いても驚かないさ」

カーターは頭を振り、ぼんやりとした頭をすっきりさせようとした。いや、そうじゃない。「ロディントンが父親なんじゃない」カーターははっきりと言った。「ロディントンが庶子なんだ」

ベントンは穏やかに笑った。「それなら知ってるよ。それでも、立派な男だと思う。恵まれない生い立ちでありながら、自力で成功したんだ。軍には出世の機会があるが、戦争は汚れ仕事だ。轟く大砲、煙と灰、戦場に散らばる死体。戦場で雄々しく戦う勇気が自分にあるかどうかわからないな」

混乱の波が押し寄せ、カーターは頭がくらくらした。いったいベントンはなにを長々としゃべっているんだ。戦争と勇気と戦場？　そんなのは、話題にしていたこととは関係ない。

「違うんだ、聞いてくれ。ロディントンは、自分は公爵の庶子だと言っているんだ」

「公爵？　どこの公爵なんだ」

カーターは充血した目でベントンをにらんだ。いくらか酔っぱらっていても、ベントンはいつも持ちこたえている。二人ともそうだ。どんなに飲んでも、しっかりした足取りでいられるというのが二人の自慢だった。つまずいて、まだ温かい馬糞の上に転んでしまったことが一度だけあったが。もっとも、まだオックスフォードの学生だった数年前の話だ。

カーターはブランデーをもう一口飲み、なにが言いたかったのか思いだそうとした。くそ、思っているよりも酔っぱらっているに違いない。「ロディントンは、僕の父が彼の父親だと言っているんだ」カーターはようやく打ち明けた。

「公爵がだれの父親だって？」

「ロディントンのだ」

ベントンはグラスの縁越しにカーターを見つめた。「まさか、冗談だろう？」

カーターは肩を落とした。「本人は否定しているがな」

「ロディントンが？」

「いや、公爵が」正直、まったく理解に苦しむところだ。

ベントンは目を見開いた。「はっきり言って、公爵がそんなことをするとは思えない」

「僕もそう思う。だが……」カーターの声はしだいに小さくなり、空っぽになったグラスを悄然と見つめた。

「だが、もし自分に庶出の子供がいるとわかったら、特に息子だったら、かわいそうな子を助けるためにできるだけのことをするけどなあ」ベントンはほとんどをテーブルにこぼしながら、ブランデーを自分のグラスに注いだ。「公爵も同じようにするはずだ。庶出であろうがなかろうが」

カーターはうなずいた。父が母を裏切っていたと考えるとつらかったが、カーターも父が責任逃れするとは思えない。もしロディントンが自分の子なら、公爵はきちんと面倒を見ていただろう。

「ロディントンは、公爵が父親である証拠を持っていると言っている」カーターはブランデーに手を伸ばしたが、目の前のグラスが一つではなく、ぼんやりと二つに見えた。だめだ、酔っぱらっている。

ベントンは片眉をあげ、目を細めてカーターを見つめた。「どんな書類が証明になるんだ?」

「わからない」カーターは眉間に深いしわを寄せ、グラスを――二つのうちどちらであれ――取るのをあきらめた。「ロディントンのはったりだろうか?」

「そうに決まっている」ベントンはとろんとしているが確信に満ちた声で言いきった。「ロディントンを問いただすべきだ」

「そうしようとした。だから、さっき会ったとき、あそこにいたんだ。ロディントンの部屋に」カーターは目を閉じた。「だが、ロディントンは出かけていた」

「戻ってみないか? 一緒に行くから」

カーターは感謝の気持ちがわきあがってくるのを感じた。ベントンは本当に親友だ。彼と兄弟じゃないのが残念なくらいだ。「僕は飲み過ぎている。おまえもだ」

ベントンは身を乗りだし、それから腕をあげて女給を手まねきした。「コーヒーを頼む。ポットでたっぷり持ってきてくれ」

数時間後にはまずまず酒も抜けたが、カーターは思い直してロディントンに会うのをやめた。ベントンにせかされて、彼の馬車によろよろと乗りこむ。ひどく眠たげな従僕が玄関の扉を開けたが、彼はカーターのかなり早朝の帰宅にも表情を変えなかった。カーターは申し訳なさそうに笑みを浮かべて帽子と厚地の外套を従者に渡し、ベッドへ戻るよう伝えた。

寝室では、ダンスフォードが椅子でうとうとしていた。ダンスフォードの手伝いを断り、カーターは渋る彼を同じようにベッドへ返した。一人になると、服を脱ぎ、シャツとズボンだけになった。ベッドの脇の小卓へ向かい、磁器の水盤に冷たい水を注いで、頭を突っこんだ。水のおかげで気分が引き締まり、タオルで顔をふいているときには、かなり酔いが覚めていた。

裸足で部屋を横切り、広々とした化粧室を通り抜け、ドロシアの寝室に入った。規則正しい息遣いが聞こえ、ドロシアが眠っているのがわかった。どうしようもなく彼女が見たくて、カーターは足音を忍ばせてベッドへ近づいた。

長いあいだ、ドロシアをただ見ていた。手に持ったろうそくが暖かい琥珀色の光で象牙色の彼女の肌を照らしている。金髪の三つ編みから髪がひと房ほつれ、枕に広がっている。

その眺めに誘われて、カーターは髪に手を伸ばした。絹のような髪をひとつかみして顔に当て、その柔らかさで頬を撫でた。ドロシアのにおいが鼻を満たし、魂にしみこむ。

突然胸が締めつけられた。いま感じていることを言い表せず、ドロシアが自分にとってどんな存在になったのかよくわからなかった。ドロシアは妻だが、それ以上だ――伴侶であり、恋人でもある。

だれよりもドロシアを頼りとし、信頼し、すばらしいと思っている。カーターは改めて考え、いつこんな意識が芽生えたのか思いだそうとした。だが、はっきりとこのときというのではなく、むしろ彼の心をドロシアが満たしたさまざまな瞬間が積み重なった結果なのだろうと結論づけた。

レイヴンズウッドで一緒に過ごしたあと、結婚する以前とほとんど変わらない社交生活を再開するつもりで、カーターはロンドンへ戻ってきた。彼女とのあいだに一定の距離を置くことが結婚生活を成功させる正しい方法だと思えたし、しかもカーターへの彼女の思いがあまりにも強かったので、わざと彼女を自分の生活から締めだしたのだ。

ドロシアの感情を左右するような存在にはなりたくなかった。ドロシアの傷つきやすさを目の当たりにすると、自分が暴君かごろつきのような気がしてしまう。それで、彼女から離れていたのだ。

だが本当は、ドロシアがいない日々はつまらなかった。ドロシアのまぶしい笑顔、色っぽい足取り、からかいの言葉。ドロシアと一緒にいると、ありきたりのことが特別に思え、普通のことがとても大切に感じた。甘ったるい感傷を内心いつも小馬鹿にしていた自分が、ベッドの上でも、ベッドの外でもドロシアと一緒にいたいと切に願っている。

これが愛なのか？　カーターは大きなため息をついた。

ドロシアがまばたきして目を開けた。少しのあいだ、カーターをぼんやりと見て、すっかり目覚めると微笑んだ。「今夜は出かけるというあなたからの伝言を受け取ったわ。待っていようと思ったんだけど、起きていられなかったの。もう遅い時間なのかしら？」

カーターは首を振った。体を寄せ、ドロシアの柔らかい唇に軽くひらりと触れるだけのキスをした。ドロシアの目が見えるところまで体を離し、しばらく黙ったまま彼女をじっと見つめていると、新たに自覚した感情に心が騒いだ。

「愛してる」

カーターは率直に静かな声で言った。大げさな言葉も、長い話も、美辞麗句もなし。質素で、純粋で、心からの言葉だった。

ドロシアが戸惑って眉をひそめたのでカーターはうろたえ、結局今度も間違ったことをしてしまったのだろうか、ドロシアはもっと情熱的な言葉ともっと甘くてうっとりした場面を望んでいるのだろうかと思った。花を持ってくるべきだったのか。それとも宝石を。

感傷的な贈り物はなく、いまそれを手に入れることもできず、カーターは言葉を繰り返した。「愛してる、ドロシア。全身全霊で」

ドロシアはぱっと目を開き、驚きで目を丸くした。こんなにも希望と喜びに満ちた瞳をこれまでに見たことがあったかどうか、カーターはわからなかった。

「本当に？」

ドロシアはカーターのほうへ顔をあげ、唇が触れあった。最初はやさしく、ゆっくり、それから高まる衝動とともに激しく。美しいドロシアが、カーターの腕にすっぽりとおさまり、心と心がぴったりとつながった。

二人はゆっくりとていねいに愛しあった。愛撫の一つ一つ、口づけ一つ一つに、より大きな感情と意味がこもっていた。情熱と誘惑と興奮に満ちてもいたが、互いに相手を思うやさしさが、愛の行為を穏やかなものにしていた。

体を結びあわせるときになって、カーターはあおむけになり、ドロシアに自分の上に乗るよううながした。ドロシアに主導権を与え、彼女にすっかり身をゆだねるつもりなのを知ってほしかった。

豊かな乳房の先端がカーターの胸をこすった。艶めかしい刺激に、彼のものはさらに硬くなり、ドロシアと一つになりたくてうずいた。ドロシアはいたずらっぽく、情熱的な目をして身を沈め、カーターをすべてのみこんだ。ドロシアの腰に腕をまわし、激しく速く動くようドロシアをうながした。

ドロシアはしっかりと膝をつき、カーターの無言の指示に従って、二人をなにも考えられない情熱に駆り立ててくれた。カーターは絶頂に達するのをこらえ、この瞬間を長引かせ、このときを永遠に心に刻んでおこうとしたが、ドロシアは腰を激しくうねらせ、爆発的な最後へ向かって二人を追い立てた。

世界が意識の端へ遠のき、カーターは限界へ近づいた自制心を必死で保とうとした。そのとき、ドロシアが身を寄せ、カーターの耳元でささやいた。

「愛してるわ、カーター」

カーターの体は解放の波に震えた。手をドロシアの尻に当てて抱えこみ、みずから彼女を突きあげた。ドロシアが叫び、彼女もまた絶頂に達したことがわかった。カーターは我慢することなく、こみあげる悦びの叫び声を放ち、ドロシアも一緒になって泣き叫んだ。

そのあと、ドロシアは前のめりにくずれ落ち、眠そうな笑みをかすかに口元に浮かべた。カーターはくるりと横を向き、それから枕の上でドロシアと頭を並べた。

「まさか私たちが、こんなふうになるなんて思いもしなかったわ」ドロシアは小さな声で言った。下唇を噛み、ふいに恥ずかしそうな顔をした。「結婚に必要なのは情熱だけだと考えるなんて、私が馬鹿だった」

「でも、最初に僕の興味をそそったのは君の情熱だったよ」カーターはにっこり笑って打ち明けた。「それから、あの心奪われるようなはじめての口づけも」

「カーター！」

カーターはドロシアの顔を両手で挟み、目をじっと見つめた。「だが、最高の状況なら、結婚のあとに愛がやってくるとも、君は言った。僕たちはいま、その状況にあるんだよ。なんて幸運なんだろう」

ドロシアのまなざしは和らぎ、夢見心地になった。「私たち、なんとかして互いの心にたどりつくことができたわね」

「まさに奇跡だ。違うかい？」

「ええ、すべてを考えてみると、そのとおりね」

ドロシアが腕を首にまわしてきたので、カーターは姿勢を変え、彼女の頭が肩にもたれやすいようにした。濃厚な満足感を覚えてうとうととしていたが、すっかり心安らいでいたわけではない。朝になれば、頭から離れないグレゴリー・ロディントン少佐の複雑な問題が待ち受けている。強烈な二日酔いとともに。


どこか妙だ。カーターは父親をちらりと見て思った。カーターとドロシアが遅い朝食を取りに階下へおりたあとに、公爵も朝食室へ入ってきて、一緒の席についた。同じ家に住んでいても、三人が一緒に食事を取るのはこれがはじめてだった。

ドロシアが公爵を会話に引きこもうとしたが、ロディントンとの厄介な仕事が終わったのかとたずねた以外は、公爵は黙りこんでいた。ただ、遠くを見つめ、ときおり銀のスプーンを手に取って、ぼんやり茶をかき混ぜている。

公爵が頼んだ茶だったが、口はまったくつけていない。彼は茶が嫌いだからだ。

見るからに落ち着きがないのは、もちろんロディントンのことで悩んでいるせいだろうが、この動揺にはほかに原因があるようにカーターは感じた。それが心配だった。

昨夜の深酒で目は少し赤く、愛しい妻と幾度と愛しあったせいで寝不足だったが、そのことを思いだすと、心からのやさしい笑みが浮かんだ。とはいえ、これほど体調が悪くても、父親がなにか普通でないことには気づいた。

カーターは食器台のそばに立っている従僕と目を合わせ、さがれ、とそっけなくうなずいた。従僕はお辞儀をして部屋を出ていった。聞き耳を立てられることもなくなったので、カーターは父親のほうを見た。

「なにか、話があるのでは?」

その言葉に、公爵はさっと顔をあげた。最初は否定するような表情をしていたが、驚くほどなにか違う表情になり、息子の顔をじっと見た。「カーター、実は話しておきたいことがある」

椅子が堅木の床にこすれる音に、二人ははっとした。

「料理人と夕食の献立の相談をしなければなりませんので」ドロシアはそう言うと、急いで席を立った。だが、カーターに腕をつかまれた。

「待って。ここにいてくれ。君は僕の妻だ。君にも父が話すことを聞く権利がある」

一瞬、不満げな光が公爵の目に浮かんだが、すぐに消え、黙って納得したようだった。

「カーターの言うとおりだ。ここにいてくれ、ドロシア」

ドロシアがふたたび腰掛けると、公爵は話しはじめた。「私は一晩じゅう考えておった。こんな馬鹿げた話でロディントンはいったいなにを得たいと思っているのか、と。だが、筋の通った結論にはまだ達していない。だれに訊いても、ロディントンは立派な軍人で、多くの者たちに高く評価されているという」

「ロディントンがこんなことをしているのは、お義父様が父親だと信じているからですわ」ドロシアはそっと言った。

公爵は食卓の端を握りしめた。「それで、そなたはなにを信じているのかね?」

「真実について誤解している人もいる、ということでしょうか」ドロシアは答えた。

公爵がにらみつけた。「私のことか?」

カーターは守るようにドロシアに手を伸ばした。「ドロシアは父上を責めているわけではありません」カーターは咳払いした。「ですが、僕も疑問に思うことはあります。本当の話だという可能性はありませんか?」

公爵はふたたび遠くを見るような目をした。しばらくのあいだ、表情の読み取れない顔でカーターを見つめていた。

「実は、エミリー・ロディントンのことは知っていた」いつもの鋭い響きを帯びた声で、ようやく打ち明けた。「ひどく複雑で、特別な関係だった。最初はただの友人だったのだ。ありそうにない関係だと思うだろうが、二人とも孤独で不幸だった。わびしさは相手を求めるものだ。

エミリーは愛らしい女だった、いや、少女と言ってもいいくらいだった。やさしく、思慮深く、思いやりがあった」声からは険しさが消え、物思いに沈んだ。「あれはつらい時期だった。おまえの母親とはすべてにおいてそりが合わず、領地の収支状況は悪く、不作が何年も続き、父が行った投資で問題が起こっていた。まるでそれらの責任の下でおぼれかけているかのように感じる日々だった。エミリーは非難や批判をしたりせずに、ただ私の苦労を聞き、問題を解決しようとする私を励ましてくれた。聞き上手で、決して私を批判しようとしない者だった」

「彼女を愛していらしたのですか？」ドロシアは訊いた。

公爵は真剣な顔になった。「ある意味では。信頼のおける親友として。恋愛関係ではなかった。妻を愛していた。当時は、同じ部屋で一緒になれば、必ず馬鹿馬鹿しい言い争いになっていたがな。歴代のハンズボロー公爵と同様、妻に誠実であり続けると誓っていた」

「だが、誓いは破られた」カーターはかすれた声で不快そうに言った。

公爵は息子からドロシアへ、それからまた息子へと視線を移した。「一度だけ」こみあげる感情に声は張りつめていた。「たった一度だけだ。最初は慰めの仕草としての抱擁だったが、なんとなく……」まるでどうしてそうなったのかいまでもわからないかのように当惑している。声はしだいに小さくなっていった。「エミリーも私と同じくらい強い罪悪感を覚えていた。アルダートン卿夫妻はひどく腹を立てたが、エミリーは家庭教師の仕事を辞め、その週末にはあの土地を去った」

「一年後に手紙が届くまで、エミリーのことはなにもわからなかった。子供が、私の子供が生まれたという知らせだった。家族のところに身を寄せ、よくしてもらい、面倒を見てもらっているということだった。子供が金に困ることがないようにしておきたいので、弁護士を通してわずかばかりの金を送ってほしいという旨が書かれていた。頼まれたよりもだいぶ多い額がすぐに送られるよう、手配した。

エミリーのためにもっとしてやりたかった。だが、許してくれなかった。その手紙で、なにもしないで、そっとしておいてほしいと頼まれた。反対したかったが、彼女の望みを拒む権利は自分にはないと感じたんだ」

カーターは背筋が凍る思いがし、父親の言葉が真実であることをどうにか認めようとした。

「では、ロディントンは父上の息子なのですね」

「いや」公爵はカーターのほうへ目を向けた。「私の息子ではない」

カーターは怒りに駆られ、驚きも消え去った。ただ真実が知りたくて公爵の前に立ったときのロディントンの気持ちがわかった。「まさか否定するなんて、なぜです」

「エミリーの手紙には、生まれた子は娘だとあったんだ」

部屋は静まり返った。ドロシアは音を立てて息を吸いこんだ。時の流れが遅くなった気がする。いくらかでも慰めになればと思い、カーターの手を握った。きっと彼の心には苦悩と疑念が渦巻いているに違いない。

静寂はやがて、扉が乱暴に開けられる大きな音によって破られ、そのあとに悪態の言葉が聞こえた。怒声があがり、階下の部屋を駆け抜ける足音が響いた。驚いた三人が扉のほうを振り返ると、背が高くたくましい男が、押しとどめようとする若い従者二人を引きずるようにして部屋へ入ってきた。

ドロシアは悲鳴をあげ、カーターがかばうように目の前に飛びだしてきた。従僕の二人は男を組み敷こうとしたが、うまくいかなかった。片方の従僕の髪粉をつけた白い鬘が叩かれてゆがみ、もう一人の鼻からは血が一筋流れ落ちていた。

「いったい、なんの騒ぎだ」公爵がきつく言った。

だれも答えなかった。三人目の従僕が加わり、前へ進もうとする男を押さえこもうとした。男を引きずり、蹴っては突き、立たせ、急いで部屋から引っ張りだそうとしたが、そのときカーターが叫んだ。「待て！　その男を知っている。ロディントンの召使いだ」

「ジュリアス・パーカーでございます、旦那様」男は絶望に打ちひしがれた目で答えた。

「少佐のことでまいりました」

「男を放せ」カーターに命じられ、三人の従僕はしぶしぶ男を放した。

パーカーは上着を引っ張り、背筋を伸ばした。「困った事態になってしまい、ここよりほかに行くところがなかったのです。少佐がいなくなってしまいました。こちらへ来る前に少佐を捜して居酒屋に行ったのですが、そこで喧嘩があったことを女給から聞きました。たちの悪い男たちが喧嘩を始め、少佐はその真っただ中にいたそうです。四人対一人で」

「その一人がロディだと？」ドロシアはおそるおそる訊いた。

「そうです。だが、さらにまずいことになったようです。男たちは少佐を殴り倒すと居酒屋から引っ張りだしたのですが、女給が耳にしたところによると、少佐を海軍へ引き渡せば金が手に入る、と言って笑っていたというのです」

「強制徴募か？」カーターは眉をひそめた。「この数年は禁止されているはずだ」

パーカーの鼻孔が大きく広がった。「必要があれば、法律が意味をなさない者も出てくるのです。英国海軍においてさえ」

「その女性の聞き間違いかもしれないわ」ドロシアは言ってみた。「もしかしたら、少佐は自分の意思でどこかへ行ったのかもしれないし」

パーカーはかたくなに首を振った。「なにも言わずに、こんなにも長いあいだ出かけられていたことはありません。それでなくとも、ご自分の意思でロンドンを離れるのなら、これを持っていかれるはずです」

パーカーはポケットへ手を伸ばし、羊皮紙を取りだした。すり切れ、色あせ、インクはにじんでいた。そばにいたドロシアが、どきどきしながら書状を受け取った。目をよく凝らして、書きだしの挨拶を読んだ。「お義父様宛ですわ」

煩わしそうにふんと鼻を鳴らして、公爵は手紙に目をやったが、たちまちその目は大きく見開かれた。「エミリーが書いたものだ」

公爵が短い手紙を読むあいだ、だれ一人、身じろぎもしなかった。公爵は読み終えると顔をあげた。ドロシアは一瞬心臓が止まりそうになった。公爵はまるで腹に鋭い一撃を受けたばかりのような顔をしていた。

「エミリーは嘘をついたことを理解し、許してほしいと書いている」公爵は絶望したような顔でささやいた。「私に隠しておくのがいちばんだと考えていたが、死期が近づいて思い直し、真実を打ち明けたくなったらしい。生まれた子供は娘ではなく、息子だったのだ」

「それがロディですか？」ドロシアは絞りだすように言った。

「そうだ。少佐は私の息子だ」

公爵の言葉が空中を漂った。その真実は、カーターに激しい衝撃を与えたようだった。緊迫した表情で父親に駆け寄る。「ロディントンを助けないと」パーカーを振り返った。「どこへ連れていかれたのか、見当はついているのか？」

「港に停泊している海軍の船は一隻だけです。うまく話して乗船しようとしましたが、成功しませんでした。だから、ここへ来たのです。称号のある人物のほうが、少佐を捜しだせる可能性があるだろうと考えて」

だれもが公爵を見た。

呆然としていた公爵はぶるっと体を震わせ我に返った。「すぐに馬車を用意させろ」そう命じると、カーターについてくるよう身ぶりした。「波止場に向かう」

公爵の馬車は凄まじい速さでロンドンの通りを走り抜けた。馬車が通り過ぎるたびに悪態と叫び声がわき起こる。情け容赦なく突っこんでくる大きな黒い馬車を目にすると、歩行者もほかの馬車も衝突を避けるためにあわてて道を譲った。馬車に乗っている三人の男たちの体も、席に座っていられるのが不思議なほど激しく揺れていた。

公爵はときおり窓から顔を出し、もっと速く走らせるよう御者に命じた。ようやく速度を落とすことを承知したのは、鼻を刺す海水のにおいが漂ってきてからだった。

こんな深刻な事態でなければ、カーターは思わず笑みを見せていたかもしれない。目を怒りで燃えあがらせ、先頭に立って道板を渡り、甲板へ乗りこむ父親はこの上なく公爵然としていた。見張りについていた若い水兵は、顔を真っ赤にして止めようとしたがだめだった。助けに呼ばれた将校もやはり公爵に気圧されて、見る間に勢いを失っていった。地位を奪い、不名誉な形で海軍から追放するぞ、という脅し文句から始まった公爵による言葉の攻撃は、必ず手かせ足かせつきで流刑地へ送ってやる、という断言で終わった。

二分後にロディントンが現れた。

最初にロディントンを目にしたカーターは、心配で胃がよじれそうだった。左目は腫れ、下唇は裂けている。それでも、自力で立つことはでき、見た目には特に問題なさそうに歩いていた。

自分を釈放してくれた者の正体を知ると、ロディントンは驚きの表情を浮かべた。一瞬、その助けを拒否するかのように見えたが、ほかに取るべき道がないことは明らかだった。

「馬車を待たせてある」公爵が言った。

もしパーカーがいなければ、ロディントンは馬車に乗らなかったかもしれない。パーカーがなにを言ったかはわからないが、彼が馬車にのぼって御者の隣に腰掛けると、ロディントンもカーターの隣に座った。公爵はすでに堂々と向かいの席についていた。

帰りの馬車の中では、ロディントンはずっと黙っていた。だが、話に耳を傾けてはいた。

玄関の扉が開く音が聞こえたころには、ドロシアは応接間の絨毯の中央がすり切れて道ができそうなほど行ったり来たりしていた。気品ある物腰の心がけも捨て、ほとんど飛ぶようにして階段をおりていくと、公爵と男が書斎へ消えていくのが見えた。

「カーター？」

カーターは振り返り、疲れているが満足げな顔で妻へ笑いかけた。「なにもかもうまくいったよ」

「あれはロディなの？　見つかったの？」

「ああ、ありがたいことに。ロディントンを釈放しなかったら、父は船をばらばらに壊していただろう」

「それでいまは？」

カーターは肩をすくめた。「容易ではなかったが、父はここへ来るようロディントンを説得したんだ」

「泊まっていくのかしら？」ドロシアは期待して訊いた。

カーターが口を開く前に、書斎の扉が開き、少佐が足早に出てきた。二人の姿を目にして階段の途中で足を止め、目を少し伏せた。

「お二人にお詫びしないと」ロディントンは気まずそうに言った。「はじめて会ったときは、決して正直ではなかった。それは心から申し訳なく思っている」

「気にしていないよ」カーターが答えた。「君にとって厳しい状況だったことはわかっている」

ドロシアは前に出て、ロディントンを抱きしめた。「しばらくここに滞在してはどうかしら？　お気づきでしょうけど、部屋はたくさんあるのよ。この屋敷には、数えられないほど寝室があるの」

ロディントンはゆっくり首を振った。「それはできない。でも、お気持ちはありがたくいただいておきますよ」

ロディントンの気を変えるためになにかできることはないかと思いながら、ドロシアはもう一度彼を抱きしめた。真実がわかったいま、ロディントンを失うのはとても残念だった。

カーターが手を差しだした。一瞬ためらってから、ロディントンはその手を握った。ドロシアの目には涙があふれていた。エミリーが嘘をつかなかったら、二人の人生はどんなに違っていたことだろう。カーターにはいつも望んでいた弟ができ、ロディントンには必要としていた家族ができていたのだ。

「どこへ向かうか、もう決めていらっしゃるの？」玄関へ歩いていきながら、ドロシアはたずねた。

「まったくなにも」

ロディントンが笑みを浮かべた。きっと胸のつかえが取れ、重荷が消え去ったのだろう。

それだけでもありがたいことだと、ドロシアは感じた。

「手紙くらいは書いてくれるな？」カーターは訊いた。

「努力はするよ」

そう言って、ロディントンは背を向けて出ていった。

「もうすぐレイヴンズウッドだ。向こうを向いて。背中のボタンをちゃんと留めてあげるから」

ドロシアはものうげに頭を動かし、夫に目をやった。馬車の中で隣に座るカーターの髪に乱れはなく、服にはしわ一つなく、ボタンもすべてきちんときれいに留められている。いっぽうドロシアはそばで横たわり、服はすっかりめちゃくちゃになっていた。

どうやったら、あんなにきちんとできるのかしら。

ほんの十分ほど前まで、二人の体は結びつき、ドロシアのスカートは腰のまわりにまくれあがり、カーターの外套とベストとクラヴァットとシャツは床に散らばっていた。互いをむさぼるように求め、体は張りつめて震え、貪欲な口づけと艶めかしい愛撫とはじける情熱が入り乱れた。

馬車の動きに合わせて二人の体が揺れたせいで、交わりの激しさが高まったのも事実だったが、それがドロシアにとってすばらしい経験になったのは、カーターが耳元でささやいた心のこもった愛の言葉のおかげだった。

「走る馬車の中で奪われるのが、こんなに満足のゆくものだと知っていたら、はじめてレイヴンズウッドへ向かっていたときにもそうしたいと言ったのに」ドロシアは夫の彫りの深い頬から顎を指でなぞりながら言った。本当に、ハンサムな人。

「僕のせいだ」カーターはにやりと笑った。「君がこんなに大胆になれるとは思ってもいなかったから」

ドロシアは微笑んだ。強い幸福感が体じゅうに広がっていく。カーターに背を向けると、彼は手際よくボタンを留めてくれた。馬車は速度を落とし、道を曲がり、わだちの上をがたがた進んでいった。馬車の動きに、ドロシアは窓へ目を向けた。

領主館が見えてきて、ふいに胸が高鳴った。馬車が屋敷の玄関で音を立てて止まると、ドロシアは座席から跳びあがらんばかりだった。

「帰ってきたわ」

カーターが先に馬車をおり、振り返ってドロシアをおろした。ドロシアは息を深く吸い、しみじみと味わった。太陽の暖かさ、召使いたちの歓迎の笑み、かわいい子犬のうれしそうな吠え声――まあ、大きくなったものね。

けれど、なによりも大切に思うのは、カーターの目に浮かんだ愛だった。

エピローグ

一年後

ハンズボロー公爵の六十歳の誕生祝賀会は、ロンドンの社交シーズンの始まりを華々しく飾った。最近のものの中では、断然人気の招待だった。自分の名前を招待客の中にまぎれこまそうと、人々はあれやこれやと手を尽くした。かぎられた招待状を受け取った幸運な者たちは、上流社会での名士としての地位を確保したことがわかっていたので、何週間も自慢した。

公爵の息子夫妻がロンドンの新しいタウンハウスで主催した晩餐会のあとには、華やかな舞踏会が開かれた。家族と親しい友人だけが招かれ、参加できなかった多くの者たちは、ロンドンでももっとも趣味のよい装飾が施されているという屋敷の室内を目にする機会を得られなかったことを心底残念がった。

グレゴリー・ロディントン少佐が本当にこの招待客の中にいることがたしかになると、とても止められぬ勢いでうわさが広まりはじめた。ロディントンがイングランドに戻り、晩餐会に出席したのは、実は公爵の庶子であることを証明しているも同然だと、たいていの人はきっぱりと言った。

多くの意見では、公爵の家族のだれ一人、うわさを肯定も否定もしないので、信憑性が高まり、うわさ好きの夫人たちにはおいしい話となった。

「海軍へ徴兵されるところを助けられたあと、ロディが長い船旅を選んだのはなんとも皮肉なことじゃない？」男性陣がポートワインと葉巻を楽しんだあと、応接間の女性たちのところへ来ると、ドロシアはカーターをからかった。

カーターは笑った。「甲板にモップをかけるよりも、支度の整った船室で快適に旅するほうが、きっとはるかに楽しかったに違いないさ」

「ロディが戻ってくれてうれしいわ。なんだかすっきりして、前より落ち着いたみたい」ドロシアは言った。「この前、ロディが始めようとしている海運業について、ゆっくり話をしたのよ」

「父と一緒に協力を申し出たんだが、資金援助は断られた」カーターは納得のいかない様子で答えた。

ドロシアは肩をすくめた。「それなら、共同経営者になると言えばいいのよ」

カーターは顎を引いて、眉をつりあげた。「貴族が商売を？　とんでもない」

「匿名の共同経営者なら大丈夫でしょう」

「僕のほうはなんとかできる。だが、父はとんでもない話だと思うだろう。匿名？　ありえないね」

ドロシアはくすくす笑った。夫の言うとおりだ。厳しさはいくらか和らいだが、公爵は自分の意見を胸におさめておくことはできなかった。特に家族にかかわることでは。ドロシアを、そしていままではロディントンを家族の一員と考えてくれるようになって、とてもうれしかった。

「ロディもようやくこの関係に慣れてきたんじゃないかしら」ドロシアは言った。「ただ、公爵には息子だと公に認めてほしくはないとまた言っていたけれど」

「知っているよ。父はそれでひどく苛立っているのさ」

公爵の望みをわざとくじくためにロディントンがそう言っているのはどちらもわかっていたので、二人は顔を見合わせた。

「お互い様ね」ドロシアは微笑みながら言った。

そのとおりだというようにうれしそうな目をして、カーターは妻の手を取った。応接室の窓辺に集まり、くつろいで腰掛けている客たちのほうへ歩いていき、にぎやかな会話に加わった。

グウェンドリンは布張りをした椅子に優雅に座り、その肘掛けにはジェイソンが腰掛けている。双子は階上でぐっすり眠っていた。みんなに愛されて甘やかされている、幸せですこやかな二人の天使。エマは集まった客たちのそばに立ち、その爪の下にはほんの少し絵の具が見えている。ダーディントン卿夫妻と話しながら、勢いよく手を振っている。二、三分ごとにベントンが言葉を挟み、笑い声が大きくなった。

「今夜のベントン卿は調子がよさそうね」ドロシアはカーターに話しかけた。

「そうだな。ベントンといえば、エマに関心を寄せている様子が気に入らない」ドロシアの肩に手をかけながらつぶやいた。

ドロシアは驚いてカーターを見た。「エマはベントン卿の肖像画を描いているのよ。ひんぱんに一緒にいても当然でしょう」

「だが、いつもきちんと付き添いがついているのかい？」

ドロシアは一瞬ためらった。「たいていは、私がついているわ」

「たいていであって、いつもじゃない」カーターはまっすぐドロシアを見つめた。「それに、この前は、君がうたたねしているのを見たよ。寝てたんじゃ、ちゃんとした付き添いにならないだろう」

頬が熱くなり、ドロシアはうつむいた。「急に疲れるのはどうしようもないわ」

「わかっている」カーターはわずかにふくらんだドロシアの腹へ目をやり、命の芽生えたふくらみに愛しむように手を置いた。「まだ生まれもしないうちから、この子のせいで髪が白くなりそうだ」そうは言っても、顔にはやさしい笑みが浮かんでいる。

ドロシアはカーターの愛情にひたり、幸せな気分で吐息をもらした。「こめかみに白髪が交じってくれば貫禄が出てくるわよ」

「ふうむ。赤ん坊とエマのあいだで、この一年で真っ白になってしまうだろう」

「もう、つまらない心配をしないで」ドロシアは口をとがらせた。「私たちの子は、すばらしい天使よ、イングランドじゅうの親の羨望の的だわ。エマのほうは、ただベントン卿の肖像を描きたいだけで、それ以外の強い関心を持っているわけではないわ。ベントン卿の古典的な顔立ちと憂いを帯びた魅力に、どうしようもなく創作意欲をかき立てられるんですって。彼の男らしさの本質と活力を、ほかの画家が試したこともないような方法でとらえようとしているそうよ」

「まったく、エマがあれほど才能豊かでなかったら、そんな話はただのたわごとだと切って捨てるところだ」カーターはつぶやいた。

「言ったでしょう、心配することはないわ。ベントン卿では年が離れすぎているもの」

「経験から言うと、ベントンの魅力は十八歳から八十歳まで、どんな女性にも効果があるんだ」

「エマを誘惑するわけがないわ」ドロシアははっきりと言った。「あなたのことをとても大事に思っているんですもの」

「そうだな、僕の剣と銃の腕前には一目置いている。来週あたり、そのことを思いださせるのもいいかもしれないな。午後に気晴らしの集まりを催して、ロディも連れていこう。剣の扱いは凄腕だと、かなりの評判だからな」

ドロシアはあきれた顔をした。相手を守りたいというカーターの気持ちには、いつもならとても好感が持てるけれど、いまは少し行き過ぎだ。「ベントン卿と一緒にいることは、エマにとってはよい練習になるわ。十七歳になったばかりで、あの子にははじめての社交シーズンよ。ベントン卿みたいな放蕩者のあしらい方がわかっていれば、どんなハンサムな男の人が現れても、簡単に相手ができるわ。さあ、エマのことはおしまい。お客様が待っているわ」

カーターはうめき声をもらした。「ダーディントンが、娘を持つとはどんなことかと言っていたのがようやくわかった。約束してくれ、産むのは息子だけだと」

「あら、それって、お義父様が長いあいだ望んでいらした誕生日プレゼントよ」

二人は笑った。カーターは頭を低くし、ドロシアは彼の腕に身をまかせた。客の目もかまわず、カーターはさらに頭を低くし、妻の柔らかな唇に長い口づけをした。

「私の言ったとおりでしょう、ベントン卿」得意げなエマの声が響き渡った。「恋愛結婚なのよ！」

ドロシアはぱっと目を開いた。気恥ずかしくて体を離そうとしたが、カーターの腕にしっかりと抱きしめられていた。カーターはゆっくり口づけを終えると、愛情に輝く目で、ドロシアに微笑みかけた。

それを目にしたドロシアの全身に、燃え立つような喜びが広がった。エマの言ったとおりだ。結婚に愛情など求めていなかったのに、まさしく愛情が見つかったのだから。

本作は、時代的背景から、現在では差別用語とも受け取れる言葉をそのまま使用しております。ご了承ください。

訳者あとがき

日本では初お目見えの作家、アドリエンヌ・バッソの『How to Seduce a Sinner（本書原題）』をお届けいたします。

ヒロインは、結婚相手を見つけるために社交シーズンに合わせてヨークシャーから出てきたドロシア・エリンガム。両親を亡くし、妹のエマと一緒におじ夫婦の家で暮らしている彼女は、そのシーズン中になんとしても結婚相手を見つける覚悟を決めていました。ただ、問題は彼女の結婚観。結婚には愛情よりも情熱を優先すべきで、愛情は結婚後に生まれるもの、とドロシアは考えていて、これだけは絶対はずせない、という条件が彼女にはありました。それは「キスをしたときに、情熱を感じられること」でした。それをたしかめるために、結婚相手としてふさわしい男性のいいところを検討してから最終試験として数人の男性にキスを許してきたものの、けっきょく情熱を感じられず、求婚の申し出を断っていました。

そのころ、アトウッド侯爵ことカーター・グレイソンもまた、父のハンズボロー公爵に結婚相手を見つけるよう厳命されていました。カーターは結婚する気はあったものの、父が選んだ花嫁候補だけは選ばない、と決めていました。ある日、舞踏会に出席したカーターは、父の連れてきた花嫁候補から逃げるためにすぐそばにいた女性を無理やりダンスに誘います。それが、ドロシアでした。カーターはドロシアの、普通の女性とは異なる機知に富んだ受け答えや大胆な態度、そしてその温かな声が気に入り、彼女を花嫁候補として意識するようになります。ドロシアもまた、ハンサムなカーターのことがどうしても気になり、彼のことを目で追うようになっていきます。

結婚を決めた、あまりロマンスらしくない動機はさておき、紆余曲折を経て二人が成長して本当の幸せをつかむまでを描いた心温まる物語です。

それにしてもユニークなのは、ドロシアの結婚観です。ヒストリカルロマンスのヒロインといえば、思いを寄せる男性からのキスを心待ちにするのがお決まりの設定ですが、彼女はそれをものの見事に打ち破っています。それでいて決して軽はずみなわけではなく、結婚相手以外の男性とのキスは一回までと決め、いやな相手はきっぱりと断るという意志の強さを持っています。そのいっぽうで、カーターのつれない態度に悩んだりするなど、本来のヒロインらしさも持ち合わせていて、実に魅力的に描かれています。

さらにヒーローとヒロインを取り巻く個性的な脇役たちも本書の魅力の一つです。ドロシアの後見人代理を務めるダーディントン卿夫妻、姉のグウェンドリンと夫のジェイソン、妹のエマ、カーターの親友のベントン子爵やドーソン、カーターの父ハンズボロー公爵やロディントン少佐など、大勢のすてきなキャラクターたちがヒロインとヒーローを支え、物語を盛りあげています。

最後に、著者について簡単に紹介しておきましょう。幼い頃から創造力が豊かで物語をつむぐのが夢だったというアドリエンヌ・バッソですが、実際的な両親に育てられ、司書、財政コンサルタント、マーケティング・アナリストとしてキャリアを積んでいきます。しかし、実に魅力的な男性から「君を必ず、いまよりずっと幸せにするよ」というプロポーズを受けて結婚。仕事を捨てて、現在も住んでいるニュージャージーへやってきたのだとか。そして二人の息子をもうけたあと、本が大好きだったことを思い出して、小説を書き始めたそうです。日本では本書が初邦訳となりますが、米国ではすでに、ヒストリカルを中心に、コンテンポラリーやアンソロジーも含めて十九冊が刊行されており、積極的に執筆活動を続けています。今後は日本でも注目の作家となることは間違いないでしょう。

二〇一一年七月

立石ゆかり

マグノリアロマンス／既刊本のお知らせ

伯爵の花嫁

シェリー・ブラッドリー 著／芦原夕貴 訳

定価／930円（税込）

森に住む魔術師のもとに、

いけにえとして嫁がされ……。

男爵家に生まれたグウィネスだが、両親の死後、叔父の家族が城に移り住んだことによって、使用人同然に扱われるようになった。そのうえ、日照りを止めてもらうためにと、森に住む魔術師のもとへ花嫁として差し出されることに。いけにえとして魔術師との結婚を選ぶか、それとも——死を選ぶかを迫られたのだ。しかし、魔術師と呼ばれるアリクの正体は高名な騎士である伯爵で……。

盗まれた花嫁

シェリー・ブラッドリー 著／芦原夕貴 訳

定価／960円（税込）

復讐の道具として

危険な男にさらわれて……。

氏族間の争いに終止符を打つために、エーヴリルは敵対する氏族長であるマードックのもとへ嫁ぐことを願っていた。だが、マードックの陰謀により父親殺しの汚名を着せられてしまったドレークの復讐の道具として、彼女は婚約の前夜にさらわれてしまう。ドレークは恐ろしい男だとマードックから聞かされていたエーヴリルは、隠された真相を知らないまま何度も逃亡をこころみるが——。

服従しない花嫁

シェリー・ブラッドリー 著／芦原夕貴 訳

定価／960円（税込）

けんか好きでうぬぼれ屋の

ハンサムな悪党と結婚なんて！

こんな男と結婚？　イングランドからこのアイルランドへとやって来たキルデア伯爵と、結婚しなきゃならないなんて！　けんか好きのうぬぼれ屋で、口が達者でハンサムな悪党は、王に命じられてアイルランド人の妻を娶ることになったようだが、敵同士のふたりが結婚するなんて考えられない。信念や愛国心がふたりのあいだには横たわっているのに、なぜ結婚などできようか……。

マグノリアロマンス／既刊本のお知らせ

偽りの花婿は未来の公爵

ジェシカ・ベンソン 著／岡　雅子 訳

定価／960円（税込）

私が未来の公爵夫人？

でも、どうしてなの？

生まれたときからのいいなずけのバーティと、ついに結婚したグウェン。だけど結婚初夜に、その相手がバーティの双子の兄であるハリーだと発覚！　爵位を持たない気楽な相手との結婚だったはずが、このままでは未来の公爵夫人になってしまう！　どうしてこんなことになったのかを調べようとするけれど、誰もが理由を知ってるようでいて、それを口外しようとはしなくて――。

秘密の賭けは伯爵とともに

ジェシカ・ベンソン 著／池本仁美 訳

定価／870円（税込）

愛しているからこそ、

結婚できない？

良家の娘であるアディには秘密があった。父親亡きあと、家計を助けるために拳闘のコラムを書いているのだ。彼女には伯爵であるフィッツウィリアムという許嫁がいるけれど、彼の義務感に頼って結婚してもらい、生活を安定させることは望んでいなかった。なぜなら、いくらアディが彼を愛そうとも、放蕩者の彼には愛してもらえないとわかっていたからだ。自分を求めてくれる相手と結婚しよう！　そう思ったアディは!?

放蕩貴族のプロポーズ

ジェシカ・ベンソン 著／池本仁美 訳

定価／870円（税込）

あなたと結婚できなければ、

私は幸福になれない。

従兄弟の悪趣味な賭けの対象となった独身女性を救うため、彼女の住む地方の村へ行かざるをえなくなったスタナップ伯爵。噂によると、その女性――カリスタは、婚期を逃し、財産もなく、見てくれもよくないらしい。だが、実際の彼女は、想像とは異なっていた。服装の趣味は最悪なものの、自由な精神と辛辣な面をあわせ持つとても魅力的な人物だった。カリスタに惹かれていくスタナップは……。

マグノリアロマンス／既刊本のお知らせ

時を超えた恋人
メリッサ・メイヒュー 著／瀧川隆子 訳
定価／960円(税込)

スコットランドの騎士に、
いきなり求婚されて——？

婚約者の浮気現場を目撃したケイトが結婚は取りやめようかと……そう思い始めた矢先、不思議なことが起こった。エメラルドグリーンの光とともに、スコットランドの勇者の出で立ちをした男が現れたのだ。妹を救う手助けをしてくれる女性を求め、妖精の魔法の力を借りてここまで来たというその男から、十三世紀のスコットランドに来て、自分と結婚してほしいと頼まれて——。

ハイランドの守護者
メリッサ・メイヒュー 著／草鹿佐恵子 訳
定価／900円(税込)

年下で魅力的な伯爵に、
心を奪われて……。

三十八歳、ぞじてバツイチであるロマンス小説家のサラは、仕事と休暇を兼ねてスコットランドのコテージに滞在することにした。離婚した夫はサラの信託財産が目当てのうえ、彼女の「特殊な体質」も否定したいやな男で、それ以降は男性と深い関係になるのを避けるように生きてきた。だけど、そんなサラの生活を大きく変える出会いがスコットランドには待っていて……。

真実の愛は時の彼方に
メリッサ・メイヒュー 著／草鹿佐恵子 訳
定価／900円(税込)

過去へ連れていって。
わたしに宿命を見つけさせて。

十三世紀のスコットランドからタイムトラベルして、現代のアメリカで暮らすマリィ。自分の運命が定めた時代で過ごしているわけではない彼女は、魂の伴侶とも出会えないままひとりきりで生涯を送ることになるのだと、悲しみとともに思いこんでいた。そんなマリィの運命は、十三世紀へ戻ることを示していた。歴史が教えてくれた従姉妹の死の結末を変えることが、己に課された使命だと思ったのだ。

マグノリアロマンス／既刊本のお知らせ

魔法がくれたハイランダー

メリッサ・メイヒュー 著／草鹿佐恵子 訳

定価／870円（税込）

あなたって……
どうしようもなく中世人だわ！

数年前に出ていった継父から家や牧場は自分のものだと主張されて、置いてほしければ体を差し出すように言われ、行く当てもなく逃げ出さねばならなくなったエリーが現実逃避に求めたのは、何度も読み返したロマンス小説だ。ハイランドの物語を読めば、いまだけは苦境を忘れられる。こんなとき、自分だけのハイランダーがいればどんなにすてきだろう。エリーがそう思った次の瞬間、緑色の光に包まれて——。

パッションー情熱ー

ドナ・ボイド 著／立石ゆかり 訳

定価／1050円（税込）

私の罪は、愛しすぎたこと。
あなたの罪は、愛を信じなかったこと。

物語は、十九世紀のパリで始まった。父のかたきをうつために、テッサはその相手の屋敷にメイドとして入った。かたきであるアレキサンダーは、すべてを許してしまえるほどに美しい青年だが、彼は狼に姿を変えるもの——ウェアウルフだった。この二人の出会いはやがて、アレキサンダーの兄、魅力的でカリスマ性のあるデニスの運命をも巻きこみ、美しくも恐ろしい世界の扉を開くことになる。

プロミスー約束ー

ドナ・ボイド 著／立石ゆかり 訳

定価／990円（税込）

過去の愛と悲しみの記録が、
現在と交差する——。

野生生物学者のハンナは、広大なアラスカの原野である手記を入手した。そこには、信じられないような話——人間とは異なる種族であるウェアウルフについて、そしてその種族の首領の娘、ブリアンナの出生の秘密と禁じられた愛の物語がつづられていた。美しく聡明なブリアンナは、年の近い弟のマティスとともにすくすくと育っていったものの、彼女は狼の姿に変わることができず——。

放蕩貴族に恋して

2011年11月09日　初版発行

著　者　アドリエンヌ・バッソ
訳　者　立石ゆかり
（翻訳協力：株式会社トランネット）
装　丁　杉本欣右
発行人　長嶋正博
発　行　株式会社オークラ出版
〒153-0051　東京都目黒区上目黒1-18-6　NMビル
営　業　TEL：03-3792-2411　FAX：03-3793-7048
編　集　TEL：03-3793-4939　FAX：03-5722-7626
郵便振替　00170-7-581612（加入者名：オークランド）
印　刷　図書印刷株式会社

定価はカバーに表示してあります。
乱丁・落丁はお取り替えいたします。当社営業部までお送りください。

ISBN978-4-7755-1763-5

反アメリカ論

野島 秀勝

南雲堂

反アメリカ論　目次

III

IV

反アメリカ論

I

二つの文化

最終講義＝世の〝英文科〟のために

　ある意味では戦後の大学教育の基本的理念として存続してきた一般教育ないし教養課程の撤廃からはじまった、いわゆる大学の組織改革はほぼめでたく完了したようです。無論、こういうおめでたいことは、文教政策の唐突な方針転換、ほとんど脅迫的なといっても過言ではない文部行攻の暴力、権力の賜物であって、大学のいわば「内発的」な自由意志によるものではありません。といっても、大学側が文部省のいいなりになったことも事実です。要するに、文教政策の方針転換というのは、すぐ実地の役に立つ学生の養成ということで、そのためには一般教養などという迂遠な、のんびりした教育は無用の長物、すべからく撤廃するにしくはないというわけです。当然それにともなって、学部さらには大学院の改組、カリキュラム改正が文部省によって強要されたのでした。大学側は唯々諾々、そのときそのときの文部省の意向、その便宜主義的功利主義的恣意に翻弄されるばかりだった。なにしろ言うことをきかなければ、概算要求は通さない、助成金は削減するといった、ほとんど脅迫まがいの取引きなのだから。それにしても、長い物には巻かれろ式の今日の大学のありさまは、醜悪無惨ではないでしょうか。

かつては「大学の自治」ということが金科玉条のように大学人の間でもてはやされていたものです。そして今では、そんなことをいう人はひとりもいません。当時も私には、そんなものは一片の美辞麗句にすぎないと思われました。現に二十数年前の大学紛争の断末魔で、大学が機動隊を導入したとき、「大学の自治」は一片の反古と化したのでした。そのときの精神外傷《トラウマ》が今なお尾をひいているのだろうか、今日の大学のこの矜持のなさ、自信喪失は？　と思えないこともありません。

すぐ実地の役に立つ学生の養成という要望は、一見いかにももっともなことに違いない。企業はいうまでもなく、社会もおおかたの学生諸君も、望んでいることに間違いはないでしょう。昨年（一九九五年）八月二十日の読売新聞の社説「『大衆化時代』の大学のあり方」はいいます――「今後は、かつてのような学問・研究中心から、大衆化に見合った『教育中心・学生中心』への変革が迫られよう。すでに、その模索は始まっている。……シラバス（年間授業計画）を作成したり、学生による授業評価を導入する大学も増えている。……学生が『消費者の目』で大学を選ぶ傾向が出ている。企業も『何を学んできたか・何ができるか』を問い始めている」。

引用前半の文章は、まるで無意味《ナンセンス》です。いったい学問・研究中心を離れて、いかなる「教育中心」があるというのか。あるとすれば、「大衆化」という時代の通念・状況と妥協し果てた末の退廃した教育の姿があるばかりでしょう。「学生が『消費者の目』で大学を選ぶ傾向が出ている」といいますが、「消費者の目」という一句が具体的にどういうことを指しているのか判然としません。が、それが「学生中心」という考えと結びついていることだけは、はっきりと読みとれます。つまりは、教育は〝商品〟であり、学生は今や国公立、私立の別なく大学の大事な〝お客さま〟だということです。お客さまなら、そのご機嫌をとるのは当り前で、シラバスという単なるおためごかし、講義題目という学生の受講の便宜をはかった歴としたものがすでにあるのであれば、まったくの愚かしい二重手間、無駄な重複にすぎないもの（心ある学生は貴重な紙の浪費と嗤っています）、そんなものを作成して配布するのも、はたまた「学生による授業評価」という、なにやら芸能人の人気投票めいたことを「導入」するのも、なんの不思議もなくなります。

大学も一種の企業にはちがいない。企業であれば、「消費者の目」を引き、客寄せに努め、客を満足させるのは当然至極のことです。大衆化時代の大学とは、原理的にそういったものにならざるを得ません。だが、大学は一種の企業であるとしても、教育は金銭で買える商品であるとみなし、大学ないし教師と学生との関係を学生を顧客とする、いわば「金銭関係《キャッシュ・ネクサス》」、トマス・カーライルが近代社会の危機の根源と洞察した物質的功利主義的関係に還元してしまえば、もはや教育が成り立ちようもないことは確かです。顧客としての「学生中心」という風潮が支配的になれば、必然的に大学の教育の場はそのときそのときの学生の気分、好悪、打算に迎合する寄席演芸パフォーマンスの場のようなものに堕するのは、目にみえています。

『伝統と個人の才能』以来、文化とは何かと一生問いつづけたT・S・エリオットが、晩年にいたって教育の問題に執心したのはことわりですが、彼はその「文学と教育に関する論集」『批評家を批評する』のなかで、こんなことを書いています。

「教育の一つの目的は、教えられる者にたいする責務とは別個の責務にかかわらなければならないと、私はいうのだ。教えられる者にたいする責務だけを考えれば、学校教育《カリキュラム》は教育理輪の風向き次第でいかようにも変わってしまいかねない。生計の資をかせぐ良き方法とは何か、良き市民とは何か、個人としての良き成長発展とは何か、そういうことに関するわれわれの観念も、時代時代の支配的気分、あるいは個々の教育者の気まぐれに左右されかねない。文化の連続性を維持すること、それが教育の一つの目的でなければならないのだ――連続性といっても、また過去への敬意といっても、それは停滞を意味しない。以前にもまして、私たちは今日、単なる同時代性の誤謬から私たちを守る教育のありかたに目を向けなければならない。」

これを一伝統主義者の冗語と見すごしてはなりますまい。エリオットがこう語ったのは一九五〇年ですが、それから四十六年たった今日、文教政策をはじめとして教える側も教えられる側も、こぞって目先の実利功利を追うのに汲々としている教育の現状にあって、「単なる同時代性の誤謬」から(「単なる」と訳出した原語は'pure'で、「純然たる」「全くの」と解してもいいでしょう)、私たちを守る教育のありようを問うことは、ますます緊急・肝要な課題であるはずだからです。

ここでの文脈でいえば、「単なる同時代性の誤謬」とは、「大衆化時代」と呼ばれる時代社会の価値観、ならびにそれに対してなんらの疑念懐疑も抱かぬ人びとの心理と生き方の総体にほかなりません。そもそも〝大衆《マス》〟とはいかなる人種なのでしょうか。「大衆とは、善い意味でも悪い意味でも、自分自身に特殊な価値を認めようとはせず、自分は『すべての人』と同じであると感じ、そのことに苦痛を覚えるどころか、他の人びとと同一であると感ずることに喜びを見出している、そういう人びとすべてのことである」。これは『大衆の反逆』の著者オルテガ・イ・ガセットの〝大衆〟定義ですが、彼はこうもいいかえる――「今日の特徴は、凡俗な人間が、おのれが凡俗であることを知りながら、凡俗であることの権利を敢然と主張し、いたるところでそれを貫徹しようとするところにある。つまりアメリカ合衆国でいわれているように、他人と違うということ、それ即ち、ふしだらなことであるとする風潮である」。

ガセットがこう書いたのは一九三〇年、彼の鋭敏な眼識はつとに今日の大衆化時代の到来を予見していたように思われます。一切の個性的なるもの、ブレイクふうにいえば生命《いのち》の「微小な個別(Minute Particulars)が、そこに輝き顕われる、こういってよろしいなら高貴な精神の現象を「ふしだらなこと」として、みんな同じという民主主義の、悪しき平等主義の錦の御旗のもとに、すべてを等しなみに「凡俗」のレベルに平準化せずに措かぬ「一般性の地獄」の出現を、ガセットは明敏正確に察知していたのです。

「一般性の地獄」というのは、ガセットの言葉でもブレイクの言葉でもありません、サルトルの言葉です。「地獄、それは他人だ」、これは彼の『出口なし』結末の科白ですが、たしかに今日、ひとは他人が考えるように考え、感じるように感じるしかないようなあんばいです。そういう現代の状況《シチュアシオン》をサルトルは「一般性の地獄」と呼んだのでした。そして、そこが「自分は『すべての人』と同じであると感じ、そのことに苦痛を覚えるどころか、他の人びとと同一であることに喜びを見出している」、ガセットのいう〝大衆〟の世界であることはいうまでもありません。大衆とは「一般性の地獄」の亡者の群れなのであります。

大衆化時代に見合った大学教育の改革をいい、学生を消費者大衆としてとらえる先に挙げた大新聞の社説も、まさしく「一般性の地獄」からの発言にちがいありません。それは国の文教政策に無批判にそったもの、迎合したものにすぎないからです。もしそのような変革が徹底しておこなわれたならば、大学は実利一点張りの社会、企業の要請、需要に応える使い便利な規格品を生産する工場と化すでしょう。そして、「消費者の目」で大学を選んだ消費者大衆たる学生諸君は、やがて社会・企業に使われ使い棄てられる消耗品に堕することを覚悟しなければならないでしょう。消費者が消費される——まことに、ミイラ取りがミイラになる滑稽な悲惨がそこにあります。こうして「単なる同時代性」にひたすら忠実な者は、シェイクスピア十四行詩一一六番の一句を借りていえば、「時の道化」(Time's fool) と化さざるを得ないことでしょう。

ともあれ、大衆化された大学において、もともと個々人に内在潜在する能力を「引き出す」(educo) というラテン語源をもつ教育 education が、成り立つ気づかいもありません。大衆は定義によって、〈個人〉を認めず、ましてや個人に内在する独自・特殊 (particular) な可能性を「ふしだらな」ものとみなすのであれば、そのようなふしだらなもの、いかがわしいものをわざわざ「引き出そう」とすること自体、あの「一般性の地獄」、「凡俗」の画一・全体主義の神聖を犯す冒瀆行為にほかならないからです。だが、教育はその語源的意味が要請するとおりに、学生個々人に潜在する能力を引き出すことに努めなければならない。そのためにはあの読売の社説がいうように、今日、学生も〝大衆〟と化しているというのが事実であるなら、まずは学生を脱大衆化すること、彼らを「単なる同時代性」の世論・通念・常識の呪縛から、ふたたびブレイクふうにいえば「世界の殻」(Mundane

Shell)から、「掩ふことを為すところの天使《ケルプ》」(the Covering Cherub)から解き放ってやること、これが教育の第一に心がけるべきことなのです。それにはまず何よりも大学自体が脱大衆化していなければなりません。「単なる同時代性の誤謬」を指摘し批判する批評の拠点、根拠とならなければならないのは、いうまでもないことでしょう。

ところで、すぐ実地の役に立つ学生を養成するという文教方針のなかに、理工系の教育偏重の底意が見えすいているのは、だれの目にも明らかです。人文系の教育・研究についても、理工系のそれに対する評価規準が当然のことのように適用される。たとえば、本年度、学士・修士・博士はそれぞれ何人出たか。教師に向かっては、体《てい》のいい勤務評定にほかならない「自己評価・自己点検」の項目にいうとおり、あなたは今年何回研究発表をしたか、あなたの論文は何度他人《ひと》に引用され、あるいは言及されたかといった具合に、何人・何回・何度とすべて量的に測られます。いや、そういった愚劣きわまることをここでとやかくいおうとは思いません。ただ、すぐ実地の役に立つ学生の養成↓理工系の教育偏重という、現代の大学教育の趨勢のなかで、私の念頭に浮かぶのは、今から三十七年前の一九五九年に、物理学者であるとともに作家でもあったC・P・スノーがケンブリッジでおこなったリード講演、『二つの文化と科学革命』(*The Two Cultures and the Scientific Revolution*)が巻き起こした激しい論争のことです。それは単に過去に起こった一事件とすますことができない、今日ますます深刻さを増している問題の先触れだったのです。

この講演がおこなわれたとき、時代はすでに未曾有の発達をとげた電子工学、コンピューターの導入によって、いわゆる第二次産業革命に入っていました。文学者と科学者のあいだにはいよいよ相互理解を不可能にする断絶が深まっていた。小説家でもある科学者スノーは試みに科学者仲間に、どんな小説を読んだことがあるかと訊いてみる。「ディケンズをちょっと嚙じってみようとした」というくらいが、おおかたの返答だったといいます。科学者でもある小説家スノーは、こんどは文学者仲間に、熱力学の第二法則ってどんなものか説明できるかと尋ねてみます。答えは一様にノーだった。それだけのことなら、その場かぎりの戯談ですまされるでしょうが、文学者と科学者の断絶は人間観、世界観にかかわる本質的なものであり、要するに前者の人間観世界観を後者のそれによって批判したところに、スノーの講演がイギリスのみならずアメリカの知識人世界に与えた衝撃の意味があったのです。

人間はだれしも孤独であり、みんな独りで死んでゆく。これは逆らうことができぬ「悲劇的な人間の条件」であり、「宿命」であると、スノーはいいます。が、彼はこうもいいそえる、「個々人の条件が悲劇的であるからといって、それで社会的条件まで悲劇的でなければならないという理由はどこにもない」。さらに「われわれの条件のなかには宿命でないものも沢山ある。宿命に逆らわなければ、われわれは人間以下だ」ともいっています。いちいちもっともです。スノーにこういわせたものが、彼も引用しているエリオットの『空ろな人びと』の暗い呪文のような畳句、「こうして世界は終わる、バーンとではなく、めそめそと」という詩句が意味するものへの反発であるのは明らかです。しかし、現代人を「空ろな人間」、中味のがらんどうな剝製人間ととらえざるを得なかったエリオットの悲劇的な人間洞察を、「自分一個の悲劇に満足して手をこまねき、他の人々が食事にありつけなくてもほうっておく」ように人を誘う「倫理的落し穴」だというスノーの断定は、首をかしげたくなる。彼はもはや、というよりもともと二十世紀の文学者などではなかったと思わざるを得ません。

そういう彼が科学者について、「彼らは何かできることはないかと懸命になる。できないと分かるまで、できると考えつづける。それが彼らの真の楽天主義であり、それこそわれわれすべてが大いに必要としている楽天主義なのだ」というのも不思議ではありません。「できないと分かるまで」と訳した原文は'until it's proved otherwise'――「これはまずい、これはいけないと分かるまで」と読めないこともないでしょう。ときは冷戦のさなか、アメリカとソ連はより能率的な核爆発の開発にしのぎをけずっていました。が、どうやらスノーには、原爆の父オッペンハイマーの絶望的悔恨も悲劇的良心の葛藤も無縁のようです。科学者C・P・スノーの「楽天主義」を抑制する、いかなる文学者C・P・スノーの影もない。現に彼はつづけてこんなことをいっているのです――

「イェイツ、パウンド、ウィンダム・ルイス、われわれの時代の文学的感性を支配してきた人々の十中八九は、政治的に愚かであるばかりか、政治的に邪悪ではなかったか。彼らが代表している一切のもの、その影響がアウシュヴィッツをそれだけいっそう近づけたのではないか。」

どうしてウィンダム・ルイスなどという二流の文学者ではなしに、D・H・ロレンスの名をここに列挙しなかったのか不可解ですが、それはともかく、彼らの反近代、反進歩主義、イェイツの言葉を借りていえば、「赤っ面の商人どもや両替屋たち」、つまり一切の人間関係をカーライルのいう金銭関係《キャッシュ・ネクサス》に還元し、人間の存在を耐えがたく軽いもの、〝うつろ〟なものと化した近代の産業資本主義イデオロギー支配にたいする「激しい憤怒《サエヴァ・インディグナティオ》」――これはイェイツが好んで使ったスウィフト墓碑銘中の一句ですが――この怒りがたまたまファシズム的様相を帯びたとすれば、その限りで、彼らは「政治的に愚か」であったといえないこともありません。だが、それを「政治的に邪悪」であったとは、断じて呼べないはずです。邪悪だったら、人々はなぜ彼らの文学に深く感動するのか。感動するのは、そこに人間の生命《いのち》の復活、存在復権への熾烈な希求、苦い夢をしかと読みとるからではないでしょうか。イェイツ、パウンド、ロレンスのいわゆる反動的文学がとらえ得た文学的密度に匹敵するものを、C・P・スノーもその一員である、いわゆる進歩主義文学がついに生み出し得ていないという事実を、よくよく考えてみる必要があるでしょう。

ましてや、イェイツ、パウンド、ロレンスの文学の「影響」がアウシュヴィッツをそれだけいっそう近づけたなどといえるものであるかどうか。文学にはそのような大それた現実的有効性など全くない。ないというところにこそ、真の文学の本質と存在理由があるのです。「筆、人を刺す。又人にさゝるゝれども、相共に血を不見《みず》」とは、上田秋成『春雨物語』中の諧謔《アイロニー》です。文学は読者に「風邪一つ引かせることができない」、これは自決直前の三島由紀夫の言葉です。かりにイェイツたちの文学の「影響」がアウシュヴィッツをそれだけ近づけるのに手を貸したとしたら、では大量殺人の現実的に有効な手段を発明した科学は、科学技術は、アウシュヴィッツの悲劇実現に手を貸さなかったとでもいうのでしょうか。科学者の「楽天主義」を子供のように無邪気に信奉するC・P・スノーに、そのような疑問が湧く気づかいもない。

そういう楽天主義者が、「当然のことながら科学者は骨の髄まで未来を信じている」というのも、まことに当然のことですが、いっぽう「伝統的文化の反応は未来など存在しないほうがいいと、願っているところにある」と、スノーはいいます。そして、この自分の言葉の注として、彼はジョージ・オーウェルの『一九八四年』の名を挙げ、「この作品は未来など存在すべきではないという願望の、この上なく強い現われだ」と記しています。『一九八四年』という未来小説が、科学技術、テクノロジーによる全体主義の脅威を寓した物語であってみれば、スノーの自注はまったくのナンセンスです。おおよそオーウェルくらい、真率・誠実に未来を頼んだ純文学者も稀れなのですから。仮りにスノーの自注が理解可能だとすれば、科学者の「骨の髄」に宿る未来信仰、単純素朴な「楽天主義」は、いかなるテクノロジー批判も未来の全否定として許さないというところにしかないでしょう。これは〝未来〟の専制主義というしかありません。

スノーがここでいう「伝統的文化」とは、文学、ひろくは人文学を根底とする文化伝統を指します。彼はつづけていう、「科学的文化が出現してもほとんど少しも衰えることなく、西欧世界を今なお牛耳っているのは伝統的文化である」と。どうやら「伝統的文化」と「科学的文化」、文学と科学、「二つの文化」というスノーの二項対立的問題提起の底には、階級の問題がひそんでいるようすです。事実、彼は英米の科学者は他の知的分野の人々に比して、多く貧しい家庭の出身であると明言しているのです。スノー自身、労働者階級の出でした。鉄道線路の工夫主任かなにかだった祖父について語りながら、彼は「怨み」(rancour)という言葉を使っています。スノーが共産主義の共鳴者《シンパサイザー》ないし同調者《フェロートラヴェラー》だったことは、六〇年代、アメリカの左翼系評論誌『コメンタリー』が主宰した討論会、"Better Red than Dead"「死ぬより赤になったほうがましだ」のパネリストとして、討論の主旨に熱烈に賛同したことからも明らかです。科学の楽天的未来信仰と、共産主義の楽天的未来信仰とは、スノーのなかで幸せにも手を結んでいたにちがいありません。彼は幸せにもソ連の崩壊を知ることなしに一九八〇年、この世を去りました。が、そういう彼がSir号を授けられ、さらには男爵に叙せられていたということは、彼のなかでどう和解していたのでしょうか。いや、スノー個人のことなど、この際どうでもよろしい。彼が提出した「二つの文化」の問題は、イギリス一国の階級社会的問題を越えて、今日、世界がいやでも直面しなければならない普遍的問題となっているからです。

伝統的文化は未来など存在しないほうがいいと願っている、とスノーはいいます。同じことを彼はこうもいいかえる、「文学知識人は根っからのラダイトだ」。Ludditeとは十九世紀イギリスの産業革命のとき、機械を打ち壊す暴動を起こした職工たちのことですが、この比喩を使ってスノーがいわんとしていることは、明らかです。能率的合理的な機械の導入によって職場を追われた第一次産業革命期の職工たちが機械を憎悪したように、伝統的文化、文学知識人は第二次産業革命期の今日、科学技術《テクノロジー》が約束する〝未来〟に怖じ気をふるい、それを憎んでいるということです。たとえばと、スノーはいいます、「ラスキンやウィリアム・モリスやソローやエマソンやロレンスは、結局のところ恐怖の悲鳴にすぎないような空想をさまざまに試みた」と。果たしてラスキンたちが試みたものが、「結局のところ恐怖の悲鳴」にすぎなかったかどうか、彼らの主張するところをとくと聞いてみればいい。そこに「恐怖の悲鳴」しか聞きとることができないというのは、なんとも名状しがたい鈍感な「楽天主義」というしかありません。

結局のところ、ラスキンたちが予見していたのは、今日私たちが否応なくその中に生きている文明のありよう、人間の危機であったのです。ポール・ヴァレリーがその「知性の危機」（一九二五年）のなかで、「機械は自分の使用に耐え得るような、ほとんど自分自身と同じような人間を作り出している」、「すなわち機械は役割とか生活の条件とかが明確に規定されていない種類の人間が存在するのを許さないのであって、機械の立場から見て曖昧な人間を滅し、その他の人間を新しい秩序にしたがって組織し直そうとする傾向をもっている」、「機械が、測定することを許さない人間の整理にいつか着手することは、初めから予定されていたのである」と、明晰かつ暗澹として語った文明のありよう、あるいはスノーの論敵F・R・リーヴィスのいう、「コンピューターによるアメリカ的新帝国主義《ネオ・イムペリアリズム》」であったと、いってもよろしい（*Nor Shall My Sword*, "Elites, Oligarchies, An Educated Public"）。今日、イデオロギーはもはや問題ではありません。いかなるイデオロギーのもとにあろうと、コンピューターによって作動している組織はすべて、必然的に全体主義的にならざるを得ないのです。

　リーヴィスの批判に答えて、一九七〇年七月九日の『タイムズ文芸付録』に発表した文章、「リーヴィスの立場と真剣な立場」（"The Case of Leavis and the Serious Case"）と題した評論で、スノーはこんなことを書いています。「二〇七〇年ころには、科学の働く限界内で、自然世界に関して今よりも途方もなく広く深い同意が得られていることだろう。これこそ時間の矢の向う方向を否応なく示している文化なのだ。それは自らの過去と有機的《オーガニック》で不可分の関係をもっている」。自らの過去と有機的で不可分の関係をもっているとは、スノーの説明によれば、科学の過去の業績はすべて「共通の同意、教科書、現代書かれている論文、現在の生活のなかに溶け込んでいる」からだといいます。科学者は過去の原典《オリジナル》を読む必要はないし、読もうなどとは思いもかけないとも、スノーは書いている。当り前です。科学的知識と技術はそのまま継承可能なところにその特質があり、それだからこそ〃進歩〃という概念も、「時間の矢が向う方向」といったような楽天的独善的〃未来〃も可能なのです。しかし、そういう過去との関係を「有機的《オーガニック》」と呼べるかどうか。過去は現在のなかに「溶け込んでいる(infused)」といえるものであるかどうか。「有機的」「溶け込んでいる」、いずれの言葉もかつてのロマン主義者たちが彼らの思想の核心で愛した言葉ですが、スノーのこれらの言葉の使い方は、濫用というしかないものでしょう。無論、エリオットの伝統論が語った「過去の現存性」(presentness of the past) とは、全く似て非なるものであります。

スノーはまた、「科学文化は通時的である」ともいっていますが、本来「通時的《ダイアクロニック》」という言葉は言語学の用語であって、言語学者はスノーの意味するような事態を通時的と呼ぶのを拒否するでしょう。さらにスノーは「有機的」「溶け込んでいる」「通時的」という言葉が示唆するものを、'incorporate'という一語でもいいかえている。こちらのほうが正確だ、少なくとも正直です。なぜなら'incorporate'とは、たとえば電算機の記憶装置に「組み込む」ことを暗示しているからです。ひっきょう科学的知識、技術の継承は、本質的に機械的なものであり、それ以外のなにものでもないのです。

いっぽう「〃人文学的《ヒューマニスト》〃文化」(スノーは「伝統的文化」をこう呼びかえている)にあっては、過去の作品を書かれたままに読まなければならない、それらは「科学の業績のように、現在のなかに組み込まれることはない。シェイクスピアもトルストイも、ページの上にならぶ言葉どおりに読まなければならない」。これも当り前のことですが、問題はスノーがそこから次のように飛躍するところにあります——つまり、人文学的文化《ヒューマニスト・カルチャー》には「時間の矢が向う方向がない。二〇七〇年ころには、誰であれ生きている者はシェイクスピアよりもシェイクスピア的経験をよく理解できるようになるなどといえないし、いえば愚かしいが、同じ年の物理を学ぶ十八歳の品行方正な学生なら、誰でもニュートンより物理学をより多く知っているであろう」。こういうのは、文学者としてはいうまでもなく、科学者としても愚かしさの骨頂というべきでしょう。シェイクスピアの原典を読むことによって、人はそれぞれ人間とは何か、人生とは何かを内的に経験する。そういう、いわばメルヴィルのいう「再認識の衝撃《ショック・オヴ・リコグニション》」は無論、共時的《シンクロニック》に個人的一回的なものであるにちがいありませんが、にもかかわらず時の流れを縦断して「通時的」に反復・連続してゆく。人文学的文化が尊重する伝統の意味もそこにあります。

物質的繁栄に反比例して、人間はますます稀薄な存在と化しつつある、これは今日、誰の目にも明らかなことです。物質的繁栄の未来にしても、科学者の〝楽天〟が、少なくともC・P・スノーの楽天が思い描いているようなバラ色のものではないでしょう。そう、一切は不可逆的に停滞・衰滅に向って動いてゆく。これはいわゆるエントロピー増大の法則であって、『混沌からの秩序』を書いたベルギーの物理学者イリア・プリゴジンは、「すべての孤立系にとって、エントロピー増大の方向が未来への方向である」といいます。エントロピー極大が、いわゆる熱死《ヒート・デス》です。この法則だけはその真であることを疑うことができない唯一の法則だとは、すべての物理学者が一様に認めているところです。そして、そういう「普遍的傾向」を「時間の矢」と名づけたのは、イギリスの天体物理学者スタンレー・エディントンでした。人間の存在がますます稀薄化しつつあるというエントロピー増大の「時間の矢」の向う方向に抗して、いささかなりと人間の濃密な存在のよすがを護持しようとするとところに、そうするところにのみ、人文学的文化《ヒューマニスト・カルチャー》、人間文化の使命と命脈があるのです。

ところで、このエントロピー増大の法則こそ、C・P・スノーが文学者仲間に知っているかと訊いてみた熱力学の第二法則にほかなりません。一体、物理学者スノーは、いや、文学者スノーは、この法則が示す「時間の矢」の向う方向の人間学的意味を「真剣」に考えてみたことがあるのでしょうか。

スノーは前掲の*TLS*に載せた論文の最後で、科学的文化は「累積的、結合的（incorporative）、集合的、合意的（consensual）であり、どうしても時間を通して進歩せずには措かない仕組みになっている」と、締めくくっています。たしかに科学的文化とはそういったものであるに違いありません。しかし、これらの形容詞が指示する属性は、そのまま全体主義の属性にも通じることを見逃がしてはなりますまい。が、そのようにも見る批評眼はスノーには全く欠落しているのです。そして、もういっぽうの文化、人文学的文化は、これらの形容詞を「否定する言葉（negatives）によって表わすしかない。なぜならそれは集合体（collectivity）ではなく、個々の人間に固有なものだからである」と、スノーはいいます。まさにそのとおりです。しかし、この文章は彼の論文の文脈のなかで、それこそ「否定」的に位置づけられているのです。ここに至って、C・P・スノーの文学者失格は完璧ではないでしょうか。

『二つの文化と科学革命』という彼の講演が、すぐ実地に役立つ学生の養成という時代の功利主義的要請に応えるものであり、そのためには従来、大学教育の中心を占めてきた人文学にかわって理工学系の教育が主流にならなければならないという、大学の組織改革を提唱するものであったことは明らかです。同じケンブリッジの英文科教授であり、優れて倫理的な、ときには頑なに倫理的な批評家として知られていたF・R・リーヴィスが黙っているはずもなかった。一九六二年、スノーの講演の三年後、ケンブリッジのダウニング・コレッジのホールで彼がおこなったリッチモンド講演、「二つの文化？　スノー卿のはらむ意味」"Two Cultures? The Significance of Lord Snow"が批判しているのも、その点にあります。ちなみに、この講演は実質的にはリーヴィスの最終講義であり、長年ケンブリッジの英文科教授を勤めてきた彼に、黙しがたい怒りがあったことは想像に難くありません。彼は終始、喧嘩腰で人身攻撃も辞さず、スノーを批判しています。時間の都合上、ここでリーヴィスの講演に詳しく付き合う余裕はありませんが、要するに彼が主張しているのは、大学を単なる「専門学科の配列以上のもの」、つまり「人間意識の中心」——知覚認識、価値判断、責任の中心たらしめるということ、そして、そういう大学の中心は「活力ある英文科」(vital English School)にあるということです(細かくいえば、英文科の大学院のことでしょうが、それはこの際、問題の本質とかかわりのない事柄です)。「活力ある」とリーヴィスがいう意味は、形骸化したアカデミズムではなく、「生き生きとした現在のなかに、個々人の創造的意識のなかにのみ生きうる生き生きとした一つの全体——一つの文化共同体ないし文化意識」のことらしい。なにやらやたらと「生き生きとした」(living)という形容詞が行列している悪文で、こういうのは眉唾物ですが、英文科こそ大学の中心と息巻くリーヴィスの生き生きとした剣幕、決意は壮とするに足りるでしょう。無論、英文学とは彼にとって国文学ですが、わが国の国文科の先生で国文科こそ大学の中心と、生き生きと断言できる人は、残念ながらといおうか、幸いにもというべきか、一人もいないことでしょう。

しかし、リーヴィスをこのような「激しい憤怒《サエヴァ・インディグナティオ》」、このような大言壮語の興奮に駆り立てざるを得ない深刻な事態があった、いや、今なおあることを失念してはなりますまい。C・P・スノーの主張のなかにリーヴィスが「コンピューターによるアメリカ的新帝国主義」を感じとったことは、前にちょっと触れましたが、この言葉の出てくる文脈のきっかけになっているのは、〝キャンパス〟という一語です。この言葉はもともとアメリカ英語であって、つい最近までイギリスの大学に適用されることはなかったのに、今では盛んに用いられるようになった。そこで、リーヴィスはいいます——「〝キャンパス〟という言葉が盛んに用いられるようになったということは、アメリカ的状況が、ここイギリスでも急速に確定しつつあることを暗に意味している——アメリカ的状況とは、根無し草性、空虚、非人間的尺度、有機的文化生活の挫折、コンピューターによるアメリカ的新帝国主義をよしとする反人間的還元主義《リダクティヴィズム》である」。もう一つ別のスノー批判、「〝英文科〟、不安、連続性」“'English', Unrest and Continuity”のなかでも、リーヴィスは反米主義者と目されるのは迷惑だがと断わりながら、こういっています——「われわれはこの国をアメリカ化（Americanization）から救うために、できるだけのことをすべてしなければならない。この国がいま現になりつつあるところのもの、すなわち単なるアメリカ世界の一地方となるのは、思っただけでもおぞましい」。リーヴィスのこの「不安」を、二度にわたる〝黒船〟の来航——浦賀沖に出現したミシシッピー号と、東京湾上に君臨したミズーリ号によって、〈近代〉の純粋培養〝アメリカ〟を否応なしに強いられ、アメリカニズムがいわば肉づきの面と化した私たち現代日本人が対岸の火事視することは許されるはずもありません。いや、事態の深刻さ、「不安」はもとよりイギリスの比ではないでしょう。

アメリカといえば、一八八三年から八四年にかけておこなわれたアメリカ講演旅行で、マシュー・アーノルドは「文学と科学」"Literature and Science"という講演をおこなっています。もともとこれは一八八二年、ケンブリッジのリード講演の草稿として執筆されたもので、くしくも八十年後、同じ講座で、C・P・スノーが「二つの文化と科学革命」を講演したわけです。ところで、アーノルドは「文学と科学」冒頭近くでいっている――「近代生活の必要に応えるために、今や優位は文学から科学へと移るべきではないかという問題が、提起されている。当然のことながら、この問題提起はここ合衆国においてもっとも熾烈である。〝単なる文学的指導と教育〟と呼ばれるものを格下げにして、〝健全にして、多方面にわたる、実際的な科学知識〟と呼ばれるものを格上げする、そういう目論見《もくろみ》は、この強烈に近代的な世界である合衆国において、おそらくヨーロッパのどこでよりもたいへん人気のある目論見であり、急速に大いに進展している」。アーノルドの時代に、すでに今日の問題は尖鋭な形ではじまっていたのです。

　無論、世界に先がけて産業革命を遂行していたイギリスでも、〈文学〉と〈科学〉の対立、アーノルドの尊敬する友人であり傑出した生物学者であったトマス・ハクスレーが戯れに「文化の司祭レビ族」（the Levites of culture）と揶揄した文学者と、彼らが聖なる都エルサレムを破壊したバビロニアの専制君主ネブカドネザルにたとえる科学者とのあいだの葛藤は、すでにありました。といっても、優れて良識《グッド・センス》の持ち主であったハクスレーは科学教育万能などという一方的な愚かしいことはいわない、ただこういうだけです――「真の文化を達成するために、専門的な科学教育は、少なくとも専門的な文学教育同様、有効・適切なものである」。アーノルドも頑なな「文化の司祭レビ族」などではなかった。科学を歴史の必然的所産としてそのまま是認していました。そういうところに、かつて十三年前（一八六九年）、有名な評論『教養と無秩序』*Culture and Anarchy*で、「*sweetness and light*」が与える柔軟性」と彼がいった精神のしなやかさがあります。スウィフトが『書物戦争』において「最も高貴な二つのもの」と呼んだ'sweetness and light'を借用して、アーノルドはそれを「美と知性の特質が二つながらに共存する調和した完成状態」と敷衍しています。個人における教養《カルチャー》、ひいては社会の文化《カルチャー》がめざすべきものは、かかる「全一的な」(total) 状態であり、そこから「われわれが今日、頑なに機械的に追いかけ、頑なに追いかけることこそ正しいとむなしく想像している月並みな通念や習慣に対して、新鮮で自由な思考の流れを向ける」柔軟さが生まれると、アーノルドはいいます。『教養と無秩序』が取り上げている問題は、当時の頑なな宗派の対立葛藤による無秩序であって、〈文学〉と〈科学〉の対立による無秩序ではありませんが、そこでアーノルドが語っていることは、文学と科学の対立の問題に関しても、そのままに通用するものです。逆に、この問題を直接あつかった彼のアメリカ講演がいわんとしていることも、結局、『教養と無秩序』が語っていたこと、つまり'*sweetness and light*'の賞揚にほかならないのです。

しかし、ハクスレー、アーノルドの'*sweetness and light*'をよそに、時代の教育改革者たちは、単に「言葉の知識」(a knowledge of words) でしかない文学にかわって、今こそ「事物の知識」(a knowledge of things) である自然科学が教育の主体にならなければならないと主張しました。「ここで、私はこれまで同意してきた自然科学の友人たちと袂をわかつ」と、アーノルドはいいます。ちょうど『教養と無秩序』のなかで、次のように『義務論』*Deontology* で書いている功利主義哲学者ベンサムと別れたように。ベンサムは書いている――
「クセノフォンが彼の歴史を書き、ユークリッドが幾何学を教えていたとき、ソクラテスとプラトンは叡知と道徳を語るという口実のもとに、全くのたわごとを語っていた。彼らのいうこの道徳なるものは、言葉だけのことであり、彼らのいう叡知なるものは、すべての人の経験が知っている事柄を否定するものでしかなかった。」

アーノルドはいいます、「これを読んだ瞬間から、私はベンサムの呪縛《ボンデッジ》から解放されたのである」。解放された意識のありよう、これこそ彼が《ヘレニズム》と呼ぶものにほかなりません。現にアーノルドはそれを*'spontaneity* of consciousness'――「意識の自在さ」、なにものにもとらわれない自由な意識といいかえているのです。あの*'sweetness and light'*にしても、ひっきょう、別事を意味してはいないのです。

それより少し前、ベンサムの圧倒的な影響のもとに出発したJ・S・ミルもまた、ワーズワスの『不死の告知の歌』との出会いによって、ベンサムの功利的合理主義の呪縛から、そしてそれが強いた深い憂鬱から、解放されたのでした。それは彼の自叙伝で感動的に語られている有名な挿話です。憂鬱といえば、ミルはベンサム論のなかで、ベンサムは憂鬱というものを知らなかった、「最後の最後まで少年であった」といい、「ワーズワスからバイロン、ゲーテからシャトーブリアンに至るわれわれの時代の天才たちをとらえた、あの魔神《デーモン》であり、現代がその快活かつ憂愁にみちた叡知の多くを負うている自意識が、彼ベンサムのなかに目覚めることはついになかった」と、書いています。そして、ミルはそういう人物の哲学が頑なに主張するものを「半面真理」(half-truths) と呼び、「部分的真理を全体的真理と取り違える誤謬」と断じ去っているのです。蛇足ながら付け加えておけば、ミルはそういう「誤謬」に気づかず、その上にあぐらをかいて得々と学問を自称する手合いのことを、「体系的半面=思想家」(systematic half-thinkers) と呼んではばかりません。

『教養と無秩序』のアーノルドもいいます――「一つのことだけが必要という考え、われわれのなかの一面だけを優位に置き、われわれの十全な調和した発展を無視するのは、われわれの思考や行動に害をおよぼす」。終始、彼が繰り返し強調している「全一性」(totality) とはそういうことです。よもやこれを全体主義《トータリテアリアニズム》と誤解する人はいないでしょう。アメリカ講演「文学と科学」が終わりのほうで引き合いに出している、ダ・ヴィンチが「私に欠けていたもの」といったという、*'symmetria prisca'*「古代的均斉」というのも、同じことを示唆しているのはいうまでもありません。いつの日か、イギリス人の心のなかにこの「古代的均斉」への尊敬の念と憧憬がめざめるときがくれば、目からうろこが落ちて、彼はロンドンの町なかを歩きながら、たとえばストランド街を「本当に醜い」と見、感じるだろう、とアーノルドは「文学と科学」の終わり近くでいっています。ダブリンの街を往くイェイツに、「激しい憤怒《サエヴァ・インディグナティオ》」が襲うのは、それから間もなくのことだ。「黄昏どきにオコンネル橋に立って、現代の不調和が現実具体の形として現われている趣きのあるあの不格好な建物、あのネオンサインのすべてをじっと見ていると、私の身内の暗闇から漠然とした憎悪が湧いてくる」(「わが作品のための総括的序文」)。

たとえ人間の祖先は「尾と尖った耳をもち、おそらくは樹上生活をしていたにちがいない毛深い四足獣」だったというチャールズ・ダーウィンの仮説をそのままに受け入れるとしても、人間性のなかには、「美への本能」が「知への本能」や「善き行いへの本能」と共に、しかと根づいている、それは人間のなかに存在する「自己保存の本能」であり、これら三者を関係づけようとするのは人間の「已み難い欲求」だと、アーノルドはいい、そして次のようなバラ色の夢、いや、苦渋にかげった楽天的な予測で、講演「文学と科学」をしめくくっています——

「したがって、私には文学が教育における指導的な地位から押し出されるという危険に、実際みまわれているとは思えない。人間性が今あるままのものなら、文学の魅力はこの先も不可抗のものにとどまるだろう。……多分、不安と混乱と間違った傾向の時代はあるであろうが、しかし文学はついにはその指導的地位を失うことはあるまい。一時、失うことがあるとしても、必ずやその地位を取り戻すだろう。われわれの欲求、憧憬によって、わたしたちは文学のもとに帰ってくるであろう。」

C・P・スノーが「科学者は骨の髄まで未来を信じている」といった科学者の〝楽天主義〟にたいして、文学者も自らの楽天を心のどこかにもっていなければならないのかもしれません。幾何学的精神《エスプリ・ド・ジェオメトリ》にたいして、繊細の精神《エスプリ・ド・フィネス》の存在理由を信じつづけねばならない。といっても、かつてパスカルにおいて可能だった両者の結合融合は、もはや望むべくもありません。『抒情民謡詩集』の序文で、ワーズワスは「今やかくも人間に親しいものになった科学と呼ばれるものが、いわば血肉を帯びようとする時がくるとしたら、〝詩人〟はそのような変容を助けるために彼の神聖な精神を貸し、こうして血肉と化した〝存在〟（科学）を、人間の家の血のつながった親愛な家族として歓迎するであろう」と書きましたが、科学がワーズワスのいう意味で「血肉を帯びる時」など決してこないでしょう。それはますます抽象的ないし機械的になってゆくしかないでしょう。ワーズワスがいうように、詩人が科学者の傍らにあって、「科学が扱う対象のど真ん中に感動を持ち込む」ことなど、全く不可能な夢でしかないでしょう。世にいうＳＦなどは、所詮、児戯に類するものでしかありません。

　アーノルドは「文学と科学」のなかで、ダーウィンが大方の人びとの必要と感じている二つのもの、すなわち宗教と詩の必要を感じたことはない、自分には「科学と家庭的愛情」があれば十分だと、一友人に洩らしたことを伝えています。生まれついての科学者とはそういうものであることはよく理解できるとしながらも、アーノルドは知識を人間に内在する「美への本能」や「善き行いへの本能」と関係づけようとしなかったダーウィンに、人間としてのいびつさを見ているのです。そして、彼はダーウィンより十八歳年上の大物理学者マイケル・ファラデーと引き合いに出す。ファラデーはその自然科学の知識と、人間にある「美への本能」、「善き行いへの本能」とを関係づけたと。そうとすれば、ダーウィンにおいて、エリオットのいう「感性の分裂」(dissociation of sensibility)は確実に起こっていたといっていいでしょう。アーノルドは触れていませんが、ファラデーは「物理学者《フィジシスト》」と呼ばれるのを、それがあまりにも専門分化しすぎているという理由で拒否して、あくまでも「哲学者《フィロソファー》」(知識を愛する者)と呼ばれたいと語っていたといいます。エリオットなら、ファラデーのなかに「統一した感性」(unified sensibility)と彼が呼ぶものを、確実に認めるにちがいありません。

　量子力学の僚友たち、ニールス・ボア、ボルン、ディラック、ハイゼンベルクらがすべて、量子力学的現象を説明する法則があるとすれば、それは統計学的なものしかないと確信するに至ったなかで、晩年のアインシュタインはたいへん孤独でした。統計学的な法則しかないとすれば、「神はそのときそのときに、サイコロを投げて打ち興じていることになる。こういう考えは、私には極めて不快なものだ」と、彼は友人の一人に書き送っています。アインシュタインは念願の「統一場の理論」をついに発見することなく終わりましたが、しかし彼のなかに、ファラデー的「統一した感性」最後のきらめきがあったことは確かだったと思われます。それはアーノルドのいう'*sweetness and light*'の稀有な証しだったといってもいいでしょう。

繰り返しますが、もはや幾何学的精神と繊細の精神を統一することは不可能です。文学者としては、科学者の素朴・危険な〝楽天〟を抑制するためにも、繊細の精神の伝統を保持するよう努めるしかありません。そして、繊細の精神を培《つちか》うものこそ、アーノルドのいうcultureであり、その土台になるものは、彼の言葉を借りれば、「世界ですでに考えられ言われたことの最善なるものを、知ること」以外にありません。日本の大学で、英米文学などという迂遠な、すぐ実地の役には立ちようもないものを学び研究するいわれも、それが「世界ですでに考えられ言われたことの最善なるもの」の一つにちがいないからです。世の実際家がいうように文学は単に「言葉の知識」でしかない。想像力が遊ぶ夢の世界にすぎない。しかし、「夢のなかに責任がはじまる」。これはW・B・イェイツが自らの詩集の題辞にかかげた一句です。「虚に居て実をおこなふべし。実に居て虚にあそぶべからず。」これは各務《かがみ》支考がその『俳諧十論』中に伝える芭蕉の虚実論の一節です。洋の東西、古今を絶して、両者が語りかけていることは一つです。まさしく、「貫道するものは一なり」であります。

（一九九六年三月）

いま、なぜ、文学なのか

『文学』（二〇〇〇年五、六月号）の「いま英文学とはなにか」という特集に、インディアナ大学教授スミエ・ジョーンズの「彷徨《さまよ》える文学――アメリカの英文学界の現状」という報告が載っていたのを記憶している人は少なくないと思うが、それによると九〇年代初め、スタンフォード大学で多文化教育促進のためのデモがあり、学生たちが「ハイ、ハイ、ホー、ホー、西洋文化はもう御免！」と連呼しながらキャンパスを練り歩いたという。また、カリフォルニア大学バークレー校では、八〇年代前半までは英文科の学生たちは英文学の古典を学んでいたが、それ以降は性差《ジェンダー》と民族の視点から周辺の文化を研究しようという傾向が主流を占め、「白人の男が書いた古典は授業内容に殆ど含まれなくなった」という。また、デューク大学英文学部（学科？）事件というものがあったらしい。アメリカの大学には、ほぼ十年毎に学外から選ばれた数人の専門家による学部評価を受けなければならない制度がある。デューク大学の場合、英文学部という看板を掲げながら英文学の古典はほとんど教えず、学生は女性学だけを学んで博士号を取ったり、シェイクスピアも読まずに英文学専攻の文学博士になったりしている。これは看板に偽りありというしかないというのが、評価者たちの判定だった。これに対して英文学部学部長は、「わが学部はイデオロギー理論を中心としており、周辺の文学がテクストになるのは当然である。今さらシェイクスピアなど教える必要はない」と反論したというのである。

「イデオロギー理論」とここでいわれているのが、脱構築《ディコンストラクション》、フェミニズム、新歴史主義《ニュー・ヒストリシズム》といった批評理論を指しているのはいうまでもない。最近では、これらのイデオロギー理論を十把ひとからげにして文化学《カルチュラル・スタディーズ》と呼んでいるようだが、要するにこの新しい、いまや全米の大学の文学部を席巻した趣のある学問は多文化の研究と教育を目的とするものであり、したがって当然のことに、「周囲から中心を批判し、確立したシステムは何であれ破壊する姿勢がある」。つまり文学史が、文学史という物語《ヒストリー》の制度を支える古典《カノン》が、ひいては〝文学〟そのものが、破壊攻撃の矢面にさらされる仕儀となり、いっぽう大学の大衆化が進むにつれ、研究・教育の対象が映画はいうまでもなく、ロック・ミュージックや、はたまたストリップ・ショーにまで及ぶことになる。なんの不思議もない。スミエ女史も書いている、「『台所の流し以外は全部』というのは玉石混交何でもござれという意味の慣用句であるが、文化学批判には『台所の流しも含めて』という表現が使われている」。下世話にいえば、クソもミソも一緒ということである。最少抵抗線にそって歩むのをモットーとしていた私の末の娘がこの国のある私立大学の文化学科に推薦入学したとき、学科内の自嘲であったか学科外の揶揄であったか、「ブンカガッカバカバッカ」という愉快かつ怪しからぬ駄洒落が流行ったという。閑話休題――

そういう文化学が圧倒的に支配する昨今のアメリカの大学では、伝統的な英文学の研究や教育は細々と存続しているにすぎないと、スミエ女史は報告している。「過去十年間に新しく就任した教授、助教授は全員がイデオロギー批判の専門家であり、文学を文学として教えるのは退職に近い年齢の教授に限られている」とも、いう。女史の専攻分野は東アジアの文学ということで、「文化学とポピュラー・カルチャーの繁盛はナイル川の洪水の如きもので、大いに歓迎である」と、彼女はなんの皮肉も込めずに正直に告白している。が、女史の眼はそのような保身の計算に曇ってはいない、冷静に事態を見ている。たとえば、こんなふうに断言してさえいるのだ――「文化学には確かに問題が多い。方法論もないまま台所の流しを語る類は勿論、政治的なサブテクストを文学の『意味』として読み、作品の芸術性を全く無視するような研究や教育では、せっかくの文学の面白さが無駄になってしまう。政治的正義の横暴も文化学の毒である。質はどうであれ、形式はどうであれ、サブバーシヴ（破壊的）な作品を良しとし、周辺の文学でなければ無価値とするような単純な評価は読者や学生の知性を萎縮するものである」。あるいは文化学の支配によって、「学生達のみならず、教授側も読解力が下落している」という批判をも、報告するのを怠ってはいない。

最近、やはりインディアナ大学の、といってもこちらは英文科の教授であるが、パトリック・ブラントリンガーという人の『シェイクスピアを殺したのは誰か？』（ラウトレッジ、二〇〇一年）を読んだ。副題にいう、「急進的一九六〇年代以降、大学の英文科に何が起きたか」。「大学の廃墟」のただなかで英文学の、ひいては人文学一般の存亡を真摯に問うたこの本が語っているのも、結局、スミエ女史の一文が伝えているところといささかも異なってはいないのである。

ところで、長々とスミエ・ジョーンズの「彷徨《さまよ》える文学――アメリカの英文学界の現状」に煩をいとわずかかずらったのも、ほかではない。そこに述べられていることは、そのまま本質的にわが国の英文学界の現状でもあるからだ。疑う人は同じ雑誌に載っている中堅の有能な英文学者三人の座談会をご覧になればいい。彼らが同じ現状に見舞われてただただ彷徨《おろおろ》しているさまが手にとるようにわかるだろう。アメリカでの事象がわずかな周期でこの国でも忠実になぞられ反復されるのは、浦賀沖の黒船以来の、とくに東京湾上のミズーリ号以来の、反復強迫観念にも似た習慣であり、こういう「現状」になったからといって、別に異とするに足りない。

世間知らずの私のことだから正確は期せられないが、現におおかたの国立大学は早々と〝英文科〟の看板をはずして、そのかわりに例えば「言語文化学科　英語圏・欧州言語文化講座」などという、やたらに長たらしいばかりの、なにやら胡散くさい名札を掲げているようすだ。大学改組という文部行政の圧力を体よくかわそうとする苦肉の策といってしまえばそれまでだが、無論、文部省もそれが偽りの看板であることを知っている。英語圏言語文化講座というが、一体、英米以外の英語圏、オーストラリア、ニュージーランド、カナダ、南アフリカ、インド、フィリピン等々の英語文化を研究・教授できる能力と意欲が現状の言語文化学科に期待できるというのか。今は期待できないとしても将来はできるというなら、そのためにどんなに多大な教授スタッフと予算が必要であるか思ってみるがいい。不可能なことは最初から知れている。それは大学側も文部省側もようく知っている。知っていながらお互いきれいごとの嘘をつき合っている。とすれば、大学改革とはなんと空疎・不毛・愚劣・滑稽な茶番であることか。私立大学のなかには、〝英文科〟という金看板を頑固に守っているところがまだあるようだが、こっちのほうが少なくとも正直だし、私のような者の眼からすると、〝英文科〟という伝来の古い名称のほうが、かえって新鮮に見えてくるから不思議だ。セネカもいっているではないか——'legem brevem esse oportet'.

実はジョーンズ女史の一文を読んで、私は少しも驚かなかった。そういう「現状」になるのはつとに予想されていたからだ。というのも、私はすでに「大学の荒廃」を精細かつ切々と訴えたアラン・ブルームの『アメリカ精神の閉塞』（サイモン&シュースター、一九八七年）を、さらにはそれより五年前、同じ出版社から出ていたレスリー・フィードラーの『文学とは何であったか？——階級文化と大衆社会』を読んでいたのだった。フィードラーという人は昔から〝恐るべき子供《アンファン・テリブル》〟を自称してきた頭の切れる反逆児的批評家で、時流を見るに敏、敏すぎてときには少々軽佻浮薄に流れなくもないが、そういう彼がもっぱら正典《カノン》と公認されたもの、簡単にいえば古典のみを研究・評価する学界・評論界の仕来たりに逆らって、通俗、低俗、〝屑《トラッシュ》〟とおとしめられてきた大衆文芸、たとえば『アンクル・トムの小屋』『風と共に去りぬ』といった〝永遠のベストセラー〟、さらには映画、テレビをはじめとするポップ・カルチャーを積極的に評価しようと目論んだのが、この本である。なるほど、それ自体りっぱな目論見であるにちがいない。が、そのなかでフィードラーはこんなことを書いている——

「完全な意識のレベルで心が抱く他のすべてのもの、たとえば宗教とか政治イデオロギーとかと同様、かつて〝文学〟と呼びならわされていたものは、わたしたちを分裂させ互いに反目させる。それに対して今まで〝屑《トラッシュ》〟と呼びならわされてきたものは、わたしたちの見る夢や悪夢と同じく共有の神話や幻想に根ざしていて、われわれがお互い心理的に引き裂かれることなど決してなかったところで、みんなを感動させる。」

こう書きながら、フィードラーはさぞかし居心地が悪かったに相違ない。さもなければ、批評家とはいえないだろう。なぜなら彼がここでいっているような「感動」は、「かつて〝文学〟と呼びならわされていたもの」、彼が〝高級文学《ハイ・リテラチャー》〟〝高等文化〟と蔑んでいるものが営々と与えつづけてきたものであって、いま彼が〝低級文学《ロー・リテラチャー》〟〝低俗文化〟と褒めそやしているもののみの専売特許ではないからだ。『文学とは何であったか？』というこの反語的評論全体を通じて、かつて〝高級文学〟の批評家だったフィードラーは、高級文学と、いま彼が賞賛している〝低級文学〟との間で、終始、腰がすわらず揺れている。いや、一批評家の心の分裂など、この際どうでもいい。私の目を一番つよく引きつけたのは、フィードラーが『ハックルベリ・フィン』を論じて、こう書いている個所だった――「彼ら黒人たちが（ジムが〝黒んぼ《ニガー》、黒んぼ《ニガー》、黒んぼ《ニガー》〟と呼ばれていることだけに気をとられて）、『ハックルベリ・フィン』とまだ和解していないのをあらためて思い知らされたのは、最近、シカゴ近郊に住む黒人の両親の抗議が、明らかに罪意識に悩む〝進歩派《リベラル》〟白人の支援を受けて、この小説を教室で使うのを禁止させるのに成功したという記事を読んだときだった。まことに皮肉なことだが、これは（彼らが自分の子供に読ませまいとしている小説のなかに表現されている）トウェインの認識、すなわち長いこと奴隷制度に基づいていた文明にあっては、いかに純な愛情があっても黒人と白人の分裂を超克しようとすれば、必ずや失敗するという認識を確認するのに役立っただけだった。」

そのような「認識」をはらんでいればこそ、『ハックルベリ・フィン』は〃高級文学〃〃低級文学〃などという賢《さか》しらの区別立てを遥かに超えて〃文学〃たり得ているわけだし、トウェインのそういう認識をあらためて「確認」するフィードラーは、少なくともここで真の批評家たり得ているわけだが、私が引用したのはそんな当り前のことをいいたいがためではなかった、誰もが親しみ読みついできた『ハックルベリ・フィン』が〃ニガー〃という一語ゆえに、教室から追放されたという事件の意味を問いただしたいがためであった。

無論、‘nigger’は蔑称である。‘Negro’は蔑称ではない、黒人種を表わす普通名詞にすぎない。が、アメリカの黒人たちはそう呼ばれるのも好まぬらしい。それでつい最近までは〃アフロ・アメリカン〃という呼称が流行っていたが、今は〃アフリカン・アメリカン〃という、ほとんど発音不可能な、あえて発音すれば舌を嚙んでしまいかねない名にすり替えられている。二つの呼び方の間にどのような差異、あるいは差別忌避の意味合い、詐術がひそんでいるのか私にはとんと解せないが、いずれ「罪意識に悩む〃進歩派〃白人」の苦心の発明に違いない。そういえば、〃アメリカン・インディアン〃が〃ネイティヴ・アメリカン〃と呼ばれるようになって、すでに久しい（たしか、アメリカを最初インドと誤認したのは、ほかならぬコロンブスだった）。これまた〈西〉への侵略によって発展した文明の「罪意識に悩む〃進歩派〃白人」の窮余の発明に違いなかろう。いっそのこと、彼らは自分たちを〃ユーロピーアン・アメリカン〃と呼んだらいい、少なくとも呼び名の点で平等の帳尻が合う。

そもそも〝アメリカ〟ないし〝アメリカン〟という名自体、すでに差別語ではなかろうか。周知のとおり、〝アメリカ〟という呼称は十五世紀イタリアの冒険商人、アメリゴ・ヴェスプッチの名に由来するのだから。起源を尋ねれば、何事であれ、一切は混沌のなかに崩れ去る。ちなみに、最近発掘されたインディアンより前にアメリカ大陸に住んでいたと思しいヒト、〝ケネウィック・マン〟と名づけられた人間の骨相はアイヌに類似した白人種のものだったという。いや、きりがない……。ともあれ、〝アメリカ〟という名がいかがわしいと知れれば、「神の選良」を自負していた初期ピュリタン、〝アメリカン・アダム〟たちの昔はいざ知らず、彼らの自信も確信も狂信ももはや持ち合わせぬ現代のアメリカはどういうことになるのだろうか？　わたしはどこから来て、どこに行くのだろう？　わたしはどこに属しているのか？　そもそも、わたしは何なのか？　いわゆる〝アメリカン・アイデンティティ〟の問題が、現代のアメリカ人を等しなみに捉えて放さぬ所以だ。

　なにはともあれ、黒人をアフリカン・アメリカンと呼び、インディアンを先住《ネイティヴ》アメリカンと呼ぶ、そういう心的態度こそ、当世のイデオロギー批評の流行語《ジャーゴン》、「政治的適正さ」（Political Correctness 略してPC）が意味しているものにほかならない。スミエ・ジョーンズが「文化学の毒」として挙げている「政治的正義の横暴」というのも、別事を指してはいないだろう。‘Political Correctness’というのはもともと政治的に正しいとか、適切であるとかを意味する語句ではなく、時代の通俗的社会通念に適切に従っているかどうかを示唆する言葉なのである。同時代の社会通念に従うことは、必ずしも政治的に正しく適切であるとは限らない。なるほど、今まで差別され抑圧されてきた人びとを擁護するというのは、正しく適切な社会通念にちがいない。が、度を過ごせば、その正しさ、適切さも一種集団ヒステリーの様相を帯びてくるのは必定だ。T・S・エリオットなら、そういうあまりにも正しく適切な社会通念を「単なる同時代性の誤謬」と断じることだろう。そういう反省ないし懐疑がほんのわずかでもないなら、Political Correctness を「政治的正義」と単純素朴、頑なに誤解するなら、折角の正しい社会通念も、私が昔から使ってきた言葉をここでも使っていいなら、「偽善の全体主義」に堕するだろう。ひょっとしたら、正しい、あまりにも正しい通念を主張している人びとは、それが偽善だということを自覚しているのかもしれない。たとえそれが偽善だとしても、正しい社会通念の大勢に順応した方が政治的に得策、適切な方策だと心得ているのかもしれない。とすれば、Political Correctness は *Politic* Correctness と化す——「狡猾な正しさ」の体制。

　おおかたの多文化研究、フェミニズム、脱構築批評、新歴史主義、ポスト・コローニアリズムは、以上のような'Poilitical Correctness'ないし'Politic Correctness'の所産だと言い切ってもいいように思える。そういうことなら、「今さらシェイクスピアなど教える必要はない」というのも、ダンテもベートーヴェンもトルストイも「とうに死んでいる白人ヨーロッパの男」だと片付けるのも（アルフレッド・ケイジン『書くことがすべてだった』、ハーヴァード大学出版局、一二ページの引用に依る）、オースティン、ホーソーン、メルヴィル、イェイツ、ロレンス、エリオット、フォークナーを保守反動の一語で葬り去るのも、当然至極、まことに適切かつ正しい判断ということになる。

　現代アメリカに流行する周辺文化研究の古典たたき《カノン・バッシング》も、「罪意識に悩む〝進歩派〟白人」の心理も、アメリカの歴史の経緯《いきさつ》、文脈からしてわからぬではない。しかし、太平洋の向こう岸の流行を丸写しにしたようなこの国の英文学界の現状はどうしたことか。彼らに古典たたきの歴史的資格があるとでもいうのか。「罪意識に悩む〝進歩派〟黄色人」とは、一体、何者なのか。彼らは本当にインディアンやニグロに負い目を感じているのか。いや、こういう現状は何も現代日本のみに限るまい。なにしろ〝アメリカの支配による平和〟(Pax Aamericana)のもと、なにかにつけて誰も彼もが「グローバル、グローバル!」と大合唱して恥じない世の中のことだ。最近、ケンブリッジでもシェイクスピアを必修課目からはずしたと聞く。一体、シェイクスピアの祖国で、その文化を四百年にわたって守護して来た本丸で、「シェイクスピアを殺したのは誰か?」

古典を正典《カノン》と呼ぶようになったのが、周辺文化、多文化研究の流行と無関係でないのは断るでもない。正典《カノン》とはもともとキリスト教神学の用語で、典拠の疑わしい外典《アポクリファ》に対し教会がその権威に基づいて公認し確定したテクスト、つまり聖書を指す。古典を正典《カノン》と呼びかえれば、その権威をたたきつぶそうとかかるのは人情の自然というものだろう。が、古典《クラシック》という言葉は作品の優劣をわかつ歴史的基準でこそあれ、いわゆる〝階級《クラス》〟とはなんの関係もない。なるほど古典を生み出した下部構造は階級社会であったろう。「だが困難は、ギリシアの芸術や叙事詩がある社会的発展形態と結びついていることを理解する点にあるのではない。困難は、それらのものがわれわれに対してなおも芸術的な喜びを与え、しかもある点では規範としての、到達できない模範としての意義をもっているということを理解する点にある」。これは『経済学批判』の「付録一」結びに見えるマルクスの有名な言葉である。彼は引用の少し前で、ギリシア芸術とともにシェイクスピアをも例に引いている。このようなことを語るマルクスは、なんと凡百の社会主義者、進歩主義者と異質な人間であったことか。もし彼が当今の古典たたきの現状を目にしたら、なんというだろうか。逆に今日、古典たたきに狂奔する多文化研究一座の連中は、マルクスのこの言葉を初見ないし再見したら、なんと返答するだろうか。

古典とは、まさしくマルクスがいうようなものなのである。古典と呼ばれる作品にくらべてみれば、残念ながらニグロ文学もインディアン文学も、その他周辺文化のいかなる文学も、今までのところ、その芸術的質、達成の度合いにおいて、到底、古典の足もとにもおよばない。多文化研究なるものは、この簡明な事実を率直に認める勇気からはじめられなければならない。脱構築、フェミニズム、新歴史主義といったような理屈からはじめてはならない。そんな理屈からはじめれば、誰が何を対象に何といおうと、結局、同じことになってしまう、同じ型で押して出来上がったクッキーのように。あるいは目笊《めざる》で水を汲むのと同様、肝心なものがこぼれ落ちてしまう。そのことにいち早く気づいたのは、デリダの脱構築理論をまっ先に自分たちの批評の武器に活用したイェール大学英文科の俊敏な学者批評家たちだった。脱構築批評はイェールに始まり、忽ちにしてイェールに終ったのである。あとに残ったのは何の変哲もない目笊のどじょう掬い、亜流《エピゴーネン》というクッキーの勢ぞろいである。

それにしても一体、なぜ、みんな寄ってたかって同じようなことをいうようになったのか。本来、文学はそのようなことを原理的に峻拒する稀有な人間的営為であったはずだ。アメリカ最大の英語辞典の編纂者ノア・ウェブスターは、「常識《コモンセンス》」の定義の一つとして'horse sense'を挙げている。このアメリカ口語の起源はつまびらかではないが、日本の辞書では日常的常識、俗な知恵、世間知と説明されている。「馬の分別《ホース・センス》」——私の念頭にはまざまざとあの『ガリヴァー旅行記』の中の馬人《フィヌム》の姿が、人間《ヤフー》を画一的な理性によって支配する理知の怪物の姿が彷彿してくる。そして同時に、さまざまな流行理論で身を鎧って保身の「俗な知恵」、「馬の分別」を汲々として働かせている〃浮島《ラピュータ》〃の学者たち、いや今日現代のわれらが文化学研究者たちの姿が、ダブって見えてくる。

ところで、ウラジーミル・ナボコフの見事というしかない『ヨーロッパ文学講義』の結び「文学芸術と常識」は、「馬の分別」に対して彼が「読書用の灯火の現実感」、「万年筆の実体感」と魅惑的に呼ぶ個別の世界の大切さ、優越を説いて倦まない。ということは、万年筆のインクはいかなる主義《イズム》・通念・「常識《ホース・センス》」の毒汁によっても濁っていてはならない。読書用の灯火はいかなる既成ないし既製の読み方、たとえば新歴史主義、脱構築、ポスト・モダン、ポスト・コローニアル（〃新〃、〃脱〃、〃ポスト〃という接頭辞はこれから先も際限なく増殖しつづけるだろう——新・新歴史主義、脱・脱構築、ポスト・ポスト・モダン、ポスト・ポスト・ポスト・コローニアル…）といった作品読解の現代の「常識」によって曇っていてはならないということだ。ナボコフはいう、「芸術の魔法にどっぷりと身を浸すために、賢明な読者は天才の作品を心や頭で読まず、背筋で読む。たとえ読むあいだ、少々超然とし、少々私心を離れていなくてはならないとしても、秘密を告げるあのぞくぞくとした感覚がたち現れるのは、まさにこの背筋においてなのである」。この背筋の戦慄が「読書用の灯火の現実感」と無縁でないのは、断るまでもあるまい。ナボコフはさらにいう——「一般に対する個別の優越、全体よりも生き生きとしている部分の優越、周囲の群衆がなんらかの共通した衝動に駆られて、なんらかの共通した目標をめざしているときに、一人の人間が目にして友情のこもった精神のうなずきの挨拶を送るささやかなものの優越」と。そして彼はこんな譬えを持ち出す、「燃えている家に飛び込んでゆき、隣人の子供を助ける英雄に、私は脱帽する。が、彼が貴重な五分間をさいて、その子といっしょにその子の大好きな玩具を見つけて救い出そうと危険を冒したならば、私は彼に握手を求める」。そして、ナボコフは次のような美しい文章でしめくくっている。「ささいなことを不思議に思う、この能力——危険がいかにさし迫っていようとおかまいなしの——これらの精神の傍白《わきぜりふ》、人生という本のこれらの脚注、これこそ意識の最高の形式であり、わたしたちが世界はいいものだと納得するのは、まさに常識やその論理とかくも違った、この子供のような現実ばなれした心の純な状態においてなのである。」

人生の本文は、誰のものであれ、いずれなんの代わり映えもしない、あるようにあるしかないものだろう。それは必ずや他人が考えるように考え、感じるように感じるしかないような現代世界、サルトルがつとに「地獄、それは他人だ」といい、「一般性の地獄」と呼んだような、「常識」の牢獄であるしかないものだろう。この本文＝人生の地獄門、牢門がわずかに開いて、一瞬、めくるめく光が射すとすれば、それは文学という「脚注」、「精神の傍白」の瞬間以外にないだろう。といって、これを単なる審美家の独りよがりな陶酔、現実逃避と、「常識」的に誤解・断定してはならない。ナボコフもいっているとおりだ、「自我《エゴ》の牢獄の壁が突如として崩れ、非＝我《ノン・エゴ》が外から囚人を救出しようとなだれ込んでくる、そういう感動なのだ——そのとき、すでに囚人はひろびろとした世界で嬉々として踊っている」。無論、「非＝我」とは前にいった〝他人〟とはまったく別のものだ、「全宇宙がわが身に入ってきて、自分がまるごと周囲の世界のなかに溶け入ってゆく、そういう結合した感動」とナボコフがいう、「全宇宙」のことである。それを彼は「精神の故郷」とも言いかえている。ハイデガーなら確実にこれを「聖なるもの」、「原郷」と呼ぶだろう。文学とはこのような「精神の故郷」、「聖なるもの」、「原郷」への〃旅の誘い〃にほかならない。その「ひろびろとした世界」で、精神はそれぞれの「個別」の存在を保持しながら、互いに結び合う。それは「他人地獄」からも自我の孤独地獄からも自由な、嬉々とした唱和の世界なのである。「かしこには、ものみなすべて、秩序と美と、豪奢と静謐と逸楽のみ」――「読書用の灯火の現実感」、「万年筆の実体感」が約束する〈彼方《ラ・バ》〉が、そこにある。

　これをロマンティックにすぎると早合点してはならない。賢明な読書は天才の作品を背筋で読むという、先に引用した文章の直前で、ナボコフは書いていた、「小説〔ひろくは文学一般〕の質を試すのによい処方箋は、結局のところ、詩の正確さと科学の直感とを結び合わせることだ」。「詩の正確さ」と「科学の直感」の結合、この非「常識」、この逆説の真実を知りかつ感じることを措いて、文学の創造も享受も、いいかえれば「個別の優越」もない。知りかつ感じるといえば、「何事にまれ、感ずべき事にあたりて、感ずべきこゝろをしりて感ずるを、もののあはれをしるとはいふ也」と断乎として言い切ったのは、『玉の小櫛』の宣長であった。そういう彼の「もののあはれ」も、ここでの文脈でいえば、「個別の優越」を措いてほかにない。そして、この「個別の優越」こそ、みながみな本質的にはなんの区別も差異もないことを言い合い、かつ行なっている「一般性の地獄」、いわば〃常套句《クリシェイ》〃の牢獄、まるで温度差が消失して熱エネルギーが動きようもなくなったエントロピー極大の状態、物理学者が〃熱死《ヒート・デス》〃とよんでいる極限状態にも似た終末の時代閉塞をささやかながらも破り開く、今やおそらく唯一残された人間の〝クリナーメン〟（clinamen）なのだ。〝クリナーメン〟とは「傾斜、それること」を意味するラテン語だが、この語の概念を使って自然の生成創造力を語った最初の人は、古代ローマの詩人ルクレティウスであった。つとに寺田寅彦が「一つの偉大な黙示録《アポカリプス》」と呼んだ彼の『物の本質について』は語る（二一六―二二四）――

「原子は自身の有する重量により、空間を下方に向って一直線に進むが、その進んでいる時に全く不定の時に、また不定な位置で、進路を少しそれ、運動に変化を来たすといえる位なそれ方をする。ところで、もし原子がよく斜めに進路をそれがちだということがないとしたならば、すべての原子は雨の水滴のように、〔一直線に〕深い空間の中を下方に落下して行くばかりで、原子相互間に衝突は全然起ることなく、何らの打撃も〔原子相互間に〕生ずることがないであろう。かくては、自然は決して、何物をも生み出すことはなかったであろう。」（樋口勝彦訳、岩波文庫、七一―七二ページ）

たしかに、ルクレティウスは後世が発見することになる熱力学の第二法則を先見している。と同時に、エントロピー増大というものみなすべての「普遍的傾向」――「すべての孤立系〔閉鎖系〕にとって、エントロピー増大の方向が未来への方向である」という（二三ページ参照）、事物の普遍的決定論に反逆している。「孤立系」？　そうではないか、「グローバル、グローバル」の大合唱のもとにブルドーザーよろしく一切の差異、さまざまに異質なもの、すべての「個別」を等しなみに平準化せずに措かぬ現代世界は、一つの巨大な孤立系ないし閉鎖系社会にちがいない。情報テクノロジーによって接近・収縮した現代世界を半ばは肯定的楽天的、半ばは反語的絶望的に「グローバルな村」と呼んでいるのはほかならぬマクルーハンであるが（『メディアを理解する』、マグロウ＝ヒル、一九六五、五ページ)、そのような孤立・閉鎖系の「普遍的傾向」、イギリスの物理学者トムソン・ケルヴィンの有名な言葉を借りていえば「エントロピーの死海」へと、マタイ伝第八章が物語るあの悪霊に憑かれたガダラの豚の群れよろしく、まっしぐらにつっ走る世界の進路をそれる〝クリナーメン〟としての文学芸術の存在意義は、もはや疑いようもない。

プラトンの『饗宴』が語る、エロスとは何かをめぐって展開する悠揚せまらざる楽しい対話がおこなわれたのは、アナテイが敗れる運命にあった戦争のさなかであった。饗宴に集《つど》った人びとのうち少なくともソクラテスとアリストファネスは、この戦争の破局がギリシア文明の崩壊を意味することを見通していた。「しかし、だからといって彼らは文化に絶望はしなかった。この恐るべき政治状況にあっても、彼らが自然に根ざした愉悦にふけったことは、さまざまな出来事や状況から独立した、人間のうちにある最善のものがもつ生命力の証しであった」。これはアラン・ブルームの『アメリカ精神の閉塞』結び近くに見出される言葉である(邦訳者菅野侑樹氏の訳文による)。もう一つ、ブルームの言葉を引用しておこうか――「大学は世論を軽蔑しなければならない」。そう、ソクラテスの死を賭した反語《イロニー》の弁証法とは、まさしく〝クリナーメン〟にちがいなかったのである。

(二〇〇〇年十二月)

シェイクスピアとは何か

「いま、ヨーロッパに幽霊が出る――共産主義という幽霊が」、これはマルクスとエンゲルスの手になる『共産党宣言』(一八四八年)冒頭に見られる有名な言葉である。『宣言』はそのあと、「古いヨーロッパの強大な権力のすべてが神聖同盟を結んで、この幽霊を退治しようとしている」とつづいているわけだが、なにもここで一九一七年のロシア革命にいたりつくヨーロッパの歴史を復習しようというのではない。ただ最近アメリカで出たある本の冒頭でも、この『共産党宣言』冒頭の一句を明らかに踏まえて、「いま、大学の英文科に幽霊が出る――シェイクスピアという幽霊が」と書かれていることに注目したいためだった。ある本というのは、昨年(二〇〇一年)出版されたインディアナ大学英文科教授パトリック・ブラントリンガーという人の『シェイクスピアを殺したのは誰か?』のことである。副題にいう――「急進的《ラディカル》な六〇年代以降、英文科に何が起きたか」。〝シェイクスピア〟を必修科目として残すか否か、インディアナ大学の教授会は大分もめたようすである。結局、シェイクスピアは必修科目からはずし、かわりに必修単位は「広く歴史的諸関係（historical resonance）を概観する講義」を受けることで満たすことができる、それは学生の自由にまかす。つまりシェイクスピアはチョーサー、ミルトン、ワーズワス、ジョイスと並んで、一選択科目とするというのが、えんえんたる「響きと怒り」の末に教授会が下した決定だったという（ラウトレッジ、一六ページ。以下略記）。

　事態はただにインディアナ大学のみのことではなかった。ブラントリンガーによれば、すでに一九九七年、オハイオ州のケント州立大学では、シェイクスピアの講座は必修から削除されていた。オハイオの新聞は一斉に「シェイクスピア、ケントから去る」、「ケント州立大、エイヴォンの詩人をたたき出す」という大見出しで書き立てたという。ジョージタウン大学も同様。そしてスタンフォード大学では、「西欧文明の解体批評《ディコンストラクション》」の熱狂のさなか、つまり多文化教育促進のためのデモのうねりの中で、学生たちは口ぐちに「ハイ、ハイ、ホー、ホー、西洋文明はもう御免！」と連呼しながら大学構内を練り歩いたという（一七）。またデューク大学では、英文科の看板をかかげながら英文学の古典はほとんど教えず、学生は女性学だけを学んで博士号を取ったり、シェイクスピアも読まずに英文学専攻の文学博士になったりしている、これは看板に偽りありというしかないという学外からの批判を受けて、学部長はこう反論したという――「わが学部はイデオロギー理論を中心としており、周辺《マージナル》の文学がテクストになるのは当然である。今さらシェイクスピアなど教える必要はない」。

　ここで「イデオロギー理論」といわれているのが、解体批判（あるいは脱構築）、フェミニズム、新歴史主義《ニュー・ヒストリシズム》、文化唯物論《カルチュラル・マテリアリズム》といった、最近二十年ほどのあいだに英米の大学文学部を席巻した感のある理論であるのはいうまでもない。これらの理論は多文化の研究と教育を目的とするものであり、したがって当然のことに、「周辺から中心を批判し、確立したシステムは何であれ破壊する姿勢がある」。これは一昨年の雑誌『文学』五、六月合併号の「いま英文学とはなにか」という特集に載った、インディアナ大学教授スミエ・ジョーンズの「彷徨《さまよ》える文学――アメリカ英文学界の現状」という報告のなかに見られる言葉である。シェイクスピアに替えて必修科目となし得るとインディアナ大学が決定した「広く歴史的諸関係を概観する講義」というのも、「周辺から中心を批判し、確立したシステムは何であれ破壊する」底《てい》の講義であるのは想像に難くない。

かつて〝シェイクスピア〟は英米のみならず、わが国においても、大学英文科の研究・教育の「中心」「確立したシステム」だった。そして今、シェイクスピアは以上述べたような多文化志向のさまざまな動き、いかなる中心をも認めないさまざまなイデオロギー理論の主要な「破壊」目標となっている。あるいは、それらのイデオロギー理論がたがいに対立抗争する戦場、修羅場と化している。という次第で、シェイクスピアは四方八方から殺されかけている。ことによったら、もう「幽霊」になっているかもしれない。たしかに、「いま、大学の英文科に幽霊が出る――シェイクスピアという幽霊が」。そういう英文科の、ひいては大学全体の現状を、ブラントリンガーは若くして飛行機墜落事故で亡くなった有為な比較文学助教授ビル・レディングズの遺著『廃墟と化した大学』(*the University in Ruins*)の表題にならって、〝廃墟〟と見ている。そして、自著『シェイクスピアを殺したのは誰か?』序文の題辞《エピグラフ》に、シェイクスピア十四行詩集第七三番第四行、「かつて鳥たちが美しく歌っていた聖歌隊席は、いまは花も葉もない裸の廃墟」という一行を引用している。

しかし、ブラントリンガーはそういう大学の現状にいたずらに咏嘆しているわけではない。序文結びで彼はいっている——必修からはずされたとしても、「実はシェイクスピアは死んだわけではない、今なお健在だ」と世間に知ってもらいたい。現に九〇年代に、大学は二人のシェイクスピア学者を雇ったし、最年少のシェイクスピア学者は彼最初の研究書を出版している。が、そういいながらブラントリンガーは最後に、こう書きつけずにいられないのだ——「われわれの中のこの傑出した若いシェイクスピア学者の主たる批評方法が、昨今のやたらと晦渋な英文学者たちが使う難解な仲間言葉《ジャーゴン》でいえば、いわゆる'queer theory'であるのを、どう世間に説明したらよいのだろうか」(三〇)。'queer'とは〝ホモ・セクシュアル〟を指す、などと今さらいうのも愚かしいが、ちなみにブラントリンガーが「われわれの中のこの傑出した若いシェイクスピア学者」と呼んでいる人の名はマリオ・ディガンジー、彼の処女作の名は『近代初期演劇のホモエロティックス』、出版年は一九九七年である。これまた、「周辺から中心を批判し、確立したシステムは何であれ破壊する」イデオロギー理論によるものであるのは、歴然としている。こうして、「実はシェイクスピアは死んだわけではない、今なお健在だ」というブラントリンガーの折角の確信も、実は崩壊の危険にさらされている。彼の信じる「健在」な〝シェイクスピア〟というのも、実は現実の地に足がついていない。ということは、「幽霊」にすぎないということだ。

先にその名を挙げた「イデオロギー理論」のうち、解体批評(あるいは脱構築)とフェミニズムはすでに昔日の勢いを失っている。前者は作品テクストの統一した意味構造を解体し、ついには言語からそれ本来の意味創成の機能を奪って、挙句の果てに一切の意味の不在・空白、要するに虚無《ニヒル》にゆきついてしまったからである。解体批評はみずからを解体する。当然至極な皮肉《アイロニー》だが、こうなっては「中心を批判し、確定したシステムは何であれ破壊する」といったイデオロギー理論など、もとより成り立つはずもない。そして後者、フェミニズムもまた、そのヒステリックな〝男〟の女嫌い《ミソジニー》批判の因果の報いか、みずからを〝女〟だけのいわば強制居住区域ゲットーに追い込んでしまったのだ。そう批判しているのは「唯物論的《マテリアリスト》フェミニズム」、あるいは「フェミニスト唯物論」を自称している新しいフェミニズムにほかならない。この新手のフェミニズムが、イギリスの文化史家レイモンド・ウイリアムズの『文化と社会』（一九五八年）に発する文化唯物論《カルチュラル・マテリアリズム》に属することは、見やすい文化地理の構図だ。ところで文化唯物論の論集の一つ、『政治的シェイクスピア』（一九八五年）の前書きにいう――

「〝唯物論〟は〝観念論〟に対立する。文化はそれを産み出すもろもろの物質的な力、もろもろの生産関係を超越しない（超越することはできない）。文化はただに時代の経済的政治的仕組の反映にとどまらないとしても、それらの仕組から独立しているわけでもない。したがって、文化唯物論は文学テクストと歴史との係《かかわ》り合いを研究する。シェイクスピアの作品はそれがつくり出されたさまざまな時代的脈絡《コンテクスト》――たとえばエリザベス朝ジェイムズ朝イギリスの経済や政治の仕組とか、文化を産み出す個々の制度（たとえば宮廷、ひいき筋《パトロネッジ》、劇場、教育、教会）に関連している。さらにいえば、そこに係り合った歴史はただ単に四百年前の歴史だけの話ではない。なぜなら文化は絶え間なくつくり出されるものだし、シェイクスピアのテクストは特定の時代的脈絡《コンテクスト》のなかの多種多様な制度を通じて、絶えず再構築され再評価され、その意味を規定しなおされるものだからである。彼の作品が何を意味しているか、如何に意味しているかは、それが置かれている文化情況によって決まるのである。」

　なにやら小むずかしいことをいっているようすだが、ここでいわれていること自体は啞然とするほど月並平凡なものだ。かつてフォルマリスムという理論が流行っていた。誰も彼もロラン・バルトの「作者の死」という標語《モットー》にならって、文学作品は時代はいうまでもなく、作者自身の伝記的事実（これも一つの歴史にはちがいない）とも別個、それらを超越した自律的産物、純粋に言語的な構造物だというようなことを言い合っていたものである。いま引用した『政治的シェイクスピア』の前書きは、これを単純に裏返したものにすぎぬ。いや、反フォルマリスム宣言といっただけでは足りない。まことに不思議なことだが、文化唯物論者たちが一様に目の敵にしているのは、一九四三年に出たE・M・W・ティリヤードの『エリザベス時代の世界像』である。いま、まことに不思議だといったのは、この本が大宇宙《マクロコズム》と小宇宙《マイクロコズム》（すなわち人間界）との構造は見事に照応しているという、中世から受け継いだルネサンスの世界像をしごく穏当平易に解説したもので、刺戟的なところはほとんどなく、学生時分これを読んだ私の目にもすでに古色蒼然と見えた本だったからだ。それをなんだって今、目くじら立てるのか。この不思議の謎を『政治的シェイクスピア』の編者の一人、アラン・シンフィールドが解いてくれる。彼はティリヤードの『エリザベス時代の世界像』の結び、「エリザベス時代の精神の習性は平和を確保するのに役立つであろう。しかし科学によって精神を養われたわれわれの知識人たちは、現在見られるような闘争と悲惨へと世界を導くのに少なからず貢献したのである」という言葉の底に、「シェイクスピアの権威」を借りた文学史家ティリヤードの政治的立場、反近代、いわば旧制度《アンシアン・レジム》のイデオロギーを見とっているのである。かくしてシンフィールドは断言する、「シェイクスピアはイデオロギーがつくられる場所の一つだ」と(第二部「再構築と参加」序説、一三二)。まさしく、そのとおりだ。『政治的シェイクスピア』前書きは最後にいう――

「最後に、文化唯物論は政治的中立を装うようなことはしない。いかなる文化的実践も政治的意味合いなしにはあり得ないことを知っているからだ――グローブ座であろうとバービカン劇場(ロイヤル・シェイクスピア劇団のロンドンにおける本拠)であろうと、そこで演じられる『リア王』も、また学校で使われる教科書としてであれ、通俗的な版、学術的な版としてであれ、また文芸評論に使われるテクスト、現に本書で使われているテクストとしてであれ、『リア王』のテクストもまた、例外ではない。……文化唯物論は人種・性差《ジェンダー》・階級ゆえに人々を搾取する社会秩序の変革に参加することを、ここにはっきりと言明する。」

文化唯物論のもう一つの論集『シェイクスピア神話』(一九八八年)の前書きも、『政治的シェイクスピア』の二人の編者が書いているが、これもまったく同じ事を繰り返している。ただ「文化政治学」(Cultural Politics)という一語が、大文字筆記されているのが目だつ。要するに、文化唯物論とはマルキシズムの変種ないし先祖返りなのだ。しかし「社会秩序の変革」というが、彼らにその具体的な方策があろうとは思えない。せいぜいのところ、こんな夢の切れっぱしがあるだけではないか――「真の共同体……同意による〝われら〟の社会の確立……スターリンなきマルクス」。これは文化唯物論の近くにいるフランク・レントリキアの見果てぬ夢である(『批評と社会変革』、シカゴ大学出版局、一九八三年、一三)。これはまた、なんという空想《ユートピアン》社会主義であることか。「スターリンなきマルクス」などというものは、ありえない。〝マルクス〟は必ずや〝スターリン〟にゆきつく、国家社会主義が必ずや〝ヒトラー〟を生み出すように。それにしても、文化唯物論は〝われら〟のシェイクスピアとなんの関係があるか。「いったい、この本のどこにシェイクスピアの芝居があるというのだろう」、これはエリザベス時代演劇の碩学ミュリエル・ブラドブルックの『政治的シェイクスピア』書評中の言葉である。

文化唯物論がイギリスで生まれたイデオロギー批評であるに対して、新歴史主義《ニュー・ヒストリシズム》と呼ばれるシェイクスピア批評の形式はアメリカ原産のものである。その旗頭はいうまでもなく、スティーヴン・J・グリーンブラット。しかし出発の場所こそ違え、両者は同じ一つの根っこから出ている。そのことはグリーンブラット自身が認めているところだ。一九六〇年代の終り、自分の研究の方向を定めかねていたイェールの大学院生グリーンブラットは、ある日の午後、〝エリザビーサン・クラブ〟というエリザベス時代文学研究会の茶会に出席する。出席者はみんな男、糊のきいた白い上着を着た黒人の給仕が一人、胡瓜《きゅうり》のサンドウィッチとお茶。大きな円卓の中心にドクター・ジョンソンよろしくどっかと坐っているのは、『言語の聖像《イコン》(*The Verbal Icon*)』で有名なイェール大学教授W・K・ウィムザット、彼はいま「絶対的確信」に満ちて詩と美学について語っている。一同はしんとして師の話に耳すましている。『言語の聖像』というウィムザットの主著は、作品読解に当って作者の意図を読みこむのは誤りだとする、いわゆる'intentional fallacy'の説で、いまや〝新批評《ニュー・クリティシズム》〟の一古典となりおおせているものだが、新批評というのは先にちょっと触れたフォルマリスムの典型的な批評形式で、五〇年代六〇年代のアメリカの評壇ならびに大学での文学教育を圧倒的に支配していたのである。そういうウィムザットの「絶対的確信」に満ちた詩学談義を聴きながら、グリーンブラット青年は心中につぶやく、「ぼくには確信などまるでない」。そういう彼にできることといえば、文学演習のレポートに、「不断につづくわれわれの不確実性ほどに確実なものは何もない」と語ったシェイクスピアの同時代詩人、フィリップ・シドニー賞賛の文章を書くのが精一杯のことだった（『罵ることを学んだ』、ラウトレッジ、一九九〇、一）。黒人の給仕が仕える白人男子学生（たぶんWASP）のエリート集団、それを支えるウィムザットの権威——そこにユダヤ系アメリカ人スティーブン・グリーンブラットの反逆の原点、彼ふうにいえば彼みずからの〝歴史〟の原点があったといっていい。

大学院に入る以前、グリーンブラットはフルブライト留学生として二年間ケンブリッジで学んでいた。そこで出会い、その知力と強い道義心に感動した当の教師こそ、あの文化唯物論の創始者レイモンド・ウィリアムズにほかならなかったのだ。ウィムザットからウィリアムズへ——ここに後年グリーンブラットが歩むことになる新歴史主義への道は決定づけられたのである。彼がカリフォルニア大学バークレー校の英文科教師になり、新歴史主義に依る批評活動をはじめたのは、六〇年代後半から七〇年代初めにかけて、大学紛争、ヴェトナム反戦運動たけなわの頃だった。そのころのことを回想して、グリーンブラットは次のように述懐している——

「参加せず、判断を差し控え、現在を過去と結びつけることができないような書き物は無価値に思えた。そのような結びつきが可能なのは、過去と現在との類似ないし因果関係である。すなわち、ある一連の歴史情況と現在の情況との相同関係《ホモロジー》を明らかにするような方法によって表わすことができる。あるいはこういいかえてもよい。それらの歴史情況は現代の情況を産み出すにいたった力として分析することができる。いずれにせよ、価値判断なしにはすまされない。なぜなら現在にたいして中立的あるいは無関心な関係を持するのは不可能と思えたからだった。というより、中立的態度はそれ自体、一つの政治的立場であり、国家および大学の行政・政策を容認・支持する決断であるのは、すでに圧倒的に明らかだと思えたからだった。」（『罵ることを学んだ』所収「共鳴と驚き」、一六七）

　これだけでも、新歴史主義批評がどのような性質のものであるかは、おおよそ察しがつく。そして、この批評形式と先にその名を挙げた唯物論的フェミニズム（またはフェミニスト唯物論）、さらには植民地支配の歴史を批判弾該するポスト・コローニアリズム批評とのあいだには、多少の対立がうかがえるにせよ、密接な関係がある、それは誰の目にも明らかだ。したがって、これら三者を新歴史主義の名のもとに括ってもいいとおもう。「ルネサンス演劇と変貌する批評活動」という副題をもつエドワード・ペチターの『シェイクスピアとは何だったか』（一九九五年、コーネル大学出版局）の第二章が、これまた、次のような言葉で書き出されている所以もそこにある。「いま、批評の世界に幽霊が出る——新歴史主義という幽霊が」。

　しかし、話をグリーンブラットの新歴史主義ひとつに限りたい。さもないと、この話、いつ終るか計り知れない。おたがい無益な疲労は避けたいものだ。先ほど引用したグリーンブラットの文章が出てくるのは、一九九〇年に発表された「共鳴《レゾナンス》と驚き《ワンダー》」と題された評論のなかでだが、そこで彼は新歴史主義の鍵概念《キー・コンセプト》といっていい「共鳴」（resonance）と「驚き」（wonder）の定義をおこなっている。「〝共鳴〟というのは、展示された事物がその形態の限界を越えて、より大きな世界にとどき、見る者の心にそれが産み出された複合した動的文化の力を思いおこさせる喚起力のことである。〝驚き〟

というのは、展示された事物が見る者を一瞬立ちどまらせ、その独自な魅力を彼に伝え、高揚した注意をそれに向けさせる喚起力のことである」（一七〇）。「展示された事物」というのは、論の対象が文学作品にかぎらず絵画その他の芸術作品をも含んでいるからだが、エセ哲学的レトリックの仮面を剝いでみれば、なんのことはない。〝共鳴〟とは先の引用にあった「過去と現在の結びつき」、「過去と現在との類似」、「かつての歴史情況と現在の情況との相同関係《ホモロジー》」に等しく、要するに過去と現在の歴史的共鳴のことだ。いっぽう、〝驚き〟とは、決別したはずのフォルマリスムの美的価値の精髄、あのウィムザットの一切の歴史を超越した「言語の聖像《イコン》」のはらむ喚起力にほかならない。けだし「共鳴と驚き」とは、必要な変更を加えていえば《ムーターティス・ムータンディス》、グリーンブラットにおける鷗外のいう「歴史其儘と歴史離れ」といってさしつかえない。

この二つのものの間で、終始、グリーンブラットは揺れ動いている。この揺れ動きが彼の批評を紡ぎだす。「共鳴と驚き」という評論は最後に、旧印象派美術館ジュ・ド・ポームやルーヴルに展示されていた傑作絵画が、もとは巨大な天蓋をもつ鉄道の駅だったオルセー美術館、いまは無名の画家たちの作品がおびただしく展示されているところに移転された事件に言及している。そして彼はいう――「いままで美の傑作に集中していた視覚的〝驚き〟は、いまや文化の〝共鳴〟の祭壇に生贄《いけにえ》として捧げられるにいたったのである。こうして、ここを訪れる人々の注意は、十九世紀後期のフランス文化の創造の印象的な業績を集合的に表現している、広範囲にわたる二流の展示物の群れのなかに分散する。マネ、モネ、セザンヌなどを熱中して見つめるといった、旧ジュ・ド・ポームの体験は徹底的に縮小されたのである。それら印象派の傑作はいま、たしかに新美術館に移されてある。が、それらはもと鉄道の駅だった建物自体と、そこに展示されている千差万別の事物という〝共鳴〟の脈絡《コンテクスト》を介して存在しているのだ。さらに最高級の絵画の多くはちっぽけな場所に、いわば降格されていて、適切に観賞するのもむずかしい——あたかもこの美術館の計画は、〝驚き〟にたいして〝共鳴〟の勝利を確実にしようとしているかのようである」（一八〇-一）。こう書いた直後、グリーンブラットは付け足す、「だが、一体、一方の他方にたいする勝利など必要であろうか？」

そう自問したあと、彼のいうところは、それこそ驚くべきほどに月並平凡、臆面もなく妥協的折衷的なものだ。いわく、「観るに値する展覧会のほとんどすべてには、両者〔驚きと共鳴〕の強い要素がうかがえる。大抵の展覧会の衝撃は最初に訴えてくるものが〝驚き〟であるとき、より大きくなるように思う。〝驚き〟が先ずあって、それから〝共鳴〟を求める願望へとつながっていく。驚きから共鳴へと移っていくほうが、共鳴から驚きへと移るよりも容易だからだ」（一八一）。そして、グリーンブラットは次のように「共鳴と驚き」という評論を結んでいる——「共鳴の核心で絶えず驚きを新たにすること、これが新歴史主義の任務である」。「人種・性差《ジェンダー》・階級ゆえに人々を搾取する社会秩序の変革に参加する」と宣言する文化唯物論が「文化政治学」と大文字で特記しているにたいして、グリーンブラットは新歴史主義を「文化詩学」（Cultural Poetics）と大文字筆記しながら、こう告白している。「私が依然としてマルキシズム思想の影響を受けていない政治や文学観に安心できないのは事実である。しかし、だからといって、私はなんらかの提案を支持したり、ある特定の哲学、政治、論法《レトリック》をやむなく採用する気にはなれない」（「文化詩学に向って」、『罵ることを学んだ』一四七、強調原文のまま)。フェミニスト唯物論も含めて、文化唯物論が新歴史主義と袂をわかつ理由がそこにある。「共鳴の核心で絶えず驚きを新たにすること、これが新歴史主義の任務である」とグリーンブラットはいう。が、彼のシェイクスピア論の実際はどのようなものであるのだろうか。シェイクスピアと同時代の、あるいはそれ以前ないし以後の歴史的記述《テクスト》、いまでは誰も注目しそうにない片々たるパンフレット〔時事論説の小冊子〕、逸話を持ち出し、それとシェイクスピアの作品とを関連づける——つまりシェイクスピアの作品テクストの〝驚き〟を歴史的〝共鳴〟の脈絡《コンテクスト》のなかに置く——これがグリーンブラット得意の批評的戦略であって、一九九三年のニューヨーク・タイムズ・マガジンのグリーンブラット特集が彼を指して、「文芸評論の灼熱の中心」と誇大に呼んだ所以も、この批評戦略がはらむ意外性、奇抜さのゆえだったと思われる。歴史《ヒストリー》も本質的に物語《ストーリー》であるのであれば、グリーンブラットはまずもって卓抜なストーリー・テラーなのである。

こうして、たとえばシェイクスピアの歴史劇『ヘンリー四世』『ヘンリー五世』が、ウォルター・ローリー卿によってアメリカ最初の植民地ヴァージニアに派遣されたトマス・ハリオットという人物の現地調査報告、『簡潔にして真実の報告』(一五八八年)と付き合わされ、シェイクスピア史劇にうかがえる権力構造とアメリカ・インディアン支配の権力構造との類似・相似《ホモロジー》が、すなわち〝共鳴〟が分析される。かつてはフォルスタッフをはじめとする酔いどれ、ごろつきの仲間だったハル王子が王位につくと、彼らを拒絶すると同時に、その反体制的無軌道な力をみずからの権力機構のなかに包み込む結末の筋《プロット》と、反抗するインディアンの力を懐柔して権力の体制内部に包み込んだ植民地政策の歴史の機構《からくり》とが、パラレルに語られる。そう語っているのは、グリーンブラットの「目に見えない弾丸」(Invisible Bullets) と題された文章であるが、「包み込む」(containment) というのは彼のもう一つの鍵概念で、たとえば彼は「ハリオットのヴァージニアに照らしてみて、もともと体制破壊《サブヴァーシヴ》の力を生み出した当の権力がその力を包み込む、より適切な例」として、『あらし』大詰でプロスペローがあの危険なキャリバンについていう科白——「この暗黒なもの (this thing of darkness)、これは私のもの (mine) だと認めよう」を引いている。いまやキャリバンの「暗黒な」力は安全無事にプロスペローの権力の秩序のなかに包摂されている、ブラウニングの『ピッパが通る』中の有名な歌の文句を借りれば、「すべてこの世は事もなし」といった次第だが、そう語る直前、グリーンブラットはハリオットのヴァージニア植民地報告の要旨を的確にいいあらわす言葉として、「希望の可能性」についてフランツ・カフカが友人マックス・ブロートに語った言葉——「破壊活動《サブヴァーション》はつねに存在する、破壊活動が絶えることはない。ただ、われわれにとってだけは存在しない」*を援用している。

* カフカの専門家、お茶の水女子大学教授石丸昭二氏の御教示によれば、グリーンブラットの引用しているような言葉はどこにも見当らないようである。ただし、ブロートは彼の著書『フランツ・カフカ——信仰と教説』(一九四八年) の第三章で、カフカが語った言葉として、“Unendlich viel Hoffnung —— nur nicht für uns”を引用している。「希望が絶えることはない——ただ、われわれにとってだけは存在しない」。構文はそっくりだが、「希望」を「破壊活動」と置き換えることによって意味するところはまったく逆になっている。それともカフカは同一人物に相矛盾することを語っているのか。それは考えられぬ。とすれば、グリーンブラット得意の牽強付会、批評の詐術がここにもあるのか。そもそも権力機構に包み込まれて安

心したカフカなど、絶対にあり得ないではないか。

「目に見えない弾丸」という評論は次のような文章で終っている。「シェイクスピアの劇作家人生のなかには——『リア王』がそのもっとも偉大な例であるが——包み込みの過程が張りつめて、ぎりぎりの限界、破壊寸前の限界点に達する瞬間がある。だが、彼の歴史劇はそのような極度の緊張から一貫して引返す。お陰で、われわれはシェイクスピアの歴史劇が含む過激な懐疑のありかを見さだめ、それに敬意を表するのも自由だ。というのも、まさにそれらの過激な懐疑はもはやわれわれを脅かすことはないからである」。そしてここでもまた、「希望の可能性」について語ったカフカの言葉が、結びの一句として再び引用されているのである。「目に見えない弾丸」は、あの過激な文化唯物論の論集『政治的シェイクスピア』に収録されている。グリーンブラットは文化唯物論の陣営のなかに包み込まれながら、彼らの「過激な懐疑」（反対制の気風《エトス》）をひそかにからかっているのだろうか。それとも同じくマルキシズムから出発しながら、それに参加せず参加し得ず、終始、政治的態度をあいまいにしている彼みずからへの自嘲であろうか。ともあれ、このあいまいさが彼を現代アメリカ批評界の寵児たらしめていることだけは、確実である。

　ことのついでに付け加えておこうか——あの「過激な懐疑」、〝九・一一〟のテロリズムをグリーンブラットはどう受けとめているのだろうか？　彼はあの過激きわまる「破壊活動」に、ひそかに「敬意を表する自由」を満喫しているのだろうか。それとも「われわれを脅かすことはない」とたかをくくって、「希望の可能性」といういつ切れるともしれぬ一縷の蜘蛛《くも》の糸にすがっているのだろうか。

「共鳴の核心で絶えず驚きを新たにすること、これが新歴史主義の任務である」と、グリーンブラットはいう。しかし実は、〝共鳴〟と〝驚き〟のいわば蜜月旅行《ハネムーン》は成立しない。彼いうところの「文化詩学」にあって、力点は明らかに〝共鳴〟のほうに、史的脈絡《コンテクスト》におかれている。文学作品のテクストが喚起する彼個人の〝驚き〟は、驚くべきほどに稀薄なのだ。『ヘンリー四世』論で、エリザベス時代の政治権力の力学的構造を滔々《とうとう》と弁じながら、フォルスタッフについてはほとんど一言も触れられていない。フォルスタッフ抜きの『ヘンリー四世』!! これはもはやシェイクスピアの『ヘンリー四世』ではあり得ない。『リア王』と、ロンドンの主教付き補助司祭サミュエル・ハースネットの『言語道断なローマカトリックの数々の欺瞞に関する言明』(一六〇三年)と題する小冊子《パンフレット》との史的脈絡、つまり〝共鳴〟を論じた「シェイクスピアと悪魔払いの祈禱師たち」にしても、悪魔つきの気違いトムを演じるエドガーの佯狂の史的背景はしちくどく論じられても、『リア王』自体の内部でこだまする狂気の〝共鳴《レゾナンス》〟——リアの狂気、道化の狂気、エドマンドとゴネリル、リーガンをとらえた性的修羅の狂気——については、一言の挨拶もないといった塩梅だ。前に触れたキャリバンについてのプロスペローの科白、「この暗黒なもの、これは私のものだと認めよう」にしても、それは「暗黒なもの」を馴致して権力機構のなかに包み込むといったふうな、そんなおめでたい「希望の可能性」など、実は少しも意味していない。プロスペローはキャリバン的な「暗黒なもの」は自分のなかにも、いや、人間すべてのなかに、永久に癒しがたく存在しているといっているのだ(詳しくは拙著『自然と自我の原風景』所収「キャリバンの悲哀」を参照されたし)。

「リアの不安」という評論で、グリーンブラットは書いている。「社会的なものの吸収《アブソープション》——すなわち作品そのもののなかに現存している社会性ゆえに、芸術はそれを生み出した社会的条件が消滅しても生きのびられるのである」（『罵ることを学んだ』、八九、強調引用者）。「目に見えない弾丸」でもまったく同じ文章が見られるが、文中の「社会性」をいかように説明しようと、ここには論理の矛盾がある。少なくとも論理の落着きのなさ、不安がある。というのも、芸術が創造されるのはある特定の歴史社会であるのは確かだとしても、芸術が生きのびるのは、それが「吸収」している社会的要素のゆえでないことくらい、実は彼はよく知っているからである。一気にいわせてもらえば、グリーンブラットはマルクスが『経済学批判』で提出した難問《アポリア》に直面しているのだ。ここでも是が非でも、再び引用しなければならない。マルクスは書いていた――

「困難は、ギリシアの芸術や叙事詩がある社会的な発展形態とむすびついていることを理解する点にあるのではない。困難は、それらのものがわれわれにたいして今なお芸術的な喜びを与え、しかもある点では規範としての、到達できない模範としての意義をもっていることを理解する点にある。」（「付録」一）。

マルクスは引用直前で、「ギリシア芸術の現代にたいする関係、さらにはシェイクスピアの現代にたいする関係」ともいっているのである。無論、グリーンブラットは自分がマルクスの難問に直面しているのを自覚している。現に『ルネサンスの自我形成』の序文で、彼は書いている――「マルクス自身は芸術を社会的機能に吸収することに激しく抵抗した。以来、マルキシズム美学はその力と精巧さにもかかわらず、『経済学批判』付録その他で提起された理論的問題を満足ゆくように解決することはなかった」（四）。グリーンブラットはこの難問を〝共鳴〟と〝驚き〟とを結合させる、彼いうところの「文化詩学」によって解決しようとしている。が、前述のとおり、〃驚き〃は〃共鳴〃の前に影の薄いものとなっている。昔の芸術作品が今なお与える〃喜び〃、いわばマルクスにおける〃驚き〃にくらべても、なんとも弱々しいものでしかない。マルクスはこの難問の解決など望まなかったようだ。もともと解決不可能な難問なら、そっとしておく――そこにマルクスの人間的英知と柔軟・繊細な感性があったといっていい。「物は感覚的詩的魅力に包まれ、魅惑的な微笑で人の全存在を引きつけようとしているかのようだ」。これはスペイン市民戦争に参加し、二十九歳の若さで戦死した英国の天才的マルキスト批評家、クリストファー・コードウェルの遺作『幻影と現実』に引かれている若き日のマルクスの言葉である（ローレンス&ウィンシャート、一九三七、二一八）。この物の「感覚的詩的魅力」をヴァルター・ベンヤミンは〃アウラ〃と呼んだのだった。

〃アウラ〃という言葉のギリシア語源の意味は「息《いき》」ということで、物が発する生気・霊気・輝きにほかならない。この一語が鍵語《キー・ワード》として使われているのは、ベンヤミンの有名な評論「複製技術の時代における芸術作品」（一九三六年）においてであって、論自体の要旨は複製技術の普及によって、かつては芸術作品の個性的美の至上の本質とされていた〃アウラ〃は追放され、こうして芸術ははじめて大衆のものとなり、「芸術の政治化」も、それによる大衆のプロレタリアート化も可能になったというところにあるが、しかしベンヤミンはけっして〃アウラ〃を見かぎってはいない。「アウラは、人間が、いま、ここに存在することと切り離せない。アウラの複製などはない」（『「ボードレール」他五篇』、岩波文庫、八七）、そういいきっている人間に〃アウラ〃を思い切ることなどできるわけもない。そうであればこそ、ベンヤミンの評論は今なお読むに値するものでありつづけ、それみずから

〝アウラ〟を帯びているのである。わが国のコミュニスト文学のなかで、唯一人、中野重治の作品と批評が今なお生気を保持しているのと同じように。

グリーンブラットの『ルネサンスの自我形成』は次の言葉で結ばれている――「最後に、私は自分こそ自分自身のアイデンティティの主要な形成者であるという幻想を保持しなければならぬという、圧倒的な必要の証人になりたいと願っている」。ごらんのとおり、いつしか自我形成に必要なはずの社会的歴史的脈絡、〝共鳴〟のことは忘れ去られている。そう、たしかに「自分こそ自分自身のアイデンティティの主要な形成者であるという幻想」なしに、主体的な〝驚き〟も、マルクスのいう「人の全存在」を引きつける「物の感覚的詩的魅力」も、ベンヤミンのいう〝アウラ〟も、あり得ない。かくして、シェイクスピアの作品群が一切のイデオロギーを一笑に付す「魅惑的な微笑」をたたえて、私たちめいめいの全存在を引きつけ、感動と〝驚き〟へと誘《いざな》っている。「シェイクスピアとは何か」――〝シェイクスピア〟の現在がはらむ意味も、そこにある、そこにしかない。

（二〇〇二年七月）

II

いま、なぜ、ロマン派を読むのか

エドマンド・バーク省察

崇高と美の間

今まで関心のおもむくままにロマン派についていろいろ書いてきたが、その間いつも気になりながら敢えて目をそらせてきたのは、エドマンド・バークのことである。彼を単純にロマン派、ロマン主義者の仲間に入れるのはもとよりできない。が、一七五七年、弱冠二十八歳で世に問うた彼の『崇高と美の観念の起源に関する哲学的探究』(以下、『崇高と美について』、あるいは簡単に『探究』と略称する)が、ロマン主義を始動させる一つの顕著な里程標であったことは歴史的事実であり、この本自体、そのロック直伝の合理主義的感覚論の叙述様式にもかかわらず、その根底に優れてロマンティックな情念《パトス》を秘めていることは、誰の目にも明らかである。そもそもバークにあっては、のちのカントとは逆に、〈崇高〉(the Sublime) は〈美〉(the Beautiful) に先行している。〈崇高〉とは古典主義が関知しない、まぎれもなくロマン主義的な価値観念にほかならない。

ところで『探究』が世に出てから三十三年後、この〈崇高〉のロマン主義者は『フランス革命をめぐる省察』の著者となる。このバーク畢生の大作が今日にいたるまで、近代西欧の正統的保守主義の原典《カノン》、古典的範例《パラダイム》でありつづけているのは、ここに断るまでもない。『探究』から『省察』へ——そこにエドマンド・バーク六十年の人生の成熟があったことは確実だが、成熟は彼の精神の変貌を意味していたのか。もっと端的にいえば、それは彼に〝転向〟を強いるものであったか。この場合、転向とは〈崇高〉の過激主義《ラディカリズム》から〈美〉の伝統護持《トラディショナリズム》への転向を意味する。果たして、そのような転向がバークにあったかどうか……。

　拙著『孤独の遠近法』に収めた『序曲《プレリュード》』論「崇高の死」は、「私は美と共に恐怖によっても育まれて成長した」という一句（一・三〇五―六、E・ド・セリンコート編、一八〇五―六年版）で歌いはじめられたワーズワスの「詩人の心の成長」の回想記録、そこに含まれるいわば特権的瞬間、「時の核《スポット・オヴ・タイム》」症候群のなかに、「恐怖による教育 discipline of fear」（一・六三一）と「愛による教育 discipline of love」（二・二五一）という二つの別種の感情教育《エデュカシオン・サンティマンタル》、ワーズワス自身の言葉でいえば「相反する原理 the adverse principles」の相剋葛藤のドラマをたどり、ついには「恐怖による教育」が「愛による教育」によって超克される経緯を物語ったものである。「愛による教育」とは「美による教育」といいかえてもいいものだ。『序曲』最終巻に至って、ワーズワスはあらためて来し方を振り返っていう——「恐怖と愛……／崇高なものの姿と美しいものの姿を前にして／苦痛と喜びの相反する原理と相渉った年少期」（一三・一四三以下）。「恐怖」「苦痛」が〈崇高〉に連関する心的現象であることは、バークが〈崇高〉の定義で明言しているとおりだ——「苦痛や危険の観念を惹き起こすのにふさわしいものは何であれ、すなわち恐ろしい（terrible）もの、恐ろしい事物とかかわりのあるもの、恐怖と類似した仕方で作用するものは何であれ、崇高の源である」（ジェイムズ・ボールトン編、ラウトレッジ＆キーガン・ポール、一九六七年、三九）。いっぽう「愛」「美」「喜び」が互いに密接する心的現象であることは、これまたバークの〈美〉の定義によって明らかなことである——「美はひたすら積極的な喜び（positive pleasure）に根ざしたものであり、魂のなかに愛と呼ばれる感情を喚起するものである」（一六〇）。

「私は美と共に恐怖によっても育まれて成長した」という一句ではじめられたワーズワスの長篇自伝詩は、第四巻においてつとにこう歌われていたのである。「これまで事物のうえに影を落としていた／死すべき者の命の漠とした告知は、種を異にして、優しいものではなかった／強く、深く、陰鬱、厳しいものであった／幼少年期の断片の数々、それは青春の後期にいたって／美と熱烈な愛と愉楽と喜びへと／道を譲ったのだった」（二四〇以下）。「幼少年期の断片の数々（scatterings）」、これは一八五〇年版『序曲』では、「畏怖ないし慄《おのの》く恐れの断片の数々」と書き改められているが、いずれにせよ、あの絶壁の縁に宙づりになって慄いていたとき、空も雲も日常の衣裳を剝いで黙示録的超現実の姿を開示した瞬間《スポット》＝場、あるいは盗んだ舟を夜の湖に漕ぎ出したとき、「地平の境界」の彼方からぬっと突出してきた巨大な断崖が「未知の存在様式 unknown modes of being」を黙示した瞬間《スポット》＝場、これらをはじめとする『序曲』第一、第二巻で圧倒的に語られている崇高な「時の核《スポット・オヴ・タイム》」の数々を指していることは明白だろう。「畏怖ないし慄く恐れの断片の数々」の回想《リコレクション》＝回収から「美と愛と愉楽と喜び」の「時の核」の回想＝回収へ——たしかにワーズワスは人生の「地平の境界 the bound of the horizon」（一・四〇六）の縁から、「死すべき者の命の漠とした告知」

「生と死の境に住む境界者《ボーダラー》」（『序曲』第十三巻の草稿）の世界から、いいかえれば彼の傑作詩がつねにそこから発した原点、『存在と時間』のハイデガーの用語を借りれば「独りある世界《アイゲンヴェルト》」、絶対の孤独の世界から、われひとと「共にある世界《ミットヴェルト》」へと帰還しようとしている。
「美と愛と愉楽と喜び」の世界が、次のようにワーズワスが語っている世界と無縁のものでないのは想像に難くない。「私には自分を安定させるもろもろの明確な物の形があった／私の思念は触知し得る中心のようなものをめぐって／回転した……／私にはつねに身のまわりに存在する物の姿の／現実の堅固な世界があった」（八・五九八以下）。自らを「安定させるもろもろの明確な物の形」が身のまわりに存在する「現実の堅固な世界」の中心、「触知し得る中心のようなもの some centre palpable」とここでいわれているのが、ワーズワスが別の個所で、彼を「この世界と結ぶ重力、自然との親子の絆」（二・三六三―四）と語っているのと同じものであるのは確実なことだ。同じころ書かれた『嵐の中に立つピール城の絵に題して』（一八〇五年）のなかで、つとにワーズワスは孤独との別れをこう告げていた――「仲間の人間たちから離れて、夢に住み独り生きる心よ、さらば、さらば」と。

　要するに、人の心を「喜ばす」美とは、ひっきょう社会的価値、つまり「共にある世界《ミットヴェルト》」に属するものなのである。「私は美を社会的（ないし社交的）特質と呼ぶ」と断言しているのは、ほかならぬバークだった（『探究』四二）。「なぜなら」とバークはいう、「男と女がいるところ、いや、彼らのみならず他の生き物もいて、彼らを目にすると喜びの感覚が湧くとき、彼らの存在に対する優しさと愛情がわれわれの心に呼び起こされるからである。われわれは彼らを身近におきたいと願い、よほどそれに反する強い理由でもない限り、喜んで彼らとの関係に入ってゆく」。ついで彼は孤独について語る。

「しかし、絶対的、全き孤独というのは、すなわち一切の社会からの全的かつ永続的な疎外は、およそ考えられ得る最大の決定的な苦痛である。……全き孤独の人生というのはわれわれの存在の目的に反する、なぜなら死そのものもこれ以上に恐ろしい観念ではないのだから」(四三)。バークも、このような孤独を「死すべき者の命の漠とした告知」「生と死の境に住む境界者」の存在様式と呼び得たにちがいない。そして、彼の『探究』がこのような孤独のみに宿る〈崇高〉を「社会的特質」である〈美〉よりも優越したものと暗に示唆しているのは、前者をときに「偉大」と呼び「男性的」といい、後者を「小さなものに宿る」ものといい「女性的」と呼ぶ口吻からしても、十分に察しがつくことなのである。先に『探究』を書いたバークを〈崇高〉の過激派と呼んだ意味もそこにある。メアリ・ウルストンクラフトが彼のなかに何よりも先ず最大の宿敵たる女嫌い《ミソジニスト》を認めていた所以も、またそこにある。

崇高と美という「相反する原理」の葛藤相剋を経て、ついに「美と愛と喜び」の世界に到達し、身近な親密な社会のなかに自我の不安を解消「安定」させたワーズワスは、最終巻結末近くで歌う――「この功績は恐怖と愛に／いや、何よりも第一に愛に帰すべきものなのだ／なぜなら恐怖はそこで終わるのだから」(一三・一四三―五)。そういいながらなおも〈崇高〉への未練を吐露するかのように、彼はこうつけ加えずに措かない――「私はひたすらそのような愛を尊重し／ミルトンが歌っているように／そのなかに恐怖をはらむ美を求めた」(二二四―六)。しかし、ミルトンが歌うルシファーを魅了した「愛と美のなかに恐怖をはらみながらも神聖な美しき者」(＝イヴ、『失楽園』九・四八九―九一)のことはいうまでもなく、今やワーズワスにあの崇高なルーシーのような自然の乙女を歌うことは不可能だろう。自然もまた、今や日常の衣裳を剝いで黙示録的超現実の姿を開示することはないだろう。かつて恐怖をはらんで美しかった自然も、今やひたすら「美と愛と喜び」に満ちた日常の世界、一言でいえば社会と化している。

　ということは想像力の衰退、あるいは自らの手による想像力の扼殺といっても同じだ。なぜなら想像力とは『序曲』において、恐怖の感覚に発しながらそれを「純化」し「聖化」して、「ついにはわれわれの心臓の鼓動のなかに壮大さ《グランジャー》（＝崇高）を知覚させる」（一・四三七―四一）精神の超越的機能にほかならないのであってみれば、恐怖の終わるところ、想像力が飛翔する余地はもはやないからである。嵐や雷雨、あるいは星明かりの夜の闇といった「雄大と動乱」（二・三四二）の風景のなか、「恐怖による教育」によって「崇高の気」を感得し、「幻を見る力 visionary power」を「飲み干した」と回想する詩人は、つづけてこう歌っていた――「魂はそこに崇高な何ものかが存在するかもしれぬ(possible sublimity)という、漠然たる感覚を保持して」、その「能力が成長するにつれ崇高に憧れ／さらに能力が成長すると共に／到達し得た点がなんであれ、なおも／能力には何か追い求めるべきものが残っていると／なおも一層感じつづける……」（三三五以下）。ここでいう「魂」の「能力」が想像力を意味していることは断わるまでもない。「恐怖」ないし「恐怖による教育」によって触発され「成長」した想像力は、「さらに……なおも……なおも一層」――'still'の執拗な反復に注意――〈崇高〉の可能性を憧憬し追求する。恐怖が終われば、恐怖を呼ぶ瞬間《スポット》＝場との出会いを自らに禁じれば、想像力のそういう無限動は原理的に止まざるを得ない。恐怖＝想像力＝崇高という、ワーズワスの「心の成長」の相関式、「相反する原理」の一つ、「恐怖による教育」は、ここに終息する。

恐怖に代って愛が支配的になれば、想像力に代って「適合」(fitness)が必須条件となる。適合とは、やがてワーズワスがこう歌うことになるものだ。「私の声は公言する、いかに精妙に個人の心が外の世界と適合しているか――そしてまた、いかに精妙に――外の世界が人の心に適合しているかを。創造(そうとしか呼びようがないもの)とは、まさにこれら両者が力を合わせて達成するものなのだ」(『逍遥』序詞六二行以下)。美とはバークの定義によって人の心を「喜ばす」ものであり、その喜びを通じて身近のものに愛を感じるところに、いいかえれば対象との「精妙」な「適合」のなかに生まれる「社会的特質」であるのであれば、ここにワーズワスの「心の成長」のもう一つの原理、愛=適合=美という相関式が成立する。『序曲』執筆中、すでに『義務への賛歌』(一八〇四年)は書かれていた。ワーズワスは冒頭近く「義務」に向かって、こう呼びかけていた――「いわれなき恐怖(empty terrors)が威圧するとき/それに打ち勝つ掟である汝」と(五-六)。この呼びかけが第五連の「私は無制限な自由に疲れ/気まぐれな欲望の重荷を感じる/私の希望はもはやその名を変えてはならぬ/私は常に変わらぬ平安を求める」という詩句にまっすぐつながっているのは注釈するまでもない。義務とは「外の世界」、自分が属する社会との「適合」の絆、掟にちがいない。かかるワーズワスの「適合」こそ、永久革命の過激な幻想家、〈崇高〉の幻視者《ヴィジョナリー》ブレイクの失笑を買い、挙句の果て彼に腹くだしを起こさせた代物にほかならない。が、ともあれ今やここに、ワーズワス若年のフランス革命への崇高な情熱も、アネット・ヴァロンとの情念の悪夢も、妹ドロシーへの近親相姦愛の恐怖も、悪魔祓いされたのだ。「崇高な墓碑銘」とコールリッジが奇しくも呼んだルーシー詩は、つとに歌っていた――「眠りが私の魂を閉じた/私にはもはや人間の恐怖はなかった」。まさしく恐怖は

「いわれなき」もの、「空無《エンプティ》な」ものと化したのである。

そして今やワーズワスは彼自らが本当の自分を回復させてくれた絆、「救済の関係 saving intercourse」（『序曲』一〇・九一五）と呼ぶ、もともと「神の贈り物《ドロテア》」という原義の名をもつ妹ドロシーと、「季節のうえに喜びを吹き込む」「もう一人の乙女」（六・二二三―四）、やがて間もなく妻に迎えることになる「優しき乙女」メアリ・ハチンソンにかしずかれ、彼女たちとの社会に「精妙」に「適合」している。いわば三位一体と化した彼らの近くに生活しながら、阿片耽溺とメアリの妹セアラへの叶わぬ恋によって彼らの社会から拒まれていると感じていたコールリッジは、友人トマス・プールにこう書き送っている。「ワーズワスはまったく帰依者たちのなかで生活し、どんな些細なことでもすべて、食べることも飲むこともほとんどみんな、妹さんか奥さんがしてくれるのだからね――あれでは彼の精神の目に霞がぶ厚くかかってしまうのではないかと思って、ぼくはぞっとした」。コールリッジがこう手紙に書いたのは一八〇三年十月十四日、すなわち『序曲』執筆さなかのことであった。彼の不安な炯眼は人のいうワーズワスの「偉大な十年間《グレイト・ディケイド》」の終焉を、のちにブラウニングが「転向した指導者」(the Lost Leader) と呼ぶことになるワーズワスの姿をいち早く見とおしていたにちがいない。

革命と反革命

『序曲』の詩人がバークの『崇高と美について』を読んでいたことは、今さらいうのもおこがましいが確実なことである。が、一八〇五‐六年版『序曲』にはバークの名はどこにも見えない。そういえば、一九七四年にいたってようやく陽の目を見た未完の草稿、一八一一年か一二年に書かれたと推察される評論の断片、やがて『湖水地方案内』(一八三五年)として完成されることになる風景論の試作《エッセイ》にしても、それはバークの祖述、ほとんど逐語的といってもいい摘要だが、そこにもバークの名は見あたらない。ワーズワスがバークの名をあからさまに喚起するのは、一八五〇年版『序曲』においてである、「バークの天才よ!」(七・五一二)。しかも、これは『崇高と美について』の著者への呼びかけではない。「時間によって聖化された〝制度〟と〝法律〟、〝習慣〟によって貴重なものと化した社会的絆の活力」(五二六‐八)を讃え、「誇りやかな侮蔑をもって成り上がり者の〝理論〟を破砕しながら、人間がそのために生まれた忠誠を力説する」(五二八‐三〇)晩年のバーク、つまりは『フランス革命をめぐる省察』(一七九〇年、以下『省察』と略称する)の著者へのものだ。四十余年前、自身、〈崇高〉から〈美〉への転向を完了していたワーズワスは、今あらためてバークのなかに、語の厳密な意味において美しい転向を認めたにちがいない。

しかし、一七九三年フランスから帰って間もないワーズワスは依然、熱烈な共和主義者であった。同年一月十一日におこなわれたルイ十六世の処刑直後、それまで急進派に同情的だったランダフの主教リチャード・ワトソンが一転して反革命の説教『富者と貧者を造り給うた神の英知と善意』をおおやけにしたとき、ワーズワスはただちに「異常なる政治的信条を公言したランダフの主教への一共和主義者の公開状」と題したパンフレットを書かずにいられなかったほどの過激派だったのである。結局、この公開状は発表されずに終わったが、発表されていたらワーズワスの身辺にも官憲の弾圧の危険が迫っていたことだろう。あのブレイクでえ、革命共鳴者のあらわな徴《しるし》である赤い帽子を脱ごうとしていた時節だったのだから。なにしろ、この公開状には次のような物騒な言葉が目白押しにならんでいたのだから。「それによってのみ自由が確保できる純粋かつ普遍的な代議制と君主制とは両立し得ないと、私は思う。一般意志（the *general* will）の現われを期待すると同時に、個別意志（a *particular* will）に君主制的と呼び得る重みを許すなどということは、狂気の沙汰だ」（『散文選集』、ペンギン古典叢書、一五一、強調原文のまま）。「一般意志」というのが、『社会契約論』のルソー直伝の概念であることは断わるまでもない。ワーズワスはまた、ギロチンの露と消えたルイ十六世を憐れむランダフの主教を暗に諷しながら書いている――「政治的善は道徳的善を犠牲にして発展する。優しい憐れみの心は裏切り者を処罰する場合には明らかに危険なものであって、実にしばしば圧し殺される。しかし、だからといって、それがより美わしい秩序がそこから生まれてくることになる動乱を非難する十分な理由となるであろうか？」（一四三）。このような一節につづいて、おそらくワーズワス最初のバークへの言及が現われる――

「バーク氏は〝騎士道〟の消滅をなげく哲学的悲嘆のなかで、往事にあっては悪徳はその粗野な性質のすべてを失うことによって、その悪の半ばを相殺していたと語っている。なんという痴れ者のモラリストか！」（一四五）

バークが「騎士道の時代は去った」、「ヨーロッパの栄光は永遠に消えた」と嘆いたのは、『省察』全篇中、その雄弁な美文によってもっとも有名な個所、王妃マリ・アントワネットの哀れを語ったくだりにおいてである。哀れといっても、王妃はまだ断頭台に登ったわけではない。彼女がギロチンで無惨な死を迎えるのは一七九三年十月十六日、『省察』が出版されたのは一七九〇年十一月一日であるから、ほぼ三年後のことだ。バークが哀れと嘆じ、騎士道の時代は逝ったとなげいたのは、一七八九年十月六日の明けがた、革命に熱狂する暴徒の手によって王ルイと共に、マリ・アントワネットが「ほとんど裸同然」(『省察』、ペリカン古典叢書、一六四)の姿で、群衆の罵詈雑言の嵐のなかをヴェルサイユからパリに強制連行された暴力的出来事を指す。国民議会も民衆もこの日を'un beau jour'と歓呼喝采したという。このフランス語は同種の英語の語句と同様、「或る日のこと不意に」という意味の慣用句であるが、バークはそれを文字どおりに「美わしい日」(beautiful day)と取る。無論、彼一流の皮肉だが、そして「この幸せな日」に「〝至福千年《ミレニアム》〟の先触れにも似た事件に歓喜し、それに感謝を捧げる賛歌」が起こるのは当然だと自分も認めるといい、つづけてこんなふうに書く——

「この〝美わしい日〟のめでたい事態には、王と王妃と彼らの子の実際の殺害は欠けていた。司教たちの殺害も、それを要求する多くの聖なる叫びは挙がったにしても、これまた欠けていた。国王弑《しい》逆《ぎゃく》と神聖冒瀆的虐殺の図の群像はまことに大胆に素描《スケッチ》されたが、しかし素描にとどまった。罪なき者たちの大虐殺というこの偉大な歴史画は、不幸にして未完成のままだ。人権画派のなかから偉大な巨匠が登場してきて、どんな勇敢な筆でそれを完成するかは、これから先の見物《みもの》である。」(一六六)

フランス人はいうまでもなく、イギリスにおいても非国教徒《ディセンター》たちはこの「〝至福千年〟の先触れ」に狂喜して、「羊歯《しだ》の葉かげのバッタのようにガチャガチャ鳴きの合唱で野原をどよめかせている」(一八一)。彼らの指導者、死を二年後にひかえたリチャード・プライス説教師は「なんという波乱多き時代か! この時代まで生きながらえたことを私は感謝する。今こそ、いえる。神よ、今こそ汝の召使を平和にこの世から去らしめ給え、汝の救いをしかとこの目で見たのだから。私は生きながらえて、知識が世に広まり迷信と誤謬をくつがえすのを見たのだ。私は生きながらえて、人間の権利が以前より一層よく理解されているありさまを見たのだ。……三百万の民衆が意気揚々と彼らの王を引きまわし、一人の専横な（arbitrary）君主が彼の臣下の前に屈したのだ」と、随喜の涙にくれている（一七八九年十一月四日の説教『祖国愛について』、M・バトラー編『バーク、ペイン、ゴドウィンと革命論争』〔ケンブリッジ、一九八四年〕所収、三一―二、強調原文のまま）。バークが所属する自由党《ホイッグ》の議員の多くも、フランス革命を好意的な目で見ている。そういう時点で、独りバークの比類なく透徹した目は革命のゆくえを正確に見すえていたのである。彼の脳裡に「この偉大な歴史画」はつとに完成していたのである。そこには一七九二年の九月大虐殺も、九三年の王と王妃の処刑も、九四年の恐怖政治も描き込まれていただろう。「この偉大な歴史画」を完成する「人権画派」の巨匠といったとき、バークの眼前にロベスピエールの影がちらついていたかもしれない。さらに空想をたくましくしていえば、彼の鋭敏・強靭な歴史的透視力は間近のナポレオンの出現と没落はいうまでもなく、一世紀後のロシア革命をも、ことによったらその挫折をも、さらにはナチズムの興亡をも、見はるかしていたかもしれぬ。なんの不思議もありはしない。このような「偉大な歴史画」の反復＝連続は、フランス革命にはじまる、いや、啓蒙主義《エンライトンメント》にはじまる西欧近代の論理的必然であり、バークが『省察』で直面対決していたのは、まさにそういう〝近代〟の原理そのものの宿命にほかならなかったからである。

「騎士道の時代は去った」「ヨーロッパの栄光は永遠に消えた」と書いたあと、バークは続ける――

「しかし今や、すべては変えられることになる。権力をやわらげ服従を自由なものと化し、人生のさまざまな陰翳を調和させ、さらには穏やかな同化作用によって政治のなかにも、私的交際（society）を美しく柔和なものにしているさまざまな感情を融合させていた喜ばしい幻影のすべては、あらたに興《おこ》ったこの光明と理性の征服的帝国によって解体されることになったのだ。」（一七一）

かく語るバークが、「騎士道の時代」と彼の呼ぶ旧制度《アンシアン・レジム》の世界を「愛と喜び」に根ざす〈美〉の世界と見ていたことは、明らかだ。そして、ここにいわれている「喜ばしい幻影」の世界が、若年の彼自らが「社会的特質」と定義づけた〈美〉の世界であることは、説明を必要としないだろう。〈崇高〉から〈美〉へのバークの転向は、ここに完了しているかに見える。が、結論するのは、まだ早い。バークはつづける――

「人生の上品な衣裳はすべて荒あらしく引き剝がされる。われわれ人間の裸でぶるぶる震えている本性（nature）のもろもろの欠点を包み隠し、そういう本性をわれわれ自身が評価できるような尊厳へと高めるのに必要だと心が認め悟性が是認する、倫理的想像力《モラル・イマジネイション》の衣裳簞笥に幾重にもかさねて納められていた観念のことごとくは、滑稽で馬鹿げた時代遅れの流行として打ちくだかれることになったのである。」

かくいうバークを若き共和主義者ワーズワスは、「痴れ者のモラリスト」と罵倒したわけだが、これを「ゴシック的美の観念」と一蹴しているのは、メアリ・ウルストンクラフトにほかならない。彼女はつづけて書いている――「なるほど蔦《つた》は美しい。でもそれが養分を受けとっている当の木の幹を陰険にも滅ぼすようなら、蔦を根こそぎにしようとしない者がいようか」（一七九〇年、『人権の擁護』。J・トッド&M・バトラー編全集第五巻、ウィリアム・ピカリング、一九八九年、一〇）。いかにも真率一途な女メアリ・ウルストンクラフトの面目躍如たる言葉であるが、たしかにバークがその没落・喪失を哀惜する「騎士道の時代」、幾重にも「上品な衣裳」をかさねた人生の絵姿というのは、「ゴシック的（中世的）美の観念」世界にはちがいない。しかし、「人生の上品な衣裳はすべて荒あらしく引き剝がされる」と書いたとき、バークの脳裡に「ほとんど裸同然」の姿でヴェルサイユ宮殿の寝室から残酷に引き出されたマリ・アントワネット凌辱のイメージが彷彿していたとすれば、それはぼくにはほとんど確実なことであったと思えるのだが、そうだとすれば、バークの身内を一瞬、文字どおりに〝ゴシック〟的な恐怖が走り、〈崇高〉感を喚び起こしたに相違ない。それはまさしく「そのなかに恐怖をはらむ美」の戦慄であっただろう。

　実はフランス革命自体、バークの〈崇高〉の定義に反するものではなかったのである。革命に熱狂する人びとの心情について、バークは古典派の大詩人ポープの詩のなかでもっとも激越にロマンティックな作品『エロイーズからアベラールへ』中の一句、「飢渇する空虚 craving void」（九四行）を借用しながら、いう——

「復讐と嫉みが、彼らの貪欲な心に残る飢渇する空虚をたちまちに埋める。からみ合う狂的な激情にかきみだされて、彼らの理性は混乱し、彼らの意見は茫漠として紛糾し、もとより他人に説明することもできなければ、また自分自身にとっても判然としない。彼らは物事のいかなる固定した秩序のなかにも、あらゆる面で自分たちの奔放な野心を抑えつける限界を見出さずに措かない。が、混乱の霧と靄《もや》のなかでは、一切は拡大され、なんの限界もないかに見える。」（一三六、強調引用者）

「茫漠 vast」、「判然としない uncertain」、「奔放な unprincipled」、「拡大され enlarged」、「なんの限界

もない without any limit」——これらの形容辞が『探究』が定義した〈崇高〉の属性であることは、いうまでもない。霧と靄による「不分明 obscurity」もまた、バークの〈崇高〉を生み出す一つの条件だった。ワーズワスの崇高な「時の核」には、ほとんどつねに霧が立ちこめていることを思い出すのも無駄ではあるまい。そして「野心」もまた、バークが崇高論でわざわざ一節をもうけ、「人間の心にとって極めて有難い拡張（swelling）と勝利の高揚感を生み出す」（五〇）と語っていたものなのである。『省察』結び近くでも、彼はいっている——「壮大に高まる（swelling）自由の感情を、私はけっして軽蔑するものではない。それは心を熱くし、精神を拡大し解放する。葛藤の際には、勇気を鼓舞する（animate）」（三七三）。ならば、なぜ、バークはあれほど頑なにフランス革命を否定するのか。

衣裳と白紙状態《タブラ・ラーサ》

再び、「人生の上品な衣裳はすべて荒あらしく引き剝がされる」という、おそらくマリ・アントワネット凌辱を原イメージとしてはらむ一節にもどる。無論、「衣裳」とは比喩である。それは人間の「倫理的想像力」が紡ぎ、社会の歴史が営々として織りなしてきたもの、一言でいえば文化《カルチャー》にほかならない。バークの別の言いかたでいえば、「慣習の体系 a system of manners」（一七二）のことだ。そういう「衣裳」を剝ぎとれば、人間は元の木阿弥、「裸でぶるぶる震えている本性（＝自然）」に還元されざるを得ない。そう書いたとき、バークの念頭によみがえっていたのが『人間不平等起源論』のルソーのどこか物悲しい素朴・牧歌的な幻想、モンテーニュ以来の〝高貴なる野蛮人〟の血脈をひく「自然状態」の神話であるのは、確実なことだと思われる。そんな自然状態はバークにとって笑止千万な幻想にすぎなかったろう。「われわれ人間の裸でぶるぶる震えている本性（＝自然）」という、痛烈な皮肉が発する所以だ。あるいはロックのいう精神の「白紙状態 tabula rasa」にしても、「万人の万人に対する闘い bellum omnium contra omnes」というホッブズの「戦争状態」としての人間の自然にしても、バークには幼稚、不粋、ナンセンスな妄想と映っていたにちがいない。「人為《アート》は人間の本性（nature）である」、これは『省察』の翌年に出たバークの『新ホイッグから旧ホイッグへの訴え』中の言葉である（『著作と演説選集』、ゲイトウェイ版、一九六三年、五四三）。人間があるところ（＝自然）、そこには必ずや社会的に生きる工夫《アート》・技術とその所産、つまりは文明ないし文化がある。人間に「自然状態」というようなものがあったとしたら、それはつねにすでに文明の一状態だった、バークはそういっているのである。このような認識は、『探究』の前年（一七五六年）に発表された理神論者ボリングブルックの啓蒙思想を彼の文体そのものを巧みにパロディ化することによって、いわば脱構築して見せた処女評論、『自然社会の擁護』以来、生涯変わることがなかったバークの梃子でも動かぬ信念であった。いや、彼にとって人間の社会の起源など問題ではなかったのだ。いかなる起源遡及も、すべては虚妄に終わるのがオチだ。肝心なのは、文明・文化の歴史がゆきついた今、現在の状態のなかで、いかに上手に賢明に生きるかという倫理的リアリズムだったのである。念のため断わっておけば、この倫理的リアリズムはバークのいう「倫理的想像力」なしには成立しない。なぜなら文明・文化の歴史現実そのものが、「倫理的想像力」が織りなしてきた「衣裳」、「人為《アート》」の産物《アーティファクト》にほかならないからである。

『人間不平等起源論』第二部冒頭にいう――

「ある土地に囲いをして『これはおれのものだ』と宣言することを思いつき、それをそのまま信じるほどおめでたい人々を見つけた最初の者が、政治社会〔国家〕の真の創立者であった。杭を引き抜き、あるいは溝を埋めながら、『こんないかさま師の言うことなんか聞かないように気をつけろ。果実は万人のものであり、土地はだれのものでもないことを忘れるなら、それこそ君たちの身の破滅だぞ！』と同胞たちにむかって叫んだ者がかりにあったとしたら、その人は、いかに多くの犯罪と戦争と殺人とを、またいかに多くの悲惨と恐怖とを人類に免《まぬが》れさせてやれたことであろう？」（本田・平岡両氏訳、岩波文庫、八五）

けだし、ここにフランス革命を結果する種子はまかれたといっていいが、革命の成りゆきに好意を寄せ教会財産の没収を正当と考える知人トマス・マーサーに宛てた手紙（一七九〇年二月二十六日）のなかで、バークは書いている――

「あなたの身辺の多くの土地財産がもとをただせば武力によって、つまり迷信と同じように悪しきもの、無知とさして違わぬ暴力によって獲得されたものであるというのは、あり得ることです。しかし、それは今は昔の暴力（*old violence*）です。始めにおいて間違っていたことも、時間によって聖化され、合法的になるのです。こういうのは私の身内に巣くう迷信、無知かもしれません。しかし私は啓蒙され純化されて、法と自然な正義の第一原理〔つまり世襲的私有財産権――引用者〕を失うよりは、無知と迷信のなかにとどまりたいと思います。」（強調原文のまま）

なるほど現在みられる私有財産を基礎にした階級社会はホッブズ的「自然状態」の暴力に由来するものであるかもしれない。が、しかしそれは、「今は昔の暴力」だ。今さら起源を問うてみてもはじまらないという、バーク一流のユーモアである。その「今は昔の暴力」にはじまったものも今では時間によって聖化され、合法的なものになっている。そういう時間＝歴史が養い育てたものを、せっかくの「慣習の体系」を、ルソー的「自然状態」の美名のもとに、「光明と理性」を謳う啓蒙主義の一片の理屈によって打ち壊してなんになろう。ホッブズ的「自然状態」に先祖返りするだけではないか。バークがこの手紙を書いたとき、彼の脳裡を次のようなパスカルの言葉がよぎったことは、ほぼ確実だと思われる――

「収奪の事実を民衆に気づかせてはならない。それはかつての昔、理不尽におこなわれたが今は理に叶ったものとなっているのだから。もし今すぐそれが終わりを遂げるのを望まないなら、それを真《オータンティック》正で永続的なものと見なされるようにしなければならない。その起源のことは隠しておかなければならない。」（『パンセ』第五章二九四節）

「私は啓蒙され純化されるより、無知と迷信のなかにとどまりたいと思う」とバークが書いたとき、すでに『省察』の筆は書きすすめられていた。『省察』のなかで、彼はいう――

「この啓蒙された時代にあって、私は大胆に告白する、われわれ〔イギリス人〕は概して教化されていない感情の人間であって、われわれの古い先入観すべてを投げ棄てるより、それらを後生大事にしていると。恥の上塗りついでにいえば、それらがまさに先入観であるがゆえに、われわれはそれらを大事にしているのである。」（一八三）

「先入観 prejudice」という一語は「慣習に基づく権利」を意味する'prescription'の一語と共に、『省察』のテクストを織りなす主要な糸筋、鍵語の一つであるが、それが先ほど引用した手紙で、バークが自分はそのなかにとどまりたいと、反語的に語った「無知と迷信」と同じものであるのは見やすいことだろう。'prejudice'とは語源的に'pre-judgement'——すでに判断されたものの謂である。いいかえれば、「時間によって聖化された」慣習的観念にほかならない。判断である以上、そこにはそれ自らの「理性」が内包されている。バークもつづけて書いている、「先入観の衣を脱ぎ棄て、あとには裸の理性しか残らないというよりは、それなりの理性を含んだ先入観をもちつづけるほうが賢明だと考える」。「裸の理性 the naked reason」というのが、人生の上品な衣裳を剝ぎとって人間を「裸でぶるぶる震えている本性（＝自然）」へと還元しないでは措かぬ啓蒙主義の「光明と理性」を諷しているのはいうまでもない。バークはさらにつづける——「先入観は人間の美徳を彼の習慣と化する」。「習慣」と訳した原語は'habit'である。この語は古くは「衣服」を意味する言葉であった。だとすれば、バークのこの一文はこういうふうにも解することができるはずだ。「先入観は人間の美徳を彼に衣裳のようにまとわせる」。〝衣裳〟の隠喩は『省察』を通じて通奏低音のように反復するイメージだが、けだしバークは、裸身を綿密びっしりと封印し頭には鬘《かつら》をかぶるのを習わしとしていた十八世紀、ホイジンガのいう「演戯する人間《ホモ・ルーデンス》」の世紀の人であった。かつての〈崇高〉の若き過激派は、今や還暦を迎えて〈美〉の社会との「適合」のなかで円熟しおおせたのか、それとも「適合」のなかで堕落し果てたのか。

ルソーなら言下に堕落し果てたというだろう。自然状態から社会状態に移行するにつれて

「利己心《アムール・プロプル》」が目ざめ、「自分の利益のためには実際の自分とはちがったふうに見せることが必要となった」と書いたあと、ルソーはいう――「有《あ》ること〔存在《エートル》〕と見えること〔外観《パレートル》〕がまったく違った二つのものになった」と（『人間不平等起源論』一〇一）。「見えるですって！　いや、真実そうなのだ。〝見える〟などということは私の知らぬこと」と、登場早々叫んだハムレットの後裔がここにいる。かかるハムレット的仮面剝奪の情念《パトス》がルソーの〝崇高〟な革命思想の根底にあるのはいうまでもない。『省察』のバークなら、そのようなルソーをハムレット的青臭さ、未熟と断じるだろう。ハムレットといえば、かつて『探究』のなかで「小さくて弱々しい」という〈美〉の属性を語りながら、バークはこんな無礼なことを書いていた――「現に女性はこのことを敏感に感知している。それゆえに彼女たちは甘ったれた口をきき、よろめき歩き、いかにも弱々しそうな、ときには病気のふりさえすることを学ぶ」（一一〇）。「甘ったれた口をきき」（lisp）云々という言葉が、例の「尼寺にゆけ」という激語が飛び出す有名な場面（三幕一場）で、オフィーリアにつらく当たるハムレットの科白――'You jig and amble, and you *lisp*...'を踏まえているのは明白だ。無論、「演戯する人間《ホモ・ルーデンス》」＝バークにとって、「見えること《パレートル》」は「有ること《エートル》」に他ならなかった。

ミルトンが語るアダムとイヴの楽園の生活の物語を読んで、「この愛らしい夫婦を羨むどころか、わたしはみずからの尊厳を自覚し、むしろ悪魔《サタン》的誇りを抱いて地獄に向かい、より崇高なものを求めたのだった」と、きわめてブレイク的な言葉を書きつけることになるメアリ・ウルストンクラフトが（『女性の諸権利の擁護』、グレッグ・インタナショナル、一九七〇年、三三五）、数ある『省察』批判のうちでもひときわ生彩に富んだ彼女の『人権の擁護』のなかで、このバークの〈美〉の定義に猛然と噛みつかないはずもなかった。が、この興味津々たる問題については、ここでは詳述できない。ただ、バークの「女性に対するゴシック的慇懃《ギャラントリ》」の仮面、「あなたがその専制的な主義を包み隠してきた華麗な衣裳を剝ぎ取って、あなた自身にあなたの正体を見せてあげたい」というメアリの言葉（三七）を引用するにとどめる。こう書いて間もなくのことである、彼女はゴシック的怪奇の傑作『夢魔』の画家ヘンリー・フュースリを恋するようになる。それまでなりふりかまわなかったメアリは化粧をし身を飾るようになったという（拙著『女の伝記』、研究社、三六ページ参照）。

人生の上品な衣裳を剝ぎとって人間を「裸でぶるぶる震えている本性（＝自然）」へと還元する、啓蒙主義が生んだ革命の「裸の理性」をバークはさまざまに言い換えている。「裸で孤独な形而上学的抽象（the nakedness and solitude of metaphysical abstraction）」（九〇）、「悪しき幾何学、偽りの比例の算術（false proportionate arithmetic）」（二九六）、「空気のように軽く空疎な形而上学（airy metaphysic）」（三〇〇）、「野蛮な形而上学」（三三八）。彼はこういう――革命を志す者は「自分の国を〝白紙委任状《カルト・ブランシュ》〟以外の何ものとも心得ず、その上に自分の好き勝手なことをなぐり書きする」（二六六）。ここで前に「先入観《プレジュディス》」と共に『省察』の鍵語だとぼくがいった、長年の「慣習に基づく権利」を意味する〝prescription〟のことを思い出していただきたい。この一語の語源的意味が「すでに書き込まれているもの」の謂であることは、いうまでもない。バークにとって、人間の精神はロックのいうような「白紙状態 tabula rasa」、語源により忠実に訳せば「削り取られた銘板」に化すことは絶対にできない。「すでに書き込まれているもの」は、あたかも「見せ消ちのある羊皮紙 palimpsest」のように、払拭しようもなく残りつづけるからだ（トマス・ド・クインシー著作集、国書刊行会、第一巻、四八三-五ページ参照)。それを無理無体に削り取り「白紙」に還元しようとするのは、まさしく「すでに書き込まれているもの」、すなわち「慣習の体系」、さらに換言すれば、伝統という歴史的連続の軌跡を抹消抹殺する「裸の理性」の暴力にちがいない。そして白紙に新たに書き込まれる〝自由〟とは、バークにいわせれば「抽象的自由(liberty in the abstract)(九〇)、理知のみが虚空に描いた〝自由〟にすぎず、そして自由・平等・博愛を唱える「形而上的錬金術的立法者たち」、あるいは「形而上的〝憂い顔の騎士〟(metaphysical Knight of the Sorrowful Countenance)」(九〇)、つまり革命の〝ドン・キホーテ〟たちが試みたことといえば、「千差万別の市民を十把ひとからげにして、一つの均質な大衆(one homogeneous mass)と化した」だけだ(三〇〇)。そこに出現するのは、「純粋民主主義」「絶対民主主義」「専制的民主主義」(二二八、二四一)、そういいながらバークはアリストテレスの『政治学』の中の一節を思い出している——「民主主義は専制主義と著しく類似した点を多くもっている」。ここにはすでにオルテガ・イ・ガセットが憂慮することになる二十世紀の「大衆の反逆」の危険が、さらには今日現代の大衆化社会の愚劣・蒙昧が予見されているだろう。*

＊革命フランスの憲法制定議会議長ジャン=シルヴァン・バイイは議会の開会に当たって、「あらゆる職業は名誉あるものである」と高らかに宣言した。バークはいう、「それが正直な職業はいかなるものであれ恥ずべきものではないというだけの意味であったなら、真理を逸脱するものではなかったろう。が、何かを名誉あるものと主張しようとするなら、当然、それにはなんらかの優れた点がそなわっていなければなるまい。理髪師や獣脂蠟燭製造人の職業は、誰にとっても名誉あるものとはいい難い——ほかのもっと卑

屈な職業の数々についてはいうまでもない。もとよりこの種の人びとが国家の圧迫を受けるようなことがあってはならないが、しかし彼らのような人びとが個人的にであれ集団的にであれ、支配することを許されるとしたら、そのときには国家のほうが圧迫を受けることになる。この点について、あなたがた〔フランス人〕は偏見《プレジュディス》と戦っているつもりだろうけれど、実は自然と戦っているのだ」（一三八）。今日なら、さしずめ大衆社会のヒステリックな〝政治的適正さ《ポリティカル・コレクトネス》〟の検閲にひっかかる言辞だが、バークはここでもただ正直だったまでだ。ところで、フランス人は「実は自然と戦っているのだ」という自らの言葉の注として、バークは集会の書第三八章から何節かを引用している。たとえば第二四、二五節――「学問のある人の知恵は閑暇《ひま》によって生まれる。仕事の少ない者が賢くなるであろう」、「鋤をもつ者、家畜を追う突き棒を誇りにする者、牡牛を追う者、労働に専念する者、話といえば去勢牛のことしか語らぬ者が、どうして知恵を得ることができようか」。集会の書が正典《カノン》であるか外典《アポクリファ》であるかはどうでもいい、「ここには多くの分別と真理が含まれていると、私は確信している」と、バークは断言している。そう、学校《スクール》のギリシア語源は「閑暇」の謂であった。今日、学校は周知のとおり、どこもかしこも〝知恵〟を学びとるには忙しすぎる場所と化している。

さらに『省察』の本文で、バークはいう――「学問はそれ本来の（natural）保護者・擁護者と共に泥沼に投げ込まれ、豚のような大衆の蹄の下に踏みにじられるであろう」（一七三）。ペリカン古典叢書版の編者は「豚のような大衆（a swinish multitude）について、こう懇切に注釈している、「この不定冠詞は重要である。バークの敵対者たちは、彼が'the swinish multitude'といったかのように引用し、そうすることで、豚のような性質が大衆に固有な性格であるというのが彼の意味するところだと思い込んだのだ。これがバークのこの本に対する俗うけする駁論の主たる主題だった。しかし、バークは特定の出来事を心に留めながら、特定の種類の大衆のことに言及していたのかもしれないのである」。編者がそう推定する論拠にしているのは、『省察』の後《のち》の版でバークが付している脚注である――「ここで特に暗示されていると思われるものとして、バイイとコンドルセの運命を見よ。前者の裁判と処刑の諸事情を、この予言と比較せよ」。バイイとは「あらゆる職業は名誉あるものである」と憲法制定議会で高らかに宣したあの著名な天文学者であり、国民議会の議長、パリ市長を歴任した人物にほかならない。彼は一七九三年十一月十二日、革命暦第一年霧月《ブリュメール》二十一日（暦を変えるとは、一切の'prescription'を全的ないし全体主義的に断絶・抹消することを意味する！）、断頭台でことのほか残酷・無惨に虐殺されたのである。バークにとって、「豚のような大衆」の冠詞が不定冠詞だろうと定冠詞だろうと大した違いはなかったにちがいない。彼の目に、大衆とはルカ伝第八章が語っている、あの悪霊に憑かれて滅亡への急坂を駈けおりていったガダラの豚の群れになり得る危険な潜在可能性をはらんだもの、少なくとも風の吹きまわし加減でどっちにも向く、気まぐれな「一つの均質な魂《マッス》」と見えていたに相違ない。

「単純な政体《ガヴァメント》は控え目にいっても、根本的に欠陥があるものだ」と、バークはいう（一五三）。現実具体の「複雑な熟考すべて」を排して、一切を「物と量」に（二〇二）、『新ホイッグから旧ホイッグへの訴え』中の言葉を借りれば、「全能の最大多数」（五四〇、強調原文のまま）に還元し、それで事足れりとする単純な革命の〃ドン・キホーテ〃たちにはといって、バークは古代ローマの風刺詩人マルティアリスの警句'Hominem non sapiunt'を引いている――「彼らには人間の味がしない」（二九七）。そう、「人間の味」がしないところに、人間の英知（sapientia）があろうはずもない。あるいは、バークはこうもいう――「彼らは悪徳を憎むあまり、人間を愛することを忘れてしまっている」（二八三）。こう断言するバークがワーズワス、コールリッジの再出発の原点となったのになんの不思議があろうか。*

＊「単純さ」こそ真実の証しと一途に信じるメアリ・ウルストンクラフトは、わずか二、三ポンドの金を盗んだだけで死刑になる貧しい人間がいるのに、暴力や詐欺で人の命を奪っても大した罪にならず、貴族の荘園の鹿の命のほうが人間の命より神聖なものとされる、そういう社会の不正、貧しい人間の哀れを「識別することができるのは、形而上的詭弁家《ソフィスト》、冷たい数学者とここに呼ばれている人たちだけだ。なるほどこの識別の作業は抽象の仕事にはちがいない――が、しかし生き生きとした想像《イマジネイション》力をお持ちの紳士が人間を愛し憐れむことができるためには、先ずは空想《ファンシー》からなんらかの衣裳を借りてこなければならないのだ。哀れがあなたの心にとどくには、それは道化の鈴つき帽子をかぶっていなければならないらしい。あなたの涙は、あなたのその性格からして当然至極なことだけれど、劇場の大仰な熱弁か王妃の没落かでもなければ、流れることはない」と（『人権の擁護』、一五、強調原文のまま）、『省察』の鍵イメージ、〃衣裳〃の比喩を逆手にとってバークを揶揄している。ウルストンクラフトのいうことも正しいのだ。「ナショナリズム自体が武力を帯びた教条《ドクトリン》と化した、こういう危険な堕落した国家原理に直面して、われわれがそこからの脱却を求めるとすれば、バークとその〃具体〃をあとにして、再び十八世紀の偉大な指導的抽象観念――自由、平等、博愛、〃人間の諸権利〃、〃自然の法則〃へと戻らなければならないのかもしれない」。こ

れは一九五三年に世に出たバジル・ウィリーの名著『十八世紀の背景』中の一節である（チャトー&ウィンダス、二五一）。十八世紀の〝世紀末〟は、なお今日現代の状況たりつづけている。

「この啓蒙された時代」にあって、自分は臆面もなく「古い先入観」を後生大事にするという直前、バークは『省察』というこの厖大な手紙の宛名人、若いフランス人ドゥ・ポンに向かって次のように書いていた――「われわれ〔イギリス人〕はルソーへの改宗者でもヴォルテールの弟子でもない……われわれは道徳において何も発見しなかった。道徳において発見などあり得ないと心得ている。政治の大原則においても自由の観念においても、多くの発見がなされるとは考えない。それらはわれわれが生まれるよりずっと前に理解されていたものであり、墓が傲りたかぶったわれわれの上に土を盛ったあとも、そのままに理解されつづけるものなのである」（一八二）。そう、道徳とはつねに一つの時代錯誤《アナクロニズム》である。'*anachronism*'とは、文字どおり以前の時間であり、また再帰する時間でもある（ギリシア語の接頭辞'ana'は〝後ろ〟ないし〝再び〟を意味する）。これを単に古臭い時代おくれのものとして脱ぎ棄てれば、どういうことになるか。道徳的無秩序《アナキー》はもとより必然だが、バークはつづける――

「イングランドでは、われわれは未だ完全には生まれながら（natural）の内臓《はらわた》を抜き取られてはいない。われわれは今なお生まれついての（inbred）感情を身内に感じ、それを大切に守り育てている。そういう感情こそ、われわれの義務の忠実な守り手であり、生き生きとした忠告者であり、すべての自由で男らしい道徳を支えるものなのである。われわれは未だ、博物館の剝製の鳥のように内臓を抜かれたり翼をくくられたりして、屑やぼろや、人間の諸権利についての論文のくだらぬ手垢に汚れた紙切れを詰め込まれる破目には至っていない。」

詰め物の紙屑のなかには、教会や王領から没収した土地を担保として革命政府がさかんに発行し、そのたびにそれこそ紙屑同然にたちまち価値下落した紙幣、「いつでも好むままに、即座に、なんの損失もなく、再び現金に変えられる」イギリスの兌換紙幣とはちがって、正貨の単なる「架空の形《かた》代《しろ》、あるいは虚構の表示（fictitious representation）」にすぎないとバークがいう（三五七）、アシニア紙幣も確実に混じているだろう。それはまさしく実体のない、泡沫《あぶく》のようなもの、ぼくたちにもすでに親しい〝バブル〟にすぎない。英国ではそのような事態には「未だ……未だ」なっていないと、バークは繰り返している。が、彼の炯眼に、イギリス人も含めてすべての人間が「剥製」になる未来像が映っていなかったはずもない。やがて西欧近代の純粋培養ないし実験とぼくが考えるアメリカからイギリスに帰化することになるT・S・エリオットが、「われらは空ろな人間／われらは剥製の人間」と呪文のように歌い出すのも、それほど遠い先のことではなかった。

バークには何もかも分かっていたのだ。『省察』結末近くにいう――'the solid darkness of this enlightened age'（三六九）。「この啓蒙され（光明に照らされ）た時代の濃密な闇」、〈光〉は〈闇〉なのだ。バークのペシミズムの悟達のみがとらえた痛烈・深甚な皮肉《アイロニー》である。ぎっしりと中身が詰まっている（solid）のは、本物（solid）なのは、闇だけだ。そのなかを啓蒙された「空ろな人間」「剥製人間」たちが、亡霊のようにさまよっている。「非在の都市《みやこ》（Unreal City）／冬の夜明けの褐色の霧の下を／人の群れがロンドン橋の上を流れて行った／なんという夥しい数か／こんなに多くの人間を死が滅ぼしていたとは夢にも思わなかった」、エリオットは『荒地』で、そう歌うことになる。いや、ゴドウィンの「裸の理性」が夢みた「政治的正義」の使徒として悶々とロンドンをさすらっていたワーズワスも、あの激烈なフランス革命擁護『ランダフの主教への手紙』を書いたワーズワスも、当時を回想してつとにこんなふうに歌っていた――「人の群れが溢れる街々を／群衆と共に歩み進みながら／なんとしばしば私は独りごちたことか／傍らを過ぎゆく人びとの顔は、どれもこれも謎だと」（『序曲』七・五九四以下）。

バークと〝アメリカ〟

バークのことを、「かつてアメリカ紛争の初めには、北米植民地に雇われてイギリスの寡頭政治《オリガキー》に抵抗する進歩主義者《リベラル》を演じたと同じように、フランス革命にたいしてはイギリスの寡頭政治に雇われて、ロマンティックな往時の礼賛者（*laudator temporis acti*）を演じて見せた、このおべっか使いは――全くの俗悪なブルジョワだった」とくさしているのは、『資本論』第一巻のマルクスである。歴とした証拠もなしに人を断罪するのはマルクス生涯の悪癖である。なるほどバークは一時、院外活動として北米植民地の、詳しくはニューヨークの代理人を務めたのは事実である。しかし、彼がそこから得たものはマルクスの「雇われて」（in the pay of…）という一句があてこすっているような、なにやらうしろ暗い賄賂めいた金などではない、歴とした報酬だった。ましてや『省察』がトーリー党に雇われて書かれたものなどではないのは、これを丁寧に読んだ読者の正直な目には明々白々のことだ。バークは生涯、終始一貫ホイッグ党にとどまった人である。政治的立場のみではない、その思想においても彼は変わることを知らぬ、変わることを拒否した人だった。「私がバークについて一番うらやましいと思うのは、彼がつねに同じだということだ」、親友ジョンソン博士がつね日頃の皮肉なしに、ボズウェルに語った言葉である（『ヘブリディーズ旅日記』、一七七三年八月十五日）。「エドマンド・バークほどつねに自分自身でありつづけた人は、ほかにいない」、これはコールリッジの『政体の基礎について』中の一句である。

また、バークが〝往時の礼賛者〟であったとしても、それはマルクスが侮蔑をこめていっているような意味での〝ロマンティック〟なものでも、「多感《センシビリティ》は時代の狂気（*manie*）」とウルストンクラフトが皮肉っているような意味での感傷の所産でもない（『人権の擁護』、八）。例のマリ・アントワネットのくだりを書きながら、バークの目からは涙がこぼれ、原稿用紙を濡らしたという（一七九〇年二月二十日、フィリップ・フランシス宛手紙）。「騎士道の時代は去った」という詠嘆が、前述のとおりバークの明敏・正確な歴史的洞察に裏打ちされたものであってみれば、この涙もまた「多感の狂気《マニー》」とは無縁な、あるいはマリ・アントワネットの一節を原稿で読んだホイッグの僚友フィリップ・フランシスの酷評、「全くの気障《きざ》な気取り」の一語などがまったく感知し得ない、苦渋にみちた涙であったに相違ない。

ともあれ、アメリカに重税を課してその自由を抑圧するイギリス政府の政策に反対したバークと、フランス革命を否定するバークとのあいだには、なんの断絶もなかった。しかし、世間はそうは見なかった。ホイッグ党でさえ、少なくともチャールズ・フォックスを頭とするフランス革命に共鳴する若い世代は、バークのなかに変節を見たのである。一七七五年の議会演説『北米植民地との和解のための動議』のなかで、バークはいっていた――「アメリカの自由の精神の根源を排除するのはおおよそ、いや、まったく実現不可能なことであるのであれば……どんな打開の道が残っているか？ いうまでもない、アメリカの精神を必然的なもの（necessary）としてそれに応じるか、お望みなら、必要（necessary）悪としてそれに従うしか、道はない」（『著作・演説選集』、一七〇）。なにしろ「彼我の間には三千マイルの大海が横たわっている。どんな工夫をしても、この距離が政府の力を弱めるのを防ぎようがない。命令が実行されるまでの間に、大海原は幾重にもうねり何ヵ月もの時が流れてゆく。わずか一つのことでも迅速に説明できないならば、組織全体をくじくのに十分である。……苛だち怒り狂って〝自然〟の鎖を嚙みちぎろうとするあなたがたは、一体、何者なのか。……図体が大きければ、力（＝権力）の循環も末端において減少するのは理の当然なのである」（一六二）。アメリカの自由を認めさせようとしてバークが駆使する、このような地理的身体的隠喩の底には、功利的といってもいいしたたかな政治のリアリズム、現実政治《レアルポリティーク》の認識がある。いや、理由はそればかりではない、もっと重要な理由が彼にはあったのである。

「第一、植民地の人びとはイギリス人の子孫である。イングランドは自分の自由を今も尊敬し、かつては賛美していた国だ。植民地の人びとが移住したのは、あなたがたのそういう性格の一部がもっとも優勢だったときであり、彼らはあなたがたの手を離れた瞬間から、それと同じ性癖、心の傾向をもち運んでいったのである。したがって、彼らが献身しているのは単なる自由ではない、イギリスの理念、イギリスの原理にのっとった自由なのだ。そこに見出されるのは、抽象的な自由などではないの

である。」（一五八）
　バークは「抽象的自由」を「形而上的空論metaphysical speculations」ともいいかえ、「倫理にかかわる議論において、およそこの種のまやかしの幾何学的正確さほどに、あらゆる詭弁のなかで人を誤らせるものもない」というアリストテレスの警告に言及している（一八一）。ごらんのように、ここにはすでに『省察』のバークが立っている。アメリカが独立宣言した翌年（一七七七年）、彼は『北アメリカにおける英国植民地の人びとに与う』のなかで、母国イギリスとの連合をつづけるほうがいかに多くの利点があるか、説得を試みている。ということは、バークは〝アメリカ革命〟をも認めていなかったということだ。独立＝革命以後、アメリカの〝自由〟はバークの期待をよそに、ますます「抽象的」「形而上的」「幾何学的」になっていったと思われるが、それは〈アメリカ〉そのものに「必然的なもの」であったか、〈近代〉そのものの「必要悪」であったか。
　『省察』をバークの変節、ホイッグ主義への裏切りと非難する〝新ホイッグ〟にたいして、バークは旧ホイッグ〝ミスター・バーク〟を代弁するという修辞法《レトリック》によって、自らを弁護していう――
「アメリカ人たちはあの反乱において純粋に自己防衛の守勢に立っていると、彼は固く信じて疑わなかった。アメリカ人たちはあのとき、あの論争において、イギリスとの関係において、一六八八年、イギリスがジェイムズ二世に対して立ったときと全く同じ立場に立っていると、彼は考えたのだった。」（『新ホイッグから旧ホイッグへの訴え』、『選集』五二八）
　一六八八年というのがいわゆる名誉革命を指しているのは、断わるまでもない。英国史の常識を敢えて復習するなら、議会にたいして覇権を握ろうとするカトリック信仰の王ジェイムズ二世に、ホイッグはトーリーとこのたびばかりは一致団結して抵抗し、オランダからオレンジ公ウィリアムとその妻メアリを迎えることにした。メアリはジェイムズの長女でプロテスタントだった。ジェイムズは武力によってそれを阻止しようとしたが、軍隊に見捨てられフランスに逃げる。議会では厳しい条件を付してジェイムズを呼び戻すか、それともただちに退位させるか、あるいは逃亡をおのずからの王位放棄として扱うか、議論がたたかわされたが、結局、第三の道をとって、ジェイムズに替えウィリアムとメアリとを合同の君主として迎えることに決した。この決定に際して、議会は『権利宣言』(***Declaration of Rights***)をウィリアム公夫妻に提出する。そこには君主と臣民との関係が再定義され、以後カトリック系の王位継承を禁じることが謳われていた。ウィリアム公夫妻はこれを認め、二人して共に即位することになる。

こんな退屈な復習をしてみたのもほかではない、『省察』の反革命の論理の根拠になっているものこそ、この名誉革命にほかならないからだ。無論、『権利宣言』ないし革命によって成立した『権利章典』(***the Bill of Rights***)は、爾来、ホイッグ党の政治綱領を支える原則でありつづけた。この原則に立って、バークはジョージ三世にたいしてアメリカ植民地人たちの自由と権利を擁護したのである。彼らは「一六八八年、イギリスがジェイムズ二世に対して立ったときと全く同じ立場に立っていると、彼〔バーク〕は考えたのだった」とは、そういうことだ。『省察』でバークは、名誉革命がフランス革命のような「『自分たちの統治者を選ぶ権利』というような、まやかしのジプシー占いめいたもの」によるものでないことを強調している(二〇一)。メアリがジェイムズ王の長女である以上、「ウィリアムを王として受け入れたのは、正確にいって〝選択〟ではなかった」といって、バークはつづける――「実際、ジェイムズ王を呼び戻すことも、自分たちの国を血みどろにして、自分たちの宗教と法律と自由とをやっとのことで回避したばかりの危険〔無論、ピュリタン革命が示唆されている――引用者〕に再び陥れることも、欲しなかった人びとにとって、それは是非もない行為（*necessity*）だったのだ。是非もないという言葉のもっとも厳密な道徳的意味合いにおいて、是非もない行為だったのである」（二〇一―二、強調原文のまま）。アメリカ擁護の論説にも、'necessary'の一語が繰り返されていたことを思い出そう。

要するに、『省察』においてもバークは少しも変わっていない。そういう彼の一貫性、いいかえれば彼のアイデンティティを保証したのは、繰り返すが、名誉革命と『権利宣言』だったのである。それは政治家バークが何度でも立ち還ってゆく出発の原点だった。それこそ、ぼくが『省察』の鍵語といった「先入観《プレジュディス》」（＝「すでに判断されたもの」）、「慣習に基づく権利《プレスクリプション》」（＝「すでに書き込まれているもの」）の接頭辞'pre―'がはらむ、バークの思想の「時の核《スポット・オヴ・タイム》」だったのである。

〝幽霊〟の出現

バークは生粋のアイルランド人である。信仰上は弁護士を営んでいた父同様、英国国教徒であった。当時、公職につくためにはローマ・カトリックであることは絶対の禁忌だった。しかし、バークの母も彼の妻もその一家も、すべてカトリック信者であった。それゆえイギリス人のなかには、バークは実は「隠れローマ・カトリック（a closet Papist）」だと確信する人びともいたという（ジョージ・

ファセル『エドマンド・バーク』、トウェイン・パブリシャーズ、一九八三年、五)。バークが一生、ついに何ひとつ重要な公職につけなかったのも、そのような出自・背景にまつわる差別のためだったかもしれない。ファセルはバークのことを〝アウトサイダー〟と呼んでいる。そうに違いない。ことによると、彼のあの華麗なレトリック、精緻な比喩も諧謔も機知も皮肉も、それからあの正確無比な状況判断と歴史の透視力も、〝アウトサイダー〟という存在与件がしいる疎外の距離のみが恵み得る精神の自由の賜物だったかもしれない。

ところで、〝プロテスタント・アセンダンシー(the Protestant ascendancy)〟という言葉がある。これはアイルランドにおけるプロテスタント少数派のカトリック多数派にたいする公認された支配的優位を意味する。そういう情況が今日でも変わりなく北アイルランドの激しい紛争の因となっていることは周知のところであるが、このプロテスタントの宗教的政治的優位を法制化したものこそ、カトリック系の王位継承を禁じた名誉革命の『権利宣言』だったのだ。すなわち、バークが何度でもそこに立ち還っていった政治的出発の原点、彼の保守思想を決定づけた「時の核」と、つい先ほどぼくが呼んだものにほかならなかったのである。当然、アイルランド人バークはディレンマに立たされていたはずだ。『省察』ペリカン古典叢書版の編者C・C・オブライエンの優れた序文はいう——「ホイッグとしてのバークは少なくとも理論的には名誉革命を尊重していたとしても、アイルランド人としてのバークは、この革命が彼の祖国の人びとの上に釘づけにした〝プロテスタント優位〟を嫌悪していた」(三五)。この嫌悪はバークの初期の著述や演説では「怜悧《ポリティク》な、精巧にできたヴェール」で隠されていたが、彼晩年の「無防備な」著作において激烈にあらわになる、とオブライエンはいっている。ちなみに「怜悧な、精巧にできたヴェール（a politic, well-wrought veil）」という一句は、名誉革命のとき議会がとった慎重な術策を述べる際に、バーク自らが使った言葉である（『省察』、一〇三）。晩年の彼がヴェールを脱いで「無防備」に心中の嫌悪をあらわにした証しとして、オブライエンは一七九五年五月二十六日のアイルランドの政治家ハーキュリーズ・ラングリッシュ卿宛手紙の一節を引く――「アイルランドに影響をおよぼしているようなプロテスタントの支配的優位という原理がいかに邪悪なものであるかは、いくら強調しても強調しすぎることはないと私は思っています」。実はオブライエンがいうほどに、バークは「無防備」になっているわけではない。手紙はつづけてこう語っているのである――「いかなる不機嫌であれ、それが国に満ちれば、ジャコバン主義の大下水道（*Cloacâ Maximâ*）を奔流となって流れるのは必定。だから世の中の不機嫌には用心するに越したことはないのです」。〝プロテスタントの支配的優位〟はアイルランドにも「ジャコバン主義」を、つまりフランス革命と同種のものを惹き起こす可能性がある、それがこの原理の「邪悪さ」なのだといっているわけであって、依然、バークは自己「防御」の「怜悧な、精巧にできたヴェール」を脱いではいないのだ。これかと思えばあれ、あれかと思えばこれ、そういった一筋縄ではゆかぬ彼の思想のありようを、賛嘆をこめて彼の「とんぼ返りcircumgyration」と評したのは、ウィリアム・ハズリットだった（「エドマンド・バークの性格について」、一八〇七年）。

　とはいっても、〝プロテスタントの支配的優位〟に代表されるイギリスのアイルランド支配にたいして、アイルランド人バークの血が平静であり得たはずもない。それもまた、確実なことだったにちがいない。家族宛私信のなかで、晩年のバークはあの自己韜晦のヴェールをかなぐり捨てている趣きがある。一七九二年の弟リチャードへの書簡には、こんな言葉が見られる、「プロテスタントという言葉は、きみの国の人びと三百万人を隷属の地下牢に封じ込めている呪文だ」（強調引用者）。自分の生まれ育った祖国をも「きみの国」というところに、〝アウトサイダー〟バークの一切からの距離、のちに同じくアイルランドを去った同じダブリン市民、ジョイスの有名な人生の戦略、「沈黙と離郷と狡知」に通じるものがうかがえてたいへん興味深いが、弟リチャード宛の手紙はさらにいう。「イギリス議会に反逆するアイルランド人を「弁護するつもり」はないがと、バークは断りながらも、王ウィリアムに反抗したとき、アイルランド人は「イギリス人とスコットランド人が王ジェイムズに反抗したのと全く同じ原理に立っていた」と思うと、書いているのである。「弁護するつもり」はないといいながら、実はバークはかつてアメリカの自由を擁護したときと「全く同じ原理」に立って、すなわち名誉革命の原理に依拠して、アイルランドのイギリスにたいする反抗・反逆を是認しているのだ。オブライエンが「曲がりくねった佶屈な一節」と呼んでいるこの手紙のくだりは、次のような文章で結ばれている――「もしアイルランドのカトリック教徒が王ジェイムズを支持しなかったとしたら、彼らは最低最悪の、まことにこの上なく自然にもとる薄情な（unnatural）反逆者に堕していたにちがいない」。ここにジャコバン主義（Jacobinism）ならぬジャコバイト主義（Jacobitism）が、政治的宗教的〝プロテスタントの支配的優位〟にたいして、カトリック・アイルランドの「慣習の体系」がひそかに、かつ矯激に擁護されていないか。

　ここで唐突のそしりを受けるのは百も承知の上で、ぼくは晩年のイェイツのことを思い出す。彼の〝永遠の女性《エーヴィッヒ・ヴァイプリッヒエ》〟であり、しかも彼の求婚を生涯拒みつづけた〝情れなき美女《ベル・ダーム・サン・メルシー》〟でもあった

〝アイルランドのジャンヌ・ダルク〟、モード・ゴンの率いる過激な独立運動と、イギリスとの統合のなかであくまでも議会制政治を守ろうとする決意とのあいだで、揺れ動いていた〝最後のロマン派〟W・B・イェイツの晩年を。七十三歳のイェイツは、古錆びた船のボイラーの上に乗って演説し、あるいはボートに乗って人の群れるところに漕ぎつけ、「海に向かって礼拝すると、やにわに世の邪悪を弾劾し、石つぶての雨のなかを漕ぎ去っていった」という、少年のころ見知っていた狂人の〝仮面〟をとおして、身内にたぎるスウィフト直伝の「激しい憤怒《サエヴァ・インディグナティオ》」を語りだす、「政治家は選挙民を失うゆえに、新聞は発行部数を失うゆえに」絶対に口にしないことを語りはじめる。従兄弟のロシア皇帝を救出しイギリスに迎えたいと議会に問い、労働者階級を刺激するのを怖れた議会にそれを拒否されたとき、ジョージ五世は決然と退位すべきだったと。だが、ジョージは議会に屈服して退位しなかった。「一般のイギリス人は、王ジョージの屈服と、彼が自分の血つづきの者をすでに先が見えた運命にまかせ見かぎったことは、結局のところ、必要な高貴でさえある犠牲だと考えるだろう。実際、彼がイギリスの教育制度と切ってもきれぬ博大な人気をかちえたのは、まさしく彼の屈服であり、法治的元首（constitutional sovereign）としての彼の正しさであった。何千枚かの答案用紙が北部の工業地帯の小学生たちに配られた、問題は『今まで生きた人びとのなかで、だれが一番、善い人でしょうか？』。大多数が答えた、『ジョージ五世』と。キリストは次点であった」（『ボイラーの上で』所収「革命後のアイルランド」）。イェイツにも、「法治的元首」としてのジョージ五世の屈服の政治的「正しさ」は十分すぎるほどにわかっている。が、にもかかわらず彼はこういわずには措かないのだ、「われわれなら、彼は退位しなかったことによって、人格《パーソナリティ》の欠如を、男らしさの欠如をみせたのだと考えるだろう」。イェイツ人生最後の恋人ドロシー・ウェルズレーには、もっと激しい言葉でいう――「古代のアイルランドでなら、ジョージ五世のやったような行ないはまったく考えられないことであっただろう。イギリスは一九一七年に、同盟国ロシアに宣戦布告すべきだったのだ」（一九三八年七月二十日、ウェルズレーの日記）。そう、イェイツなら、三島由紀夫の〝純粋天皇〟という過激ロマン主義的観念・イメージを確実に理解し得たであろう。

もとよりバークにはこのようなイェイツの「激しい憤怒」は、彼が詩のなかで何度でも繰り返し歌った「激情《ヒステリカ・パッシオ》」は無縁のことである。が、名誉革命のとき、「アイルランドのカトリック教徒が王ジェイムズを支持しなかったとしたら、彼らは最低最悪の、まことにこの上なく自然にもとる薄情な反逆者に堕していたにちがいない」と書いたとき、一瞬、あの「怜悧な、精巧にできたヴェール」を引き裂いて、アイルランド人バークの「激情《ヒステリカ・パッシオ》」がほとばしらなかったという保証はどこにもないと思えるのだ。「*Hysterica Passio* よ！　さがれ、こみ上げてくる悲しみよ！　お前の居場所は下だ」（『リア王』二・四・五五―六）。無類に冷静・精緻なホイッグの理論家と〝隠れローマ・カトリック〟の心情、かかるバークの双面性をC・C・オブライエンは、「外面ホイッグ、内面〝ジャコバイト〟」と見ている（四三）。そして、彼の『省察』序文は次のように締めくくられている――

「フランス革命の成り行きを洞察し得たバークの力の秘密の一端は、革命にたいする抑圧された共感と、反革命のプロパガンダは必ずや彼の故国の体制に影響し、それを転覆破壊する可能性をはらんでいるという直感的な把握とが結び合ったところに由来する。だからこそ、バークの〝極端な保守主義〟には、メーストルやボナールのようなヨーロッパ大陸の反動主義者のそれとは根本的に違った独特の性格があるのだ。彼らとは違って、バークには革命家の気持ちがわかる理由があった。彼にとって、革命の力と反革命の力とは広く一般の世界に存在するばかりではなく、彼自身のなかに存在していたのである。」（七六、強調原文のまま）

自身ダブリン生まれで、アイルランドの政治外交にもたずさわった経験の持ち主でなければ書けそうにない、鋭利な結論にはちがいない。が、バークの胸底に「革命にたいする抑圧された共感」がひそんでいたのが事実としても、フランスのカトリック中心の旧制度《アンシャン・レジム》を擁護する「反革命のプロパガンダ」＝『省察』が、つまりは〝プロテスタントの支配的優位〟というアイルランドの秩序体制を転覆破壊する革命の「可能性」をはらんでいるというような単純な算術を、バークのいわば肉づきの面と化したホイッグの「怜悧な、精巧にできたヴェール」が許すはずもない。

オブライエンを引用のような結論に導いたアリアドネーの糸が（バークは一つの〝迷宮〟にはちがいない）、『人権の擁護』中のウルストンクラフトの言葉、「あなたの『省察』を注意深く読みながら、始終、わたしの心を打ったのは、もしあなたがフランスに生まれていたら、階級や古代への敬意にもかかわらず、あなたは激烈な革命家になっていただろうということだった。……きっとあなたの想像力に火がついたことだろうに」（四四）という言葉であったのは、彼が何度もこの言葉に言及しているところからも十分に察しはつく。バークが「もしフランスに生まれていたら」という想定はまったくのナンセンスだが、ウルストンクラフトがバークのなかに「激烈な革命家」になり得る可能性を見とっているのに、なんの不思議もないのだ。彼女は『省察』を「ゴシック的美の観念」「ゴシック的慇懃」「華麗な衣裳」の「物語《ロマンス》」（二九）として否定しているが、急進的フェミニストとしての彼女の一生を決定づけたのは、ほかならぬバークの〈崇高〉の観念だったのである。『省察』批判、『人権の擁護』においても、彼女はこう断言してはばからない――「わたしの熱情は想像力が拡大する対象を追い求め、ついにはそれらが崇高な観念と化するまで止むことはない」(三三)。これはまさしく若き日のバークの〈崇高〉の定義に正確にのっとった言葉である。要するに、メアリ・ウルストンクラフトが『省察』のなかに見とったのは、バークの〈崇高〉から〈美〉への変節ないし転向だったのである。

しかし、たとえ『省察』が〈美〉の擁護であるとしても、フランス革命の叙述自体はずっと前に注目しておいたように(八四-五ページ)、〈崇高〉な形容辞で濃密に彩られていることを忘れてはなるまい。『省察』のバークは「そのなかに恐怖(=崇高)をはらむ美」を語ったのか、それとも「そのなかに美をはらむ恐怖」を語ったのか。かつて『探究』のバークはこう書いていたのだが――「崇高の観念と美の観念とは全く違った基礎に立っているのだから、この二つを同一の事物のなかで調和させるなどと考えることはむずかしい、ほとんど不可能である。たとえ可能だとしても、情熱におよぼすいずれの観念の効果も大幅に減じることになろう」(一一四)。だが、のちにイェイツがパセティックに歌うように、「恐ろしい美 terrible beauty」というものはあり得る。おそらく「美しい恐怖」というものも、あり得る。

もしウルストンクラフトの考えるとおり、バークが『省察』において〈崇高〉から〈美〉へと転向ないし後退したのが真実だとしたら、それはひっきょう距離の問題だった。といったら、奇矯にすぎるであろうか。ウルストンクラフトが崇高と高く評価するバークのアメリカ擁護が可能だったのは、

「彼我の間には三千マイルの大海が横たわっている」からではなかったか（一〇〇ページの引用参照）。ひるがえって、彼女が「ゴシック的美の観念」の産物と侮蔑する『省察』が書かれたのは、フランスがあまりにも近すぎるからではなかったか。現にバークも書いている――「われわれを隔てているのは僅か二十四マイルほどの細い溝でしかないと思うと、わたしはそのたびに愕然としたものだった」（『省察』一八〇）。崇高感が喚起される第一原因、恐怖にも限度はあるということだ。『探究』でバークは書いていた――

「自己保存に属する強い感情は、苦痛と危険を軸にして動く。それらの感情を惹き起こす原因が直接的にわれわれに影響をおよぼすときには、それらの感情はただひたすら苦痛に満ちたものにすぎない。実際には苦痛でも危険でもない状況にいて、苦痛と危険の観念をもつとき、それらの感情は快い(delightful)。この快さを私は喜び（pleasure）とは呼ばない。なぜならそれは苦痛を軸として動く感情であり、いかなる積極的な喜びの観念とも無縁なものだからだ。このような快さを刺激するものなら如何なるものでも、私は崇高と呼ぶ。」（五一、強調原文のまま）

バークの思索において、「積極的な喜び」が〈美〉の基本的属性であり、「苦痛」「危険」が「恐怖」と等価のものとして考えられていることは断わるまでもないが、ここで注目すべきことは、〈崇高〉の観念が成立するには、主体が「実際には苦痛でも危険でもない状況にいて、苦痛と危険の観念をもつとき」だということである。「自己保存」を脅かす「直接的」な苦痛・危険は、ただ単に動物的恐怖にすぎないということだ。いいかえれば、〈崇高〉感が成立するためには、恐怖との間に一定の距離が必要だということである。ずっと前にぼくがバークの逐語的といってもいい摘要と呼んだ風景論の試作のなかで、ワーズワスも書いている――「身に迫る恐怖（personal fear）と驚愕ないし驚異が一定の限界を越えないならば、崇高感が訪れてこよう。……しかし、身に迫る恐怖が一定の点を越えて緊迫したものになれば、崇高感は破壊される」（前掲書、二六七）。

そういえば一八〇二年、アミアン平和条約が英仏のあいだに束の間の平和を許したとき、カレーでアネット・ヴァロン、キャロリーヌ母娘とこれを最後に再会したワーズワスは、帰途ドーヴァーの近くで、フランスを振り返える。「海は静かに凪ぎ空気は澄んで、私は見た／フランスの岸辺を――なんと近いのだろう、フランスの岸辺は！／恐ろしいほどに間近な隣りではないか／私は尻ごみした」（「一八〇二年九月、ドーヴァーの近くにて」、強調引用者）。前年、「わたしは見知らぬ人びとのなかを旅した／海の彼方の国ぐにを／イギリスよ！　わたしはそのときまで知らなかった／どんなにお前を愛していたかを」と歌い出す最後のルーシー詩は、こう歌いついでいた――「過ぎ去ったのだ、あの憂鬱な夢は！」。ここにフランス革命へのワーズワスの崇高な熱狂はアネットへの情熱と共に、完全に終わりを告げていたのである。〈崇高〉から〈美〉へと旋回する『序曲』の「心の成長」の道筋は、ここに決定づけられたのである。その後のワーズワスはひたすら強硬なナショナリズムへとつっ走る。一八〇八年、半島戦争でスペイン、ポルトガルと連合したイギリスはナポレオン軍を壊滅し得たはずなのに、怯懦ゆえに敵と妥協的休戦協定を結んだ。そういうイギリス政府ならびに軍部の「倫理的活力《モラル・エナジー》」の欠如、「厚顔無恥な便宜主義的計算」を糾弾する『シントラ協定』が書かれずにいなかった。ワーズワスのこの強張《こわば》った政治評論は、まさしくバークが死の前年（一七九六年）に書いた『国王弑逆による平和に関する書簡』の延長線上に成ったものだといっていい。バークはそこでこう語っていたのである——

「フランスの虐殺された君主制の墓の中から、巨大にして強大、茫漠とした幽霊（Spectre）が、いまだかつて想像力を圧倒したいかなるものよりも遥かに恐ろしい姿をとって出現し、人間の不屈の精神を屈服させたのだ。危険をものともせず、一切の尋常な一般原則《マクシム》も一切の尋常な方法も軽蔑して、いちずに目的に向かって突進する見るも恐ろしい幻影が、そんなものなど存在するはずがないと信じていた人びとを圧倒したのである。」（第一書簡）

こう書いたとき、バークの想像力の視野にいち早くナポレオンの姿が垣間見えていなかったはずもない。そしてさらには、この「幽霊」はやがて『共産党宣言』（一八四八年）がその冒頭で高らかに「ヨーロッパに幽霊が出る」と宣言することになる、あの「幽霊」（spectre）の出現をも予告していたかもしれない。

孤独な最期

バークの最晩年は不幸であった。『省察』によって多年親しんできたホイッグ党との関係も破綻してしまっていた。一七九四年、六十五歳の彼は議会を退くが、ときの宰相、トーリー党党首〝小ピット〟は、バークの永年にわたる政治家としての勲功と、『省察』によってフランス革命からイギリスを守った功績を賞して、彼に貴族の称号と二千五百ポンドの年金を与えることに同意した。しかし、それは議会の議決によるものではなかった。ピットは議会における煩わしい政治的駆け引きを避け、事をてっとりばやく運ぶために、年金は国王から直接下賜される形をとったのだった。当然、激しい反対が起こった。その急先鋒はホイッグのベッドフォード公爵だった。ここにバーク最後の自己弁明、ジョン・モーリーが「英語による最高に見事な当意即妙の応答」と絶賛する『或る貴顕の士に寄せる書簡』（一七九五年）が書かれることになる。ベッドフォード公爵の先祖で最初にこの称号を得たのは〝ミスター・ラッセル〟で、彼はヘンリー八世の寵臣だった。彼が与えられた莫大な土地財産は、カトリックからプロテスタントに改宗し国教を定め国王至上令を制定したこの絶対君主が、カトリック教会とそれを信じる者たちから没収したものだった。王から直接与えられたという点では、なんの違いがあるか。ただ「私のは温和で情け深い君主からのものだった。公爵のはヘンリー八世からのものであった」（『著作・演説選集』、五六八）。バークの皮肉は痛烈をきわめている、が、実はここでも彼は起源など問題にしてはいない。ヘンリー八世からの授与も「今は昔の暴力《オールド・ヴァイオレンス》」なのだ。現にバークは書いている、「公爵に授与されたものは、慣習に基づく権利（prescription）の神聖な原則によって守られている」（五七一）。さらに、「この慣習に基づく権利という原則を完全なものにするのに、私も一役買ったが」と断わりながら、彼は付け加えている――「この慣習法が持続するかぎり、ベッドフォード公爵は安泰であるだろう」。無論、この慣習法がこのさき持続し得る保証はどこにもない。そういう伝統滅亡の時代危機のなかで、なぜ、ベッドフォード公爵よ、あなたはこんな些事に目くじらを立てるのか。滅びるときはあなたも私も一緒だ、安心なさるがいい。バークの皮肉《アイロニー》の真髄は、まさにかかる深刻な時代認識に根ざしていた。

　この論争のさなか、一七九四年八月、バークの愛息リチャードが急死する。愛する弟リチャード・

バークも世を去っていた。『或る貴顕の士に寄せる書簡』中、いや、バークの夥しい著述のなかでも、もっとも哀切をきわめた一節がここにある――

「嵐が私のうえを過ぎていった。私は最近のハリケーンがあたりに吹き散らし吹き倒した樫の古木の一本のように、横たわっている。……私は独りだ。門口で私の敵を迎え撃ってくれる味方は一人もいない。……私は逆縁の世界に生きている。私の跡を継いでくれるはずだった人たちは、先に世を去ってしまった。私の子孫になるべきだった者たちは、祖先の眠るところに行ってしまった。」（五七二）

相続人がいない以上、バークの授爵も自然、沙汰やみとなった。彼が政治家として終始、伝統的秩序保持のため守ろうと必死だった「慣習に基づく権利《プレスクリプション》」も、彼個人の人生にあって時効《プレスクリプション》を発するいとまもなく、無に帰したのである。

息子の死の三年後、一七九七年七月九日、エドマンド・バークは六十八歳で他界した。遺骸が冒瀆されないように、どこか人知れぬ秘密の墓に葬るように、というのが遺言であった。革命家たちによる遺体の冒瀆を危惧する彼の強迫観念、ゴシック的恐怖は、哀れ無残である。「今日に至るまで、バークの亡骸の在処《ありか》はわかっていない*」（ジョージ・ファセル、一〇）。

彼の〝崇高な墓碑銘〟はワーズワスによっても、イェイツによってさえも、ついに書かれることはなかった。今日に至るまで、誰の手によっても書かれてはいない。

＊『省察』の訳者水田洋氏は、その解説の結びで、「ビーコンスフィールドの教区教会の、南の壁の西端にちかいところに、遺言に反してバーク夫妻の墓標がはめこまれている」と記している（中央公論社『世界

の名著』三四、一九六九年、二六)。ビーコンスフィールドはバークの屋敷があった所だが、その教区教会の壁に「墓標がはめこまれている」からといって、バークがそこに葬られている証しには、もとよりならない。

(一九九七年十月)

いま、なぜ、ギャスケルを読むのか

「いま、なぜ、ギャスケルを読むのか」などと、いささか気恥ずかしいような題をつけてしまったのには、やむをえない理由があった。ギャスケル協会事務局のTさんから電話で講演の依頼があったとき、直接ギャスケルに関するものでなくてもいい、何を話しても結構だとのことで、つい気やすく引受けてしまったのだが、草むらには必ず蛇のひそんでいるのたとえ――Tさんは最後に、でも少しはギャスケルに触れて欲しいとそっと一言つけ加えられた。翌日の晩、会長のYさんからもご丁寧な電話があり、やはり少しはギャスケルに触れて欲しいと何気ない口調で念を押された。しまった！　引き受けるんじゃなかった！　だが男の約束、今さら撤回するわけにもいかない。

でも少しはギャスケルに触れて欲しいと、そちらは気軽におっしゃるけれど、少しにもなにも、こちらはギャスケルなどまるで読んだこともない。学生のとき教室で『クランフォード』をちょっと噛じって、世の中にはなんと退屈な小説もあるものかなと大いに感心したくらいのもの。それから比較的最近になって、拙著でエミリー・ブロンテを扱う際、参考までに『シャーロット・ブロンテ伝』を読んだ。そして何年か前、所属していた大学の博士課程の入試で、『ルース』を論文で扱った学生を口述試問する破目になり、大あわてで『ルース』を読み、未婚の母の主題をかくも荘重深刻に書けるとは、十九世紀イギリス小説の感傷もたいしたものだと、大いに感心し、かつ大いに辟易したのを憶えている。要するに、ぼくのギャスケル夫人との付き合いはそれほど貧寒・疎遠のものでしかなかったのだ。これではリア王の科白ではないが'Nothing will come of nothing'——ギャスケルに少しは触れようにも、つまりは無い袖は振れない。袖振り合うも他生の縁というけれど、ギャスケル夫人との間にはいかなる宿縁も因縁もないように思えた。

さらに困ったことに、この大会の広告やプログラムを印刷する都合上、早めに講演の題目を決めなくてはならない。二週間後、Tさんから題は決まったかと催促の電話があった。その二週間のあいだ、悶々と思案しても何も出てこなかった。小林秀雄のひそみにならって、何でも包める風呂敷みたいな演題「感想」にしておこうか。あるいは正直に「無題」という題にしようか。それとも「ギャスケル夫人訪問」としておけば、そのうちに挨拶の口上くらい、なんとかまとまるだろうと横着をきめようともした。でもこれでは、むかしラジオでやっていた「朝の訪問」という番組の名前みたいで、なんともさまにならない。まことに無からは何も生まれっこない、題名ひとつころがり出てこない。電話の向うで今か今かと耳澄ましている気配が伝わってくる。切羽つまってこちらの口から飛び出したのが、「いま、なぜ、ギャスケルを読むのか」だった。これにはわれながらびっくりした。ところが、それこそわたくしたちが望んでいた題ですと、電話の主の澄んだきれいな声が嬉々として響いてきた。そんなに嬉しがられても困る、すっかり当惑した。なぜって、いま、ギャスケルを読むのは、今日、ここでお話をする破目になったぼく一個の退っ引きならぬ必要以外のことを意味していなかったからだ。

いや、そういっただけでは冗談めかした嘘になる。ギャスケル協会で話をするという折角の機縁をつてにして、振れる袖を仕立て、ギャスケル夫人と袖振り合う他生の縁、宿縁を結ばなければならない。そのためには彼女の小説をできるかぎり多く読み、親しむ以外に道はない。律気を宿痾とする男の健気な覚悟がそこにあった。そして、未知のものを知り、それについて考え書くという好奇心は、これまたぼくの癒しがたい浮気心、知的不治の病でもある。

しかし、読みたいと思っても、いまどき本屋でギャスケルの小説を短時日のうちに買い揃えるのは至難なことだ。大学の書庫にいけば挨をかぶって並んでいるのは知れたことだけれど、ときは七月の末、夏休みのまっ最中。研究室はしまっている。名誉教授というのはまことに不名誉なもので、辞めるとき研究室の鍵は一切返却しなければならず、休みちゅうはまったく出入りは不自由ときている。そこで思い出したのは近くに住むKという男のこと。彼ならギャスケルの作品をほとんど全てもっているにちがいない。借覧をたのむと、早速、翌日、拙宅までわざわざ大きな紙袋にさげてもってきてくれた。『メアリー・バートン』から『妻たちと娘たち』にいたる主要な長篇小説、生霊《ドッペルゲンガー》を主題とする不気味でかつ敬虔な怪奇小説の傑作「クララ修道女」を含む短篇集、森鷗外の歴史小説を思わせる静かで残酷な名品「魔女ロイス」をはじめとする恐怖小説集――これだけ読めばいっぱしのギャスケル研究家になれる、ことによったら権威になれるかもしれない（!!）。Kというのは昔からいつもぼくには変に親切なところがある男だが、有難かった。いや、ことによると、ギャスケルを手土産に、久しぶりにぼくとさしで一杯飲みたかったまでのことかもしれないが。

ともあれ、ぼくのギャスケル猛勉強がはじまった。講演の準備のために、こんなに勉強したことはいまだかつて一度もない。安い講演料では間尺に合わぬくらいに勉強した。いや、読みすすむにつれて、たとえ講演料はただでも話をしてみたいと思うようになっていった。十九世紀英国女流小説はオースティンと世界文学史上比類を絶した孤独な鬼っ子といってさしつかえないあの『嵐が丘』がありさえずればいいと、頑なに確信していたぼくが、シャーロット・ブロンテの小説なんかどれ一つ感心したことがないぼくが、『メアリー・バートン』『北と南』に、あの長い、長い、長すぎる『妻たちと娘たち』にさえ、感動したのである。かつて退屈そのもの、退屈の傑作と退屈して読んだ『クランフォード』にも、たとえば井伏鱒二や庄野潤三のもっとも良質な作品を読んだときのような、いや、それ以上の小説的感興を覚えたのである。

それにしても、ぼくのいわば白紙《タブラ・ラーサ》の心に印刻されたこの感動はギャスケルの何によって触発されたものなのか。この感動の一端が、彼女のけっして強張ることを知らぬ柔軟な筆がとらえ得た十九世紀中頃のイギリス、とくにイングランド北部の社会風俗、そのなかで生き死にする人間像の肉感性、具体的な確かさを読みとるといった、小説読者一般に共通する平凡といえば実に平凡な喜びにあったことは事実である。たしかに、風俗《マナーズ》を離れて小説もない。これは西洋近代小説の生理であって、現に『ドン・キホーテ』以来、近代小説の傑作はピカレスク、書簡体小説、ゴシックロマンス、恋愛小説といった様式ジャンルの別なく、ほとんどすべて本質的には風俗小説であるといっていい。ひるがえって、ヨーロッパふうの重層した稠密な風俗をもち合わせなかったアメリカ、歴史が浅いがゆえにもち合わせなかったというより、風俗は〝真実〟をおおい隠す虚偽、不純な〝見かけ〟と蔑視・憎悪するピュリタン的精神、「ここではない、どこか別のところへ」と憧れ、それで風俗の定着・持続を可能にするいとまを許さない〝アメリカの夢〟が支配する風土で、いかに小説が困難であったか、それはホーソーン、メルヴィルの作家的苦闘をちょっと思い出すだけで足りよう。「アメリカの『外に出る』ことなしに、なお最高の芸術家たり得たのはホーソーン唯一人であった」といったヘンリー・ジェイムズが、アメリカの外に出てヨーロッパの〝風俗〟のなかに住みつき、そうすることで初めて大作家に成熟することができたのは、あらためて繰り返すまでもない。ここで、二十世紀アメリカの「外に出る」ことなしに、なお最高の芸術家たり得たのはウィリアム・フォークナー唯一人だったとつけ加えてもいい。彼が語り部として物語った滅びゆく南部とは、まさに〝アメリカ〟の近代に抵抗する〝風俗〟の孤立集団《エンクレイヴ》だった。

ついでながらいいそえておけば、今日の小説の衰退は風俗の画一化、平準化、非個性・無人称化という、それこそグローバルな社会現象と無縁ではありますまい。裏返していえば、ポストモダンと称する小説形式が世界でもっとも成功したのがアメリカにおいてであったという事実も、合点がゆくということだ。ポストモダニズムとは、〝風俗〟が稀薄ないし欠如した場所に最適な小説形式だからである。

ここでぼくがいう〝風俗〟とは、ライオネル・トリリングが彼の有名な評論「風俗・道徳・小説」のなかで、こう定義しているものにほかならない——「文化が暗に内包するブンブンとざわめき立ち、生動している意味の掛かり合い（a culture's hum and buzz of implication)。つまり、文化の歴然たる表現がそのなかでさまざまに現われる総体的脈絡（the whole context)」。この文化が内包する「意味の掛かり合い」「総体的脈絡」をやっきになって解体しようとしたところに、いわゆるディコンストラクションの批評的作業があったことはいうまでもないが、この解体批評なしにポストモダンの小説も生まれようもなかった。ポストモダニズムが文化の内包する「意味の掛かり合い」「総体的脈絡」としての風俗から自由な、ということは根無し草のように抽象的な、小説想像力の純粋遊戯に終始した所以だ。アメリカのポストモダンの代表的作家の一人ジョン・バースは、自分は瀕死の小説に「人工呼吸」をほどこしているだけだと書いているが（『金曜日の本』所収「私の二柱のミューズ」)、果たしてポストモダニズムという「人工呼吸」、小説技術《テクノロジー》で小説は復活するだろうか。いや、ことは小説という一芸術形式の死活にかかわるだけのことではない。文化の精神そのものの死活にかかわる大事なのである。

かつて（一九一八年)、ヴァン・ワイク・ブルックスは『アメリカの成年』のなかで、三百年のアメリカの歴史はついに「内在する連続の精神（the indwelling spirit of continuity)をけっして生み育てることはなかった」と慨嘆した。「内在する連続の精神」(T・S・エリオットふうにいえば、「伝統」)が、目に見える現実具体のさまざまな形となって現出する場所《トポス》こそ、風俗なのである。「文化の歴然たる表現がそのなかでさまざまに現われる総体的脈絡」という、トリリングの風俗定義も別事を語ってはいない。したがって、風俗の解体はそこに内在していた「連続の精神」の崩壊の危機を意味する。かかる状況がただにアメリカ一国のみのものでないのは断わるまでもない。浦賀沖に出現した

〈黒船〉以来、〝アメリカ〟によって否応なく〝近代〟を強いられた近代日本、東京湾上のミズーリ号以来、ある意味ではアメリカ以上にアメリカ化した現代日本の状況でもあるのだ。そういう現代の日本人であるぼくが、ギャスケルの風俗小説に感動したのである。「いま、なぜ、ギャスケルを読むのか」、切羽つまってとっさに飛び出したぼくの演題も、実はいま述べたような危機意識が無意識・衝動的に発した言葉だったにちがいない。

今にして思えば、あの電話口での瞬間、ぼくの脳裡をトリリングの「なぜ、わたしたちはジェイン・オースティンを読むのか」という、彼の絶筆となった講演原稿の題名がよぎったのかもしれない。この原稿は一九七五年十月に開催されたオースティン生誕二百年祭の記念講演のために用意されたものだが、翌十一月五日膵臓ガンに倒れる彼の死に至る病によって未完のままに残された文章である(『タイムズ文芸付録』一九七六年三月五日号に、妻ダイアナの手によって発表された)。しかし未完といっても、そのままでトリリングが語らんとしていたことは十分すぎるほどにわかるのである。

それより二年前、一九七三年に学部学生を対象にオースティン小説講読の授業をもつことになった思い出から、トリリングの絶筆は書き起こされている。授業の性質からして受講生は三十人が限度と考えていたところが、集まった学生の数は百五十人に達した。数を絞るために、ぼくらなら籤引きですませるところを、生真面目なアメリカ大学教師は一人一人学生に面接して、なぜオースティンを読みたいのか質《ただ》す。その結果得た印象は、かくも熱心に多くの学生がオースティン講読の授業をとりたがる理由は、「オースティンの小説が、彼ら学生自身が生きている人生に疑念を抱かせるような、別種の人生の様式を提示している」からであり、「そういう人生様式は自分たちの人生様式に取って代わるべきもの（an alternative）と、学生たちの幻想に訴えた」からだということだった。さらにトリリングは書いている——

「オースティンを研究することによって、彼ら学生たちはわれわれ現代の哀れな生活ぶりをなんとか越えられるのではないか。われわれ現在の干からびた倦怠の世界から、心眼には人間よりももっと多く豊かに木々が繁っていると見える世界に、その緑の木陰で、一瞬、人生が緑の思想と化するような、そんな世界に戻れるのではないかと、信じていたのである。」

引用結尾の言葉がアンドルー・マーヴェルのあの無類に完璧な詩『庭』のなかの有名な詩句、‘Annihilating all that's made / To a green thought in a green shade’——「造られしもの一切を絶滅して、緑の木陰の緑の思想に還元する」を踏まえているのは、断わるまでもない。〈白〉（＝白粉）と〈赤〉（＝紅）にどぎつく化粧された〝都市〟から、感覚と官能の退廃と倦怠の世界から、幾重にも囲い閉ざされたマーヴェルの歌う〈緑〉の「心の庭《ホルトウス・メンテイス》」は、まさしく「安息の場所《ロークス・アモエヌス》」、楽園としての「閉ざされた庭《ホルトウス・コンクルースス》」であった。

そういう「安息の場所」としての「閉ざされた庭」をオースティンの小説世界に求める学生たちの願望・憧憬幻想が、ゲゼルシャフトからゲマインシャフトへ、カーライルのいう「金銭関係《キャッシュ・ネクサス》」構造社会から精神の、心の共同体への回帰をいう当今流行の一つの通念思想を安易に反映していることを、トリリングは見落としてはいない。

もとより精神の共同体《ゲマインシャフト》が原理的にベルクソンのいう「閉ざされた社会」（société close）であること

に違いはない。オースティンの物語る世界が本質的に「閉ざされた庭」であることも、間違いはない。それにしても、トリリングのオースティン講読が開講されるつい五年前、一九六八年に起こったコロンビア大学紛争のさなか、学生たちが唯一熱烈に信じたのはブレイクだった、それこそ「造られしもの一切を絶滅して」聖なる都〈新エルサレム〉建設を兇暴に夢みた永久革命の幻視者だったのだ。トリリングの妻ダイアナはこんなことを回想している、「大学紛争の直後、コロンビアの若い英文科講師が私に語ったことには、彼の学生たちは一九〇〇年以前に書かれたものは、もうなにも読もうとしないとのことだった。ただ、ひとつ例外があると、講師はいった、それはブレイクですと。こう私に伝えた当人は自意識過剰の左翼で、明らかに自分が伝えたことにご満悦のようすであった」(拙訳『旅のはじめに』、法政大学出版局、一九九六年、一〇六)。ブレイクからオースティンへ——極端から極端へ、これまたいかにもアメリカを象徴的典型とする現代の狂躁ないし焦躁の現われであるが、いかに両極端とはいえ、そこにうかがえるのは現代文明にたいする不満、そこに生きねばならぬ自我の不安の激甚な現われであることに疑いはない。アメリカ人トリリング自身、一生、不安であった。彼の批評家としての一生の仕事が文明と自我のかかわりの問題を核心とするものであったことは周知のとおりだ。だからこそ、彼の念頭からオースティンの影が消えることはなかったのである。おそらくトリリングを最高のオースティン小説の読み手、批評家たらしめたのは、まさにアメリカ人としての彼の文明と自我への不安だったと断言してもいい。

アメリカとは西欧近代の純粋培養、〈近代〉そのものの隠喩である。「ここではない、どこか別のところへ」——大西洋の彼方へ、さらに西へ西へ。これは単にアメリカの地理的移動の情熱《パトス》の軌跡のみを意味してはいない、アメリカという心性《エトス》（精神・理念）の位相学《トポロジー》なのである。そこに進歩・発展・変化という運動の開いた方向《センス》（＝意味）は必然だった。

　ところで、オースティンの小説世界、あの「閉ざされた庭」が、そういう変化の運動を全的に否定するものであるのはいうまでもない。同じ一つの土地への変わらぬ帰属意識、変わりようもない、あるいは変わることを拒否する社会への忠誠と義務、そういう「内在する連続の精神」を物語素とするオースティンの小説くらい、けだし反＝近代、反＝アメリカ的なものはない。マンスフィールド・パークを最後に崩壊から救ったのは、決して動かぬ者、「この静かなもの」(the quiet thing)、ファニー・プライスだった。動いた者はことごとく破滅していった。マライア・バートラム（ラッシュワース夫人）も、ヘンリー・クロフォードも、〝新しい女〟メアリー・クロフォードも。「この静かなもの」ファニー自身、イギリスの〈近代〉的発展の軍事拠点ポーツマスという生まれ故郷を捨てて、「閉ざされた庭」マンスフィールド・パークを心の故郷として選んだのだった。アメリカ人トリリングがその優れた『マンスフィールド・パーク』論で、この小説の「偉大さは、私たちの感情を害する、その力に比例している」と微妙な言い方をしているのも、甚だもっともなことなのである。

　オースティンに「感情を害された」のはトリリングに限らない。エマソンもマーク・トウェインも、あのオースティンにもっとも近しいと思われるアメリカ作家ヘンリー・ジェイムズさえも、彼女にいたく感情を害されたのだ。だが、トリリングは彼の「感情を害する力」そのもののなかに、オースティン小説の偉大さを見ている。先に微妙な言い方と断わっておいた所以もそこにある。〈アメリカ〉的なるものを否定する者への反発と肯定、かかる微妙なアンビヴァレンスこそ、トリリングのオースティン批評に緊迫した密度と、犀利・微妙な肌理《テクスチャー》を与えているものなのだ。おそらく彼はワーズワスの『義務への賛歌』（一八〇四年）を理解しうる唯一の、とはいわぬとも希有なアメリカ人批評家であるにちがいない。「神の厳粛な娘よ」という「義務」への呼び掛けではじまる詩は、やがてこう語っている――　「私は無制限な自由に疲れ／気まぐれな欲望の重荷を感じる／私の希望はもはやその名を変えてはならぬ／私は常に変わらぬ平安を求める」。「無制限な自由」「気まぐれな欲望の重荷」、これらの言葉が暗示しているのが〈近代〉であることは注釈するまでもない。それに疲れ、それを重荷と感じると歌ったとき、フランス革命に熱狂し〈近代〉を希求したワーズワス自らの青春の夢との訣別、やがて急速に保守主義へと傾斜してゆく、人のいうワーズワスの転向は、つとに告知されていたのである。そして、こう歌ったワーズワスは同時代人オースティンとそれほど精神的にかけ離れたところに生きていたわけではない。ただ彼にはオースティンのユーモアの感覚が欠けていたまでだ。ユーモアなきジェイン・オースティン。逆に、オースティンはロマン主義最高の理念〝崇高《サブライム》〟を一笑に付したウィリアム・ワーズワスと呼んでさしつかえないのである。

　アメリカ人トリリングも確実に「無制限の自由」「気まぐれな欲望」に疲れている。だからこそ、彼はオースティンを読み、そこに「常に変わらぬ平安」を求めたにちがいない。「常に変わらぬもの」(that ever is the same)、常に「同一」(idem) な何かが存在しないところに、自我の同一性《アイデンティティ》は成立しようもない。常に「同一」な何ものかとは、いいかえれば、特定の土地・文化に「内在する連続の精神」にほかならず、そういう存在の根拠との「脈絡《コンテクスト》」なしに、自我の「平安」も安定も、同一性《アイデンティティ》という自我の連続性もあり得ない。そういえば、オースティンの「閉ざされた庭」、そこに生きる小説主人公たちの人生を律する原理、「義務」に触れて、トリリングはそれを「自我の衛生学」(the hygiene of the self) と『マンスフィールド・パーク』論で呼び、絶筆「なぜ、わたしたちはジェイン・オースティンを読むのか」のなかでも、「魂の衛生学」という言葉を使っているのである。「無制限な自由」(unchartered freedom) ——海図《チャート》もなくあてどなく漂い流れる自由、「気まぐれな欲望」(chance-desires) ——なんの必然性ももたず「偶然《チャンス》」に翻弄されるままの心理の自由、イェイツなら「偶然と矛盾の束のような人間」の自然と確実に呼ぶにちがいないもの(「わが作品のための総括的序文」)、それを制限し抑制し必然と化すものが「義務」という共同体《ゲマインシャフト》の原理、「内在する連続の精神」が要請するものであるとすれば、それなしに自我はみずからの「自由」そのものによって崩壊する。「自我の衛生学」とは、そういうことだ。

繰り返すが、義務という連帯意識によって抑制され閉ざされた共同体世界が、アメリカとは「異質な《エイリアン》」世界であることにちがいはない。そのことを知悉した上で、トリリングはなおも、アメリカ的自我は「固定し、動かない、静かなものに価値を見出す能力に、必ずしも全的に欠けてはいない」と主張せずに措かない。「なぜ、わたしたちはジェイン・オースティンを読むのか」という彼の人生終末の文章は、次の一文でぷっつりと切れている——「こういう人生の問題に関してあれかこれかと私たちの見解が振れ動くのは、ただ単に文化的不決断の現われではなく、むしろそれは弁証法という一語に内在する威厳のすべてを帯びた一つの弁証法を構成しているのだ……」。オースティンとアメリカ、伝統と〈近代〉の止揚《アウフヘーベン》——そこに死に至るまでのアメリカ人ライオネル・トリリングの見果てぬ夢があったのである。

しかし、果たしてオースティンの世界はトリリングが憧れ思うほどに、「固定し、動きのない、静かな」世界であるだろうか。「常に変わらぬ平安」の場所《ロークス》、「閉ざされた庭」であったか。たとえそのような世界が存在するとしても、それはあくまでも結末に至ってであって、オースティンの小説世界そのものは、十分に〈近代〉に侵されている。〈ロンドン〉からの来訪者ないし〈ロンドン〉的なるものの侵入によって、「閉ざされた庭」は開かれ犯される。田舎の村や町の〝古き良き〟共同体は土台から揺さぶられる。そういう〈近代〉による疾風怒涛こそ、オースティン小説をつき動かしている劇的力学なのであって、あのシンデレラ物語ふうの幸せな結末などは、いったん開いたものは閉じなければすまさない小説家オースティンの律義さ、あるいは伝統的小説形式の約束事、つまりは小説家の「義務」にすぎない。彼女もすでに不安であったに相違ない。不安であったがゆえに、なお一層八重の封印をほどこすかのように、オースティンは自分の小説世界を堅固に閉じたといってもいいかもしれない。彼女の不安は、未完のままに残された最後の作品『サンディトン』にあらわな形で現出している。

サセックスの海辺の寒村サンディトンに招かれた主人公シャーロットの目にしたものは、みすぼらしかった田舎家がどんどん「改良」されてゆく光景である（'improvement'というのが『マンスフィールド・パーク』で、ロンドンからやってきたヘンリー・クロフォードのほとんど唯一の情熱であり、彼得意の技術だったことを思い出そう）。何軒かの農家は白いカーテンなど窓にたらして「貸別荘」にさま変わりしている。ある古い農家の中庭では、優雅な白の衣服をまとった二人の婦人が本と折り畳み椅子を手にしてそぞろ歩く姿が見える。パン屋の角をまわると、その二階の窓からハープの音色が聞こえてくる。さらに高台を登ってゆくと、「近代風がはじまっていた」('the modern began'―第四章)。砂丘の向うには「見晴らし館 Prospect House」、「絶景の家 Bellevue Cottage」が見える。ここにカラオケ・バー一軒つけ加えさえすれば、もう立派に現代の風景ではないか。

シャーロットを案内するパーカー氏、村を〝近代風〟の観光地、海水浴場に「改良」するのに狂奔しているこのお人好しの人物は、「文明、これこそ文明ですよ!」と叫び、「時代の精神(the spirit of the day)をとらえた」とご満悦だ。「とらえた」の原語は'caught'――この動詞には病気にかかる、感染するという意味もある。当人がそれと勘づいていないトラジック・アイロニーであるか。パーカー氏ばかりではない、村民こぞって観光開発の熱に浮かされ、「変化」の熱病に感染している。作者は視点人物シャーロットをとおして、それを「絶え間ない活動の精神」(a spirit of restless activity)と呼んでいる。この一句は初稿では「活動の/という病」(the disease of activity)とあったものだ。'*restless* activity'とは無論、「不安な活動」の謂もこめられていよう。「常に変わらぬ」ものを見失い、目さきの利益、「変化」を求めてやみくもに動く不安な活動、これはまさに〈近代〉の病にちがいない。

病といえば、サンディトンを訪れたパーカー氏の弟妹は揃いもそろって病気をかこっている。シャーロットには、彼らの病は「実際の病気というより、何もやることがない人間の熱心な楽しみ」のように思える。あるいは「長兄(パーカー氏)が開発の計画者として彼の過剰な興奮の捌け口を見出しているとすれば、妹さんたちは奇妙な病気を発明することで、彼女たちの過剰な興奮を発散させる破目になっているにちがいない」と思える。いつに変わらぬオースティンの辛辣さだが、この辛辣な視線は、観光開発という名の愚劣な村おこしを一典型として、進歩発展という「変化」に狂奔する現代の「活動の病」を、そして飽食の果てで人みなすべて健康ノイローゼに感染している現代人の心の容態を、つとに見とおしていないか。『サンディトン』という作者の死によって中断した小説が、その後どう展開してゆくはずのものであったか知る術もない。が、確実にいえることは、ここにはオースティンの「時代の精神」にたいする激しい苛だち、ほとんどスウィフト的といってもいい「激しい憤怒《サエヴァ・インディグナティオ》」による風刺のバーレスクはあっても、彼女のかつての偉大な小説を支えていたユーモアも典雅なアイロニーもないということだ。ユーモアにせよアイロニーにせよ、それが成立するためには現実との一定の距離、いいかえれば心のゆとりが必要であるのは断わるまでもない。ということは、それだけオースティンの不安と苛だちは、人生の終末にいたっていっそう深まっていたということである。

　そういうオースティンの不安の延長線上で、ギャスケル夫人は生き、そして小説を書いたのだった。一見たしかに、クランフォードの町はおよそ「活動の／という病」、「変化」という不安な近代の病とは完全に無縁な世界に見える。時代遅れの衣裳がイギリスじゅうで最後まで見られ、しかもそれを見ても誰も笑ったりしない町。訪問の仕来たりと、その規則が、「いにしえのマン島の法律が一年に一度ティンウォルド山で読み上げられた時そのまま」の厳粛さで守られている町。十年一日のごとくお互いの間で繰り返される茶会で、実は女主人は貧民小学校《チャリティスクール》出の小女一人しか雇えない貧乏な身で、午前中いっぱい自ら汗みずくで茶受けのケーキを焼かなければならなかったのに、今は堂々と椅子におさまり返って、一体どんなお菓子が出てくるのやらと素知らぬ顔を決めこんでいる。でも、と語り手はいう、女主人が自分でケーキを焼いたことは「ご本人が承知で、（客の）私たちも承知で、私たちが承知なことはご本人も承知で、私たちが承知なことはご本人も承知のことは私たちも承知だった」（第一章）。ともに「承知して」（know）いながら、ともに素知らぬ振りをしている。'know'の共謀結託（collusion）の世界がここにある。ところで、collusion の語源の意味は「共に遊ぶ、共に演戯する」の謂である。そして、そのような共謀演戯なしに、社会のいかなる規則も礼儀も、本質的に役割演戯《ロールプレイング》にちがいない「義務」もあり得ない。「共に知っている」といえば、それは conscience の語源の意味でもあって、まさしくそういうところにクランフォードの「良心」と「連帯意識」が胚胎しているのである。『クランフォード』というユーモア風俗小説は、「閉ざされた庭」としての共同体社会《ゲマインシャフト》の優しく寛容な戯画といっていい。そこに住む老いたる「女族一統《アマゾンズ》」は、さしずめ動かぬ者、「この静かなもの」ファニー・プライス一人を杖とも柱とも頼んで、いつも愛玩のチンを膝にソファーにじっと坐っていた、あのバートラム夫人の妹たちと呼んでさしつかえない。

しかし、クランフォードが「忌まわしい（horrid）綿織物取引」の一大中心地ドランブル、つまりは忌まわしい産業革命の中心地マンチェスターからわずか十五マイルほどしか離れていない町であることを失念してはならない。語り手自身、ドランブルからクランフォードに惹かれてしげしげと訪れてくる娘であり、彼女の父はドランブルのそれこそ「忌まわしい綿織物取引」の商人である。クランフォード物語の中心的作中人物ミス・マティのささやかな生活を支えているのも、実はドランブルの銀行にあずけた金の利益配当なのである。銀行が倒産して無一文になったミス・マティはやむなく葉茶屋をはじめるが、もとより商売っ気も才覚もまるでない。それを知って、語り手の父は「ああいう単純さはクランフォードでなら結構かもしれないが、世間では通用しない」といったという（第十五章）。かくいう彼自身、用心に用心を重ねたのに「去年だけで詐欺にあって一千ポンド以上損をした」という。ドランブルとはそんな生馬の目を抜く「恐ろしい《ホリッド》」大都会なのだ。

この小説でもっとも感動的な挿話は、ミス・マティが久しぶりに服地を買いに店に出かける場面だ（第十三章）。そこで一人の貧しそうな農夫が恋人か細君か娘かのために肩掛けを買おうとして、五ポンド札を出す。店員がそのお札は受け取れない、それを発行した銀行は倒産してしまったのだからと、すげなく断る。倒産したという噂の銀行は、マティが預金している、彼女の言葉でいえば「株主の一人」になっている銀行だった。傍らから「お前さまのお札を五ポンドの金貨と取り換えてあげましょう」、そうするのは「株主の一人として当り前の正直なおこないなのだから」と、ミス・マティは金貨を農夫のほうに押しやる。男は「引き換えに」ゆっくりと札を下に置いた。マティは欲しい絹の服地を買えずに、でも文句一ついわずに家に帰る。金貨と紙幣、実体と記号――ミス・マティの親切も正直も単純さも、金本位制的な〝実体〟信仰に根ざしている。いや、彼女の〝古き良き〟美徳のみの話ではない。クランフォードの町そのものを、その「閉ざされた庭」としての平穏な秩序を保証しているものがあるとすれば、それはまさに、今や〈近代〉の果てで、〝記号〟の全体主義的世界、記号がつくりだす幻影《シュミレイション》＝仮想現実《ヴァーチャル・リアリティ》のさなかで、喪われ尽そうとしている実体感なのである。

クランフォードとドランブル、ナッツフォードとマンチェスター――けだし、そこにギャスケル夫人の小説と人生のいわば楕円構造の二つの焦点がある。オースティン小説の完璧に閉じた円構造を開き歪ませる外からの脅威は、前述のように〈ロンドン〉であった。楕円とは一つの中心が二つに分極して歪んだ円である。オースティンの小説世界にもっとも近似していると見える『クランフォード』さえをも、実は楕円構造と化しているのは、すでに内部に侵入している〈マンチェスター〉なのである。

オースティンは〈マンチェスター〉を知らなかった、産業革命という〈近代〉の大「変化」を知らなかった。いや、無論知っていたにちがいないが、知らぬ振りをしつづけた。さもなければ、たとえば、すでに起こっていた紡績機械を破壊する綿織物職人たち、〝ラダイト〟の暴動は、彼女の小説を不可能にしていたにちがいない。マンチェスターは、ユニテリアンの牧師の妻となって娘時代の楽園ナッツフォードを去ったエリザベス・ギャスケルが一生住みついた都市であった。彼女は産業革命のど真ん中、いわゆる「イングランド状況」のただなかに生きたのである。そして、激化する労働問題、労使の対立闘争から目を離すことはできなかった。処女作『メアリー・バートン――マンチェスター生活の物語』が書かれずにいなかった所以だ。これが初めて授かった愛児を猩紅熱で失った悲しみをまぎらわすために、夫のすすめるままに筆をとった作品だというのは、おそらく伝説にすぎまい。『メアリー・バートン』は、そんな家庭的悲嘆をまぎらわす気散じの小説などではあり得ない。その傍らにおけば、ディケンズの『辛い世の中《ハード・タイムズ》』など、大仰な隠喩に身を飾った雄弁空疎な感傷的説教にすぎなく見えてくる。『メアリー・バートン』は同時代の数多の社会小説のなかで、断然群を抜く本格的社会小説の傑作なのである。

どういうわけか、デイヴィッド・セシル以来、ギャスケル夫人には批評能力がなく、「男の主題」

「思想と感情の男性的特質」を扱うことができなかったという定評がある。たとえば、『北と南』で国教会の牧師ヘイル氏が聖職を自ら棄て、イングランド南部の教区の「閉ざされた庭」、牧歌的な村ヘルストンを家族ともども去って北の都市ミルトン、つまりはマンチェスターに移り住むに至った信仰上の懐疑が一体どのようなものであったか、まるで書かれていないとセシルはいっている（『ヴィクトリア時代初期の作家たち』、ペリカン叢書、一五四）。名著といってよい『英国小説』の著者ウォルター・アレンも同じ苦言を繰り返している。だが、ヘイル氏の信仰上の懐疑の内実は、彼が非国教徒となってミルトンに移住したこと自体で、十分に示唆されているのではないか。なぜなら、それは国王を国教の主権者とする社会の支配体制への服従と、それによって得られる安住（三十九信仰箇条《サーティナイン・アーティクルズ》に同意するとはそういうことだ）、それを拒否して産業革命が生んだプロレタリアートという〈近代〉の新人類への共感・参加を意味しているのだから。〈南〉を棄て、ついに〈北〉を選ぶに至るのは一人、女主人公マーガレットのみではない。父ヘイル氏の懐疑も〈南〉から〈北〉へというこの小説の構造ヴェクトルをつとに暗示していたのである。それはまたギャスケル小説すべてに通底している〝父と娘〟の主題の絶妙な変奏だといっていい。ヘイルの懐疑をくだくだしく説明するのは折角の主題と変奏の諧調をかき乱し、ただただ作品を退屈な長物と化する愚行であることを、この卓抜な物語の名手は賢明に悟っていたにちがいない。

　この小説の〈南〉から〈北〉への方向《センス》＝意味を決定づける仲立ちの契機は、ヘイル氏のオックスフォードの同窓で特別研究員になっているベル氏である。彼はミルトン（マンチェスター）出身で、そこに祖先伝来の土地をもっている。かつてはただの村の土地にすぎなかったが、今は産業革命のおかげで地価は高騰し莫大な資産となっている。ベル氏のなかにも〈北〉と〈南〉の主題はひそんでいるのだ。そして彼はミルトンの綿織物業者ソーントンの地主であり、国教の牧師を辞めて生活に窮したヘイルをソーントンの個人教師に斡旋したのも彼だし、彼から贈られた厖大な遺産によって、マーガレットは織工のストライキのために破産したソーントンを救い、彼と結婚して〈北〉を選びとる。ここに社会小説と家庭小説ないし恋愛小説の幸せな結婚が成立する。(ソーントンはいわば髪結いの亭主になるわけだが、そういう僥倖をいさぎよしとせず男の誇りにこだわれば、ロレンスの社会小説『チャタレー夫人初稿』が書かれることになるだろう。)ヘイル氏の生前、ある日、彼の家に労働組合員ヒギンズが訪ねてくる。ヘイル氏は彼を祈りに誘う。「〝国教徒〟のマーガレット、〝非国教徒〟の彼女の父、〝不信心者〟のヒギンズは一緒にひざまずいた。彼らみんなになんの不都合もなかった」(第二十八章「悲しみのなかの慰め」の結び)。この祈りの場に産業資本家ソーントンが加わっても少しもおかしくない結末を作品は約束しているが、ともあれこの簡潔な叙述のなかに、『北と南』という小説の「思想」の風景、構図は見事にとらえられているのである。

シャーロット・ブロンテの唯一の社会小説仕立ての恋愛小説『シャーリー』の主人公キャロラインについて、彼女の「ロバート・ムアへの悶々とした憧れに匹敵するものは、ギャスケルの小説にはない」と、セシルは付言している(二五四)。が、キャロラインの恋情は単なる内気な娘の悶々たる「情緒の道化」(エリオットの有名な『ハムレット』論の言葉を借りれば)にすぎず、ロバートとの関係もなにやらやたらと謎めかした、読者をいたずらににじれったがらせるだけのもので、マーガレットとソーントンとの関係が帯びる作品全体の主題につながる小説的力学に欠けている。同じ綿織物製造業者であるムアにしても、ソーントンに比べれば、小説人物としての現実性《アクチュアリティ》をもたぬ観念の木偶《でく》の坊にすぎない。たとえば、ヘイル氏が娘マーガレットの小指と親指を角砂糖挟み替わりに使うのを見て、自分もああしたいものだと内心に希うソーントンの肉感性（第十章）などは、ロバートには薬にしたくもないものなのだ。小説を生かすも殺すも、このような「微小な細部《マイニュート・パティキュラー》」（ブレイクの好む用語を借りれば）いかんにかかっているのである。ギャスケルはそのことを知悉している。

セシルはまた、こんな気取った言い方で作家ギャスケルの限界を衝いた気になっている――「彼女は春には外出したが、冬ともなれば家に引き籠っていた。彼女はいとおしげに花を眺めたが、花がついには投げ捨てられるごみ溜めからは目をそらしていた。……彼女は労働者やその妻や村娘たちをつねに変わらぬ鋭さで見ていたが、彼女が見ていたのは、牧師の奥さまの前に晴れ着をきて現れ、神妙にかまえている彼らの姿でしかなかった」（一七五）。セシルがギャスケルは「まずもって家庭小説家だった」という所以だが、しかし、もしそうなら、『メアリー・バートン』中のマンチェスターの貧民窟と、そこに生活する労働者たちの悲惨の正確・見事というしかない描写は、どうなるのか。正確といったのは、ギャスケルの描写は、同じ頃（一八四二年）マンチェスターをつぶさに検分したエンゲルスの『イギリスにおける労働者階級の状態』の叙述に決して劣らぬものだからだ。いや、イデオロギーによって曇ることのない『メアリー・バートン』の作者の平明な目のリアリズムは、マンチェスターの労働者の生活の現実をより正確《リアル》にとらえているといっていい。

さらにセシルはつづけて書いている、「彼ら（労働者）の表面《うわべ》の穏やかさの下にひそんでいる原始的な兇暴さ、獣的な激情について、ギャスケル夫人は何も知らなかった」。では、あの分別ある善良ジョン・バートンが不運にも貧乏籤を引いて、彼の所属する労働組合のためとはいえ、青年産業資本家ハリー・カーソンを冷酷無残に殺害したのはどういうことになるのか。

ジョンは殺人現場近くに兇器の銃と、銹を防ぐために銃身に詰めていた紙切れを残していった。銃は親友の息子でメアリーを愛しているジェム・ウィルソンから借りたものであり、紙片はジェムがヴァレンタインデーにメアリーに送った手紙の一部で、ちぎられた個所には"―ry Barton"と歴然としたためられている。この二つの証拠の出所をたどってゆけば、ジェムからジョンにゆきつくのは必定だ。そんな自分の生死にかかわる大事な証拠物件を慎重なジョンが不用意に残していったはずもない。以前、ジェムはメアリーを誘惑しようと企んでいるハリーに暴力をふるった現場を、一人の警官に目撃されていた。当然、警察はハリー殺しは嫉妬に狂った単純な恋人の単純な殺人事件と判断して、ジェムを捕える。ことによると、ジョン・バートンはジェムの暴力沙汰の噂を聞き知っていたかもしれない。いや、確実に聞き知っていたにちがいない。バートンが不運な籤を引き当てることになる労働組合員の秘密集会の経緯を語る章は、ジェムの暴力沙汰を物語る章の直後におかれているのである。このような物語の配列は、まさにバートンがジェムの暴力事件を聞き知っていたことを暗示する作者の周到精緻な語りの秘法ではないかと、ぼくには思える。さらにバートンは、無論、ジェムが幼いころから娘のメアリーを心から慕っていることも知っている。そういう純朴な愛に献身する若者が銃の出所を白状する気づかいはない。白状すれば、愛するメアリーの父を官憲に売り渡すことになる。とどのつまりは彼女の愛を完全に失うことになるのは知れたことだからだ。メアリーの愛を失うくらいなら、いっそ死んだほうがましだ。事実、ジェムの純朴な愛は自らをそのような愛の犠牲羊と化すことを決意している。彼は獄中にあってなにごともしゃべらない……。

ひっきょう、ジョン・バートンは一切を先見していた。そこに彼の入念・狡猾な計算があったといっていい。とすれば、彼は敢えて証拠を残すことによって、無実のジェムをはめたことになる。労働組合の完全犯罪を完成するために。作者ギャスケルは組織の人間悪を確実に洞察していたことになる。そもそも『メアリー・バートン』は本来、『ジョン・バートン』となるはずのものだったのだ。ここにギャスケル夫人自身の言葉がある――「ジョン・バートンの性格を中心にして、他のすべての人物はその周りにおのずから形づくられたのだった。彼こそ、私の主人公だった。まさに私の共感のすべてが伴った人物だったのだ」（レイモンド・ウィリアムズ『文化と社会』、ホガース、八八ページの引用に依る）。

『ジョン・バートン』から『メアリー・バートン』への表題の変更とそれに伴う「強調の置き換え」は、書肆の要請によるものだったという。もしそれが事実だったとすれば、そのような外からの圧力によって作品の形になんらかの影響がおよぶのは確実なことだと思える。レイモンド・ウィリアムズの推察しているとおりだ。彼は後半に至ってジョン・バートンが小説人物として「影が薄くなっている」のも、殺人を犯した彼が作者ギャスケルの「共感の限度」を越えるばかりか、彼女の作家的「力の限度」をも越えているように見えるのも、出版にあたって主人公がジョンからメアリーに転換されたからだと見ている（前掲書八九）。もっともウィリアムズがいわんとしていることは、そのような書肆の影響を勘定に入れるとしても、『ジョン・バートン』から『メアリー・バートン』への変質は作者の内的必然だったというところにある。ギャスケル夫人が彼女の「共感のすべてが伴った人物」を敢えて殺人犯に仕立てたのは、「イングランド状況」の悲劇を物語るこの小説の最初からの計画だったことに疑いはない。が、いざ殺人という暴力を扱う段になって、それは「結局、ギャスケル夫人にはどうしても折り合うことができない」計画に思えてくる。かくして、ウィリアムズはいう――「想像裡に殺人行為を選びながら、ついにはそれから飛び退いたところに、作品の主題をまとめるのに必要な感情の統一が崩れてしまう結果になったのだ。メアリー・バートンへの転換は、書肆の影響を考慮に入れても、実は歓迎すべきことだったにちがいない」（九〇‐九一）。

　つまり、ウィリアムズもセシルと共に、ギャスケルの天才は「純粋に女性的」なものであって、彼女には「男の主題」「思想と感情の男性的特質」を扱うことができなかったといっているわけだ。現に彼はたぶん幾分かの皮肉をこめて、こうも書いているのである。「もしギャスケル夫人が『メアリー・バートンの性格を中心にして、他のすべての人物がその周りにおのずから形づくられる』ように書いたのだったら、彼女は完璧な小説という私たちの実感を確かなものにし得たことだろう」。たしかに、バートンの苦悩（「男の主題」「思想と感情の男性的特質」）は、直接には語られていない。語られているとしても実に曖昧模糊としている。が、それはギャスケルが扱いかねていることを必ずしも物語ってはいない。小説の〝焦点《フォルカリザシオン》〟（G・ジュネットの術語を借りれば）はジョンからメアリーに移っているのは確かだが、ジェム・ウィルソンへの愛と父を思う心との狭間で悶えるメアリーの苦悩を通じて、ジョンの苦悩は直接的に描かれていないがゆえに、まさにその曖昧模糊さそのものによって、いっそう暗く重い小説的〝実感〟をかちえているのだ。「ヒースクリフを別として、ジョン・バートンはヴィクトリア初期小説が自らに許しうるぎりぎり限界の悲劇的主人公の域にもっとも近づいている」、ぼくはこのアーノルド・ケトルの名評を是認する（「ヴィクトリア時代初期の社会問題小説」、『ディケンズからハーディへ』所収、ペリカン、一八一）。

ジョンの苦悩が直接的に示唆されているとすれば、それは今や彼が阿片常習者となりおおせているということだ。つとに阿片への誘惑の形跡は何気なく、かつ適確・周到に、ときに作者自らの弁明を伴ってテクストに点綴されていた。「人は人生と人生の重荷を忘れたいと思わぬだろうか？　阿片が一時《いっとき》の忘却を恵んでくれる」といった具合に（第十五章）。十九世紀前半当時、阿片は火酒《ウイスキー》や麦酒より安価で、マンチェスターの労働者たちが阿片常用の習慣に染まっていたことを、ド・クインシーの『告白』は証言している。罪の意識に悩むジョンの「心奥の嵐」が、一切を誇張し歪め巨大化する阿片の効果（これも『告白』が明かしているところだが）、そういう阿片の力によっていかに恐ろしい悪夢と化していたかは想像に難くない。それはド・クインシーが語る有名なピラネージの「幻　想　の　牢　獄《カルチエリ・デインヴエンツオーネ》」にも似たものであったにちがいない。

阿片といえば、「物の輪郭が判然としないほどに生々と誇張されている」『ヴィレット』中の描写を読んで、ギャスケル夫人はシャーロット・ブロンテに、あなたは阿片を用いたことがあるかと訊ねている（『シャーロット・ブロンテの生涯』、ペンギン、五〇八）。そう訊ねたのは、シャーロットの描写が「わたしの経験したこととそっくりだった」からだという。おそらくギャスケル夫人は愛児を失った悲しみを鎮めるために阿片を用いたに相違ない。そのとき以外にも用いなかったという保証はないだろう。阿片はまだ社会的禁忌ではなかった。「私は阿片の主題に関する正統派の唯一の会員だと自任している」と『告白』初版（一八二二年）で記したド・クインシーは、その改訂増補版（一八五六年）

では「私は其の派の教皇であると自認している」と改めている。ということは、その間、阿片の使徒ないし「会員」は歴然と増えていたということだ。そういう時代のさなかで『メアリー・バートン』(一八四八年)は書かれていたのである。ギャスケル最後の長篇『妻たちと娘たち』に登場するハムレー夫人ともなれば、歴とした阿片中毒者であることをついでにいいそえておこうか。いや、なにもヴィクトリア朝の代表的な〝賢明にして善良な婦人〟ギャスケル夫人を阿片常習者に仕立てようなどという、クリミア戦争の〝聖女(the Lady with the Lamp)〟フローレンス・ナイティンゲールの偶像破壊者リットン・ストレイチー風の悪趣味はぼくには毛頭ない。ただ夫人にはすでに時代遅れとなっていた恐怖小説集があることを、面白く思い出しているだけの話である。といいながら、やはり確認しておきたいのだ、ギャスケルが年齢の差こそあれ、ド・クインシーの同時代人だったことを。そして、ド・クインシーが生まれ育ったのはマンチェスターであったことを。『メアリー・バートン』開巻冒頭、バートンとウィルソンの家族がいっとき幸せな散策を楽しむグリーン・ヘイ・フィールズこそ、ド・クインシーが最愛の姉とすごし、そして彼女の夭折とともに永遠に失った幼年期の〝楽園〟だったのだ。

ギャスケル夫人には暴力は描けないというのが、先のウィリアムズを初めとして大方の批評家の意見のようである。が、ぼくの目には、今や暴徒と化した労働者の群れがソーントンの家に押し寄せる場面(『北と南』第二十二章)などは、十九世紀英国小説中、屈指の暴力シーンと見える。一人敢然と立ちはだかるソーントンに木靴や石が飛んでくる。それを見てマーガレットが家から飛び出し、ソーントンの楯になろうと彼に抱きつく。石が彼女の額に当たって血が滴り落ちる。マーガレットはソーントンの腕のなかで失神する。この瞬間、〈北〉と〈南〉の結婚という小説の幸せな結末はつとに予告されたわけだが、この場面を読んでエロティックな戦慄をおぼえないような人は小説読みとはいえなかろう。『シャーリー』にもこれと似た暴力場面が挿入されているが（第十九章）、シャーリーとキャロラインは離れた土手の上から、文字通り高みの見物をしているだけだ。

人間内部にひそむ「原始的な兇暴さ、獣的な激情」をギャスケルは知らなかったというセシルが、「したがって、彼女の田園場面《シーン》はいささか申し分なさすぎて嘘めいている」と書くのに不思議もない。ケトルでさえ、『北と南』には「『メアリー・バートン』にみなぎっている情熱が欠けている」という彼の批判の根拠を、ギャスケルが「マンチェスターの描写に向けたのと同じ種類の良心的洞察を、イギリスの農村に向けることができなかった」ところに求めている（前掲書一八三）。が、これも誤読・曲解にすぎない。工場労働者を辞め〈北〉を去って百姓になりたいというヒギンズに、マーガレットはこう語っていないか。「〈南〉にいってはいけないわ。とてもあなたには耐えられないでしょう。雨が降っても風が吹いても、外に出てゆかなくてはならないのよ。あなたの年齢《とし》では体をこわしてしまう。賃銀だって、今までもらい慣れていたのとはくらべものにならないわ」（第三十七章）。〈北〉と〈南〉は、ここで近代産業資本主義と前近代農本主義の対立・対照に変奏されている。小説結末近く、マーガレットは「子供時代の故郷」、〈南〉の「閉ざされた庭」ヘルストンを再訪する。彼女がそこに見たものは、「変化」だった。「どこもかしこも変っていた、わずかではあっても隅々まで」（第四十六章「昔と今」）。住みなれた古い牧師館もすっかり「改良」され、その根かたによく坐ってすごした懐しいブナの古木も無残に伐り倒され、かつて存在した樹陰のほの暗さ、「画趣に富んだ《ピクチアレスク》昔の風景」は失われていた。しかし、マーガレットはいたずらに懐旧の感傷にひたっているわけではない。彼女はこういってヘルストンに別れの挨拶を送る——「わたしだって絶えず変っている、ああでもあればこうでもある。すべてが心に描いていたとおりでないからといって失望したり機嫌をそこねたりしたかと思うと、突然、現実は想像していたよりも遥かに美しいのに気づいたりする。ああ、ヘルストン、わたしはもうあなたのような場所は、どこも愛さないだろう」。

　そういえば、マーガレットがヘルストンを再訪するほぼ直前、「安楽ではあっても平安ではない」と題された第四十四章には、「とどまることなき退屈な周転（a dull rotation）／昨日と瓜二つの今日の顔」というW・クーパーの詩句が題辞に掲げられている。そう、ブレイクも書いていた、「なんの変哲もない退屈な周転（the same dull round）は、それが宇宙のそれであれ、やがては複雑な車輪仕掛けの挽臼のごときものになるだろう」（「自然宗教は存在しない」）。ギャスケルがブレイクを読んでいたとしたら、その幾分かは理解したことだろう。オースティンは？　訊くだけ野暮というものだ。彼女は断じてブレイクを認めはすまい、たとえ彼を完全に理解したとしても。ぼくがここでいいたいことは、ギャスケルはオースティンのように頑なに「変化」を拒否して〝閉じて〟いないという一事である。北と南、都市と田園、資本家と労働者、工業と農業、未来と過去……さまざまな対立を変奏しながら、彼女は対立のいずれにも偏らない。すなわち双方に向って〝開いて〟いる。

　メアリー・バートンとジェム・ウィルソンは結婚してマンチェスターを去りカナダに、広い意味では〈アメリカ〉に移住する。「移住という結末では、問題の回避にすぎず、なんの解決にもならない」

と、マライア・エッジワースはギャスケルの従姉妹の一人に書き送っている（ディアドリ・デイヴィッド『ヴィクトリア時代小説三篇に見られる革命の物語主題』、マクミラン、一九八一、六）。「これほどなにもかも台無しにしてしまう無残な結末の形もまたないであろう」とは、レイモンド・ウィリアムズのわけ知り顔の批評だ（上掲書九二）。が、社会小説という様式に〝解決〟などあろうはずもない。あるとすれば、どのみち労資相互の理解と赦しといったふうなキリスト教的教訓によるか、アメリカにでも移住するか、それくらいしか手はないだろう。ちょうどわが藤村の社会小説『破戒』の主人公がテキサスに移住したように。今日、社会小説が書かれるとしても（!?）、ことの本質に違いはないだろう。ともあれ、ギャスケル夫人はオースティンには絶対の禁忌だったにちがいない〈アメリカ〉をも認めていたのである。しかし彼女に、アメリカ人ライオネル・トリリング一生のあの内面の苦悩を予見する由もなかったことは、確実なことであった。

　メアリーとジェムの住む〈アメリカ〉に、マンチェスターでのかつての親密な隣人ジョブ・リーと彼の孫娘、メアリーの親友マーガレットも移住してくることを予告するところで、『メアリー・バートン』はめでたく終っている。ジョブ老人は熱心な素人博物学者だ。ダーウィンの『種の起源』（一八五九年）はまだ出現していない。が、ジョブはその出現を両手をあげて歓迎するにちがいない。『メアリー・バートン』の前年一八四七年に出版されたディズレーリ『タンクリッド』の主人公は、魅惑的なレディ・コンスタンスから『混沌《カオス》の黙示録』を読めと強くすすめられる。彼女は息せき切ってまくしたてる、「ねえ、すべては発展なの――この原理は永久につづくのよ。最初は何もなかった、それから何かができて、それから――次は何だったかしら、忘れてしまったけれど――そう、貝だったと思うわ。それから魚。それからわたしたち人間が——えーと——わたしたち人間が次だったかしら？　どうでもいいわ、とにかく最後に人間が現れて、それから次にくる変化はわたしたち人間よりずっと優秀なもの、翼が生えた何かが出現するのよ……」。タンクリッドは翼が生えたレディ・コンスタンスの想像図に怖じ気づき、彼女との結婚を断念する。『種の起源』以前すでにダーウィニズムは十分に用意されていたことは歴史が証しているところで、ディズレーリはそういう時代の進化思想をここで辛辣に揶揄しているわけだが、彼にとって『種の起源』はもう一つの『混沌の黙示録』と映ったにちがいない。

　作者の急死によってついに未完に終った大作『妻たちと娘たち』（一八六六年）の主人公、オースティン的〝分別《センス》〟の娘モリーがひそかに恋い慕う青年、小説が完結していれば必ずや彼女が結婚することになるはずのロジャー・ハムレーは、有為な専門の博物学者である。彼が『種の起源』を読んでいるのは疑いもないことに思える。彼の長期にわたるアフリカ大陸沿岸の生物調査研究旅行は、どこか若き日のダーウィンの「ビーグル号周航」を思わせるものがある。どうやら、モリーの父ギブソン医師もモリー自身も、ロジャーを通じてダーウィニズムに関心を寄せているかに見える。この過去↓現在↓未来という時代の進化思想の脈絡《コンテクスト》、方向《センス》＝意味のなかにも、アングロサクソンの七王国《ヘプターキー》以来連綿とつづく旧家ハムレー家最後の若者、前途有望な生物学者ロジャーを介して、〝父と娘〟の主題《テクスト》の幸せな変奏がある。ユニテリアンの牧師の妻、時代の典型的な〝賢明にして善良な婦人〟エリザベス・ギャスケルは、ダーウィニズムをも寛容に認めていたのであろうか。

　そして、この長大な小説に生気を与えている一番の人物、モリーの継母の連れ子シンシアは、どんな風変りな格好をしても似合う（当今流行のだらしないルックを思え）、繊細だが「むら気《チャンス・ディザイア》」の娘、多感な「変化」の娘である。「閉ざされた庭」マンスフィールド・パークを揺るがした、あの〝多感《センシビリティ》〟の女、「動かなくては、じっとしているとかえって疲れるの」（第九章）と、じっと坐って動かぬ「この静かなもの」ファニーに言い放ったメアリー・クロフォードの血脈をひく〝新しい女《ニュー・ウーマン》〟だ。「既成の道徳の尺度で測れば、モリーのほうが善良であるだろう。が、たとえそうだとしても、そんな道徳などなんの価値があろうか。シンシア一人のために、われわれは二十人のモリーを犠牲にしても悔いないのではあるまいか」――これはほかならぬデイヴィッド・セシルの言葉だが（一六八）、けだし彼のギャスケル論中唯一の名評にちがいない。シンシアを創造した牧師妻の作家は、〝新しい女〟をも生々と許容していたにちがいない。が、しかし、今日のフェミニズムをも、性的神経症ないし性差神経症に病み荒ぶ新種の「女族一統《アマゾンズ》」をも、ギャスケル夫人は果たして寛容に認めるであろうか。

（一九九六年十月）

いま、なぜ、ヴァージニア・ウルフを読むのか

ちょうど一年前、ギャスケル協会で、「いま、なぜ、ギャスケルを読むのか」という話をしましたが、今日は今日でまたぞろ、「いま、なぜ、ヴァージニア・ウルフを読むのか」という、人を食ったような題名でお茶をにごす破目になりました。一週間後にもロマン派学会で話をしなければならないのですが、いっそそれも「いま、なぜ、ロマン派を読むのか」にしようかと思っています。しかし、なにもなぜなぜシリーズの評論集を計画しているわけではないので、残念ながらそれは諦め、別のもっと鹿爪らしい題をつけるかもしれません。冗談めかした前置きはさて措いて——

同じ「いま、なぜ……を読むのか」といっても、ぼくにとってギャスケルとウルフの場合とでは全く事情がちがう。ギャスケルはぼくにはほとんど全く未知の作家でした。そういう未知の作家について話をしなければならぬ絶対絶命の窮地に立たされたからには、やみくもに彼女の作品を読むしかなかった。「いま、なぜ、ギャスケルを読むのか」というのは、先ずもって、そういう哀れ無学な者の

捨て鉢、デスパレートな自嘲の諧謔から生まれたのです。では、ウルフの場合は？　ご存じの方もいらっしゃると思いますが、ぼくの処女作は三十五年前に出た『美神と宿命』と題されたウルフ論です。ウルフは若年のぼくにとってもっとも親しい作家の一人でした。「いま、なぜ、ウルフを読むのか」が「いま、なぜ、ギャスケルを読むのか」とおのずから異なる意味合いをはらんでいる所以も、そこにあります。

のっけからぼくをとらえ、批評家としての出発をうながしたのは、近代自我の問題だった。ということは、ウルフはぼくにとって他人事ではなかったということです。拙著の「あとがき」にもこんなことが書かれています――「ぼくの内にあった『波』の世界をみつめ、そして何とかしてそれを克服しなければならぬ、とぼくには感じられたのである。つまり、ウルフはぼくにとって他人事ではなかった。（中略）ぼくはウルフを自分の問題としてとらえるのに急であったようだ。このエッセイはおそらく欠陥だらけだと思うが、そのなかでも最大の欠陥があるとすれば、それは多分この点にかかっているであろう。が、もしぼくが『急で』なかったならば、どだい、ウルフなどは存在しよう筈もなかった、ということも事実である」。さらに、こうも書かれています――「奇妙なことかもしれないが、ウルフはぼくにとって女性ではなかったのである。ウルフの提出した問題は、決して女性の絶妙な感受性、孤独感、美意識といったもの、要するに女性的抒情の問題ではさらさらなかった。それは性を超えた人間一般の問題として、ぼくの前に現われていたのである。ぼくはウルフの女性をいつしか忘れていた、いや、のっけから忘れようとしたのかもしれない」。「或る女性がぼくのエッセイを読んで、『野島さんは女流作家ということを顧慮していない』と言っていた、と友人がぼくに告げてくれた。然り、ぼくは別にウルフを女流作家として語りはしなかった。ウルフはぼくにとって作家であれば足りた。と言っても開きなおったわけでも、また作家に女流も男流もあるものではない、という一応の正論で弁解しようなどとも考えていない。それはそれで正当な批判であると思っている」とも、記されています。

しかし、ウルフを女流作家として「顧慮」しようにも、当時（一九六二年）、ウルフの〝女性性〟(femininity のなんという拙劣・醜悪な訳語であることか！)、ウルフの〝女〟を把捉する手がかりはほとんど何もなかった。あれらの作品が生み出されてきたその背景、根源、「闇の奥」、作者ウルフの〝女〟の人生の〝事実〟は、何も知られていなかった。なるほど彼女の日記の一部は夫レナードの編集によって世に出ていました。『作家の日記』（一九五三年）、これはぼくにはいかなる研究書よりも有益な資料を提供してくれた本でした、が、それはヴァージニアの記録した彼女の人生の事実を一切、慎重に削除した純粋な創作ノートと化したものだったのです。だが、今や事態は一変しました。この二十年のあいだに、ヴァージニアの無削除完全な日記、書簡集、黙示録的といってもいいような衝撃的な自伝的文章が、多分ほとんど全て公刊され、クェンティン・ベルのヴァージニア・ウルフ評伝をはじめとするさまざまな伝記的研究、レナード・ウルフの自伝五巻をはじめ、ブルームズベリ・グループおよびその周辺の人びとの自伝・書簡・回想・伝記類も、これまた多分ほとんど全て世に出つくしています。どうやら、ぼくも〝女〟としてのウルフを語らなければならない時がきたようです。今にして思えば、「性を超えた人間一般の問題」などというものは存在しない。作家もまた、女か男かどちらかであるよりほかはありません。「賢明な男は女について考えていることを決して口にしないものだ」とは、ウルフ自身『自分だけの部屋』の中で引用しているサミュエル・バトラーの実に賢明な言葉ですが、『迷宮の女たち』『女の伝記』以来、この十数年、女について考えていることを臆面もなく口にしつづけてきた、まことに賢明ならざる男たるぼくは、そういう愚かしさの惰性のままに、〝女〟としてのウルフを、フェミニズム全盛の今日、彼女をなによりも生ずフェミニストの先駆者、〝二十世紀旗手〟（太宰治の初期短篇の表題を借りれば）として読み直そうとしているらしい時代風潮との関連で、お話しようと思います。

さて、ここにこんな文章があります——

「一九二八年十月、ニューナムとガートン〈ケンブリッジの女子学寮〉でおこなわれた二つの講演がもとになった『自分だけの部屋』は、まず何よりもアカデミックな講義の形式をフェミニスト的にくつがえしたものである。……この格式ばらずに『女子学生たちにした話』は、その形において反＝講義《アンチ・レクチャー》であるばかりでなく、フェミニスト共謀の言説としても——思うに、非フェミニストのレズビアンたち（ヴィータ・サックヴィル＝ウェストやラドクリフ・ホールの仲間たち）を女性の政治運動に結びつけ、またすべての女性をレズビアンたちの苦境に結びつけようとする言説としても、役立ったのだ。『自分だけの部屋』の大部分は、要するにウルフの愛するヴィータをフェミニズムに改宗させようとして目論まれたのであり、その誘惑的な調子はウルフの恋文の延長なのである。」

これはアメリカにおけるウルフのフェミニスト批評の代表株らしいジェイン・マーカスの「サフィストリー——レズビアン的誘惑の話法」という文章からの引用です（『ヴァージニア・ウルフと家父長

制の言語』、インディアナ大学出版局、一九八七年、一六六)。ヴィータ・サックヴィル=ウェストが「伝記」と銘うたれた『オーランドー』の、エリザベス朝から二十世紀現代まで生きつづけ、途中十八世紀あたりで男から女へと性転換した、あの摩訶不思議に楽しい主人公の原型モデルであることは周知のところでありましょう。『オーランドー』が出版されたのは、やがて『自分だけの部屋』に結晶する「女性と小説」と題された二つの講演がおこなわれる直前のことでした。そして、ヴァージニアとヴィータのレズビアン愛は、二人の往復書簡、ヴィータの息子ナイジェル・ニコルソンの両親の伝記『或る結婚生活の肖像』(Weidenfeld & Nicolson, 1973)などによって、今や白日のもとに曝されています。『自分だけの部屋』の話の調子は「ウルフの恋文の延長」というマーカスの断定も、ナイジェル・ニコルソンの『オーランドー』評、「文学史上もっとも長く、もっとも魅力的な恋文」という評言(『肖像』二〇二)を踏まえているのは明らかです。ヴィータと列べて名を挙げられているラドクリフ・ホールが、ウルフの講演がおこなわれる少し前、同じ一九二八年に出版され、ただちに猥褻のかどで発禁処分を受けたレズビアン小説『孤独の泉』(*The Well of Loneliness*)の作者であることはいうまでもありません。実は『自分だけの部屋』が女子学生相手に話されたのは『孤独の泉』裁判続行中のことであり、ウルフが『自分だけの部屋』のなかでメアリー・カーマイケルという仮りの名で呼んでいる女流作家がラドクリフ・ホールを、それから「クローイはオリヴィアが好きだった……」という一句が出てくるメアリーの小説が『孤独の泉』を暗指しているのは、ほぼ確実なことです。

ヴィータもラドクリフも、マーカスの指摘するとおり、「非フェミニストのレズビアン」にちがいなかった。「良き妻、良き母であることこそ、女にできる最高の仕事だ」とは、ラドクリフ・ホール自身の言葉です（シューザン・レイ『ヴィータとヴァージニア』、オックスフォード、一九九三年、九ページの引用による）。一九二九年の六月、ヴィータは夫ハロルド・ニコルソンとラジオで結婚生活について対談していますが、そこでハロルドが「子を産むという（結婚の）基本の事実によって、女は依存の立場におかれる」というと、ヴィータは即座にこう答えています。「それはどんなに過激なフェミニストでも否定できないことでしょうね――ついでにいっておけば、わたしはフェミニストなんかじゃないわ」（『リスナー』一九二九年六月二十六日）。この対談がおこなわれた当時、ヴィータは当のBBCのトーク番組のディレクター、ヒルダ・マシソンとベッドを共にする仲でした（レイ、七）。すでにヴァイオレット・トレフューシスとの駆け落ちという醜聞で、ヴィータのレズビアンの悪名は世にひろまっていた。しかも対談の相手、夫ハロルドもまたホモセクシュアルでした。そういう奇妙な夫婦が結婚生活についてラジオで対談し、引用のような保守的な、あまりにも保守的なことを語り合ったのです。が、彼らはマーカス女史その他のフェミニストたちが勘ぐっているように、〝家父長制〟の世間をはばかって偽善的な嘘をついたわけでも（第一、世間はみんな二人の、少なくともヴィータの結婚生活の実体を知っている）、世間をコケにしてその場かぎりの戯談に打ち興じたわけでもないでしょう。彼ら夫婦の語ったことは、真摯なものであったに違いありません。結婚という因習的制度、伝統的な形は是か非でも守らなければならない。守りながら、夫婦はそれぞれに特殊な願望要求をみたす。逆にいえば、自分の別個特有の欲求を満足させるためには、結婚という制度、形を保持しなければならない。そういうところに、彼ら夫婦の対談を成立させ保証する隠密の盟約があったと、ぼくには思われます。

とすれば、なんのことはない、ヴィータとハロルド・ニコルソンが後生大事に守った結婚生活とは、「結婚ハ恋ノ妨ゲトナラズ」と十二世紀のフランス宮廷付き礼拝堂司祭アンドレアス・カペルラヌスがその『宮廷風変愛の技術《デ・アルテ・ホネステ・アマンディ》』のなかで掲げている恋の掟にしたがうものであり、現代フランスの批評家ドニ・ルージュモンが『変愛と西欧』という彼の主著で、「私は西欧の人びとが、〝夫婦の幸福〟を破壊するものと、逆にこれを保証するものとを、すくなくとも同じ程度に大切にしていることを認める」といった、西欧の人びとの感情生活の基底、いわゆる〝感情教育《エデュカシオン・サンティマンタル》〟の基本に根ざしたものであり、さらには中世・ルネサンス文学の碩学C・S・ルイスが名著『愛の寓意』の冒頭で、宮廷風変愛を歌う吟遊詩人《トルバドゥール》について「彼らはわれわれの倫理、われわれの想像力、われわれの日常生活の隅々にまで触れずに措かなかったような変化をもたらしたのだ。……この革命にくらべれば、ルネサンスなどは文芸の表層に立った小波《さざなみ》にすぎない」と語った言葉の真実を証し立てる一つの傍証たり得ていたのです。

ニコルソン夫妻のあいだにはベンとナイジェルという二人の男子が生まれていました。宮廷風変愛の〝感情教育〟の伝統にあって、世継ぎの嫡子が生まれれば、夫婦は互いに自由を許されていました。少なくとも貴族・上流階級のあいだでは。『御曹子ハロルドの遍歴』を読んでバイロンに物狂いしたキャロライン・ラムの伯母、ゲインズボロ描くところの肖像で、その戦慄的な美形を今日に伝えているデヴォンシャー公爵夫人ジョージアナの小説『風の精《シルフ》』に登場するベスフォード夫人はいっています——「夫に義務を果たしてからなら、なにをしてもかまいませんよ、でもそれまではいけません」。こう語った人物のモデルがかのバイロンの〝腹心の友《コンフィダント》〟メルボーン子爵夫人であったことは、いろいろな点から察して間違いのないところです。そういえば、キャロライン・ラムの夫ウィリアムはメルボーン子爵の第二子で、しかも実は子爵の実子ではなかった。実父は摂政の宮《プリンス・リージェント》（のちのジョージ四世）だという噂さえひろまっていたといいます。ウィリアム・ラムが後年メルボーン子爵を継ぎ、ヴィクトリア女王が父のように愛し慕った最初の宰相になったのは、第一子、兄ペニストンが早世したという僥倖のお陰だったのです。ポープの傑作『エロイーズからアベラール』中の一句、「飢渇する空虚 craving void」のなかに絶え間なく求めさすらう自らの情熱の存在理由《レゾン・デートル》を見ていたバイロン、「最寄りの止まり木」（一八一四年四月三十日、メルボーン子爵夫人宛）、つまり近寄ってくる女ことごとくを物にしないではいられなかったバイロンの「呪われた自我」が、唯一、物にしなかったのは、友人ジェイムズ・ウェブスターの若妻フランセスだった。それはフランセスにはまだ嫡子が生まれていなかったからであって、友人に対する義理立てからでは決してなかったのです。やがてフランセスも、ナポレオン戦争の英雄ウェリントン公爵の愛人になります。

話が妙なところに迷い込んでしまった趣きですが、ぼくがここでいいたいことは、そういう宮廷風恋愛以来の西欧の貴族・上流階級の感情生活の仕来たり、〝感情教育〟の伝統を抜きにしては、たとえレズビアンとホモセクシュアルという変わり種の組合せであろうと、ヴィータとハロルド・ニコルソンの結婚生活の本質も理解できないのではないかということです。

さらにいえば、ニコルソン夫妻にとって結婚という制度、生活の形式は、彼らめいめいの欲求、ワーズワスの『義務への賛歌』中の言葉を借用すれば、「無制限な自由 unchartered freedom」「気まぐれな欲望 chance-desires」が必ずや強いずにいない不安、自我の拡散崩壊から自らのアイデンティテイを護持する砦、比喩を替えれば、「海図《チャート》」もない欲望の〝自由〟の海に漂い流れ、その「偶然《チャンス》」の危険に身をさらすことから逃れる港あるいは錨のごときものであったにちがいありません。再び次手《ついで》にいいそえておけば、バイロンがメルボーン子爵夫人の姪アナベラ・ミルバンクとの結婚を決意したのも、結婚以前、〝腹心の友《コンフィダント》〟の子爵夫人宛手紙のなかで「平行四辺形の君 The Princess of Parallelogram」、「哲学者〝四角四面〟Philosopher Square」とひそかに揶揄していた数学が得意な頭も心も堅いこの娘と敢えて結婚したのも、まさに「飢渇する空虚」を塡め封じようとする焦躁、欲求の自由の果てで見舞ってきている自己解体、自我の地滑りをなんとか食い止めようとしたところにあります。もしアナベラが宮廷風変愛の〝感情教育〟を身につけた女であったなら、バイロンの願いは叶えられたかもしれません。ことによったら二人は幸せな結婚生活を成し遂げ得たかもしれません。しかし、結婚生活は一年に満たずに破れた。「平行四辺形の君」「哲学者〝四角四面〟」アナベラのピュリタン的生真面目さ、ブルジョワ的倫理の独善が、そのような結婚生活の形を許す気づかいはもとよりなかったのです（拙著『女の伝記』所収「淑徳の不幸――バイロン卿夫人アナベラ」参照）。

ヴァイオレット・トレフューシスとのサッポーの愛に耽溺していたさなか、一九二〇年九月二十七日の日記にヴィータはこんなことを記しています――

「わたしのような人間の心理が関心の的になるような日がきっとくると信じる。今日《こんにち》の偽善の体制のもとで一般に認められているよりもずっと多く、わたしのようなタイプの人びとが現に存在していることが認識される日がくると信じる。……そういう人びとがもっと優勢になり、世の中の進歩とともに率直の精神（the spirit of candour）が普及するようになれば、たとえ避けがたい悪としてでしかないにせよ、必ず彼らの存在は認められるようになると信じる。そのような率直さの方向に一歩踏み出すためには、先ずは正常であるが不義にはちがいない関係を世間一般が認め、離婚が容易になり、あるいは結婚制度が改造される必要があるにちがいない。そのような前進は必ずやより多く教育のある進歩的《リベラル》な階級からはじめられるにちがいない。〝不自然〟というのが〝自然から離れている〟ことを意味するなら、もっとも自然でないがゆえにそれだけもっとも文明化した社会の階級のみが、そのような文明の産物を許容するものと期待できる。」（ナイジェル・ニコルソン『肖像』、一〇七-八）

先ほど見たように、ヴィータもハロルドも離婚する気はさらさらなかったし、結婚制度を改造するどころか、二人は一致団結して極めて保守的な結婚生活の形を保持することに執心したのです。が、彼らが「率直の精神」の典型的な持ち主であったことは事実です。二人とも結婚外の恋愛を一切、互いに「率直」に明かすのを辞さなかった。たとえば、ヴィータからハロルドへの手紙――「ただわたしにわかっているのは、わたしのお馬鹿さんのハディ〔テヘラン生まれのハロルドの愛称〕なら、さ、これでよし（*Ça y est*）とかなんとか独り言するだろうということだけ。あなたがひどく恋しい」（一九二五年十二月十七日）、「ヴァージニアと寝たわ（二度）、でもそれだけ。さあ、これで何もかもわかったでしょ、ショックを与えたかしら、そんなことないわね。愛しいあなた、あなただけが、わたしにとって掛け替えのない人。このことをしっかりと肝に銘じておきなさい、可愛いお馬鹿さん」（一九二六年八月十七日）。ハロルドの返事――「ヴァージニアとのこと率直に話してくれて有難う。きみが危険に気づいていて、馬鹿なまねはしないのがうかがえ、安心している。いいかい、これは単なる火遊びじゃない、ダイナマイトをもてあそぶようなものだよ。こういうことに、お互いあまり気をもまないようにしようよ。ぼくに対する君の愛が中心なんだ、君に対するぼくの愛とて同じ。外縁で何が起ころうと、この愛が変わるわけはない」（同年九月二日）。ナイジェル・ニコルソンによれば、「ハロルドはヴィータの中に『豊かな新しい鉱脈』を開いたことで、ヴァージニアに感謝していた」といいます（『肖像』、二〇五）「わたしはあなたが誰と寝ようとかまわない、あなたの心がわたしのものである限りは！　本当にわたしは何も気にしない、結局のところ、あなたがわたしのものである限りは」、これは一九二五年十二月六日付のハロルド宛ヴィータの率直な手紙の一節です。「（ヴィータよりずっと強い）義務感」をもっていたハロルドは、「ヴィータの不在中、男たちと寝るほうが、よその女たちと寝るより裏切りの度合いが少ないと感じていた」とは、息子ナイジェルの回想です（『肖像』、一四一）。

このような率直な「義務感」はぼくのような人間の理解を絶していますが、よくも悪しくも、そういう世間の常識から見れば倫理的退廃というしかない〝率直さ〟に、程度の差こそあれ、イギリス上流階級の結婚生活の生態、ありようがあったにちがいない。「率直さの方向」への「前進は必ずやより多く教育のある進歩的《リベラル》な階級からはじめられるにちがいない」というヴィータ・サックヴィル＝ウエストの言葉も別事を語ってはいないと思われます。つづけて彼女は書いていました、「もっとも自然でないがゆえにそれだけもっとも文明化された社会の階級のみが、そのような（つまり〝不自然〟な）文明の産物（すなわちホモセクシュアリティ）を許容するものと期待できる」と、こう断言する女に、どだいフェミニズムなどてんから問題ではなかったはずです。「わたしはフェミニストなんかじゃないわ」、そう夫ハロルドに語ったヴィータの言葉に嘘はない。この英国最古の貴族の一つ、サックヴィル家の末裔の女にとって、今日のレズビアン・フェミニズムでさえ、下層階級出身の女たちのあまりにも〝自然〟な、という意味はあまりにも単純・不粋な、金切り声としか聞こえなかったにちがいありません。

ところで、ヴィータが日記のなかで「期待」していたような事態は、すでにブルームズベリ・グループの知的肉体的人間関係風土にほかならなかったのです。必要な変更を加えていえば《ムータティス・ムータンディス》、ヴィータとハロルド・ニコルソンの結婚生活の形は、ヴァージニアとレナード・ウルフのそれと本質的には異質のものではなかったといえましょう。ヴァージニアもヴィータとの関係をレナードに隠してはいません、「『なんと形容していいかわからないような経験だった』と、昨日、ヴィータにわたしはいった。……レナードにはうんざりすることだろうけれど、彼の心を苦しませるほどのことではない。要は、人にはそれぞれいろいろな関係を結べる余地があるということだ」――これはヴァージニアの一九二六年十一月二十三日の日記中の言葉です。婚約中、彼女はレナードに手紙でいっていた、「先日あなたがわたしにキスしたときのような瞬間があるの――そんなとき、わたしは自分が岩か石でしかないような気持ちがするだけ」（一九一二年五月一日）。ここにヴィータよりも遥かに〝率直〟なヴァージニアの残酷な率直さがあります。

ヴァージニアのレズビアニズムが母ジュリアへの心理的固着によるものか、異父兄ジェラルドとジョージ・ダックワースによる性的精神外傷《トラウマ》によるものか、そんなことは誰にもわかろうはずもありませんが、新婚旅行で彼女との性的関係の不可能を決定的に知ったレナード、にもかかわらず離婚のことなどつゆ思わず、一生、間欠泉のように噴出する狂気の発作に襲われる妻を看護し見守りつづけることになる、いわば男＝ナイティンゲールたることを決意したレナードにとって、ヴァージニアのヴィータとの関係など、たしかに「うんざりすること」(bore)、今さら「どうでもいい、退屈至極のこと」であったにちがいないし、ヴァージニアのいうとおり「心を苦しませるほどのこと」ではなかったに相違ありません。レナードはレナードで、結婚生活の外で女との関係があったと、どこかで読んだ記憶があります。いかに聖者のような彼であったにせよ、ブルームズベリのなかでほとんど唯一の〝正常〟な男だった彼に、そういうことがあったとしても実に当然至極のことです。無論、そんなことがあったにしても、それはヴァージニアにとってもまた、「どうでもいい、うんざりすること」であり、「心を苦しませるほどのこと」ではなかったでしょう。ウルフ夫妻もヴィータにならって、「あなたが誰と寝ようとかまわない、あなたの心がわたしのものである限りは！　結局のところ、あなたがわたしのものである限りは」と、互いに言いかわし得たことでしょう。

以上の推察が当たっているとしたら、『オーランドー』の語り口、とくに主人公の性転換の物語《ペリペティア》のなかに、「家庭内の検閲 the Censor in the House」、つまり亭主の監視を煙に巻く戦略の話法を見て、これで「レナードとハロルドを情け深い、甘く寛大な、ひたすら耐え忍ぶ、忠実な連れ合いとして描いてきた長年の平面的な叙述は、ことごとく疑わしいものになる」と、鬼の首でもとってきたように得意顔のレズビアン・フェミニストの臆測などは滑稽この上なしの見当はずれとなるでしょう（引用はL・K・ハンキンズ「『オーランドー』論」、E・バレット&P・クレイマー編『レズビアン的読み』、N・Y大学出版局、一九九七年、二〇〇二）。一歩ゆずって、『オーランドー』がヴィータへの秘密な恋文であるとしても、それを韜晦する「戦略」など、世間はいざ知らずレナードとハロルドには見え透いたものであって、なんの意味もありません。そもそも嫉妬という感情を宿命的に漂白された、あるいは漂白されざるを得なかった、この二人の夫に妻を監視する必要など、一体、どこにありましょうか。

ヴァージニアにとって、レナードとの結婚は何よりも先ず狂気の深淵への失墜をふせぐ防護柵のようなものだった。が、ついに彼女の狂気は柵を超える。一九四一年三月二十八日、ウーズ川に向かって歩み出す直前、ヴァージニアがレナードに書き残した遺書の結尾にいいます――「わたしを救うことができる人がいたとしたら、それはあなただったでしょう。今はすべてがわたしから失われてしまった、あるのは疑いようもない確かなあなたの優しさだけです。でも、もうこれ以上、あなたの人生を台無しにすることはできません。〔改行〕わたしたちほど幸せだった二人の人間がありえたとは思えません」。

この遺書について、次のように書いているのはジェイン・マーカスです。「むしろ、これは病弱な親が長年にわたって自分を看護してくれた未婚の娘に書き残した遺言に似ている。それは忠実な看護人に充実した幸せな人生の報いを受けるようにすすめる『退去の許可《ヌンク・ディミティス》』なのだ。看護人が報いを得たのは、どうやら確かなようである。ヴァージニアは看護人の罪意識を免除したのであり、かくして罪の意識など彼は感じずに済んだようすである。幸せな情事があとにつづいたらしい、現代の最高に素晴らしい自叙伝の一つがここにある」（前掲書、一〇六）。ここに明らかなことは、このように書く人間は人間の情愛も人生の機微も解さない人でなし、というのが酷にすぎるなら、〝家父長制〟憎しのイデオロギーにとり憑かれた神経病者だということです。これまた言い過ぎなら、ローマの風刺詩人マルティアリスの警句の主語を単数に替えて、こういっておけば足りるでしょう——'Hominem non sapit.'「彼女には人間の味がしない」。'sapio'というラテン語の動詞には、賢い、弁《わきま》えがあるという意味も含まれています。早速いいかえるなら、「彼女には人間の賢さ、弁えというものがない」。

レナード・ウルフはブルームズベリ・グループのなかで、ケインズとともに無類のリアリストでした、が、同時にブルームズベリ・グループのなかで、その比を見ないロマンティシストだった。という意味は……ロンドンの美術学校スレイド・スクールの画学生だったドーラ・キャリントンはリットン・ストレイチーと出会って絶望的に恋した。周知のとおりストレイチーは不退転の同性愛者です、彼を愛しても報われることは絶対に不可能です。キャリントンの兄の大学の同窓、美男で逞しい若者レイフ・パートリッジは彼女を愛した。キャリントンを通じてパートリッジに会ったリットンは彼を恋する。パートリッジは無理矢理にキャリントンと結婚する。彼女にとっても、それは愛するストレイチーのもとにとどまれる唯一の手段だったのです。パートリッジはキャリントンと寝、ストレイチーと寝た。こういう三人所帯《メナージュ・ア・トロワ》が十五年もつづいたのでした。ストレイチーが癌で死んだ直後、キャリントンは猟銃でみずからの命を絶ちます。このような人生を生きたキャリントンのことを、彼女は「求めることにおいてのみ幸せであるような、そんな種類の人間だ」と洞察したのが、ほかならぬレナード・ウルフだったのです（引用はフィリス・ローズ『女流文学者——ヴァージニア・ウルフの生涯』、ラウトレッジ&キーガン・ポール、一九七八年、八一の引用に依る）。

唐突ながら、ぼくはここでキーツの「ギリシア壺に寄せる頌詩《オード》」を思い出す。壺に描かれた「物狂おしい陶酔《ワイルド・エクスタシー》」の絵——「大胆な恋人」が愛する者に口づけしようとしている。だが絵である以上、時間は原理的に静止しています。すなわちいくら唇を近づけていても、恋人は愛する者に接吻することはできない。「陶酔」の絶頂は拒まれ、愛する対象は依然、絶対の彼方にとどまりつづける。しかし、まさにそれゆえに愛は永遠に持続する、「いつまでも熱く、いつまでも愉しめ／いつまでも焦がれ、いつまでも若い」。キーツが「幸せな、幸せな愛」と呼ぶ所以です。キャリントンのことを「求めることにおいてのみ幸せであるような、そんな種類の人間」といったとき、レナード・ウルフの脳裡を一瞬ヴァージニアの影がよぎらなかったという保証はありません。「わたしたちほど幸せだった二人の人間がありえたとは思えません」、ヴァージニアの遺書の結句がはらむ〝率直〟かつ深甚な逆説の真理を、レナードも全的に肯《うべな》ったにちがいありません。

煩瑣にすぎるのは百も承知の上で、ブルームズベリ・グループの知的肉体的人間関係の風土を理解するために、やはりヴァージニアの姉ヴァネッサについても簡単に触れておいたほうがいいように思われます。ヴァネッサはクライヴ・ベルと結婚して二人の息子を産んだあと、ストレイチーの従弟で画家のダンカン・グラントを愛する。ダンカンはかつてメイナード・ケインズの恋人であり、今はデイヴィッド・ガーネットを愛している。デイヴィッドとはいうまでもありません、D・H・ロレンスを文壇に送り出した恩人エドワード・ガーネットの息子であり、ロレンスが「きみはこんな〝友だち〟、これらコキブリどもと別れなければいけない。身をもぎ離して、新しい人生をはじめなければ。B〔フセンシス・ビレル〕とD・G〔ダンカン・グラント〕は処置なしだと思う——永遠に処置なしだ。K〔ケインズ〕のことはしかとは分らない。が、大丈夫、きみは立ち直れる。……別れるんだ、デイヴィッド、そして女を愛するんだ」（一九一五年四月九日付手紙）と、切々と訴えた当の相手にほかなりません。が、デイヴィッドは結局、ブルームズベリの〝友だち〟のほうを選んだ。かくして、ここでもヴァネッサを核とする奇妙異様な三人所帯《メナージュ・ア・トロワ》が、いや、亭主のクライヴ・ベルも入れれば四人所帯《メナージュ・ア・キャトル》が、さらにロジャー・フライを加えれば五人所帯《メナージュ・ア・サンク》が成立します。

「ヴァネッサには、ダンカンを自分の人生の中にとどめておくためなら、デイヴィッドばかりでなく他の多くの男たちをも受け入れなければならないことが分かった。……ヴァネッサは自分が望んでいることが何であるか、はっきりと知っていた。彼女はあなたの子が産みたいとダンカンを説得した、彼が自分の身近にとどまってくれるなら責任はすべて自分がもつと決意して」。こう書いているのは、ヴァネッサの「説得」のままにダンカンが彼女に産ませた娘、アンジェリカにほかなりません（『優しさに欺かれて――ブルームズベリの中の少女時代』、オックスフォード大学出版局、一九八五年、三六）。アンジェリカはつづけて記しています、「どうやらヴァネッサとクライヴはダンカンの了承を得て、彼がわたしの父であるという事実を無視することに決めたようだった。わたしがこの世に産まれ落ちたら、ダンカンがクライヴの両親、ベル夫妻に、クライヴの名前で電報を打つことに決められていた」。アンジェリカが実の父の名を知らされるのはずっとのちのことです。彼女はいささか憤慨気味に書いています――「ブルームズベリはみずから自由をかちとったと思い込んでいたのだろうけれど、それは自由どころか、驚くべき欺瞞の慣習だったのだ」（三七）。そこに「優しさに欺かれて――ブルームズベリの中の少女時代」という彼女の自伝の表題がはらむ怨念があります。アンジェリカが長じて結婚した相手は、実父ダンカンのかつての〝友だち〟、デイヴィッド・ガーネットでした。

大分まわり道をしましたが、以上のようなブルームズベリの知的肉体的人間関係の風土のなかで、その〝感情教育〟を通じて人間形成していたヴァージニア・ウルフが、今、女学生を前に『自分だけの部屋』という講演をおこなっているのです。ジェイン・マーカスがそれを「フェミニスト共謀の言説」、より端的にいえば「愛するヴィータをフェミニズムに改宗させようと目論まれた」「レズビアン的誘惑の話法」と断定していることは、このお話しの冒頭で引用したとおりですが、女史はさらにつづけて書いています、「〔『孤独の泉』の〕最終判決が出る（十一月九日）直前の十月、ガートン学寮にヴィータと共に現われたということは、ある意味ではウルフ自身の〝サフィズム〟を公然と表明することだった」。そういって、「このテクスト〔『自分だけの部屋』〕は女性読者にはこたえられない（irresistible）ものだ」と一人よがるのはマーカス女史の勝手ですが、四十六歳のウルフに十八年前、弟エイドリアンやダンカン・グラントらと顔を真っ黒に塗り変装してアビシニア皇帝一行になりすまし、国王陛下の戦艦『ドレッドノート』号の提督らをものの見事にかついだ茶目っけは残っていたかもしれませんが、彼女はヴィータ同様、〝率直〟ではあっても決して馬鹿正直でも単純でもなかったし、およそ彼女くらい「公然」（public）ということを怖れ嫌った人もいないことを、ぼくたちは知っています。

そもそもウルフが『孤独の泉』発禁処分に抗議したのは、なにもフェミニズムの大義のためなどではなかった。ブルームズベリ・グループが終始一貫して持ちつづけた言論の自由のための抵抗だったのです。十三年前、彼らが宿敵ロレンスの『虹』の発禁処分にこぞって抗議したことを忘れてはなりますまい。『孤独の泉』発禁処分に反対したのは、ヴァージニアの一九二八年八月三十日付ヴィータ・サックヴィル＝ウェスト宛の手紙によれば、先ずレナードと、それからあの自他とともに認める大の女嫌い《ミソジニスト》、ホモセクシュアル＝E・M・フォースターだったのです。ヴァージニアはヴィータに書いています、「そこでレナードとモーガン・フォースターが抗議運動をはじめたのよ。すぐわたしたちはいろいろな人たちに電話をかけたり会ったり署名集めをしはじめた――あなたの署名は駄目、なぜってあなたの性癖《くせ》（proclivities）は世に知れ渡っているのだから」（強調原文のまま）。そのように慎重なヴァージニアが、こともあろうに聴衆を前に「公然」とヴィータをフェミニズムに「誘惑」しようなどとするでしょうか。ヴィータと一緒に講演会場に現われたとしても、それが「ウルフ自身の〝サフィズム〟を公然と表明した」ことになるでしょうか。ヴィータの「性癖」は「公然」と知れ渡っているとしても、ウルフの性癖はブルームズベリ・グループ以外ではハロルド・ニコルソンを除けば、いや、その内部においてさえレナードを除けば、知られていなかった。姉のヴァネッサでさえ、それを知ったのは、『自分だけの部屋』の講演がおこなわれてから半年後のことです。「先日、薬屋に一緒にいったとき、ネッサにわたしたちの情熱のこと話したわ。でも、あなた本当に女のひととベッドにいくの好きなの？　と姉がいった――釣銭を受け取りながら。『それ、どうやってやるの？』、姉ったらオウムみたいに大きな声でそんなこといって、海外旅行にもってゆく丸薬を買ったのよ」（一九二九年四月五日、ヴィータ宛ヴァージニアの手紙）。ヴァネッサの面目躍如たる描写ですが、なんでも率直に話す習慣だった姉にさえ、ヴァージニアはヴィータとの関係は、およそ六年間も秘密にしていたわけです。一体、一九二八年十月当時、『オーランドー』のモデルがヴィータであることは歴然だったとしても、それを「文学史上もっとも長く、もっとも魅力的な恋文」と読んだ人間が、一体、ヴィータのほかにいたでしょうか。引用のように評したナイジェル・ニコルソンは、当時まだ十一歳の少年にすぎませんでした。

『自分だけの部屋』が出版されたのは一九二九年十月、つまりヴァネッサがヴァージニアとヴィータとのことを知って半年後のことですが、出版少し前、ヴァネッサ宛の手紙（八月二十日？）の終りで、ヴァージニアはこんなことを書き添えています。「言うのを忘れてたわ、姉さんが描いてくださった本のカバー、とても素敵だと思ったことを――でも時計の針があんなに正確な時間を指しているのだもの、どんな騒ぎが起こることやら！　世間の人はなんていうかしら――でも、もう書く余白がないわ」。ヴァネッサは針が十一時五分を指し示している時計の図案を『自分だけの部屋』のカバーの意匠に取り入れたのでした（ナイジェル・ニコルソン編『書簡』第四巻、八一ページの脚注参照）。十一時五分を示す時計の針がつくる形は、〝V〟です。ヴァネッサはこの〝V〟にヴァージニアとヴィータの頭文字を暗指させたのでしょうか。そうとすれば、これまたいかにもヴァネッサらしい茶目っけぶりですが、ヴァージニアはそういう姉の悪戯を半ばは愉快に思い、半ばはそれによって自分の秘密が外に洩れるのを怖れているようすです。なにしろ〝V〟とは、二年半ほど前、彼女がヴィータ宛手紙のなかで吐露した二人の愛の象形文字だったのですから。「このあいだの晩、リットンと話をしていたら、彼が突然、わたしに恋の指南を頼んだのよ――断崖を超えてゆくか、それとも断崖のてっぺんで踏みとどまるか。踏みとどまるのよ、越えてはいけないわ！　わたし、そう叫んだけれど、とっさにあなたのことを思い出していた。ねえ、答えて頂戴。越えるって、何を？と、あなたはいうでしょうね。もちろん、V字型の断崖のことよ」（一九二七年三月二十三日）。「V字型の断崖」が何を象徴しているか、それは皆さんそれぞれのご想像に任せましょう。

またしても迷路のような枝道に踏みまよってしまいましたが、「あなたの性癖《くせ》は世に知れ渡っているのだから」と、『孤独の泉』発禁処分抗議の署名リストからヴィータをはずしたことを告げる先に引用した手紙はつづきます、「そんな大忙しのさなか、モーガンが恋人〔レイディ・トラウブリッジ〕とケンジントンの屋敷に住むラドクリフに会いにいったの。そうしたらラドクリフは口汚い魚売りの女みたいにモーガンをののしって、こういったのよ。わたしの小説が芸術的価値ある作品——いや、天才の作品だという事実に言及しないようなら、あの本についてどんな手紙も一切書いてもらいたくないって……。そんなわけで、言論の自由のために尽くそうという折角のわたしたちの熱意もだんだんと冷め、あの傑作を再版しようと申し出るどころか、あんなものいっそ書かれなかったらよかったのにと、われわれみんなすでに思いはじめている始末なの」。フォースターの苦虫を嚙みつぶしたような顔がありありと見えるようではありませんか。ウルフが『孤独の泉』を「傑作」とここでいっているのは、無論、皮肉で、彼女がこのレズビアン小説を文学的に買っていなかったことは、『自分だけの部屋』に見られるメアリ・カーマイケルの『人生の冒険』に対する批評によっても、はっきりとうかがえます。ウルフはメアリ・カーマイケルについて、こういっているのです。「彼女はなるほど女として書きました。でも、自分が女であることを忘れてしまった女としてでした」（ホガースプレス、ユニフォーム版、一四〇）。この批評がそれより少し前でいわれている、「教育は類似よりも差異を引き出し、それを強めるべきではないでしょうか？　ごらんのとおり、わたしたちはみんなあまりにも似たりよったりになっているのですから」（一三二）という言葉と、照応していることに間違いはありません。この言葉を引用しながら、それは『自分だけの部屋』結びで論じられる〝両性具有《アンドロジニー》〟の議論と論理的につながらないと指摘しているのは、ほかならぬマーカス女史です。

「両性具有とは差異の抹消を意味する。ならば、どうしてウルフはこの二つの見解を同時に抱けたのか。両性具有というのは過度に男性的な作家が試みるにはよいアイデアであることが、やがて明らかにされる。その逆は真ではないが。つまり、あの議論は論理的ではないのだ。ウルフは女性に味方してえこひいきしている。彼女が『小説はともかく肉体に合ったものでなければならない』といったとき、それは女性の肉体のことを意味していたのである。」(前掲書、一七四)

なんとも恐れ入った手前勝手な読み方であり、論理であります。先ず引用されているウルフの言葉は、実は次のような文章が直結しているものだからです——「ですから、思い切っていわせていただければ、女性の小説は男性の小説より短く、小じんまりと締まったものでなければならないのです」。つまり女の肉体は男のそれより背丈けが低い(=「短い」)のだから、小説もそういう肉体に「合った」、「短く、小じんまりと締まったもの(concentrated)」であるべきだといっているのであって、それはヴァージニア独特の軽妙な諧謔《アイロニー》でこそあれ、ことさらに「女性の肉体」を、マーカスが暗にほのめかせているようなレズビアン的〝女体〟の意味を強調しているわけでは毛頭ないのです。ましてや、ウルフは「女性に味方してえこひいきしている」わけでは、さらさらない。

「えこひいきしている」と訳した原語は‘biased’ですが、思うに「女性と小説」を主題とする『自分だけの部屋』が語っているのは、まさにジェイン・マーカスのような性意識の偏り《バイアス》、性差というフェミニズムのイデオロギー的偏見《バイアス》の呪縛を解こうとするところにあると、断言していいと思います。そういう呪縛から自由になってこそ、女ははじめて真の小説が書ける。そういう自由を得るためには「自分だけの部屋」と年五百ポンドの収入を手にしなければならないというのです。こう語れるのは、まさしくウルフの作家として成熟、経験と知恵ですが、そういいながらも、「自分だけの部屋」をもっていなかったにもかかわらず大女流作家たり得たオースティンについて、ふとこんな独白を洩らすところに、自分の提出した主張からさえも自由な、ウルフの比類なく柔軟かつ精緻な批評精神があるのです。「もしジェイン・オースティンが訪問客の目から自分の書いた原稿を隠す必要などないと考えたとしたら、果たして『自負と偏見』はもっといい小説になっていただろうか」（二〇一）。

その先も引用しておきましょうか——「ここに、一八〇〇年ごろ、憎しみも恨みも怖れも抗議も説教することもなく書いていた女性がいたのです。それこそシェイクスピアの書き方でした。……二人の精神はあらゆる障害を焼き尽くしたのです。それゆえにわたしたちはジェイン・オースティンのことはなにも知らないし、シェイクスピアのこともなにも知りません。そしてまた、まさにそれゆえにジェイン・オースティンは彼女の書きとめた言葉の一つ一つに隈なく沁みとおり行き渡っているのです。シェイクスピアの場合も、同様です」。

それに反して、『ジェイン・エア』が作品として「歪み」「ぎくしゃくしている」のは、作者の天才が「十全、完全に」表現されずにいるのは、「自分の運命と闘っていた」シャーロット・ブロンテが「個人的な不平不満」、「怒り」からついに自由であり得なかったところにあると、ウルフは語っています。彼女の批評はつねに正確に的を射る。その例を念のため、もう一つ引いておきましょう。「あの完全に家父長制的な社会のさなかで、自分が見たままに物事をひるむことなくしっかり握って手ばなさないというのは、さぞや大変な天才と正直な心が必要だったにちがいありません。ジェイン・オースティンとエミリー・ブロンテだけがなし得たことでした」（一一二）。そう、エミリーも頑ななまでに「不平不満」を洩らさなかった人だ、文句一ついわなかった人です。さもなければ、もとより『嵐が丘』など書かれる気づかいもありません。

要するに、いかなる不平不満、文句からも価値あるものは何も生まれないということです。ウルフも『自分だけの部屋』終り近くではっきりと言い切っています。「どんな不平不満があるにせよ、それをほんのわずかでも強調したり、どんな主義であれ、たとえそれを主張するのが正当であっても主張したりするのは、ともかく意識的に女性として語ることは、女性にとって致命的なことなのです。致命的というのは比喩ではありません。なぜなら、そういう意識の偏り《バイアス》をもって書かれたものはどんなものであれ、死に絶えるのは必定だからです。そういうものは栄養不良になってしまいます。そういうものは一日二日のあいだは才気縦横、人に強い印象を与えるもの、力強く達者なものに見えるでしょうが、日が暮れれば萎《しぼ》んでしまう。人びとの心のなかで育つことはないのです」（一五七）。

なにやら今日のフェミニズムの運命を予知し予言しているかのような言葉ではありませんか。いや、女だけの話ではない、男とて事情は同じです。ウルフも引用の直前で、こう断言しています――「物を書く人間が自分の性のことを思うのは致命的です。純粋単純に男であるか女であるかというのは、致命的なことなのです。人は女＝男的（woman-manly）であるか、男＝女的（man-womanly）であるかでなければなりません」。これが「偉大な精神は両性具有だ」というコールリッジの思想に依っていることはウルフも断わっているとおりですが、彼女はコールリッジの〝両性具有〟というのをこう解釈しています――「両性具有の精神とは打てば響き、一切を沁み通らせる精神、感情をなんの障害もなく伝達し、自然に創造的で光り輝き分裂していない精神のことだと思う」(一四八)。「一切を沁み通らせる」と訳した原語'porous'とは、たとえば『波』の人物ローダやバーナードの存在性格を決定している鍵語ですが、それはとにかく、ここでいわれていること自体は、ワーズワス的「自己中心的崇高さ《エゴティスティカル・サブライム》」に対して、キーツが自らの「詩的性格」と規定している「消極的能力《ネガティヴ・ケイパビリティ》」のことを思い出させます。キーツはこの能力を「なにごとについても自分の心を決めないということ――心をあらゆる思想の通《かよ》う往来(a thoroughfare for all thonghts)と化することなのだ」とも、いいかえています(一八一九年九月二十四日、弟ジョージ夫妻宛)。「打てば響き、一切を沁み通らせる精神」が、「あらゆる思想の通う往来」と化した心と本質的に同義のものであることは、注釈を要しないでしょう。キーツがシェイクスピアにつながるといった詩的性格、「消極的能力」とは彼における〃両性具有〃にちがいなかった。そういえば、ウルフも先の引用にすぐつづけて、「事実、わたしたちはここで再び、両性具有的な精神、男=女的精神の典型としてのシェイクスピアのもとに帰ってくるのです」といっています。ちなみにワーズワス的「自己中心的崇高さ」というのは、ここでの話の文脈からいえば、家父長制的〃男=男〃(man-manly)の存在様態といっていい。それは今や完全に失われた趣きですが、男が〃男〃であり女が〃女〃であるためには是非もない男の存在論的責任のありようだと、ぼくには思えるのですが…

〃両性具有〃とはジェイン・マーカスが見事に誤解しているように、「差異の抹消」など意味してはいません。ウルフもはっきりといっています、「精神のなかにも肉体における男女両性に照応する二つの性がある」(一四七)。彼女が希っているのは、男と女それぞれの心に内在するこの「二つの力」が「ともに調和して生き、精神的に協力し合う」状態であって、男と女の性の「差異の抹消」などではないのです。そもそも男と女の性の差異を「抹消」することなどできる相談ではないでしょう。できるとすれば、男も女も先に引いたウルフの言葉を借りれば、その存在は「栄養不良」になって早晩「萎んで」しまうことでしょう。男と女それぞれの心に内在する「二つの性」「二つの力」というのをユングふうにいいなおせば、男のなかに内在する〝アニマ〟、女のなかに内在する〝アニムス〟ということになるでしょうが、ユングはいっています――「〝アニマ〟の影響化にある男性は度しがたい気まぐれに引きずりまわされるし、〝アニムス〟に影響された女性は理屈っぽくなり、的はずれの意見を発表したりする」(浜川祥枝訳『人間心理と宗教』、日本教文社、一九七二年、五八)。あるいは、こうもいっています――「〝アニムス〟は無意識がよびさました感情と本能に従うことを、十分な理由なしに意識が拒むと、とりわけ活気づく。すると愛と献身に代って男性的ありよう、けんか好き、がんこな自己主張、狂信がありとあらゆる形をとって現れる(愛の代りに権力を!)。〝アニムス〟とは実在の男性では無く、ヒステリーじみたところのある小児的な英雄であり、そのよろいのすきまから愛されたいという渇望がほのみえる」(野村美紀子訳『変容の象徴』、ちくま学芸文庫下、五七―八)。こういう無惨な心の状態こそ、ウルフが「栄養不良」という言い方で示唆している人間の存在のありようにちがいありません。

ウルフは同時代人ユングのことを知らなかったようですが、仮りに彼女がユングのこれらの文章を読んだとしたら、くすくす独り笑いはしても決して頭髪を逆だてて怒り猛けることはなかったでしょう。なぜなら彼女もつとに女に内在する〝アニムス〟の専制、女の権力への意志の動向に気づいていたふしがあるからです。論より証拠、『自分だけの部屋』は語っています——「わたしたちの時代ほどに、あくどく性意識過剰な時代は今までなかったといえましょう。……こうなったのは、疑いもなく〝婦人参政権〟運動のせいです。それが男の人たちのなかに異常な自己主張の欲望を掻き立てたにちがいありません。彼らが挑戦を受けなかったら考えようともしなかったろうと思える、彼ら自身の性とその特質について強調するようになったのも、もとをただせば、当の婦人参政権運動のためだったにちがいないのです」（一四九）。これは半分はウルフの機知《エスプリ》が愉しんだ戯談ですが、半分は彼女が信じて疑わぬ真実だったに相違ありません。ウルフはそこで彼女もその天才を認めている〝ミスターA〟という同時代作家を例として引き合いに出します。彼の小説のページの上には「真っ直ぐに立つ一本の暗い筋、〝I〟という字に似た影」が落ちている（一五〇）。この〝I〟に似た影こそ、フェミニズムの挑戦に抵抗して〝ミスターA〟が「自分自身の優越性を主張する」自意識の影だと、ウルフは読みます。そして、この自意識こそ彼の「創造的活力の泉を堰とめ、その活力を狭い世界に限定してしまった障害なのだ」と批評します。

ところで、〝ミスターA〟とはどうやらD・H・ロレンスを暗示しているらしい。ブルームズベリ・グループの一人、デズモンド・マッカーシーが『自分だけの部屋』の書評のなかで、〝ミスターA〟のことを「極めて才能に富んだ現代の作家、それは頭文字で覆面されていようと歴然とわかる」と書いたのに対して、ウルフがデズモンド宛手紙でこう書いていることからも、判明します。「あなたは暗にロレンスを指していらっしゃったの？　頭文字で記したあの作家のことを？　彼のことはわたしの心の表層にはなかったけれど、たしかに深層にはあったわ」（一九三〇年一月二十七日）。二十世紀作家のなかで誰よりもロレンスを尊敬するぼくも、ウルフのこのロレンス批評を大筋で是認します。が、無論、〝ミスターA〟についてウルフがいったことは、〝ミスA〟にも〝ミセスA〟にも通用することは断わるまでもありません。

いや、そのようにロレンスを批判するウルフ自身、「真っ直に立つ一本の暗い筋、〝I〟という字に似た影」に呪縛された作家だったのです。一九三二年九月に出版されたばかりのオルダス・ハクスレー編『D・H・ロレンス書簡集』を読みながら、ウルフは日記にしたためます――「いつもの欲求不満を覚える。彼と私にはあまりにも共通したところがありすぎる――自分自身であろうとする同じ圧迫が。それで、私は宙づりになったような不安にかられるのだ。私が願っているのは自由になって別の世界に遊ぶこと。……私にとって、ロレンスは風通しが悪い、閉じ込められている」（十月二日。レナード・ウルフ編の『作家の日記』に依る。A・マクニーリ編『日記』第四巻のテクストはこれと大事なところで異なっているが、レナードのほうがヴァージニアの真意を汲み取っていると思う）。ロレンスの影がウルフの心の「深層」にあった所以です。ここで晩年のロレンスが偏執的に繰り返して倦まなかった言葉が「無頓着 insouciance」の一語であったことを思い出すのも無駄ではないでしょう。ロレンス最後の作品、彼のいわば白鳥の歌『死んだ男』の結句は、'Tomorrow is another day.'――「明日には明日の風が吹く」、これも一緒に思い出しておきましょう。さらに一緒に、『自分だけの部屋』の講演がおこなわれてから二ヵ月後、一九二九年一月号の『フォーラム』に発表されたロレンスの短い評論

「オンドリ女とメンドリ男」も、本質的には『自分だけの部屋』と同じことをいっていることも。ロレンスとウルフは互いにいかに異質な世界に生きていたにせよ、なんといっても同時代の作家でした。

『自分だけの部屋』はさらに語りつぐ――「こうして彼〔〝ミスターA〟〕は堰とめられ、抑圧され、自意識に囚われています。いえ、シェイクスピアだって、彼もまたミス・クラフやミス・デイヴィーズを知っていたら、同じことだったかもしれません」（一五二）。ミス・クラフとは今ウルフが講演している当の学寮、ニューナム・コレッジの初代の学長であり、ミス・デイヴィーズは彼女の忠実な協力者だった女子教育家にほかなりません。これではまるで女子大学などできたお陰で、シェイクスピアは生まれようもなくなったといわんばかりではありませんか。聴衆のニューナムの女子学生は、これを聞いてどっと笑ったでしょうか。それともかっと怒り狂ったでしょうか。ウルフはそんなことにお構いなしに言葉を継ぐ、「もし女性解放運動が十九世紀ではなしに十六世紀にはじまっていたとしたら、疑いもなくエリザベス朝の文学は今あるものとは随分とちがったものになっていたことでしょう」。これはもはやその場かぎりの戯談ではあり得ない、ヴァージニア・ウルフ本気の文芸批評の言葉です。

　これだけいっても、ジェイン・マーカスはウルフをフェミニストと呼ぶでしょうか。『自分だけの部屋』を「フェミニスト共謀の言説」、非フェミニストのレズビアンをフェミニズムに「改宗」しようと目論んだ「レズビアン的誘惑の話法」となおも言い張りつづけるでしょうか。『自分だけの部屋』は結びを間近にして、いいます――「女は女にたいして辛く当たるものです。女性は女性が嫌いなのです。女性――あなたがたはこの言葉に死ぬほどうんざりしていませんか？　わたしはうんざりしています。これは請け合ってもよろしい。それではひとつ、女が女に向かって読むペイパーは格別に不愉快なことで終わらなければいけないということに同意しようじゃありませんか」（一六七）。そう断わっておいて、ウルフは今や女に許されている権利特権の数々を列挙しながら、さらには「今日、なんらかの形で年五百ポンド以上のお金を稼げる女性が二千人ほどもいるという事実」を指摘して、いいます。「機会、教育、励まし、閑暇《レジャー》、お金が不足しているという口実は、もはや通用しない」と（一七〇）。「女性――あなたがたはこの言葉に死ぬほどうんざりしていませんか？　わたしはうんざりしています」といったとき、ウルフはフェミニズムの言説にも「死ぬほどうんざりして」いたはずです。（女が大好きなぼくも、死ぬほどうんざりしています。）

『自分だけの部屋』の十年後に書かれた『三枚のギニー金貨』、いつものウルフに似合わずユーモアも機知も乏しい、それだけに真っ正面から「女性と戦争」の主題を扱った一見フェミニズムの言説と見える社会評論においてさえ、彼女は断言して憚らないのです――「一つの古い言葉、それが通用していたときには大きな禍いをなし、今では古臭くなってしまっている邪悪で堕落した言葉を滅ぼす以上にふさわしいことがありましょうか？　〝フェミニスト〟というのが、まさにそうした言葉です。この言葉は辞書によれば、『女性の権利を擁護する人』を意味します。権利のなかでも最良の権利、生活費をかせぐ権利が獲得されたのですから、この言葉はもはや意味をもちません」（ペンギン版、一一七）。ウルフにとって、フェミニズムの言説などは、『三枚のギニー金貨』の通奏低音あるいは反復イメージ、擦り切れたレコードの溝に針がひっかかって、いつまでも「耐えがたい同じ音」（一一一）

をがなり立てる蓄音機の騒音にも等しく、聞こえていたにちがいありません。

そう、ウルフにとってもはやフェミニズムなど問題ではなかった。「ミルトンの亡霊《ボギー》」、家父長制の遺影など問題ではなかったのです。『自分だけの部屋』の結びにいいます――「ミルトンの亡霊など見すごし、もはやしがみつく腕もなく、わたしたちは独り歩いてゆかなければならないという事実に、そしてわたしたちが係わるのは真実《リアリティ》の世界にであって、ただ単に男と女たちの世界だけでないという事実に直面するなら、あの哀れに死んだ詩人、シェイクスピアの妹さんが、彼女が何度も脱ぎ棄てた肉の衣をまとって復活する時が到来するでしょう」（一七一-七二）。文中「真実の世界」とあるのは、すでにいわれていた「世界はその〔日常の〕被いを剝がされ、日常を超えたより強烈な生命《いのち》を与えられるように見える」（一六六）という、ほとんどジョイス的〝顕現《エピファニー》〟の世界といっていいものです。あるいは「こんなふうに性と性を、特質と特質を互いに角つき合わせ、どっちが優秀だとか劣等だとか言い合っているのは、人間存在の、〝競争〟はげしい私立学校《プライヴェート・スクール》的段階に属するものです」（一五九）といった底《てい》の未熟な人生「段階」を超えた世界のことです。ウルフは最後に女子学生たちに訴えます、「わたしがあなたがたにお願いするのは、そういう真実を目の前にして生きて欲しいということです」（一六六）。そういう真実《リアリティ》を前にして生きるとは、「もやはしがみつく腕もない」、頼りにできるものは自分しかなく、「独り歩いてゆかなければならない」そんな絶対の孤独を生きるということにほかなりません。「女性と小説」、女性と文学の問題が本当にはじまるのは、そこからだとウルフは語っているのです。

「自分だけの部屋」とは五百ポンドの年収とともに、女が小説を書くために必要な最低限の条件であると同時に、なによりも先ず、「もはやしがみつく腕もない」「独り歩いてゆかなければならない」〝女〟の孤独な心を含意しているはずです。お望みなら、それは女それぞれの「自分だけの」肉体の密室、内密な〝部屋〟、すなわち〝vagina〟の感性論理の場でもあるといっていい。『自分だけの部屋』の延長線上で発想された、「セックス、教育、生活その他なんでもかんでも一切を取り込む」「評論=小説《エッセイ・ノーヴェル》」、『パージター家の人びと』執筆の苦吟のさなか、ウルフは日記に「小説を書くと同時に何かを宣伝することはできない。……この小説はプロパガンダに危く近づいている、是非ともそれは避けなければ」と記しています（一九三三年四月十三日）。そこに「評論=小説」、ウルフ自身筆を運びながら終始、密度が「希薄」と憎みつづけた『パージター家の人びと』から、純然たる小説の密度を獲得した『歴年』への変容の契機があります。そういえば、つとに『自分だけの部屋』結びの女子学生への訴えは語っていました——「わたしが申し上げたいことは、あっさり平凡にいってしまえば、他のなによりも先ず自分自身であることがずっと大切だということです。他人に影響を与えようなどと夢みてはなりません」（一六七）。

　かくして、『自分だけの部屋』は「女が女に向かって」語りかけた小説への、文学への「誘惑の話法」でこそあれ、断じて「フェミニスト共謀の言説」でも、ヴィータ・サックヴィル=ウェストを「改宗」させようと目論んだ「レズビアン的誘惑の話法」でもないことは、明々白々の事実でありましょう。第一、フェミニストでもない人間が、フェミニズムなど下賤な女どもの不潔な「不平不満」と蔑視する倨傲な貴族の末裔をフェミニズムに改宗させることなんか、原理的に不可能だし、滑稽な背理ではないでしょうか。ヴィータ自身、『自分だけの部屋』の書評で書いています——「ウルフ夫人はフェミニストに徹するには分別がありすぎる」と（『リスナー』、一九二九年十一月）。

また、『自分だけの部屋』のこんな読み方もあります――「『自分だけの部屋』は本質的にいって、異性愛的不正がはじまる以前の世界への、牧歌的な――たぶんレズビアン的な――無邪気《イノセンス》の世界への希求願望なのだ。性差《ジェンダー》の圧迫を超越した精神のありようを表わすウルフのイメージ、『バラの花びらを摘むなり、白鳥が静かに川を流れくだっていくのを見まもるなり』という一句は、サックヴィル＝ウェストのレズビアン的恋愛詩の一つ、『緋色のくちばしもてる漆黒の黒鳥の／ただよいゆくを目にすれば』（***King's Danghter***）という牧歌的イメージを反響《こだま》している。正真正銘の芸術創造の場《ロークス》は、異性愛的怒りと圧迫の醜さを知らぬレズビアン的願望の繊細な川辺の牧歌なのだ。クローイがオリーヴィアを好きなら、そのときは人生も創作も、不幸にしてアダムがやってくる以前のエデン的な、政治と無縁な素朴な状態に帰れると、この二人の女性は望んだのだ」（シューザン・レイ前掲書、一一六）。

これはまた、なんとも可愛いらしい、今どき珍奇な超ロマンティックなレズビアンではないか！しかし、残念ながら『自分だけの部屋』は絶対にそうは読めません。「バラの花びらを摘み」云々の一句が語っているのは、「性差の圧迫を超越した精神」のロマンティック・イメージなどではないのです。この一句が出てくる文脈は例の〝両性具有〟のことが論じられている個所であり、前に引用した「意識的に女性として語ることは、女性にとって致命的なことなのです。そういう意識の偏り《バイアス》をもって書かれたものは、なんであれ死に絶えるのは必定だからです」という言葉の直後に見出されるものであって、ウルフがそこが語っているのはこういうことです。一日の経験が終ったら、作家は部屋のカーテンを引いて横になり、自分の精神のなかの男＝女《マン・ウーマン》ないし女＝男《ウーマン・マン》の「結婚」を暗闇で一人祝わなければならない。今、なにがおこなわれているか目くじら立てて見たり、問い質《ただ》したりしてはいけない。「むしろ、バラの花びらを摘むなり、白鳥が静かに川を流れくだっていくのを見まもらなければなりません」とつながっているのです。しかも、この〝川〟はレズビアンが手に手をとってそぞろ歩く「川辺の牧歌」の〝場《ロークス》〟などではありません。その川にはオックスブリッジの男子学部学生のボートも枯葉も浮かんでいるのです。そしてさらに、その川はウルフが昼間タクシーに一緒に乗るところを目にした「エナメル皮のブーツを履いた娘」と、「海老茶いろの外套を着た若者」（一四五）をも呑み込み押し流すロンドンの「巨大な流れ」（一五八）にも通じているのです。この若いカップルの姿はまた、ジェイン・マーカスがご丁寧にも勘ぐっているような、「男性読者を懐柔するための不思議な異性愛物語《ロマンス》」など、少しも暗指してはいません（「牡牛の乳房をとらえて」、『家父長制の言葉』一五九、強調引用者）。ウルフがいう「巨大な流れ」とは、あのキーツのいう「あらゆる思想の通う往来」以外のなにものをも意味していないと、ぼくは断言して憚りません。

　ジェイン・マーカスは、『自分だけの部屋』の「誘惑的な調子はウルフの恋文の延長」なのだといいます。が、果して『オーランドー』はヴィータへの「文学史上もっとも長く、もっとも魅力的な恋文」と、そんな呑気にいってすませるものであるかどうか。そもそもウルフがまっさらな原稿用紙に「オーランドー＝一つの伝記」と一言書き下ろしたとヴィータに報じたのは、「衝立《ついた》ての陰にキャンベル〔詩人ロイ・キャンベルの妻メアリ〕が隠れていないなら、この手紙は信じられないくらいの口説《ラヴ・メイキング》き、途方もない無分別で溢れるばかりになるだろうけれど、キャンベルとかいう女《ひと》が衝立ての陰で聞き耳たてているようだから、彼女に聞かれるようなことは何も書けないわ」という文句ではじまる手紙の中でです（一九二七年十月九日）。その手紙の終り近くでウルフはいっています、「ねえ、よく聴いて。オーランドーはヴィータになるのよ。みんなあなたと、あなたの肉の欲望、あなたの知性の魅惑についての話（心、そんなもの、あなたにはこれっぽっちもないわ。キャンベルなんかと小道を手をつないでほっつき歩いている人なんかに）」。『オーランドー』は先ずはウルフの嫉妬の修羅のただなかから書きはじめられたのでした。

それから四日後の手紙――「歯医者の待合室で風邪を引いてしまった、でもそんなこと問題ではないわ。問題は、風邪を引いたというのがわたしたちの友情関係を象徴しているということなの。わたしがいっている意味、ようく考えてみて。わたしたちの友情関係には死相、死の色（a dying hue）が現われているということ。熱で紅潮したイルカの腐敗の色が現われているのよ」。この手紙の結びにいう――「前もっていつお出でなるか、どれくらい居られるか知らせてください。そのあいだにイルカが死んで、その色が死と腐敗の色にならないなら。あなたがキャンベルにうつつを抜かしているなら、もう、わたしはあなたと縁を切る。そして『オーランドー』のなかで洗いざらい正直に書いて、世間の人みんなに読ませてあげる。……最愛のミセス・ニコルソンへ、おやすみなさい」。署名は「V（ヴィータに）、W（キャンベルに）」とあります。「オーランドー＝一つの伝記」と書き下ろしたと告げた手紙の署名には、「あなたのV・W（これもキャンベルのせいよ）」とあります。それまでヴィータ宛手紙の署名はつねに「あなたのヴァージニア」'Yr Virginia'か、端的に'Virginia'か、だった。ごらんのとおり、ウルフは『オーランドー』をヴィータへの脅迫としても使っているのです。ちなみに、この手紙に出てくる〝イルカ〟(dolphin)というのは、ヴァージニアがヴィータにつけた秘密のペットネームです。一九二七年七月四日夜のヴァージニア宛手紙の終りで、ヴィータもこんなことを書いています――「一緒になにかしようよ。イルカ(イルカの〝イルカ〟Delphinus delphis)は、愉快な飛びはね曲芸ができる活発身軽な動物だよ」。イルカ 便箋の裏にはイルカの挿絵が糊づけされているという(L・デサルヴォ、M・A・リースカ編『ヴァージニア・ウルフ宛ヴィータ・サックヴィル゠ウエスト書簡集』、ウィリアム・モロー、一九八五年、二一三頁注)。即日のヴァージニアの返事――「そう、あなたは本当に活発身軽な動物よ――そうに決まってる。でも、例えばエベリー通り(ヴィータのロンドンの住所)で朝の四時ごろ、いつもやっているあなたの飛びはね曲芸が面白いものかどうか、それは知らないわ。悪《わる》のふしだらな獣《けだもの》なんだから!……ただ飛びはねるにしても用心深いイルカでいてね。さもないと、ヴァージニアの柔らかな割れ目にはびっしりと鉤針が生えるから。ねえ、あなた、玄関の広間で抛り投げたと思うのだけれど、わたしのレインコート(ローズピンクの)と手袋(まっ赤の)、もってきてくださるかしら……」

二人のあいだでどんな女の修羅場があったか、おおよそのところは察しがつきますが、それにしても「びっしりと鉤針が生えた」「柔らかな割れ目」とは、ただごとではありません、たとえ半ば冗談めかしているとしても。ヴァージニアは、あのウルフが! ヴィータにたいして〝歯ある女陰《ヴァギナ・デンタータ》〟たり得ると脅しをかけているのです。('lined with hooks'というのは、あるいは「びっしりと留め金《ホック》で閉じてしまう」という意味かもしれません。が、それにしてもことの本質に違いはありません。)

『オーランド』の執筆を許可したヴィータはついでに書いています――「ただ、あなたがわたしの臓物を抜いたり四つ裂きにしたり、わたしを解きほぐしたり、また撚り合わせたり、したいことなんでもやっていいけど、その本はあなたの生贄《いけにえ》のこのわたしに献げてくれなくてはいけないわ」（一九二七年十月十一日ヴァージニア宛）。『オーランドー』の擱筆を告げる一九二八年三月二十日（?）ヴィータ宛手紙は‘ORLANDO IS FINISHED!!!’とタイプで打ったあと、ヴァージニアの自筆で次のように書かれています――

「あなた、先週の土曜（三月十七日）一時五分前、首を折られたみたいな強い衝撃、感じたかしら？そのときオーランドーは死んだのよ――というより、喋るのをやめたの、小さな点々三つ残して。……問題は、これであなたに対するわたしの気持ちが変わるだろうか？　ということ。この何ヵ月もわたしはあなたの中に生きてきた――今そこから出てきて、さて、あなたは本当はどんな人なのかしら？　あなたは本当に存在しているのかしら？　わたしがあなたをこしらえ上げただけなのかしら？ということなの。」

「一時五分前」――ここでもすでに時計の針はV字を形づくっていたのです（一六七ページ参照）。しかも、この愛の象形文字はすでに崩れ去ろうとしていた、「オーランドーは死んだのよ――というより、喋るのをやめたの、小さな点々三つ残して」。無論、喋るのをやめたのはウルフ自身です、たしかに「オーランドーは死んだ」のです。「文学史上もっとも長く、もっとも魅力的な恋文」『オーランドー』のいわば前《プレ》テクストは、以上のような〝女《レズビアン》〟の暗闘・確執だったのです。ここで思い出す、『自分だけの部屋』の結びで、ウルフがこういっていたことを。「女は女にたいして辛く当たるものです。女性は女性が嫌いなのです。女性――あなたがたはこの言葉に死ぬほどうんざりしていませんか？　わたくしはうんざりしています」。この言葉が生まなましい肉感性、生臭い現実感を帯びて甦ってこないでしょうか。甦ってくるとすれば、『自分だけの部屋』が「フェミニスト共謀の言説」でも、ましてやヴィータに仕掛けた「レズビアン的誘惑の話法」でもあり得ないことは、もう明らかすぎることではないか。ことはまさにその逆だったのです。女子学生に混じって現にこの講演を聴いていたヴィータの耳に、ヴァージニアの「告別《ヌンク・ディミティス》」のメッセージはしかと届いたはずだからです。

　ぼくには『オーランドー』は文学による、書くという創造行為による〝ヴィータ〟の悪魔祓い、レズビアン的愛憎の修羅からの自己解放を期せずして内包、予定していたと思えます。今、期せずしてといいましたが、ウルフに自己解放の予感があったことは、『オーランドー』の筆をおいたときのヴィータ宛手紙に見える「これであなたに対するわたしの気持ちが変わるだろうか？」という、自問のなかに暗示されていないでしょうか。書き上げることでヴィータの中から出てきた今、ウルフはいいます、「あなたは本当はどんな人なのかしら？　あなたは本当に存在しているのかしら？　わたしがあなたをこしらえ上げただけなのかしら」。人の伝記を書くというのは、いかなる場合でも、こういう疑問に耐えることですが、ぼくがここでいいたいのは、そういう当たり前のことではありません。ヴィータを愛しはじめたころ、ウルフは彼女のことを「本物の女《リアル・ウーマン》」「熟した葡萄のような官能性」「母性的な保護をふんだんに与えてくれる」と、日記にしるしていました（一九二五年十二月二十一日）。そして今、そういうヴィータ像も自分が勝手に「こしらえ上げただけ」の幻想、幻影にすぎないのではないかという想念が、ヴァージニアの脳裡をかすめたのではないかということです。『オーランドー』出版からほぼ六年後の日記に、彼女はしたためる——

「わたしとヴィータとの友情は終わった。喧嘩したわけではない。バーンとではなく、熟した果実が落ちるようにだ。……まるで一枚の絵を切り落としたみたい。その絵には、セヴンオークスの魚屋の店でピンクのジャージーを着て真珠で飾った彼女の姿が描かれている。これで、その絵も終り。悲痛も幻滅もない、あるのは一種の空虚感だけ。」(一九三五年三月十一日)。

つい先ほど引いた馴れ初めのころの日記には、次のようなヴィータの姿が描かれていました――「彼女はセヴンオークスの食品雑貨の店で蠟燭をともしたようにきらきら輝き、橅《ぶな》の木みたいな脚で悠然と歩く。燃えるようなピンク、葡萄の房、真珠が揺れる。」

'Où est la neige d'antan?'――「去年《こぞ》の雪、いま、いずこ?」。十年間、ヴァージニアの心と肉体をとらえつづけたヴィータ・サックヴィル=ウェストの〝絵姿〟は、たしかに切って落とされたのです。

一九四一年三月二十八日、ヴァージニア・ウルフがウーズ川に投身したとき、その報を聞いてハロルドとヴィータの口から、ヴァージニアの名前が漏れることは一度もなかったと、ナイジェル・ニコルソンは伝えています(『或る結婚生活の肖像』、二二七)。

(一九九七年十月)

III

知識人とアメリカ

ダイアナ・トリリング『旅のはじめに——ニューヨーク知識人の肖像』について

ダイアナ・トリリングは、ライオネル・トリリングの妻である。と、先ずは紹介したなら、彼女はつむじを曲げるだろうか。ライオネルは一九三一年以来、膵臓ガンで亡くなる七五年にいたるまで、長く母校コロンビア大学の英文学および比較文学科の教壇に立つかたわら、一九四〇年代以降はつねに現代アメリカの批評界を代表する傑出した文芸評論家でありつづけた。博士論文『マシュー・アーノルド』（一九三九年）、評論『E・M・フォースター』（一九四三年）、評論集『進歩主義的想像力』（一九五〇年）、『対立する自我』（一九五五年）、『文化の彼方』（一九六五年）、講演集『フロイトと文化の危機』（一九五六年）、連続講義『〈誠実〉と〈ほんもの〉』（一九七二年）、いずれを今日読み返してみても、人間と文学ひいては文化の問題の要所をとらえたトリリングの批評は、その該博な学識、広く正確な視野、鋭く深い洞察、精微かつ典雅な文体とあいまって、いささかも色褪せていない。いや、ますます生彩を放っているように思える。これは流行観念の上げ潮に乗って現われたかとみると、その引き潮とともにたちまち泡沫《うたかた》のように消え去る、今日おおかたの批評の生理とは異なった希有な批評の生命《いのち》だといっていい。

こういう評論家を夫として五十年近くも生活をともにしたのは、みずからも批評を生業《なりわい》とするダイアナにとって、さぞかし心理的負担となったに相違ない。彼女も率直に認めている、「私が書評や論説よりも大きな企てについに乗り出すことができずに終わったについては、いくつかの理由が考えられるだろう。まずもっとも手っとり早い理由は、明らかに私の人生に大きく立ちはだかっていたライオネルの存在だ」（拙訳『旅のはじめに』、法政大学出版局、一九六二年、四四〇ページ、以下略記）。しかし彼女はすぐ、こう断わっている、「が、たとえ私を抑圧したのがライオネルであったとしても、責任は私にあり、彼にはない。彼は私の文学の道になんの障害も設けなかった。私を抑制するどころか、ライオネルはしじゅう物書きとしての私を激励して、進歩がみられるごとに喜んでくれていたのだった」。自分自身一個の批評家でいながら、より優れた、有名な批評家と結婚しているというのは、どんな気がするものだったかと問われて、ダイアナはいつもこう答えることにしていたという、「私の、当世風ではないかもしれないけれど正直な答えは、すごくすてきな気持ちだった」と。あるいは、ライオネルと結婚したおかげで、彼女は文学的に世に認められそこねたかも知れないという世間の思惑にたいして、ダイアナはこう端的に納得している、「世の人びとは一家のうちの一人をほめたてることはあっても、二人をほめそやすことはない。ひとつ世帯の家族ふたりをほめるとなれば、気前のよさにかかる負担も倍になる勘定である。ライオネルのような魅力的で感じのいい傑出した人と結婚できて、私はもう十分に幸せ、そのうえ自分の栄誉などなにもいらないと思うのが、とくに女の心根《こころね》というものだった」（四四二）。これは負け惜しみでも、陰湿な自己諧謔でもない。ダイアナの不治の病といっていい、あけっぴろげな一途な正直の論理があるばかりだ。あるいは世のフェミニズムが知らぬユーモアの算術があるばかりである。ならば、ダイアナはライオネル・トリリングの妻であると、先ずは紹介して、なんのさしさわりがあろうか。彼女はけっしてつむじを曲げることはないだろう。

いや、ライオネルの存在にもかかわらず、ダイアナ・トリリングは一流の文芸評論家であり政治・社会評論家であった。生まれはライオネルと同じ一九〇五年、雑誌『ネイション』の文芸欄担当の評論家として出発したのは一九四一年、ダイアナ三十六歳のときであった。それから四九年まで同誌で小説の書評を書きつづけ、のちに一本にまとめたのが『四〇年代時評』*Reviewing the Forties*（一九七八年）である。第二次世界大戦の戦中戦後という激動期の文化状況の貴重な証言であるばかりでなく、いかなるイズム、イデオロギーにもとらわれない柔軟な精神による的確な価値判断、歯に衣きせずいってのける放胆・鋭利な正直——世に恐れられた辛口の批評家、ダイアナ・トリリングの面目がそこに躍如としている。以来、『アメリカン・スカラー』『パーティザン・リビュー』といった知識人向けのハイブラウな評論誌や、『マドモアゼル』『レッドブック』のような女性雑誌に健筆を振るった。主な評論集に『クレアモント評論集』*Claremont Essays*（一九六四年）、一九六〇年代と七〇年代の時事問題を扱った『愛しき人たちよ、行進しよう』*We Must March My Darlings*（一九七七年）がある。書き下ろしの著作としては、情人の医師を殺害したヴァージニア州の閉鎖的な上流女学校の校長、ジーン・ハリスの事件を社会的心理的性的な観点から追跡したノンフィクション、『ハリス夫人

——スカーズデールの食事療法医の死』*Mrs Harris : The Death of the Scarsdale Diet Doctor*（一九八一年）がある。なお編集の仕事としては、ヴァイキング袖珍本《ポータブル》叢書中の一巻D・H・ロレンス集（一九四七年）と、ロレンス書簡集（一九五八年）、それから夫君ライオネルの十二巻に及ぶ同型版著作集《ユニフォーム・エディション》の完成（一九七九年）という大仕事がある。

しかし、なんといっても、ダイアナ最高の作品は本書『旅のはじめに』だと断言していい。出版されたのは三年前の一九九三年、ダイアナは八十八歳になっていた。完成するのに八年を要したという。しかも着手しはじめたころから、彼女の視力は急激に失われ、完成時にはほとんど全盲となっていた。もとより自分の手で執筆するわけにはゆかぬ、口述筆記にたよるしかない。自分で資料を調査することも不可能だ、もっぱら記憶にたよるしかない。口述筆記者はつぎつぎとかわって、完成までに都合ぜんぶで七人を数えた。「すごく辛かった」と、ダイアナは述懐している（『ニューヨーカー』一九九三年九月十三日のインタビュー）。別のインタビューで、口述筆記による執筆という「不思議な体験」について、彼女はこうも語っている――「人は物を書くとき、目をいっぱい使う。次の文章のことを考えながら無意識のうちに前の文章をふり返って見たり、今どのへんまでやってきたか、見はからったりする。自分の文章がどうなっているのか見ることができないというのは、もうお手あげなのよ――なにしろいつも間《あいだ》に他人を介在させなければいけないのだから」（『パブリッシャーズ・ウィークリー』一九九三年十一月一日、強調ダイアナ）。ダイアナが筆記者の意見なり批評なりを聞き入れる気づかいもないが、口述筆記というものは、彼女のいうとおり、「こちらの書くことが、必然的にこちらの話を書きとめる人の意識を濾過してくる。本能的に口述の相手の是認を求めている。当然、なにをいっても言い回しが変ってしまう」(同右)。まさしくそういったものであるだろう。それにしても、自分の文章でありながら自分で直接手を下すことができないというのは、隔靴掻痒《かくかそうよう》のじれったさ、「すごく辛い」ことだったにちがいない。ましてや、短兵急に舌鋒鋭く物言うのを生得の性《さが》とするダイアナのことだ、ぶんぶんと唸りを発して回転する彼女の頭脳の速度にとって、それはまるで地獄のタンタロスの拷問にも似た苦しみであっただろう。

だが、出来あがった『旅のはじめに』には、ごらんのとおり、筆記者の存在の気配はまるでうかがえない。「いつも間に他人を介在させなければいけない」といった著者の苛立ち、苦渋の跡は微塵もない。そこから聞えてくるのは、終始一貫、ダイアナ・トリリングの地声《パーソナル・ヴォイス》だ。娘のころソプラノ歌手を夢みたというその声が、どんな困難・障害をも貫きとおって読者の心にじかに伝わり響いてくる。ことによったら、この直接性は口述筆記によるしかなかった人の悲劇がめぐんだ恩寵ではなかったかとさえ、思えてくる。もしダイアナの目が健在であったなら、「たまたまアメリカ人であるユダヤ人」としてではなく、「たまたまユダヤ人であるアメリカ人」(五六)として生まれ育った自分とライオネルとの生い立ち、彼との長年にわたる結婚生活、その心理的関係力学、複雑にからみまつわる二人の家族背景、おびただしい数のニューヨーク知識人の知人友人、それに負けず劣らぬ数の仇と敵、時代時代の政治的社会的文化的歴史的状況などなどを語って、かくも生きいきとした談論風発、融通無碍な文体を手にすることはできなかったかもしれない。みずからのことを過度の運動で筋肉硬直を起こした人になぞらえて、「いわば現実硬直した人間」(二) と呼ぶダイアナの文体は、〝現実〟の重さに抵抗する、いわばウェイトリフティングで、必ずや硬直したものになっていたにちがいない。

いや、この活発自在な文体を盲目の不幸が生んだ恩寵といってはなるまい。いかに奇妙にきこえようと、一切はダイアナの計算なのだ。現に彼女はインタビューアーに語っている――「実に多くの書評が私たちの人生の物語を悲しい物語だと、呼んでいるわね。私としては、きびしい人生だったとはいえるけれど、けっして悲しい人生なんかじゃなかった。……ともあれ、私が批評家たちにもっと語ってもらいたかったのは、あの書き方のことだわ。あれはただ単に私たちの人生の物語でも、社会の歴史でもない。技巧《クラーフト》の作品でもあるのよ」（前掲『パブリッシャーズ・ウィークリー』、強調ダイアナ）。

一見、子供じみた率直さとみえるものも、人生九十年の円熟のみに可能な「技巧」であり、かくして、ダイアナはどんなに人を憎もうが嫉もうが、いかに悪たれ口をたたこうが、読者に不快なわだかまりを残すことはない。それは空っ風のように吹きぬける、一種爽快な精神の戯れの運動のように感じられるのだ。『旅のはじめに』の語りの「技巧」に注目して、それを賞めた数少ない書評の一つは『パブリッシャーズ・ウィークリー』のものであった。それを知って、ダイアナはことのほか喜んでいたという。さらに同誌のインタビューアーが、この「技巧の作品」がその年、一九九三年度最高のノンフィクション作品の一冊に選ばれたと伝えると、彼女の顔はぽっと明るくなったという。

蛇足ながら付け加えておけば、この比類なくおかしく「悲しい」自伝物語、ニューヨーク知識人物語の生命《いのち》を保証しているのは、ユダヤ的ユーモアに浸された細部、戯画化も辞さぬ独特な誇張法で描かれる細部の活々とした鮮明さだ。宿痾の不安神経症と、この生きいきとしたユーモアとの混交《アマルガム》

――ダイアナとはなんと面白い人物であることか。このユーモアこそ、ダイアナが「本質的にいって悲劇的な人生観」を一生胸奥に抱きつづけていたと正確に洞察しているライオネル・トリリングに、決定的に欠けているものなのである。同じニューヨークのユダヤ人といっても、彼があの暗い大思想家フロイトの影から自由になることは、ついになかったのである。

『旅のはじめに』*The Beginning of the Journey* という表題は、ライオネルの唯一の長篇小説、共産主義からの転向主題を扱ったすぐれた思想小説『旅のなかばに』*The Middle of the Journey* の題名に呼応している。「はじめに」というのは、おそらく物語の時間をいちおう一九五〇年で切っているからだろうが、それはあくまでもいちおうの区切りであって、それから二十五年後に訪れるライオネルの死および死後にいたる時間もほしいままに先取りされて、縦横無尽に語りつくされている。物語の時間という点においても、ダイアナになんの屈託もない。尋常な自伝・伝記が帯びる編年体的枠組の硬さは、ここにはない。

『旅のはじめに』の書評は、ほとんどすべて好意的なものであった。ただ一つ、『ニュー・クライテリオン』一九九三年十月号に載ったヒルトン・クレイマーという人物のものは、例外だ。ダイアナはそれを「単なる政治の域を越えて、私をいやな女と個人攻撃している、なんとも説明に困る怒りようだ」と、いっている（前掲『パブリッシャーズ・ウィークリー』）。ダイアナびいきの私は早速、読んでみた。なるほど「なんとも説明に困る」理不尽な悪意に満ちた代物だった。クレイマーの書評を反駁するのは、『旅のはじめに』をことのほか楽しく翻訳した者の義理であり義務だと心得る。そうすることはまた、この本の解説の一助ともなりうると確信する。さて、クレイマーは書いている――「フロイト理論という倫理的権威を笠に着て、トリリング夫人が『旅のはじめに』でおこなった仕事の一つは、彼女の夫の名声からその神秘性を剝奪することであった――それも批評家としてのではない、一人の人間としてのだ！『私は神聖冒瀆を受けつけぬ人間というような、そんなライオネルのイメージが大嫌いだった』と、彼女は書いている。『そんなイメージは彼を小さくし偽るものだと、感じていた。ありとあらゆる傷つきやすい人間性をもった、ありのままの彼のほうが好きだった』。トリリング夫人は、彼女の夫が彼女自身とは違って、精神分析を受けなければならないという、その必要を公表しようとせず、また自分の私生活上の諸問題を学生や大学の同僚や文学仲間に打ち明けようとしなかったのを、根にもっているのである。」

『旅のはじめに』で、ダイアナが過分なくらい自分が多年にわたって受けた精神分析治療の経歴を物語っているのはたしかである。が、だからといって、彼女が「フロイト理論という倫理的権威を笠に着た」ためしは一度たりとない。第一、彼女は「フロイト理論」など少しも信じていない。彼女が信じていたのは、あくまでも治療の技術としての精神分析であった。ダイアナもはっきりといってい る、「ことの真実は、情緒的病いの苦しい現実を治療する方法を創造した医者としてのフロイトに近づくのではなく、ライオネルがフロイトを知の歴史における巨人、独創的な強力な一連の観念の創始者とみなしていたところにある。これは私の精神分析にたいする態度とは正反対なものだった」（二八二）。あるいは、こうも書いている、「彼（ライオネル）が尊敬していたのは、思想家としてのフロイト、文明の悲劇の証人としてのフロイトであった。まず何よりも医術としての精神分析そのものには、昔も今も私がもちつづけているような深い関心は、ライオネルにはなかった」(三二〇—二一)。いや、実はダイアナは医術としての精神分析さえ、彼女が言い張るほどには信じていないのではないか。なぜなら彼女が受けた分析治療はことごとく滑稽・無残に失敗しているのだから。彼女もいっていないか——「今、この長い人生の道の終わりで、自分は適切な分析を受けたことは一度もなかったと、つくづくと思っている」と(二八六)。にもかかわらず、あれほど縷々として分析体験の私物語をかたったのは、精神分析医もまた、まぎれもないニューヨーク知識人の一典型だったからに相違ない。一九二九年の大恐慌以後、ニューヨーク知識人の知的風土を支配したのは、マルキシズムとフロイディズムという二つの「たがいに排他的な決定論」(二八三)、唯物的決定論と唯心理的(?)決定論であったのであれば、共産主義への接近と離反、共産主義による社会救済の夢と挫折といった時代の精神風景とともに、精神分析による自我の救済願望とその破綻をひたすらみずからの体験をとおして語るのは、今世紀中頃のニューヨーク知識人の肖像を描くことを目的の一つとする『旅のはじめに』にこと欠かせぬ作業であったはずだからである。

ともあれ、ダイアナの無手勝流の話術が描きだす精神分析医たちの群像は、共産主義同調者あるいは進歩派としての知識人の群像同様、まるでバルザックの「人間喜劇《コメディ・ユーメンヌ》」中の人物のように躍如としている。無論、彼らの治療を受ける患者ダイアナ自身も、これまた立派に哀れ滑稽な小説的人物と化している。たしかにダイアナにはわがままで、じゃじゃ馬めいたところが大いに見受けられるが、彼女の辛辣な目は確実に彼女みずからの上にもそそがれているのである。

ダイアナはいかなる「権威」によっても、夫ライオネルの「名声からその神秘性を剝奪」しようようなどとはしていない。そんなケチな解体批評《ディコンストラクション》は――というのは、クレイマー自身がダイアナの「精神分析的解体批評」といっているからだが――彼女にはまったく無縁のことだ。先の引用にすぐつづけてクレイマーは書いている、「そのような慎重さ（私生活の秘密を外に洩らさぬこと）は、賞賛すべき倫理的繊細さかもしれぬということなど、明らかに彼女の理解を越えているのだ」。いったい、どこの世界にそんなことが理解できぬ馬鹿がいようか。ダイアナは無類に正直だが、けっして馬鹿正直ではない。バイロンを評して親友ホブハウスがいった「危険な誠実」という言葉を借りれば、彼女の正直はまことに「危険な」ものではあるが、けっして愚直なものではない（そこに多くの敵を、とくに女の敵を――リリアン・ヘルマン、メアリー・マッカーシー、ハナ・アーレントを見よ――つくらざるをえなかったダイアナ一生の不幸がある）。現に、精神分析に対する根っからの反感が支配的であった当時の大学の雰囲気のなかで、ライオネルが精神分析を受けていることを親密な友人たちにさえ秘密にしていたのを、ダイアナは「いかにも思慮ある慎重なおこないにはちがいなかった」といっているのである（二八四）。そればかりではない、彼が秘密を人に洩らさなかったのは、なにも対世間的な護身の慎重さのみのことではなく、彼みずからが「精神分析にたよったことを弱さの証《あか》しとみなしていた」からだとも、ダイアナは洞察している（同右）。つまり、秘密を守るのはなによりも先ず、ライオネルのおのれ自身に対する内的要請だったということだ。弱さを告白してなんになる、弱さの上塗りをするだけではないか。「私が好むのは、人びとの外面であって、彼らの内面などではない」、こういうライオネル若年の言葉をダイアナは紹介している（二八二）。ここにはほとんどW・B・イェイツ的なといってもいい、仮面への意志がある。トリリングのあの温和・典雅な容貌物腰の陰に、あの複雑・綿密・慎重な文体の奥に、いかに〝男らしさ〟への彼の荒々しい憧憬が悶えながら秘められているか、それを初めて見事に解析してみせたのも、本書のダイアナにほかならない。

いっぽう、情緒的疾患を病んでいた心の弱さをあからさまに、なんでもぶちまけるダイアナ自身は、自分のことをこう書いている——「なにしろ私は女であり、私の症状にしても、むろん、ライオネルのよりもあからさまで、隠すのがむずかしかったのだから」(二八四)。なるほど、女は化粧に憂き身をやつすが、にもかかわらず仮面の意志ほど女から遠い意識もまたない。体面という低次元の仮面にしても、男よりも社会的桎梏《しっこく》の少ない女には、それほどの大事ではない(フェミニズムの凱歌の末には、この女の幸せも霧消しよう)。ダイアナも先の引用の直前でいっているとおりだ、「私が情緒的疾患を病んでいることは、ライオネルの場合ほどに大事ではなかった」。ライオネルが若い同僚や学生たちに対して、〝父〟象徴としての体面、仮面を保ちつづけなければならなかった、そういう教育的要請のことも、自身、〝父〟固着《エレクトラ・コンプレックス》を病むダイアナにはよく理解できることだったのである。むしろ、不満があったとすれば、彼女が情緒的支えとしてライオネルに頼りきっていたにもかかわらず、彼が「私にとって父であったことはけっしてなかった」くらいのものだったのだ(三一三)。それにしても、自分が正直でいられたのは、なにしろ自分の症状が「ライオネルのよりもあからさまで、隠すのがむずかしかった」からだというのは、なんともユーモラスな率直さではないか。クレイマーの「理解を越えている」のは、まさしくこういったダイアナのユーモアなのである。

要するに、彼女はすべてを理解したうえで、こういうのが「公平でないのはわかって」いながら、「私は神聖冒瀆を受けつけぬ人間というような、そんなライオネルのイメージが大嫌いだった。ありとあらゆる傷つきやすい人間性をもった、ありのままの彼のほうが好きだった」といっているのである。これはクレイマーのいうような仮面剝奪の言辞では毛頭ない、かけがえのない一個人としての夫ライオネルへの内密・真率な愛の表白だ。ある日のこと、ライオネルの昔の教え子であり今は大学の同僚になっている人が訪ねてくる。そのときダイアナは四十三歳、最初にして最後の妊娠の後期にあり、訪ねてきた青年の妻も出産まぢかであった。彼は父親になる日が近づいてくる驚異と恐れについて、ライオネルと話したいと思ってやってきたのである。「ぼくと同じように、ライオネルもおびえているのだろうか？」。ライオネルは訪問者の不安な質問を一笑に付した。青年は思い悩むように、こういったという、「ライオネルは完全な人で、ぼくにのしかかっているような不安を感じるわけもない」云々と（三一四）。青年が帰った直後、ダイアナの激怒が奔出する、「自分は世間の人間とはちがうんだと、ご大層にかまえているあなたは、いったい何様《なにさま》なの？　年若い同僚とは別の種族に属しているといえるほど、あなた、分裂していないとでもいうの？」。ダイアナはすぐ「ある意味では、私のいうことが公平でないのはわかっていた。ライオネルは自分がほかの人びとより優れていると思ったことはなかったのだから」と弁明している。そう、この激怒も、「ありとあらゆる傷つきやすい人間性をもった、ありのままの」ライオネルに向けられた激しい愛の訴えであり、この激怒の場面をいま記述するのは、世間が知らぬ、知ろうとしないライオネルの「矛盾撞着」（「まえがき」vi）、彼の「ありのままの」人間性を伝えようとする伝記作者の誠実でこそあれ、クレイマーが「大小さまざまな事柄について、トリリング夫人はあたかも彼女の夫が彼女の人生における最たる極悪人でもあるかのように、彼の犯した罪を告発するのに余念がない」といったような怨恨などでは、断じてないのだ。

「あなたは、いったい何様《なにさま》なの？」といわれて、ライオネル・トリリングは、一体、どう応接したのだろう？　残念ながらダイアナはなにも書いていない。おそらく彼はさぞかし悄気かえったことだろう。だが、激怒といえば、ライオネルもまた、憂鬱症の発作に襲われると、理不尽な怒りをダイアナに向かって浴びせかけたのである、「まるでこの私が自分の憂鬱症の自明な原因でもあるかのように」（二八〇）。「世の中の男のなかでいちばん温和なこの人、世の亭主族のなかでいちばん妻に献身的なこの人、このライオネルが私を全面否定するような言葉の攻撃をほしいままに」したのである（三一八）。お互いさまのことにはちがいない、が、並の夫婦喧嘩とは少しちがうように思われる。これら互いの激怒の発作は、あえていえば、深き淵よりの叫び《デ・プロフンディス・クラマーヴィ》であり、より深く親密な対話を希求する渇きのごときものではなかったか。ラドクリフで美術史を専攻した母の血の呼び声に応えたのでもあろうか、トリリング家の一人息子ジェイムズはいま四十七歳、ビザンティン芸術を専門とする美術史家となっているが、彼は前掲『ニューヨーカー』の記者に、次のように語っている。「なかでも私がいちばん感銘を受けたことは、両親が絶えず互いに語り合っていて、ほとんどいつも同じ波長だったということだ。二人の結婚生活の長所のすべては、まさにこういう二人の対話のありかたにあったと思う。このような印象を私が他の夫婦から受けたことは、めったにない」。ダイアナとライオネル互いの激怒もまさしく「同じ波長」のものであっただろう、二人の結婚生活の「長所」(strength)を強める活性剤であっただろう。事実、『旅のはじめに』は、その辺の事情を雄弁に物語っている。

『旅のはじめに』をなぜか亭主断罪の「ひたぶるな熱情」とひたぶるに曲解する誤読の達人クレイマ

ーは、それこそ「大小さまざまな事柄について」、ダイアナが語る興味津々たる細部ことごとくについて、滑稽きわまる誤読をおかすのに「余念がない」。たとえば、いったん眠りこんだら朝まで絶対に目を覚まさないが、愛児の呼ぶ声を聞けば真夜中でもはっと目を覚ますライオネルの眠りの形を描いた個所、それをクレイマーは「波乱多き現代の結婚生活の記録のなかでも、この上なく異様奇怪《ビザール》な告発の一つ」と読む。その個所を参考までに引用すれば――

「いったん眠りこんで翌朝まで目を覚ますまいと決めたら、つねろうと、なぐろうと、ぶったたこうと、彼はびくともしなかった。ともあれ、これが夫としての彼の振舞いだった。父としての振舞いは、まったく別だった。私たちの幼い息子、彼自身眠りの落ち着かない子だったけれど、それが『おとうちゃん』とライオネルを呼べば、彼はさっとベッドから飛び起き、眼光鋭く、真剣な面持ちでわが子を見守る。あなたは私にさからって眠っている、と私はライオネルを責めた。という意味は、すっかり目を覚ますことができるのに、私が起こしてもわざと目を覚ますまいとしているということだった。」(一五四、強調ダイアナ)

これを読んで、ぷっとふき出さない人はどうかしている。ましてや、これを現代の波乱多き結婚生活の記録のなかでも「この上なく異様奇怪な告発の一つ」と読む人間は、もう異様奇怪《ビザール》な痴愚といっていい。おまけにクレイマーは、ライオネルがダイアナに「さからって眠っている」というところに、なにやら性的暗喩を嗅ぎあてているようすだ。「有難いことに、ライオネル・トリリングのベッドにおける遂行能力の話は省かれているが、彼が男性的能力の領分で傑出していたといいうる資格はほとんどなかったということは、暗にわれわれ読者が理解しなければならないように書かれている、それは確かだ」。こう書く人間は、もう下司《げす》の極致というしかない。「私にさからって眠っている」といったとき、ダイアナはライオネルの性的能力の薄弱さなど、これっぽっちも暗指してはいない。ただただ世にもめずらしい子煩悩な父ライオネル・トリリングの姿を、懐しくいとおしんで思い出しているだけだ。しかも、眠りこんだら最後、絶対に目を覚まさないというのは、ライオネル一人の得意技ではなく、トリリング家の血筋の者すべてに共通する習性だった。このことをのちに知って、ダイアナはライオネルの「眠りの形をそう判断したのは、たぶん不公平なことだったと、今の私は悟っている」とこれまた素直に悔いてもいるのである。

馬鹿ばかしい限りではあるが、もう少しクレイマーに付き合う必要がある。さらに彼はいう、「実際、トリリング夫人が『旅のはじめに』で演じてみせた一種の早業とは、彼女の人生のフロイト主義的読みと、一般にフロイト理論と対立すると考えられているフェミニズム的政略とのちぐはぐな結合によるものなのである」。『旅のはじめに』のどこをどうたたいたら、こんな音《ね》が出てくるのか、まことにもって不思議である。ダイアナがフロイト理論とまったく関係がないことについてはすでに言ったが、彼女は当世流行のフェミニズムをときに茶化し、ときに憫笑していこそすれ、彼女が「フェミニズム的政略」を楯にとって夫を男を社会を文化を断罪したことなど、本書を通じて一度もありはしない。ただ次のように、決然と賢明にいい放っているばかりだ――

「私は現代のフェミニストとは無縁で、男を女の敵対者としてではなく、人間たらんとする同じ困難な営みに耐える伴侶と考えている。たしかにこの困難な事業において、男には女に拒絶されてきたいろいろな利点があったとしても、それで彼らが別段、幸せになったわけではないのだ。男であるよりも女であるほうがむずかしいとは、私は思っていない。また私は女であるために実にたくさんの喜びと特権を得てきたので、今日のフェミニズム理論が押しつけがましくいっているふうに、自分を犠牲者だと考えることはなかった。」（四四四）

女が男の成熟する場所であるとすれば、男は女の成熟する場所であるにちがいない。これほど簡明、現実的な性差の定義が、ほかにあるだろうか。かかる性差こそ、「人間たらんとする同じ困難な営みに耐える」ために、男と女に、女と男に与えられている唯一、不可避の人間の条件なのである。いや、大仰なことはいうまい。小説家になるのを憧れながら、ついに真の小説家になりそこね、意に反して批評家になってしまったライオネル、ヘミングウェイの死を知って、「どれほど彼が私に取り憑いて離れなかったか、誰に想像できようか？　どれほど彼が私の心のなかに存在していたか——一つの叱責として？　彼は私が羨望した現代唯一人の作家だった。どんなに愚かしい姿勢をとろうと、どんなに劣悪な作品を書こうと（『老人と海』は例外だ）、私は彼を尊敬した」と、五十六歳にしてなおも日記にそう書きつけずにいられなかったライオネル、そういう彼の「慎重な批評家人生と、自由無《む》碍《げ》な本能の生活、そこから小説家になりうる能力が湧き出る（と彼はいいたかったわけだが）酩酊と無責任と抑圧なき性的自由の生活とのあいだに設けた、奇妙に単純化された断絶」について語りながら、こう見事というしかない、江戸っ子ならぬニューヨークっ子の啖呵を切ってみせる女に、どだい、フェミニズムもへったくれもありはしないのである——

「私としては、小説家になるためにライオネルが酔っぱらいになってもいいなどとは思ってもいなかったろう。小説を書く力は酒瓶のなかにあるわけではない。けれども、そうすれば彼が小説書きとして自分のうえに課せられた束縛から解放されるというなら、情婦を千人もってもいいとは、私は願ったことだろう。私は喜んで彼の女レポレルロになって、彼の女千人斬りの凱歌をうたったことだろう。」（四七二）

最後に、クレイマーはダイアナが結婚とともに知るようになったニューヨーク知識人たちに触れた文章、彼らは「付き合いやすい仲間ではなかった。横柄で、傲慢で、極度に競争心が強かった。寛大な心がなかった、あたりまえの礼儀にも欠けることがしばしばだった。でも、私がそれまで出会ったことがないほどに知的活力に溢れていた――それこそ格別に私を惹きつけたものだった――彼らは一時的な流行語を受けつけなかった。既成の観念は、抵抗しなければならぬ観念にほかならなかった」（一八六）を引用しながら、ただ当人だけが秀抜な皮肉と思いこんでよがっているだけの、実は皮肉にもなんにもなっていない愚劣な断定で、彼の悪意による無理解（逆もまた真）の書評に画龍点睛をほどこしている。クレイマーはいう――

「最後の一点を除いて、というのは、フロイト理論とフェミニズム・イデオロギーが、この本のなかに反映している新しい流行語の全領域を生み出しているからであるが（これが全くのでたらめであることは、すでに証明済みである――引用者）、トリリング夫人はここに描かれている知識人のありよう《スタイル》を十分に修得しているといっていい。『旅のはじめに』はその傲慢さ、その烈しい競争心、寛大さの欠如、倫理的に繊細微妙な問題にたいするその全き無関心によって、ついにその著者に、この傑出した知識人集団の完全な一員たる資格を与えているのだ。彼女はこの集団の教訓をよくぞ学び取ったのである。」

一歩ゆずって、ダイアナがそういうニューヨーク知識人の習性を共有しているとしても、いっこうにかまわない。そもそも知識人とは、そういったものなのだ、そうあるべきものなのだから。『知識人とは何か』の著者、エドワード・W・サイードもいっているとおりだ、「聴衆に迎合するだけの知識人というものは、そもそも存在すべきではない。知識人の語ることは、総じて、聴衆を困惑させたり、聴衆の気持ちを逆なでしたり、さらに不快であったりすべきなのだ」（大橋洋一訳、平凡社、三五ページ）。「私って人間はずけずけとものをいう以外に、なんの取り柄もないのだから」、これはほかならぬイアーゴーの言葉である（『オセロー』二・一・一一九）。原文は'For I am nothing if not critical'——「批評的でなければ、私は存在しない、私は虚無だ」。いかに奇妙に聞こえようと、知識人にはそういう〈イアーゴー〉的要素が必須なのである。イアーゴーが「正直な（honest）イアーゴーの名にかけてな」と独白するとき、その'honest'とはなんでも「ずけずけとものをいう」といった、批評的態度を暗示している。知識人に「正直」が可能とすれば、そういったイアーゴー的な「正直」の「知的活力」をおいてほかにない。とすれば、ニューヨーク知識人が、ダイアナのいうように、傲慢で極度に競争心が強く寛大さに乏しく礼儀にも欠けることしばしばだったとしても、なんの不思議があろうか。正直なダイアナ・トリリング！

イアーゴーの「批評的でなければ、私は存在しない、私は虚無だ」という自己規定を裏返していえば、「私は虚無なるがゆえに、批評的なのだ」となるであろう。そして、これは開幕早々のもう一つのイアーゴーの自己規定'I am not what I am'（一・一・六五）と通底しているだろう。さて、なんと訳したらいいか。「私は本当の自分ではない」、あるいは「私は存在から拒まれている」。ところで、‘I am not what I am’の反措定が‘I am that I am’であるのはいうまでもない。「われは有《あ》りて在《あ》る者」、あるいは「われはわれなり」――これはモーセの前に現われた神みずからの呼称であった（出エジプト記三・一四）。神の名による創造と「存在」の凱歌である。が、だからといって、イアーゴーを神の反措定、悪魔を気どる者と単純に理解してはなるまい。彼の存在からの疎外、存在の欠落感を深ぶかと汲みとらなければならない。「私は本当の自分ではない」、「私は存在から拒まれている」、こういうイアーゴーの存在の欠落感、存在からの疎外感は、一切の「存在」に嫉妬する。彼の〈虚無〉に裏うちされた〈批評〉、〈虚無〉からの〈批評〉は、一切の創造と存在を無に還元しつくさずにおかない。かくして、オセローとデズデモーナの愛の「存在」の世界は崩壊する。かかる〈イアーゴー〉的批評精神は、トマス・マンの物語るトニオ・クレーゲルが嫉妬（憧憬）しながら同時に侮蔑する、〈市民〉世界の「たのしく心をゆするような生の甘い陳腐な三拍子」を批判せずにおかないだろう。社会の「現存在」の体制、それを保証する支配的イデオロギーの権威に反抗し、その欺瞞をあばかずにはいないだろう。

　こんなところで、あえてイアーゴーの存在からの疎外感に注目したのも、ほかではない。ダイアナの「正直」が愛惜しながら痛烈に批評している、一九三〇年代と四〇年代のニューヨーク知識人の大半はユダヤ人だったからだ。彼らはユダヤ系二世で、ダイアナの言葉を借りれば、「たまたまアメリカ人であるユダヤ人」ではなく、「たまたまユダヤ人であるアメリカ人」であるとしても、なおアメリカ社会からの疎外感をめいめい胸に抱いて生きた人びとだった。そして、この疎外の距離こそ、彼らを批評家に育てた第一の条件だったにちがいない。サイードはいう、「知識人とは亡命者にして周辺的存在であり、またアマチュアであり、さらには権力に対して真実を語ろうとする言葉の使い手である」(前掲書一二)。かくいうサイード自身、アメリカに亡命したアラブ・パレスチナ人であり、かつてユダヤ人ライオネル・トリリングがそうであったように、現在、コロンビア大学の英文学・比較文学教授の職にある。『知識人とは何か』という彼の本は、そういう出身の知識人サイードの自己弁明がいささかあらわに見え透いたもので、その論理も単細胞的であり、とてもあのトリリングの奥深い陰翳を帯びることはないが、にもかかわらず彼のこの知識人定義は有効性を失ってはいない。「亡命者にして周辺的存在」、しかし、もとより知識人は文字通りにユダヤ人やパレスチナ人といった異邦人である必要はない。彼は同国人のなかにあっても「亡命者」にして周辺的存在でなければならない。さもなければ、あのイアーゴー的な「正直」の「知的活力」が発する必要条件、あの疎外の距離が与えられる気づかいもなかろう。亡命ないし亡命者を表わす'exile'という英語の語源的意味は、「外に飛び出す」ということである。つまり、そこには日本語にはない一種積極的な意味合いが含まれている。故郷ダブリンの市民たちを描くために、敢えてダブリンの「外に飛び出した」ジェイムズ・ジョイスの若き芸術家の肖像、スティーヴン・ディーダラスの人生の戦略、「沈黙と亡命と狡知」をもじっていえば、知識人の人生の戦略は「饒舌と亡命と狡知」ということになるだろう。

「知識人とは、またアマチュアであり、さらには権力に対して真実を語ろうとする言葉の使い手である」と、サイードがアマチュアであることをことさらに強調するのは、次のような状況がいま見舞ってきているからだ。彼はいう、「一般的に知識人とかインテリと呼ばれる集団に属する男女——管理職、大学教授、ジャーナリスト、コンピューター専門家、政府の専門家、ロビースト、有識者、コラムニスト、コンサルタントなど、いうなれば意見を求められ金を支払われる人びと——の数が増えることで、独立した声としての個人という知識人のありかたがはたして維持できるかどうかが問われずにはいられなくなったのだ」(二〇九-一〇)。こういう事態が太平洋の彼岸のみのことでないのは、いうまでもない。二十世紀初めニューヨークのグレニッジ・ヴィレッジを中心に生活し、「一般にニューヨーク派知識人の名で知られている人びと」のなかに、「旧き良き時代の知識人のモデル」を見とっている『最後の知識人』の著者、アメリカの左翼知識人ラッセル・ジャコビーの知識人観、「誰に迎合することもなく、かたくななまでに独立を守りぬく人間」を援用しながら、サイードはいう——「いまわたしたちが直面しているのは、ひとつの世代が消失し、それにかわって、行儀がよく、なかなか本心をあかさない、教育専門《クラスルーム・テクニシャン》家の集団が登場したことである」(二一四)。彼はこの種の専門家を「顔のない専門家」とも呼んでいる(三三)。この種の専門家なら、わたしたちの身のまわりにも、いやというほど、うようよ、ちょろちょろしているではないか。

「知識人というこの呼称に、私はメアリー・マッカーシーが死にぎわに書いていた回想録で与えているような、無条件な誇りを寄せることは一度たりとなかった」といいながら、ダイアナも「私が今世紀中頃に知っていたような知識人の世界は、もはや存在していない今日、私はその喪失を深く悲しんでいる」と書いている(四四九)。『旅のはじめに』が「悲しい」物語の調べを帯びているとしたら、それはまさに今や息絶えた一つの時代の挽歌というところにある。本書結び近くで、ダイアナは再度、喪失の悲しみを歌っている——

「ライオネルと私が今世紀の初めの何十年かのあいだに知ったこの国の知的文化は、もはや存在しない。それはライオネルの存命ちゅうにも、すでに消えなんとしていたのだ。大学の年下の人びとがもう気軽に彼を知的やりとりに誘わなくなったとこぼしたとき、彼が気づいていたのは、彼の名声にたいする敬遠の態度というよりは、時代の気質の変化だったのかもしれない。ニューヨークの知識人は歴史のなかに彼らの絶頂の時をもっていた。でもその時はすでに過ぎ去ってしまった。彼らの時代は、無比の批評の時代だった。彼らの批評はいたるところにゆきわたった。彼らには神も保護領も神聖にして不可侵の地盤もなかった。彼らは、小さな、地理的に一点に集中した集団だった。けれど、ほかになにもしなかったとしても、この国の文化一般の平衡を保ったのは彼らだったのだ。この国の文化には、もはや平衡というものがない。今や通俗文化に対抗する分銅は天秤皿におかれていない。」(五二八)

この「批評の時代」の終焉は、ダイアナと同時代の知識人の命数という自然が強いた成りゆきといったけのことではあるまい。それは多分、イデオロギーの終焉を合唱した「時代の気質の変化」と並行した社会現象であったにちがいない(ダニエル・ベルの有名な評論『イデオロギーの終焉』が世に出たのは、一九六〇年である)。そこに出現したのは、〝福祉国家〟の美名の陰に隠れたあいまいな偽善の全体主義であり、それは致命的な病毒のように、人びとの精神を速やかに確実に犯してゆく。彼らはそれに気づかないか、気づいていても、それがまさに明確な〝顔〟をもたぬあいまいな全体主義であるがゆえに、刃向かい批評しようにも、その姿が見えない。あるいは、彼らはそういう事態を「政治的適正さ《ポリティカル・コレクトネス》」として是認している。いわゆるＰＣというこの今日流行の言葉ないし概念は、実はなんらの政治的倫理的適正さをも意味してはいないのだ。ただ通俗的社会通念に順応する態度を意味しているだけの話なのである。最近出版されたケンブリッジの『インタナショナル英語辞典』は、政治的に適正な表現の用例として、'fireman'にかわる'firefighter'を挙げている。一事が万事だ。こういう偽善の全体主義が時代の精神風土を覆い支配してしまえば、もはやまっこうから「正直」に毒づく勇気も風化してしまうだろう。それが姿なき隠微な支配力であればあるだけ、あの尖鋭な〈イアーゴー〉的存在からの疎外感、存在の欠落感を発条《ばね》とした批評の活力も生動しようもなくなるだろう。同じ事をこういいかえてもいい、「大きな物語」が終わったところで、一切を「小さな物語」へと解消・平準化する臆面もない自己満足《ミニマリズム》があるばかりだと。その底には、〈イアーゴー〉的存在の欠落感とは裏腹の存在の希薄感、無力感があるのみだろう。「今や通俗文化に対抗する分銅は天秤皿におかれていない」というダイアナの嘆きも、別事を語ってはいますまい。彼女はつづけて、いう——

「かつて知的職業人と大学人とのあいだに存在していた隔たりは、今ではせばまっている。この国の最良の知性は大学に、学問の特殊領域のなかに隠退している。彼らは私がこの本初めのほうで意味ある闘争の人生と呼んだものを、放棄してしまっている。かわりに、彼らは専門的知識の人生に安住している。」

そう、今の大学人は洋の東西を問わず、「知識人」ではない、単なる「教育専門家《クラスルーム・テクニシャン》」であり、「顔のない専門家」にすぎない。そのことは私もしみじみと、熟知している。最後に、ダイアナはライオネルとともに知り、ともに生きた、今は亡き同時代のニューヨーク知識人の懐かしい名前を列挙し、「彼らのような人びと、彼らのような精神は復権されなければならない。私たちの社会は彼らを必要としている」という哀悼の辞を捧げて、この近来まれに見る生気に溢れた一つの「意味ある闘争の人生」の記録、興味津々たる自伝・伝記・文化史の物語を終えている。

『旅のはじめに』が主として扱っている時代は、日本の年号でいえば、昭和初年代から戦後にかけての時期である。マルキシズム、反共主義、進歩主義、保守主義、心理主義、モダニズムが鋭く対立葛藤していたこの時代の、太平洋両岸の同時代知識人の生き方には、かなり共通し呼応し合うところもうかがえる。その点でも、この本はわたしたちに対岸の火事視できぬ関心をそそるものなのである。さらに、家族主義をけっして棄てることがないユダヤ系アメリカ人の知識人物語だけに、ここに活写されている彼らの家族生活日常の滑稽と悲惨は、もうわたしたちにとっても他人事とは読めぬものなのだ。参考までに、一九〇五年生まれのダイアナ・トリリングと同時代の日本の知識人の名と生年を、思いつくままに挙げておくことにする——伊藤整、一九〇五年。亀井勝一郎、一九〇七年。中野重治、一九〇二年。小林秀雄、一九〇二年。河上徹太郎、一九〇二年。山本健吉、一九〇七年。平野謙、一九〇七年。本多秋五、一九〇八年。花田清輝、一九〇九年。埴谷雄高、一九一〇年。大岡昇平、一九〇九年。保田與重郎、一九一〇年。中村光夫、一九一一年。福田恆存、一九一二年。たしかに、わが国でも、これらの人びとともに、一つの「無比の批評の時代」があったのである。

ダイアナは今年で九十歳になるが、失明のハンディキャップにもかかわらず、いろいろな人びとや場所にかかわる新しい回想録を執筆中だという。彼女の驚異的な精神の活力に乾杯しながら、この訳業を彼女に捧げる。なお、同じウニベルシタス叢書所収のライオネル・トリリング『〈誠実〉と〈ほんもの〉』の訳者あとがきで、私はライオネルの死因は肺ガンだったと書いたが、本書によって膵臓ガンであったことを知った。この場所を借りて、誤りを訂正し、つつしんでお詫びする。

正直いって、こんなに楽しく翻訳した経験は今までない。一九六四年九月から六五年七月まで、私はフルブライト研究員としてコロンビア大学に籍をおいた。渡米直後はしばらくのあいだ、ダイアナが少女時代をすごしたというニューヨーク郊外ニューロッシェルの知人宅に厄介になり、その後、八丁目西三二三番地、ハドソン河ぞいのリヴァサイド・ドライヴに近いアパートに住んだ。残念ながら、その年、トリリングはダイアナと一緒にオックスフォードにいっていて留守だった（このことを知ったのも、本書を通じてである）。『旅のはじめに』を訳すのがこの上なく楽しかったについては、そんな私のニューヨーク体験の思い出もあずかっているにちがいない。

（一九九五年十二月）

D・H・ロレンスとアメリカ

メイベル・D・ルーハン『タオスのロレンゾー——D・H・ロレンス回想』をめぐって

これは、Mabel Dodge Luhan, *Lorenzo in Taos* (London, Martin Secker, 1933) の全訳である（法政大学出版局、一九九七年）。「D・H・ロレンス回想」という副題は訳者である私が勝手にそえたもので、原著にはない。〝ロレンゾー〟というロレンスを取巻く仲間うちの愛称は、わが国の読者には、ロレンス文学の愛読者にとってさえ、馴染みが薄いと思えたからである。さらに「回想」と副題に断わったのは、本書が一九二二年九月十一日ロレンスをニューメキシコのタオスに迎えてから、二五年九月十日彼がそこを去るまでの三年間、著者メイベル・ドッジ・ルーハンがロレンスの身辺ですごした生活の記録、この二十世紀第一の天才との悲喜・愛憎葛藤の人生の思い出を、現代アメリカの代表的詩人の一人ロビンソン・ジェファーズに綿々と物狂おしく物語る形をとっているからだ。

およそロレンスほどに伝記・回想の類に囲繞されている作家もいない。その数は枚挙にいとまがないといってもいいが、しかし私が読み得たかぎりにおいて、この『タオスのロレンゾー』くらい面白いものもないと断言できる。ここにはロレンスという稀有な人間に体当たりしていった一人の女の裸形の生命《いのち》の必死さが生きいきと躍動している。そして、この女の偏執狂的心理に裏打ちされた物語の鏡面に、公平・客観的な回想伝記類がついにとらえ得ていないロレンスの横顔が、世人の知らぬ彼の〝影の部分《パール・ドンブル》〟が彷彿として映じている。メイベルもいっているとおりだ――「ロレンゾーの唇を借りて語り出した超人の記録は、だれか他の人にまかせよう。でも、彼がしじゅう発していた別の言葉があったのだ。彼の生身《なまみ》は、一種の言葉だった」(二二二ページ、以下略記)。

一九三二年四月、『北回帰線』出版を前に是非ともロレンス論を書かなければならぬ破目になり、パリはクリシーのアパートの部屋でもがき苦しんでいたヘンリー・ミラーは、『タオスのロレンゾー』(初版、一九三二年)を読んで激しい興奮にかられ、即座にアナイス・ニンに手紙を書き送る。「えらく興奮している。十分に描き切った肖像だ――その点では、この本が気に入った。しかしこの女(メイベル)はなんという忌まわしい女か! 一ページごとに、この女の腸《はらわた》をえぐり出してやりたくなる。おかげで、ロレンスにたいするぼくの評価も減少する――彼に関する新しい話を読まされるたびごとに。彼は我慢ならぬ男――ちっぽけないやな奴、卑劣な悪魔みたいな奴、ひからびた、完全に典型的なイギリス人だったように思えてくる。ぼくは物事にたいする彼の労働者ふうの(いや、ブルジョワふうの)態度――床をみがいたり、料理したり、洗濯したり、などなど、そんな態度を軽蔑する。おまけに、独りであることなどという、御託《ごたく》とくる! 感性が鋭いのじゃない、臆病なだけだ。肝っ玉がない、人間味がない。ま、こんなことについては、実際にぼくのロレンス注釈がはじまったら、もっと触れることになるだろう。ともあれ、この本の一ページ一ページがぼくにとっては意味深長だ――ロレンスとぼくの似ているところと似ていないところがいろいろと分かって」。

アナイスはこのミラーの手紙を「精神錯乱《ブレーンストーム》」といい、「彼の激怒は度はずれている」と日記にしるしている。すでに彼女は一九三〇年、ロレンスの死の直後、十六日間で書き上げた『D・H・ロレンス――一素人の研究』を出版していた。それはロレンスの文学によって身内の〈女〉を開眼したアナイスのみが書きうる、みずみずしく繊細親密なロレンス研究であった。そして今、金星、恋の女神ヴィーナスの星の下に生まれたこの美しい有夫の女と、火星、軍神マルスの星の下に生まれたブルックリン出の猛々しい野人ヘンリー・ミラーとは、ギリシア神話が語るとおりに互いに恋人となっていた。そればかりではない、ミラーの一生を決定づけ呪縛しつづけた妻、凶々しき〝運命の女〟ジューンもまた、パリにやってきていた。『タオスのロレンゾー』の一ページ一ページがミラーにとって「意味深長《プレグナント》」であり、そこには彼とロレンスの「似ているところ」が示唆されているといったとき、ミラーの脳裡に浮かんでいたのは二人の性格上の類似だけのことではなかっただろう。それはメイベル＝ロレンス＝妻フリーダという「関係《ネクサス》」と、アナイス＝ミラー＝妻ジューンという関係との類似がはらむ意味の構図でもあったにちがいない。現にミラーは先の引用にすぐつづけて、こんなことを書いている――

「すごくいい、まったく素晴らしいと感心したのがなんだか、きみに分かるかい？　結婚しようとしている若者に与えたロレンスの忠告さ。『いつも独りであること、これが大切だ。彼女がやさしいときには、やさしくするがいい。だが、自分の意志をきみに押しつけようとしたら、ぶったたけ！』

（一〇七）。この忠告がぼくにはどんなに素敵に響くか、きみには分かるまい。まさしく知恵だ……男と女の問題にかかわる知恵の精髄だよ。このことをもっと前に知っていたら、ぼくはあんなにも沢山な面倒……無用な面倒を避けられたのに。この本に書かれていることによると、確かにロレンスはあの肥ったドイツ女（フリーダのこと――引用者）をぶったたいたんだ。彼女は鼻血をたらし、目に隈《くま》つくって人前に現われたそうだ。これが文学じゃなくて、本当の話であって欲しい！」

　無論、ミラーの胸奥によみがえっているのはジューンであり、彼女との愛と憎しみの「災いの物語《ヒストリア・カラミタートム》」、「薔薇（＝愛）の十字架刑」としての人生の思い出であった。明敏なアナイス・ニンには何もかも分かっていた。ミラーの手紙を「精神錯乱みたい」と呼ぶ直前、彼女の日記は書いていた――「ヘンリーはジューンをぶったたくといっているけれど、それは口先だけのこと、あるいは筆先だけのことだ。ジューンの前にでれば、彼は弱い。女にたいして防御が彼にはまるで欠けている。彼はいつも自分を守ってもらってきたのだ。ジューンがこういうのも、もっともなことかもしれない。『わたしは彼を子供のように愛してきた』と。ヘンリーはひたすら破壊と怒りで男らしさを主張しつづけるつもりかしら？　そしてジューンが現われると、頭を垂れてじっと耐え忍ぶのかしら？」

　そもそもミラーがロレンス論を書く破目になったのは、猥雑・危険な小説『北回帰線』の作者が単なるポルノ作家でないところを世間に知らせておいたほうが得策だという、書肆ジャック・カヘインの商売上の思惑にあった。ミラー自身も五、六十ページの小冊子のなかでロレンスを手際よく料理して、あっさり彼とおさらばするつもりだった。が、読めば読むほど、ロレンスは他人事ではなくなる、「もう今ではぼくの問題だ」(一九三二年十月、アナイス宛手紙、強調ミラー)。こうなれば、もう簡単にロレンスを料理することなど不可能だ。事実、一九八〇年、死を迎えるまで、ロレンスを理解し把握しようとするミラーの苦闘はつづくのである。ロレンスに関する「注釈」、思索の断片ノートが収拾する術もなく混沌と集積してゆく。それはミラーの死の年、『ロレンスの世界――熱烈な鑑賞』と題されて、ようやく陽の目を見る。その中にいう、「今や私が書いているのが〝批評〟でないことは明白だと思う。これは熱烈で偏見にみちた鑑賞であり、一つの感情の記録だ。これこそ価値ある唯一の批評形式だと、私は思う」(キャプラ、一九八〇、五五ページ)。つとに一九三三年九月六日、ミラーはアナイスにこう書き送っていた――「こんな男、こんなにも多くを与えてくれた男を正当に評価する方法があるとすれば、こちらも創造する以外にない。彼を説明するのではなく、彼について書くことによって、彼が手渡そうとした炎がこちらにも燃え移ったことを証明してみせることだ」(強調ミラー)。ロレンスは「もう今ではぼくの問題だ」といったミラーの言葉の真意もそこにある。そして、〝ロレンス〟をミラーみずからの問題と化した発端こそ、まさに本書『タオスのロレンゾー』だったのである。

ミラーにその「腸《はらわた》をえぐり出してやりたい」と思わせたメイベル・ドッジ・ルーハンとは、一体、どんな素姓の女だったのだろうか。ここにロレンス自身が書いたメイベルの略歴と肖像スケッチがある。それは一九二二年十二月五日、タオスのデルモンテ牧場からフリーダの母、アンナ・フォン・リヒトホーフェン男爵夫人に書き送られた手紙のなかに見出されるものだ。

「メイベル・ドッジについてお尋ねですが、彼女はアメリカ人で——金持ち——一人っ子——エリー湖に臨むバッファロー市の生まれ——一族は銀行家——今年、四十二歳——背は低くがっしりした体つき——若く見えます——三度結婚した経歴あり——一度目はエヴァンズという男（死亡）、二度目はドッジという男（離婚）、それからモーリス・スターンという男（ユダヤ系のロシア人、画家、まだ若い）（これまた離婚）。今はトニーという太ったインディアンを愛人にしています。ヨーロッパでの暮らし多し——パリ、ニース、フィレンツェ——ニューヨークではかなり有名ですが、あまり人に愛されていない——女性としてはたいへん利口——もう一人の、いわゆる文化の担い手《クルトウールトレーガー》——〝パトロン〟を演じることが好き——白人の世界を憎み、その憎しみからインディアンを愛しています——たいへん〝気位が高く〟、当人、ひとに〝親切に〟しようと懸命ですが、たいへん邪悪です——恐ろしいほどの権力への意志の持主——つまり、女の権力への——魔女になりたいと願いながら、同時にイエスの足もとに坐したベタニヤのマリアのような女にもなりたがっていました——がっしりとした白い鴉《からす》、クークーと優しい声で鳴きながら不運をもたらす大鴉、小ぶりな野牛《バッファロー》といったところです。」

メイベルの「権力への意志」、ブレイクふうにいえば「女の意志」（Female Will）から遁走するために、彼女の持ち家を離れ山上のデルモンテ牧場に引き移った直後の手紙だけに、このスケッチが意地悪く辛辣なのもやむをえないことかもしれないが、補足しておけば、メイベル（旧姓ギャンソン）の生年は一八七九年、フリーダと同年、一八八五年生まれのロレンスより六歳年長だった。最初の夫カール・エヴァンズと結婚したのは一九〇〇年、彼とのあいだに生まれた一人息子ジョンこそ、長じて、ミラーがいたく感激しているロレンスの例の忠告を受けた人物にほかならない。二度目の夫エドウィン・ドッジはボストン出身の建築家で、彼と結婚したのは一九〇三年。「ヨーロッパでの暮らし多し」とロレンスが書いているのは、第一次大戦勃発までメイベルがこの二度目の夫とすごした時期を指す。アメリカからの離脱者で前衛的女流作家ガートルード・スタインと親交があり、彼女に『クロニア荘のメイベル・ドッジの肖像』という作品があること、このフィレンツェの住まいクロニア荘の蔵書処分に当たってのちにロレンスに多大な苦労をかけたことについては、本書第五部を構成している彼のメイベル宛書簡集に詳しい。大戦中と戦後の数年間はニューヨークのグレニッチ・ヴィレッジに居を構え、毎週水曜日の晩に前衛的作家、芸術家、急進的知識人を集めて、彼らのパトロンとなった。そのなかには共産党系の社会評論家マックス・イーストマン、若き日のウォルター・リップマン、社会の不正を激しく摘発したジャーナリスト、いわゆる〝糞掻き棒《マックレイカー》〟の一人ジョセフ・L・ステフェンズ、ロシア十月革命のルポルタージュ『世界をゆるがした十日間』(一九一九年)で一躍有名になったジョン・リードらがいた。メイベルはリードの愛人になり、ロシアのボルシェヴィキ革命のために働いた。すでにエドウィン・ドッジとは別れ、一九一六年、三度目の夫モーリス・スターンと結婚していた。やがてヴィレッジでの生活にも飽き、モーリスとともにタオスにやってくる。そこで土地のプエブロ・インディアン、トニー・ルーハンに出会う。モーリス・スターンとは彼を「追放」(八九)するようにして離婚し、トニーを彼の妻から奪って同棲する。以上が一九二一年、ロレンスのイタリア・サルディニア紀行『海とサルディニア』を読んで感動し、「ここにこのタオスの土地とインディアンのことを本当に見ることができ、それをあるがままに本のなかに生き生きと描き出せる唯一の人がいる」と確信して(四)、当時シチリアに滞在していたロレンスに「タオスに来たれ!」と手紙を書き送るに至るまでのメイベルの半生のあらましである。

「ロレンスと話したとき、わたしは自分の人生のなかで輪郭がくっきりと見えるそれぞれの時期に、それぞれ違った大きな中心で目覚めたことを語った。最初、バッファローでは、下部のセックスの中心で。イタリアでは、太陽神経叢《ソーラー・プレクサス》の情緒的神経的美的中心で。ニューヨークでは、いろいろな観念の刺激で人がきりきり舞いする前頭部の興奮の中心で。それからタオスでは、トニーが徐々にわたしの眠っていた心を目覚めさせた、トニーとタオスの山々が。」(八六)

ロレンスの『無意識の幻想』中の用語を生硬に使ってメイベルがここに吐露している彼女みずからの半生の要約は、それなりに正確なものだといっていいように思う。しかし、彼女が人生の「目覚め」の三つの時期として挙げている性的、美的、観念的目覚めのいずれもが彼女を満足させるものでなかったことは、この三つの時期とそれぞれ重なる三度の結婚と離婚という彼女の挫折の人生を見れば、歴然としていよう。単なる肉体的な幸福にも前衛芸術にも革命的社会主義運動にも、メイベルはついに充足することはできなかったのだ。つまり、彼女をヨーロッパから、ニューヨークから、はるばるアメリカ南西部ニューメキシコへと駆り立てたのは、そういう西欧近代への終末的倦怠と絶望、「白人の世界」への憎悪であり、旅の目的は先ずはプエブロ・インディアンの古来の民芸復興という、敢えていえばウィリアム・モリスふうな〝近代超克〟の強引な熱情、〝故郷〟の土地と自然に根ざした人間の生活への不可能な夢であったのである。これまた、いかにもアメリカ的な夢であり衝動であった。

ニューヨーク時代、メイベルは神経症を病み、精神分析を受けていた。おそらく、アメリカで精神分析を受けた最初期の女であったにちがいない。「神経症の女が恢癒すれば、彼女は女になる。神経症の男が恢癒すれば、彼は芸術家になる」、これはフロイトの高弟でロレンスの愛読者でもあり、アナイス・ニンの精神分析医で、挙句の果てに彼女を愛し分析医として失格破滅していったオットー・ランクが、ほかならぬアナイスに語った言葉である（一九三三年十一月、アナイスの日記）。「男の複写《コピー》」になってはならない、「語り出さねばならぬのは女だ」、かくして「わたしは自分の神経症と強迫観念のなかに退行することを選んだ」とアナイスは日記にしたためているが（強調アナイス）、もとよりこれほどの〈女〉の決然たる作家的自覚はメイベルになかったとしても、彼女が神経症から恢癒することはついになかったようである。たしかに、彼女がただの女に堕することはなかった。そのことは本書が雄弁かつ兇暴に物語っているところだ。そういう〈近代〉の〝神経症の女〟が、「なにもすることがない！」ということが人生最大の問題であったとみずから記している倦怠・空虚な女が（九二）、今、タオスで、インディアンのトニー・ルーハンに出会い、彼を愛している。彼への愛によって「眠っていた心」を目覚めさせられている。トニーこそは、メイベルにとって「人生の根源的現実」であり、彼にくらべれば、ロレンスなど「わたしが暇つぶしに戯れていたチェスのぱっとしない、取るに足らぬ将棋の歩《ポーン》みたいなものだった。トニーは実在だ、トニー以外、だれも物の数ではなかった」。ロレンスとの愛憎の暗闘のさなかで、メイベルはそう記している（二九四）。

だが、メイベルがついにゆきついた「実在」、トニーとの愛の世界には〝言葉〟が不在だった。メイベルも書いている、「わたしたちの愛には言葉は不要だった」（八六）。たしかに、実在とは言葉を必要としない、あるいは言葉を拒否するなにものかである。しかし神経症とは意識の饒舌であり、したがって過剰な言葉を必要とする。トニーの折角のインディアン的沈黙の叡知、「実在」も、ときにメイベルに「重い丸太ん棒を担いでるみたいな」憂鬱な気分を強いざるを得ない（一七九）。

「しかし、わたしのなかの別のなにかが言葉を必要としていた。わたしの自我の全体が言葉のなかにすっぽり入ってゆく必要があった。さもなければ、わたしを縁までいっぱいに充電したライデン瓶のようなものにしている、このエネルギーを帯びた印象の蓄積が、わたしか、わたしを取り巻く環境か、いずれかを破壊してしまうだろう。」（八六）

「白人の世界」を憎み、そこからタオスに遁走してきたメイベルが目にしたのは、自分たちの土地を白人に奪われ指定保留地に監禁同然に追い込まれているインディアンの不幸だった。かつて白人の命を救ったインディアンの聖女ポカフォンタスとは逆に、今や〝消えゆくアメリカ人〟インディアンの生命《いのち》を救わなければならない白人女、メイベルとはいわば〝逆ポカフォンタス〟だった。消えなんとするインディアンの生命の流れと、奪われつつある彼らの土地に宿る「地霊《ゲニウス・ロキ》」に表現を与えて、その記憶を永遠に書きとどめなければならない。今をおいてその時は永遠に失われるだろう。そこに「縁までいっぱいに充電したライデン瓶」のように、メイベルの「自我の全体」に混沌、悶々と充満した〝言葉〟があったのだ。それはインディアンの生命の流れのみのことではない。白人の夫をつぎつぎと棄てて、ついにインディアンの一人を愛人に選び彼の土地に住みつくにいたったメイベルみずからの生命が要請する自己弁明《レゾン・デートル》の言葉でもあったのである。だが、さしあたって彼女にはその言葉を表出する才能も技術もない。だれかに代弁させなければならない、だれかを自分の身代り、「媒体」にしなければならない。ちょうどアナイス・ニンが生きたいと希求しながら自分では生きることが不可能な危険な人生の〝言葉〟を、ヘンリー・ミラー、ジューンをはじめ、さまざまな身代《ダブル》りを通じて獲得したように。現に無類に正直なエゴティスト、メイベルは書いている——

「自分でどうやったらいいかまだ悟っていなければ、できうるかぎり、他人を自分の身代りにしてことをしとげようと努めるしかない。

「わたしはロレンスに、わたしに代って物事を理解してもらいたかったのだ。わたしの経験、わたしの材料、わたしのタオスを受け取り、それからすべてを明確に系統だてて、一つの壮大な創造と化すこと。それがわたしの彼に欲したことだった。」（九六、強調メイベル）

かくして、「来たれ、ロレンス！　タオスに来たれ！」という呪文が発せられたのだ。今や「海の向うから彼を引き寄せる運動と化した」メイベルの身内で、この呪文は「タオスのロレンスになったのだった。これは祈りではない、命令だ」（四七）。ロレンスが先に引用した義母への手紙で、メイベルのことを「恐ろしいほどの権力への意志の持主——つまり、女の権力への——魔女になりたいと願いながら、同時にイエスの足もとに坐したベタニヤのマリアのような女にもなりたがっていました」と書いているのも、無理はない。そういえば、世界大戦の破壊のなかに、ルカ伝第八章が語る、悪霊に憑かれて「滅亡への急坂を激しく駆け下ったあのガダラの豚たちのような死」にも似た（一九一七年七月二十七日、ウォルドー・フランク宛）、ヨーロッパの破滅の運命を鋭敏に感じとり、人間の再生を希うユートピア〈ラナニム〉、「迷える魂たちのコロニー」建設の夢を追っていたロレンスが、タオスのインディアンから「このうんざりするほど表面的な白人世界が与え得ず、東洋が終始、ただ裏切りつづけているばかりの何ものかが得られる」（三五）という一抹の期待を抱きながら、メイベルの折角の招待、「命令」にほぼ一年間もぐずぐずと応じるのを逡巡した所以も、この〝アメリカ女の強く凶々しき意志〟(二一九)をいち早く直感していたせいかもしれない。「まっすぐタオスのあなたのもとに参るはずでした、けれども今はそれも叶いません。まだアメリカに直面できないと、ロレンスはいうのです」と、フリーダはメイベルに書いている(二二二、強調フリーダ)。ロレンス自身も、「西(アメリカ)に向うまえに東(セイロン、オーストラリア)に行くのは、私の運命のような気がします。ほんの短い期間滞在するだけです。多分、一年ほど。それも落着いて自信を回復するために、静かに強くなるためにです」と書いている(二二四、傍点引用者)。「わたしにはわかった。二人は怖じ気づいたのだ」(二二三)、メイベルのいうとおりだったにちがいない。だが、彼女はなおもこう書かずに措かない——「しかし、そんな運命などなんの役にも立たなかった。……わたしは彼のうえにふんだんに念力をはたらかせた」(二二六)。

メイベルが我意の強いエゴイストであることは、ロレンスに批評されるまでもなく彼女自身いやというほど知悉していることだった。それは彼女の不治の病、自我の宿業のようなものであったといっていいが、我意が強いということは必ずしも強い自我を意味しはしない。我意が弱いから神経症になるのではなく、我意が強いからこそ神経症になるのだ。そんなことはメイベルにもわかっていたにちがいない。さもなければ、どうしてこんなことがいえようか——「おそらく、わたしはロレンゾーにわたしの〝変容者〟になってもらいたいと、漠然と直感的に期待して、そのためにいくつもの大陸のかなたから彼を呼び寄せたのだった」(三三〇)。変容？　いうまでもない。我意が強いがゆえになおさらに「なにもすることがない」空虚な女から（「空虚」の一語は本書の通奏低音を奏でる響きだ）、「なにかをする」女への変容にほかならない。それはメイベルの不治の病、神経症の呪縛からの解放を希う祈念でもあったにちがいない。同じところで、彼女は次のように言い換えてもいる――「それというのも、女は自分を創造的行為に解放してくれる男なしには、なにもできないからだ、これから先もなにもできないだろう。これは明々白々なことだ。男のみが、女を貪り食らう者から創造する者へと変えることができる。」

「貪り食らう」とは前後の文脈からして、一切を自分のなかに取り込むばかりで、自分ではなにも創り出さない状態を意味しているようだが、〈女〉が「創造する者」へと変容するためには〈男〉が必要であるというのであれば、それはついには〈男〉をも貪り食らわずにいられないのではないか。ここにメイベルという〈女〉の存在そのものの困難《アポリア》がある。先に彼女の自我の宿業といった所以だ。

メイベルは「なぜか仕事をするのが、一種の苦悶」という「行動の不安を取り除いてくれるもの」の一つに恋を挙げて、ロレンスに語る――「恋していれば、なにもかもすてきで、気楽で、楽しい。わたしは有能で、やすやすと仕事ができる。……それはわたしの生命《いのち》の管とほかのだれかの生命の管とをなんとか連結させて、彼の生命の流れがわたしの管のなかに流れ込み、わたしの機械を動かせる、そうすることで完成される一種の流れにすぎない。これが多くの人が恋している状態と呼んでいるものなのよ。それは一種の吸血鬼的《ヴァンピリズム》行為だわ。ほかのだれかの生命をわたしの生命に連結させられれば、わたしは力の絶頂で生きることができる」（三四三、強調メイベル）。

ごらんのとおり、折角、いくつもの大陸のかなたからロレンスを「呼び寄せ」ても、メイベルはいささかも〝変容〟していない。それにしても自己解放の術としての恋を「吸血鬼的行為《ヴァンピリズム》」と呼ぶのは、いかにもメイベルらしい、それこそ「抜身の短剣のような」（一七二、ロレンスの言葉）真っ正直さではないか。これと同じ真っ正直さこそ、「性的陶酔《オルガスム》の母であり、広大な生き生きとした肉の神秘の母」フリーダに囚えられたロレンスをはじめて見たとき、「わが身内の子宮がめざめて、彼を引き取ろうと手を伸ばしたのは、まさにあの出会いの最初の瞬間だった」とメイベルに想起させたものであり（五〇）、また自分の半生の物語をロレンスに書かせようとしてフリーダの嫉妬にそれを阻まれたとき、「あの女《ひと》（フリーダ）のことはもう書き切ってしまったのよ。長いこと、彼女はあなたの小説を産み出す母だった。今こそ、あなたには新しい母が必要なのよ！」と、ロレンスに向かって叫ばせたものなのである（八七-八八）。メイベルを「魔女」であると同時に、「イエスの足もとに坐したベタニヤのマリアのような女」にもたとえたロレンスの言葉は、まことに正確だったのだ。この「なにもすることがない！」という神経症の女は、まさしくルカ伝第十章三九節が語っている働き者の姉マルタと反対に、キリストの足もとにべったり侍ってなにもしない、いや、主の「御言《みことば》」にひたすら聴き耳たてているばかりのマリアに似ている。「御言」を聴くというのは比喩である。「なにもすることがない」マリア＝メイベルは、イエス＝ロレンスに近々と身を寄せ、彼の生気を〝魔女〟のように呼び出し、それを〝吸血鬼〟のように啜り取ろうと必死だったのである。

ロレンスにたいするかかる吸血鬼的憑依、〈母〉たらんとする〈女〉の独占的「権力への意志」は、ひとりメイベルのみのものではなかった。形こそちがえ、それはフリーダのものでもあり、さらにはイギリスから唯一人〈ラナニム〉に参加した貴族出身の老嬢ドロシー・ブレットのものでもあったのだ。ロレンスが夢みた人間復活のユートピア「迷える魂たちのコロニー」は、ついに〈女〉の情念の三つ巴の修羅場と化していった。この〈女〉の迷宮に呪縛されたロレンスの運命の悲惨と滑稽こそ、本書『タオスのロレンゾー』中もっとも興味津々たる物語なのであるが、私はすでに『迷宮の女たち』(TBSブリタニカ、河出文庫)のなかで詳述したところなので、ここでは触れない。ただカイオワ牧場から書き送られたロレンスの手紙二通からその一部を引用するにとどめる――

「ああ、メイベルはほとんどみんなを敵対させてしまったのだ。彼女とインディアンのトニーの仲でさえ、全然、うまくいっていない。誰もがあの二人はいつまでつづくのだろうかと心配している。ぼくとしては、そんなこと分からないし、なんとも思ってはいない。哀れなメイベル、彼女はずっと甘やかされてきて、それで自分の人生をついに拷問と化してしまっているんだ。」(一九二四年八月三十一日、妹エイダ・クラーク宛)

「一緒にやってゆこうとしても無駄だ――そんなことは不可能だ。ぼく自身、強い友情や親密な友情を求める欲望一切を失ってしまった。知り合いになるだけで十分だ。ぼくたちはそれぞれ別の道をゆくのが最善だろう。――共同の生活というのは、幻想にすぎない。分離し、個々人を引き離し、互いに敵対させる、これがつねに変わらぬ人間本能であるのであってみれば。そうだ、これが支配的な本能なのだ、誰もそうとは認めていないけれど。」(一九二五年四月十一日、ドロシー・ブレット宛)

ロレンスがメイベルに「独りであれ」「無頓着であれ」と、繰り返し語る所以もここにある。そして、この「われに触わるな《ノリ・メ・タンゲレ》」の主題は、ロレンス最後の作品、「共同の生活」の福音を断念した〈キリスト〉の別種の復活を扱った傑作『死んだ男』の結句、'Tomorrow is another day'――「明日には明日の風が吹く」にまっすぐつながってゆくものなのである。無論、無頓着《インスーシアンス》という風来の軽みくらい、およそロレンスに不可能な生き方もなかったのだが……。ちょうど〈舞踏者〉ツァラトストラを歌い物語るニーチェに不可能だったと同じように。

　ロレンスにとって女の〝実在〟はフリーダ一人で十分だった。メイベルから、タオスから別れる時が迫っていた。ナヴァホ・インディアンの蛇踊りを見に、これが最後の一緒の旅の途中、満点に星を戴いた夜空を仰いで、ロレンスがいう、「孤独な星々だ」。そしてメイベルに向かっていう、「星になりたいかい?」(三二三)。それぞれ互いに「均衡した永遠の軌道」に乗って「不思議な会合のなかを巡りめぐる」孤独な星々は(詩「メダルの両面」)、結合と孤独の逆説と私が呼ぶロレンスの希求する人間関係の理想の姿であった。メイベルが答える——

「いいえ、今あるままでいいわ、星々のあいだの虚空みたいなわたしのままで。」(傍点引用者)

　決して満たされることのない彼女の空虚な孤独、アベラールとの合体を憧れつづけるエロイーズの不可能な愛恋を歌ったアレグザンダー・ポープの詩句を借りていえば、メイベルの「飢渇する空虚」(craving void)が、ここに悲しく吐露されていないか。

「ロレンゾーにわたしの〝変容者〟になってもらいたい」と願い、そのために「いくつもの大陸から彼を呼び寄せた」と書いたあと、彼女はこう書いている——「たしかに、彼はやってきた。わたしの生命《いのち》を活々とさせてくれた。ひょっとしたら、わたしも彼の生命のために同じことを果たしたのかもしれない。しかしどうやら、二人のあいだに一瞬閃いては、結局のところ、いつも苛だちと挫折感と困惑の長い時間を招くしかなかった啓示の瞬間がいくつかあっただけで、それ以上は意義深いことなどなにもそこから生まれなかったのだった」(三三〇-三一)。

たしかに、結局のところ、ロレンスはメイベルの「飢渇する空虚」を満たすことはなかった。そのためにメイベルが彼を遙か遠くから呼び寄せたタオスのインディアンの生活と「土地の霊」に表現を与えるという当の仕事も、紀行『メキシコの朝』に収録されている三篇、「インディアンと娯楽」「トウモロコシ発芽祭りの踊り」「ホピ族の蛇踊り」、いずれもロレンスならではの生彩を放っている名文章であるが、僅かこれしかない。あとは本書中にその大部分が引用されている「インディアンと一人のイギリス人」のほか、二、三の片々たる印象記があるのみである。そして、西欧近代の蒼白な退廃の世界からタオスにたどりついたメイベル自身の物語は、前述したようにその発端で永久に中断され、明らかに彼女が原型《モデル》となっている小説『セント・モア』も、舞台は主としてロンドンであって、女主人公がタオスにゆきつく結末の場面は、質量ともに迫力に欠けている。さらに本書のなかで鮮やかに描かれているマンビー温泉の岩屋を原風景としたと思われる「犠牲《いけにえ》の洞窟」の物語、『馬で走り去った女』にしても、メイベルが歯ぎしりしていっているように、「ロレンスは舞台をメキシコにしてしまったのだ!」(三一六)。そして、メキシコを舞台に近代文明と原始的生活のあいだに揺れ動く白人の女の心理の葛藤を本筋とした長篇、ロレンス独特の崇高にして偉大な失敗作『翼ある蛇』についても、メイベルは無念やるかたなく、こう書かずにいない——「彼がインディアンや彼らの太鼓《ドラム》について知っていることは、すべてトニーから学んだものだった。ロレンスはただ舞台をタオスから移して、オールドメキシコにもっていっただけだった。タオスのためにわたしが彼にやってもらいたいと望んだことを、彼は果たしたのだったが、それをモンテスマの母国に与えてしまったのだ」(一四八）。

ニューメキシコからオールドメキシコへの舞台転換――それは「かの現存する最大の忌まわしきもの、支配的なアメリカ女の原型」（三三六）メイベルにたいするロレンスのユダ的裏切りであるか、皮肉な復讐であるか。

メイベルは断言している、「わたしの願いは叶えられるはずのものではなかった。実はロレンスはタオスをつかむことができなかったのだ」（三一六）。

すでに心中〈アメリカ〉との別れを用意していたロレンスは、書いていた――「USA、おまえは神経に障る。メキシコは気分に障る。どっちがいいか選ぶとしたら、わたしは後者を選ぶ。ぴーんと張りつめるより、いっそかっと怒ったほうが気分がいいからだ。……どうしてUSAはこんなにもぴりぴりと人の神経を張りつめさせ、内臓を引き抜かれた雛鳥みたいな気持ちにさせるのか、今もってわたしには分からない。……一体全体、なぜなのだろう？　誰にも分からない。土地の霊のせいと言っておくしかない」。これは一九二三年十二月、『笑う馬』第八号に発表した「ではまた《オ・ルヴォアール》、USA」冒頭の一節であるが、ロレンスは題辞に次のような四行詩を掲げている。「ではまた《オ・ルヴォアール》と言うのであって／さようなら《グッドバイ》ではない／この別れは苦い／溜息をつかせる」。

しかし、ロレンスは二度と再びタオスに戻ってこなかった、死の直前まで「ではまたと言うのであって／さようならではない」とつぶやきながら。ついに戻ってこなかったロレンスのことを、メイベルはこう分析している。ひっきょう彼は西欧の〝歴史〟から自由になり得なかった「文明の世紀に属する人だったからだ」と（三一六）。この分析はおそらく正しい。さらにメイベルはつけ加える、「タオスの生活が原始本来のものであることは認めていても、彼は純化した希薄な空気のなかで長くは呼吸ができなかったのだ。酸素が多すぎれば、肺は燃えつきる。彼は純なるものから自分の命を救い出そうと逃げ出し、そして古い国で死んだ」。ロレンスにたいするメイベル精一杯の残酷な皮肉である。たしかに、ロレンスの病める肺には、ロッキーの山々に囲まれた海抜七千フィートの高地タオスの空気は、あまりにも純粋・希薄に過ぎたのである。

　だが、メイベルの皮肉は必ずしも的を射ていない。ロレンスがタオスを去ったのは健康上の理由のみのことではなかった。彼の身内でインディアンへの共感を阻むなにかがあったのだ。現に一九二九年五月九日、保養先のマヨルカ島からメイベルに書き送った手紙のなかで、ロレンスはいっている――「心の底のどこかで、ぼくはインディアンにたいへん深い共感を感じている――表面的には、実をいうと、彼らのことは好きじゃないのだが」（四三六）。同じ手紙の少し前で、こうも書いている、「まだアメリカに渡るときでないと、なんとなく感じている――ぼくの本能が反対している、今のところは――でも、運命がそちらの方にゆっくりと巡りはじめている」。〈ラナニム〉の夢がロレンスを手ばなすことは決してなかったにせよ、彼は死に至るまで、〈アメリカ〉にたいするこのような相反感情《アンビヴァレンス》を抱きつづけていたのだ。この手紙を書いたとき、ロレンスの死は十ヵ月後に迫っていた。

「実はロレンスはタオスをつかむことができなかったのだ」と、メイベルはいう。が、実はロレンスは本当にタオスをつかんでいたにちがいないのだ。

「依然、アメリカには、インディアンの間には、最古の牧神《パン》が生きている。が、ここでも急速に死に絶えようとしている。（改行）未開人をほめたたえてみてもはじまらぬ。彼は自動車欲しさに、われとわが手で牧神を殺すのだから。かくて牧神が死に、それゆえに退屈した未開人こそ、まさに呆然自失した倦怠の典型像なのだ。（改行）われわれは原始的生活に還るわけにはゆかない、インディアンの円錐形テントに住み、弓矢で狩りをするわけにはゆかないのである。」

　これはカイオワ牧場で書かれた「アメリカの牧神」中の言葉である。「絶対に近代的であらねばならぬ」、これは野蛮純粋の詩魂の天才、みずからを「ロッキー山脈の山猫」と呼んだアルチュール・ランボーのヨーロッパへの訣別の辞であった（『地獄の一季節』「別れ」）。ロレンスも、大方の人びとが誤解しているように、〝原始〟など憧れたことは一度もない。「消えゆくアメリカ人」＝インディアンに共鳴し、彼らと融合したいなどと希ったことは断じてない。そんな希いは彼の目に一片の感傷、いかにもアメリカ的な感傷と映っていたにすぎぬ。ましてや、インディアンを〝土着のアメリカ人〟（*native* American）と呼び換える昨今の〝政治的適正さ《ポリティカル・コレクトネス》〟など、彼が知ったら、白色アメリカ人のうしろめたさが生んだ笑止なおためごかし、〈白の意識《ホワイト・サイキー》〉が企んだ偽善の戦略と唾棄し去ることだろう。そのことを納得したいなら、彼のあの恐ろしいほどに深い洞察と正確な予見に満ちみちたアメリカ論、『古典アメリカ文学研究』を一読すれば足りる。ちなみにこの本が世に出たのは一九二三年、すなわちロレンスがタオス滞在中のことである。

「インディアンたちの社会的結びつきのなかには、奇妙に心をとらえるものが、われわれのあいだで誇りにしているいかなるものより遙かに優れたものが、あるにちがいない。なぜなら何千というヨーロッパ人がインディアンになっているのに、進んでヨーロッパ人になったここの原住民の例は一つとしてないからだ」。これはクレヴクールの『アメリカの一農夫からの手紙』(一七八二年)中の有名な一節である。『古典アメリカ文学研究』はいう――「白人とまったく見わけがつかないインディアンを何人も、私はこの目でしかと見て知っている。そして、本当にインディアンと見ちがえるような白人に私は会ったことがない。かくて、ヘクター(クレヴクール)はまたしても嘘をついているのだ」。このように断言するロレンスが、『古典アメリカ文学研究』の圧倒的な影響のもとに出発した現代アメリカ屈指の犀利な批評家レスリー・フィードラーが、その『消えてゆくアメリカ人の帰還』(一九六八年)において、半ば賛嘆をこめて追尋しているクレヴクールあるいは『革脚絆《レザー・ストッキング》物語』の作者フェニモア・クーパー以来のインディアン化した白人の神話、ヒッピー的自由願望の物語の系譜など、一笑に付すのは知れたことだ。

『古典アメリカ文学研究』第一章「土地の霊」にいう――

「彼ら(ピュリタンたち)は主として逃げるためにやってきた。これがもっとも簡明な動機だった。逃げる、逃げるって何から? 結局のところ、自分自身からだった。」

「アメリカが気楽になったことはない、今なお気楽ではない。アメリカ人はいつも緊張しっぱなしだったのだ。彼らのいう自由とは、まったくの意志、まったくの緊張の産物、〝汝……するなかれ〟の自由なのである。」

「荒野の西部に逃げても、人間は自由にはならぬ。もっとも不自由な人間が西にゆき、自由を叫ぶ。人間は自由についてもっとも無意識なとき、もっとも自由なのだ。自由の雄叫びは鉄鎖の響きにほかならない、いつもそういうものだったのである。」

「これこそ自由の国！　いや、敢えて彼らの機嫌をそこねることをいわせてもらえば、自由な大衆《モッブ》が私をリンチにかける、それが私の自由というものだ。自由だって？　いや、個人がこんなに仲間の同国人を卑屈に恐れている国に私は行ったことがない。なぜといえば、彼らは個人が彼らの一人でないところを見せた途端、自由に彼をリンチにかけることができるからだ。」

第四、五章フェニモア・クーパー『革脚絆物語』論にいう――

「ヨーロッパにおいて、〝自由〟は偉大な生命の鼓動だった。が、アメリカにおいて、〝民主主義〟はつねに反生命的な何ものかだった。エイブラハム・リンカンのようなもっとも偉大な民主主義者たちの声には、つねに犠牲的な、自殺的な調子があった。アメリカ民主主義とはつねに一種の自殺の形式だった。さもなければ、誰か他の者を殺す形式だった。」

「インディアンを絶滅しようとする願望。それから彼らを礼賛しようとする、それと矛盾した願望。この二つの願望は今日なお猛り狂っている。」

「クーパーは『あめりかいいいいいハ成熟スル以前ニスデニ腐ッテイル』という、一フランス人の言葉を引用している。なかなか意味深長な言葉だ。アメリカはフランスに教わったのではない――たとえばボードレールに。ボードレールこそ、アメリカから学んだのだ。」

これら任意に抜粋した断片のなかに今日現代のアメリカはつとに予見されていると思われるが、ロレンスがあとにしたのは、まさにこのような〈アメリカ〉だったのである。その意味では本書『タオスのロレンゾー』は、〈アメリカ〉とは何かを身をもって実験したロレンス「生身」のアメリカ物語でもあるのだ。

一九二五年九月二十二日、ロレンスがフリーダと共に汽船『決意《レゾリュート》』に乗ってアメリカを去ったあと（船上から彼は義母フォン・リヒトホーフェン男爵夫人に書き送っている――「あまりアメリカ人になった気がしていません。いや、ぼくは依然、ヨーロッパ人です」）、みずからもまた「ロレンスを断念した」（三四八）メイベルの空虚感は、彼女の「飢渇する空虚」はますます募っていった。『タオスのロレンゾー』は最後にこのロレンス回想の聞き手ロビンソン・ジェファーズ、サンフランシスコ南の太平洋岸沿いの土地カーメルを生涯離れず激烈な原始的感情を歌いつづけた詩人に、こう訴えるところで終わっている――「おそらく、あなたこそ、結局のところ、わたしが彼（ロレンス）に果たしてもらいたいと望んだことを、この言葉なき土地に声を与えるという仕事をやりとげてくれる唯一の人にちがいない」（三五一）。ここにメイベル再度の「身代り《ダブル》」への飢渇、「吸血鬼的行為」としての愛が悶えている。

　しかし、ジェファーズもメイベルの飢渇をついに癒してはくれなかった。ならば自分で書くしかない。彼女もつとにロレンスにいっていた、「このねばねばした膠着状態から解き放ってくれるのは、書くことだわ」（三四三、強調メイベル）。「書くことは治療や助けとして役に立つかしら？　自伝かなにか、書きはじめようかしら？」（三四五）、「なにもすることがない」自己破滅的神経症の奈落から脱出するために……。ここで示唆されている「自伝」こそ、本書第五部を構成しているメイベル宛ロレンスの書簡群のなかで、彼がそれこそ神経症的にこと細かく懇切丁寧に批評し、書き方を教え、執拗なくらい慎重にその出版方法について助言している『内密な思い出』にほかならない。そのタイプ原稿をロレンスは一九一四年以来の親しい知人で作家のキャサリン・カーズウェルに見せ意見を求めた。キャサリンは書いている——
「自伝というものはすべて面白いものだが、これは特に面白かった。でも人身攻撃に満ち、なんの遠慮もないものなので、これから先ながいあいだ出版には適さないと思った。そうロレンスにいうと、彼も同意した。『しかし』と、彼はにやっと笑って付け加えた、『彼女がフリーダとぼくのところに取り付いてくる前に死んでくれれば、どうってことないさ！』。こんなふうなことをいうとき、ロレンスはいつも下唇を噛み、うつむいて横目でこちらを見あげたものだった、その目は常ならぬ悪意に光り躍っていた。おそらく、こういうときほど彼らしいときもなかった。こういうときの彼が好きになれないようなら、彼のことを好きになることはなかった。」（『野蛮な巡礼——D・H・ロレンス物語』、マーティン・セッカー、一九三二、二五五ページ）
無類に優しいロレンゾーは、無類に冷笑的にも残酷にもなれたのである。

一九三〇年三月二日、ロレンスは南仏ニースを見おろすヴァンスのヴィラ・ロベールモンで、肺結核のため四十四歳でこの世を去った。死の一ヵ月前、メイベルへの最後の手紙でロレンスは書いていた——「生きるのは肉体によるしかないのに、ぼくらはあまりにも肉体に無理じいを重ねすぎたのだ。そこで今、肉体は生きることを拒否している。……きみはきみの肉体をいじめすぎた——なにしろ子宮まで取り除いてしまったのだから」（四四七-四八）。ロレンスとの出会いの「最初の瞬間」、フリーダから「彼を引き取ろうと手を伸ばした」メイベルのあの「身内の子宮」は、もはやない！
ロレンスが死んでから三年後、フリーダはアンジェロ・ラヴァーリをともなってカイオワ牧場に帰ってきた。このラヴァーリこそ、タオスを去ったロレンス夫妻が最初に住みついたイタリアはジェノヴァ近くの漁村スポトルノのヴィラ・ベルナルダの家主にほかならない。一九三五年、フリーダはアンジェロを遣わして、ヴァンスの地に葬られていたロレンスの遺体を掘り起こし火葬にふして、その骨灰をタオスに持ち帰らせた。この骨灰をめぐって、ふたたび〈女〉の闘いが開始する。メイベルはロレンスの灰をフリーダから奪い取り、タオスの土地に撒こうとしたのである。〝子宮〟を失っても、彼女の「吸血鬼的」女の愛の執念は失われようもなかったのだ。いち早くそれと察知したフリーダはアンジェロに命じて、ロレンスの骨灰を大量のセメントと砂に混ぜ合わせ、そうして出来上がった重さ十トンのコンクリート・ブロックをロレンス記念礼拝堂の祭壇にしてしまった。メイベルの「飢渇する空虚」は、最後まで満たされることを許されなかったのである。

一九四二年、ロサンジェルスのビヴァリ・グレンに移り住み、フリーダのいわば隣人となって文通もしていたヘンリー・ミラーは、質素な老農婦のように悠々自適する彼女の話を聞き、「ますますフリーダが好きになってきた——ロレンスの小説から受けた以前の彼女の印象を完全に改めている」と、アナイス・ニンに書き送っている(同年八月十七日)。ミラーはメイベルの隣人でもあったはずだが、かつて「この女の腸《はらわた》をえぐり出してやりたい」といった彼女については、一言も書き残していない。やはりメイベルは「星々のあいだの虚空みたいなまま」にとどまっていたのである。

一九五〇年、フリーダはアンジェロ・ラヴァーリと正式に結婚し、五六年八月十一日、七十七歳の誕生日に脳卒中のためタオスで死んだ。アンジェロはヴィラ・ベルナルダの家を守っていた先妻のもとに帰った。一九七六年、そこで八十五年の生涯を終えた。

メイベルは一九六二年、八十三歳で没するまでタオスに生きた。ロレンスの伝記研究家ハリー・T・ムアは書いている――「晩年、彼女は痴呆の状態にあった。ロレンスを扱った〝秘密〟の文章がある、しかしそれは自分の死後二十年経つまで公表してはならないと、いっていた。多分、彼女はその文章こそロレンスに関する最後の決定的な言葉になると思っていたにちがいない。ロレンスの本質を知るのに役立つ資料は今や十分に入手可能ではあるのだが。おそらくロレンスに関するルーハン夫人の文書というのは、エイブラハム・リンカンやオスカー・ワイルドといった全く性質を異にする人物に関する、長い年月埋もれていて一九五〇年にようやく陽の目をみた文書と同じように、興味津々たるものであるだろう。だが、ルーハン夫人の〝秘密〟なロレンス黙示録は、陽の目を見ても無用の長物でしかないかもしれない」(『愛の司祭』、ペンギン、一九七四、六四二ページ)。そう、〝秘密〟のロレンス黙示録は、本書『タオスのロレンゾー』一冊があれば、十分なのである。

メイベルは生前、『タオスの冬』(一九三五年)、『タオスとその芸術家たち』(一九四七年)、それから例の自伝『内密な思い出』全四巻(一九三三-三七)を公刊していた。

トニー・ルーハンはメイベルの死の翌年、世を去った。生年は不明である。

本書に登場するもう一人の重要人物、ドロシー・ブレットは一九二四年三月ロレンスにしたがってタオスにやってきてから、一九七七年九十四歳で死去するまで、ロレンス亡きあとはまったく独りでタオスに暮らした。それは半世紀余におよぶロレンスと彼の思い出に身を献げた「野蛮な巡礼」の生涯であった。

(一九九七年一月)

IV

アメリカン・アダムズの教育

予定された〝挫折〟

T・S・エリオットは「或る懐疑的な貴族」と題した『ヘンリー・アダムズの教育』(以下、『教育』と略称)の書評で、こんなことを書いている、「教育――個人の教育――というものは、何かに関心をもち、それに熱烈に没頭することから生れる副産物であるということが、アダムズにはわからなかった。熱狂に冷水をかけ、確信を払いのけてしまう暗示すべてに反応する彼の極度の敏感さこそ、人が彼のなかに感じとる未成熟、個性の欠如、不安定の原因であるといっていい」(『アセニーアム』、一九一九年五月二十三日、三六二)。七十年の生涯を通じてアダムズを「物狂おしく」教育探求に駆り立てた妄執を、エリオットはいささか唐突にも「復讐神《エリーニュエス》」と呼び、そしてついに成熟が不可能だったアダムズを、「なにやかやと質問するポール・ドンビー少年」にとどまったと断定しているのである。それにしても一体、「復讐神《エリーニュエス》」とは何を寓意しているのだろうか。一気にいわせてもらえば、それは成熟を許さず、「空ろな人間」「剝製人間」を強いずに措かぬ何ものかだ。もっと端的にいえば、〝近代〟の純粋培養、実験場と私が昔から呼びならわしてきた〝アメリカ〟の魔神《デーモン》、ロレンスなら〝アメリカ〟の「地霊《ジーニアス・ローサイ》」と確実に呼んだに相違ない精神のことである。エリオットにとって、〝近代〟とはそれを生み出した人間そのものへの復讐と見えたにちがいない。エリオットの伝統論も正統論も、アメリカ移住以前の父祖の地イースト・コウカーへの回帰も、ひっきょう、かかる〝アメリカ〟の精神、「復讐神《エリーニュエス》」からの遁走だったといっていい——「再び帰ることを望まぬがゆえに／望まぬがゆえに／帰ることを望まぬがゆえに……」。そういえば、『プルーフロック』にしても『ジェロンション』にしても、その詩的出発の原点は『ヘンリー・アダムズの教育』にあったのである（拙著『エグザイルの文学』、南雲堂、一九六三年、七六−九参照）。

〝近代〟という美々しい旗印のもとに熾烈な生存闘争に憂身をやつし、つねに新しさを求めてあてどなく前進狂奔する進歩発展の物狂おしい修羅の世界で、挫折も自己不信も自己破滅も必然であるにちがいない。「自分は無能だという自意識につきまとわれ、彼らが挫折者となるのはあらかじめ予定されている」。これもエリオットのアダムズ『教育』書評中の言葉である。'predestined failures'——人は思い出さないか、カルヴァンの予定説（Predestination）のことを。「救われる者は救われる。救われぬ者は救われない。それは神の攝理によってあらかじめ予定されている」。自分たちは救われることを予定されていると頑なに信じたところに、カルヴィニズムの純粋派ピュリタンの出現があり、そして大西洋を西に渡った彼らの一派が、新世界の〝自然〟のなかにヨーロッパの〝歴史〟が失ったエデンの楽園を奪還しようと夢みたところに、みずからを〝アメリカン・アダム〟と呼んだ人たちの「明白な運命《マニフェスト・デスティニー》」の夢があったなどと、いまさら繰り返すまでもないが、ものには必ず裏がある。「救われることを予定されている」という選ばれた者のバラ色の夢、〝アメリカの夢〟はいつしかメビウスの帯のように裏返って、「挫折・堕落・破滅へと予定されている」という〝アメリカの悪夢〟と化す。そこにポー、ホーソーン、メルヴィルからジェイムズ、フォークナーにいたる陰鬱な〝アメリカ〟の系譜がある。アメリカに伝統がないわけではない、明暗二様の夢、というより異形同根《ホモロジー》の夢の伝統がある。エリオットは大西洋を東にとって返し、別種の伝統を選びとったが、〝アメリカの夢〟の俗悪と空虚を見すえるとともに、〝アメリカの悪夢〟の宿命をもじっと凝視していたのだ。実をいえば、彼もまた〝アメリカの悪夢〟に生涯、憑かれつづけた人であった。

「われわれの創造的精神が成長し成熟し得ないとすれば、それは精神がそこから芽吹く土地と、精神を取り囲んでいる条件とに、何かが欠けている証しである。そんなことをいえば、それはわれわれの生活自体のなかに、何かもっと一般的な挫折がひそんでいる証しではなかろうか？」（強調、引用者）

これはヴァン・ワイク・ブルックスの『アメリカの成年』中の一節である（ダブルデイ・アンカー叢書、一六八）。彼もまた、エリオットとほぼ時を同じくして伝統論に執着していたのである。アメリカの外に出ることなく、あくまでもアメリカの内にとどまって、しかもなお「内在する連続の精神」を培うことは可能か、そこに若き日のブルックスの尖鋭なアメリカ文化批判があった。引用の文章直前で、彼は早々と挫折していったか、生きのびたとしても「ただ老いたる少年」にとどまった現代アメリカの詩人・作家・批評家の「精神的事故の累々たる一覧表」を暗澹として見つめている。ブルックスがそう書いてから十数年後、フィッツジェラルドは手帳に記すだろう、「アメリカの人生に第二幕は存在しない」、「ぼくは突然気づいた、自分が早くもひび割れてしまっていることに」、「知らぬまに、ぼくの熱狂もぼくの活力も次第に、早くも滴り落ちて消えてしまった」(『ひび割れて』、ニューディレクションズ、一九五九、三一、七〇、八〇)と。ちなみに、フィッツジェラルドは処女長篇『天国のこちら側』を最初、『或る人物の教育』と名づけることに決めていたという(ジョージ・モンティロ「E・ヘミングウェイの教育」、E・N・ハーバート編『ヘンリー・アダムズ評論集』、G・K・ホール、一九八一、二一二)。早い話、彼にとってアダムズの『教育』は、「挫折」の決定的な黙示録にちがいなかったのだ。ついでにいっておこうか。ヘミングウェイの初期短篇群の作者の分身ニックの姓はアダムズ、彼の父の名はヘンリー、語呂合わせの戯れのように聞こえるが、ヘミングウェイにとってもアダムズの『教育』は、いかに奇妙に聞こえようと、彼の文学的出発を隈《くま》どっている濃密な影であったのである。一九四四年六月、連合軍のノルマンディ上陸から間もなく、特派員ヘミングウェイはノルマンディに渡り、モン・サン・ミシェルを訪れている。そういうヘミングウェイが書評しているアンダソンの自伝『物語作者の物語《ストーリーテラーズ・ストーリー》』も、アダムズの『教育』中もっとも有名な章「発電機と聖母」から、「かかる活力《エネルギー》はアメリカの精神のあずかり知らぬものだった。アメリカの〝聖母〟は決して命じようとはしない、アメリカの〝ヴィーナス〟は決して存在しようとはしない」という文章で結ばれる一節を引用している。要するにアンダソンもまた、アダムズ的「教育」の〝挫折〟の宿命にとらわれた人間であった。オハイオ州ワインズバーグのあの老作家のように、彼も早々と沈黙し、「怪奇《グロテスク》な人間」となり果てた作家だった。一見いかにも華々しい〝成功物語《サクセス・ストーリー》〟に見えるヘミングウェイの人生も、猟銃弾一発とともに自壊した。そう、彼もまた一生、〝少年〟にとどまった作家であった。

「挫折」(failure) の一語は、『ヘンリー・アダムズの教育』一巻を貫いて執拗に反復される鍵語である。たとえば「西欧文明の二大実験は、その挫折の主要な記念碑をそこに残していった。この都市がなお生きのびて、第三の実験の挫折を証し立てないという保証は何もなかった」(モダンライブラリ版、一九三一、九一〔以下、漢数字はこの版の頁数を表わす〕)、「その仕事は彼には如何ともしがたい理由によって、挫折する定めだった」(三〇二) といった具合に。この自叙伝 (いまは仮りにそう呼んでおく) は、ある意味ではいわば〝挫折物語〟なのであって、フランクリン自伝から最近のリー・アイアコッカのそれに至るアメリカの誇る〝成功物語〟のパロディなのである。そうだ、アダムズはブルックスのアメリカ文化批判が語っていることなど、とうの昔に見とおしていたのである。全九巻にのぼる大作、第一巻序章「アメリカの諸理想」から書き起こされた『ジェファソン及びマディソン行政下のアメリカ合衆国の歴史』の最終巻 (一八九一年刊) 最終章「アメリカの性格」は、次のような言葉で結ばれている――

「アメリカ人は知能が高かった、が、彼らの知能はどのような道を選ぼうとしていたのか？ 彼らは機敏だった、が、その機敏さは解決不可能な諸問題をどのように解決しようとして、ひたすら急いだのであろうか？ 彼らは科学的だった、が、彼らの科学は彼らの運命をどのように制御しようとしたのだろうか？ 彼らは温和だった、が、彼らのその心の和《なご》みはどのような腐敗をもたらすことになるのか？ 彼らは平和を好んだ、が、どのような仕組みによって彼らの腐敗は浄化されることになるのか？　かくも厖大で画一的な社会を活性化するのは、いかなる関心であったか？　社会を高貴なものにする理想は何だったのか？　物質的満足のほかに、民主主義的大陸が達成したいと熱望しなければならぬ目的とは、何だったのか？　このような問題を取り扱うためには、歴史はあと一世紀の経験を必要としたのである。」（『ジェイムズ・マディソン第二期行政下のアメリカ合衆国の歴史』第三巻、スクリブナーズ・サンズ、一九二一、二四一―四二）

十九世紀の世紀末に、アダムズがこのような結びの言葉を綴った歴史叙述の時点、いわば歴史的現在は一八一五年、すなわちジェイムズ・マディソン二期目の大統領就任の終末期であった。無論、アダムズは知悉している――「あと一世紀の経験」は「このような問題」をいっそう「解決不可能」にしただけであったことを、〝アメリカ〟民主主義の「理想」も「目的」も達成されなかったことを、科学は〝アメリカ〟の「運命」を制御し得なかったことを、「歴史」は迷宮のようにただただ錯雑するばかりであったことを。ことによると、これから先もそのような「挫折」の傾向は増大しつづけることさえも。『ヘンリー・アダムズの教育』が一切を語り明かしている。

歴史と〝マネキン〟

「われわれのアメリカは一八二九年、アンドルー・ジャクソンが大統領に選ばれたとき終焉したのである」。これはスティーヴン・スペンダーから彼のヘンリー・ジェイムズ論『破壊的要素』を送られたときのエリオットの返書に見える言葉である（アレン・テイト編『T・S・エリオット、人と作品』、ペリカン叢書、一九六六、六〇)。「われわれの」と強調しているのは、エリオット自身だ。この言葉が出てくるのは、「ジェイムズはアメリカ人ではなかった。彼には現代アメリカの鋭い感覚はあっても、〝アメリカの過去の感覚〟がなかったからだ。……彼はアメリカの伝統の何ほどかを修得したが、それは受け継いだものではなかった。彼は魔女狩りの子孫ではなかった」(強調、エリオット)という、なんとも驚くべき文脈の中でである。ジェイムズはホーソーンとともに、エリオットが尊敬した希有のアメリカ作家である。そういうジェイムズを彼最後の未完の大作の題名をふまえながら、エリオットは彼には「アメリカの過去の感覚」がなかった、つまりは彼はジャクソン以後に現われた新興ブルジョワの出身であって、真の〝アメリカ人〟ではなかったと断じているのだ。西部出身の最初の大統領、ホワイトハウスの「賤民」と呼ばれたジャクソンがアメリカの歴史で果たしたのは、要するにボストンを中心とする東部の古き倫理的政治的価値秩序を打破して、近代資本主義の論理に基づく功利的な新しい民主主義体制を確立したことだった。ジェイムズは「魔女狩りの子孫ではなかった」、エリオットは冗談をいっているわけでも時代錯誤を犯しているわけでもない、自分は「魔女狩りの子孫」だったとあらためて深刻に確認しているのである。アメリカにおけるエリオット家初代のアンドルー・エリオットが十七世紀に移住してきた先は、マサチューセッツのセイレムだった。彼は魔女狩りの審判を務めた(リンダル・ゴードン『初期のエリオット』、オックスフォード、一九八八、一〇)。親友のハーバート・リードにさえ、チーズの趣味も「伝統」も「修得されたもの」(acquired)と皮肉られたエリオットが(テイト、三七)、「受け継いだもの」(inherited)と断固としていえるものは、「魔女狩りの子孫」という「アメリカの過去の感覚」だったのだ。そう、エリオットもまた、メルヴィルがいちはやくホーソーンの「魂の魔的風景」のなかに感得した「暗黒の力」、それが由来する「人間生得の堕落と原罪というあのカルヴァン的意識」の系譜につらなる人であった。そこに彼が〝アメリカ〟の外で意識的に選びとった伝統とはまったく別種の「過去の現存性を知覚する歴史感覚」、彼の受け継いだ「アメリカの伝統」、「内在する連続の精神」があったのである。まことに、それは逃げおおせようもない〝アメリカ〟の「復讐神《エリーニュエス》」であった。

実はスペンダー宛手紙（一九三五年五月九日）より七年前、一九二八年四月二十三日のリード宛書簡のなかでも、エリオットはつとに「百年前までのアメリカ合衆国はたしかに家族的延長だった」と書いていたのである。つまり、そこでも彼は「われわれのアメリカ」は一八二九年、ジャクソンの登場とともに終ったといっていたのだ。エリオットのこの言葉にこだわるのはほかでもない、「魔女狩り」の「アメリカの過去の感覚」はアダムズにはまったく無縁の感覚であったとしても、この言葉自体が示唆しているところは、そのままアダムズのアメリカの歴史認識でもあったことを確認しておきたかったからだ。その年、大統領選挙でジャクソンに破れたのは、ヘンリーの祖父、第六代アメリカ合衆国大統領ジョン・クインシー・アダムズにほかならなかったのである。すでに一八〇一年、曽祖父、第二代大統領ジョン・アダムズはトマス・ジェファソンの自由放任的民主主義の前に敗退していた。こうしてアダムズ家二代が代表する連邦主義《フェデラリズム》の政治理念、州権との調和を保ちながら連邦政府の強い指導力と責任を重んじる、いわば‘noblesse oblige’の貴族的理想は挫折したのだった。アダムズ家の没落も歴史の必然であった。ヘンリーの「挫折の経歴」は彼が一八三八年に生れるより先に、予定されていたのである。

「もし彼がエルサレムの神殿の影のもとに生れ、ユダヤ教会堂で伯父の大祭司に割礼をほどこされ、イズレイアル・コーエンと命名されたとしても、彼はこれほど鮮明に烙印を押され、来たる世紀のさまざまな競争のなかで、これほどまでに重いハンディキャップを負わされることはなかっただろう」。これは『ヘンリー・アダムズの教育』の有名な出だしであるが、二人の大統領を近い祖先にもち、園丁からも「大きくなったら、坊ちゃんも大統領になるんだろうね」といわれたというヘンリーの生誕の負い目は、さぞかし重荷であったにちがいない。彼に野心が、政治的野心でさえ、なかったわけではない。南北戦争後のグラント政権の腐敗を正すために、同志と語らって新党を結成しようとしたことさえある。が、アダムズが公職につくことはなかった。何故と友人たちに訊かれると、「どの大統領からも声がかからなかったから」と答えることにしていた。事実そのとおりであり、くだくだしく説明するより、そう返事しておくほうが都合がよかったからだが、そのたびに「自分の道義心や能力に対する不様な疑念がぽっかりと口をひろげた。何故、どの大統領も彼を雇おうとしなかったのか」。アダムズに「声をかけた」のは母校のハーヴァードだけであった。「彼がそれまで執拗に批判し罵《のの》り棄て去り無視してきた当のハーヴァード大学のみが、金と職務と激励と親切を与えてくれようとは、人生の虚栄のなかでこれに勝る屈辱的なこともないと思われた」(三〇五)。彼は西欧中世史担当の講師となり、七年間その職にあった。教え子たちの回想によれば、あえて衝撃的なことをいって学生の向学心を鼓舞する名教師だったらしいが、アダムズ自身はこの「教育」をも失敗、「挫折」だったと呼んでいる(三〇五)。エリオットなら、これをも「ニューイングランドの二つの性格、良心と懐疑」の所産というだろう。が、この「教育」の失敗挫折がなかったなら、後年アダムズが歩くことになるシャルトルへの道は、ついに開けることはなかったに相違ない。

教師時代、彼は『北米評論』の主筆も兼務した。一八七〇年、その誌上で年間政治評論を連載する。ある共和党上院議員がこれに反駁し、そのなかでアダムズを次のように揶揄する。「筆者が自身、政治家であるばかりでなく、政治的手腕が遺伝によって保存されている一家に属していることは明白である――どこかベゴニヤの葉の色に似て、不断に変化しながらも類似を永続させている」（アーネスト・サミュエルズ『ヘンリー・アダムズ』、ケンブリッジ・マサチューセッツ、一九八九、八九）。三十五年後、アダムズはこの揶揄に答えていう――「ベゴニヤはこの比喩をわざわざお世辞にしてしまうような上院議員的性質をもった植物である、少なくともあのときはそうだった。その優雅さは魅力があるとは決して言えないが、ベゴニヤは奇妙な派手な葉ぶりが特徴で、人目をひいた。実用的な目的に叶うところは何ひとつないと思われるのに、いつも目立つ所に立ちたがってやまなかった」（二九二）。〝ベゴニヤ〟の比喩を使って揶揄した当の上院議員を同じ比喩を逆手にとって皮肉ると同時に、アダムズはこの比喩を自分のイメージとして有難く頂戴している。そこに彼の〝無用者〟の自意識があった。

ベゴニヤの「奇妙な派手な葉」の一枚、もと合衆国大統領だった祖父は一八四八年、脳卒中のため国会の議場で倒れた。ヘンリーが終始、心のどこかで憧れていた十八世紀的〝統一〟の世界、「神は父であり、自然は母であり、科学的宇宙のなかで一切は安泰といった、彼の十八世紀的教育」（四五八）は、祖父の死とともに瓦解したのだった。一八四八年は『共産党宣言』の年である。十年後には『種の起源』が世に出るだろう。そしてニュートンの「科学的宇宙《ユニヴァース》」も、まもなくその統一性《ユニティ》を喪失することになるだろう。十九世紀のど真ん中で、すでに二十世紀の〝多様性《マルティプリシティ》〟は始まっていたのである。「彼はやがて出現するはずの世界に参加すること一切を拒否した。が、自分の責任がどこで始まり、どこで終るか、その一点を見定めることはできなかった」（四五八）。彼にできることがあるとすれば、多様性という「底なしのニヒリズム」（四三〇）の深淵を律気に彷徨することだった。

'Auch ich war in Arcadien geboren!'

「われもまた、アルカディアに生れき！」、アダムズがこのプッサン以来の郷愁の常套句を引用しているのは、ジェイムズからもう一人の〝アメリカン・エグザイル〟、彫刻家ウィリアム・ウェットモア・ストーリの伝記を送られたときの返書のなかでである（一九〇三年十一月十八日）。そこでアダムズは書いている、「自己不信が内省に――神経過敏な自意識に――アメリカへの苛立った嫌悪、ボストンへの反感になったのだ」。「われもまた……」の一句はその後に直結している。かくて生れ故郷の楽園《アルカディア》はたっぷりとアイロニーの毒にひたされている。ジェイムズ宛手紙はつづく、「だから君はストーリの伝記を書いたのではない、君自身とぼく自身の伝記を書いたんだ。……お陰でぼくは身もだえる、踏みにじられた虫けら同然に。即興のヨーロッパ人だったのだ、ぼくたちは。それも――やれやれ！――なんと薄っぺらな！　いや、それではあまりにも残酷だ」。アダムズなら、イギリス人エリオットをなんというであろうか。彼自身、船酔いの痼疾にもかかわらず一生の間に数えきれぬほど大西洋を往復した、半ば〝アメリカン・エグザイル〟といってさしつかえない人間だった。が、ついにアメリカを棄てることはなかった。その点、パウンドに似ていなくもない。しかし、ユダヤ人によるウォール街金融の支配を憎悪する共通項をもちながらも、大戦中ムッソリーニのローマからおこなった反米煽動を自分はただアメリカ憲法に忠実だったまでだと弁明する、そういうパウンドの幸せな狂信は、アダムズにはもとより無縁のことであった。繰り返すが、彼はあくまでもアメリカにとどまって〝アメリカ〟の〝多様性〟に、この場合もヨーロッパのそれよりもなお一層、純粋・不安・激甚な〝近代〟の「底なしのニヒリズム」に身をひたしながら、なおも底なしの深淵に測鉛をおろしつづけたのだった。「深淵に測鉛を沈めるならば――さあ、沈んでゆけ――すなわち〝統一性〟をまったく断念するならば、一体、どういうことになるのか。そもそも〝統一性〟とはなにか。なぜ人はそれを肯定しなければならぬのか」（四三一）。アダムズの「教育」とは、自らをそのような〝多様性〟と〝統一性〟を両極とする〝近代〟の力学的実験の場と化すことにほかならなかったのである。

そう決意した者に、「教育とは何かに関心をもち、それに熱烈に没頭することから生れる副産物である」とエリオットがしたり顔にいうことなど、どだい何の意味もない。「熱狂に冷水をかけ、確信を払いのけてしまう暗示すべてに反応する彼の極度の敏感さこそ、人が彼のなかに感じとる未成熟、個性の欠如、不安定の原因であるといっていい」とも、エリオットはいう。まことにそのとおりというしかないが、アダムズにとって大事だったのは「極度の敏感さ」そのものであって、「未成熟、個性の欠如、不安定」など、覚悟の上のことだった。『教育』の著者「前書き」も、断言しているではないか――

「ルソーの時代以来、主として彼のお陰で、〝自我〟は着実にみずからを抹消し、手本を示すために、教育の衣裳を着せられるマネキンとなって、衣裳の適不適を披露する趣きとはあいなった。以下の研究の目的は衣裳であって、人物ではない。」

″マネキン″とは、いいかえれば文字通り「空ろな人間」の謂である。そういうものに実体としての″自我″の成熟・個性・安定を期待するのは、原理的に矛盾にすぎない。また、世界の表象としての「衣裳」を仕立て直すことによって「永遠の否《ノー》」から「永遠の肯定《イエス》」に解脱し、かくて「神聖なる世界精神」に参入するといったふうな、カーライルの有難い「衣裳哲学」など、成立し得ようはずもない。″マネキン″にとって「衣裳哲学」もまた、もう一つの「教育の衣裳」にすぎない。要するに、彼は時代のさまざまな思想の流行衣裳を着せられる、いわば着せ替え人形なのであって、衣裳がしっくり合うか否か、その「適不適」、おおかたは「不適」（「挫折」）であるが、そのさまを「手本」として示せば、世の若者たちの「教育」にも役立つだろう。いつに変わらぬアダムズの反面教師的諧謔である。『教育』前書きはさらにいう――「したがってマネキンは、相対関係の研究に用いられる三次元ないしそれ以上の幾何学図形と同じ価値をもっている。相対関係の研究のためには、マネキンはなくてはならぬものなのである。それのみが運動、平衡、人間の状況を測定する尺度だからだ」。ここには二年後（一九〇九年）に発表される『歴史に適用される位相律（Rule of Phase）』、つまり理論物理学者ウィラード・ギブズの多相平衡の法則を適用した「歴史の力学的理論」の気配が感じられるが、アダムズの使う擬似科学的比喩はほとんど理解不可能な恣意的なものであって、付き合う要もない。ただ是非とも理解しなければならぬことは、思想も文化も政治も、引用直前で使われている言葉を借りれば「エネルギーの一種の形式」であり、したがって歴史も「人間の状況」も、ひっきょうエネルギーの「運動」の「相対関係」（relation）だということだ。そして流行「衣裳」の着せ替え人形″マネキン″こそ、まさに「空ろ」なるがゆえに、それだけ迅速・敏感に反応する歴史の計器たり得る。

着せ替えられる「衣裳」の「相対関係」を測定する「尺度」たり得る。そこに〝無用者〟の効用があると、アダムズはいっているのである。『教育』前書きは次の言葉で結ばれている――

「マネキンは現実の気配を帯びていなければならない。実在のものとして受けとられ、生命《いのち》あるもののごとくに扱われなければならない。誰が知ろう？　ことによると、マネキンには生命があったのだ！」

生命ある〝マネキン〟――この矛盾語法のなかに、「復讐神《エリーニュエス》」によって、「物狂おしく」教育探求に駆り立てられ、ついには〝多様性〟の「底なしのニヒリズム」の深淵を彷徨しなければならなかった〝アメリカン・アダム〟、アダムズの人生唯一の存在証明があった。「一切は微塵にくだけ、一切の統一性は失われ／一切はただ単なるもの、そして一切はこれ、関係（Relation）」（ジョン・ダン『世界の解剖』、「周年の哀歌」二一三―一四行）。アダムズもまた、〝近代〟のとばくちでこう歌ったダンの詩句を独りつぶやいていたにちがいない。ひとたび〝統一性〟が失われれば、ものはいかなる「関係」でも結び得る。そこにアダムズが生きなければならなかった相対性の〈地獄の季節〉、彼いうところの二十世紀〝多様性〟の混沌があった。

歴史とエントロピー

アダムズにはダーウィンの自然選択による生物進化も、マルクスの生存闘争による社会進化も、単なる空想的《ユートピアン》科学の物語にすぎなかった。脊椎動物の始源、チョウザメに似た硬鱗魚類、その化石がいま古世代シルル紀の地層に眠っているプテラスピスには、進化の跡は一切、認められず、「それはいかなる新しい形体も新しい力も選択しなかったようすだ」（三九九）。「プテラスピスの時代まで遡れば、〝自然選択〟を完全に立証するようなことは何も起こらなかったし、プテラスピス以前の時代は永遠の空白である。いかなる脊椎動物の痕跡も発見されていない」（二三〇）。ということは、プテラスピスはどうやら脊椎動物、人類の始祖だというも同じだが、そういう自然の酔興な謎が、一切の楽天的進化思想を「閉ざされた扉の蔭から、にやっと不気味に嘲っている」（三〇二）。要するにアダムズがいわんとしているのは、自然にも人間の社会にも〝進化〟といったような段階的進歩発展の論理、いいかえれば〝連続〟の秩序は存在しない、ただ偶然の変化が、〝激変《カタストロフィ》〟があるだけだということである。「激変が変化の法則である」、これが敬愛する友人、地質学者のチャールズ・キングとアダムズが共有した確信であった（三一三）。ここから『教育』結び近くの言説、「〝混沌《カオス》〟が自然の法則であり、〝秩序〟は人間の夢想にすぎない」（四五一）までは、彼の「教育」過程上のほんの一歩にすぎなかろう。

　すでに一八七〇年、アダムズ三十二歳のとき、〝混沌〟は彼の身近に起こっていた。最愛の姉が旅先のイタリアで馬車から投げ出され、その傷がもとで破傷風で死んだ。「そのとき、最後の教訓——教育を締めくくる学期——が始まった。彼はすでに三十年にわたるかなり変化に富んだ経験をしてきたが、いまだかつて習慣の殻が破られたと感じたことはなかった。彼は〝自然〟を本当には見ていなかったのだ——見たのはただその上辺だけ——自然が若者にみせる糖衣だけだったのだ。突然まともに偶然の無情残酷を投げつけられて、この衝撃の恐怖は爾来、一生彼のもとにとどまり、やがて再び同じようなことが繰り返されたときには、もはや意志の力でその恐怖に抵抗することはできなかった」(二八七)。文尾にある「同じようなこと」というのが、一八八五年十二月六日、妻メアリアンが趣味にしていた写真の現像液をあおって自殺したことを暗示しているのは明らかだ。彼女のことが暗示されている個所は、『教育』のなかでここしかない。いや、『教育』ばかりではない、アダムズの人生にかかわる一切の記録から彼女の影は跡かたもなく払拭されている。晩年の〝永遠の女性〟エリザベス・キャメロン夫人宛の内密な書簡のなかで、一、二度かすかに言及されているのみである。

姉の死の直後、アダムズは心の「均衡を回復する」ために、美しいモン・ブランに対面する。しかし「人生で初めて彼の眼に、モン・ブランは一瞬、それ本来の姿――無秩序、無目的なもろもろの力の混沌たる塊りと見えたのだった。それが再び彼の感覚の幻影、すなわち清らかな純白の雪、その壮麗な輝き、その無限の天上的平安に包まれるのを眼にするには、数日の安息が必要だった」(二八九)。まことに、象徴的な事件であった。まことに「混沌が自然の法則であり、秩序は人間の夢想にすぎない」。

同世代のなかでもっとも生気と才能に恵まれているとアダムズが称賛してやまなかったチャールズ・キングは、「カリフォルニアの居酒屋で、ただ独り、介抱する者もなく、名づけようもない苦悩の末に死んでいった。人生ヨ、コレデ満足カ?」(四一六)。妻の自殺のあと、アダムズの日本、南洋諸島遍歴の旅に同行してくれた心優しく闊達な友人、なによりも彼にゴシック聖堂の彩飾硝子の美しさを教えてくれた芸術家ラ・ファージュは、「プロヴィデンスの精神病院で哀れ無残に死んだ」(E・サミュエルズ『円熟期のヘンリー・アダムズ』、ハーヴァード大学出版局、一九六四、五一八)。そしてアダムズの無二の政友、シオダー・ローズヴェルト政権の国務長官ジョン・ヘイは、みずからが尽力して漕ぎつけた日露和平協定、ポーツマス条約の成立を見ることなしに心臓の病に倒れた。「『和平交渉のときまで頑張らなければいけないよ』、これが彼を諫める言葉だった。『わたしには時間がない』、これが彼の返事だった。『大して時間が要るわけじゃない』と、こちらは応じた。どちらも正しかった」(五〇四)。一九〇五年七月、ヘイは死んだ。生年はアダムズと同じ一八三八年だった。

「おそらく二人はいつの日か――そう、例えば一九三八年、彼らの生誕百年に――共に一日、帰ることを許され、自分たちの人生の過誤が彼らの後につづく者たちの過誤に照らして明らかになるのを目の当たりにすることだろう。おそらくそのとき、人間が肉食動物のあいだで彼の教育をはじめて以来はじめて、繊細で内気な性質の者でも身ぶるいすることなしに眺められる世界を見出すことだろう。」

『ヘンリー・アダムズの教育』結びの一節である。が、無論、そのような繊細な世界が到来しようなどと、アダムズはつゆ思ってもいない。ことによったら、彼のアイロニーの炯眼は第二次世界大戦勃発を予見していたかもしれない。つとに一八九三年、シカゴ万博が展示した発電機の静かな唸りに、彼はじっと耳を澄ましていた。そして発電機が「歴史に新しい位相を与えた」ことを了解していた(三四二)。アメリカ人は自分たちがどこに向かってつっ走っているのか、わかっているのか。過去百年間、「彼らは二つの力、一つは単純に産業の力、もう一つは集中的機械的な資本主義の力、これら二つの力の間で躊躇《ためら》い逡巡し前後に揺れ動いてきた」(三四四)。しかし、発電機の出現とともに二つの力は一つに結合する。「まったく機械的な力の統合強化は、アダムズが生れた階級を無情にも踏み消したが、アメリカが崇拝する新しいエネルギーを制御することができる独占企業を生み出したのだ」（三四五）。その傾向はますます増大するだろう。「加速化の速度は限度を越えていた」（三三九）。実はアダムズはシカゴ万博の本部棟の階段に腰をおろして、かつてローマのとある教会の階段に腰かけたときのように、「深い思い」に沈んでいたのである。一八六〇年、ローマに遊んだ若き日の彼は、百年前ギボンが夕暮れどき教会の晩禱の調べを聞きながらカピトル神殿の廃墟を思い、それが『ローマ帝国衰亡史』執筆の機縁になったひそみに倣って、日暮れになるとよくサンタ・マリア・ディ・アラ・コエリ教会の階段にすわり、「ギボンによっても、いや、その後のすべての歴史家によっても、〝衰亡〟の解明は一インチたりと進んでいないと、不思議に思ったものだった」（九一）。暮れ方の「アラ・コエリ教会の階段」のイメージは、『教育』全体にわたって、まるで美しい象眼のように鏤《ちりば》められている。つまり、私がここでいいたいことは、アダムズがシカゴ万博で見つめていたのは「歴史に新しい位相を与えた」発電機ばかりではない、それが予兆しているかもしれぬ文明衰亡の位相でもあったということだ。以来、アダムズの「教育」は、文明の「〝衰亡〟の解明」という一点に収斂していったといっていい。

発電機のあとには電磁波、放射能、原子の発見がつづく、「加速化の速度は限度を越えていた」。発見されたそれらの力は「超感覚的」「超自然的《オカルト》」で、十九世紀の主要な動力であった蒸気力のように「馬力で表現することはできない」（三八一）。「X線は人間の意識のなかで何の役割も果たしたことはなかったし、原子自体もただ思考の虚構《フィクション》としてのみ理解できるものにすぎなかった。この七年の間に、人間は古い宇宙とはいかなる共通の測定尺度ももたぬ新しい宇宙に移行したのだった。感覚には知覚されれず、おそらくは彼の用いる道具によっても知覚できない運動の偶然の衝突によるほか、何も測定できないような超感覚的世界に入ったのだった」。アダムズはいう、「物理学は完全に気が触れ、形而上学と化したのだ」（三八二）。

数学とて、ことの本質に変りはない。自然の真理を簡潔な数式に還元するこの純粋科学も、もはや真理を保証しはしない。アダムズが引用しているポアンカレの『科学と仮説』は語る――「科学において、他の条件が等しいとすれば、あたかも単純な法則のほうが複雑な法則よりも確実性があるかのように振舞うことを要請される。半世紀前には、人は率直にそれを認め、自然は単純さを愛すると公言していたものだ。その後、自然はそれが嘘であることをいやというほど示してきた。今日では、自然は単純さを愛すると信じるような傾向はもう見受けられない。それがまだ残っているとすれば、それは科学が不可能にならないために不可欠な分だけである」（四五四）。複雑さが完全に支配すれば、同じことだが、〝混沌〟が一切ということになれば、たしかに科学はもはや不可能になる。さらにポアンカレは、アダムズの言葉をそのまま使えば、「この相対的真理さえも転覆する」。いわく、「ユークリッド幾何学は真理であるかどうか、そんな問いにどう答えたらいいというのだろう？　いや、そう問うのは無意味だ！　ユークリッド幾何学はこの上なく便利であり、これからも便利なものとして残りつづけるであろう」（四五五）。科学において意味があるのは真理ではない、「便利」さである！かくてアダムズはいう、ここでも「〝混沌〟が根本の事実だった」と。

そういうことなら、語源的に〝統一性〟を意味する宇宙《ユニヴァース》は存在しない、一切は〝混沌〟のなかに崩れ去る。そういう崩壊の過程を人間社会のなかに追跡した末に、アダムズは物理学者の常套句を引用する、「われわれが勝ちとるものがあるとすれば、自然の背後にある不可逆の現象との――戦わぬ先から負けが決っている――戦いだけだ」（四五八）。「自然の背後にある不可逆の現象」というのが、熱力学の第二法則、エントロピーの増大であるのはいうまでもない。この法則こそ、今日でもすべての、少なくとも大方の物理学者が、あるとすれば唯一の真理と認めているものにほかならない。つまり、エントロピー増大とは「戦わぬ先から負けが決っている」決定論、事物の宿命といっても同じだが、アダムズの「教育」は文明の「〝衰亡〟の解明」という一点に収斂していったと前に書いた意味も、まさにこのエントロピー増大という一点にあったのだ。〝エントロピー〟とはギリシア語源で「変容」を意味する。〝衰亡〟とは〝混沌〟への不可逆な変容に相違ない。

『教育』私家版が出てから三年後（一九一〇年）、アダムズ最後の著述『アメリカの歴史教師たちへの手紙』は、クラウジウスの「宇宙のエントロピーは極大に向かう」という有名な一句の引用から書き起こされている。さらに彼はクラウジウスとは別個に第二法則を定式化したトムソン・ケルヴィンをも引き合いに出す、「自然のエネルギーのすべては徐々に熱に変って空中に消失する。そしてついにはこれ以下はない最低のレベルに達したエネルギーの死海のほかは、何も残らないことになるであろう」。一年前の『歴史に適用される位相律』のなかで、アダムズはこう自問していた、「すべての運動は、ついには絶対空間の潜在力としてのみ存在する究極の静態的エネルギーのなかに没入しなければならないのか」（トニー・タナー『言葉の都市』、ジョナサン・ケイプ、一九七一、一五〇頁の引用による）。この言葉を書き写して、いま私の念頭に鮮やかに甦っているのは、ポーの『ユリイカ』である。

アダムズの言葉が示唆しているのは、まるで近親相姦愛に呪縛されたあのアシャー館の双生児の兄妹のように、「合体融合を繰り返しながら、途方もない速度で彼らの普遍的中心に向かって殺到し、ついには共通の抱擁のなかに瞬時にしてきらめき没する」星群の「必然的破局」、宇宙の「壮大な終末」のありようではないか（『E・A・ポーの空想科学小説』、ペンギン版、三〇六）。合体融合した以上、そこには「引力も斥力もない物質」があるだけだ。引力と斥力が物質の本性であってみれば、それは「物質なき物質（Matter without Matter）」であり、'nevermore'を反復句《リフレイン》とする『大鴉』の詩人は、それを「もはや存在しない物質（Matter *no more*）」（強調、ポー）ともいいかえている。つまり、一切は「神の意志がそこからのみ〝統一性〟を喚起し、創造したとしか考えられぬ〝虚無なる物質〟（Material Nihility）」、〝無〟へと回帰する。『ユリイカ』冒頭に掲げられた命題は断言していた、「第一のものの原初的統一性のなかに、一切の事物がみずからを必然的に絶滅せずには措かぬ萌芽をはらんだ第二原因が存在している」。「第一のものの原初的統一性」というのが、いわゆる〝第一原理〟（すなわち神）による創造、いいかえれば原初の〝エネルギー〟だとすれば、「第二原因」というのが、〝エントロピー〟増大という「普遍的傾向」を示唆しているのは確実だと思われる。エネルギーのなかに、エントロピーは必然的に予定されている――「明白な運命《マニフェスト・デスティニー》」。『ユリイカ』序文の結びにいう、「私がここに提示したことは真実である。したがって死ぬはずはない。あるいはもし今どういうわけか踏みつけられて死に瀕しているとしても、やがては『再び永遠の生命《いのち》に甦る』であろう。しかしながら私が死んだら、この作品は一篇の詩としてのみ判断されることを私は切に望んでいる」（強調、原文のまま）。アダムズが『ユリイカ』を読んでいたかどうかは知らない。読んでいたとしたら、彼はその「詩と真実」をもろともに肯ったにちがいない。

歴史と〝女〟

かくしてアダムズの「教育」は、彼の〝挫折物語〟は、つまるところエントロピー増大の物語にほかならない。『教育』最終章は一九〇五年、久しぶりに再訪したニューヨークの印象からはじまる。未曾有の繁栄のなかに跳梁する「無秩序《アナーキー》」を目撃して、この「歴史の街道を歩む旅人」は独りつぶやく――「キリスト教二千年の挫折を告げる叫びが、ブロードウェイから囂々《ごうごう》とどよめきあがる」（五〇〇）。「保守的キリスト教的アナキスト」とは、『教育』のなかで何度でも繰り返されるアダムズの深刻かつ滑稽《セリオ・コミック》な自称であるが、彼個人の挫折物語は「キリスト教二千年の挫折」の歴史の縮図なのか。それとも彼が生れ落ちたアメリカ随一の名家の没落を強いた〝アメリカ〟の歴史そのものへの怨念の物語なのか。『科学的歴史家ヘンリー・アダムズ』の著者W・ジョーディはいう、「彼が挫折したとしたら、彼の優越感は彼ひとり挫折するのを許しはしなかった。人間の歴史全体が彼とともに挫折しなければおさまらなかったのだ。まさしく宇宙的自惚れであり、そこに自惚れと結びついた気取りの構えがあった」（『ヘンリー・アダムズ、科学的歴史家』、アンカー叢書、一九七〇、一二四）。別の個所でジョーディはこうも書いている、「要するに、アダムズは彼の挫折を英雄的《ヒロイック》にして見せたのだ」（同書二五七）。彼が優越感をもった、ある意味では鼻もちならぬ気取り屋であったことは、妻の自殺直後、日本から友人たちに書き送った日本見聞記ふうの書簡に徴《ちょう》しても明らかだが、おのれの挫折感を道連れに「人間の歴史全体」を引きずり込むといったような「宇宙的自惚れ」、そんな大それた英雄《ヒーロー》気取りが、彼にあったとは断じて思えない。そもそも自らを「空ろな人間」＝〝マネキン〟に見たてた絶望のユーモリストに、いかなる英雄主義《ヒロイズム》も可能なわけがないではないか。

　流行「衣裳」の着せ替え人形〝マネキン〟こそ、まさに空ろなるがゆえに、それだけ迅速・敏感に反応する歴史の計器たり得ると、私が前に書いたことを思い出していただきたい。大切なのは「衣裳であって、人物ではない」という『教育』著者「前書き」の一句をもじっていえば、大切なのはアダムズ個人の挫折ではなくして、文明そのものに迫っている挫折の危機である。そこに〝アメリカ〟の知的典型としてのアダムズの「教育」の役割があったのだ。現に『ヘンリー・アダムズの教育』は第一人称を徹底的、原理的に排除している。語っているのは〝ヘンリー・アダムズ〟という仮面《ペルソナ》、というより如上のような歴史的役割を課せられた〝マネキン〟なのであって、それゆえ『教育』をアダムズの自伝と呼ぶことは厳密には許されないことなのだ。さもなければ、どうしてアンダソン、ヘミングウェイ、フィッツジェラルド、そして『発電機《ダイナモ》』を書いたオニールが、さらには『言葉の都市』でトニー・タナーが精確に追尋してみせているように、メイラー、バローズ、ベロー、バース、ピンチョンが、さらに付け加えれば、「空調装置の悪夢」に憑かれた、あの「薔薇刑の受難者」ヘンリー・ミラーが、〝エントロピスト〟アダムズの末裔に連なり得ようか。

　歴史にはなんの一貫性も連続性もない、ただ「変化」変容《エントロピー》があるだけだ。これは梃子でも動かぬアダムズの歴史認識であった。しかし、〝マネキン〟たる「空ろな人間」にも、なお依然「渇望する空虚」（アレグザンダー・ポープ『エロイーズからアベラールへ』、九四行）は残っている――永続する常なるものは、ないのか。「単純さは真理の証しではないかもしれないし、統一性は精神が抱く無数の幻想のなかでも、おそらく最大のまやかしであるだろう。だが、この二つのものが人間に内在する根源的本能であり、重力が物質に作用するのと同様、精神に作用する引力であることも事実だ。統一性の観念は神の観念や宇宙の観念が滅んでも、生きのびる。それは人間生得の直覚なのである」、これは『アメリカの歴史教師たちへの手紙』中の言葉である（『民主主義的教条の退廃』、パトナム・キャプリコン叢書、一九五八、二三七-三八）。すでに一九〇〇年パリ万博のさなか、アダムズは発電機《ダイナモ》の傍らに立って、それとは別種の〝力〟、かつてエネルギーであったもの、つとにバハオーフェンが「母権制《ダス・ムッターレヒト》」といい、のちにノイマンが「大いなる母《ディ・グロッセムッター》」と呼ぶことになる〝原初の女性的なるもの〟に思いを馳せていた。それが『物の本質について』冒頭で、ルクレティウスが「万物の本性を支配するのは、あなた独りであるがゆえ……」と讃歌を捧げている女神ウェヌスであり、ダンテが『神曲』天堂篇で「あなたはいとも偉大、いとも強きがゆえに……」と呼びかけ、恩寵を祈願している聖母マリアであることは断るまでもない。アダムズはいかにも「歴史の力学的理論」の提唱者らしく、これら二つの聖性を、いや、それらはひっきょうひとつの根源に発するものであるのであれば、この聖性を「生きた発電機《ダイナモ》」と名づけている（三八四）。そして、ここでも彼の念頭から〝アメリカ〟の影が去ることはなかったのだ。

「〝女〟はかつて至高のものであった。フランスでは今なお〝女〟は単に一つの情緒《センティメント》としてのみでなく、一つの力として強い存在たり得ていると思える。なぜアメリカでは女は知られなかったのか。明らかにアメリカは彼女を恥じ、彼女も自分自身を恥じているからだ。さもなければ、彼女の全身があれほど限なくイチジクの葉で被われることはなかっただろう。〝女〟が本当の力であったとき、彼女はイチジクの葉など知らなかった。が、毎月雑誌が生み出すアメリカの女性には、アダムがそれと分かる〔イヴの〕特徴など、なに一つありはしない。ピュリタンの間で育った者なら誰しも、性は罪であると肝に銘じて知っているのだ。」（三八四）

アダムズがこう書いたとき、時代はいわゆる「お上品な伝統」の時代で、作家アダムズ自身も否応なしにこの伝統に属していた。彼が生み出した女性人物、信仰と恋の間で苦悩するエスタにしても、自分の眼で「根源的な力の活動」を見、自分の手で「社会の巨大な機構」に触れてみたいと願ってワシントンに移り住み、結局は「民主主義に神経をずたずたにされて」挫折するマデリンにしても、残念ながら「アダムがそれと分かる〔イヴの〕特徴」は見当らない。一九六〇年代以降に出現したアメリカの〝新しい女〟を見たとしたら、アダムズはなんというだろうか。これもまた「一つの情緒」、あるいは単なる煽情《センセイション》にすぎない、〝力〟ではないというだろうか。どうやら彼の歴史家としての炯眼は〝新しい女〟の行きつく末を見通していたようすだ。

有難いことに、産業資本主義は女たちに新しい職業の門戸を開放した。「これらの新しい女たちはすべて一八四〇年以降に創造された者であり、一九四〇年以前に彼女たちは自分たちの意味を明示することだろう」（四四五）。いや、喜ぶのは早い、その先がある――アメリカの〝新しい女〟を「つぶさに観察してみると、彼女は心も手もひたすら機械の操作に向けてしまった男のあとを激しく追いかけているように見える。男は彼の機械と女とを同時に操縦するわけにはいかない。彼は女を、たとえ妻であろうと、勝手にまかせるしかない。かくて彼女が男を真似ることによって生きようとしているさまは、世間御覧の通りである。……女は男同様、機械と結婚しなければならないのだ」（四四五、四四七）。「女の力がその軸からそれれば、なるほど新しい活動分野が見つかるに相違ないが、そうなったら家庭はその代償を支払わなければならなくなる、それは確かなことだ。女が成功するかぎり、彼女は蜂のように無性《セックスレス》となり、人種を継続するという惰性の古きエネルギーを棄てなければならない」（四四六）。会食の席で話がだれると、たまたま隣に居合わせる元気溌剌たる女性に、「どうしてアメリカの女は出来損い（failure）なのだろう、説明できるかね」と訊くのが、晩年のアダムズの悪い冗談だった。言下に返ってくる答えは、「アメリカの男が出来損ないだからよ！」であった（四四二）。これはもう、ほとんどロレンス的認識といってよい。女にそう問いかける直前、アダムズは書いていた、「性の運動の理解なしに、歴史は単なる衒学にすぎぬと思えた」。

変化、変容《エントロピー》の反措定は惰性である。永続する常なるものがあるとすれば、「惰性の力《ヴィス・イネルティアエ》」のなかにしかない。そこにアダムズが〝原初の女性的なるもの〟に執着した所以がある。「惰性の運動すべてのなかで、母性と生殖がもっとも典型的なものであり、永遠に不変な線を動いてゆく女たちの特質こそ根源的なものであって、これによってこそ、歴史は切れることなくつづく唯一の連続性を保証される。他の何であれ途切れることがあろうと、女は生殖をつづけなければならない、プテラスピスのシルル紀にもつづけていたように。性こそ生命の絶対必須条件であり、人種は局地的な条件にすぎない。惰性の法則が確実に求められるところがあるとすれば、それは女の心のなかにある」（四四一）。「性の惰性を克服すれば人種の消滅につながるのは知れたことであるが、数年毎に倍加する莫大な力がそれを克服しようと、抗い難く作用している」（四四八）。アダムズはおどけて、こう結んでいる、「今はただクインジー湾（幼少の彼が戯れた生地ボストン近郊の海）のカブトガニの役を買って出て、すべては一定、なにも変らない、女は過去もそうだったように未来も、硬鱗魚ガーやサメ〔かのプテラスピスを思え〕と一緒に変ることができずに、大海原を悠然と泳いでいるのを確認したいと思うばかりである」。反フェミニズム的フェミニスト、アダムズの微苦笑だが、「生命の絶対必須条件」たる〝女〟の性も「惰性の法則」も、不可逆な「普遍的傾向」、エントロピー増大の法則の例外たり得ないのか。〝新しい女〟の「意識」もまた、『アメリカの歴史教師たちへの手紙』中の言葉を使えば、「生命エネルギー衰退の一位相にすぎない」のか。

いかに奇嬌に聞こえようと、〝女〟に内在する「惰性の法則」の認識と聖母崇拝とは結局、同じ一つの根っこに由来する。崇拝にせよ信仰にせよ、一つの惰性にはちがいないのだから。そういえば、ピュリタンたちが敢行したのは一言でいって、聖母マリアの抹殺だった。新世界を求めて海を渡った〝アメリカン・アダム〟たちの標語は「新規まき直し《メイク・イット・ニュー》」、すなわち〝惰性〟は禁忌《タブー》であった。アメリカでついに「〝女〟は知られなかった」のも、不思議はない。一九〇八年、アダムズは「シャルトルの聖母への祈り」という一篇の詩を書いている。祈り手の〝私〟は（といっても、アダムズ自身ではない、これまたカトリック信仰の「衣裳」を着せられた〝マネキン〟だ）、聖母に訴える――「こうして私もまた、父の手がかりを見出そうと／大地を拷問にかけた人の群れに混じってさ迷いました／〝父〟は見つからなかった、でも今ではもっと大切なものと／私には思えるもの、〝母〟を――あなたを、失ってしまったのです！」（サミュエルズ『円熟期のヘンリー・アダムズ』二三三頁の引用による）。そして祈りは次のような聖母への訴えで終っている、「耐える力をお与え下さい！　私自身のちっぽけな重荷などではなく／〝神〟の光と力と知識と思想の挫折に――／〝無限なるもの〟の無益な愚行に／耐え抜かれたあなたの重荷に！」。かかる「キリスト教二千年の挫折」に耐えた聖母とは、一体、どのような存在だったのか。

シャルトルへの道

「神は〝正義〟、〝秩序〟、〝統一性〟、〝完全無欠〟であった。神が人間的で不完全であってはならなかった。〝子〟も〝聖霊〟もまた、〝父〟以外の何ものかであってはならなかった。〝母〟のみが人間的で不完全であり、愛することができた。彼女のみが〝愛情〟であり〝二元性〟であり〝多様性〟であった。考えられ得るいかなる信仰の形でであれ、この二元性はどこかにその具体的表現を見出さなければならないが、それは三位一体のなかには単独にも総体的にも見出され得ない以上、〝母〟のなかに見出すしかないと、中世は論理的に主張したのである。三位一体が本質的に〝統一性〟であるとすれば、〝母〟のみが〝統一性〟でないもの、不規則、例外、無法なるもの一切、つまりは人間を表現することができたのだった。」

『モン・サン・ミシェルとシャルトル』の中の一節である（ダブルディ・アンカー叢書、一九五九、二九〇）。西欧中世はキリスト教信仰によって統一された一枚岩的な時代社会ではけっしてなかった。そこにも〝一〟と〝多〟、〝統一性〟と〝多様性〟の難問《アポリア》がつねにすでに存在していたのだ。この両者をいかに論理的に整合するか、そこにアベラールからアクイナスに至るスコラ神学の苦悶があったことは、あらためて繰り返すまでもない。引用した一節をアダムズは次のようにも敷衍《ふえん》している――

「実をいえば、三位一体は哲学の問題として、いかにして統一性は多様性を生み出し得るかという永遠の根本的問題を解明するために、意図されたのだ。統一性だけから出発すれば、いかに頑張ってもこの二元性を説明し得ないことを、哲学者たちは知っていた。一般の無知な農民にとって、そのような困難は起らなかった。彼らは三位一体をもっと単純な形で、時間・空間・力といったような人生第一の条件として、理解していたからである。……彼ら自身は〝聖霊〟と〝母〟とを同じものと見なそうと一生懸命であった。」（三三八―三九）。

このあと、アダムズの「歴史の力学理論」は〝父〟と〝子〟と〝聖霊〟が構成する「正三角形」、彼いうところの「神の幾何学《ディオメトリー》」を長々と語っているが、要するに教会神学もついには〝聖霊〟を「多様性・多元性・無限性」の原理として認め、それに「〝母〟の属性――愛・慈悲・恩寵」を与えたというのである。

「十三世紀統一性の研究」という『モン・サン・ミシェルとシャルトル』（以下『シャルトル』と略記）の副題に、多くの評家とともにたぶらかされてはならない。『教育』の副題「二十世紀多様性の研究」と対比して、簡単素朴に『シャルトル』は「十三世紀統一性の研究」だと早合点してはならない。ラスキンやラファエル前派の中世憧憬は、アダムズに無縁のことだったのだ。そもそもラファエル前派には、シャルトルを初めとするゴシック聖堂を「十三世紀の万国博覧会」と呼ぶ発想も、諸所方々に散在する聖堂は簡単には見て回れない、「自動車のみがそれらの聖堂をなんらかの筋の通った連続として結びつけることができる」（『教育』四六九）などと豪語するユーモアも、絶対に不可能だったろう。アダムズはいち早くメルセデスを購入し、運転を習得していた。そう、『シャルトル』が綿々と物語っているのは〝統一性〟の賛歌ではない、むしろ〝多様性〟の救抜への祈念である。いいかえれば、「自然が増悪する人為的な秩序の専制」(『教育』四五八)から、さらに換言すれば、「〝神〟の光と力と知識と思想の挫折、〝無限なるもの〟の無益な愚行」から、人間の生命《いのち》を救出したいという希いにこそ、「シャルトルの聖母」への祈りがあったのである。そこに〝アメリカン・アダム〟、アダムズをとらえて放さなかったピュリタニズムの桎梏の深さが感じられないか。彼はあらためて自問している、「聖母の助けを知らぬプロテスタント教会は、なぜすべて冷たい挫折に終ったのか」(『シャルトル』二八八)。

それにしても、『シャルトル』で語られているこの〝多様性〟と、『教育』が物語る「二十世紀の多様性」とは、なんと異質であることか。十三世紀の多様性はひっきょう統一性に包含されたもの、あるいは統一性の一つの位相《フェイズ》ないし位格《ペルソナ》だった、などともっともらしいことはいうまい。ただ確認すべきは、この二様の〝多様性〟の関係こそ、歴史家アダムズの主要な関心事であったということだ。彼はこの二つの多様性を「自分自身の位置を定める、二つの関係点」と呼んでいる(『教育』四三五)。ヘンリー・ジェイムズ宛手紙では、「この本(『教育』)は十三世紀に関する前著から導き出される数学的な結論だ」といわれている(一九〇八年五月六日)。そしてイェール大学の文献学者A・S・クック宛の手紙で、アダムズは書いている――

「『シャルトル』は出発点を定めるために書かれたのです。……私は一つの時代の生命エネルギーの強さを示したかった。無論、その強さはそれが最高度に発揮される領域――宗教と芸術の世界で始まったことはいうまでもありません。……私の考えでは、外部世界――いわゆる近代世界――は芸術と感情の原始的本能の概念を歪め堕落させるだけが、能だったのです。……いいかえれば、私はわれらが哀れなカルヴァン的アウグスティヌス的父祖の子孫ですから、現代社会とその理想と目的とを、今はほとんど失われてしまったある原始的本質的な本能の残滓、断片と酷烈に見なすまで、私の論理を徹底するのを恐れていません。」（一九一〇年八月六日）。

たぶん、このとき熱力学の第二法則を歴史に適用した『アメリカの歴史教師たちへの手紙』は書きすすめられていたか、すでに書き終えられていたに相違ない。引用の手紙の三ヵ月後、アダムズは一友人にその原稿を印刷に付す旨、報告している。いや、『教育』自体、アメリカ文明のエントロピー増大を告知する〝挫折物語〟であったことを思い出せば、事は済む。ところで『シャルトル』は、「天使は高所を愛した」という一句ではじまっている。そして結びは?

「その微妙な平衡は明らかに安全圏を越えており、危険は石の一つ一つにまでひそんでいる。重い塔、不安定な穹窿《ヴォールト》、とりとめもない控壁《バトレス》の見せる危険、不確定な論理、不整合な三段論法、乱反射する精神の鏡——これらすべて教会につきまとう悪夢という悪夢はゴシック聖堂によって、聖堂自体があたかも人間苦悩の叫びでもあるかのように、強烈に表現されているのだ。その憧憬の喜びは天に向って真っ直ぐに伸び、その自己不信の悲哀と懐疑の苦悶は、最後の秘密として地中深くに埋められている。きみはきみの青春と確信に似合ったことを何でもそこから読みとればいい。しかし私には、こうとしか読めないのだ。」（四二二）

アダムズはここでアクイナスの神学体系とゴシック寺院建築のゆきつくところを一つに重ねて見ているわけだが、彼の視野にはアクイナスの死の十年後、一二八四年に起るボーヴェ大聖堂の崩壊も、ひそかに収められていたにちがいない。「高所」から「低所」へ――『モン・サン・ミシェルとシャルトル』もまた、エントロピー増大の物語だったのだ！　「『シャルトル』も同じ懐疑にとらわれている。二つの本は道連れなのだから、『教育』の最後の三章は『シャルトル』の最後の三章の証明完了《Q・E・D》なのだから」、これは他ならぬアダムズ自身の言葉である（一九〇八年九月十三日、ホワイトロー・リード宛）。少し前に引用しておいたジェイムズ宛手紙の「『教育』は十三世紀に関する前著から導き出される数学的な結論だ」の直後にも、「この本の結びの三章は、あの本の結びの三章の証明完了《Q・E・D》の試みにほかならない」と記されていたのである。

「お聴きください、聖母よ！　〝人類〟の嘆きがあげる／不思議な祈りの結末を、お聴き取りください」、アダムズの「シャルトルの聖母への祈り」も、いつしか〝発電機《ダイナモ》〟から〝原子〟にと到達した科学文明への絶望的呪咀へと変容する――「何を構うことがありましょう／希望も恐怖も、愛も憎しみも／宇宙がどうなろうと知ったことではありません。ただ私たちに見えるのは／私たちの確実な運命／〝宿命〟の最後の言葉だけです」。逆倒した「明白な運命」！　祈りはついに〝原子〟に向って叫ぶ――「ならば、〝原子〟を捕えよ！　奴の関節を拷問にかけろ！／奴を引き裂き、その秘密の源泉を噴き出さしめよ！／奴を粉々に砕いてしまえ！　たとえ奴が／私たちを指さし、奴の生命《いのち》の血が塗られて／この私が――死せる〝原子《アトム》＝王《キング》〟に聖別されるとしても！」。〝マネキン〟＝アダムズ〟の絶望は、絶望のユーモリスト＝アダムズの炯眼は、ご覧のとおり核分裂の現代をもつとに見つめていたのである。再び祈りは鎮静して聖母に向う――「待ち望みながらも、私は信仰の活力《エネルギー》を／未来の科学には感じません、あなたの中にしか！」

しかし、アダムズがカトリックになることはついになかった。シャルトルへの道が〝ダマスカスへの道〟と化すことはなかった。ここでも、彼は〝挫折者〟であった。「シャルトルの聖母への祈り」の自筆原稿を贈られた彼の献身的な帰依者でカトリック教徒のウィンスロップ・チャンラー夫人は書いている、「わたしたちが信じていることにあれほど熱烈に同意しているのだから、どうしてカトリックにならないのか、一度彼に訊いてみたことがある。『ねえ、きみ、冥府の裁判官ラダマンサスはきみほど厳しくないとでも思っているのかい?』、彼は半ば生真面目にそう言ったが、眼には反抗的な煌めきがあった」(サミュエルズ『円熟期』二三〇頁の引用による)。〝ラダマンサス〟にどういう意味合いが込められていたのか判然としないが、聖母への鑽仰にもかかわらず、アダムズにカトリック信仰を許さぬ何かがあったことだけは確《しか》と察知できる。その何かとは父祖伝来のピュリタン的良心であったか。それとも激しい厭悪にもかかわらず、ついに彼を捕えて放さなかった〝アメリカ〟であったか。

一九一八年三月二十六日、アダムズは八十年の生涯を終えた。葬儀はワシントンの自宅でアメリカ聖公会の牧師によって簡素に行われた。遺体は、三十二年前自殺した妻の眠るロック・クリーク墓地、彼女の傍らに葬られた。遺言によって、碑銘は何も刻まれなかった。

アダムズと〝女〟

たとえエントロピー増大の物語であるとしても、『シャルトル』でもっとも生彩を放っているのは、聖母マリアを象徴とする〃女〃の世紀、十三世紀を語った部分である。この世紀が十字軍遠征の世紀であるとともに、宮廷風恋愛の世紀でもあったことは周知のところだが、この二つの事象は互いに深く密接にかかわっていた。ルイ七世の妃で後に英国王ヘンリー二世の王妃となったエレアノール・ダキテーヌは、十字軍の英雄、獅子心王リチャードの母であるとともに、宮廷風恋愛の創始者であった。彼女がルイとの間にもうけたマリ・ド・シャンパーニュは騎士道物語作者クレティアン・ド・トロワの保護者であり、宮廷風恋愛の完成者であった。そしてエレアノールの孫娘ブランシュ・ド・カスティリアは、聖王ルイ九世の母であった。これら三人の女王のことを物語る『シャルトル』第十一章冒頭で、アダムズはそれに触れれば「科学的精神は萎縮し、遺伝的脳髄の弱さに悩まずにいられない」アシュタルテ、イシス、デーメーテール、アプロディテ、「なかんずく最後最大の神性」聖母のことを、すなわち〃永遠の女性〃の系譜を思いながら、書いている――「人類の真の研究対象は女である。が、アダムの昔から誰しも共通に了解しているとおり、それはこの上なく複雑かつ至難な研究である。聖母の研究はシャルトルの芸術が明示しているように、真っ直ぐイヴにつながり、性の問題すべてを赤裸々にする」(二一五)。そういえば、聖母の属性を「二元性、多様性、無限性」と列記したあと、アダムズは、'――Sex!' と書き加えている(二八九)。このダッシュが先行する三位一体的属性を総括しているのは、ほぼ確実だと思われる。

アメリカの男は'failure'だと口癖のようにいいつづけたアダムズが、女性崇拝者だったことに間違いはない。彼の〃永遠の女性〃、上院議員キャメロンの妻エリザベスへの愛は、宮廷風恋愛の掟と作法を忠実に守ったものだった。初めてアダムズをモン・サン・ミシェル詣に誘ったのも、かつての教え子で今は上院議員になっているH・キャボット・ロッジの夫人だった。ロッジはアダムズの死の半年後に出る『教育』普及版の架空の編者にさせられる人だが、「編者前書き」は実は生前アダムズ自身が書いていたものである。ロッジという男がアダムズに役立ったのは、それくらいのものだった。ワシントンのアダムズ家には、選ばれた何人かの親密な女がつねに彼の周囲につどっていた。だが、彼の書簡を読んでも伝記の類いをのぞいてみても、不思議となんの官能性も肉感性も感じられない。所詮、アダムズの女性崇拝は理知の産物にすぎなかったのだろうか。いっとき彼の官能をピュリタン的桎梏から解き放ったかに見えたタヒティの肉感的な夜でさえ、議論にばかり熱中する彼に向って、ラ・ファージュがたまらず、「アダムズ、君は理屈が多すぎる!」と叫んだような(『教育』三七〇)、「理屈」の産物だったのだろうか。

妻の自殺後、独身をつづけるアダムズに再婚をすすめる知人があった。そのことをエリザベス・キャメロンに報告しがてら、アダムズは書き送っている――「四十年探し求めても、ぼくは本当の連れ合いになれるような申し分ない女の人には、一人しか出会ったことがない。その想像上の女性、もしかしたらぼくの妻になったかもしれない女《ひと》を、ときにはどんなに憐れむことか! 一緒になれば、ぼくは速やかに、いとも容易にその女《ひと》の血を吸い取り……ぼくの倦怠の罪なき犠牲《いけにえ》にしてしまうだろうから」(一八九一年十一月二十一日)。エリザベスはすかさず切り返す――「彼女の血を吸い取るとかなんとかおっしゃっていますけれど、あなたにそんなことできるわけないわ、わたしが請け合います。彼女が許すわけありません。血を吸い取られるのはあなたのほうかも知れなくてよ。あなたの血管を流れている辛辣な毒汁を少々失っても、害にはならないでしょう」(同年十二月六日)。まさしくその通りだ、アダムズが仮りにも官能の吸血鬼になれるわけはない。

妻メアリアン・フーパーの自殺の原因などわかるはずもないが、愛する父の死後陥った極度の神経衰弱にその原因を求めるのが、おおかたの伝記研究家の常套のようである。メアリアンの死の前年（一八八四年）に出版された『エスタ』の女主人公も、同じような苦境に見舞われている。この小説の序文でアーネスト・サミュエルズは書いている、「エスタと彼女の父との関係は、多くの点でメアリアン・アダムズと彼女の甘い父との関係に類似していた。不幸な偶然の運命がこの類似を完成した。小説では、エスタの父が死ぬと、彼女は深甚な精神外傷《トラウマ》的衝撃を受ける。母が早く世を去って以来、彼女は愛情のすべてを父にそそいでいたからだ。エスタは試練に打ち勝って生きのびた、が、メアリアンにはそれは叶わぬことだった」（『「民主主義」と「エスタ」』、ダブルデイ・アンカー叢書、序文一七）。父コンプレックスの果ての自裁、メアリアンも〝挫折者〟だったというに等しいが、サミュエルズはその傑出したアダムズ伝記では、こうも書いているのである——「アダムズの現実的で懐疑的な妻は、もやもやした考えの気配が少しでも見えると、即座にそれを嘲り去るのが習いだった。ある意味では、彼女の自殺はアダムズを彼自身の心の深部へと解き放ったのである」（『円熟期』、二五）。そういえば、メアリアン・フーパーのことを「女＝ヴォルテール」（Voltaire in petticoats）と呼んでいたのは、ヘンリー・ジェイムズであった（レオン・エデル『ヘンリー・ジェイムズの生涯』第二巻、ペンギン版、五七八）。ついでにいいそえておけば、ワシントンを再訪して〝男〟の失墜と〝女〟の征覇という「旋回」「激変」の兆候をいちはやく感じ取ったのも、『アメリカ風景』のジェイムズだった。

妻の死を悼むアダムズの悲しみと喪失感は疑いようもない事実である。しかし、メアリアンの死が

「ある意味」では彼を解放したというサミュエルズの推察は、一つの真実を射当てているように思える。たとえメアリアンとエスタの〝父と娘〟の関係が互いに類似しているとしても、メアリアンがエスタ同様、心の動揺にさらされがちな内気・繊細な女だったと想定するのは、必ずしも正しいとはいえそうにないのだ。「ぼくの婚約者はおおかたの女同様ひどく野心的で、ぼくが大統領の息子になりたいと願っているよりもずっと激しく、大統領の義理の娘になりたいと願っています」、これは一八七二年四月二十七日、アダムズがイギリスの親しい友人チャールズ・ミルンズ・ギャスケルに書き送った書簡中の言葉である。この言葉を引用しながら、フェミニストと思しいマーサ・バンタは書いている――「クローバー(メアリアン)が存命中、アダムズは彼女が彼に抱いていた野心のお陰でずいぶん得《とく》をした。彼女はアダムズが取るに足りぬ女々しさに落ち込むと、いつでも彼を〝男〟にすることができた。彼女はその意志の力でアダムズを前へ前へと駆り立てた。彼女はアダムズ家の妻の役割を引き受けるのに懸命だった」(「ある人の言葉どおりの〝ベゴニア〟」、J・C・ロウ編『「ヘンリー・アダムズの教育」に関する最新評論集』、ケンブリッジ大学出版局、一九六六、六〇)。なにやらマクベス夫人に似かよっている趣きがあるが、「取るに足りぬ女々しさに落ち込むと、いつでも彼を〝男〟にすることができた」というのは、「もやもやした('vaporish'――つまりは「女々しい」ということだ――引用者)考えの気配が少しでも見えると、それを即座に嘲り去るのが習いだった」というサミュエルズの言葉とぴったり符節を合わせている。が、バンタ女史がいうように、そういうメアリアンの「野心」「意志の力」のお陰でアダムズは「ずいぶん得をした」とは、私にはとても思えない。むしろ、それは彼のような〝男〟には「ずいぶん」と鬱陶しいものだったにちがいない。やはりサミュエルズが示唆するように、メアリアンの死は「ある意味」でアダムズを解放したと思える。といっても、彼のなかに〝アメリカ〟の〝男〟の神話原型リップ・ヴァン・ウィンクルのもう一人の末裔の姿をことさらに認めるつもりはない。ただ私がいいたいのは、妻の「意志の力」、ブレイクふうにいえば〝女の意志〟(Female Will)から解き放たれて、今やアダムズは安心して「彼自身の心の深部」へ、「取るに足りぬ女々しさ」(feminine inconsequence)に没入することができたということだ。いいかえれば、彼は安心して「空ろな人間」＝〝マネキン〟になり得たということだ。〝マネキン〟とは、ここでの文脈でいえば、まさしく「取るに足りぬ女々しさ」そのものではないか。「こうして世界は終る／こうして世界は終る／こうして世界は終る／バーンとではなく、めそめそと」。メアリアンの死がなければ、『ヘンリー・アダムズの教育』はついに書かれ得なかったろうといったら、あまりにも奇嬌な逆説にすぎるであろうか。

ちなみに、先に引用した「ぼくの婚約者はおおかたの女同様ひどく野心的で……」云々の手紙の宛先人ギャスケルは、シュロップシャのウェンロック・エッジのかつての小修道院を別荘にしていた。そこはアダムズもイギリスに渡るたびに足しげく訪れたお気に入りの場所であったが、その地底には脊椎動物の原初、どうやら人類の祖先と思しい、あのプテラスピス、進化を拒否して決して変ろうとしなかった頑なな硬鱗魚類の骨が今なお埋っている(『教育』二二八)。アダムズがこの事実を知ったのと、先のギャスケル宛手紙が書かれたときとは、それほど隔ってはいない。いや、なにもメアリアンを〝プテラスピス〟になぞらえるつもりは毛頭ない。ただ私の始末におえない想像力が描き出したがっているのは、メアリアンは〝原初の女性的なるもの〟の一つの位格《ペルソナ》、エリヒ・ノイマンが〝恐ろしき母〟（Terrible Mother）と呼ぶものの系譜につらなる女ではなかったかということだ。そして聖母マリアがもう一つの位格、ノイマンが〝良き母〟（Good Mother）と呼ぶものに属しているのは断るまでもない。メアリアンの死がなければ、『モン・サン・ミシェルとシャルトル』はついに書かれ得なかったろうといったら、これまた、あまりにも突飛な逆説にすぎるであろうか。

「聖母の研究はシャルトルの芸術が明示しているように、真っ直ぐイヴにつながり、性の問題すべてを赤裸々にする」とアダムズは書いているが、「赤裸々」どころか、彼はこの問題を懸命に回避している趣きである。ひっきょう、アダムズは〝女〟を恐れている。〝力〟としての女に憧れながら、女を忌避せずにはいない。彼が安心して付き合えるのは、いまだ性を知らぬ〝少女〟か、性があらかじめ禁じられている〝姪〟か、いずれかだったのだ。この点、生涯独身をとおしたヘンリー・ジェイムズの付き合った女性が、弟子筋のイーディス・ウォートンを例外とすれば、およそひどく年齢のかけ離れた年上の女たちに限られていたのと、どこか似かよっていないこともない。後年、「シャルトルの聖母への祈り」の自筆原稿を贈られることになるウィンスロップ・チャンラー夫人は、彼との初対面の印象を回想している。それによると、アダムズは初めのうち取りつく島もない素っ気なさだったが、やがて夫人の十一歳になる娘ローラと「はにかみながら」も友だちになると、彼女相手にどんどん身体を縮めながら、ぼくはきみの「弟」だよなどといって、自分が一番気にしている弱点、背の低いことさえ戯れの種《たね》にするのを辞さなかった。彼が初めてチャンラー家の昼食会に現れたのは、ローラの招待があったからだという。この回想をもとにして、W・ジョーディは書いている、「アダムズには子供の世界に適応する希有な才能があった」（ジョーディ、二六一）。

「かくして、本書は姪たちのために、あるいは当分のあいだ喜んで姪になってくれる人びとのために、書かれたものである」、『モン・サン・ミシェルとシャルトル』前書き中の言葉である。前書きはつづく、「辺鄙《へんぴ》な場所にあるホテルは贅沢は言わずもがな、ときには寝る空間さえ事欠く始末のフランス旅行のことを慮って、便宜上、姪は一人だけにして頂く。好きなだけ沢山お出でになってもよろしいけれど、伯父が語りかけるには姪は一人で十分、一人のほうが二人より、ずっと話に耳澄ましてくれもしよう」。こうして、〝伯父〟は一人の〝姪〟にモン・サン・ミシェルとシャルトルの美の意味を語りはじめる。語り出して間もなく、彼はいう――「十二世紀をさすらう者は、早々と幼くなることができなければ、道に迷うことになる」。伯父もまた、〝少年〟にならなければならないのである。彼はワーズワスの絶唱「幼少年時の回想から受ける霊魂不滅の告知」を思い出す。「人は今なお、わたしたちを十二世紀からここに連れてきた『あの永遠不滅の海を見』、そこに旅して岸辺に戯れ遊ぶ子供たちの姿を見ることとさえできる。わたしたちの感覚は使うのをやめて今では部分的に退化してしまっているけれど、それでもなお生きている、少なくとも老人の身の内には。老人のみが一つの階級として、幼くなれる時間があるのだ」。このワーズワス的主題は通奏低音のように『モン・サン・ミシェルとシャルトル』の中を貫き流れている、大切なのは〝詩〟であって〝事実〟ではないという反復句《ルフラン》を伴って。

たしかに〝伯父〟と〝姪〟が「戯れ遊ぶ」場所があるとしたら、そういう「岸辺」しかないだろう。断っておけば、アダムズの〝姪〟は必ずしも血がつながっている必要はない。晩年の彼のまわりには、血のつながりがない〝姪〟が、「好きなだけ沢山」つどっていた。エイリーン・トーンはそのなかでもっとも親愛な〝姪〟であった。彼女はアイルランド出身のカトリック信者で、歌唱に優れた娘だった。彼女の歌う十二世紀フランスの古謡だけが、ますますつのる老アダムズの暗澹たる心、スウィフト墓碑銘中の有名な一句を借りれば、「激しい憤怒《サエヴァ・インディグナティオ》」の魔神をしばし慰めることができたのである。

だが、魔神が完全に慰撫されることはなかったようすだ。一九一四年三月初めの或る日、ヘンリー・ジェイムズから彼の自伝的回想記『息子にして弟の覚え書』が届く。三月二十一日のアダムズ宛ジェイムズの手紙の冒頭にいう——「七日付の君の憂鬱な心のほとばしり受け取った。その和らげようもない暗さを十分に認める以外、なんと挨拶したらよいのか分からない」。七日付アダムズの手紙は失われてしまっている、が、それがどのような「憂鬱な心のほとばしり」であったかは、三月八日エリザベス・キャメロン宛の手紙でおおよその見当はつく。「ヘンリー・ジェイムズの最近の回想録を読んで、すっかり滅入ってしまった。なぜ、われわれは生きていたんだろう？　あれだけのことだったのか？　どうして、ぼくははいっそのこと、中央アフリカに生れて若死にしなかったんだろう。哀れなヘンリー・ジェイムズはどうやらあれを現実、真実だと思っているらしい。現に今もってあの夢のような、鬱陶しいニューポートやケンブリッジで、父《パパ》ジェイムズやチャールズ・ノートンや——それにぼくと一緒に、生きている気になっている！　いや、あれは勿論！　恐ろしい夢さ。でも、まったく気が触れてしまったここ〔ワシントン〕ほどには、不気味じゃない。いや、どうだってぼくの知ったことか！」。ジェイムズが辟易するのも無理はない。彼の手紙はアダムズの「憂鬱な心のほとばしり」に向って切々と訴える――

「無論、ぼくたちは孤独な生き残りだ。無論、ぼくたちの人生だった過去はいま深淵の底に沈んでいる――深淵に底があるとするなら。無論、格別に話したいのでもなければ、話してみてもはじまらない。だが、酔興にもこうして活字にしてみたのも、先ずは君に、奇妙なことだが、ぼくは今なお話したいと望むことができるというところを――少なくとも話したいと望んでいるかのように振舞えるところを見せたいがためだったのだ。……ぼくは今なお自分の意識を――関心を育成する意識を面白いと思っている。ヘンリー、ぼくと一緒に関心を育成しようじゃないか――それこそ君にしてもらいたいと願ったことなのだ。ぼくの関心と共通している物事すべてのために、君の関心を育成して欲しかったのだ。……ご覧のとおり、人生を前にして（あるいは、そんなものじゃないと君が否定するものを前にして）、ぼくは今なおいろいろと反応する――可能なかぎりいろいろと――君に送ったあの本も、その一つの証しだ。思うに、それというのも、ぼくが芸術家という、あの奇妙な怪物、こう決めたら断じてあとに引かぬ頑固者、尽きることのない感性の塊りであるからだろう。……ぼくは同じようなものをまた書くだろうと信じて疑わない――それもまた一つの人生の行為なのだ。いや、君だって今なお人生の行為を演じている――とすれば、君のあの手紙を魅力的な手紙と呼べないわけなど、ありはしない！」（強調、ジェイムズ）

引用末尾の「君だって今なお人生の行為を演じている」というのが、アダムズが「憂鬱な心のほとばしり」「和らげようもない暗さ」とジェイムズの呼ぶような手紙を書いたことを指しているのは確実だが、ジェイムズのこの手紙を引用して、サミュエルズは書いている――「アダムズの激しい抗議自体、一つの人生の行為、一つの感性の表現、一切は無益だという主張の否定ではなかったか」（『円熟期』、五五一）。だが、歴史・人生一切に対するアダムズの「激しい憤怒」は、そのような楽天的な解釈を断固として拒否している。アダムズも「歴史家という、あの奇妙な怪物、こうと決めたら断じてあとに引かぬ頑固者、尽きることのない〔憂鬱な〕感性の塊り」と化していた。無論、ジェイムズはそれを絶望的に了解していた。

ジェイムズはアダムズ宛のこの手紙を書いた二年後、世を去った。彼の死の二年後、アダムズも友のあとを追った。

（二〇〇〇年八月）

ヘンリー・ジェイムズとアメリカの風景

亡霊は場所にのみ宿り、場所とともに苦しみ、場所とともに滅びる。
——『アメリカ風景』第七章「ボストン」

「大いなるアメリカ病」

一九〇四年の八月末、六十一歳のジェイムズは二十年ぶりに生れ故郷ニューヨークに帰ってきた。前年の四月、彼は旧友W・P・ハウェルズに熱っぽく書き送っていた、「帰りたいと希っている、感傷的に悲劇的に——これは望郷《ノスタルジア》の情熱だ」（以下、強調は断りのないかぎり原文のまま）。また、兄ウィリアムの妻アリスと彼のアメリカ「嫌い」について語り合ったと伝える四十年来の女友だちグレイス・ノートンへの返書で、ジェイムズは「違う、違うよ、グレイス。君はアリスを誤解しているのだ——さもなければ、アリス自身が誤解しているんだ——伝説のように広まっていくぼくのアメリカ〝嫌い〟という伝説について」と書き、そして、こう付け加えていた。「アメリカの生活をもう一度この目で見、アメリカの空気を味うという考え、これは夢《ヴィジョン》なのだ。可能な夢か不可能な夢か、いずれにせよ積極的にロマンティックな夢なのだ」。

すでに人のいうジェイムズの「円熟期《メイジャー・フェイズ》」は完結しようとしていた。『鳩の翼』『使者たち』はそれぞれ二年前、一年前に世に出ていた。『黄金の盃』の原稿はほとんど完成していた。といって、彼のアメリカ帰還が功成り名遂げた者の故郷に錦を飾るといった底《てい》の旅でも、大仕事の疲れを癒すための物見遊山の旅でもなかったことはいうまでもない。あるいは「バルザックの教訓」と題された講演旅行の次手《ついで》というものでもなかった。事情はまさに逆であって、講演旅行こそアメリカ旅行の次手、その費用をまかなう方便にすぎなかった。要するに、わたしたちは「望郷の情熱」、「積極的にロマンティックな夢」というジェイムズの言葉をそのまま無邪気に信じればいい。二十六年前、彼は『海外にいるアメリカ人』という文章で、「生れた土地で生活することほどに快適なものはない」と信じている「平均的なヨーロッパ人」には、「多くの裕福なアメリカ人にとって、故郷での生活がすばらしく快適であった例《ためし》はない。ヨーロッパのどこかの首府で得られる楽しみは、合衆国のどこかの州の首都で棄てた社交的利点を凌いであまりあると考えても不当ではない」ということが、けっして理解されないといったあと、こんなことを書いていた――

「アメリカ人といっても意識的な者もいれば無意識的な者もいる。……意識的なアメリカ人はなにやかやと弁解したり説明したりする――悲観的な物の見方をする人なら、ときにはそういう彼をスノッブ呼ばわりするかもしれない。だがおそらく、一種のヘーゲル的弁証法の展開によって、ある局面を横断したあとでは、この種のアメリカ人はふたたび無意識的になる方向にむかう。両極端は会するの譬《たとえ》もある。これは大いなる無邪気の兆候であるとともに、大いなる経験の兆候でもあるのである。」(Henry James, *Collected Travel Writings: Great Britain and America.* The Library of America, 1993, p.789. 以下、ジェイムズの紀行文からの引用はすべて、この版によって略記する)

無邪気(無垢)↔経験の弁証法といえば、これはもうアメリカ人ジェイムズの〝国際挿話〟小説群の動機《モティーフ》であるのは断るまでもない。ちなみに『海外にいるアメリカ人』が書かれた一八七八年は『デイジー・ミラー』、『国際挿話』が発表された年であり、同じ主題をヨーロッパ人の側から追求した作品『ヨーロッパの人びと』の雑誌連載がはじまった年でもある。いや、ことはジェイムズの初期にのみ限った話ではない。無邪気と経験の弁証法が彼を手放すことはなかった。作家として円熟すればするほど、彼はますます精緻に緻密にこの弁証法のゆくえを追いつづけたのだ。つまり私がここでいいたいことは、長い時間をかけて〝ヨーロッパ〟経験の「局面を横断してきた」末に、「なにやかやと弁解したり説明したり」しつづけてきた「意識的なアメリカ人」ジェイムズは(〝国際挿話〟主題の小説群は、ひっきょう「なにやかやと弁解したり説明したり」しつづけた作者自身の意識の表情にほかならない)、ふたたび「無意識的なアメリカ人」になることは絶対に不可能だとしても、「大いなる無邪気の兆候」をみずから示しているということだ。さきにアメリカ帰還の夢を「望郷の情熱」、「積極的にロマンティックな夢」という彼の言葉をそのまま無邪気に信じればいいといった真意も、そこにある。アメリカ人のヨーロッパ憧憬を「大いなるアメリカ病」と呼んだのは、この病に憑かれた人物の悲話『四度の出会い』の語り手であるが、「大いなるアメリカ病」はなにもヨーロッパ憧憬のみに限らない。アメリカへの帰還の夢もまた、「大いなるアメリカ病」にはちがいないのである。

「暗い森」で、緋文字〝A〟を胸に縫いつけた女が、もはや生きる意志を失った恋人を誘う――「道は深く深く森に分け入って、荒野につながっている……そこにいけば、あなたは自由になれるのよ！」。この〈西〉への方向《センス》、〝アメリカ〟の宿命的意味《センス》を男が拒絶すると、女は一転してなおも誘う――「それなら、海という広い道があるわ！　あなたは海を渡ってここにお出でになった、もしその気なら、海はまたあなたを元の場所に連れもどしてくれるでしょう」。〈東〉への道、無論、それは〝ヨーロッパ〟への道である。男はこの道の方向、それがはらむ意味をも拒んで、自殺同然に死んでゆく。男の死後、緋文字〝A〟の女は二人のあいだに生れた罪の子を連れて、「元の場所」ヨーロッパにもどる。が、やがて女は単身、みずからの宿命の意味＝方向でもあるかのように、ふたたびアメリカに帰ってくる。作者ホーソーンが〝A〟に〝アメリカ〟の頭文字をも暗示させているのは、ほぼ確実だと思われる。そういえば、〝ローマのアメリカ人〟ケニオンとヒルダも禍々しい〝ヨーロッパ〟経験の末、アメリカに帰ってゆく。ピュリタン＝ヒルダの腕には、ケニオンとの結婚を祝う贈り物の豪華な腕輪がはめられている。それはあの近親相姦と父親殺しの二重の大罪を犯した〝運命の女〟ベアトリーチェ・チェンチの末裔の形見の腕輪だった……。

いや、ホーソーンなど持ち出してことさら話を重くするのは、控えよう。ところで、ヨーロッパ憧憬を「大いなるアメリカ病」と呼んだ『四つの出会い』の語り手は、それをこう説明している――「色彩と形、ピクチャレスクとロマンティックなものを、どんな代価を払ってでも手に入れようとする、病的で途方もない欲望。それは私たちが生れついてもっているものであるかどうか――その胚種が私たちのなかに植えつけられていて、それが経験に先立って芽ぶくのであるかどうか、それは知らない。というより多分、ろくに意識も発達していない幼いときに、私たちはこの病にかかるのだろう。魂を救うために、少なくとも感覚を救うために、私たちはこの病のもとに激しく投げ返され、やむなくそれを頼りにして生きなければならなくなる。あたりを見まわしてみて、そんなふうに感じられる」。これを聴いているのは、「大いなるアメリカ病」の病者ミス・スペンサーである。まもなく彼女は〈東〉をめざして海を渡る。すでに自身パリに居を構えていた語り手は人伝てに、航海中、彼女の目は「いつもじっと東の水平線にすえられていた」と知らされる。はじめて大西洋を渡った十二歳のヘンリーの目も、じっと東の水平線にすえられていたにちがいない。

そして今、六十一歳のジェイムズの目は〝ヨーロッパ〟経験の果てで、始末に困るほどに発達した過剰な「意識」を抱えて、同じ海の〈西〉の水平線を凝視している。その不在ゆえにひとたびは棄てた〝アメリカ〟に、なおも「色彩と形、ピクチャレスクとロマンティックなもの」の可能性を夢みている、可能ならば「魂を救うために、少なくとも感覚を救うために」。まことに、「アメリカの生活をもう一度この目で見、アメリカの空気を味うという考え、これは夢《ヴィジョン》なのだ。可能な夢か不可能な夢か、いずれにせよ積極的にロマンティックな夢なのだ」。やがてアメリカを旅しながら、彼はみずからを「孤独な夢想家《ヴィジョナリ》」、ときに「夢想的《ヴィジョナリ》な観光客」と自嘲的に呼ぶことになるだろう。そしてこの夢の底には、人生の最果てでジェイムズをとらえることになる「もしアメリカにとどまっていたら……」という悪夢にも似た主題さえ、聴きとれるはずである。

アメリカと〝ピクチャレスク〟

ジェイムズを本質的にはロマンティックな作家と呼んだら、あまりにも奇を衒ったことになるだろうか。私はそうは思わない。彼の堅固なリアリズムを裏打ちしているのは、まさに〝ロマンティックなもの〟なのである。裏返していえば、〝ロマンティックなもの〟に現実具体の質感、いわば肉体を付与するために、リアリズムは必要不可欠な方法だっただけの話である。〝ピクチャレスク〟というジェイムズの好んだ観念ないし用語にしても、ことの本質に変わりはない。〝ピクチャレスク〟というのが、エドマンド・バークの定義する〝美〟と〝崇高《サブライム》〟、すなわち古典主義的調和・秩序・静謐の美とロマン主義的不調和・混沌・超越の力との中間に、十八世紀末ヨーロッパが発見した絵画的感性ないし価値を指すのは美術史の常識であるが、十九世紀に入ると力点はつとに後者のほうに移っていた。ジェイムズがホーソーンのなかに見とったものが、先ずは「ピクチャレスクなものへの飢渇」であった所以も、そこにある（『ホーソーン』、コーネル大学出版局、一九九七、三四）。

たとえば、ホーソーンをひたすら「厭世的な小説家《ロマンシエ・ペシミスト》」と見るフランスの一批評家にたいして、ジェイムズはこう反駁せずにいない――「ホーソーンが陰鬱な主題を好んだのはそれらの主題の〝ピクチャレスク〟性、それらが帯びる暗く豊かな色調、その明暗《キアロスクーロ》の配合のゆえであって、それは人間の魂に関する絶望的感情の表現でも、圧倒的に憂鬱な感情の表現ですらなかった」（四七）。優れて《パル・エクセランス》というより徹底的に視覚型だったこの大作家の面目が躍如としていて面白いが（のちにジェイムズは『アメリカ風景』のなかで、みずからを「絵を求める者」と呼ぶことになる)、ホーソーンの作品のなかにいち早く彼の「偉大な暗黒の力」、「人間生得の堕落と原罪というあのカルヴァン的意識」、「魂の魔的風景」を読みとったメルヴィルとはなんという違いか。しかし、ジェイムズにホーソーンの「カルヴァン的意識」、つまりはピュリタン的意識の桎梏が見えていなかったはずもない。現に彼は書いている、「ホーソーンにはありあまるほどにピュリタン的意識《コンシェンス》＝良心の認識があった。それは彼生得の遺産であった。自分の魂を覗いてみて、それが確《し》かとそこにあるのを見出していた」(四六)。といった上で、ジェイムズはすぐさまつづける、「だが彼とピュリタン的意識＝良心との関係は、こういってもいいなら、知的なものでしかなかった。それは道徳的でも神学的でもなかった。彼はそれと戯れたのだ、それを絵具に使ったのだ」。同じことをジェイムズはこうもいいかえる、「ホーソーンの想像力がみずから楽しむことを許されるなら、少なくともピュリタン的道徳のいかめしい領域を遊び場に選ぶとしても、それは彼のような種類の人間には当然のなりゆきであった」。そして暗に『緋文字』の序文の一節、ピュリタンの祖先が彼らの末裔が「小説書き」になったと知ったら、「一体、それはどんな生業《なりわい》なのだ、神を讃え、自分と同じ時代や世代の人類にどう役立つというのだ？　えい、いっそヴァイオリン弾きにでもなったがましだ！」と蔑むだろうという、ホーソーン自嘲の諧謔《おどけ》を踏まえながら、ジェイムズはいう――「ホーソーンが彼ら祖先のまさに存在の根本原理であるものを戯れの道具、玩具に変えてしまったと知ったら、彼らはいっそう険しく眉をひそめたことだろう！」(四七)。これまた、根っからの「小説書き」ジェイムズの面目躍如たる評言だが、彼にとって〝アメリカ〟創世の原理、アメリカの〝アイデンティティ〟を決定づけた「存在の根本原理」、つまりピュリタニズムは生の否定の原理と見えていたのである。ということは、彼のヨーロッパ憧憬は生への飢渇だったといっても同じだ。「色彩と形、ピクチャレスクとロマンティックなものを、どんな代価を払ってでも手に入れようとする、病的で途方もない欲望」、あの「大いなるアメリカ病」とは、実は生きるために必須な病だったのである。『四度の出会い』の語り手が「魂を救うために、少なくとも感覚を救うために」、この病を「頼りにして生きなければならなくなる」といった逆説の真意もそこにある。

ホーソーンの生き、そして書いた世界には、「色彩と形、ピクチャレスクとロマンティックなもの」など手に入れようにも、その術はなかった。あるのは「冷たさ、希薄さ、空虚」――そういう所で「主題を探さなければならなかった物語作者（romancer）」に同情を禁じ得ないと、ジェイムズは書いている（三四）。その直後、例の有名な〝アメリカ〟のないないづくしがまるで呪文のように繰りひろげられる――語のヨーロッパ的意味における国家もない、かろうじて固有なといえる国名があるばかり。元首もいない、宮廷もない、個人的忠誠心を向ける的もない。貴族階級もない、教会も僧侶階級もない、田舎の大地主《カントリ・ジェントルマン》もいない。館も城も荘園もない、古さびた別荘も藁ぶきの小屋も蔦《つた》のからまる廃墟もない。大聖堂も僧院もない。大きな大学もパブリック・スクールもない。文学も小説も美術館も絵画も、政治家の集う社交界も遊民階級もない――エプサム競馬もアスコット競馬もない！　そしてジェイムズは今さらのように念を押している、「実に沢山のことが必要なのだ。ホーソーンが晩年、ヨーロッパの濃密で豊かな暖かい光景に接したとき感じたにちがいないように、小説家（novelist）に豊富な暗示を提供するには、かくのように蓄積された歴史と習慣、複雑多様な風俗と人間類型が必要なのである」。なるほどホーソーンに「豊富な暗示を提供する」ものがあったとしたら、〃苔《こけ》〃しかなかった。彼の作品風景をびっしりと覆う、あの苔しかなかった。

ジェイムズが列挙するないないづくし、アメリカに不在のもの、これこそ彼が〃ピクチャレスク〃という一語で示唆したものだったといってさしつかえない。ピクチャレスクなものが徹底的に「希薄、空虚」なところで、「物語作者《ロマンサー》」ホーソーンの「ピクチャレスクなものへの飢渇」はなおも彼を駆り立ててやまない。それが外部に見出せないなら、内部に探るしかない。ジェイムズはいう、「彼ホーソーンがもっとも創造力に溢れているとき、彼をもっとも惹きつけたのは、人間一般の、特にピユリタンたちの古い秘密――すなわち私たちは秩序正しい社会が要請するような善良な人間にはけっしてなれないという秘密が帯びる心のピクチャレスクな風景（moral picturesqueness）だった」（八一）。たとえば、彼は『若いグッドマン・ブラウン』を「一枚の絵」と呼んでいる。しかし所詮、「心のピクチャレスクな風景」とは寓話《アレゴリー》であって、小説《ノーヴェル》ではない。そう断定するところに、〃アメリカ〃の外に出てバルザックの系譜につらなる「複雑多様な風俗と人間類型」の小説家たらんとする、アメリカ作家ジェイムズのホーソーン批判があったのである。というより、尊敬する唯一のアメリカ作家ホーソーンに前述のような作家的不幸を強いた〃アメリカ〃への切実な批評があったのである。『ホーソーン』を読んだアメリカの読書界は当然のことに、一斉に反撥した。ジェイムズは友人ハウェルズに不満をぶちまけている――「なんという読者だ、あんな連中のために書くとは！　彼らは本当のアメリカの読者ではないのじゃないか。もしあれが本当のアメリカの読者だと思い知ったら、あんな国とは縁切りだ」。『ホーソーン』が世に出たのは、前に言及した『海外にいるアメリカ人』発表の翌年、一八七九年である。

いや、ジェイムズにいわれるまでもなく、ホーソーンにはなにもかもわかっていたのだ。ローマを舞台にした最後の長篇『大理石の牧神』の序文で、彼は書いている――

「いかなる作家も実際に試練を味わってみなければ、影も古代の遺物も神秘もピクチャレスクなものも暗い悪もない、あるのは幸いなことに私の生れた国のように、真昼の単純明快な陽光に照らし出された月並平凡な繁栄でしかないような国で、物語《ロマンス》を書くことがいかに困難であるかは思いもつくまい。物語作者が私たちの逞しい共和国の歴史記録や、私たち個人の生活に特有な、起こっても不思議はないなんらかの事件のなかに、自分の性分に合った扱いやすい主題を見出すまでには、長い長い時間を要するだろう。物語と詩、蔦《つた》、地衣、壁の花ニオイアラセイトウが育つには、廃墟が必要なのである。」

『ホーソーン』出版後三十五年、死を間近にしたジェイムズは『息子にして弟の覚え書』のなかで、ホーソーンに終《つい》の別れを告げる――「アメリカ人も『外に出る』ことなしに芸術家に、それも最高の芸術家になり得る。まさしくホーソーンはただ十分にアメリカ人であることによって、最高の芸術家になったかのようである」。

「絶え間ない分析者」あるいは「不安な分析者」

さて、二十年ぶりに生れ故郷ニューヨークに帰ってきた「悔い改めた離郷者」は、しばしの間、波止場付近の昔と少しも変らぬ古ぼけ荒れ果てた風景を眺めやる。そして、こんな感想を記すところから、ジェイムズのアメリカ印象記『アメリカ風景』は書き起こされる――「無論、悔い改めた離郷者《アブセンティー》は、ピクチャレスクというどこか本質的に内気な原理によって甘美になったこれらの風物をしみじみと感じるのに、やぶさかではなかった。が、いろいろな事物にぶつかり、いろいろと思いめぐらすうちに、こう自問したことを認めなければならない。どうしてあちらではできて、こちらではできないのか。どうしてこの岸辺では荒涼とした古さは自分の存在理由を弁明しないのか、他の多くの岸辺では荒涼とした古さは多かれ少なかれ、その存在理由を弁明するのに成功しているというのに」(三五八)。おそらくジェイムズがニューヨークの岸辺で見たこの「荒涼とした古さ」(antique shabbiness)は、それから十四年後、ヴァン・ワイク・ブルックスがロングアイランドの古い村に見ることになる古さ、「世界の他のいかなる場所に見られる古いものともまったく違った古さ。つまり威厳を知らぬ古さ、成熟を知らぬ古さ、あわれ《ペイソス》を知らぬ古さ、ただただ荒れ果てて生気を失い消耗し尽くしたものの古さ」に通じるものであったにちがいない。

「色彩と形、ピクチャレスクとロマンティックなもの」をなおも故郷に求めて帰ってきた「悔い改めた離郷者」の夢、「孤独な夢想家《ヴィジョナリ》」の期待は、のっけから裏切られたようすである。それかあらぬか、ジェイムズは生誕の地ワシントンスクエアに束の間滞在したあと、すぐさまニューイングランドに向う、なおも「運命づけられた風俗研究者」(foredoomed student of manners)と自称しながら(三六〇)。こうして『アメリカ風景』第一章「ニューイングランド――秋の印象」がはじまる。めざすは兄ウィリアムが夏を過ごしているニューハンプシャ、途中、ニューヨークの成金たちの別荘が連なる風景を通る。それら贅をこらした別荘の連なりは「風俗の問題を真上から照らし出す明かり」、「ピカピカに磨かれた舞踏場の床に映えるシャンデリアの連なり」かと、「運命づけられた風俗研究者」の目には見える。そして彼は思う、「この贅沢は導いてくれるものも方向を示してくれるものもなく、実際はどう適用したらいいのかも知れぬ力そのもの」、ひっきょう「なんの反応も返ってこない空虚」のなかで徒らに使われた抽象的な力の現れにすぎないと（三六三）。一体、ここに住む人々は「自分たちの風俗、習慣、交際、関係、楽しみ、総体的な優位と存在理由を証しだてるために、どうしようと考えていたのだろうか」。彼らは臆面もなく異口同音に答える、「われわれは早目はやめに再出発する。たとえていえば、分割払いの一回分、再出発の象徴、一時しのぎの間に合わせにすぎない」。さらに、こうもいう、「われわれはたしかに贅沢だが、連続とか責任とか伝承とかとは、なんの関係もない。いま現在の目的をかなえたら、あとはどうなろうとかまわない」（三六五）。ここに至って、「孤独な夢想家《ヴィジョナリ》」はみずからを‘restless analyst’と呼び替える——「絶え間ない分析者」、あるいは「不安な分析者」。以後、この自称は『アメリカ風景』全巻を通じて、それこそ絶え間なく反復されることになる。この「不安な分析者」にとって、ニューヨークの成金たちの応答が意味するのは、「いたるところで果てしなく演じられてきた近道と長い道程《みちのり》との勝負」にほかならず、それは彼に「鮮烈な関心」を呼び起こさずにいなかった。なぜなら「近道はいつも変わりなく金銭《かね》に支援されて可能だったからだ。金銭こそ、近道なのだ」。いま、「不安な分析者」の眼前に展開する「勝負」にあって、〝長い道程〟は「積み重なるもの」（the cumulative）を産み出す用をほとんど果たしてこなかった。かくて「勝負の帰趨は最初から敵の手に握られていた」（三六五）。「絶え間ない分析者」＝「不安な分析者」とみずからを呼び替えたとき、そこにジェイムズのアメリカ風景印象記が真摯かつ深甚なアメリカ文明批評に転じる契機があったのである。

ニューハンプシャの山村に入っても、ことの本質に変わりはなかった。一見、牧歌ふうに見える風景のなかに「絶え間ない分析者」が見たのは、「appearances の完全な欠如」だった。彼は‘appearances’を「姿への日常茶飯の気づかい」の意味で使うと断わっている（三七四）。白塗りの木造家屋が妙な配置でならび、倉庫か揚水用のポンプ小屋としか見えぬ集会所がことさら不様な姿を際だたせている。路傍の農家に「姿への気づかい」がうかがえるとしたら、せいぜいのところ「ペンキの塗り替えか、玄関先の庭のはき掃除」、それも大抵は避暑客のお情けによるものでしかない。そういう光景は「不安な分析者」の目には「人間的にも社会的にも一つの挫折」の様相と見える（三七五）。それが語っているのは、「イギリスの風景になじみの二つの偉大なる要素、大地主と牧師とを圧殺した結果生れた彼我の差異の物語」だと思える。あの『ホーソーン』中の〝ないないづくし〟は、ジェイムズの脳裡で依然としてつづいている趣きである。

「姿への気づかいの完全な欠如」、見かけの完全な無視とは、無論、「醜さ」である。「不安な分析者」は「醜さという一語に、それが幸運をもたらす護符でもあるかのように、飛びかかって」いう、「この醜さは形の完全な撤廃だ」。獲物をねらう猛獣のように「飛びかかる」（pounce）――それは彼を「狂気から救う導きの光」だった。責任はこちらにはない、「形の不在」にある。ならば、なんの「痛恨」も感じず、ひたすら「憐れみ」だけで応対できる。「絶望」せずに眼前の事物を「断罪」できる。かくして「不安な分析者」は独りごつ――「形が風俗に付髄する必須なものとして認められ取り入れられ育成されさえしていたなら、こんな醜さが生れるはずもなかったろうに」（三七六）。たしかに、「形」（forms）なしに「風俗」（manners）は成立しない。逆もまた真。そして風俗とは「蓄積された歴史と習慣」の所産であってみれば（『ホーソーン』、三四）、「形」は歴史の現実具体の姿なのだ。そう、あの「大いなるアメリカ病」が希求する「色彩と形、ピクチャレスクとロマンティックなもの」とは、ひっきょう、〃歴史〃だったのである。少なくとも、まもなく「絵を求める者」「物語を求める者」と名乗ることになるジェイムズにとって、風俗という歴史の現実具体の姿のないところ、〃ピクチャレスク〃も〃ロマンティックなもの〃も、どだい存在しようもないのである。たとえば、マサチューセッツ州コッド岬は「まさしく日本の掛け軸の絵」でしかない。総じてニューイングランドの水彩画ふうの風景を前にして、「いわば額縁の敷居を越えて絵のなかに入ろうとしても、物語を求める者のこの強迫観念じみた妄念を晴らしてくれない」（三八四）。なかに入ろうといかに羽撃いてみても、「あまりにも固いか、あまりにも空白な表面にぶちあたって」胸を傷つけるしかない。「風俗、風俗よ。お前はどこにいる？　いるとしたら、お前は何なのだ、何を語ろうというのか？」（三八五）。町や村の生活は「すべて絹地に描かれた日本画でもあるかのように、しっかりと閉ざされている」。「絵を求める者」「物語を求める者」が相手にできるのは、「この構成された空白」しかない。「絶妙な空虚の研究」のほかに、なす術もない。

そもそも、「どこにいっても風景は同じなのだ。おかげで驚きの衝撃もまぬがれ、識別する贅沢もはぶかれる」（三八八）。しかし、「風俗のことを知りたがってやまぬ物語を求める者」、「悔い改めることを知らぬ不退転の物語を求める者」は、なおもコネティカットはファーミントンの住人に訊く、

「ここでの社会生活の状態は如何に？」と。相手は「忘れ難い不吉な間《ま》」をおいて、答える――「生活の状態だって？　そりゃあ、ほかのどことも変わりはないさ」（三九一）。

「ほかのどことも変わりはない」状態とは、一言でいえば、「過去の絶え間ない否定」にほかならない（四〇〇）。「過去を記念する古い生活様式」は「取ってかわられる運命の犠牲《いけにえ》」になっている。〝過去〟は「あっぱれ素直に」、文字通り過ぎ去ったものと化すことに同意している。そのさまは「不安な分析者」の目に、「がつがつと飢え、勝ち誇っている今、現在の現実にも待ちかまえている当然の運命の皮肉な予兆」と見える。「発展しようという意志（*the will to grow*）がいたるところで、特筆大書されている」。いや、こういう風景は以前にも見たことがあるとジェイムズは思う、「世界のあちら側」、すなわちヨーロッパのさまざまな場所で、さまざまな形で。「これが現に人類がそれに合わせて踊っている笛の甲高《かんだか》い音色なのだ」（四〇〇）。それから百年後の今日現代でも、世界人類は同じ笛の音色に踊り狂っている。「発展」という、このいわば〝ハーメルンの笛吹き男〟に踊らされ、「グローバル、グローバル！」と熱狂しながら、あてどなく盲進してやまない。「不安な分析者」はなおもいう、「十分な数の十分に騒がしい新聞の十分な数の購読者が望むなら、どんなことでも起こり得るかのようだ」。そういえば、ニューヨークの埠頭《ふとう》で、この「帰ってきた離郷者」を待ちかまえていたのは、「視野全域をおおいつくす怪物じみた〝デモクラシー〟の姿」であった。「なにもかもきれいさっぱり片付けたのは巨大なデモクラシーの箒《ほうき》であって、それがからっぽの空に振りかざされているのを見る思いだった」（四〇一）。いや、摩天楼《スカイスクレイパー》のことは後日の物語である。

ニューイングランドの旅の終りに、ジェイムズは四十年前、一時籍をおいたこともある母校ハーヴアードに立寄る。大学は長い夏休みのさなか、訪れたのは夜、大学の建物が夜陰を透かして、「生命《いのち》を救う中世の修道院」のように見える。「不安な分析者」はホーソーンの恐ろしい短篇『ラパチニの娘』の風景を比喩にして、想像する、「周囲の風景は多種多様な金銭欲の毒草で悪臭を放つ巨大なラパチニの庭だ。大学の建物がそれとは断然別種の生々とした光に包まれ静もっている、これ以外に解毒剤はない」(四〇三)。まさか「不安な分析者」は、ビアトリス(Beatrice――至福・至高の愛)を殺したのが、父ラパチニの大学における敵対者バリオーニの処方になる「解毒剤」であったことを失念しているわけではあるまい。「不安な分析者」はみずからの不安を押し殺している。大学も実は「解毒剤」たり得ないのではないか。それもまた「毒草」をせっせと栽培しているのではなかろうか。現に二週間後、彼はハーヴァード再訪の印象を「はかない牧歌」、「絵画的幻想」と呼び、すべては「自分〔想像力〕の多かれ少なかれ巧みな業くれの物語」にすぎなかったと反省している。秋に入ると、「すべては壊われ、すべては消え失せ――少なくともすべては別の調子のものに変わっていった。が、当座はそれだけのものが得られたのだ――巧妙な手品が演じられたのだ」(四〇五)。「不安な分析者」の不安は今日現代の産学協同という大学の荒廃のゆくえを遠望していたように、私には思われる。

摩天楼《スカイスクレイパー》、あるいは高さの終末論

ニューヨークを再訪した「絶え間ない分析者」の目をまず第一に見はらせたものは、ところ狭しと林立する摩天楼であった。早速、獲物をねらう猛獣のような彼の正確な目は「飛びかかる」。船上から摩天楼を望見した彼は、最初、「すでに刺し過ぎの針差しに、暗がりで盲滅法、どこだろうとどうであろうと頓着せずに、滅多やたらと刺し加えたような、そんな針の山」にたとえる（四一九）。摩天楼は「恥知らずに新しく、さらに恥知らずに〝珍奇〟で、その点、アメリカの他の多くのおぞましいものと共通している」。その「細長い面《おもて》」をくまなく飾り、「向うところ敵なしといった臆面もない誇り」をあらわにしている無数の窓のきらめきは、「終りなきわが世の春を謳う〝祝祭〟の明かり」かと見える。ついで「不安な分析者」は、摩天楼をアメリカが人工栽培で作り出した真紅の大輪のバラ、「花柄が際限もなく長いバラ、〝アメリカン・ビューティ〟」にたぐえて、いう――

「こういう大きく育ったものが、いつか大鋏《おおばさみ》で〝摘みとられる〟のは自明なことだと思われる。利益と結託した〝科学〟が袖の奥から切り札を取り出した途端、待ちかまえていた運命の手でぽきんと折りとられるのは必然と思える。歴史の冠を戴かず、歴史を育てる確かな時間の可能性もなく、なにをおいても商売・営利という以外、なんの用途にも捧げられていないこれら摩天楼は、まさに高価ながら一時的なものでしかないものを賛美する演奏会《コンサート》のなかでも、ひときわ耳をつん裂く音色であって、これこそ私たちのニューヨーク観がゆきつくところのものなのである。」（四二〇）

引用前半を読んで、ひとは今なお記憶に生々《なまなま》しい世界貿易センタービル崩壊の無惨な姿を思い浮かべないか。ちなみに、〝アメリカン・ビューティ〟はコロンビア特別地区、すなわちアメリカ合衆国の首都を象徴する花である。そういえば、その近くに堂々と醜く咲き誇る五弁の花の一角も、ひきちぎられたのだった。

「不安な分析者」の分析はつづく——「摩天楼は私たちが今まで見知っている世界の威厳ある建築——鐘楼、神殿、城砦、宮殿——のように、永遠のもの、いや、永遠とはいわず永続するものの権威をもってさえ、私たちに語りかけてくることはない。一つの物語は別の物語が語られれば、それでお仕舞いである。なるほど摩天楼は経済的創意を語る決定的な言葉であろうが、それも別の言葉が書かれるまでの話である。おそらく別の言葉はいっそう醜い意味をもつ言葉であろうが、なんとしてでも成長発展したいと願う語彙《ごい》が無限の才覚を示しているのも事実だ。この事実の意識と、有限でさまざまな脅威におびえる本質的にはでっちあげられた（*invented*）状態という意識が、単なる市場の巨人にすぎぬ摩天楼の何千というガラスの目に瞬《またた》いているように、私には感じられる。それにくらべて、フィレンツェにあるジオットの手になる窓のない鐘楼の美しさは、比類なく清らかに澄んでいる」。なんの注釈も要るまい。ただ一言ゆるしてもらえるなら、一八九八年、米西戦争でスペインに勝ったアメリカは世界の列強に伍し、その資本主義の力は急速に発展強化していった。雨後の筍《たけのこ》のように出現した摩天楼はこの力の産物であり、象徴であったのである。が、それにしても一体、摩天楼はアメリカ建国の精神、ピュリタニズムの倫理となんの関係があるのか。いや、その心配は無用だ。ピュリタニズムの倫理と資本主義の精神とは、同じ一つの銅貨の表裏なのだから。そのことを精緻に証明してみせたマックス・ウェーバーの名著が世に出たのは一九〇四—五年、それはジェイムズのアメリカ風景の旅の時節とぴったり重なっていた。彼の目に、天を摩そうと花柄を限りなく伸ばす〝アメリカン・ビューティ〟、摩天楼の姿は、「宇宙の大霊」と合体しようと希求するエマソン的超越主義の怪奇《グロテスク》なパロディと映らなかったであろうか。

しかし、ニューヨークにも静かな美しい建築がある。それはブロードウェイとウォール街が交わるところに建つトリニティ教会である。このニューヨーク最初の英国国教会派の教会が完成したのは一八四六年、ジェイムズが生れて三年後のことで、尖塔の高さは二八五フィート、彼がニューヨークをあとにした当時でも、なおこの町で最高の高さを誇る建物だった。が、一九〇四年、彼が再訪した今、その姿はハドソン河をゆく遊覧船からは見えない。一九〇〇年を境に、高さを競い合って建てられたより高い、さらに一層高い〝バベルの塔〟の修羅場の底に沈んでしまったのだ。ここで私事を語ってもよいなら、ほぼ四十年前（一九六四―六五年）、私はフルブライト研究員としてコロンビア大学に在籍していたとき、この教会のあたりをうろついたことがある。ウォール街のビルの谷間が、それこそ昼なお暗く不気味だったのを鮮明に憶えている。いや、それよりもっと強烈な印象は、トリニティ教会に近接するあたり、いま改めて観光地図をひろげてみると、すぐ北東にあたるところに、想像を絶する巨大な穴が穿たれているのを張りめぐらされた鉄柵の隙間から覗きみたときの衝撃であった。いまにして思えば、あれがエンパイアステートビルに取ってかわって世界一の高さを誇示することになる双子の摩天楼、世界貿易センタービルの基礎工事の現場だったのだ。

「絵を求める者」ジェイムズはトリニティ教会の屈辱を思って嘆く――「かつてこの人の目に極めて快い建物を町の誇りとも、ブロードウェイの目玉ともしていた、あの簡素なゴシック様式、あの卓越した高貴がはらんでいた至福は、いま、どこにある？　答えは簡単明瞭。これらの魅力的な要素はいまも変りなく存在している、もとあった場所に。だが、それが見える視界が冷酷無残に奪われてしまっているのだ」（四二二）。やむなく「絵を求める者」は〝絵〟を断念して、「目くるめく不思議な上層圏」から見おろすしかない。「ブロードウェイがウォール街から気も狂わんばかりの笞《しもと》を受けている、まさにその狂乱の場所」で、トリニティ教会は「いまは哀れ非力無用の物、いまはただ辛抱強い歩行者の感覚だけに訴えることで、親密な関係を許す建築物」に堕したみずからの零落の悲劇を物語っている。

　高層建築は「運命づけられた風俗の研究者」にとって禁忌である。たとえばヨーロッパの多くの都市の建物正面の壁に飾られているような、偉人の名、彼の生年、滞在の時期、没年を刻んだ銘板、つまりは昔の歴史風俗を偲ぶ機縁《よすが》となるものを窓だらけの超高層ビルのどこにつけたらよいというのか。歴史風俗を連想させるものは、「まっしぐらに摩天楼に〝飛びついていく〟ような社会では、のっけから拒まれている。一体、摩天楼に席を空《あ》けるために壊わされるのが確実な建物の、文字が読みとれる高さに、銘板をはめこんでみたところで何の意味があろうか」（四三二）。

　高層建築といえば、われらの「不安な分析者」の心を強くとらえたのは、「大いなるエレベーター信仰」であった（五〇九）。人びとはじっと待った挙句、前へ進めの軍隊式に「機械仕掛けの狭い箱」に詰め込まれ、猛烈な勢いで昇ったり降りたりする。そのさまは「不安な分析者」の目に、「集められ追い立てられる家畜の群れ同然の状態、あるいは集団的暮らし方でなければ生きられない病のほとんど耐えがたい象徴」と見える。エレベーターの仕掛けは「残酷なギロチン」に似ている（「ギロチン、ギロチン、シュルシュルシュ」と呟きながら自殺していったのは、誰だったっけ？）。「このギロチンのような働きをするものは何であれ、自分で一歩また一歩と足を運び、群れとは無縁な別個の原動力を身内に感じながら、雑草がそこここに生えた階段さえ昇ってゆく――そのとき多分、砂の上にフライデーの足跡を見つけてロビンソン・クルーソーが感じた有名な戦慄にも似た仲間意識の戦慄が生れる、感動が生れると夢みながら昇ってゆく、そういった孤独の甘美な喜びを扼殺しないでは措かぬ」(五一〇)。このように書くジェイムズは、なんとあの「空間の詩学」を語ってやまぬ物質的想像力の詩人批評家、ガストン・バシュラールに酷似していることか。

移動、「純然たる現在」の不安

無論、摩天楼の「犠牲」になったのはトリニティ教会ばかりではない。「さあれ、去年《こぞ》の雪、いま、いずこ」——ジェイムズの「いま、いずこ」(ubi sunt)の主題が途切れるいとまもない。少年ヘンリーがその歌を聴いていたく感動した彼と同年の天才少女歌手、のちに十九世紀最高のプリマドンナと謳われることになるアデリーナ・パッティが七歳でデビューした円形歌劇場キャッスル・ガーデンも、同じ憂き目にあっている。それよりもなによりも、ワシントンプレイス二一番地、ジェイムズの生れた家も一八九四—九五年に、隣接するニューヨーク大学の改築にともなって取り壊されていた。「私の半生の歴史は切断されていたのだ」(四三一)。それは自分の生誕を記念する壁の銘板をひそかに心の内に想像していた彼の「追想の自己満足」の出鼻をくじく、強烈な「肘鉄砲」だった。このあとすでに言及した摩天楼の町ニューヨークでは、記念の銘板は原理的に不可能だという感想がつづくのである。(ジェイムズの生誕地を告知する銘板がニューヨーク大学の講義棟ブラウンビルが建つ現在地で除幕されたのは、一九六六年にいたってである。)

取り壊されないうちに移動した大学もある。「私の記憶に間違いがないとしたら、コロンビア大学は二度、北に〝移動〟した」(四七四)。コロンビア大学の前身キングズ・カレッジが創設されたのは一七五四年、開講はかのトリニティ教会においてであった。コロンビアと名を改めてから一八五七年に、マディソン街四九丁目に移転、モーニングサイド・ハイツの現在地に移ったのは九七年――「絵を求める者」ジェイムズは皮肉をこめていう、「近辺に古典的陰翳をそえるために〝移動する〟大学(“moving” University)を発明するには、ニューヨークが必要だったのである」。そして「不安な分析者」ジェイムズは、ただちにつづける――「この〝移動する〟大学というのは、まさにあの踊り〔「発展しようという意志」につき動かされた狂躁――三〇〇ページ参照〕の調子、植え付けられたものが何であれ、それが植え付けられた場所で育って歴史を収穫するのを禁じ、銀行通帳に記載されないような蓄積は何であれ、事実それを禁じる土地柄の不文律の調子を特色づけるものではないだろうか。銀行通帳の記載が唯一の歴史のページとなって、すでに久しい」(四七四)。いや、事態はニューヨークのみに限るまい。この十数年のあいだにごく少数の例外を除いて、東京の大学も多くは〝移動する〟大学になりおおせてしまった趣きだ。移動先の場所に「古典的陰翳」をそえているかどうか、それは甚だ疑問ではあるが。

「動く」といえば、「絶え間ない分析者」はニューヨークの街を特徴づける「単調月並みの極致」、すなわち「密集した塊りとなって前へ前へと押し進む男の群集」を見つめる。その混雑ぶりは「混沌」に達し、そこでは「安心も孤立も品位も意味もまったく滅び、その権利をすべて失ってしまう」。この動く混沌は「不安な分析者」の目に、「累々と屍が折り重なる産業の戦場」、「前進、前進、また前進がそれ自体目的となり、闇雲な欲望と化している——前進の普遍的意志」の証しと見える（四二五）。

五番街の北端には裕福な住居が並んでいる。しかし、われらが「絶え間ない分析者」は、そこに住む連中が少しも安住していないことを知っている。早速、彼は「飛びかかる」——「過去をもったことのない貴方《あなた》がたがそれを償う次善のものとして、素晴しい未来を求めるのは大変結構ですよ。でも、もったいぶって未来とおっしゃいますが、一体、なにを未来になさるつもりです？　この大きな世界ではさまざまな未来がすでに消えてなくなったというのに、どんな未来の要素が貴方たちに保証されているというのです？　なにをなさろうと、結局、貴方がたは〝商売〟の不気味な光のなかで、坐っているだけなんです」（四八八）。正確な悪態はなおもつづく——「ずっしりと贈り物を詰め込んで小揺るぎもせずぶらさがっている、お宅の幸せなクリスマス・ストッキングだって、ある日、突然、ウォール街の冷たい風が一吹きすれば、いま、いずこですよ。〝お偉方〟になったのとひきかえに、貴方がたは不在の未来と不在の過去の間にはさまった純然たる現在になってしまったんです」。このような「純然たる現在」が呼ぶ不安は、「発展しようと懸命につとめながら、何を根拠に（*on*）発展するのかわきまえなかった」者の「誤謬」の必然的帰結だったのだ（四八九）。「不安な分析者」はこの「発展」への奮励努力を、残酷にも「真空（the void）中の興味ぶかい悪足掻《わるあが》き」と断言している。ニューヨークの港に着いたとき、みずからを「悔い改めた離郷者」と呼んだジェイムズは、もはや「悔い改める」ことを完全に断念している。いいかえれば、〝アメリカン・ドリーム〟のはかなさ、徒労感を絶望的に了解している。

〃アメリカン・アイデンティティ〃

しかし、〃アメリカ〃の夢を追って移民の群れが跡を絶つことはない。ジェイムズはエリス島を訪れる。ここを「覗きこめば」、繊細な人間なら「行きと帰りとでは人が変わる」くらいのことはうすうす分かっていたが、実際に見て彼は衝撃を受ける。「知の木の実を食べてしまったのだ、この味は永遠に舌に残るだろう」(四二六)。「不安な分析者」は独白する――「アメリカ人だという神聖な意識、アメリカへの親密な愛国心を、想像もおよばぬ異邦人《エイリアン》と分かち合うのがアメリカ人の宿命だとは以前から知っているつもりだったが、この真実がこれほど強烈に心の急所に突き刺さってきたのは初めてだった」。心が味わった「この新しい悪寒」は必ずや「新しい顔つき」となって現れよう。「安全と思っていたわが家には幽霊がいた、現にその姿をはっきり見た、そういう特権階級といっても怪しげな人間の表情とは、かくもあろう」(四二七)。二十数年経って、生れ故郷ニューヨークの「懐しい町角」に建つわが家にもどり、そこで自分とそっくりな幽霊、「暗い異邦人《ストレンジャー》」を見たスペンサー・ブライドンの表情も、同じようなものであったにちがいない。一体、どっちがアメリカ人で、どっちが異邦人なのか。

移民を「異邦人《エイリアン》」と呼びながらジェイムズはいう――いたるところで彼らと関係せずにいられないなら、「国という観念自体、いわば神聖冒瀆的な分解修理を受けることになり、おかげで不面目な変化に耐えなければならない」(四二七)。だが、そういうジェイムズ自身、アイルランド移民の孫であった。成金になった祖父の余栄にあずかる、「特権階級といっても怪しげな人間」にすぎなかった。無論、彼がそのことを忘れる気づかいもない。「歴史の油断ない監視のもと〔とは、歴史的必然によってというほどの意味か――引用者〕、最初から移民によってできあがった国で、異邦人とは一体、何だろう、誰のことだろう？ どちらがアメリカ人なのか――どちらが異邦人でないのか。その境界線のどこを指さして、異邦人からアメリカ人への転化の明確な時期、連続する流れの中の一点を指摘できるというのか」（四五九）。ことは "アメリカン・アイデンティティ" にかかわる問題であるのは、断わるまでもない。ジェイムズはまだアメリカ人なのか、すでに異邦人なのか。あるいは、アメリカ人から異邦人への転化を果たす「一点」にさしかかったアメリカ人なのか。おそらく、それは彼自身にもわからない……。

いや、さしあたっての話題は、〝アメリカ〟の夢を追って絶え間なく流れ込んでくる移民のことであった。「絶え間ない分析者」ジェイムズは、彼ら移民がアメリカに渡ってきた途端、「科学的な力で動く機構《からくり》」にでもかかったかのように、あるいは化学変化でも起こしたかのように、「その固有の色を失う早業」を演じるのを目のあたりにする。たとえばどこの町角でも出会うイタリア人について、「絶え間ない分析者」は自問する――「ずっと昔から彼らの美しい国を訪ねる異邦人の興味と喜びをあれほど促し高めてくれた要素、なんとも愉快な彼らの物腰は、どうなったのか。彼らはそれを徹底的にかなぐり捨ててしまったのだ」（四六二）。この変化をジェイムズは明るい色の布を洗濯桶の熱湯に投げ入れたときの現象にたとえる。が、彼自身認めているように、この比喩イメージは適切でない。なぜなら投げ入れられた布はその色を失っても、桶の水はその色に染まるのが自然の道理なのに、この場合、「新たに投げ入れられたものから洗い出された色が、同じ桶に浸されている仲間をピンクなり青なりに染める気配は見られないからだ」。〝人種の坩堝《るつぼ》〟というのは使い古されたアメリカの比喩であるが、この坩堝は人種の「固有の色」、個性を等しなみに無化し、同一の色合いに還元してしまうものらしい。「ほかのどことも変わりない」アメリカ風景（三〇〇ページ参照）同様、アメリカの人間も、誰を見ても「変わりない」。

「絶え間ない分析者」の自問はつづく――「移民たちのもっていた固有な特質を犠牲《いけにえ》として、〝アメリカ〟のアイデンティティは（うまくすれば）差し当り、あらわな自信と一貫性を獲得することになるが、幾世代にわたって根づいていた特質は完全に消滅するのではないかという疑問は残る。ゆっくりと混じり合い作り変えられる過程の末に、これを最後の花ざかりとばかり、それらの特質がふたたび表面に現れ、その生命力を主張してそれぞれの役割を演じるなどということは、まず考えられないのではないか」（四六三）。そういえば、「まぎれもなくうかがえるのは、一途に壮大な全体像（grand style）を獲得しようとするあまり、ここでも細部が圧殺されているという事実である」とはウェストポイントの風景の印象であるが（四八〇）、「ここでも」（again）という一語が示唆しているのは、この印象が陸軍士官学校所在地の風景のみにかぎらないということだ。「絵を求める者」ジェイムズは「細部」（detail）を、色彩・明暗の対比による強調を意味する絵画用語「アクセント」ともいいかえながら、例によって例のごとく複雑に屈折した反語的な言い方ではあるが、結局のところ、「全体像《スタイル》は細部《アクセント》なしにはすまされない」と断言しているのである。

ここでいわれている「細部」＝「アクセント」は、まことに奇妙なことだが、ブレイクの強調してやまない「微小な個別」(Minute Particulars) に似かよっている。たとえば、ブレイクはこんなふうにいう――「微小な個別はすべて神聖である」(『ジェルーサレム』六九の四二)、「形全体の生命《いのち》は微小な個別のなかにある」(『天国と地獄の結婚』四)、「部分を犠牲にしたら、全体はどうなる?」(「レノルズについて」)。'particular'といえば、それはT・S・エリオットの文化論の鍵になる言葉であり、観念である。たとえば、彼はこんなふうにいう――「社会の改良を求めるなら、われわれ個人がめいめいの改善を求める場合と同じように、比較的微小な個別 (minute particulars) のなかに求めなければならない。われわれは『まったく別の人間になるのだ』とはいえない、ただ『この悪い習慣は棄て、善い習慣を身につけるよう努力しよう』といえるだけだ。社会についても、こういえるだけだ、『この点、あの点は行き過ぎや欠陥が明白だから、改良に努めよう』」(『文化の定義を探る覚え書』、フェイバー&フェイバー、一九四八年、二〇ページ)。どこかの国の政治家がなにかというと異口同音に繰り返す、「抜本的」改善などというものはあり得ない。あるとしたらたいへん危険なのは、自明である。エリオットは文化論の結びで、「直接、文化の創造や改良を手がけることはできない」、ただ「特定 (particular) の時、特定の場所」で、「文化に幸いする手段」を講じることができるだけだといったあと、是非とも避けねばならぬのは「普遍化した (*universalised*) 計画」であり、是非とも確かめねばならぬのは「計画し得る物事の限度」だと断言している。ひっきょう、ジェイムズもエリオットと同じことをいっているのだ。いうまでもないことだが、ジェイムズもエリオットも、ブレイクの思想とはまったく無縁の人である。そういう彼ら三人が本質的に同じことをいっているところに、ことの重大な深刻さがある。

「細部《アクセント》」の大切さをいうジェイムズに向って、「壮大な全体像」を頑強に主張するウェストポイントの「風景の地霊《ジーニアス》」は、こういっているようだった――「いや細部など必要ない、細部などというものはせいぜいのところ、地域的な特殊だ。……絶対に必要なのは細部などもたぬ典型《タイプ》であり、均一な調子なのだ」（四八〇）。そう、「壮大な全体像」を獲得するには、是非とも「普遍化した計画」が必要なのである。そういうところに、〝アメリカ〟の「風景の地霊《ジーニアス》」が強いる定言的命令がある。けだし、エリオットの文化論は、そのような〝アメリカ〟の「風景の地　霊《エリーニュエス》」から果てまでも遁走しつづけた〝アメリカ人〟の反アメリカ風景論だった、そういっていいと思う。

〝内部〟の禁止

「運命づけられた風俗研究者」は山の手《アプタウン》で催された夜会に出かける。宮殿のような豪勢な会場、その設《しつら》えといい、客あしらいの良さといい文句のつけようもない。御婦人連は宝石で綺羅を飾って美しく、頭には小王冠《ティアラ》を戴き、一見、宮廷風の供まわりにも似た紳士連を従えている。だが、「運命づけられた風俗研究者」の背後にひそんで、虎視眈々と獲物に「飛びかかる」機会を狙っている「絶え間ない分析者」はつぶやく――「広いアメリカ社会の枠組のなかで、この御大層な催しは、一体、何とかかわり何と呼応（rhyme）していると考えられているのか、自問せずにはいられない」（四九〇）。夜会は「ニューヨーク生活のページに書き込まれた、いかなる文脈をも欠いた美辞麗句《パープル・パッチ》のようだ」とさえ、彼は断言してはばからない。'purple patch'は文字通り「深紅の継布《パッチ》」というイメージをもひめていると思われる。華麗な夜会はニューヨークの社交生活の破綻《ほころび》をなんとか繕おうとする苦心の「継布《つぎ》」であるかもしれない。継布なら、いつ「ほつれ、ささくれ」ても不思議はない。第一、「十一時になると、もうやることがない——少なくとも御婦人連には——ちりぢりになって寝につくほかは。ロンドンやパリにおけるように、それからさらにやることなど何もないのだ」。亭主も「一見、宮廷風の供まわりにも似た紳士連」も、彼女たちにかまってくれない。男たちは忙しすぎるのである。ジェイムズはいう、「これまた、営利本位の偉大なる民主主義社会に必然な美辞麗句《パープル・パッチ》のほつれ、ささくれ（jaggedness）の徴《しるし》である」。アダムズなら、こういうところだ——「心も手もひたすら機械の操作に向けてしまった男は、機械と女とを同時に操縦するわけにはいかない。彼は女を、たとえ妻であろうと、勝手にまかせるしかない」（『ヘンリー・アダムズの教育』、モダン・ライブラリ版、四四五）。「物語を求める者」ジェイムズはいう——「男女が社交的に歩調を合わせることができないという、この挫折（failure）は合衆国のいたるところで見られることであって、おそらくこの国の他のなによりも多く、興味津々な〝ドラマ〟を暗示しているだろう」（四九〇-九一）。事実、ジェイムズは少年のころ過ごしたことがあるニューヨーク有産階級の避暑地ニューポートを舞台にして、「男女が社交的に歩調を合わせることができない」関係の「ほつれ、ささくれ」の物語、「挫折」の〝ドラマ〟を、たとえ未完に終ったとしても、彼最後の長篇の一つ、『象牙の塔』のなかで執拗に追求することになる。

男たちにかまってもらえない女たち、亭主から勝手にまかされた細君たちは、オペラ通いに熱中する。が、ここでも片膝を曲げてうやうやしくお辞儀しようにも、肝心な男の相手はいない。「アメリカの小王冠《ティアラ》を戴いた女性は一体、誰に向って片膝を折る礼を捧げたらよいというのだろう？」（四九一)。女たちが女たちだけで互いに「まといつくようにして」(clingingly)、丁重な挨拶を交わし合うのも無理はない。でも、これでは折角の小王冠《ティアラ》はなんのために頭の上にのっかっているのか、わからない。こういう社交場の光景は「本末転倒」だと、「絶え間ない分析者」は遠慮会釈なく断定する。「これとは違った仕組の世界では、つねに片膝を折って礼を捧げる相手に事欠かぬばかりでなく、社交の機会そのものがその特質を十分に発揮して、小王冠《ティアラ》を産み出す。ニューヨークでは、この象徴のほうが刻苦精励、その力を拡大して、社交の機会をつくり出す」(四九一―九二)。ジェイムズの皮肉は辛辣をきわめているが、彼は同じことを次のようにもいう――「これもまた、快適さを獲得するために先ずは富を暗中模索しなければならぬ宿命 (foredoomed *grope*) ――社交への関心がそれに先立って、真の文明とは何かを自分で苦労して見つけ出さねばならないという不思議な宿命的必要 (necessity) を例証している」。ジェイムズはエリオットとともに、「本質的にはでっちあげられた (*invented*)」国アメリカでは(三〇三ページ参照)、文化は「われわれが意識して目指すことができない唯一のものだ」(エリオット前掲書、一九)ということが、理解されることはけっしてないといっているのだ。まことに、〃小王冠《ティアラ》〃は文化の自然な所産でこそあれ、文化が〃小王冠〃の意識的発明 (invention)、すなわち「でっちあげ」になることは、絶対にない。

「運命づけられた風俗研究者」は社交クラブにも赴く。建物は規模、装飾いずれから見ても、これまた「宮殿」のようである。が、いったん中に入ってみると、広間と広間、廊下と部屋、部屋と部屋、自分のいる部屋と他人のいる部屋、人が往来する場所と私的な場所との区別がはっきりしない。「あたり一帯にうかがえるこの隔離のあいまいさは、公共の建物が豪華な〃わが家《ホーム》〃と変わりなく共有する特徴であって、絶望的な気持を呼び起こさずにいない」（四九三）。こういう建物の内部構造はアメリカの「風俗の特性」、アメリカ人に「支配的な人生観」、「外見《そとみ》に歴然たる排他的な配置はほとんどすべて禁止しようとする根深い気質」を証し立てていると、「運命づけられた風俗研究者」には見える。さらに、いまや「絶え間ない分析者」と化した彼は次のように分析する――

「いかなる〝内部〟であれ、内部であるという罪、忌まわしさ、重荷を、それらがどんな形で現れようと、最少限に押さえようとするのが、いたるところで観察されるアメリカ人の本能なのである。この習慣は内部を蕾《つぼみ》のうちに摘み取り、その存在の権利を否定し、可能な限りのあらゆる手段をつかって、それを打ち砕き、外部から見わけられるその証《しるし》はことごとく、次から次へと払拭しようと、まるで共同謀議のごとく猛り狂っている。」

そういえば、「イギリスの民主主義とは異なって、政治的であるとともに社会的でもあるアメリカの民主主義は奥の間（*penetralia*）を保持することに敵意を抱いているようすだ」とは、ボストンの新公立図書館を訪れた際のジェイムズの感想である（五六〇）。彼は「奥の間」のない図書館を「祭壇のない神殿」にたとえている。

〝内部〟の禁止は必然的に「差異の消去」につながる。それは建物の大小にかかわらず、まさに「建築上の事実の法則そのもの」となりおおせている。こうして、どの家のどの部分も、他のすべての部分からばかりでなく、近くさえあれば、他の家のどの部分からでも「見え、訪問でき、通り抜けられる（penetrable）」という法則が確立している。'penetrable'と'penetralia'――同じ語源に由来しながらまったく反対のことを意味する、このアイロニー！　部屋はガラス張り、戸口は広いばかりでドアもない。これでは自分の居場所をさらけ出しているようなもの、こんな「安っぽい透明」な場所では、プライヴァシーはもとより不可能であり、社交に必須な「親密な会話」も望むべくもない。人はただ「宿なしの浮浪者」同然の身の上になるだけだ（四九三―九四）。「絶え間ない分析者」の戯《ざ》れにざれた分析はきりもない……。

やや鎮静して、彼はつづける――「ささやかな伝統を生むにも果てしなく莫大な量の歴史が必要であり、ささやかな趣味を生むにも果てしなく莫大な量の伝統が必要であり、同じ伝で、ささやかな落着きを生むにも果てしなく莫大な量の趣味が必要なのである。落着きは主として巧妙に適用された趣味、とりわけ経験の明かりによって導かれ、かくして経験の迷宮を解く手がかりをもった趣味から生れる」（四九五）。このように書くのは、まさしく人間関係の心理、意識の〝ドラマ〟の迷宮を解く「手がかり」、すなわちアリアドネーの糸よろしく果てしなく紆余曲折する、それ自体、迷宮のような小説文体の創始者、ヘンリー・ジェイムズその人にほかならないが、「絶え間ない分析者」がここでいっているのは、要するに、「社交クラブの至福」を生み出す手がかりは「外観と用途との完全な照応《コレスポンデンス》」、いいかえれば経験に裏打ちされて落着いた趣味を措いてほかにないということだ。「分析者」の分析はさらにつづく――「このような外観と用途との完全な照応を生み出す意識はゆっくりと育成されるものであって、まさしく伝統が咲かせる花の一つである。湯水のように金銭を使い、滅多やたらと〝流行《スタイル》〟に走る流れとは離れて歩む、良質な保守的伝統が咲かせる花の一つなのである」。そのあとを受けて、「不安な分析者」が社交クラブ印象記を次のように結んでいる――

「ニューヨークの社交クラブの発展ぶりをあちこちで見ていると、流行に走るこの流れを導く立派な老紳士ふうの先入観の確かな明かりがなければ、流れは方途を見失い、思いもかけぬ砂漠に盲滅法、気違いのように迷い込む恐れがあると、思い知らされる。」（四九五―九六）

「流れを導く立派な老紳士ふうの先入観（prejudice）」？　そうだ、「この啓蒙された時代にあって、私は大胆に告白する。われわれは概して教化されていない感情の人間であって、われわれの古い先入観すべてを投げ棄てるより、それらを後生大事にしていると。恥の上塗りついでにいえば、それらが先入観であるがゆえに、われわれはそれらを大事にしているのである」と書いたのは、『フランス革命をめぐる省察』のエドマンド・バークであった（本書八八ページ参照）。

南部の若者、または歴史と現代

ニューヨークのあと、ジェイムズはニューポート、ボストン、コンコード、セイレム、フィラデルフィア、ボルティモア、ワシントン、リッチモンド、チャールストンを訪れ、その印象記を『アメリカ風景』に収めている。だが、もはや私には彼の旅のあとを忠実にたどる気力はない。また、格別とりあげたいと思うほどのジェイムズの印象記もない。ただしリッチモンドには、私もしばし立ち寄らなければならない。この南北戦争当時の南部連邦の首都に、「がつがつと物語を求める者」（starved story-seeker）は――ボストン再訪の折りにジェイムズは自分をそう呼ぶようになっていた（五五五）――「亡霊が住みついた悲劇の都市」（六五七）を夢みていた。が、実際に目のあたりにしたリッチモンドは「要するに、まったくの空白、空虚（blank and void）にしか見えなかった」。セイレムを訪れたとき、〝旧牧師館〟も〝七破風の家〟も、ホーソーンを偲ばせるいかなるものも残していない「無」(naught)であったように(五七一)。あたかも「昔の魔女が罰として公共の住み込み女中として生れかわることを許され、かつてはそれに股がって気ままに空を飛んでいた、かの名高い箒《ほうき》を使って、毎夜、意地悪くなにもかも掃き清めてしまったかのように」(五七五)、ホーソーンの影はきれいさっぱり掻き消されていたのだった。「亡霊は場所にのみ宿り、場所とともに苦しみ、場所とともに滅びる」(五五五)。ホーソーンの亡霊は場所とともに滅びたのであろうか。それとも「とどまることを拒否したのだろうか」。あるいは「とどまっているとしても恥ずかしげに顔を赤らめ、場所と結びつけられるのを拒んでいるのであろうか」(五五六)。

しかし、リッチモンドは「まったくの空白、空虚」といった直後、「がつがつと物語を求める者」はつづける――「だが、まさにそれゆえに、大きな感動が訪れる」。「巨大な奴隷制国家という突飛で途轍もない計画、今日の目からすれば、その愚かしさは悲しくも痛ましくも見える計画」ゆえに滅びていったこの町には、「一種廃墟が帯びる高貴さ」、美しさがある(六五九)。ジェイムズはいう、「ここは弱々しい――〝崇敬に値するほどに〟弱々しい」と(六六〇)。そして、「物悲しさは厚かましさの反対だ」とも、いまさらのように念を押している。こう書いたとき、彼の身内に自分が生れ育った〝北部〟の「厚かましい」ヤンキーイズムにたいする、なにほどかの鬱憤がなかったという保証はない。かくして、リッチモンドに象徴される〝南部〟の風景、そこに住む人びとの姿は、「ひたすら運命に耐えた悲しくも痛ましい犠牲者」として、「彼らの状況が負わせた積年の重荷に弄ばれ裏切られ、傷つき敗れた者」として、感動を呼ぶ――「いつしか私は彼らのために、一種純真率直な優しさを感じていた」（六六二）。

「彼らの状況」は今なお「心臓をどきどきと高鳴らせる父祖伝来の遺産」として、存続している。「遺産」というのが「黒人《ニグロ》の密接な存在」を意味しているのはいうまでもない。「密接な」と訳した原語は"intimate"である。そう、ニグロは〝南部〟にとって、いわば骨がらみになった「親密・内密な」存在にちがいない。現に南部の白人は今日も「あのように僭越な過ちを犯した時代」と変りなく、この「遺産」の呪縛に囚われつづけている。「そこに生れる憑かれた意識こそ、〝南部〟の魂の牢獄なのだ」と、「がつがつと物語を求める者」ジェイムズはいう（六六二）。こういったとき、彼は限りなくフォークナーの世界に近づいていたはずだ。ぶらぶら歩いたり、日向ぼっこをしている黒人《ダーキー》のぼろ着姿を見かけたとき、ジェイムズは「一気に恐ろしい問題をつきつけられた思いだった。それはジャングルから躍り出た猛獣のように突如、襲ってきた」。この戦慄的な比喩イメージを与えたにちがいない名短篇『ジャングルの猛獣』が書かれたのは、つい一年前のことである。そういえば、この短篇も〝過去〟の呪縛に囚われつづける「憑かれた意識」の物語だった。ともに愛し生き得たかもしれぬ女、「謎に満ちたスフィンクス」はいっていた——「過去（Before）は、いつもやってくる定めだったのです。だから過去は現在でありつづけたのです」。

　黒人たちの「ぼろをまとった原初的な」存在感（裸同然の気違い乞食トムを指して、「お前だけが本物だ、物自体だ」と叫んだリア王を思い出そう）、「〝人間としての権利を所有した〟不吉な」存在感は、彼らを解放したのは〝北部〟だという安心も自己満足もジェイムズに許しはしない。そもそも彼は南北戦争に参加しなかった、あるいは一生の宿痾となる背筋の傷の痛みで参加できなかった。いや、そんな個人的記憶がいまさら「恐ろしい問題」となって、「ジャングルから躍り出た猛獣のように突如、襲って」くるはずもない。ジェイムズの感じた「不安」、罪責感が暗示しているのは、責任は〝南部〟だけにあるのではない、〝北部〟もまた、罪の共犯者なのだということである。彼にとっても、「過去は、いつもやってくる定めだった」のだ。そこに意識の密林《ジャングル》から突如、躍り出る猛獣という、〝再認識の衝撃〟があったのである。

いま眼前にしている南部の惨状が現実ならと、「不安な分析者」ジェイムズは皮肉をたっぷりこめて、いう――「〝南部〟の黒人について甘くもっともらしいこと (a sweet reasonableness) を説いてやまない〝北部〟の利口で如才ない連中に、その誤りを悟らせようとしてもはじまらない。無論、こういう状況では、そのような甘くもっともらしい説教は美しい役割を果たすかもしれない。たしかに、これほど議論の余地がないこともない。だが、よく考えてみれば、このような場合、申し分ない完璧な助言は荒海に油を投じて波を静めるといった具合にはけっしてならないということも、これまた明々白々たる事実なのである」。ここでジェイムズは、なにかというと時を得顔にとくとくと「甘くもっともらしいこと」を説いて憚らぬ、いわゆる進歩的文化人種を、つとに揶揄しているようすだ。なによりも真の文学者であったジェイムズは独りつぶやく――「ともかく余所者《よそ》の唇は、そんな申し分ない知恵が語れる唇ではない。余所者がしばらくして自分には口をきく資格などないと感じ、いくばくかの繊細な気持をこめて、自分の義務はまったく別のところにあると悟るのも、もっともなことであった」(六六三)。この一見、自己中心的な傍観者と見える態度の裏に、土地っ子フォークナーなら、ジェイムズの繊細な「優しさ」を確実に感じとったことだろう。

「空白、空虚」な風景のなかに、なおも「英雄的時代、四年にわたる叙事詩的年月」の縁《よすが》を求めて、「がつがつと物語を求める者」はリッチモンドの公会堂を訪ねる。人影もない。南北戦争時代の遺品を陳列する「これまた物悲しい」ガラスケースをのぞいていると、いつしか一人の美しい若者が同じ遺品を熱心に見つめているのに気づく。ヴァージニアの農夫だという。彼は陳列品をいろいろと指さして、あれは自家《うち》にもある、親父は最後まで戦ったのでと、問わず語りに説明する。古いことをよく御存じだとジェイムズが褒めると、「魅力的な暗示に富んだ率直な答え」が返ってきた――「ああ、ぼくだって同じことをもう一度やる気がありますよ！　そんな南部人なんです、ぼくは！」（六七三）。「がつがつと物語を求める者」は別れ際に、君のような人こそ「会いたいと願っていた南部人だ」と若者に感謝する。そして「絶え間ない分析者」は思う――「彼はいわば〝北部〟の蠅《はえ》を〝北部〟のものであるがゆえに傷つけることなどできぬ、現代アメリカの立派な青年だ。しかし、この覚めたプラトニックな熱情がなければ、彼の意識はなんの家具調度のそなえもない部屋のように貧しく、がらんとしていたことだろう。一体、彼は他のどんな意匠でがらんとした意識の壁を飾ることができるというのか」。傍らで「不安な分析者」が、ぶつぶつと呟く――「あの若者は〝北部〟の蠅を傷つけないとしても、ああして無類に美しく、魅力的で、口もとに頰笑み浮かべている彼が、〝南部〟の黒人に何をするかはわからない」。〝歴史〟と〝現代〟の狭間で、どっちみち、ジェイムズにいっときの安心もない。

プルマン車輛《カー》

『アメリカ風景』の最終章はフロリダ紀行である。が、その風景については、たとえばパームビーチの印象、「まったくサッカリンのような甘ったるさ」（七三三）という一言で間に合う。ジェイムズはフロリダから北部にもどり、すぐさま西部に旅立たなければならない。いま、彼は北に向う豪華な客車プルマンカーの車窓から外を眺めている。そこからジェイムズ自身によって「最後の疑問」と欄外見出しをつけられた、『アメリカ風景』全巻の終結部《コーダ》がはじまる。

「車窓から見渡せるこの果てしなく広大な風景の魅力はどこにあるのだろう？——なにもかもが魅力を自負している、なにもかもが自然と空間の征服を誇示している、すぐ身近でプルマンカーがなにもかもその通りだと主張している。ごうごうとすさまじく鳴り響くその単調な轟音は永久にこういっているかのようだ、『見ろ、おれが成し遂げようとしていることを——よく見るんだ、おれのやっていることを、おれのやろうとしていることを！』」（七三四）

スウィフトみずからの墓碑銘が語る「激しい憤怒」(saeva indignatio) にも似た怒りがジェイムズをとらえる、「私の激怒の雄弁が荒々しい調子で戻ってきたようだった」。彼はプルマンカーの轟音に応える——

「私には見える、貴様がやっていない、ことが。ああ、なんと鮮やかに見えることか。明視は私の宿命のようなものだとしたら、物が鮮やかに見えても仕方あるまい。私の明視にそれなりの真実があるなら、それだけ貴様にとって迷惑なのは当然至極だ！　もし私が貴様がなにもかも取り上げた、あの全身を彩る野蛮人の一人だったら、あるいは彼と張り合う頑固な反動的人間だったとしたら、貴様がやっていることは貴様がやり残していることより、強い印象を与えるのは確かだ。なぜなら、この場合、いかに目を凝らしても、貴様のやることには美も魅力もいささかたりと見当らないからだ。私にとって美と魅力は貴様が荒廃させた孤独のなかにしかない。美観を損ない、魅力を破壊した貴様の暴力、土地の面《おもて》を傷つけ血まみれにした貴様の残虐、そのことごとくに私は怨みを抱かざるを得ない。」（七三四）

こう激語するジェイムズは「全身を彩る野蛮人」、今日「先住アメリカ人」と呼ばれている人たちへの同情を示しているのか。あるいはインディアンと「張り合う頑固な反動的人間」、たとえば後代に出現することになるヒッピーへの共感をあらかじめ示しているのか。いや、残念ながら彼はそれほどに感傷的にはなっていない。いま、彼をとらえているのは、一八四四年、故郷〝湖水地方〟の自然風景を切り裂く鉄道が敷設されると知ったワーズワスの怒りに通《かよ》うものであったといったほうがいい。ワーズワスの「激しい憤怒」が奔出する――「黄金への渇きが／お前らの平和、お前らの美しさを売り／お前らが抱擁する愛しい安らぎの地を切り裂き／傲りたかぶる車を走らせようとしているのだ！／お前たちにあの汽笛が聞こえたか？　長く連らなる列車の／驀進してくる姿が、お前たちの視野をよぎったか？／そうとも、お前たちは仰天した――この禍いと、利益の見込みとを／正しく天秤にかけて、山よ、谷よ、湖よ、私はお前らに呼びかける／正当な侮蔑の激情を私とともに分かちもてと」。この詩が書かれて三年後、ケンダル＝ウィンダミア鉄道は開通した。

ジェイムズの憤怒は静まることを知らない。「絶え間なく不安な分析者」のプルマンカーへの呪咀は鎮まる気配を見せない――

「いや、いまさら貴様の犯した荒廃の罪を責めてもはじまらぬ。そう、私の心をとらえて放さぬのは、貴様がやり残している未完了の仕事（arrears）の長い一覧表だ。それは右を見ても左を見ても切れることなくつづいている。貴様の自惚れた文明の福音《メッセージ》とやらは、未完了の仕事、永久に手にし得ないものを創造する厖大な処方箋にすぎない。貴様はこの偉大な孤独な大地に手をつけるが、ご覧のとおり、醜いものを植えつけるだけの話だ。なのに、そのことで謝罪したり後悔する嗜みなどあらばこそ、貴様はすべてはおれのやったことだと冷笑を浮かべて、うそぶく始末。貴様はあたりに見える豊かで高貴な健全・正気のものを次から次へと粗野なもの、無価値なものに変えてゆく、おぞましくも恬として恥じずに。そうして、貴様はただただ台無しにする無数の物の姿の数を、貴様があたりに撒き散らす無数の解答不能な問題の数を、増やしてゆく。沢山の父《てて》なし子を産み落としては、他人の家の戸口や待合室に捨ててゆく怪物じみた母親のように。」（七三四―三五）

たとえばペンシルヴァニアの南、あるいはワシントンをはずれた辺りで、「どう贔屓目《ひいきめ》に見ても、道路の名誉、品位、威厳と呼べるようなものをちらっとも見かけたことはない」と、ジェイムズは苦々しくいう。彼にとって、道路というものは「あらゆる都市創造物のなかでもっとも規範的なものであり、便宜の徴《しるし》であるよりは道義の徴」なのである。ここで再びジェイムズはみずからをインディアンに見立てて、いう――「もし私が戦いの斧《トマホーク》をもった美しい赤色人種だったら、無論、あのような道路の類型にはまっていない分だけ、ときおり出会う砂地の小道や泥濘《ぬかるみ》の道を大喜びで歩いたことだろう」。そうすれば、こんな馬鹿でかい真四角な窓ガラス越しに、「伝道師プルマン《ミッショナリ》」が賛美せよとばかりに誇示する「達成」のさまなどに、かかずらう必要もなかったろうに。なるほど、プルマンカーは「偉大な動力の象徴」なのだ。「前進、前進、また前進がそれ自体目的となり、闇黒な欲望と化している——前進の普遍的意志」の象徴なのである（三〇七-〇八ページ参照）。と同時に、「その背後にひそむ無責任」の象徴でもある（七三六）。端的に、それは〝アメリカ〟というものの象徴だといってもよい。

「たまりにたまった鬱憤を晴らす」ために、「絶え間なく不安な分析者」は〝口汚くののしる(slang)〟のをやめない——「貴様はあたりかまわず傷を配ってゆく。貴様がいやいやながら責任をとる気配を見せても、そんなことではとうてい間に合わぬ数の傷だ。これはまさしく悪魔の踊りだ。広大な平たい床《フロア》が導くままに、貴様はますます不様な格好で跳ねまわってゆく。心のなかでは苛立ちと貪欲がますます募り、優美さなど何処《どこ》吹く風と、意気はますます跳ね飛ぶばかりだ。こんなことが集団的に示されたことは未だかつてなかった。広大な床、物質的機会そのものは、他の世界ではとうに終ってしまっている」。アメリカを「誰も訪れてみようとも思わない大きな平らな国」と呼んでいるのはT・S・エリオットだが、いま、ジェイムズはそれを「悪魔の踊り」が狂乱する舞踏場の「広大な平たい床《フロア》」にたとえている次第である。「広大な床、物質的機会そのものは、他の世界ではとうに終っている」とジェイムズはいっているが、それから一世紀が経過した今日、誰の目にも明らかなように、それはアメリカにおいても終焉している。となれば、「悪魔の踊り」をなおもつづけるためには、〝床〟を外に、お望みなら〝グローバル〟に広げるしかない……。いや、「絶え間なく不安な分析者」、というより今やこれを最後に「孤独な観察者」と名を改めたジェイムズの最後の最後の独白に耳傾けねばならない。

「かくのように法外な数の傷が存在しているのを目のあたりにして、孤独な観察者はあちこちで、この連続の尺度、いっそ連続の迷信といいたいところだが、いずれにせよ、それが仕掛けた罠《わな》を推し量って、狼狽するしかないではないか。何か素晴らしく人間的なものを開花するはずの芽生え、快適な社会生活を見事に生むはずの胚種は、ついには表面的なものの勝利、剝き出しの露骨なものの神格化にしか寄与しそうにないような、果てしなく延び、果てしなく広がる動きの状況のなかに植えつけられていると思わずにいられない」。「孤独な観察者」はプルマンカーの窓ガラスの傍らで呻く――「ああ、裂け目が、深い亀裂があったなら！　橋渡し不可能な深淵が、越えること不可能な山嶽があったなら！」。プルマンカーの驀進を阻止するものはあるだろうか。

『アメリカ風景』は次のような「孤独な観察者」の絶望的な吐息で終っている――

「私はそんな思いに耽ったが、のちにも呻くことになる自分の定めを知らなかった。特にこの相も変らぬ犯罪的な連続が途切れる絶好の機会を侮り、偉大なミシシッピ河を一口に飲み干しているという不吉な恐るべき真実を、いやというほど肝に銘じるまでは。事実、この真実こそ、私を待ち受けている〝どえらい〟印象だったのである。」（七三六）

ジェイムズのアメリカの旅はミシシッピ河を越えてさらに西へ、サンフランシスコまでつづけられるのだが、彼はその旅の印象をなにも書き残していない。書くつもりはあったらしいが、書かなかった、おそらく書けなかった。その理由をレオン・エデルのように詮索する必要は、少しもない。この上、西部の印象を書き加えてなんになろう？　〝アメリカ〟の象徴、〝伝道師プルマン〟の「犯罪的連続」の無残な軌跡をまたしても、なぞるだけではないか。ジェイムズはそう観念したにちがいない。「〝どえらい（big）〟印象」は、原理的に繰り返しを許さない。

旅のおわりに

「アメリカには（担架に乗せられ）死ぬためになら帰れるでしょう。でも生きるためになら、けっして、けっして……」、これは一九一三年、兄ウィリアムの未亡人アリス宛手紙に見えるジェイムズの言葉である。が、彼はアメリカを厭悪していたと単純に早合点してはなるまい。彼が時折りホイットマン『草の葉』の詩節を「読むというより低唱するように」アダージョで朗読していたという、イーディス・ウォートンの有名な、有名すぎる回想をここに引き合いに出すのはいささか気が引けるが、彼が一生、〝アメリカ〟と〝ヨーロッパ〟のあいだに引き裂かれた人間であり、一九〇六年六月のある日の晩、「アメリカ人でもヨーロッパ人でもない人間の悲惨」を年若い友人に語った人間であることを失念してはならない（レオン・エデル『ヘンリー・ジェイムズ伝』、ペンギン叢書、第二巻六一七ページ）。また、「アメリカにとどまっていたら……」という仮定法の短篇『懐しい町角』が書かれたのが、『アメリカ風景』中の白眉、「ニューヨーク再訪」が雑誌に発表されたのとほぼ同時期（一九〇六年）だったということ、同じ仮定法の長篇、ジェイムズ最後の未完の大作『過去の感覚』は、『アメリカ風景』以後も彼の死に至るまで書きつがれたことを、あらためて思い出そう。そもそも四十年住み慣れたイギリスにおいても、ジェイムズは「異邦人《エイリアン》」だったのだ。彼が「異邦人」であることをやめるには、第一次世界大戦が必要であった。戦争がはじまると、イギリス海峡に臨むサセックスの村ライにある彼の持ち家ラム・ハウスに帰るにも、いちいち警察の許可を求めねばならなかった。ついに一九一五年七月二十八日、ジェイムズは知人の英国首相アスキスと英国文壇の大御所エドマンド・ゴスを保証人として、ジョージ五世に「ワレハぶりたにあノ市民ナリ」(Civis Britanicus Sum)と忠誠を誓う。「少しも変った気がしない」とは、イギリスに帰化した彼の感想であった(エデル、七九一)。ジェイムズはイギリス人なのか、なおもアメリカ人なのか。

それから三か月後、ジェイムズは脳卒中に倒れる。秘書のミス・ボザンケットによれば、彼からは「場所の感覚」が失われていた(エデル、八〇一)。あるとき、ジェイムズはラム・ハウスの下男バージェスに、こんなに頭が混乱していては世間の物笑いになるだろうかと訊ねる。横あいから義姉のアリスが「ヘンリー、物笑いなんて、そんな。だれも笑いはしないわ」と慰めると、ジェイムズは右眼できっとアリスをにらみつけ(左目蓋は卒中の後遺症でふさがっていた)、こういったという——「バージェスと話しているのに、見当ちがいのことを差しはさんで邪魔する、そのマサチューセッツ、ボストンからの声はなんだ?」。エデルは書いている、「混乱した記憶のなかで、ジェイムズは彼が遍歴した都市——父と祖父の故国アイルランド、彼自身の経験したロンドン、ローマ、エディンバラの間を行き来しながら、同時に二つの場所にいるという方向感覚の喪失と闘わねばならなかった」(八〇五、強調引用者)。たしかにエデルのいうように、ジェイムズは『過去の感覚』の主人公が襲われる「意識の恐怖」に耐えなければならなかったのだ。「場所の感覚」の喪失、「同時に二つの場所にいるという方向感覚の喪失」は、果たして脳卒中が強いた無残のみのことであったろうか。それは「大いなるアメリカ病」の宿命でもあったのではないか。あるいは〝アメリカン・エグザイル〟の、『緋文字』中の凶々しい一句を使ってもよいなら、「暗い必然」でもあったのではないか。

一九一六年二月二十八日、ヘンリー・ジェイムズは逝った。葬儀はロンドンのチェルシー・オールド・チャーチでおこなわれ、遺体は火葬に付され、遺骨はマサチューセッツ州ケンブリッジ共同墓地のジェイムズ家の墓所に納められた。遺骨をアメリカに持ち帰ったのはウィリアム・ジェイムズ未亡人アリスだった。アメリカの地に骨を埋めるというのがヘンリーの遺志であったかどうか、私は知らない。が、少なくとも三年前、「アメリカには（担架に乗せられ）死ぬためになら帰れるでしょう」とアリスに予言（？）したことは、果たされたのである。

それにしても、ジェイムズの終末の形は、あの迷宮的文体そのものに似て、なんと茫漠として把えがたいものであることか。「かくもあったろう、とは一つの抽象／憶測の世界でのみ／永続する可能性にすぎぬ」と歌って、「もしアメリカにとどまっていたら……」というジェイムズ的未練の主題を断固として拒否したエリオットの終末と、なんという違いか。「わが始めにわが終りあり」と歌い出し、「わが終りにわが始めあり」と歌い納めて完全に人生の円環を閉じ、アメリカ移住以前の父祖の地イースト・コーカーへと回帰していったエリオットの決然たる終末と、なんという違いか。無論、イースト・コーカーを永眠の地と決めたのは、エリオットみずからの意志であった。

しかし、そういうエリオットの決断もまた、アメリカ的な、あまりにもアメリカ的なと見えるのは、私一人の偏見であろうか。

“Kilroy was here”
フォークナー再訪

大正年間にある新聞社が新日本八景なるものを選んだとき、瀞八丁や大和国原が上高地の前に敗れたという一小事件は、日本浪曼派のイデオローグ保田與重郎にとって一生、「忘れ得ない」「不幸な記憶」（『現代畸人伝』、一九六四年）であったようだ。この事件についてはつとに昭和十六年五月の「風景観の変遷」という一文において彼は語っていたが、上高地の勝利に保田が見たものは、伝統の「風景」観にたいする新しい風景観の制覇であった。新しい風景観とは「風土」という考え方が「風景」という「眺め」方を駆逐したことを意味していた。「風景といふ言葉に、風土といふ語がとり代り、風土なる語のもつ科学性を喜ぶやうな近来の風潮に対し、私は根本に於て賛同しない者である」とは「風景と歴史」（『機織る少女』所収）中の言葉だが、別のところで保田は「風土」という考え方を「唯物的な近代」と呼び（「風景について」）、あるいは「輸入風景観の堕落」「現代文化の植民地状態を代表するアカデミズム」と呪詛してもいるのである。なにしろ保田という人は生まれ故郷桜井の風景を

「眺め」ながら、こう傍若無人に書けた人だ――「私は少年の日の想ひ出とともに、ときめくやうな日本の血統を感じた。しかしこれはこの日本の故郷を自分の生国とする私だけの思ひだらうか」(「日本の橋」)。

こう言い得た人の幸不幸の〝イロニー〟については、いまは何もいうまい。ただ「故郷としての風景はすでに歴史であり思想である」という彼の一語(「風景と歴史」)を、銘記しておけばいい。そして彼が使った「眺め」という言葉には、この語がはらむ古い意味合い、風趣があることを感じとればいい。「眺め」とはたた単にぼんやりと見ることでも、じろじろと観察することでもない。「眺め入る」という古語にも明らかなように、じっと見入り物思いに耽り、そして何かを思い出すことである。いわば〝心眼〟のプルースト的瞬間なのだ。フォークナー風にいえば、'seeing not *with* the eye, but *through* the eye'――これはたしかにフォークナーのものだが、いったいどこで出会ったのか、今いくら探しまわっても見つからないのだが、彼のものにはちがいないと私が確信している、そういう物の見方なのである。'through'という前置詞が示唆しているのは、文字通り何かを観入することではないか、深さの視線ではないか。

保田が「風土」という考え方に「唯物的な近代」を見、「現代文化の植民地状態を代表するアカデミズム」と批判したとき、彼の念頭にあったのが「日本の橋」の前年(一九三五年)世に出ていた和辻哲郎の『風土』であるのは、ほぼ確実といっていい。たしかに、そこにあるのは風土という文化地理の擬似科学的分析と教養主義的解釈にすぎない。和辻はそこで何も思い出してはいない、思い出そうともしていない。彼もまた、他の白樺派同様、いい意味でも悪い意味でも、「お目出たき人」にはちがいなかったのだ。『風土』より二年前、小林秀雄は「故郷を失つた文学」を書いていた。そのなかで、山登りが好きだった彼はこんなことを独りごちていた、「自然美に対する私の感動に、一体どんな確たる現実的な根拠があるか、いよいよ疑はしい。注意してみると山の美しさに酔ふ事と抽象的な観念の美しさに酔ふ事と［は］実によく似ている。故郷を失つた精神の両面を眺めるやうな想ひである。さう思ふと近頃の登山の流行などには容易に信用が置けない。年々病人の数が増える、そんな気がする」。こう書いたとき、〝歴史〟を絶対的に拒否したランボーの美神の呪縛はすでに解けていたはずだ。小林にとっても、新日本八景における上高地の勝利は精神史上の象徴的な事件であったに相違ない。自分に〝現実〟と呼べるものがあるとすれば、故郷喪失という現実があるばかりではないか。そう否応なく合点したところに、小林の〝歴史〟探求の旅が、『本居宣長』に至りつくことになる彼の長い曲折した「失われた時を求めて」の旅路がはじまる。が、果たして〝時〟は見出されたか。彼の人生に「確たる現実的な根拠」を与える〝風景〟は見出されたか。

　いや、そう問うのは愚かしい。「故郷を失った文学」結び近くで、「私達は生まれた国の性格的なものを失ひ個性的なものを失ひ、もうこれ以上何を奪はれる心配があらう。一時代前には西洋的なものと東洋的なものとの争ひが、作家制作上重要な関心事となつてゐた、彼等がまだ失ひ損なつたものを持つてゐたと思へば、私達はいつそさつぱりしたものではないか」と苦々しく観念していた人間に、そのような〝時〟の恩寵も〝風景〟の黙示録的な啓示も望むべくもないのは、分かりきったことだったのだから。

そして今日、〝風景〟という言葉は〝環境〟という言葉に、すっかり取って代わられている。「環境（environment）とはひとつの抽象概念であって、土地（place）ではない」。これはアレン・テイトの「南部における文筆業」中の言葉である。この評論が発表されたのは一九三五年、和辻の『風土』の出版年に当る。「風土」ではなしに「環境」という言葉がすでに当時の日本の知的ジャーゴンであったとしたら、保田與重郎も躊躇なくこれとまったく同じことをいっただろう。彼がいう「風景」とはひっきょう、テイトのいう「土地」にはちがいないのだ。そして「環境」というのは、「風土」よりもなおいっそう「唯物的な近代」の「抽象概念」にちがいないからだ。そう、保田にはわが国関西のアレン・テイトといった趣きがある。逆にテイトはアメリカ南部の保田與重郎といえないこともない。いや、冗談はさておいて……。

テイトは引用した一文の直前で次のように書いている、「社会科学の時代にあって、〝イメージ〟という用語はもはや判然としなくなっているのではないかと思う。察するに、これはそのような時代にあって、人と彼が住む地域との間の深い関係が消滅したことに起因していると思われる」。そして直後には、「ナチェズは土地であって環境ではない」と念を押している。ナチェズというのはミシシッピ州南西部の町で、南北戦争以前、大農園主いわゆる南部貴族の文化が栄えた一中心地だったらしいが、それはとにかく、この町はフォークナーが生涯住みついたオックスフォードの町とそれほど地理的に隔たってはいない。が、実はテイトのこの評論の文脈が示唆しているのは、ナチェズの市民はたしかに〝環境〟ではなく〝土地〟に生きていたが、しかし「彼と大地の間に介在する召使たちが象徴している社会の連綿とつづく様々な階層を通じて、この町に住む自分の生活観を深めることはなかった」、「ニグロを台木として新しい人生を接木することはできなかった。彼らニグロはあまりにも違っていた、あまりにも異質であった」というところにある。同じことをテイトはこうもいいかえている、「白人はニグロから何も得なかった、土地との係わりにおいて自分自身のイメージを深めることはついになかった」。ふたたび実は、この文章の直後に先に引用した「社会科学の時代にあって〝イメージ〟という用語はもはや判然としなくなっている」云々という文節がつづいているのだが、もしフォークナーがこれらの文章を読んだとしたら、押し黙ったまま、ただ首をかしげるばかりだっただろう。「この人を見よ《エッケ・ホモ》」！　彼の物語ってやまぬヨクナパトーファ郡こそはまさに〝土地〟であり、そしてこの土地との「深い関係」こそ、そこに生きる人々、白人にせよ黒人にせよ、彼らめいめいに、また彼らの「係わり」に、比類なく濃密・具体的な〝イメージ〟を、存在の密度を、小林の言葉を借りていえば、「確たる現実的な根拠」を与えているものにほかならぬからである。

一体、一九三五年という時点で、テイトはフォークナーの小説を読んだことがなかったのだろうか。すでに『響きと怒り』『死の床に横たわりて』『八月の光』は世に出ていたというのに、翌年には『アブサロム、アブサロム！』が出るというのに。「南部における文筆業」にはフォークナーへの言及は一切ない。なんとも不思議だ。結び近くでテイトは「南部作家はみずからのアイデンティティを失い、単なる〝現代的《モダン》〟な作家に堕する危険に陥りかけている。彼は南部的感性を失ってしまったのだ……南部的主題を保持して、それについて書くとしても、それはアウトサイダーとしてであり、彼にあるのは幾分かの新奇な技巧と粋ぶり高ぶった超然たる態度でしかない」といい、「南部作家は出来ることなら南部にすむ南部人でなければならない」とつづけているのであってみれば、さらには偏屈な南部批評家、僚友のジョン・C・ランサムに敢えて反対しながら、「いかなるところであれ芸術は土着の素材と外からの影響との神秘的な結合から生れる。この融合の印をもたぬ偉大な芸術、偉大な文学は存在しない」と断言しているのであれば、なおさらにフォークナーへの言及の欠如は不思議というしかない。この評論もいわゆる南部文芸復興の掛け声の一つに相違ないが、ここで要請されていることすべてを満たし得る南部作家がいるとしたら、「土着の素材」と「外からの影響」(=モダニズム)との「神秘的な結合」の証しをまぎれもなく刻印された南部作家がいるとしたら、フォークナーを措いてほかにいようはずもなかったのだから。テイトもまた、マルカム・カウリーの編んだ『ポータブル・フォークナー』(一九四六年)が出るまで、フォークナーにちらっとも目を向けることがなかったのか。この卓抜な反時代的批評家における無惨な批評家失格であったか。

「南部における文筆業」の十年後、テイトは「新しいプロヴィンシャリズム」を発表する。〝プロヴィンシャリズム〟という用語ないし概念はこの評論のなかで、〝リージョナリズム〟という用語ないし概念と対立的に使われていて、その内包する意味合いは明確に理解できるのだが、どうも適当な訳語が私には思いつかない。やむなくカナ書きせざるを得ない次第だが、御了承願いたい。ところで、テイトは書き出し間もなくこんなことをいっている――「地域《リージョン》の意識なしに文学が成熟する気づかいはない。ただ老衰するだけだ、老衰という新たな未成熟があるばかりである。というのは、リージョナリズムなしに、土地に根ざした伝統と信念の連続性の感覚=意識なしに、私たちが手にする文学があるとすれば、それはすべてジョン・ドス=パソス氏なら書くであろうような、ドス=パソス氏の小説に対する私の賞賛にもかかわらず、おそらく私には読む気にもなれぬような、そんな文学になってしまうだろうからだ」。そんな文学とは、十年前の文章中の言葉でいいかえれば、「自らのアイデンティティを失い、単なる〝現代的《モダン》〟な作家に堕した」者の文学ということである。それにしても、「地域の意識なしに文学が成熟する気づかいはない。ただ老衰するだけだ、老衰という新たな未成熟があるばかりである」という言葉は、すでにどこかで出会った気がする。そうだ、『アメリカの成年』中のヴァン・ワイク・ブルックスの言葉だ――「われわれの知的階級はまたたくまに中年に達し、もはやどんな新しい経験も同化し得られそうもない何かぐずついた時期を過ぎると、老化しはじめる。いっぽう、この国の他の人びとは成長しさえしない。というのは、われらが老いたる思想家が中年期にその活動を停止してしまった人だとすれば、われらが老いたる実務家は、事務所や街上や社会的地位、いたるところ！　で見受けられるように、まことにわが国の典型だが、いささかも老人などというものではなく、ただただ老いたる少年にすぎないからである」（「老いたるアメリカ」）。ブルックスがこう書いたのは一九一八年である。どうやら事態はアメリカ南部であれ北部であれ、少しも変っていないようすだ。いや、アメリカのみの話ではない。私が精神の〝アメリカニズム〟と呼ぶものの浸蝕がきわまったかに見える現代日本とて、けっして例外ではあるまい。

ブルックスはいま引用した文章の少し前で、ロング・アイランドの古い村を訪れたときの印象と感慨を記している――「古いアメリカのものには、世界の他のいかなる場所に見られる古いものともまったく違った古さがある。つまり威厳を知らぬ古さ、成熟を知らぬ古さ、あわれ《ペィッス》を知らぬ古さであり、ただただ荒れ果て生気を失い消耗し尽くしたものの古さなのだ。これがこういう村々に滞在していて襲ってくる感慨なのである。これらの村に出来ることといえば、ただ何か新しい企業によってにわかに活気づけられ、表面いかにも生気を帯びたふうに見えるということだけだ。ここに住んだ人びとはつねに人生を人生それ自体のために育成するということを知らず、つねに何処《どこ》か他所にゆけばもっと大きな利益が見つかるのではないかという可能性だけを夢みながら、生活し家を建て苦労を積んできた人種なのであって、それゆえに彼らのなかには一つとして人生の原則《プリンシプル》といったものは生きておらず、三百年の営為が内在する連続の精神を生み育てることはけっしてなかったのである」（強調、引用者）。「内在する連続の精神」というのがテイトのいう「土地に根ざした伝統と信念の連続性の感覚＝意識」と同じものを指しているのは、断るまでもない。

　テイトは〝リージョナリズム〟をこう定義する――「リージョナリズムとは一定の地域にあって、そこに住む人びとを祖先伝来の思考と行動の形式へと向かわせる意識であり習慣である。かくしてリージョナリズムは空間的には限定されているが、時間的には限定されていない」。となれば、対概念である〝プロヴィンシャリズム〟がどういうものであるかはすでに明らかだろう。「〝プロヴィンシャル〟な態度は時間的には限定されているが、空間的には限定されていない」。テイトはつづける、「世界のことを知らない〝リージョナル〟な人間が、その無知はしばしば強烈に創造的なものなのだが、当面の自分の必要を世界に拡大し、現在こそ唯一無二の瞬間だと思いこむなら、そのとき彼は〝プロヴィンシャル〟な人間と化す。彼は過去からみずから絶縁し、蓄積された伝統の英知の恩恵を捨てて、人生のごく単純な問題にさえ、あたかもそれが前代未聞の問題でもあるかのように対処する。芸術をもたぬ社会は偶然のままに生きるしかないとはプラトンの言葉であるが、現在に封じ込められた

〝プロヴィンシャル〟な人間は、そのときそのときの偶然のままに生きるしかないのだ」。このような信屈した文章を書くのはテイトの文体の一特徴で、おそらくはいわゆる南部的なレトリックにつながるものだろうが、これをもっと分かりやすくいいなおせば、こういうことになる。「プロヴィンシャリズムとは、〝リージョナル〟な人間が自分の過去の起源を忘れ、過去が現在のなかに連続していることを忘れて、あたかも昨日などまるでなかったかのように毎日を始める、そういった心のありようである」。

テイトは彼の評論の表題にいう「新しいプロヴィンシャリズム」を「世界プロヴィンシャリズム」(world provincialism)とも呼びかえている。この逆説的呼称が意味しているのは、〝リージョナリズム〟の限界は「〝普遍的〟な視点、すなわち地域社会をより高度に進歩した文化世界と〝関係〟づけ〝統合〟する政治的社会的教養によって、矯正し得る」という、現代世界を支配している一般通念のことである。しかし、「より高度に進歩した文化というが、それがどういうものであり、どういうものになるか、はっきりと理解した人間などいた例《ためし》はない」、テイトの反語である。なんのことはない、「グローバル、グローバル!」、「前向き、前向き!」と阿呆陀羅経の呪文よろしく連呼している私たち現代の〝インターナショナル〟な狂躁を思えば、一切は明瞭だ。念のため、もう一つだけテイトを引用しておこう。「西側世界の〝リージョナル〟な社会を破壊し尽くした末に、今やわれわれは他の人びとをもわれわれの軌道に引き込もうと狂奔している、彼らを〝救済〟するために」。「新しいプロヴィンシャリズム」が発表されたのは一九四五年、第二次世界大戦終結の年である。この偏狭な「〝リージョナル〟な人間」、この反時代的反動的な南部批評家の眼は、ほとんど絶望的といってよい今日の世界状況にいたりつく〝パックス・アメリカーナ〟のゆくえを正確に見通していたのである。「新しいプロヴィンシャリズム」は次のような文章で結ばれている――「今後われわれは眼を使って見るだけで、眼を通して見るということができなくなるにちがいない。われわれはどこにも住みつくことのない〝プロヴィンシャル〟な人間になりおおせるのである」。

'seeing *with*, not *through* the eye'――やはり私の記憶ちがいだった、ずっと前「眺め入る」という日本の古語の用法に触れた際（三三二ページ）、断じてフォークナーの言葉だとして引き合いに出したのは。どうやら私はテイトの否定的構文を裏返して記憶し、それを勝手にフォークナーのものと信じこんでしまったらしい。しかし私のこの錯誤は結局のところ、間違ってはいなかったのだ。なぜならテイトの否定構文が「〝プロヴィンシャル〟な人間」の否定を意味しているのであれば、それを裏返しにするのは、つまりは「〝リージョナル〟な人間」の肯定につながる勘定だからである。そして、二十世紀アメリカの「〝リージョナル〟な人間」のもっとも偉大な典型といえば、もうフォークナー以外にないのは歴然たる事実だからである。

一九五五年八月、「〝リージョナル〟な人間」、出不精な〝故郷〟の人間フォークナーが、国務省の要請を受けて長野セミナーに出席するため来日したのは、けだし奇蹟のようなことだった。彼にとって、それはノーベル賞受賞が強いた苦役のごときものだったに相違ない。ノーベル賞が希れに見せる効用であった。当時、私は大学院の学生でフォークナーの作品にも親しんでいたはずだが、どうしたわけかこのセミナーのことは知らなかった。知っていたとしても出不精な私が参加することはなかったかもしれない、生身のフォークナーに会っても仕方ない、彼の小説をひとりで読み耽けっているほうがましだと傲慢に構えて。だが、彼が日本を去るとき書きおいていった「日本の青年へ」と題された手紙、USIS（アメリカ情報サーヴィス）発行の薄っぺらい粗末なパンフレットは、すっかり黄ばみながら、今なお私のフォークナー関係の書棚の一隅に大切にしまってある。この手紙は驚異であった、温かい衝撃であった。フォークナーはのっけから百年前の南北戦争敗北の思い出を持ち出す（彼の生まれたのが南北戦争が終って三十二年後のことであるのを失念してはなるまい。一体、一九七七年生れの日本人で、二〇四五年に太平洋戦争のことを思い出す者がいるだろうか?）。「私の側、南部はその戦争に敗れたのだった。戦闘は広漠とした大洋のなかの中立地帯ではなく、私たちの家、庭、農場で行われたのだ。沖縄やガダルカナルが遠く遙かな太平洋の島ではなく本州や北海道の地域だったと思えば、それがどんなものであったか、おおよそ察しはつくだろう。私たちの土地も家も征服者に侵され、彼らは私たちが敗れたあともそこにとどまっていた。私達は戦争に負けて荒廃したばかりではない、征服者は私たちの敗北と降伏のあとも十年間とどまり、戦争が残したほんの僅かなものまで奪い取ったのだった」。フォークナーがこう書いたとき、彼の脳裡に浮かんでいたのは南北戦争後の南部の悲惨ばかりではなかったろう。この手紙が書かれた一九五五年八月は、日本の「敗北と降伏」の日から数えて、ちょうど十年目に当っていた。この手紙を読んだとしたら、彼を文化親善使節として日本に派遣した国務省は、さぞかしびっくり仰天したにちがいない。

いや、フォークナーは百年前の南部の遺恨を今さら語っているわけではない。「すべては過ぎ去ったことだ」、彼もいっているとおりだ。が、彼にとって過去は現在でもある、そこに彼に「内在する連続の精神」があることもまた、確実な事実である。現にフォークナーは書きついでいる——「人間には忍耐と強靭さの記録が必要だと痛切に思い知らせてくれるのは、戦争と災厄だと私は信じている。さもなければ、私たちが味わったあの災厄のあと、私の国、南部で優れた文学が復活することも、その優れた質ゆえに他の国々の人びとが〝リージョナル〟な南部文学について語りはじめ、ついには田舎者の私までが日本の人びとが話しかけ、また耳傾けたいと願う最初のアメリカ作家の一人になるなどということも、あり得なかったと思う」。「日本の青年へ」の手紙はつづく、「これとよく似たことがここ日本でも数年のうちに起こるだろう——君たちの災厄と絶望の中から、全世界が耳傾けようと思うような、ただに日本のみの真実でなく、普遍的な真実を語るような、一群の日本の作家が現れるだろう」。これは外交辞令といったものでは断じてあるまい。この頑固一徹な〝南部〟の「田舎者」にお愛想などいえる気づかいもないではないか。「北部は戦いに勝ってしまったのです。戦争でたった一つ正しいことがあるとすれば、負けるということなのですから」、これは一九四六年一月の初め頃に書かれたカウリー宛書簡中の言葉である。戦争に勝った北部は「人間の奴隷制ではなく機械の奴隷制」をつくってしまったとも、同じところで書かれている。そう、「〝リージョナル〟な人間」フォークナーは、南部とのアナロジーによって心底から戦後の日本文学の復興を希っていたのだ。が、果たして「日本の青年」は彼の希望に応えることができたであろうか。戦後の日本はすでに「〝プロヴィンシャル〟な人間」への道をひた走っていた。それを訝《いぶか》る者たちにしても、小林秀雄の口吻を借りれば、「自分にはそもそも故郷といふ意味がわからぬ」と観念した人種でしかなかった。

ひっきょう、「〝リージョナル〟な人間」とは時代錯誤を恐れぬ人の謂である。「時代錯誤《アナクロニズム》」という一語が「忍耐」という一語とともに、フォークナー文学の鍵語となり得ている所以だ。そういえば、忍耐（endurance）というのも一つの時代錯誤ではなかろうか。忍耐という持続力を保証するものも、現在は過去であり過去は現在であるという連続の頑なな時間意識であり、つまりは一種の〝時代錯誤〟にはちがいないからだ。「不撓不屈の時代錯誤」はなにもあの荒野の神さびた熊、オールド・ベンに限らない。サム・ファーザーズにしても彼の使徒アイク・マッキャスリンにしても、「おらあ、はじめもおわりも見ただ」とつぶやくコンプソン家の乳母ディルシーにしても、恋人を毒殺し、その遺体を寝台に横たえつづけた、あのミス・エミリーにしても……ヨクナパトーファ郡の住人たちはすべて、新参者の「ネズミかシロアリの群れ」スノープス一族を除けば、それぞれヒロイックに個性的な、時に深々と病的な「不撓不屈の時代錯誤」にちがいないのである。

そして、この〝時代錯誤〟の深淵からフォークナーがカウリーに次のように語る文体が現出する――「私の野心はありとあらゆるものを一つの文の中に入れこむことです。現在のみでなく、現在を支配し、刻々現在に迫りつづけている過去全体をも同様に」（『フォークナーと私』、大橋・原川訳）。カウリーによれば、フォークナーはさらにこう説明したという、「自分は厖大な文を幾つも書きながら、同時性の感覚を伝えようとしているのだ、刻々移り変わる瞬間に起こったことを伝えるばかりでなく、それに先行し、その特質を形づくったあらゆるものを暗示しようとしているのだ」と。これは、フォークナーの文学の晦渋さは彼が「自ら選んだ孤独」が強いたものであり、彼の作品に頻出する「測り知れぬ」（imponderable）、「不滅の」（immortal）、「不変不易の」（immutable）、あるいは「記憶を絶した太古からの」（immemorial）といった「大時代がかった」言葉にしても、もしフォークナーが

「ヘミングウェイの例にならって、だれか年配の作家について見習修行していたら」、使われなかっただろう、少なくとももう少し「慎重に」用いられていただろうという、カウリー編『ポータブル・フォークナー』の序文の批評に答えた手紙の一節にまっすぐつながっているだろう。フォークナーは書いている――「あなたのお察しのとおり、あの文体は孤独の結果で、しかも、もちろん悪しき結果です。それは、伝承された地方的な［原語は、'regional'であろうか？　いま確かめてみる暇がない――引用者］、あるいは地理的な（ホーソーンなら人種的と言うところでしょうが）呪いのために、いっそうひねくれてしまったのです。血統台帳的な文体だとおっしゃってもいいでしょう――『孤独から生まれた南部的レトリックによる』もしくは『孤独からくる雄弁による』といったふうに」。

　引用直前で「きびしい批評ということになれば、私のほうがあなたよりずっと上手《うわて》をゆくでしょう」と書いているフォークナーが、カウリーのもっともらしい批評などにびくともするわけはない。たしかに自分の文体は孤独の「悪しき結果」かもしれない、しかし自分にはあのようにしか書けない、ああ書くしか南部の「血統台帳的な文体」を構築する術はない。そこにフォークナーの強靭かつ正確な自己批評が、〝リージョナル〟な作家たることを決意した彼の挺子でも動かぬ不屈な作家魂があったのだ。ところで、「血統台帳的な文体」の文字通りの標本・典型といえば、誰しも第一に『熊』第四章の文体を指すであろう。

　父祖伝来の土地、血統の呪いに汚れた土地を抛棄しようと心に決めたアイクは、熊を目の前にしながら撃たなかったとき、親代わりの従兄マッキャスリンがキーツの「ギリシア壺に寄せる頌詩《オード》」を朗読してくれたことを、ふと思い出す。そのときマッキャスリンは次の一連を繰り返し読んだのだった。「大胆な恋人よ、いくら目ざすものに近づいても／君はけっして接吻《くちづけ》することはできない——だが悲しむことはない／至福こそ得られなくても、彼女が色褪せることはないのだから／君は永遠に愛し、彼女は永遠に美しいのだから」。「陶酔以前《プレ・エクスタシー》」とケネス・バークが呼ぶキーツ的美の瞬間であるが、陶酔＝至福が到来する直前で静止すれば、陶酔は可能性として永遠に絶対化される。そしてキーツにとって、美は真実であった。ギリシア壷の頌詩の結びも歌っている、「時が経ち、この世代が滅びても／おまえは次の世代の悲しみのさなかに／人間《ひと》の友として残り、そして告げる／美は真実であり、真実は美だ——／これこそ人間がこの世で知り、また知らねばならぬすべてなのだと」。マッキャスリンがキーツの詩をアイクに読んで聞かせた所以もそこにある。眼前にしながら熊を撃たなかったのは一人アイクのみではなかった。彼もいっているとおりだ、「サム・ファーザーズだって、オールド・ベンが彼らの前に後足で立ちはだかっている間のあの無限の一瞬に撃つことができたはずだったのだ」。そもそも毎年十一月に行う熊狩りの行事自体、「密会」の儀式であり、熊を追いつめながら決して殺さぬという「陶酔以前」の瞬間の神聖な祭儀だったのである。ついに熊が殺されたとき、この祭りの神聖さも潰え去る。サム・ファーザーズが後追い心中のようにして命を絶つのも不思議はない。アイクがサムの意思を受け継ぎ、徒労とは重々承知しながら〝荒野〟の美と真実の聖なる系譜を護持しようと一生を捧げるのも、これまたなんの不思議もない。

「無限の一瞬」とアイクが呼ぶものが、時間の流れが一瞬、凝結し静止する瞬間であり、そのような瞬間がフォークナーのすべての小説のいわばさわりに顕現する特権的瞬間であるのは、おそらく周知のところだと思う。「時間とは個々の人物が顕現する瞬間の姿（avatars）のなかにしか存在しない流れの状態だというのが、私の理論だ」とは、フォークナーが『パリス・レビュー』誌に語った言葉である。かかるキーツ的美＝真実の瞬間がいかに強くフォークナーをとらえてはなさなかったかは、同誌に語った彼の言葉によっても明らかだ。「作家の唯一の責任は自分の芸術に対するものだ。良い作家なら完全に非情になれる……作家は自分の母親から奪わなければならない破目になったら、躊躇なく奪うだろう。『ギリシア壷に寄せる頌詩』を書くためなら、口やかましい世間の婆さん連など何人でも平然と犠牲に供するだろう」。こういう美＝真実の「非情」な審美家＝倫理家の面を見落とした ら、詩人＝作家フォークナーの本質を見そこなうことになろうが、さらに彼は語っている――「すべての芸術家の目的は動きを静止させることだ。動きとは生命であり、それを芸術的な手段によって固定し、百年後だれかがそれを見たとき、生命であるがゆえにそれが再び動きはじめるようにすることだ。人間は死すべき存在なのだから、人間に可能な唯一の不滅性があるとすれば、なにか不滅なものを後に残すしかない。それは必ずやつねに再び動きはじめるだろう」。動きと静止、静止と動きの無限の反復。さらにフォークナーは第二次大戦中アメリカ兵がいたるところで壁に落書きした文句を使って、つづける――「これが自分もいつかは通らなければならない決定的な取り返しのきかぬ忘却の壁に、芸術家が『キルロイはここにいた』と落書きする方法なのだ」。忘却と記憶（＝奪還）の永遠の反復。

要するに、フォークナーがここで晦渋に繰り返しているのは、すべての芸術は〝時代錯誤〟の所産だということである。'anachronism'の接頭辞'ana-'のギリシア語源は、「さかのぼって、再び、新たに、全体的に」といったさまざまな意味合いを包含している。かくして、「切手ほどの小さな故郷の土地」を原型とするヨクナパトーファ郡の歴史＝物語が、〝時間〟の叙事詩が、比類なく完成する。無論、「ウィリアム・フォークナー、単独の所有者にして地主」とフォークナー自らが記入したヨクナパトーファ郡の〝風景〟が、近代の人間に普遍的な歴史の宿る〝土地〟でもあることはいうまでもない。

「時代はまさにその時代錯誤によって、歴史のなかに生き残る」。これはオスカー・ワイルドの「若者たちのための箴言と哲学」中の一句である。

蛇足と承知しながら、最後にもう一言——ロバート・コグランの『ウィリアム・フォークナーの私的世界』によれば、誇り高い貴族気取りのダンディ、〝若き日の芸術家〟フォークナーを指して、オックスフォードの町の人びとは「無用伯爵《カウント・ノーカウント》」と綽名したという。そういう故郷の人びとの侮蔑に耐え、みずからの信念を貫き生きとおした彼のことを、「反抗によって歪まなかった最初の人であった」といっているのはカウリーであるが、この美しい評言をなぞって、フォークナーはみずから選びとった〝時代錯誤〟という孤独な決意によって歪まなかった空前絶後の人であったと言い切ってもよい。

（二〇〇一年九月）

初出一覧

I

二つの文化（『英語青年』、研究社、一九九六年七月―九月号。一九九五年十二月、日本大学文学部英文科創立七十周年記念講演、ならびに九六年三月、お茶の水女子大学文教育学部英文科最終講義の原稿に加筆した）

いま、なぜ、文学なのか？（『英文学春秋』、臨川書店、二〇〇二年春、第十一号。二〇〇〇年十二月、和洋女子大学英文学会での講演原稿に加筆した）

シェイクスピアとは何か？（二〇〇二年七月、駒沢大学英米文学科公開講演）

II

いま、なぜ、ロマン派を読むのか――エドマンド・バーク省察（一九九七年十月、イギリス・ロマン派学会での講演原稿に加筆した）

いま、なぜ、ギャスケルを読むのか（『英語青年』、研究社、一九九七年五月―八月号。一九九六年十月、日本ギャスケル協会での講演原稿に加筆した）

いま、なぜ、ヴァージニア・ウルフを読むのか（一九九七年十月、日本ヴァージニア・ウルフ協会での講演原稿に加筆した）

III

知識人と〞アメリカ〟（ダイアナ・トリリング『旅のはじめに――ニューヨーク知識人の肖像』拙訳の「訳者あとがき」。法政大学出版局、一九九六年）

D・H・ロレンスと〞アメリカ〟（メイベル・D・ルーハン『タオスのロレンゾー』拙訳の「訳者あとがき」。法政大学出版局、一九九七年）

IV

アメリカン・アダムズの教育（八木敏雄編『アメリカ！』所収、研究社、二〇〇一年。なお後半、『モン・サン・ミシェルとシャルトル』論は増補した）

ヘンリー・ジェイムズとアメリカの風景（本書のために書き下ろした）

“Kilroy was here”――フォークナー再訪（『フォークナー』、松柏社、二〇〇二年四月、第四号）

あとがき

私が三十八年間勤めたお茶の水女子大学英文科の教職を辞したのは、一九九六年三月である。そのときすでに、大学の組織改革の嵐は吹きはじめていた。私は老年の特権、われ関せず焉《えん》とそっぽを向いていたが、心は不満が、というより怒りがつもって、ますます鬱屈していった。爾来、私は不機嫌である。この数年、講演においても書くものにおいても、ご覧のとおり、私は自分の不機嫌を押し殺すという礼儀作法をすっかり放擲してしまった趣きである。この評論集があらわにしている無礼な不機嫌が、私一個の反時代的姿勢にとどまらず、いくぶんなりと時代の文明批評たり得ていればと、願うばかりである。

大学の組織改革は必然的に大学教育の質を、とくに文学教育の質を変える。そこに今日誰の目にも明らかなような大学の荒廃、とくに文学部の、ことに〝英文科〟の荒廃は予定されていたのである。半世紀前、エリオットは講演「教育の目的」のなかで、こんなことを語っていた――「建設ということが成長に優先する時代にわたしたちが生きているのは、明らかだ。これはわたしたちがいやでも受け入れなければならない事のなりゆきである。わたしたちには待つという余裕が、物事がさまざまの自然な力の葛藤の末に現れ出てくるのにまかせるといった余裕がないのだ。そのような時代にあって、教育機関がおこなうことについても、わたしたちは意識過剰にならざるを得ない」(強調、エリオット)。たしかに今日、わたしたちの国の大学教師は「意識過剰」になっている。当り前だ、改革、改革と会議に追いまくられているのだから。「自己点検・自己評価」とかいう、さながら家畜を追う突つき棒、あるいは鞭のような責め道具で尻をたたかれ、寧日なしといった塩梅なのだから。ところで、文化とは「われわれが意識して目指すことができない唯一のものだ」というのは、エリオットの文化の一定義であるが、そうとすれば「意識過剰」な教育・大学には、文化は存在しないということになる。文化なき文学教育――事実、すでに大学の文学部は、とくに〝英文科〟は一つの矛盾語法《オキシモロン》と化している。エリオットはつづけていう、「かくして、わたしたちがこれから先のことを見とおし得るかぎりでは、教育の普遍的な規格化がいたるところですすめられるのを覚悟しなければなりますまい」。まさしく今日、事態はエリオットの予言したとおりになっているのである。いや、ことは教育のみにかぎらない。学問研究、批評の分野においても、本質に変わりはないのだ。

こういう時代の現状の背後に、私はつねに〝アメリカ〟の影を見てきた。思えば、浦賀沖の黒船以来、近くは東京湾上のミズーリ号以来、わたしたちはいろいろと〝アメリカ〟のお世話になってきたのだった。なるほどわが国の近代化はその始めにおいて、漱石の慨嘆したように「外発的」、あるいは透谷の痛罵したように「革命にあらず、移動なり」というよりほかはないようなものだったかもしれない。しかし〝アメリカ〟なしに、わたしたちの近代も現代もなかった。このこともまた、歴然たる事実である。詳しくは拙著『自然と自我の原風景』所収「太平洋の両岸で――〝自然〟と〝自我〟を参照していただきたい。けだし、〝アメリカ〟はわたしたちにとって、是非もない宿命のごとき何ものかだったのである。「反アメリカ論」と銘うったこの拙著が単細胞的な反米論考ではあり得ない所以も、そこにある。

なお各文章末につけた日付は、講演の場合はそれがおこなわれた年月、単行本・雑誌に発表された文章の場合は、それぞれ擱筆の年月を示している。本書のために書き下ろした「ヘンリー・ジェイムズとアメリカ風景」に日付がないのは当然であるが、敢えていえば、書き終えたのは二〇〇二年八月二十日である。

最後になってしまったが、出版に際して、お世話になった南雲堂社主南雲一範氏に心から御礼を申し上げる。なかんずく、このたびも拙著の出版編集に尽力してくださった原信雄氏には御礼の言葉もない、ただただ衷心より感謝するばかりである。

野島秀勝

二〇〇二年九月十一日

野島秀勝（のじま　ひでかつ）
一九三〇年生まれ。東京大学大学院博士課程修了。
お茶の水女子大学名誉教授。文芸評論家。

主な著訳書
『ウルフ論』『エグザイルの文学』『ロマンス・悲劇・道化の死』『自然と自我の原風景』『孤独の遠近法』（南雲堂）、『ノーマン・メイラー』、『日本回帰のドン・キホーテたち』、『誠実の逆説』、『終末からの序章』、『迷宮の女たち』、『女の伝記』。W・サイファー『文学とテクノロジー』、L・トリリング『〈誠実〉と〈ほんもの〉』、N・メイラー『黒ミサ』、H・ミラー『天才と肉欲』、V・ナボコフ『ヨーロッパ文学講義』、D・バーンズ『夜の森』、A・カペルラヌス『宮廷風恋愛の技術』、D・トリリング『旅のはじめに』、M・D・ルーハン『タオスのロレンゾー』、J・バーザン『ダーウィン、マルクス、ヴァーグナー』、ド・クインシー『英吉利阿片服用者の告白』『深き淵よりの嘆息』、『リア王』『ハムレット』（岩波文庫）。

反アメリカ論
二〇〇三年四月二十五日　第一刷発行

著　者　野島秀勝
発行者　南雲一範
装幀者　藤田玲子
発行所　株式会社南雲堂
東京都新宿区山吹町三六一　郵便番号一六二-〇八〇一
電話　東京（〇三）三二六八-二三八四［営業］
（〇三）三二六八-二三八七［編集］
振替口座　東京〇〇一六〇-〇-四六八六三
ファクシミリ　（〇三）三二六〇-五四二五
印刷所　壮光舎印刷株式会社
製本所　長山製本

乱丁・落丁本は、御面倒ですが小社通販係宛御送付ください。
送料当社負担にて御取替えいたします。

1-417〈検印廃止〉

ISBN 4-523-26417-1 C0036

≫野島秀勝の本≪

ヴァージニア・ウルフ論

美神と宿命

ウルフはぼくにとって女性ではなかったのである。女性の絶妙な感受性、孤独感、美意識といったもの、要するに女性的抒情の問題ではさらさらなかった。性を超えた人間一般の問題としてぼくの前に現われていたのである。(「あとがき」より)

46判上製
2120円

自然と自我の原風景

ロマン的深層のために

「自然」は救済と安息の場所として歌われ語られてきたが、それは同時に「暗い必然」としての人間の宿命の原風景でもある。表層にとどまり、意味への問いかけを禁欲する時代に抗して、貪婪に深層の中に人間存在の意味を問い、それからの超越の彼方に人間情熱のゆくえを追求する会心のロマン主義文学論。

A5判上製函入
2857円

ロマンス・悲劇・道化の死

近代文学の虚実

エリザベス朝の文学にとりつかれたのは『モルフィ公夫人』によってであった。ここに「近代」がすでにある、いやそれ以後のいかなる文学におけるよりもはるかに鮮烈な形で「近代」がそこにあった。(「まえがき」より)「ロマンスの死」、「アレゴリーから悲劇へ」、「悲劇の死」、「道化の死」の四部構成で「近代」と「近代の超克」の二つの主題にとりくむ快著。

A5判上製
5750円

孤独の遠近法

シェイクスピア・ロマン派・女

シェイクスピアから現代にいたる多様なテクストを、比類を絶した精緻さで読み解きながら、近代の本質を人間の「意味」を深々と探求した著者十年の思索の軌跡。

46判上製
8738円

*定価は本体価格